DAVID HAIR

Die Waffen der Wahrheit

W0074225

DAVID HAIR

DIE WAFFEN DER WAHRHEIT

DIE BRÜCKE DER GEZEITEN 4

Übersetzt von Michael Pfingstl

blanvalet

Die Originalausgabe erschien 2013 unter dem Titel »Scarlet Tides«
(Pages 316-671) bei Jo Fletcher Books, London, an imprint of Quercus.

Verlagsgruppe Random House FSC® N001967
Das für dieses Buch verwendete FSC®-zertifizierte Papier *Super Snowbright*
liefert Hellefoss AS, Hokksund, Norwegen.

1. Auflage
Copyright © der Originalausgabe 2013 by David Hair
Originally entitled SCARLET TIDES
First published in the UK by Quercus Editions Ltd.
Copyright © der deutschsprachigen Ausgabe 2015 by Blanvalet Verlag,
München, in der Verlagsgruppe Random House GmbH
Redaktion: Sigrun Zühlke
Herstellung: sam
Satz: Uhl + Massopust, Aalen
Druck und Einband: CPI books GmbH, Leck
Printed in Germany
ISBN: 978-3-7341-6058-5

www.blanvalet.de

Dieses Buch ist Mark Fry gewidmet,
Freund seit Kindheitstagen, Freigeist und
guter Mensch in jeder Hinsicht

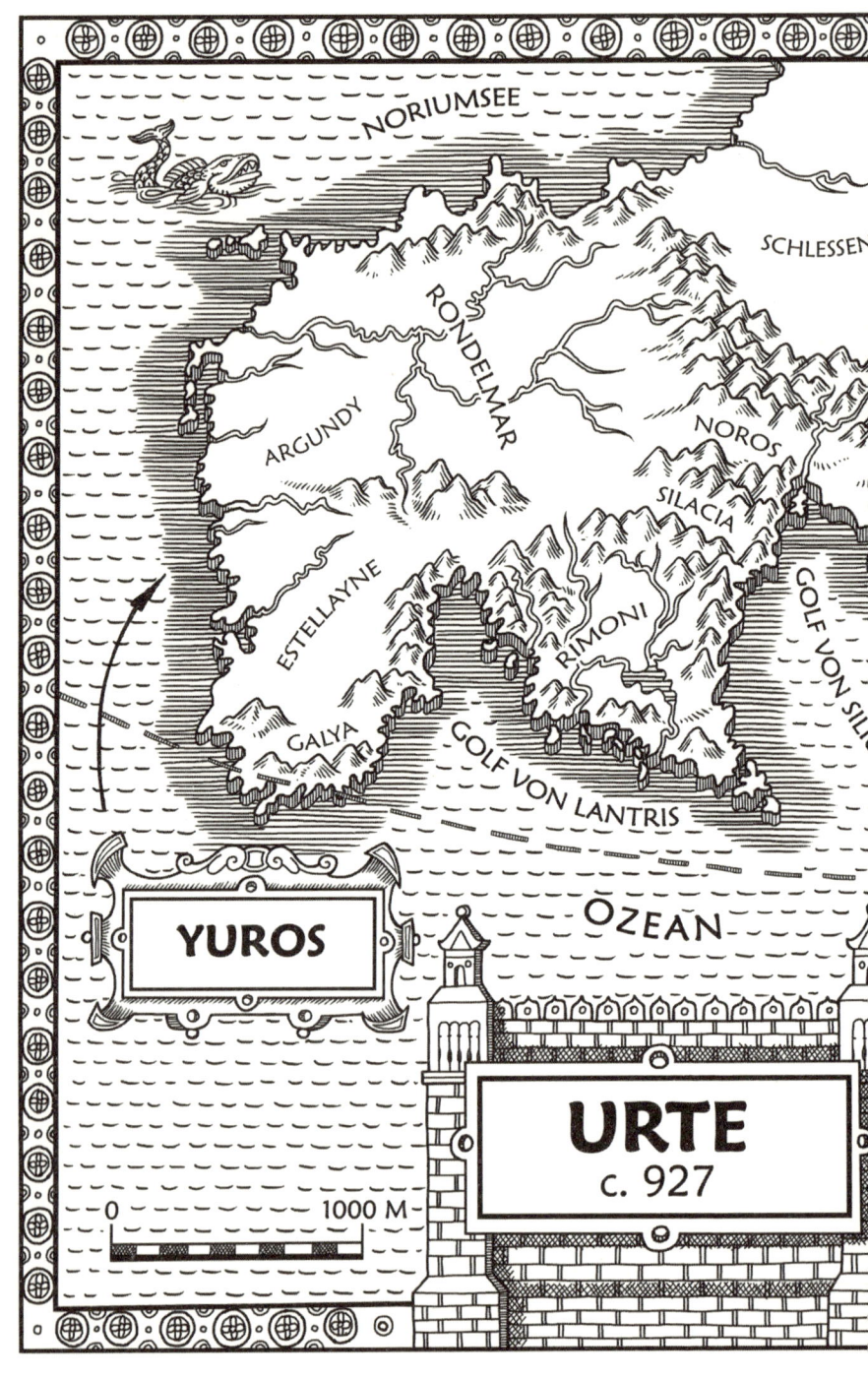

YUROS

URTE
c. 927

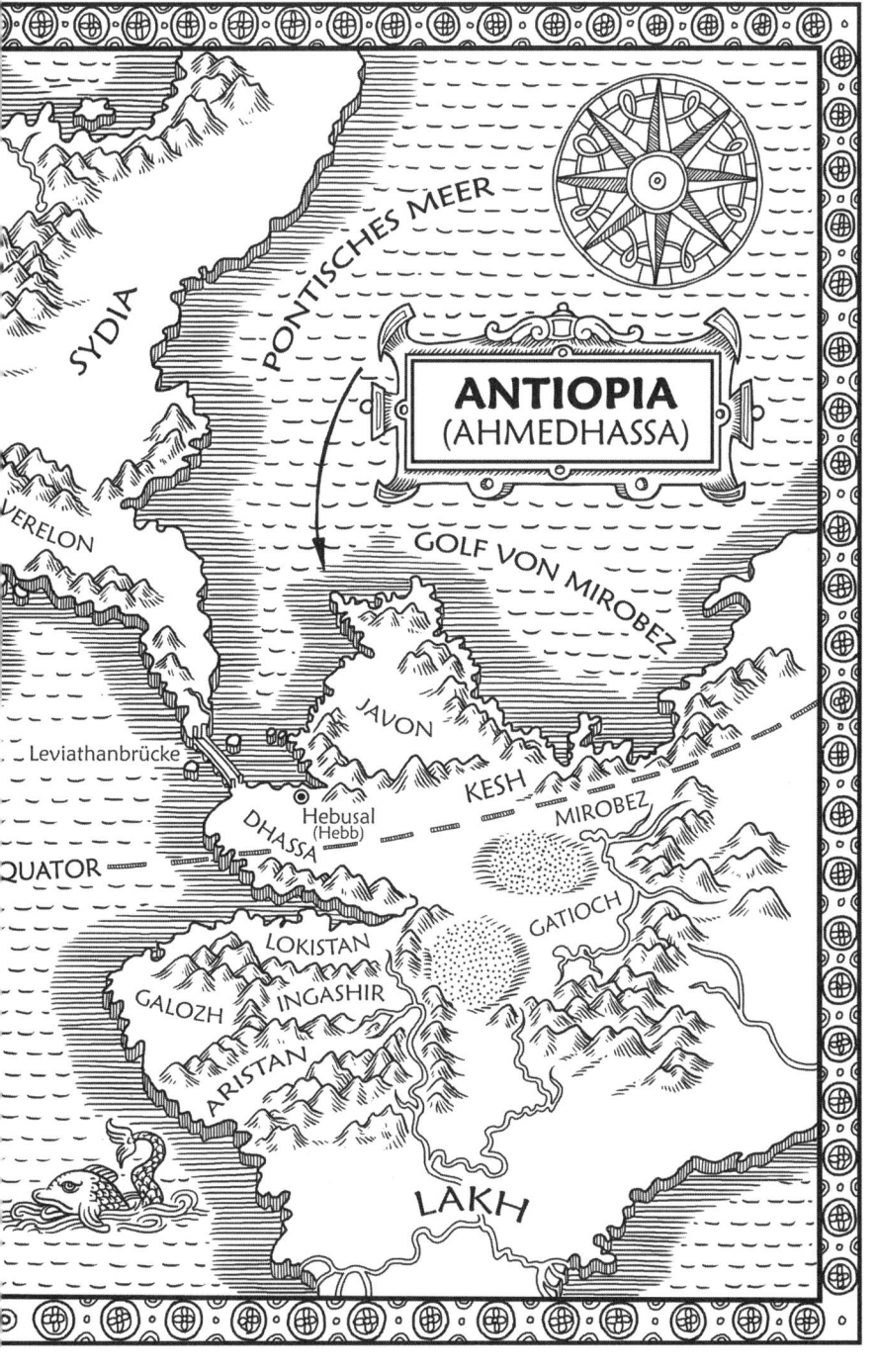

INHALT

Was bisher geschah

Die Geschichte Urtes

Auf Urte gibt es zwei bekannte Kontinente, Yuros und Antiopia. In Yuros ist das Klima kalt und feucht, seine Bewohner haben helle Haut; Antiopia liegt näher am Äquator, ist größtenteils trocken und dicht von verschiedenen dunkelhäutigen Stämmen bevölkert. Zwischen den beiden Landmassen tost eine unbezähmbare See, ständig aufgepeitscht von extrem starken Gezeiten, welche die Meere unpassierbar machen, sodass die Völker der beiden Kontinente lange Zeit nichts voneinander wussten.

Vor fünfhundert Jahren änderte sich dies grundlegend.

Auslöser des Ereignisses war eine von Corineus angeführte Sekte. Er gab seinen Jüngern einen Trank, der ihnen magische Kräfte verlieh, die sie Gnosis nannten. Noch in derselben Nacht starb die Hälfte seiner Anhänger und ebenso Corineus selbst, der offenbar von seiner Schwester Corinea ermordet wurde. Corinea floh, dreihundert der Überlebenden begannen unter Sertains Führung, den Kontinent mithilfe ihrer neu gewonnenen Kräfte zu erobern. Die Gnosis verlieh ihnen derart große Macht, dass sie das Reich Rimoni mühelos vernichteten und sich selbst als Herrscher des neu gegründeten Reiches Rondelmar einsetzten.

Dieses Ereignis, bekannt unter dem Namen »Die Aszendenz des Corineus«, veränderte alles. Die Magi, wie sie sich selbst nannten, stellten fest, dass auch ihre Kinder über magische Fähigkeiten verfügten. Die Gabe wurde zwar schwächer, wenn der andere Elternteil nicht ebenfalls ein Magus war, doch die Magi breiteten sich unaufhaltsam aus. Im Namen des rondelmarischen Kaisers brachten sie immer mehr Landstriche und Völker Yuros' unter ihre Herrschaft.

Von den anderen zweihundert, die die Aszendenz überlebt hatten, versammelte Antonin Meiros einhundert Männer und Frauen um sich, die wie er Gewalt verabscheuten, und zog mit ihnen in die Wildnis. Sie siedelten sich im südöstlichen Zipfel des Kontinents an, wo sie einen friedliebenden Magusorden gründeten, den Ordo Costruo.

Die restlichen hundert Überlebenden schienen keinerlei magische Kräfte entwickelt zu haben, doch stellte sich schließlich heraus, dass sie, um die Gnosis in sich wirksam werden zu lassen, die Seele eines anderen Magus verschlingen mussten; also taten sie es. Der Rest der Magigemeinschaft war darüber so entsetzt, dass sie die Seelentrinker gnadenlos jagten und töteten. Die wenigen, die noch übrig sind, leben im Verborgenen und werden von allen verachtet.

Schließlich entdeckte der Ordo Costruo mithilfe der Gnosis den Kontinent Antiopia, oder Ahmedhassa, wie er bei seinen Einwohnern heißt. Antiopia liegt südöstlich von Yuros. Die vielen Gemeinsamkeiten in der Tier- und Pflanzenwelt, die die Ordensmitglieder entdeckten, brachten sie zu der Vermutung, dass die beiden Kontinente in vorgeschichtlicher Zeit einmal miteinander verbunden gewesen sein mussten. Meiros' Anhänger kamen in Frieden und wurden bald dauerhaft in der großen Stadt Hebusal im Nordwesten Antiopias sesshaft. Im achten Jahrhundert begann der Orden mit der Arbeit an einer gigantischen Brücke, die die beiden Kontinente wieder miteinander verbinden sollte, und diese Brücke löste die zweite Welle epochaler Veränderungen aus.

Der Bau der Leviathanbrücke, wie das dreihundert Meilen lange Bauwerk genannt wird, war nur mithilfe der Gnosis möglich, die vieles bewirken kann, aber nicht alles. Sie erhebt sich nur während der alle zwölf Jahre stattfindenden Mondflut aus dem Meer und bleibt dann für zwei Jahre passierbar. Das erste Mal geschah dies im Jahr 808. Zunächst wurde die Brücke nur zögerlich genutzt, doch nach und nach entwickelte sich ein blühender Handel, und nicht wenige wurden dadurch reich. Es entstand eine neue Kaste, die Kaste der Händlermagi, die aufgrund ihres Reichtums auf beiden Seiten der Brücke immer mehr Einfluss gewann. Auch der Ordo Costruo gelangte zu beträchtlichem Wohlstand. Nach etwas mehr als einem Jahrhundert und zehn Mondfluten war der Handel über die Brücke der wichtigste politische und wirtschaftliche Faktor auf beiden Kontinenten.

Im Jahr 902 entsandte der rondelmarische Kaiser, der seine Macht durch die Händlermagi bedroht sah, getrieben von Gier, Neid, Bigotterie und Rassenwahn, sein Heer über die Brücke: gut ausgebildete Legionen, die von Schlachtmagi angeführt wurden. Im Namen des Kaisers rissen sie die Kontrolle über die Brücke an sich, plünderten und besetzten Hebusal. Viele gaben Antonin Meiros die Schuld für diese Ereignisse, denn er und sein Orden hätten den Überfall verhindern können – doch dazu hätten sie die Leviathanbrücke zerstören müssen.

916 kam es zu einem zweiten, noch verheerenderen Kriegszug. Die Menschen Antiopias hatten keine Magi in ihren Reihen und waren den Legionen aus Yuros schutzlos ausgeliefert. Dennoch standen die Dinge für den rondelmarischen
Kaiser nicht zum Besten, denn seine tyrannische Herrschaft
hatte in mehreren Vasallenstaaten zu einer Revolte geführt, am
bekanntesten davon die von 909 im in Zentral-Yuros gelegenen Königreich Noros. Als im Jahr 928 die nächste Mondflut
naht, hat der Kaiser bereits neue Pläne geschmiedet, um seine
Macht auch in Zukunft zu sichern.

Wir schreiben den Julsept 928 und die Mondflut hat gerade begonnen. In Norostein muss Alaron Merser seinen Freund Ramon Sensini in den Krieg verabschieden. Kurz bevor Alaron und Jeris Muhren, Hauptmann der Wache von Norostein, gemeinsam aufbrechen um Cymbella die Regia einzuholen und die Skytale des Corineus zurückzuerlangen, erschlägt Muhren den korrupten Gouverneur Belonius Vult aus Angst, er könnte den Truppen des Imperiums sonst den Weg zu Cym weisen. Zwar finden die Soldaten Cyms Familie, doch sie selbst reist bereits auf einem Windschiff in Richtung Osten.

Als Alarons erbittertster Konkurrent Malevorn Andevarion erfährt, dass Alaron mitverantwortlich für den Tod Belonius Vults ist, setzt er die Inquisitoren auf ihn an. Dank einer Gruppe Lamien, hybrider Schlangenmenschen, kann Alaron entkommen. Er willigt ein, die Lamien nach Antiopia zu führen, wo sie auf eine sichere Bleibe hoffen können. Unterwegs treffen sie auf Cym, die von einem sydischen Stammesführer gefangen genommen wurde. Gerade rechtzeitig können sie eine Zwangsheirat verhindern. Die Skytale des Corineus befindet sich sicher in Cyms Händen und zum ersten Mal seit Monaten schöpft Alaron Hoffnung.

Ramon marschiert mit seiner Legion über die Leviathanbrücke nach Antiopia ein und die Armeen des Ostens fliehen vor dem Ansturm der scheinbar übermächtigen feindlichen Truppen. Ramita Ankesharan, die Witwe des ermordeten Oberhaupts des Ordo Costruo, wird von den Keshi in Hallikut festgehalten. Sie wissen jedoch nicht, dass Ramita durch ihre Schwangerschaft nun auch über die Gnosis verfügt. So kann sie Kontakt zu Justina, der Tochter ihres toten Mannes Antonin Meiros' aufnehmen. Dieser gelingt es, Ramita zu befreien und sie auf der Glasinsel zu verstecken. Justina lehrt Ramita den Umgang mit ihren neuen Zauberkräften und bringt so eine versteckte Nachricht zum Vorschein, die Antonin Ramita hinterließ: nicht ihre ungeborenen Kinder werden das Ende des Feldzuges herbeiführen, sondern Ramita selbst. Ihre Zwillingsschwangerschaft, die erste aller Zeiten, ist ein mächtiges Zeichen.

Als Kazim Makani, Ramitas früherer Liebhaber, erfährt, dass er selbst ein Seelentrinker ist, schließt er sich einem Angriff der Hadischa auf den Ordo Costruo an und wird wegen seines besonderen Mutes auserwählt, Gurvon Gyle zu ermorden.

Um die javonische Königin-Regentin Cera Nesti zu manipulieren, droht Gyle damit, ihren Bruder Timori Nesti zu ermorden. Cera ist gezwungen, zu kapitulieren und den rondelmarischen Truppen unter Führung der Familie Dorobon die Macht zu überlassen. Um deren Macht über das Land zu festigen schlägt Gyle eine Hochzeit zwischen Francis, dem Erben der Dorobonen, und Cera vor.

Gyles frühere Geliebte Elena Anborn konnte ihm entkommen. Ihr Körper war durch eine gnostische Zauberei vom Geist Rutt Sordells, Gyles Handlanger, besetzt. Bei einem Mordanschlag der Hadischa auf Gyle gelang es Elena jedoch, Sordell loszuwerden. Elena nimmt den Attentäter Kazim Makani gefangen und bringt ihn in ihr geheimes Versteck, ein verlassenes Kloster in den Bergen.

Zur gleichen Zeit verbündet sich Kazims Schwester Huriya mit der uralten Wahrsagerin Sabele und einem Klan von Seelentrinkern, die sich auf das Gestaltwandeln spezialisiert haben. Sie jagen Ramita, denn Sabele will die Kontrolle über Ramitas Kinder erlangen. Denn Sabele glaubt, dass die ungeborenen Zwillingskinder von Antonin und Ramita der Schlüssel zur Zukunft Urtes sind …

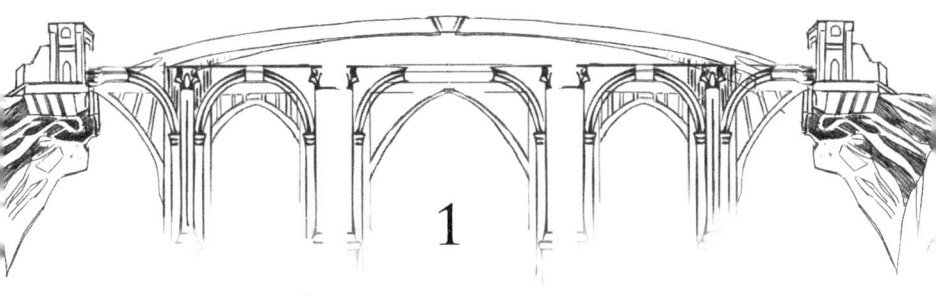

1

EINE BOTSCHAFT AUS DEM GRAB

DIE HÜTER

»Hüter« nannten sich die ersten Aszendenten und meinten damit das Geheimnis um das heilige Ritual, durch das sie die Aszendenz erlangt hatten. Heute bezeichnet der Name jene der ursprünglichen Dreihundert, die noch am Leben sind und deren Zahl zwangsläufig immer geringer wird. Ab und zu erhält zwar ein Auserwählter die Gelegenheit, sich in die Aszendenz zu erheben, doch der letzte bekannte Versuch fand im Jahr 907 in Andressea statt. Der Name des Magus war Fabian von Defonne. Er starb bei dem Versuch.

ORDO COSTRUO, HEBUSAL, 920

»Ich will da rein!«, sagte Ramita Ankesharan und schlug mit der Faust gegen die Tür von Meiros' Gemach.

Justina starrte sie an, als hätte Ramita vorgeschlagen, sie sollten gemeinsam zu Shaitan beten. »Du kannst da nicht rein, Mädchen. Das sind die Räume meines Vaters.«

»Dein Vater. Mein *Mann*.«

»Deine Anmaßung ist unglaublich«, schnaubte die Magi. »Mein Vater war einer der Gesegneten Dreihundert, und du, du bist nur ein Straßenmädchen.«

»Ein Marktmädchen.«

»Als ob das einen Unterschied macht.«

»Und ob! Ein Marktmädchen verkauft Waren, ein Straßenmädchen sich selbst!«, erwiderte Ramita mit feuerrotem Gesicht. Justinas versteckte Anschuldigung war ungeheuerlich. Die Ankesharans mochten nicht reich sein – oder besser gesagt: sie mochten es vor Ramitas Heirat nicht gewesen sein –, aber sie waren eine ehrenhafte Familie und hatten ihren Stolz. Es war an der Zeit, dass Justina das anerkannte.

»Bestimmt. Und wie ist dann die Heirat zustande gekommen?« Justina drehte sich weg und machte Anstalten zu gehen. Als Ramita sie am Arm packte, riss sie sich wütend los. »Fass mich nicht an!«

Zumindest hatte sie Ramita nicht quer durch den Flur geschleudert, obwohl sie sichtlich in Versuchung gewesen war.

»Er war mein Mann«, erklärte Ramita, so ruhig sie konnte. »Er hat etwas für mich empfunden.«

»Er hat dich *gekauft*.«

»*Mich* konnte er sich wenigstens frei aussuchen. Dich nicht.«

»Wie kannst du es wagen?!«, fuhr Justina auf.

»Und du, wie kannst *du* es wagen?«, gab Ramita zurück.

»Du kapierst es einfach nicht, oder? Du warst nicht mehr als eine Zuchtstute für ihn!«

»Und du warst für ihn als Tochter eine einzige *Enttäuschung!* Am Ende hat er mich geliebt. Er hat es mir sogar gesagt. Wann hat er das zu dir das letzte Mal gesagt?«

Justina wurde aschfahl. »Treib's nicht zu weit, Mädchen. Du bist kurz davor. Wenn du nicht mit seinen Kindern schwanger wärst…«

»Aber ich bin es nun mal, und ich verlange, dieses Zimmer zu sehen.«

»Du hast hier gar nichts zu sagen.« Justina stapfte fluchend in ihr Gemach und schlug die Tür hinter sich zu.

Ramita schaute ihr nachdenklich hinterher. *Lief doch gar nicht so schlecht.*

»Du sollst das verdammte Ding schlagen!« Justinas Stimme wurde eine ganze Oktave höher.

Sie sollte sich mal an traditionellen Omali-Gesängen versuchen, dachte Ramita. *Den Stimmumfang dafür hat sie.* Sie stand vor einem mit Sand gefüllten Ledersack, der von der Decke hing. Er wackelte ganz leicht, und schon jetzt schmerzten Ramitas Knöchel von den ständigen Schlägen. Ihr Sari war zwar nicht gerade die ideale Kleidung für das Kampftraining, aber immer noch besser als einer dieser beengenden Salware. »Ich habe ihn doch geschlagen«, protestierte sie.

»Um Kores willen, er bewegt sich ja kaum.« Justina lief ungeduldig auf und ab, wie sie es fast ständig tat, wenn sie Ramita unterrichtete. »Stell dir einfach vor, du würdest mich schlagen, falls dir das hilft.«

Habe ich doch.

»Wann warst du mal so richtig wütend?«, fragte Justina unvermittelt. »Auf deinem heiß geliebten Markt vielleicht? Denk an den schlimmsten Kunden, den du je hattest.«

»Man ist immer höflich zu seinen Kunden.«

»Ach ja? Was ist mit deiner Schwester?«

»Wir waren beste Freundinnen. Sie war meine Schwester.« *Eine Zeit lang.*

»Kore im Himmel, ich habe meinen Bruder gehasst!«, rief Justina, als wäre das für sie vollkommen normal.

»Und er dich bestimmt auch«, erwiderte Ramita mit geballten Fäusten. *Na gut, ein Versuch noch ... Beschwöre deine Gnosis ... Denk an Stein ... sei stark ...*

»Was hast du empfunden, als du meinen Vater sterben gesehen hast?«, fragte Justina.

Peng!

Ramitas Faust durchschlug das Leder, Sand flog in alle Richtungen, und der Sack riss beinahe aus der Verankerung. Ramita stand keuchend da und blinzelte erstaunt. Erst nach einer Weile merkte sie, dass der Schrei, der immer noch in der Luft hing, von ihr gekommen war.

»Schon besser«, sagte Justina mit einem grimmigen Lächeln. »Wenn du jemandem wirklich wehtun willst, denke einfach an Vaters Tod.«

Ramita zitterte, Tränen stiegen ihr in die Augen. »Rashid hat mich auf die Knie gedrückt und mich festgehalten. Dann hat er mich gezwungen zuzusehen, wie ... einer von ihnen Antonin erdolcht hat.« Sie deutete auf den Übergang zwischen Hals und Kinn. »Ich hasse sie alle.«

»Rashid ...«, wiederholte Justina leise. »Weißt du noch irgendwelche anderen Namen?«

Kazim. Ramita schüttelte stumm den Kopf.

»Dann werde ich eben Rashid fragen müssen. Mit allem

Nachdruck.« Justinas Gesicht war so kalt und weiß wie die schneebedeckten Gipfel von Ingashir. »Und Alyssa. Sie wird es wissen.«

Ramita senkte den Kopf und wischte sich die Tränen ab, dann wandte sie sich wieder Justina zu. »Ihr seid euch sehr nahegestanden, du und Alyssa.«

»Ich möchte nicht über sie sprechen«, knurrte Justina leise. »Außerdem geht es dich nichts an.«

»Meine Blutsschwester Huriya hat ihnen geholfen«, sprach Ramita weiter. »Sie hat Jos Lem in ihr Bett gelockt und ihn getötet. Dann hat sie die anderen hereingelassen.« Mehr wagte sie Justina nicht zu verraten.

»Ich erinnere mich an sie. Ein kleines Keshi-Luder mit frecher Zunge.«

»Sie war meine Schwester, mein ganzes Leben lang. Bis sie sich der Fehde verschrieben hat.«

»Ich war sechzig Jahre lang mit Alyssa befreundet«, erwiderte Justina zögernd. »Ich dachte, wir wären seelenverwandt.«

Ramita verzog das Gesicht. »Alyssa hat mir Geheimnisse gestohlen, als sie mir eure Sprache beigebracht hat.«

Justinas Augen verengten sich. »Was für Geheimnisse?«

»Kleine, unwichtige Dinge. Dann hat sie alles Rashid erzählt, nur um mir wehzutun.«

»Dann denk auch an sie, wenn du jemanden verletzen willst.« Justina hob die Hände und brannte mit ihrer Gnosis ein Abbild von Alyssas Gesicht in die Wand. »Für dich, zum Üben.«

Mit einem leisen Schnauben ließ Ramita blaue Magusflammen aus ihren Fingern züngeln. Die nächste Stunde verbrachte sie damit, Blitz um Blitz auf das Porträt abzufeuern, bis nichts mehr davon übrig war als ein schwarzer, verkohlter Fleck. Danach fühlte sie sich besser. Viel besser.

»Kann ich auch ein Glas haben?«, fragte Ramita und nahm die fast leere Flasche Rotwein, die vor Justina auf dem Tisch stand. Es war spätnachts, und die Jadugara war wieder einmal betrunken. Es kam nicht mehr so oft vor wie während der ersten Wochen hier auf der Glasinsel, aber doch alle paar Tage. Das Training am Morgen darauf war immer zäh und Justinas Laune entsprechend schlecht.

Justina blickte kurz auf. »Vater hat gesagt, Schwangere sollen nicht trinken.«

»Wir haben sogar gemeinsam getrunken. Bei unserem Ausflug zum Südpunkt und bei anderen Gelegenheiten, obwohl er wusste, dass ich schwanger war.«

Justina stieß einen Seufzer aus. »Wie du meinst. Genau genommen hat er gesagt, nicht mehr als ein Glas alle paar Abende. Noch ein Grund, nicht schwanger zu werden. Nicht dass es je wieder passieren würde.« Sie errötete leicht. »Nur zu. Trink aus. Ich hab sowieso schon zu viel.«

Ramita nahm ein Glas, goss sich den Rest ein und probierte vorsichtig. Der Wein war schwer und voll, er schmeckte nach diesen roten yurischen Früchten, von denen sie gehört, die sie aber noch nie gesehen hatte. »Du hast ›wieder‹ gesagt.«

Justina murmelte etwas Unverständliches. »Ja, hab ich. Ich hab tatsächlich zu viel getrunken.«

»Du hast ein Kind?«

»Ja«, antwortete sie resigniert. »Ich sage dir das nur, damit du mir nicht die nächsten sechs Wochen damit auf die Nerven gehst.«

»Komisch. Alle mögen mich wegen meines frohen, unkomplizierten Wesens, nur du nicht … Eins? Oder sind es zwei? Junge oder Mädchen? Wie alt? Und wer ist ihr Vater?«

»Ein Mädchen. Sie müsste mittlerweile fast neunzehn sein. Ihr Name ist Cymbellea.«

»Das ist ein schöner Name.«

»Rimonisch. Ich habe ihn nicht ausgesucht. Ich habe sie weggegeben, sobald ich konnte, und sie seither nie wiedergesehen.«

Ramita neigte den Kopf. »Kein einziges Mal?« *Diese Frau hat kein Herz.*

»Ich wollte sie nicht. Es war ein Unfall. Also habe ich sie dem Vater gegeben, als er das nächste Mal in Hebusal war, und ihn mit ihr fortgeschickt. Ihm gesagt, dass ich weder von ihm noch von ihr jemals wieder etwas hören möchte. Bis zum heutigen Tag hat er sich daran gehalten. Kore sei Dank.«

»Wo liegt Rimoni?«

»In Yuros. Er ist dorthin zurückgegangen. Zumindest wird man sie dort wahrscheinlich gut aufgenommen haben und nicht als eine Ausgeburt Shaitans.«

»Wart ihr verheiratet?«

Justina schnaubte verächtlich. »Wohl kaum.«

Ramita schüttelte den Kopf. *Eigentlich müsste Stein ihre Hauptaffinität sein. Sie besteht ja selber daraus.* Ob es auch eine Affinität zu Glas gab? Justina war so zerbrechlich, spröde und empfindlich. Aber da sie gerade redselig gestimmt zu sein schien, beschloss Ramita, ihr noch eine Frage zu stellen. »Du und Alyssa, wart ihr…?«

»Safias? Nein.« Justina fluchte leise. »Wir haben es einmal versucht, aus Neugierde. Aber sie mag Männer lieber. Und ich… Ich mag eigentlich überhaupt niemanden.« Sie versuchte, es sich auf dem Sofa bequem zu machen, aber es schien ihr nicht zu gelingen. »Für mich ist… ich habe mich nie wirklich für Sex begeistern können, und das Danach, wenn man reden und so tun muss, als hätte es einem gefallen, ist mir zuwider. Ich rauche lieber Opium«, fügte sie hinzu und drehte sich weg. »Jämmerlich, nicht wahr?«

Ja. »Nein.« Ramita verspürte das Bedürfnis, etwas Nettes zu sagen. »Du hast nur noch nicht den Richtigen getroffen.«

»Es gibt keinen Richtigen für mich.«

So interessant diese Unterhaltung auch war, sie führte in eine Richtung, die Ramita nicht gefiel, und sie beschloss, sie zu beenden. »Ich bin müde. Gute Nacht, Tochter«, erklärte sie und stand auf.

Justina bekam zwar keinen Wutanfall wie sonst, wenn Ramita sie »Tochter« nannte, dennoch wackelte sie drohend mit dem Zeigefinger. »Nicht doch«, sagte sie. »Du bist jetzt dran mit Erzählen.«

»Von was?«

Auf dem blassen Gesicht der Jadugara stand ein, wenn auch verhaltener, Ausdruck von Sehnsucht, den Ramita noch nie bei ihr gesehen hatte. »Du hast gesagt, mein Vater hätte dich geliebt.« Sie wandte den Blick ab. »Wie ist das, geliebt zu werden?«

Ramita spürte tatsächlich so etwas wie Mitgefühl in sich aufsteigen. Ganz langsam setzte sie sich wieder. »Er hat dich auch geliebt«, antwortete sie vorsichtig. »Selbst wenn er es dir vielleicht nie gesagt hat.«

Kurz darauf öffneten sie die nächste Flasche Wein.

Ramita saß da und beobachtete den tosenden Ozean. Auf der Spitze der Glasinsel befand sich eine Aussichtsplattform, vor neugierigen Blicken geschützt, aber nicht vor den Elementen. An einem ruhigen Tag, wenn die Sonne schien, war dies der schönste Ort auf ganz Urte. Die Plattform blickte nach Westen, und auch wenn die Wellen weit unterhalb waren, spürte Ramita, wie der Fels unter ihrem Ansturm erzitterte. Zu beobachten, wie sich die Sonne am Horizont purpurn verfärbte und die Wolken in Kupfer, Rosa und Gold tauchte, war, wie den Göttern beim Spielen zuzusehen.

Sie lernte beständig, Grundtechniken, die jeder Magus beherrschen sollte: wie man eine Tür öffnet und versiegelt, selbst wenn sie weder Griff noch Schloss hat. Ziele mit Magusfeuer ausschalten. Dinge mit einer Kraft bewegen, die Justina »Telekinese« nannte. Außerdem hatte sie gelernt, sich für Hellseher unsichtbar zu machen und Stein zu formen, als wäre es nasser Ton.

Und die ganze Zeit über wuchsen die Babys. Ihr Bauch gewann schnell an Umfang, und sie bekam silbrige Dehnungsstreifen. Ramitas Brüste waren so groß, dass sie manchmal schmerzten. Dabei war sie erst im vierten Monat.

Was geschieht im Moment draußen in der Welt? Wo ist Kazim? Wo ist Jai? Wie geht es meinen Eltern? Ramita wünschte, sie könnte ihren Geist auf die Suche nach ihnen schicken, aber Hellseherei war nichts für sie, und Gedankenkommunikation, mit deren Hilfe sie Kontakt zu Justina aufgenommen hatte, sollte sie auf keinen Fall benutzen. Das Risiko, dabei entdeckt zu werden, war schlichtweg zu hoch.

Doch dann hörte Ramita eines Tages eine Stimme, durchdringend und vertraut, die ihren Namen rief. Einen Moment lang war sie aus purer Einsamkeit versucht zu antworten, doch die Versuchung ging vorbei, und sie versteckte sich hinter geistigen Mauern, genau wie Justina es ihr beigebracht hatte. *In einem hohen Turm aus dicken Mauern und undurchdringlichen Schatten. Es ist niemand hier, es gibt nichts zu sehen …*

Die Stimme verharrte noch einen Augenblick, dann verschwand sie.

Kurze Zeit später versuchte sie es noch einmal, aber diesmal war Ramita vorbereitet. Sie fragte sich nur, wer es wohl sein mochte. Rashid oder Alyssa wahrscheinlich. Als die Stimme endgültig verstummt war, eilte Ramita zurück in den Turm, wo Fels und Wasser sie weit besser verbargen als ihre eigenen Wächter. »Justina!«, rief sie. »Justina!«

Aber ihre Stieftochter war nicht im Salon. Ramita fand sie schließlich, als sie aus Antonins Gemach kam. Diese Tatsache – und die entsetzliche Blässe auf Justinas Gesicht – hätte sie beinahe vergessen lassen, was gerade passiert war. Ramita schob alle Fragen beiseite und beschränkte sich fürs Erste auf den beunruhigenden Vorfall. »Justina«, begann sie zitternd, »eben war ich oben auf der Plattform und habe den Sonnenuntergang beobachtet, da habe ich plötzlich eine Stimme gehört, die nach mir gerufen hat.«

Die Augen der Jadugara weiteten sich. »Aber sie hat dich nicht gefunden, hoffe ich?« Ihr Gesicht wurde noch fahler.

Ramita schüttelte entschlossen den Kopf. »Ich habe sie abgewehrt.«

Justina atmete auf. »Kore sei Dank!« Sie streckte die Hand aus und strich ihr flüchtig über die Schulter. »Gut gemacht.«

Das war das erste Lob aus ihrem Mund überhaupt.

»Aber ...« Justina verstummte unvermittelt und stützte sich an der Wand ab.

»Ist alles in Ordnung?«, fragte Ramita beunruhigt. »Ist etwas passiert?«

»Ich habe etwas gefunden ... Etwas, das du sehen musst«, antwortete sie zögernd. »In Vaters Gemach.«

Ramitas Kehle wurde staubtrocken. »Dort drinnen?«

»Du kannst jetzt hineingehen.« Wie in Trance trat Justina zur Seite.

Jetzt, da sie es endlich durfte, bekam es Ramita mit der Angst zu tun. Sie legte die Hände auf den steinernen Türrahmen, spürte die Kraft ihres Elements, der Erde, und nahm all ihren Mut zusammen. Dann trat sie ein. Der Raum war bis oben hin voll mit allen möglichen Gegenständen, aber alles war feinsäuberlich aufgeräumt und geordnet. Sie sah ein großes Bett und ein Schreibpult mit zahllosen Papierstapeln darauf. Die Wand vor dem Pult war so durchsichtig, als gähne an dieser Stelle ein Loch im Fels. Die Blickrichtung war Südosten. Ramita erschauerte kurz, dann sah sie sich weiter um, bestaunte die bunten Wandteppiche aus Lokistan, Ingashir, Gatioch und Mirobez. Auf einer hohen Kommode entdeckte sie zwei wunderschöne lakhische Kerzenhalter, und als sie die beiden lebensgroßen Statuen aus weißem Marmor sah, wurden ihre Augen feucht: Die eine stellte sie selbst dar, die andere ihren Mann Antonin. Ramitas steinernes Konterfei reichte ihm etwa bis zum Bauchnabel, die Statue sah winzig klein aus in ihrem Sari und wirkte doch kühn. Meiros trug den üblichen Umhang mit zurückgeschlagener Kapuze, darunter kamen der rasierte Schädel und der gestutzte Bart zum Vorschein – genau wie Ramita ihn einst zurechtgemacht hatte. Tränen strömten ihr übers Gesicht, als sie auf die Statue zutrat und die marmorne Wange streichelte. »Ist es das, was ich sehen sollte?«

Justina kam vom Flur herein. »Nein. Das da.« Sie deutete auf ein Stück Schiefer, das auf dem Schreibpult lag. »Berühr den grünen Stein, der in der Mitte eingelassen ist.«

Ramita streckte die Hand aus und hielt plötzlich inne. »Was ist das?«

»Eine Nachricht.«

»Von meinem Mann? Hast, hast du sie schon gelesen?«

»Ich bitte dich. Für wen hältst du mich eigentlich?«, erwiderte Justina gereizt. »Außerdem *kann* man sie nicht lesen. Es ist eine sprechende Nachricht.« Sie senkte den Blick. »Ich habe dir unrecht getan. Ich hätte dir den Zutritt nicht verweigern sollen.«

Sie hat gerade zugegeben, dass sie einen Fehler gemacht hat … das gab es noch nie. Ramita verkniff sich einen bissigen

Kommentar und starrte den grünen Edelstein an. Schließlich bewegte sie ganz langsam die Hand darauf zu und hielt dann wieder inne. »Antonin hat eine Botschaft hinterlassen?«, fragte sie verunsichert. »Für mich?«

»Das sagte ich doch gerade, oder?«, erwiderte Justina ungeduldig.

Ramita biss sich auf die Unterlippe. Was mochte er ihr zu sagen gehabt haben? Würde er sie am Ende doch noch verstoßen? *Ich habe nur so getan, als hätte ich dich geliebt. Aber du bist nicht mehr als eine Magd.* Oder schlimmer noch: *Ich weiß von dir und Kazim.*

Sie warf Justina einen kurzen Blick zu. »Ich möchte allein sein.«

»Er war mein Vater!«, sagte Justina aufgebracht.

»Du kannst es dir später anhören.«

Justina stampfte schnaubend aus dem Zimmer und knallte die Tür hinter sich zu.

Als sie endlich allein war, setzte Ramita sich aufs Bett und sammelte sich. Irgendwann berührte sie den Stein. Er kitzelte auf ihrer Haut, und ein Bild stieg in ihr auf – von trockenem Papier, so wie sie Meiros immer empfunden hatte. Es war ein vertrautes und gleichzeitig trauriges Gefühl. Eine Lichtspiegelung erschien über der Schieferplatte, eine gerade mal kürbisgroße Version ihres ermordeten Gatten, wie er in seinem Lehnstuhl saß. Er wirkte entspannt, und Ramita schluckte. Das Abbild *sprach* nicht mit ihr, sie hörte Meiros' Stimme in ihrem Geist.

Ramita, geliebte Frau. Ich weiß nicht, wann oder ob du diese Botschaft jemals hören wirst, doch falls dieser Fall eintritt, so hoffe ich, ist es noch früh genug, um etwas zu bewirken. Ich habe sie im Maicin 928 aufgezeichnet, ein paar Wochen nachdem wir von deiner Schwangerschaft erfuhren. Erinnerst du

dich noch, dass ich zu dieser Zeit viel reisen musste? Eine die-
ser Reisen führte mich hierher, zur Glasinsel. Ich habe diese
Nachricht an dich verfasst und Vorräte für euren Aufenthalt
hier angelegt.

»Mein Gemahl, ich …«, begann Ramita, verstummte aber
gleich wieder. Meiros war tot. Es war eine Lichtspiegelung, die
zu ihr sprach, mehr nicht. Es hatte keinen Sinn, sie mit Fragen
zu bestürmen.

Vor drei Monaten habe ich schon einmal eine Nachricht für
dich aufgezeichnet für den Fall, dass mir etwas zustößt, bevor
du schwanger wirst. Darin habe ich dich gebeten, schnellst-
möglich nach Lakh zurückzukehren und dich dort zu verste-
cken, doch das ist inzwischen hinfällig. Es ist nicht mehr mög-
lich, denn deine Schwangerschaft ändert alles.

Ramita legte besorgt die Hände auf ihren straff gespannten
Bauch.

Ramita, wenn du diese Nachricht bekommst, dann nur, weil
ich tot bin. Weissagungen sind unzuverlässig, deshalb kann ich
nicht sagen, was passiert ist, doch wusste ich seit geraumer Zeit
von Gruppierungen, die mir nach dem Leben trachteten, und
niemand ist vor dem Tod durch die Hand eines entschlossenen
Attentäters gefeit. Ich wusste, dass du Rat und Hilfe brauchen
würdest, falls ich sterben sollte, wenn du bereits schwanger
bist. Also habe ich Justina angewiesen, dich hierher zu bringen.
Wenn du dies hörst, ist zumindest dieser Teil des Plans aufge-
gangen.

Ramita wischte sich die Tränen ab, die immer noch ungehindert strömten.

Zuerst, geliebte Frau, lass mich dir sagen, wie unglaublich
stolz ich auf dich bin. Mehr als das: Ich habe dich mehr geliebt,
als ich je den Mut hatte, dir zu sagen. Ich hoffe, es ist mir ge-
lungen, dir die unwürdige Situation zumindest erträglich zu

machen. *Ich weiß, eine so junge und lebendige Frau wie du kann einen alten »Ferang« wie mich niemals wirklich lieben, aber ich hoffe, du wirst mich stets in wohlwollender Erinnerung behalten.*

Das tue ich, mein Gemahl, das tue ich.

Des Weiteren lass mich dir erklären, weshalb ich dich als meine Frau ausgesucht habe. Lass mich dir von den Divinationen erzählen, die mich zu dir geführt haben. Wie du weißt, suchte ich nach einer Frau, die weder aus Yuros noch aus Nordantiopia stammt und mit einer möglichst hohen Wahrscheinlichkeit Mehrlinge zur Welt bringen würde. Vor unserer Hochzeit habe ich dir gesagt, ich hätte gesehen, wie unsere Kinder über ein neues Zeitalter des Friedens und des Fortschritts in Hebusal herrschen. Er fuhr sich mit den Händen übers Gesicht, dann blickte er sie direkt an. *Das war nur die halbe Wahrheit.*

Ramitas Atem stockte. *Was hat das zu bedeuten?*

Die ganze Wahrheit ist, dass die Zeit dafür viel zu knapp war. Deine Zwillinge werden nicht einmal in den nächsten Kriegszug eingreifen können, geschweige denn in diesen. Eines Tages mögen sie durchaus eine wichtige Rolle spielen, aber das ist nicht der Grund, weshalb ich dich ausgesucht und nach Hebusal gebracht habe.

Ramita hatte das Gefühl, als würde der Fels unter ihren Füßen plötzlich weich, als könnte er jeden Moment einfach nachgeben. *Was redest du da? Du hast immer gesagt, unsere Kinder wären …*

Geliebte Ramita, ich brauchte nicht eine fruchtbare Lakhin und deren Kinder, ich brauchte dich. *Du bist diejenige, die diesen schändlichen Krieg beenden kann. Du* bist *diejenige, die Urte den Frieden bringen kann.*

Ihr Herz setzte einen Schlag lang aus. *Ich?*

Ich sehe förmlich dein Gesicht vor mir, teure Gemahlin, wenn du diese Worte hörst. Demütig und bescheiden wie du bist, wirst du denken, das alles sei nur ein Traum und nicht die Wirklichkeit, ich hätte den Verstand verloren oder erlaube mir einen grausamen Scherz mit dir. Doch dem ist nicht so.

Dass er ihre Reaktion so exakt vorausgesehen hatte, ließ Ramita zum zweiten Mal vergessen, dass Meiros gar nicht hier war. »Wie kann das sein?«, stammelte sie und wartete einen Moment lang tatsächlich auf eine Antwort, irgendeine Erklärung.

Ich habe das Phänomen der Manifestation während der Schwangerschaft ausgiebig studiert, mein Interesse jedoch stets geheim gehalten, und ich habe nur einen einzigen Fall gefunden, in dem ein Magus Vater von Mehrlingen wurde. Zumeist haben wir Magi Probleme, überhaupt Kinder zu zeugen, geschweige denn Zwillinge oder gar Drillinge, doch gab es einmal eine junge Dhassanerin, die Zwillinge von einem rondelmarischen Viertelblut gebar. Der Hundesohn hatte sie vergewaltigt. Sie war Patientin in Justinas Heilerorden und wurde zusammen mit ihren Kindern getötet, als die Rondelmarer während des zweiten Kriegszugs das Kloster plünderten. Doch die Aufzeichnungen legen nahe, dass die Manifestation bei diesem Mädchen enorm stark war, weit stärker als zu erwarten. Während ihre Kinder nur Sechzehntelblute waren, verfügte sie selbst über die ungezügelte Kraft eines Vollblutmagus.

Ramita hielt den Atem an und schüttelte ganz langsam den Kopf.

Diese Erkenntnis stand noch ganz am Anfang meiner Nachforschungen, und als der Kriegszug vorüber war und ich mehr Zeit hatte, untersuchte ich den Fall näher, ging Aufzeichnungen über Geburten auf beiden Kontinenten durch. Stets reiste ich im Verborgenen und hielt den wahren Zweck meiner Nachfor-

schungen geheim. Leider gibt es nur wenig Magi, und die Auf-
zeichnungen sind lückenhaft, doch fand ich genügend Beweise,
um zu der Schlussfolgerung zu gelangen, dass sich in Frauen,
die mit Mehrlingen schwanger werden, die Gnosis noch weit-
aus stärker manifestiert als im Vater der Kinder. Also begann
ich vor einem Jahr, nach einer Frau wie dir zu suchen. Ich bin
ein Aszendent, in meinen Adern fließt das stärkste und reinste
Magusblut, das Urte kennt, und ich wage kaum, mir die Kräfte
vorzustellen, die du, Ramita, entwickeln wirst.

Meiros rieb sich den kurz geschorenen Bart, und sein Blick
wurde sanft. *Den Rest der Geschichte kennst du, wie ich dich*
gefunden und nach Hebusal gebracht habe. Und jetzt trägst
du unsere Kinder in dir. Ich weiß, du bist beunruhigt, weil du
noch keine Anzeichen der Manifestation bemerkt hast, aber
sie wird kommen und im Verlauf der Schwangerschaft immer
stärker werden. Ich werde alles in meiner Macht Stehende tun,
um dich zu beschützen und zu unterweisen, doch wenn du dies
hörst, dann nur, weil ich nicht mehr am Leben bin und du mit
Justina hierher geflohen bist. Er lächelte wehmütig. *Ich weiß,*
du bist nicht sonderlich gut mit ihr ausgekommen – nur wenige
tun das. Doch sie wird dir helfen, um meinetwillen, und um ih-
rer ungeborenen Halbgeschwister willen.

Ramita warf einen Blick auf die geschlossene Tür in ihrem
Rücken. Nein, sie kamen nicht besonders gut miteinander aus,
aber es wurde besser. Mehr oder weniger.

Ich möchte dich auch wissen lassen, weshalb ich ausgerech-
net eine Lakhin als Frau wollte, und keine andere. Lakh ist
ein riesiges Land mit einer riesigen Bevölkerung, es hat großes
Potenzial, sowohl wirtschaftlich als auch militärisch. Wenn
unsere Kinder zur Welt kommen, Ramita, wirst du schon auf
dem Weg sein, die mächtigste Magi zu werden, die die Welt
je gesehen hat. Geh nach Lakh und suche Großwesir Hanouk

auf. Du erinnerst dich, wie ich dir sagte, dass er deinen Namen bald kennen und sich glücklich schätzen werde, sich zu deinen Freunden zählen zu dürfen. Mittlerweile kennt er deinen Namen und weiß, dass du zu ihm kommen wirst. Du kannst ihm vertrauen. Er wird dich aufnehmen und dich mit einer weltlichen Macht ausstatten, die der Stärke deiner Gnosis würdig ist. Sammle den Ordo Costruo um dich. Rene Cardien wird dich unterstützen. Nutze die Macht des Ordens und Hanouks Einfluss, um Sultan Salim von Kesh unter Druck zu setzen. Trotze Kaiser Constant von Rondelmar. Mit einem lakhischen Heer im Rücken wirst du in der Lage sein, Salim und Constant zum Frieden zu zwingen, Ramita. Du kannst die Kriegszüge ein für alle Mal beenden.

Ramita blinzelte Meiros' Abbild mit offenstehendem Mund an. *Das ist verrückt. Das kann nicht sein.*

Ich bitte dich, geliebte Gemahlin, sei tapfer und lerne fleißig. Ich weiß, du wirst außerordentliche Dinge sehen und vollbringen, ein paar davon habe auch ich in deiner Zukunft gesehen. Dennoch ist dein Sieg alles andere als gewiss. Manche werden behaupten, es sei unmöglich, wie mächtig du auch werden magst, doch ich glaube an dich.

Ramita schnappte nach Luft. *Ich glaube an dich.* Er hatte es tatsächlich gesagt.

Schrecke nicht davor zurück, wieder zu heiraten – vielleicht sogar deinen Kazim, dem ich dich so grausam entrissen habe. Die ganze Welt wartet auf dich, Ramita Ankesharan, und du hast die Macht, sie für immer zu verändern. Ergreife diese Chance, ergreife sie mit beiden Händen. Er faltete die Hände und hob sie an die Stirn. *Namaste, geliebte Frau. Auch wenn ich nie den Mut gefunden habe, es laut auszusprechen, sondern nur in Gedanken: Ich liebe dich, Ramita, und werde dich immer lieben.*

Nachdem das Bild verschwunden war, saß Ramita noch minutenlang auf dem Bett. Sie bebte am ganzen Körper und weinte. *Nicht die Kinder, sondern* ich! *Er erwartet, dass* ich *die Welt rette.* Ramita konnte keinen klaren Gedanken mehr fassen. Es war zu viel, alles viel zu viel.

Irgendwann hob sie den Kopf, streckte sich und hörte sich Meiros' Botschaft ein zweites Mal an, um sie sich einzuprägen. Und um die Stimme ihres toten Gatten noch einmal zu hören.

Ramita saß gerade im Salon, als Justina abends von unten heraufkam. Den Nachmittag hatte sie auf der Aussichtsplattform verbracht, den Wellen zugesehen und über die Botschaft ihres verstorbenen Mannes nachgedacht. Jetzt saß sie still da und beobachtete, wie das tiefrot schimmernde Oberlicht allmählich immer dunkler wurde.

»Er muss den Verstand verloren haben«, sagte Justina.

Ramita drehte ihr das Gesicht zu. Justina war aschfahl, ihr Gang unsicher. »Hat er noch etwas gesagt?«

»Er hat auch mir eine Nachricht hinterlassen, über dich und die Gnosis.« Die Details wollte Justina offensichtlich nicht verraten. »Er sagt, ich muss dir alles beibringen, was ich weiß. Als ob ich das nicht ohnehin tun würde«, murmelte sie wie ein eingeschnapptes Kind. »Er sagt, du wirst uns alle in den Schatten stellen.«

Und das gefällt dir nicht. Ramita musste sich ein Lächeln verkneifen.

»Er könnte sich getäuscht haben, vergiss das nicht«, fügte sie bissig hinzu. »Er ist nicht allwissend. Die bedauernswerte Dhassanerin, von der er gesprochen hat, könnte ein Einzelfall gewesen sein. Vielleicht verschwenden wir nur unsere Zeit.«

»Ich schätze, wir werden es bald herausfinden«, merkte Ramita an. »Tochter.«

Justina warf ihr einen finsteren Blick zu. »Dann stell dich schon mal auf einen anstrengenden morgigen Tag ein.« Sie ging zum Tisch, packte den Teller Lammcurry, den Ramita ihr aufgehoben hatte, und stolzierte davon.

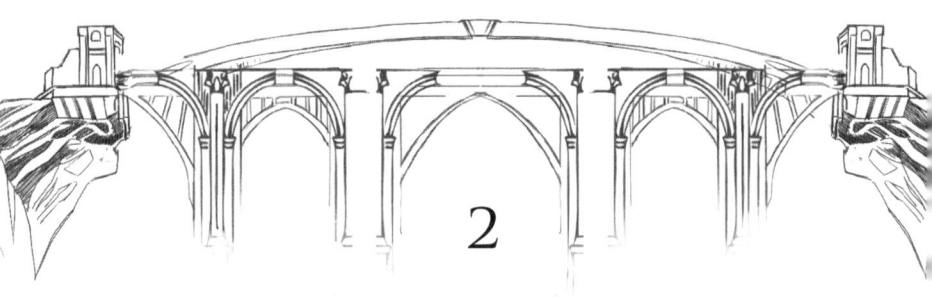

2

DURCH KESH

WINDSCHIFFE

Eine unserer ersten und wertvollsten Entdeckungen war, Holz mit Gnosis aufzuladen, sodass es fliegen konnte. Der nächste Schritt war, einen Rumpf mit Mast und Segel um den aufgeladenen Kiel zu bauen. Es gelang nicht auf Anhieb, aber im Jahr 420, vierzig Jahre nach der Aszendenz der Gesegneten Dreihundert, kreuzten die ersten Windschiffe über Yuros und erwiesen sich als äußerst nützlich für Militär und Handel. Nach eingehender Beobachtung der Segelschiffe auf dem Sibernesee konnten entscheidende Verbesserungen an der Konstruktion vorgenommen werden, Fortschritte in der Steuerkunst kamen hinzu. Die unumschränkte Luftherrschaft war und ist einer der Grundsteine unserer Macht.

ANNALEN VON PALLAS

Hebusal in Dhassa, Antiopia
Rami (Septnon) bis Shawwal (Okten) 928
Dritter und vierter Monat der Mondflut

In der dritten Augeitewoche erreichte die Pallacios XIII bei Vollmondlicht das Hebbtal. Mater-Lunes pockennarbiges Antlitz sah aus wie immer, doch ansonsten war nichts wie in Yuros. Das Land schien, zumindest auf den ersten Blick, vollkommen trocken und leblos. Eine einzige braune Wüste. Die wenigen Flussbetten waren ausgetrocknet, jeder noch so mickrige Baum längst zu Brennholz verarbeitet. Die Dörfer, durch die sie kamen, lagen verlassen, die Bewohner waren längst vor dem Kriegszug geflohen. Die meisten der leerstehenden Häuser waren zu einer Seite offen, nur wenige hatten Fenster, geschweige denn Läden daran, manche nicht einmal eine Tür. Wahrscheinlich blieb es auf diese Weise im Inneren kühler. Dennoch wirkten die strohgedeckten Lehmziegelbehausungen ärmlich, bestenfalls wie halbfertige Scheunen. Am fünften Tag sahen sie den ersten Dhassaner, einen dunkelhäutigen Greis, der mit um die Füße gewickelten Lumpen am Rand der Straße dahinhumpelte. Bondeau schleuderte ihn mit einer Handbewegung in den Staub, und der ganze Zug lachte.

Der Alte blickte den Soldaten wütend hinterher.

Nachts fiel die Temperatur heftig ab, trotzdem war es immer noch heißer als selbst in den schwülen silacischen Sommern. Glücklicherweise war die Luft hier in Dhassa so trocken, dass der Kreislauf nicht ganz so schlimm in Mitleidenschaft gezogen wurde wie während einer Hitzewelle in Yuros. Solange es genug Wasser gab, konnte man das Klima einigermaßen ertragen. Nicht umsonst waren viele Wagen der kaiserlichen Legionen nichts anderes als gigantische Wasserfässer auf Rädern, so schwer, dass nur ein Hulka sie ziehen konnte.

»Sieh sie dir nur an«, murmelte Kill. »Wie viele Steaks man wohl aus einem davon machen könnte?«

»Gut möglich, dass wir es noch vor Ende des Kriegszugs herausfinden«, kommentierte Baltus Prenton.

»Ich mag die Viecher sowieso nicht«, fügte Ramon hinzu. »Tiere, die verstehen, was man zu ihnen sagt, sind mir nicht geheuer.«

»Ganz meine Meinung«, bestätigte Baltus und wechselte dann das Thema. »Luft ist doch eine deiner Affinitäten, oder? Schon mal ein Skiff geflogen?«

»Sicher, am Arkanum. Hat Spaß gemacht.«

»Umso besser. In Hebusal bekommen wir zwei weitere Skiffs. Du und Severine seid meine Ersatzpiloten. Wäre gut, wenn ihr auch mit den Dingern umgehen könntet.«

Ramon grinste. »Kein Problem. Um meinen Kumpel Alaron müsstest du dir Sorgen machen, um mich nicht. Der hat mal eins ins Dach des Landsitzes seiner Familie gesetzt. Ich wünschte, ich wäre dabei gewesen.« Mit einem versonnenen Lächeln dachte er an seinen reizbaren und etwas ernsten Freund und fragte sich, wo er wohl sein mochte. Ob er Cym inzwischen gefunden hatte und die Skytale.

Kurze Zeit später erreichten sie eine Hügelkuppe. Die Sonne versank gerade im Westen, da blickten sie hinab auf die heilige Stadt Hebusal, in der der Amteh-Prophet Aluq-Ahmed einen großen Teil seines Lebens verbracht hatte. Die alte Innenstadt war von einem Mauerring geschützt, darum herum erstreckten sich auf einer schier endlosen Fläche klapprige Hütten, genauso ärmlich wie die, die sie unterwegs gesehen hatten, oder sogar noch schlimmer. Hunderte Rauchsäulen stiegen von offenen Kochstellen in den dunkler werdenden Himmel, während hinter der Stadtmauer die goldene Kuppel der Bekira – sie war der größte Dom-al'Ahm in ganz Urte

und die letzte Ruhestätte von Aluq-Ahmeds Frau Bekira –
und der marmorne Gouverneurspalast um die Wette glänzten.
Hoch darüber thronte auf einem Hügel im Westen der Domus
Costruo. Das gigantische Bauwerk wirkte kahl und leblos. Ge-
rüchten zufolge hatte sich der Orden in seine Kriegsfestung
Krak di Condotiori zurückgezogen.

Im Osten lagen die Gotan-Höhen mit ihren zahllosen Be-
festigungen. Das Lager unter ihnen war fast genauso groß wie
das, das sie in Nordpunkt verlassen hatten. Die Feldlager der
Legionen mit ihren unzähligen Zelten und Pferchen voller
Vieh erstreckten sich über die ganze Ebene bis an die Hügelkette heran, hinter der die dhassanischen Berge aufragten, so
mächtig, dass sie zum Greifen nahe erschienen.

Und endlich sahen sie auch Menschen: einheimische Händler, die über kleinen Feuerchen Fleisch und Nüsse rösteten.
Rondelmarische Legionäre bewachten die Verkaufsstände und
sorgten dafür, dass die Käufer einen angemessenen Preis be-
zahlten. Das war eine Lektion, die Pallas aus den letzten beiden Kriegszügen gelernt hatte. Wenn sie die Dhassaner um
den Lohn ihrer Arbeit brachten, verschwanden die Stände,
und mit ihnen eine wichtige Versorgungsquelle. Den Handel zu schützen war somit eine indirekte Unterstützung der
Kriegsanstrengungen. Außerdem gab es noch andere Vorzüge:
Gleich neben den Feuern räkelten sich Prostituierte in halb-
durchsichtigen Gewändern unter den Vordächern ihrer Zelte,
jede in Begleitung eines männlichen Aufpassers, bei dem es
sich zumeist um einen Bruder oder den eigenen Ehemann
handelte. Die dhassanischen Frauen waren von verlocken-
der, fast gefährlicher Schönheit. Unablässig drehten die Legionäre die Köpfe und stießen einander in die Rippen, während
die kühneren unter den Huren ein Stück nebenherliefen und
ihnen in gebrochenem Rondelmarisch etwas zuriefen.

»Augen nach vorn, ihr Hunde!«, brüllten die Zenturios. »Nehmt gefälligst die Hände aus der Hose und spart euch die Kraft fürs Schaufeln! Ihr habt noch genug Gräben auszuheben!« Kill starrte wie hypnotisiert eine Frau mit schwarzem, hüftlangem Haar an. »Scheiße, sieh dir das an«, murmelte er.

»Silacierinnen sind hübscher«, erwiderte Ramon, um der Konversation willen. *Ihre Augen sind vollkommen tot. Nur sich selbst hasst sie noch mehr als uns.* »Außerdem ist sie wahrscheinlich so ansteckend wie eine ganze Leprakolonie. Halt dich lieber von ihr fern, Amiki.«

»Schlesserinnen, für mich geht nichts über Schlesserinnen«, erwiderte Kill, aber sein ruheloser Blick sagte etwas anderes. »Blond und groß ...« Er hielt sich die gewölbten Hände vor die Brust. Als die Hure daraufhin auch noch ihr Kleid aufknöpfte, schloss er stöhnend die Augen.

Ein Stück weiter vorne ritt Severine Tiseme, allein. Ihr ständiger Begleiter Renn Bondeau war voll und ganz damit beschäftigt, genauso lüstern wie alle anderen die leichten Mädchen anzustarren. Seth Korion versuchte, Severine zu besänftigen, doch seinem Gestammel und dem hochroten Gesicht nach zu urteilen, wollte es ihm nicht recht gelingen.

Einem spontanen Impuls folgend, trieb Ramon sein Pferd an und gesellte sich zu ihnen, während Kill die nächste exotische Schönheit begaffte, die sich vor ihm entblößte.

»Dame Severine, ist es nicht schön, endlich hier zu sein?«, fragte er gutgelaunt.

Seth warf ihm einen nervösen Blick zu und dirigierte seinen Khurna weiter nach vorn.

Severine schaute Ramon verdutzt an. Vermutlich wunderte sie sich, woher er die Unverfrorenheit nahm, sie einfach anzusprechen. »Ein grässlicher Ort. Muss dich an Zuhause erinnern.«

Wie nett. »Er erinnert mich an die Münzergasse in Noro-stein, nur dass die Mädchen hier hübscher sind.«

»Widerlich sind sie«, schnaubte Severine und fixierte dabei Renn, der ein Stück vor ihr ritt.

»Genauso widerlich ist es, die Einheimischen ihrer Existenzgrundlage zu berauben, sodass ihnen nichts anderes mehr übrigbleibt, als ihren Körper zu verkaufen, wenn sie nicht verhungern wollen«, entgegnete Ramon.

Severine warf den Kopf in den Nacken. »Eine yurische Frau würde sich nie so weit herablassen.«

»Glaubst du? In Noros ist während der Revolte genau das passiert. Das weiß ich aus zuverlässiger Quelle.«

»Noros ist eine Provinz. In Rondelmar herrschen Zucht und Ordnung. Unsere unerschütterliche Moral ist unsere Stärke.«

Was für ein passender Kommentar aus dem Mund einer Frau, die so schnell wie möglich schwanger werden will, damit sie endlich zurück nach Hause kann. »Wie ich höre, werden wir gemeinsam fliegen«, wechselte Ramon schließlich das Thema.

»Wohl kaum. Ich fliege mit Windmeister Prenton.«

»Je ein Skiff geflogen? Allein, meine ich.«

»Ein gutes Arkanum bringt uns Mädchen keine so billigen Tricks bei.«

»Das heißt also Nein?«

Sie zog einen Schmollmund. »Ich lerne schnell.«

»Das wirst du auch müssen. Prenton hat mir erzählt, dass Skiff-Piloten, die über der Wüste abstürzen, jämmerlich in der Sonne verrecken.«

»Pass lieber auf dich selbst auf, Rimonier«, erwiderte Severine wütend.

»Silacier«, berichtigte Ramon.

Severine drehte ihm das Gesicht zu. »Was interessiert es mich, wo eine Ratte wie du herkommt?«

»Wie charmant du sein kannst, wenn du nur willst. Ich hoffe nur, du wirst rechtzeitig schwanger, um dir all den Ärger zu ersparen, der uns bevorsteht.«

»Diese haltlose Unterstellung nimmst du sofort zurück!«, fuhr Severine auf, und Renn Bondeau wendete prompt seinen Khurna in ihre Richtung.

»Bleibt gefälligst im Glied!«, polterte Rufus Marle von irgendwo weiter hinten.

Ramon salutierte ironisch und reihte sich wieder neben Kill ein.

Was hast du zu ihr gesagt, Schleimscheißer?, fragte Bondeau stumm.

Gar nichts.

Ist auch besser für dich.

Kill war es inzwischen gelungen, den Blick lange genug von den Dhassanerinnen loszureißen, um mitzubekommen, dass eine gewisse Anspannung in der Luft lag. »Was ist los?«, fragte er.

»Nur ein kleiner Plausch unter Freunden«, antwortete Ramon mit einem Zwinkern.

Kill lachte. »Ist dir aufgefallen, wie Seth Korion dir aus dem Weg geht? Du musst ihn ganz schön oft verprügelt haben damals an eurem Elite-Arkanum.«

»Eigentlich nicht. Seth läuft immer davon.«

»Aber er ist doch der Sohn des großen Generals, oder?«

»Starke Väter haben manchmal schwache Söhne.«

»Nennt man ihn deshalb den ›geringeren Sohn‹?«

»Exakt. Weißt du inzwischen, wie du deinen sauer verdienten Sold in Hebusal ausgeben wirst?«

Kill schaute kurz über die Schulter zu den Huren. »Im Großen und Ganzen, ja. Im Speziellen, nein. Und du?«

Ramon schüttelte den Kopf. »Ich glaube, ich werde im Lager

bleiben. Meine Hand ist billiger, und außerdem riskiere ich nicht, mir was einzufangen.«

Kill rümpfte die Nase. »Wahrscheinlich hast du recht, aber es gibt Dinge, die muss man einmal im Leben gemacht haben.«

Ramon schnaubte verächtlich. »Nein. Man muss nicht alles einmal gemacht haben, vor allem bestimmte Dinge nicht. Aber wie mir scheint, wird dich keine Macht der Welt davon abbringen.«

»Für einen silacischen Taschendieb bist du erstaunlich klug …«, erwiderte Kill mit einem Grinsen.

Als es dunkel war, leerte sich das Lager schnell. Vor manchen der Vergnügungszelte sah Ramon bis zu zwanzig Mann warten, die drei andressanischen Magi waren auch darunter. Die ewigen Spieler Coulder und Fenn hatten unter den Argundiern ein paar Mitstreiter gefunden und waren mit ihnen nach Hebusal gegangen. Ramon hatte weder Lust auf Huren noch auf Würfeln und staunte, wie einfach gestrickt doch die meisten Männer waren – er selbst hatte Höheres im Sinn, wenn auch nicht sehr viel höher. Er legte Zivilkleidung an und machte sich auf den Weg zum Windhafen.

Ein Schiff, das vor einer Stunde gelandet war, löschte gerade unter dem wachsamen Blick eines kaiserlichen Inspektors seine Ladung. Ramon beobachtete die Szene und wartete. Als der Inspektor verschwunden war, schlenderte er auf den Kapitän zu, der gerade einen kräftigen Schluck aus seinem Flachmann nahm, während die Matrosen es sich an Deck bequem machten und sehnsüchtig hinüber zu den Bordellzelten schauten.

»Abend, Käpt'n«, sagte er und streckte die Hand aus. »Ramon Sensini aus Retia.«

Der Kapitän setzte den Flachmann ab und schüttelte ihm

widerwillig die Hand. »Faubert von der Fleur-Rouge. Was willst du, Silacier?«

»Ach, ich wollte nur fragen, ob Ihr irgendwas zu verkaufen habt.«

»Falsche Adresse, Kumpel.«

Ramon hob die Augenbrauen. »Tatsächlich? Nichts Besonderes an Bord?«, fragte er mit einem wissenden Lächeln.

Faubert runzelte die Stirn. »Nichts Besonderes, Kumpel. Ich bin ein ehrlicher Händler.«

»Dieses Schiff kommt aus, woher, Andressea?«, hakte Ramon nach. »Normalerweise gibt es unter dem Bugspriet ein kleines Staufach mit doppeltem Boden und in der Kapitänskajüte ein weiteres, ungefähr so groß wie eine Matratze.«

Fauberts Augen verengten sich. »Der Inspektor war gerade hier, Kumpel. Mein Schiff ist sauber.«

»Die Inspektoren haben keine Ahnung.«

Faubert griff in den Ausschnitt seines Hemds und zog ein glitzerndes Amulett hervor. »Willst du Ärger machen, Junge?«

Ramon blieb unbeeindruckt. Er zuckte lediglich die Achseln und zeigte dem Kapitän sein eigenes Amulett. »Nicht unbedingt, aber ich könnte, wenn ich wollte.«

Faubert blinzelte. »Nicht viele haben so etwas«, sagte er vorsichtig. »Was willst du?«

»Nichts Besonderes«, erwiderte Ramon freundlich. »Nur etwas, das mich davon abhält, mich mit dem Inspektor zu unterhalten, der eben hier war. Wir wollen doch nicht, dass er die gesamte Ladung konfisziert und Euch in Ketten legt. Mich werdet Ihr viel einfacher wieder los als ihn.« Er zeigte ihm seine Legionsplakette. »Pallacios dreizehn, zehntes Manipel. Ich möchte kaufen.«

Faubert musterte ihn misstrauisch. »Kann schon sein. Woher kennst dich so gut mit andressanischen Schiffen aus?«

»Mein Familioso hat gute Beziehungen zu Schmugglern in Andressea.«

»Verstehe. Was willst du kaufen?«

»Was habt Ihr?«

Der Kapitän schürzte die Lippen. »Brevischen Whisky, ist ein guter Tropfen.«

Der Whisky, den Giordano ihm geschenkt hatte, war längst ausgetrunken. Ramon lächelte. »Klingt gut. Ich würde sagen, ich nehme ein Fässchen. Und einen Teil von der Fracht, die Ihr wieder mit nach Yuros nehmt.«

Faubert winkte ab. »Wir fliegen leer zurück, Kumpel.«

»Sicher. Bei allem Respekt, Käpt'n, kein Händler fliegt leer zurück. Was habt Ihr? Mohn?«

Fauberts Kiefermuskeln zuckten. »Hör zu, Junge, ich mag dich, aber lass mich dir eins sagen: Wenn du mich bei den Inspektoren verpfeifst, breche ich dir beide Beine, und das so oft, dass selbst ein Heiler sie dir nur noch amputieren kann.«

Ramon kicherte leise. »Das könnte schwieriger werden, als Ihr es Euch vorstellt, Kapitän Faubert. Wenn Ihr mir allerdings ein paar Unzen von Eurem Mohn gebt und ein Fässchen Whisky, werdet Ihr mich nie wiedersehen.« Wieder streckte er die Hand aus. »Abgemacht?«

Faubert musterte ihn düster. Nach einigem Zögern spuckte er in die Handfläche, und sie besiegelten die Abmachung mit einem Händedruck.

Ramon kehrte ins Lager zurück und wartete beim Zelt auf Kill, der wenig später mit einem ehrfürchtigen Staunen auf dem Gesicht wiederkam. »Diese Frauen ... unglaublich, mein Freund«, stammelte er. »Bewegen können die sich, ich meine, die Hüfte ...«

Ramon sagte nichts und reichte ihm einen kleinen Becher mit einer bernsteinfarbenen Flüssigkeit darin.

Kill schnupperte vorsichtig. »Ist es das, was ich denke?«

»Darauf kannst du wetten.« Ramon zeigte ihm das Fässchen. »Diesen Becher und dann noch einen, mehr nicht für heute«, ermahnte er ihn. »Könnte sein, dass das Zeug für den gesamten Kriegszug reichen muss.« Er klopfte Kill auf die Schulter. »Bin gleich wieder da.«

»Wo willst du denn jetzt schon wieder hin?«

Ramon zwinkerte ihm zu. »Geheimnis. Aber du kannst dich schon mal auf ein bisschen Unterhaltung gefasst machen.«

»Ich bin ein Engel Kores!«, johlte Renn Bondeau, dass das gesamte Lager es hörte.

»Und ich bin Corineus, der Allmächtige!«, stimmte Seth Korion mit ein, bis auch noch der letzte Legionär wach war.

Ramon, der noch gar nicht geschlafen hatte, rüttelte Kill an der Schulter und zog ihn an den Rand des Lagers zum Schauplatz der Szene. Sie waren unter den Ersten, die unter einem der wenigen gemauerten Gebäude am Stadtrand von Hebusal zusammengelaufen kamen und staunend hinauf zum Dach schauten, auf dem ein schwankender Renn Bondeau neben seinem ebenso unsicher auf den Beinen wirkenden Freund Seth Korion stand. Von Bondeaus Mund und Fingern stiegen glitzernde goldene Fünkchen in den Himmel. Sie konnten sich kaum noch auf den Beinen halten, einzig und allein ihre Gnosis hielt sie dort oben. Beide waren splitternackt und hielten jeder eine Flasche Rotwein in der Hand. Zwischen ihnen eingezwängt stand ein zitterndes, nur mit einem Laken bekleidetes Keshi-Mädchen. Sie weinte. Von unten brüllte ein wütender Dhassaner, vermutlich ihr Mann, etwas zu den beiden Magi hinauf.

»Ich bin der Herrscher!«, erwiderte Renn lallend. »Über alles!«

»Und ich bin Kore höchstpersönlich«, fügte Seth hinzu.

Immer mehr Soldaten und Offiziere der Dreizehnten kamen herbeigelaufen. Ihr anfängliches Entsetzen schlug nach und nach in Gelächter um, vor allem als Bondeau sich vornüberbeugte und vom Dach kotzte, nur um sofort den nächsten Schluck zu nehmen.

»Renn? Seth?«, rief eine entsetzte Frauenstimme. Sie gehörte Severine, die inzwischen ebenfalls eingetroffen war. *»Kommt da runter!«*

Die umstehenden Fußsoldaten lachten schallend, verstummten aber sofort, als Severine ihnen einen drohenden Blick zuwarf.

»Sevi!«, johlte Renn und hielt sich an dem Mädchen fest, um nicht umzukippen. »Sevi, ich wollte, dass du es als Erste erfährst! Das hier ist…« Er schaute die junge Keshi verwirrt an. »Wer bist du noch mal?«

Das Mädchen stieß ein Wimmern aus und riss sich los. Sie wollte nur weg, aber sie war barfuß und unter dem Laken genauso nackt wie Bondeau und Korion. »Hilfe!«, schrie sie in gebrochenem Rondelmarisch.

Baltus Prenton eilte nach vorn und streckte die Arme aus. »Spring, Mädchen! Ich fang dich auf, hab keine Angst.«

»Pass gut auf sie auf, Prenton«, nuschelte Bondeau. »Das ist meine Frau!«

»Was?!«, kreischte Severine.

»Keine Sorge, Sevi«, lallte Bondeau. »Amteh-Mädchen können so oft heiraten, wie sie wollen…« Er taumelte auf das arme Ding zu. »Kore, bin ich verliebt!«

Mit einem spitzen Schrei sprang das Mädchen vom Dach, und Prenton fing sie unter dem Applaus der umstehenden Soldaten mit seiner Luftgnosis auf. Kaum hatte sie festen Boden unter den Füßen, rannte sie los, als wären ihr sämtliche Dämonen Hels auf den Fersen. Der wütende Dhassaner spurtete hinterher.

In diesem Moment betrat Rufus Marle den Schauplatz, und die Soldaten stoben auseinander. »Bondeau, Korion, ihr betrunkenen Schweinehunde!«, brüllte er. »Runter mit euch, sofort!«

Seth Korion erschrak so heftig, dass er ins Taumeln geriet. Bondeau hingegen funkelte Marle trotzig an. »He, so könnt Ihr nicht mit mir sprechen! Ich bin ein …«

Da bemerkte er die Weinflasche in seiner Hand.

»He, Secundus, wollt Ihr auch einen Schluck?« Er winkte mit der Flasche. »Ist verdammt gut, das Zeug.«

Zur Antwort rammte Marle ihm eine Gnosisfaust in den Bauch.

Bondeau klappte zusammen und stürzte vornüber vom Dach. Prenton konnte den Aufprall gerade noch abfedern und Bondeau vor einer ernsthaften Verletzung bewahren. Die Flasche hingegen zerschellte, Scherben und Wein spritzten in alle Richtungen. Als Marle ihm noch einen Schlag verpasste, knallte Bondeau rücklings gegen die Wand in seinem Rücken und blieb reglos liegen.

Seth Korion, der alles von oben beobachtet hatte, sackte bewusstlos in sich zusammen.

Prenton wusste, was von ihm erwartet wurde, und fing auch ihn seufzend auf. Er legte Korion sanft auf dem Boden ab und sank dann keuchend vor Erschöpfung neben ihm auf die Knie.

»Verschwindet gefälligst!«, knurrte Marle die restlichen Legionäre an. »Oder wollt ihr für den Rest des Kriegszugs Latrinen ausheben?«

Die Soldaten flohen wie vor einem Kavallerieangriff, während Ramon Kill zurück zwischen die Zelte zog.

Die wütende Severine baute sich vor Bondeau auf. »Renn, du Schwein, wo warst du?«

Marle beugte sich über den halb Bewusstlosen und schnupperte. »Opium«, schnaubte er. »Sie haben Mohnextrakt in ihren Wein getan, die Trottel.«

»So etwas würde er nie tun!«, rief Severine entsetzt.

»Hat er aber. Oder jemand hat ihm das Opium untergemischt«, brummte Marle und blickte sich mit funkelnden Augen um.

Ramon zog den Kopf ein. »Zeit zu gehen«, flüsterte er.

Kill schaute ihn verständnislos an. »Es wird doch gerade erst interessant!«

»Nein, die Vorstellung ist vorbei«, kicherte Ramon. »Nicht zu unterschätzen, dieser Mohnextrakt.«

Kills Augen weiteten sich. »Hast du …? *Du* warst das!«

Ramon zwinkerte. *Klar. Ein kleines Dankeschön für alte Zeiten an meine lieben Freunde Bondeau und Korion*, antwortete er stumm. »Gehen wir.«

Die folgenden Tage vergingen unendlich langsam. Duprey war zu einer Lagebesprechung mit den anderen Kommandanten in den Gouverneurspalast geritten. Marle drillte seine Schlachtmagi unerbittlich, ließ sie wieder und wieder aus vollem Galopp auf stehende Ziele schießen und sie in Übungskämpfen gegeneinander antreten. Irgendwann ging Baltus Prenton mit Severine und Ramon zum Legionsarsenal, um die angeforderten Skiffs abzuholen. Sie wiesen deutliche Gebrauchsspuren auf, doch Prenton schien zufrieden. »Schiffe, die bereits bewiesen haben, dass sie etwas taugen, sind mir lieber als von übereifrigen Magusschülern gezimmerte fliegende Kunstwerke, die nichts können, als hübsch auszusehen«, bemerkte er trocken. Danach schickte er Severine und Ramon jeden Tag auf Alleinflüge hinaus in die Wüste, und schon bald musste Ramon sich eingestehen, dass Severine weit besser mit dem

Element Luft umgehen konnte als er. Trotzdem blieb sie für ihn ein eingebildetes Miststück.

Renn versuchte unterdessen verzweifelt, einen Schuldigen für den Vorfall mit dem gepanschten Wein zu finden, während die Legionäre hinter seinem Rücken immer noch herzhaft über die Episode lachten. Die Liaison zwischen ihm und Severine war inzwischen beendet, was Ramon diebisch freute, aber seine eigentliche – und weit schwierigere Aufgabe – wartete noch auf ihn.

Am vierten Tag schließlich nahm Ramon Kill mit in die Stadt, um den Händler ausfindig zu machen, bei dem Giordano seinen Mohn und andere Dinge kaufte. Der Mohn hat einen langen Weg hinter sich, wenn er Hebusal erreichte, denn er gedieh hauptsächlich in Lokistan, von wo er über Falukhabad und Bassaz ins Hebbtal geschmuggelt wurde. Giordanos andere Waren wie Pfeffer, Zimt, Ingwer und Gelbwurz waren wesentlich einfacher zu transportieren, aber Gewürze interessierten Pater-Retiari nicht. Dennoch hatte Ramon sich über die Preise informiert, denn auch wenn die Gewinnspanne geringer war, hatten Gewürze doch einen entscheidenden Vorteil: Sie waren legal.

Giordano hatte ihm einen Dom-al'Ahm genannt, unter dem sich ein verborgenes Tunnelsystem befand, dazu das Passwort, mit dem er sich Zutritt verschaffen konnte. Nachdem sie eingelassen worden waren, ließ man sie zunächst eine ganze Weile warten – vermutlich, um sie einzuschüchtern. Dann wurden sie endlich in eine dunkle Kammer geführt, in der eine Gruppe verhüllter Gestalten auf sie wartete.

»Im Moment liegt der Preis für ein Pfund Mohn bei einem rondelmarischen Gulden und zehn Schilling«, erklärte Ramon nach einer sehr knappen Begrüßung und musterte die sechs um einen Tisch versammelten Händler, während er so tat, als bemerke er die anderen nicht, die ihn aus den dunklen Ecken der Kammer beobachteten. Er konnte die Armbrüste regelrecht spüren, die auf seinen Rücken gerichtet waren.

»Ihr seid gut informiert, Magister«, erwiderte der Wortführer in fließendem Rondelmarisch.

»Und dennoch muss mein Freund Euch einen Gulden fünfzig bezahlen«, sprach Ramon weiter.

Sein Gegenüber zuckte die Achseln. »Er kauft nur wenig. Eine Lieferung in so kleine Portionen aufzuteilen ist aufwendig. Je größer die Abnahmemenge, desto niedriger der Preis.«

»Und er ist Rimonier«, fügte ein anderer mit starkem Akzent hinzu. »Wir trauen Euch nicht.«

»Ich bin Silacier, nicht Rimonier«, entgegnete Ramon und fragte sich, ob sie den Unterschied überhaupt kannten. »Betrügen die Rimonier Euch?«

»Die Rondelmarer sagen, man kann Rimoniern nicht trauen«, antwortete der Erste.

»Und ich würde dasselbe von ihnen behaupten«, entgegnete Ramon. Er neigte den Kopf. »Wenn Ihr mich fragt, verkauft Ihr zu billig an sie. Giordano könnte Euch viel größere Mengen abnehmen als die Rondelmarer, und er würde einen Gulden zwanzig dafür bezahlen.«

»Das kann Signor Giordano sich gar nicht leisten.«

»Jetzt schon.« Ramon klopfte sich auf die Brust. »Dank mir.«

»Wir kennen Euch nicht«, brummte einer aus der Runde abschätzig. »Können die Magi jetzt etwa Luft zu Gold machen?«

»In gewisser Weise. Ich habe eine Übereinkunft mit dem Tribun des zehnten Manipels meiner Legion. Während der nächsten drei Monate schleppt er den gesamten Sold seiner Soldaten mit sich herum, in Gold wohlgemerkt, und ich habe einen Schuldbrief über die gesamte Summe. Das entspricht fünfzehnhundert Gulden. Und das ist erst der Anfang: Wenn Ihr einverstanden seid, werde ich Eure gesamte Ernte kaufen.« Ramon musste ein Grinsen unterdrücken, als er ihre verdutzten Gesichter sah.

»Und wie will der Tribun dann seine Soldaten bezahlen?«, brummte der Wortführer.

»Das wird er, verlasst Euch drauf.«

»Ihr könnt unmöglich über eine so hohe Summe verfügen«, hielt ein anderer dagegen.

»Oh doch.« Ramon zog den Schuldschein über fünfzehnhundert Gulden hervor und reichte ihn seinem Gegenüber. Auf dem Dokument prangte das Siegel der kaiserlichen Schatzkammer.

Der Dhassaner musterte es skeptisch. »Hier steht: ›Auf mich?‹ Was bedeutet das?«, fragte er schließlich mit einem Stirnrunzeln.

Ramon breitete die Hände aus. »›Auf mich‹ bedeutet, dass die Schuld auf den unterzeichnenden Gläubiger zurückfällt. Diese Klausel findet sich in allen rimonischen Verträgen. Sie sagt dem Vertragspartner, wo er sich sein Geld holen kann, wenn es zum Zahlungsverzug kommt.«

»Aber die Unterschriftszeile ist leer«, merkte der Wortführer mürrisch an. »Außerdem akzeptieren wir nur Bargeld.«

»*Ich* werde im Namen des Gläubigers unterschreiben«, erwiderte Ramon. »Nach yurischem Recht muss ein Vater für die Schulden seiner Söhne einstehen, und ich bin der außereheliche, aber rechtlich anerkannte Sohn eines sehr reichen Mannes.« Er holte eine weitere Urkunde hervor, an der noch das gebrochene Siegel hing. Nur vier Menschen hatten sie je zu Gesicht bekommen: Vorsteher Gavius vom Arkanum Zauberturm, Ramons Mutter, die nicht lesen konnte, sein Paterfamilias und Ramons Vater, der es unterzeichnet hatte. »Die

Urkunde ist notariell beglaubigt.« *Nachdem Pater-Retiari dem Notar angedroht hatte, ihm die Augen auszustechen.*

Der Wortführer nahm die Urkunde stumm entgegen und las. Seine Augen wurden immer größer, schließlich blickte er Ramon ehrfürchtig an. »Ist das wahr, was hier steht? Ihr seid…«

Ramon legte einen Finger auf die Lippen. »Besser, wir hängen es nicht an die große Glocke.«

Der Mann schluckte und reichte die Urkunde an seine Kollegen weiter. »Euer Vater bürgt also für Eure Schulden?«

Mein Vater hat nicht die geringste Ahnung, in was ich ihn da hineinreite… Ramon lächelte beschwichtigend. »Im Notfall, ja, aber dieser Fall wird nicht eintreten. Schon jetzt steht mein Tribun in Verhandlungen mit anderen Tribunen, die Eure Ware nach Yuros schmuggeln werden. Er hat ihnen versprochen, dass sie das Doppelte ihres ursprünglichen Geldeinsatzes herausbekommen, wenn sie wieder in Yuros sind, und wir haben den Großteil der erforderlichen Summe bereits zusammen. Alles, was jetzt noch fehlt, ist, dass Ihr allen anderen Käufern absagt.« Ramon überlegte einen Moment. »Nein, vielleicht verkauft ihr besser weiter an sie, aber nur ein Drittel der sonst üblichen Menge. Damit wir Giordanos Konkurrenz nicht gegen uns aufbringen.«

Die dhassanischen Händler blickten einander an. »Würde es Euch etwas ausmachen, wenn wir uns kurz beraten?«, fragte der Wortführer. »Eine so gewichtige Entscheidung will gut überlegt sein.«

»Nur zu, meine Herren. Nehmt Euch alle Zeit der Welt.«

Ein Diener kam herein und führte sie zu einem kleinen Warteraum. Die massive Tür hatte sich kaum hinter ihnen geschlossen, da wirbelte Kill herum und stieß Ramon mit solcher Wucht gegen die Wand, dass ihm die Luft wegblieb und er halb bewusstlos zu Boden sackte. Dann packte er ihn mit einer

Hand am Kragen und hob ihn hoch. Ramons Beine baumelten in der Luft, da tauchte Kills Gesicht einen Fingerbreit vor seiner Nasenspitze auf. »Was soll das, Silacier?«, knurrte er.

»Ich, äh …«, krächzte Ramon. »Lass mich runter …«, röchelte er.

»Nicht, bevor ich nicht weiß, warum mein ›Freund‹ dieses Gift nach Yuros schmuggeln will.« Er lockerte seinen Griff etwas.

Ramon holte Luft, so gut es ging. »Ich dachte, du wüsstest Bescheid. Du warst doch dabei in Giordanos Zelt.«

»Ihr habt Rimonisch gesprochen.« Kills Griff wurde wieder fester. »Hast du je gesehen, was dieses Drecksszeug mit den Menschen macht? Ganze Dörfer an der schlessischen Grenze zu Rondelmar sind vor die Hunde gegangen deswegen.« Er hob die Faust. »Ich werde nicht zulassen, dass du alles noch schlimmer machst.«

»Hör mich an, es ist nicht, wie du denkst, ich schwöre es«, keuchte Ramon. »Ich kann es dir erklären, wenn du endlich meinen Hals loslässt.«

»Dann erklär es mir«, fauchte Kill, ohne Ramon abzusetzen.

»Pater-Retiari hat meine Mutter als Geisel, sie ist sein Faustpfand, damit ich nach seiner Pfeife tanze. Ich kann sie freikaufen, aber dazu muss ich das hier durchziehen.«

Kill grinste verächtlich. »Eine einzelne Frau ist also mehr wert als all die anderen, die das Zeug in den Tod reißen wird, nur weil sie deine Mutter ist? Nein, Ramon, nicht einmal das Leben der Heiligen Lucia ist so kostbar.« Er schüttelte Ramon wie eine Puppe. »Du überzeugst mich nicht, Freund.«

»Kill«, röchelte Ramon, »ich werde Pater-Retiari mit diesem Geschäft das Genick brechen. Und meinem Vater für das, was er meiner Mutter angetan hat. Sie war vierzehn, als er sie vergewaltigt hat.«

»Und wie soll das mit Opium funktionieren?« Der Schlesser hob die Daumen und drückte sie auf Ramons Augäpfel. »Überzeug mich.«

»Bitte, Kill, du musst mich runterlassen. So kann ich gar nichts erklären.«

Kill warf ihm einen wütenden Blick zu, dann ließ er Ramon einfach fallen. Ramon schlug mit dem Steißbein auf dem Steinboden auf und blieb eine ganze Weile schmerzverkrümmt liegen, ohne auch nur ein Wort herauszubringen. Kill beobachtete ihn mitleidlos. »Rede.«

Ramon rappelte sich hoch, lehnte sich mit dem Rücken gegen die Wand und versuchte, den stechenden Schmerz in seinem Hinterteil auszublenden. Allem Anschein nach waren sie allein, wurden weder beobachtet noch belauscht, trotzdem wob er vorsichtshalber eine Gnosisglocke um die kleine Kammer, die Schall und Licht abschirmte.

»Gut«, hustete er schließlich. »Hör zu, Kill: Wenn die Händler meine Schuldscheine akzeptieren, kommen sie in Umlauf und werden zu einem ganz normalen Zahlungsmittel. Jeder, der einen Schuldschein mit dem Siegel der kaiserlichen Schatzkammer sieht, fragt nicht lange, wer der Gläubiger ist. Die Dinger werden sich verbreiten, bis es so viele sind, dass sie genauso viel wert sind wie die gesamten Goldvorräte in ganz Kesh.«

Kill musterte ihn skeptisch. »Woher hast du das Siegel?«

»Pater-Retiari hat es gefälscht. Aber in Kombination mit dem hier kommt niemand auch nur auf die Idee, dass es nicht echt sein könnte.« Er reichte Kill die beglaubigte Urkunde, die er zuvor den Händlern gezeigt hatte.

Kill grunzte. »Ich kann nicht lesen.«

»*Wie?* Ach so…« Ramon überlegte. Schließlich flüsterte er dem Schlesser den Namen seines Vaters ins Ohr. Kill runzelte misstrauisch die Stirn, und Ramon hob flehend die Hände. »Es stimmt, ich schwöre es!«

»Dann gehörst du gar nicht zu ... Du bist ein *Rondelmarer*!«

»Nie im Leben, Kill«, widersprach Ramon entschieden. »Ich werde ihre Elfenbeintürme zum Einsturz bringen. Ich werde an ihnen rütteln, bis sie fallen, und sie dann im Staub zertreten. Ich werde Pater-Retiari vernichten, und seine Geschäftspartner auch. Aber dazu muss ich erst ihr Vertrauen gewinnen. Und das bedeutet, dass ich nach außen hin ihr Spiel spielen muss.«

Kills Augen verengten sich. »Erklär mir den Unterschied zwischen mitspielen und nur nach außen hin so tun als ob.«

Ramon sah sich noch einmal um und beugte sich näher heran. Seine Gnosisglocke schien unangetastet, aber in dieser Sache konnte er nicht vorsichtig genug sein. »Ich gebe ihnen die Schuldscheine, und sie geben mir ihren Mohn. Dann lagere ich ihn ein und bringe so den Nachschub ins Stocken. Das treibt den Preis in die Höhe. Das nötige Bargeld verschaffe ich mir mit Gewürzhandel. Mit dem Erlös zahle ich meinen Investoren die Zinsen aus, das heißt Storn und den anderen Tribunen. Sehr großzügige Zinsen, wohlgemerkt. Auf diese Weise sorge ich dafür, dass immer mehr Leute investieren wollen, und das bedeutet: Immer mehr Schuldscheine kommen in Umlauf, bis sie schließlich als wertlos enttarnt werden und der gesamte Markt zusammenbricht. Alles Vertrauen unter den Händlern ist damit zerstört. Ihre Vermögen sind vernichtet, und sie werden wütend. Dann werden sie mir natürlich an den Kragen wollen, aber ich und meine Mutter sind bis dahin schon über alle Berge. Trotzdem wollen die Geprellten natürlich ihr Geld zurück, also wird ihnen nichts anderes übrig bleiben, als es sich von Pater-Retiari und meinem leiblichen Vater zu holen. Und das, mein Freund, wird ihr Ende sein.«

Kill musterte ihn erstaunt. »Das alles willst du allein vollbringen?«

»Warum nicht? Einer von Pater-Retiaris engsten Beratern ist ein ehemaliger Beamter der kaiserlichen Schatzkammer. Er ist unfassbar intelligent – und unfassbar korrupt. Der Plan ist ursprünglich seiner, zumindest der Teil, den Mohnhandel unter Retiaris Kontrolle zu bringen.«

»Aber wie willst du die Schuldscheine als wertlos enttarnen?« Die Falten auf Kills Stirn wurden immer tiefer.

»Indem ich den gesamten Mohn verbrenne. Ohne den Mohn sind sie wertlos.«

Kills Augen blitzten. »Du willst die gesamte Ernte aufkaufen und sie dann vernichten?«

»Im richtigen Moment, si.«

»Schwör es mir!«

»Bei meiner Ehre.«

Kill prustete. »Welche Ehre, Silacier?«

»Beim Namen meiner Mutter«, sagte Ramon schließlich.

Kill fixierte ihn kalt. Er legte den Kopf in den Nacken und ließ seine Halswirbel knacken. »In Ordnung. Versuchen wir's. Aber ich behalt dich im Auge, Silacier.« Er deutete mit dem Zeigefinger auf Ramon. »Genau im Auge.«

»Soll mir recht sein.« Ramon stand mit schmerzverzerrtem Gesicht auf und klopfte seine Kleidung ab. »Ich schätze, ich hätte es dir vorher erklären sollen.«

»Hättest du.«

Zehn Minuten später ließen die Händler sie zurück zu der Kammer geleiten, in der die Besprechung stattgefunden hatte. Noch bevor Ramon den Raum betreten hatte, spürte er die deutlich veränderte Atmosphäre.

»Magister Sensini«, begrüßten ihn alle sechs. »Ein Gulden dreißig, und die Abmachung gilt.«

Storns Augen sahen aus, als wollten sie aus den Höhlen treten. »Die gesamte Ernte?«, fragte er schluckend. »Ich kenne nicht einmal genügend Tribune, um…«

Ramon legte ihm eine Hand auf den Arm. »Das ist auch nicht nötig. Solange Ihr den Einsatz der ersten Investoren durch Zinsen verdoppelt, kommen die anderen von allein. Freunde, Freunde von Freunden und so weiter. Ihr könnt es selbst nachrechnen: Jede Investorengruppe ist größer als die vorherige, und das Geld der Neuanleger verwenden wir, um die auszubezahlen, die vor ihnen investiert haben.«

Storns Stirn legte sich in tiefe Falten. »Aber… das funktioniert nur, solange wir immer wieder neue Investoren finden«, sagte er nervös. »Und was passiert, wenn wir alles verkauft haben oder eine Lieferung beschlagnahmt wird?«

»Dann steigt der Preis eben noch höher. Irgendwann greift natürlich die Gläubigerklausel, aber erst, wenn alles andere gescheitert ist.« Ramon grinste. »Dann ist mein Vater dran.«

Storn wirkte unbehaglich. »Aber er ist…«

»Schhh«, machte Ramon. »Der Wind hat Ohren. Macht Euch keine Sorgen. Das einzige Problem wird sein, unser Geld an den Inquisitoren vorbei über die Brücke des guten alten Antonin zu schaffen, wenn der Kriegszug vorbei ist.«

»Auf Mohnschmuggel steht die Todesstrafe.«

»Wir schmuggeln ihn ja nicht, wir lagern ihn nur zwischen«, rief Ramon ihm ins Gedächtnis und rieb sich die Hände. »Ich habe bereits mit einem Tribun aus einer der Legionen gesprochen, die Kaltus Korions Kommando unterstehen. Im Austausch für die Schuldscheine hat er mir die Hälfte des Goldes in seiner Soldtruhe gegeben, und ich habe ihm zehn Prozent Zinsen pro Monat versprochen. Zuerst hat er mich für verrückt erklärt, aber als er den Namen unter meiner Urkunde gelesen hat, hat er nichts mehr gesagt. Er wird in aller gebotenen

Heimlichkeit mit weiteren Tribunen sprechen, und wir werden bald in Mohn und Gold ertrinken, mein Freund. Das Schwierigste dürfte werden, die Sache geheim zu halten.«

»Ich könnte beides bei unseren Vorräten verstecken«, überlegte Storn laut. »Aber was ist mit den konkurrierenden Händlern, die wir damit vom Markt kaufen? Die dürften kaum erfreut sein.«

»Bestimmt nicht, aber darum kümmere ich mich mit Kill. Die Bauern haben ihren gesamten Mohn eingelagert und gewartet, bis die Brücke wieder offen ist, weil sie während des Kriegszugs einen viel besseren Preis bekommen. Die ersten haben schon angefangen, an mich zu verkaufen.« Er tippte Storn auf die Brust. »Ihr werdet mehr Wagen organisieren müssen.«

Storn schlug die Hände vors Gesicht. »Ihr bringt mich noch an den Galgen«, murmelte er und schielte auf einen der Schuldscheine. »Ich verstehe immer noch nicht, wie wir reich werden sollen, indem wir Opium kaufen und es dann verbrennen«, fügte er leise hinzu.

Ramon grinste. »Es ist ganz einfach: Sagen wir, ihr gebt mir einen Gulden, und ich gebe euch dafür einen Gulden fünfzig…«

»Wie soll das gehen?«

»Die fünfzig leihe ich mir, aber nur, weil ich weiß, dass ich sie innerhalb einer Woche zurückzahlen kann. Wie dem auch sei, ich gebe Euch einen Gulden fünfzig und verlange lediglich, dass Ihr mir vier neue Kunden verschafft. Die bekommen den gleichen Kurs, eins fünfzig für jeden Gulden. Die erzählen es natürlich ihren Freunden, und so kommt immer mehr Geld zusammen. Die eine Hälfte spare ich, mit der anderen zahle ich die nachfolgenden Kunden aus. Solange es immer genug neue gibt und jeder seine fünfzig Schilling Gewinn macht, läuft alles bestens.«

»Und wenn keine neuen mehr kommen?«

»Bis dahin, Amiki, haben wir so viel Geld, dass uns alle Türen dieser Welt offenstehen. Den Ärger, das heißt: die noch offenen Schulden, hat mein Gläubiger am Hals.«

Storn las noch einmal den Namen auf der Urkunde. »Er wird dafür einstehen?«, fragte er. »Oder wird er nicht einfach ablehnen, die Schulden zu übernehmen?«

Ramon schüttelte den Kopf. »Er könnte es wohl, aber dann würde niemand mehr auch nur einen Pfifferling auf ihn und seinen Namen geben – und auf das gesamte Schuldscheinsystem an sich. Das kann er sich nicht erlauben. Pallas steht bei den Banken so hoch in der Kreide, dass ihnen die Krone so gut wie gehört. Meine Schulden werden ihn ruinieren, aber er wird sie bezahlen. Wir beziehen inzwischen unsere Villen in Südrimoni, lassen leichte Mädchen für uns tanzen und stoßen mit dem besten Wein an, den man für Geld kaufen kann.«

Ramon klopfte seinem Tribun aufmunternd auf die Schulter und beobachtete, wie in Storn Zweifel und Gier miteinander rangen. Storn hatte keine Familie, keine Verpflichtungen und kein Vermögen – und verspürte außerdem keinerlei Bedürfnis, auch noch am nächsten Kriegszug teilzunehmen.

Die Gier trug den Sieg davon, und das mit Leichtigkeit.

»Wir ziehen das durch«, knurrte Storn.

»Natürlich tun wir das«, erwiderte Ramon strahlend.

Die Tage kamen und gingen, während die bei Hebusal lagernden Legionen auf den Marschbefehl warteten. Innerhalb kurzer Zeit hatte die Hälfte der Männer, die bei den Prostituierten gewesen war, Pusteln am Geschlechtsteil bekommen – darunter auch Kill und, sehr zu Ramons Vergnügen, Renn Bondeau. Heilerin Lanna und der Legionspriester Frand arbeiteten Tag und Nacht, um die Beschwerden zu lindern. Duprey verkündete unterdessen, dass keiner zurückgelassen werde, komme, was wolle. »Ihr werdet marschieren, und wenn euch der Schwanz abfällt!«, polterte er auf dem Exerzierplatz.

Severine schmollte. Von Bondeau wollte sie nichts mehr wissen, aber schwanger werden wollte sie immer noch, denn jede Magi, die ein Kind von einem Magus erwartete, wurde sofort zurück nach Yuros geschickt. Magusblut war zu selten, um das Leben der werdenden Mutter aufs Spiel zu setzen. Baltus Prenton rechnete sich gute Chancen aus, als Nächster an die Reihe zu kommen; die Stimmung zwischen ihm und Bondeau war entsprechend angespannt. Auch die drei andressanischen Magi schienen interessiert. Irgendwie schafften sie es, stets in Severines Nähe zu sein, und wann immer sie hinsah, warfen sie sich in die Brust wie balzende Gockel.

Inzwischen hatte sich die Zahl der von Ramon ausgestellten Schuldscheine verzehnfacht. Die Bestände der Dreizehnten quollen nur so über von falschen »Bohnensäcken«. Storn hatte von den einheimischen Schreinern in alle Wagen doppelte Böden einziehen lassen, in denen er das Opium und die Goldmünzen versteckte. Die ersten Investoren hatten ihre Zinsen bereits ausbezahlt bekommen und daraufhin sofort reinvestiert, diesmal die fünffache Menge. Jeden Tag kamen weitere Tribune und wollten sich einkaufen. Es war, wie im strömenden Regen auf Stelzen über einen überfüllten Platz zu balancieren: beängstigend und aufregend zugleich. Doch der Strom aus Gold und Opium riss nicht ab, und der Preis stieg immer höher.

Am Ende der Woche kam Duprey vom Gouverneurspalast zurück. Unverzüglich rief er seine Tribune und Magi zu einer Lagebesprechung in ein leer stehendes Haus am Rand der Stadt.

»Das Heer wird sich aufteilen«, erklärte er. Ramon hatte bereits davon gehört, denn in der kaiserlichen Armee blieb nichts lange geheim. »General Kaltus Korion führt den Vorstoß im Norden an. Er wird über den Pass ins Zhassital marschieren und Salim nach Osten treiben, bis nach Hallikut.« Er zeigte auf die Karte. Auch während des letzten Kriegszugs waren die Legionen auf dieser Route marschiert, aber nur bis Istabad gekommen. Hallikut, so hieß es, verfügte über ungeheure Reichtümer, und es sah ganz so aus, als hätte Korion das Glückslos gezogen.

»Herzog Echor von Argundy wird sich unterdessen zunächst nach Süden wenden und dann am Fuß der dhassanischen Berge weiter nach Medishar, Sagostabad und Peroz vorstoßen.« Duprey legte den Zeigefinger auf einen Punkt irgendwo in Ostkesh, der schon beinahe an der Grenze zu Mirobez lag. »Hier ist sein Ziel: Shaliyah.«

Tribune und Magi tauschten fragende Blicke aus. Shaliyah war eine der größten Städte in Kesh und lag gute fünfhundert Meilen weiter südwestlich, als die kaiserlichen Truppen beim letzten Kriegszug vorgedrungen waren: mitten im Feindesland. Als sie die Leviathanbrücke überquerten, hatten die Legionen pro Tag fünfundzwanzig Meilen zurückgelegt. In fremdem und unwegsamem Territorium würden es kaum mehr als zehn werden. Niemand rechnete mit nennenswertem Widerstand, aber falls es doch welchen geben sollte, waren Echors Legionen weit, weit weg von jeder möglichen Unterstützung.

»Was werden wir dort vorfinden?«, fragte Bondeau.

»Eine einzige karge Wüste«, brummte Rufus Marle. »Sonst nichts.«

»Shaliyah ist die Stadt, von der aus der Prophet der Amteh seine Lehren verbreitete«, führte Duprey weiter aus. »Ein gefangen genommener Gottessprecher hat behauptet, in dem Dom-al'Ahm dort gäbe es mehr Gold als in ganz Pallas, und

Echor will dieses Gold. Ihm wurde versprochen, dass er und seine Legionen es behalten und untereinander aufteilen dürfen.«

»Und was sagt Onkel Kaltus dazu?«, warf Ramon ein, was nicht wenigen Tribunen ein Lächeln abrang. Nur Seth schaute umso finsterer drein.

»Er hat ein Gesicht gemacht, als hätte er gerade eine Kröte verschluckt«, kicherte Duprey. »Er weiß, Salim wird ihm im Norden ein aufreibendes Katz- und Maus-spiel liefern. Außerdem schmeckt es ihm nicht, dass Echor und die Legionen aus den Vasallenstaaten das ganze Gold von Shaliyah in die Finger bekommen sollen. Trotzdem müssen sie es erst einmal bis dorthin schaffen. Keine Legion ist je so tief ins Herz Keshs vorgedrungen.«

Seit Monaten wurde davon geflüstert, dass dieser Kriegszug Echors große Gelegenheit sein könnte. Wenn er tatsächlich mit all dem Gold zurückkehrte, das es angeblich in Shaliyah zu erbeuten gab, war ein Putschversuch gegen Kaiser Constant durchaus wahrscheinlich.

Nicht dass ich was dagegen hätte, aber in erster Reihe möchte ich lieber nicht dabei sein ...

»Und wohin marschieren wir?«, sprach einer der Tribune die Frage aus, die allen auf der Zunge lag. »Norden oder Süden?«

»Die sollen uns bloß nicht wieder hier zurücklassen wie beim letzten Kriegszug«, fluchte Marle. »Die Männer machen das nicht noch einmal mit.«

Duprey blickte seinem Secundus fest in die Augen. »Macht Euch keine Sorgen, mein Freund.« Er hob den Kopf und schaute strahlend in die Runde. »Wir marschieren mit Echor – Shaliyah erwartet uns!«

Einen Moment lang war es mucksmäuschenstill, bis alle begriffen hatten, dann brach tosender Jubel aus.

»Rukka«, schimpfte Ramon leise. Sein Traum, von Hebusal aus in aller Ruhe die Soldtruhen der anderen Legionen zu schröpfen, war soeben geplatzt wie eine Seifenblase.

Und wie, zum Henker, soll ich auf dem Marsch das ganze Opium verstecken?

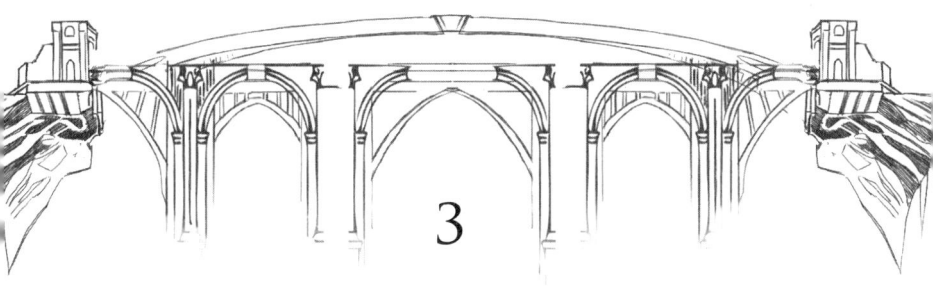

3

DIE VLK

SYDIA

Yuros' Geschichte ist geprägt von einer beständigen Völker-wanderung. Die mündlichen Überlieferungen aller primitiven Völker berichten von langen Wanderungen aus den weiten Ebe-nen des heutigen Sydia nach Westen. Woher kamen all diese Völker? Weshalb gingen sie fort? Wie kommt es, dass sie so verschiedenartig sind? Nicht einmal die Magi können diese Fragen beantworten. Die Sydier kamen als Letzte nach Yuros, aber Rimoni war damals noch nicht hoch genug entwickelt, um das Ereignis schriftlich zu dokumentieren, und die mündlichen Überlieferungen sind äußerst vage.

ORDO COSTRUO, PONTUS

Kore schütze mich vor sydischen Männern. Und vor sydischen Frauen. Vor allem vor den Frauen.

MYRON JEMSON AUS ARGUNDY IN *REISEN NACH OSTEN*, 901

Eine ganze Stunde lang stand Alaron dem Ältestenrat nun schon Rede und Antwort. Reku und Mesuda verfielen von Tag zu Tag mehr. Mesuda wirkte noch zerbrechlicher, ihr Buckel noch größer, und Reku war fast vollkommen erblindet, trotzdem weigerte sie sich standhaft, aus dem Rat zurückzutreten. Nur Kekropius, der direkt neben Hypollo Platz genommen hatte, schien Alarons Vorschlag zu unterstützen.

Sie saßen in einem Steinkreis, den die Sollan erbaut hatten, Jahrhunderte bevor die kleine Insel östlich von Thantis, auf der sie sich befanden, vom Festland abgeschnitten worden war. Immer wieder dachte Alaron an die Opferrituale, die genau hier abgehalten worden waren. Es war nicht gerade der ideale Ort, um dem Ältestenrat seinen Plan zu unterbreiten.

»Es muss niemand mit mir kommen«, beschloss er seinen Vortrag. »Ihr wisst nun, wo die Brücke ist, und braucht mich nicht mehr. Mein Vorhaben würde Euch nur unnötig in Gefahr bringen.«

»Hört euch das an!«, polterte Hypollo und schlug aufgebracht mit dem Schwanz auf den Boden. »Du bist der Sohn des Kekropius und der Kessa, sie haben dich gerettet und adoptiert. Du gehörst jetzt zum Klan.«

Reku schnalzte mit der Zunge. »Du hast gezeigt, was du wert bist, Alaron Merser. Hypollo hat recht: Du kannst uns nicht einfach verlassen, du bist einer von uns. Es ist unsere Entscheidung, nicht deine.«

Kekropius schnippte mit den Fingern, um das Rederecht zu erbitten. »Mein Sohn hat dem Klan viel gegeben. Er ließ uns an seinem Wissen teilhaben und hat uns die Augen für zahllose neue Dinge geöffnet. Wir alle haben davon profitiert. Wenn die Inquisitoren uns das nächste Mal zu Leibe rücken, werden sie nicht mehr so leichtes Spiel haben. Alaron hat sich das Recht auf einen Gefallen redlich verdient, und ich gebe seinem Ersuchen statt.«

»Ich bin dagegen!«, fuhr Reku auf. »Er ist zu wertvoll. Wir können noch viel von ihm lernen. Wenn er uns jetzt verlässt, ist es zu früh.«

»Ich stimme mit Reku überein«, sagte Hypollo mit dröhnender Stimme. »Wir können nicht riskieren, dass er gefasst wird und uns verrät.«

Alle Blicke wanderten zu Mesuda. Sie war die Älteste, ihre Stimme gab den Ausschlag.

»Alaron Merser«, sagte sie mit einem langsamen Blinzeln, »erkläre uns, weshalb wir die Sicherheit des gesamten Klans für dieses Mädchen aufs Spiel setzen sollten. Deine bisherigen Worte überzeugen mich nicht, aber ich spüre, dass du noch andere Gründe hast.«

Alaron schluckte. Bisher hatte er nur von Cym, dem verschwundenen Mädchen, erzählt, das er unbedingt finden wollte. Ihnen das Geheimnis der Skytale anzuvertrauen war gefährlich, aber ihm blieb wohl keine andere Wahl. Er konnte sich zwar auch ohne die Erlaubnis des Rats auf und davon machen, doch er wollte das Vertrauen der Lamien nicht enttäuschen. Sie hatten ihm zwei Mal das Leben gerettet, er schuldete ihnen Ehrlichkeit. Alles andere hätte sich angefühlt wie Verrat. Alaron holte tief Luft. »Ihr habt recht, es gibt noch andere Gründe«, begann er. »Habt Ihr je von der Skytale des Corineus hört?«

Cymbellea di Regia nahm die aus Zweigen und Stoffbändern geflochtene Krone vorsichtig zwischen die Hände und setzte sie so behutsam auf, wie sie konnte, trotzdem bohrten sich die kleinen Dornen in ihre Kopfhaut.

»Lass mich das machen«, sagte Myrlla, Oberhaupt der Sfera und die einzige Frau im ganzen Stamm, die Rondelmarisch sprach. Cym spürte, wie Myrllas dicker Bauch gegen ihren Rücken drückte, während sie die Krone zurechtrückte und sorgfältig den Brautschleier daran befestigte. Zu viele Schwangerschaften in zu rascher Abfolge hatten Myrllas Jugend zerstört, sie wirkte viel älter als dreißig. Jede der zwölf Magi des Stammes, den sogenannten Sfera, war entweder schwanger oder hatte gerade erst ein Kind zur Welt gebracht. Die einzige Ausnahme bildete Gilkria, die älteste, die fünfzig Jahre alt war und aussah wie siebzig.

Im Frauenzelt wimmelte es nur so von schreienden Babys und greinenden Krabbelkindern. Cym hatte seit Monaten keinen Augenblick mehr allein verbracht. *Ich bin so dumm, so dumm, dumm, dumm. Wie konnte ich mich nur von diesen Primitivlingen gefangen nehmen lassen?*

Sie schaute in den einzigen Spiegel, den der Stamm besaß, und erkannte sich selbst kaum wieder: Der letzte Babyspeck war aus ihrem schmalen Gesicht verschwunden, die Haut von der Sonne tief gebräunt. Das dichte schwarze Haar war mit einem roten Tuch zusammengebunden und reichte ihr beinahe bis zur Hüfte. Die Krone darüber war zu einem bizarren Muster geflochten, weiße Stoffbänder, die aussahen wie Fetzen, baumelten daran herab. Aber am schlimmsten war die Tätowierung auf ihrer Stirn: ein Wolfsgesicht vor einem Diamanten. Sie zeigte an, zu welchem Stamm Cym nun gehörte.

Die Frauen gurrten zufrieden, klatschten und sangen ein weiteres ihrer fröhlichen Lieder, die Cym zusehends in den Wahnsinn trieben. Sie hatte das Leben in der Karawane ihres Vaters immer als beengend empfunden, aber das hier war hundertmal schlimmer. Die Bälger waren nie still, und die Frauen hörten nie auf zu schnattern.

So sieht also jetzt mein Leben aus.

Cym erschauerte. Das alles war nur passiert, weil sie nach der Bruchlandung auf Phaestos im Julsept ihre Gnosis nicht richtig regeneriert hatte. Sie hatte es irgendwie geschafft, ohne Schiff zum Festland zu fliegen, doch es hatte sie entsetzlich viel Kraft gekostet. Augeite und Septnon waren ein einziger Albtraum gewesen. Ihre Füße waren schnell wund geworden, als sie weiträumig um die Städte und Dörfer entlang der Kaiserstraße wanderte. Um nicht zu verhungern, hatte sie unvorsichtigen Reisenden den Proviant stehlen müssen, und als es keine anderen Reisenden mehr gab, hatte sie mit Schlingenfallen Hasen und Fasane gefangen oder Nester ausgenommen. Oft hatte sie sich tagelang dahingeschleppt, ohne sich auch nur einmal waschen zu können. Ständig hatte man versucht, sie aufzuspüren, und je schwächer ihre Gnosis wurde, desto schwieriger wurde es, die Attacken abzuwehren. Anfangs hatte nur Alaron seine Geistfühler nach ihr ausgestreckt. Das war ärgerlich genug gewesen, andererseits hatte sie nicht wirklich damit gerechnet, dass er einfach in Noros bleiben und sie vergessen würde. Doch dann war noch ein anderer Hellseher dazugekommen, ein Fremder, dessen Gedanken Cym zutiefst beunruhigt hatten und wesentlich schwieriger abzuwehren gewesen waren. Und die zunehmende Erschöpfung hatte ihr schließlich das Genick gebrochen.

Cym hatte die Städte Verelons erfolgreich umgangen und gerade die sydischen Ebenen erreicht, als sie in der vierten Nacht aufschreckte. Jemand – oder etwas – hatte ihre Wächter durchbrochen. Völlig entkräftet und nur halb bei Bewusstsein hatte sie es immerhin noch geschafft, den ersten Angreifer mit tätowiertem Gesicht von sich herunterzustoßen und auch noch den nächsten, aber es kamen mehr und immer noch mehr. Es war zwecklos. Dutzende Hände packten sie, der Anführer hielt ihr den Mund zu, dann spürte sie einen stechenden Schmerz in ihrem Innern und schließlich einen Schlag auf den Kopf.

Als Cym wieder zu sich kam, konnte sie ihre Gnosis nicht mehr erreichen. Von Kettenrunen hatte sie bisher nur gehört. Sie hatte Ramon und Alaron nie erlaubt, deren Wirkung zu demonstrieren, weil sie ihre Zweifel hatte, ob es den beiden auch gelingen würde, den Bann wieder zu lösen. Dennoch hatte sie sofort gewusst, dass sie nun mit einer Kettenrune belegt war.

Seitdem war sie hilflos, die Gefangene eines sydischen Nomadenstammes, der die großen Steppen in Ostyuros durchstreifte. Die Männer und Frauen waren klein gewachsen und kräftig. Das Leben in dem harten Land ließ sie schnell altern. Sie kleideten sich in Leder und Pelze der Tiere, die sie erlegten oder züchteten, und jeder von ihnen trug das Symbol des Stammes auf die Haut tätowiert.

Das Totem von Cyms Stamm war der Wolf, »Vlk« in ihrer Sprache. Schon am ersten Tag hatten sie ihr ein Messer an die Kehle gehalten und den Diamanten mit dem Wolfskopf auf ihrer Stirn verewigt. Eigentlich hatte Cym Schlimmeres befürchtet, aber danach hatte man sie nur gefesselt und an eine der Magifrauen des Stammes übergeben, die allesamt das Ergebnis kurzer Stelldicheins mit rondelmarischen Magi von niederem Blutrang waren.

Es dauerte eine Weile, bis Cym begriff, wie tief sie in der Klemme steckte. Die Vlk machten keine Anstalten, sie von der Kettenrune zu befreien. Offensichtlich hatten sie es einzig und allein auf ihre Gebärmutter abgesehen. Cym befürchtete schon, vergewaltigt zu werden, doch nichts dergleichen war bisher geschehen. Noch nicht. Stattdessen sollte sie verheiratet werden – und dann vergewaltigt. *Und das wird heute Nacht passieren, nach dieser Farce von Hochzeitszeremonie.*

Der Sydier, der sie überwältigt hatte, sagte etwas auf Rondelmarisch. Sein Name war Drzkir. Er war ein Viertelblut, Sohn eines bricischen Legionsmagus, den eine der Vlk-Frauen vor vierzig Jahren in ihr Bett gelockt hatte. Bei den Sydierinnen war es Tradition, sich den Magi an den Hals zu werfen, um schwanger zu werden, denn jeder Tropfen neues Magusblut machte den Stamm mächtiger. Drzkir war der Schamane der Vlk und hatte siebzehn Kinder. Wie auch die Krieger durften die Schamanen sich so viele Frauen nehmen, wie sie wollten. Er selbst schien sich für gebildet zu halten, konnte aber weder lesen, noch wusste er, was die Skytale war. Als Cym ihm erklärt hatte, dass es sich um eine heilige Reliquie handelte, hatte er ihre Worte mit einem knappen Nicken zur Kenntnis genommen und die Skytale dann zum Rest seiner hauptsächlich aus Ziegenhörnern und Halsketten aus Wolfszähnen bestehenden Sammlung gestellt.

Drzkir hatte offensichtlich beabsichtigt, Cym bei sich zu behalten, aber Gul-Vlk, das Stammesoberhaupt, hatte etwas dagegen gehabt. Nachdem er Cym von allen Seiten begutachtet hatte, hatte er lautstark verkündet, dass einer seiner Söhne sie heiraten werde. Für Cym lag der Grund auf der Hand: Gul wollte zwar mehr Magi in seinem Stamm haben, aber nicht von so hohem Blutrang, dass sie für die herrschende Kriegerkaste zu Bedrohung werden könnten. Er fürchtete Drzkir. Nur deshalb wollte er Cyms Leibesfrucht für seine eigene Blutlinie. Drzkir war außer sich. Er hatte Cyms Spur verfolgt, seit sie Thantis verlassen hatte, wie er ihr stolz erklärte, aber Gul war nicht umsonst das Stammesoberhaupt, und Drzkir hielt sich zurück.

Der Dialekt der Sydier war eine Mischung aus Rondelmarisch, Rimonisch und anderen yurischen Sprachen, sodass Cym sich zumindest verständlich machen konnte. Sie versuchte, Gul-Vlk mit einer sorgfältigen Mischung aus Koketterie und Stolz zu umgarnen, ohne sich vor ihm zu erniedrigen. Er hatte sieben Söhne, die alle als Ehemänner infrage kamen, und alle waren sie rohe Barbaren, selbst der Sanfteste unter ihnen. Um das Unvermeidliche wenigstens noch etwas hinauszuzögern, hatte sie Gul schließlich gebeten, sich ihren Gatten selbst aussuchen zu dürfen. Gul war von der Idee angetan gewesen und hatte einen Brautwettbewerb ausgerufen.

Während der gesamten letzten Woche hatten seine Söhne sich im Reiten, Laufen und Kämpfen gemessen – und zu Cyms Entsetzen auch in ihrer Potenz. Cym hatte das Gerücht über die Tradition der Sydier nie geglaubt, dass Mann und Frau sich vor den Augen des versammelten Stammes liebten, doch das Gerücht stellte sich als wahr heraus. Obwohl Cym sich nie für prüde gehalten hatte, trieb ihr nicht weniges von dem, was sie sah, zu gleichen Teilen Schreckensbleiche wie Schamesröte ins Gesicht. Und heute Nacht würde einer dieser Primitivlinge genau das mit ihr tun, vor aller Augen. Es kostete Cym alle Kraft, die aufsteigenden Tränen niederzuringen.

Ich werde keine Furcht zeigen, niemals.

Draußen wurde es lauter. Es war Nacht, Trommeln begannen zu schlagen wie ein heranrollender Sturm. Ein Wind kam auf und zerrte an den Zelten, wehte den alles durchdringenden Gestank von Dung und ungewaschenen Menschen herein, der Cym jeden Tag umgab, seit sie hier war. Die Frauen behandelten sie mit der Herablassung älterer Geschwister und zogen kichernd ihre knappsten Gewänder heraus. Ihre Gesichter waren alle ähnlich geschnitten: lange, schmale Nasen, spitzes Kinn und hohe, kantige Wangenknochen. Bei allen prangte über den mandelförmigen Augen die gleiche Tätowierung, der Wolfskopf vor einem Diamanten, und die meisten waren auch an den Armen tätowiert, manche ebenso auf dem Rücken und sogar den Brüsten. Sie strahlten eine wilde Schönheit aus, und Cym begann zu verstehen, warum sydische Frauen bei den Sklavenhändlern so beliebt waren – auch wenn sie in dem Ruf standen, ihre neuen Herren früher oder später im Schlaf zu ermorden.

Cym konnte die Tränen nicht länger zurückhalten. All ihre Träume, alle Pläne, wohin das Leben sie führen sollte, waren dahin. Wenn ihr eins nie in den Sinn gekommen war, dann hier zu landen und als Zuchtstute an einen Analphabeten verschachert zu werden. *Ich bin Justina Meiros' Tochter. Papa-Sol, Mater-Lune, bitte helft mir.*

Die Zeltklappe ging auf, davor stand der riesenhafte Gul-Vlk. Er hatte den Wettstreit unter seinen sieben Söhne, die jeder von einer anderen Mutter stammten, sichtlich genossen. Zudem war der Brautkampf eine gute Möglichkeit gewesen, diejenigen Erben loszuwerden, die allzu früh seine Nachfolge antreten wollten: Zwei hatten Verstümmelungen davongetragen, ein dritter war tot. Dass es ausgerechnet den ehrgeizigsten unter ihnen erwischt hatte, war bestimmt ein unglücklicher »Zufall«.

»Kybelaja«, sagte er und stimmte eine Art inbrünstigen Lobgesang an, während er im Kreis um sie herumging, sie in den Hintern und Busen kniff und Cym dabei freudig anstrahlte. Er stank so sehr nach fauligem Fleisch, dass Cym die Galle hochstieg. Der siegreiche Sohn, der draußen auf sie wartete, war kein bisschen weniger schlimm als sein Vater. Der Drang, Gul hier und jetzt an die Gurgel zu springen, war überwältigend.

Ich werde dem entkommen, irgendwie, redete Cym sich ein. *Ich muss.*

Myrlla küsste sie auf die Wange, dann legte sie den Schleier aus weißen Stofffäden über Cyms Gesicht.

Gul nahm sie am Arm und führte sie hinaus in die Nacht, die Frauen kamen kichernd hinterdrein und stimmten schließlich mit lautem Geschrei in den Trommelwirbel ein, während die Männer Cym lüstern anstarrten und mit den Händen obszöne Gesten machten.

Cym wurde schwindlig. Sie hatte das Gefühl, jeden Moment das Bewusstsein zu verlieren. Vielleicht wäre es besser so. Durch ihren Schleier sah sie die Fackeln, die im silbrigen Mondlicht flackerten. Gul-Vlks Arm war stark wie ein Baumstamm, und Cym hielt sich dankbar daran fest, so weich waren ihre Knie. Sie war froh, dass sie die Gesichter der Umstehenden durch den Schleier nur schemenhaft erkennen konnte. Der Gestank wurde so schlimm, dass der bittere Geschmack in ihrer Kehle immer höher stieg, während die Kinder ihre Arme begrapschten, um ihr Glück zu wünschen, und die Krieger mit Messergriffen gegen ihre Lederschilde schlugen und einen ohrenbetäubenden Lärm veranstalteten.

Gul führte Cym zu einer mit roten und weißen Stoffbahnen abgehängten Bühne und schob sie die Treppe hinauf. Als ihre Beine auf den Stufen fast versagten, knurrte er drohend. Alles drehte sich, und sie war kurz davor, ohnmächtig zu werden, doch ihr Stolz trug den Sieg davon. Sie war immer stark und unabhängig gewesen und würde jetzt nicht die schwache Jungfrau spielen.

Cym hob den Kopf und straffte die Schultern. *Ich lasse mich nicht erniedrigen, egal was kommt. Ich bin Rimonierin. Ich bin eine Meiros, eine di Regia.*

Sie sah einen hochgewachsenen, mit Tierhäuten behängten Schamanen. Eine Wolfsmaske verdeckte das Gesicht, nur Mund und Kinn schauten darunter hervor. Neben ihm stand ein Sollan-Priester. Es war eine seltene und eigenartige Unterströmung des Sollan-Kults, der die Vlk anhingen. Unwillkürlich sprang Cyms Blick weiter zu ihrem künftigen Gatten. Hyr-Vlk trug ein Wolfsfell über den Schultern, ansonsten nur eine knielange Hose. Sein Oberkörper war über und über mit Tätowierungen bedeckt, die über der linken Brust zu einem beängstigend echt wirkenden Wolfsgesicht zusammenliefen. Die gelben Augen darin schienen jeder ihrer Bewegungen zu folgen.

Ein weiteres Mal war sie dankbar für den Schleier vor ihrem Gesicht, auch wenn sie wusste, dass Hyr ihn ihr schon allzu bald herunterreißen würde – genauso wie die dünne Baumwolltunika über ihren Schultern. Dreimal schon war sie Zeugin einer dieser »Hochzeiten« gewesen. Cym wusste genau, was sie erwartete.

Gul sagte etwas zu dem Schamanen.

»Ruf die Götter an«, übersetzte Myrlla, die so dicht hinter Cym stand, dass Cym zusammenzuckte.

Der Schamane breitete die Arme aus und rief über den Tumult der Menge hinweg: »Slunzi i Mezich, Slunzi i Mezich!«

»Er ruft Sonne und Mond als Zeugen an«, flüsterte Myrlla, während der gesamte Stamm den Ruf aufnahm.

Die Stimme des Schamanen wurde von der Wolfsmaske verfälscht, doch Cym hatte das Gefühl, dass es nicht Drzkir war, der darunter steckte.

Als in östlicher Richtung ein goldener Lichtschimmer aufflammte und gleich darauf ein blässlich weißer im Westen, verstummte das Geschrei. »Die Sfera erschaffen ein Licht zu Papa-Sols und Mater-Lunes Ehren«, erläuterte Myrlla ergriffen. »Wir, die Sfera, sind die Hände der Götter hier auf Urte.«

Die beiden Lichter wurden heller, dann begannen die Vlk zu singen. Es war ein Lobpreis der Sollan. Cym kannte die Melodie, aber nicht den Text. Leise sang sie auf Rimonisch mit, während ihr die Tränen über die Wangen strömten. Ihre Hände bewegten sich fahrig, als hätte sie die Kontrolle über ihre Gliedmaßen verloren, und sie begann zu zittern.

Werden sie mir jemals meine Gnosis zurückgeben? In fünf Jahren vielleicht, nach dem fünften Kind, wenn sie so aufgedunsen und schwach war, dass sie gar nicht mehr fliehen könnte, selbst wenn sie es versuchte. Wie in Trance starrte sie in das Flackern der Fackel direkt neben ihr und überlegte, ob dies vielleicht die letzte Gelegenheit war, dem allen zu entrinnen. Ob es vielleicht besser wäre, sich bei lebendigem Leib selbst zu verbrennen …

Da verloschen die Lichter zu beiden Seiten des Lagers plötzlich. Aus einiger Entfernung ertönten laute Schreie und verstummten sofort wieder.

Die Verunsicherung der Vlk war beinahe greifbar, als sich Dunkelheit über das Lager senkte. Ihr Lied verhallte, an seine Stelle trat aufgeregtes Gemurmel, raschelnd wie eine Brise in einem Weizenfeld. Alle wandten sich dem Schamanen zu, der mit immer noch ausgebreiteten Armen stumm dastand. Dann erloschen auch die Fackeln eine nach der anderen, bis die Vlk ganz in Finsternis gehüllt waren. Cym brauchte ihre Gnosis nicht, um zu wissen, dass etwas nicht stimmte. Sie riss sich Krone und Schleier vom Kopf.

Hyr wandte entsetzt das Gesicht ab und beschrieb das Zeichen gegen den Unwillen der Götter.

Du wirst gleich noch ganz andere Probleme bekommen, glaube ich, als das Antlitz deiner Braut zu erblicken, bevor die Götter ihren Segen dazu gegeben haben, dachte Cym in beinahe freudiger Erwartung, auch wenn sie selbst nicht die geringste Ahnung hatte, was als Nächstes passieren würde.

»Was hat das zu bedeuten?«, fuhr Gul den Schamanen auf Sydisch an. Myrlla übersetzte mit zitternder Stimme.

76

»Die Götter sind erzürnt!«, donnerte die Stimme unter der Wolfsmaske hervor, und Cym horchte auf: Der Schamane hatte Rondelmarisch gesprochen.

Hochaufragende Gestalten lösten sich aus der Dunkelheit, größer als jeder Mensch, und kamen mit unirdischem Gebrüll auf das Lager zugestürmt.

»Sudicki!«, schrie jemand.

»Dämon!«, fiel Myrlla mit ein.

Hyr-Vlk wollte Cym gerade packen, da streckte der Schamane ruckartig den Arm aus, und Hyr wurde rücklings vom Podest geschleudert.

Gul erhob die Stimme, um für Ruhe unter den erschrockenen Stammesmitgliedern zu sorgen, doch noch bevor er zu Ende gesprochen hatte, ereilte ihn dasselbe Schicksal wie zuvor seinen Sohn.

Der Schamane drehte Cym das Wolfsgesicht zu, und eine aufgeregte, aber vertraut klingende Stimme fragte: »Hauen wir ab?«

Alaron hatte noch nie im Leben so viel Spaß gehabt. Die Sydier waren vollkommen unvorbereitet. Weil es Unglück bedeutete, Waffen zu einer Hochzeit mitzunehmen, waren die meisten von ihnen unbewaffnet. Keine Schwerter oder Pfeile, nur hier und da blitzte ein Dolch auf, aber die Krieger schienen solche Angst vor den Magi zu haben, dass keiner von ihnen sich auch nur einen Schritt näher an Alaron heranwagte.

Die schwangere Myrlla, die Cym ständig zugeflüstert hatte, hielt sich schützend die Hände vor den Bauch und ging langsam rückwärts. Alaron machte keine Anstalten, sie aufzuhalten.

Inzwischen kamen die Lamien aus allen Richtungen ins Lager, bleckten die Zähne und fuchtelten wild mit ihren Speeren. Feuer flammte auf, und Gnosisblitze streckten jeden nieder, der töricht genug war, sich ihnen entgegenzustellen, aber das waren nur wenige. Die sydischen Magi waren zu schwach und zu schlecht ausgebildet, keine ernstzunehmenden Gegner, und die meisten Krieger packte das nackte Entsetzen, als sie die unmenschlichen Kreaturen heranjagen sahen.

Naugri führte den Angriff der Schlangengeschöpfe mit wildem Geheul. Nach Jahren des Versteckens waren die Lamien außer sich vor Freude, endlich einmal offen losschlagen zu können.

Fydro und Hypollo hatten *Sucher* auf ihren Schultern an den Rand des Lagers getragen. Cym stand immer noch zitternd vor Kälte und Angst da und brachte kein Wort heraus.

»Naugri, kümmert Euch um sie«, sagte Alaron, nahm die Wolfshaut ab und legte sie Cym über die Schultern.

Der Lamia hob Cym hoch und jagte mit ihr auf den Armen zum Skiff. Alaron folgte den beiden und sprang an die Ruderpinne. »Gibt es schon Nachricht von Kekropius?«, fragte er.

Naugri leckte sich mit der Reptilienzunge über die Lippen. »Er hat dein Artefakt«, antwortete er mit einem Nicken, dann musterte er Cym kurz und verschwand.

Cym starrte ihm noch verblüfft hinterher, da küsste Alaron sie auf die Stirn. Er konnte sich gar nicht sattsehen an seiner rimonischen Prinzessin und hoffte inständig, die Tätowierung würde sich wieder entfernen lassen. »Ich kann gar nicht fassen, dass ich dich endlich gefunden habe«, flüsterte er.

Cym lächelte verhalten. »Ich auch nicht. Ausgerechnet du.« Ängstlich beobachtete sie die Lamien und duckte sich an Alarons Brust, auch wenn die bizarren Kreaturen ihr offensichtlich wohlgesinnt waren. »Wer sind deine neuen Freunde?«, fragte sie vorsichtig.

»Schlangenwesen, Lamien eben«, antwortete er grinsend.

Cym blinzelte. »Die aus den lantrischen Mythen?«

»Nein. Sie sind nach dem mythologischen Vorbild erschaffene Züchtungen. Ich erklär's dir, sobald wir in der Luft sind, aber jetzt verschwinden wir besser von hier.« Er gab den Lamien das Zeichen zum Rückzug und lud den Kiel auf. *Sucher* hob ab, dann wandte er das Skiff nach Süden, und sie brausten los. »Wir müssen vor Anbruch der Dämmerung wieder in unserem Höhlenversteck sein.«

Cym drückte sich an Alaron, während er die Segel und das Ruder bediente, bis sie endlich aufhörte zu zittern. Dann rückte sie – sehr zu seinem Bedauern – ein Stück von ihm ab, hörte aber immer noch begierig zu, während er von den Lamien erzählte, wer sie waren und was er ihnen versprochen hatte. Cym schien tief bewegt von ihrem Schicksal, und Alaron musste daran denken, dass auch Cyms Volk einst aus seiner Heimat vertrieben worden war. Sie berichtete in aller Kürze, was ihr in der Zwischenzeit widerfahren war – von der Bruchlandung auf Phaestos, von ihrem aufreibenden Fußmarsch und der schmachvollen Gefangennahme –, und Alaron fiel auf, dass er Cym noch nie so schwach und verwundbar gesehen hatte. Er konnte kaum glauben, dass er sie buchstäblich im allerletzten Moment vor der grässlichen Zwangsheirat gerettet hatte. Das konnte kein Zufall sein. Es fühlte sich an wie Schicksal, und Alaron begann, wieder an eine höhere Macht zu glauben.

Doch dann war er an der Reihe mit Erzählen. Dass Jeris Muhren tot war, ihr Vater höchstwahrscheinlich auch und die meisten aus ihrer Karawane. Im ersten Moment schien Cym ihn nicht verstanden zu haben, dann weigerte sie sich schlichtweg, ihm zu glauben. Bis sie schließlich von verzweifelter Trauer gepackt aufs Deck sackte und ein Heulen ausstieß, das Alaron bis ins Mark erschütterte. Hilflos sah er zu, wie Cym sich von unsäglichem Schmerz gepeinigt auf den Planken wälzte und die Haare raufte, konnte nichts tun, als ihr sein

Beileid zuzuflüstern, während ihm selbst die Tränen über die Wangen strömten.

Irgendwann hörte Cym auf zu weinen, und sie landeten. Selbst jetzt blieb sie zusammengerollt wie ein Kind auf der Seite liegen, sprach mit niemandem und rührte sich nicht, bis ein paar jüngere weibliche Lamien sich um sie versammelten und ihr Trost zusprachen. Zu Alarons Überraschung ging Cym schließlich mit ihnen. Vielleicht, weil sie ebenfalls Frauen waren, mehr oder weniger zumindest. Er war dankbar, dass jemand sich um Cym kümmerte.

Die anderen Lamien kehrten kurz vor Anbruch der Dämmerung zurück, und Kekropius kam direkt zu Alaron. Seine Augen leuchteten. »Ich bin stolz auf dich, Milchsohn«, sagte er. »Dein Plan war ein voller Erfolg, nicht einer der Unseren wurde verletzt. Du hast uns gut geführt.«

Alaron spürte, wie er rot wurde. Er war noch nicht oft gelobt worden in seinem kurzen Leben und wusste nicht recht, wie er damit umgehen sollte. »Danke«, stammelte er nur.

Kekropius drückte ihm einen Lederköcher in die Hand. »Ist es das, wonach du gesucht hast?«

Alaron öffnete den Köcher und spähte hinein. In Norostein hatte er die Skytale nur kurz zu Gesicht bekommen, das war im Juness gewesen und schien eine Ewigkeit her zu sein. Soweit er es beurteilen konnte, war sie unverändert. Er betrachtete die Skytale ungläubig. »Ja, das ist sie«, sagte er schließlich.

Kekropius strahlte vor Stolz. »Sie war genau da, wo der Schamane gesagt hat.«

»Gut gemacht«, sagte Alaron unter dem Jubel der Lamien. Sie schienen so jung in diesem Moment.

Ihr Versteck war ein Höhlensystem südlich der Kaiserstraße. Bevor Alaron sich schlafen legte, sah er mit Kekropius noch einmal nach Cym. Sie saß allein in der kleinen Felsnische und starrte ins Leere. Alaron hatte schon befürchtet, sie würde wieder weinen, doch zu seiner Überraschung saß sie nur stumm in ihre Decken gewickelt da, die Knie an die Brust gezogen. Sie hatte sich erstaunlich schnell an die Lamien gewöhnt und warf Kekropius lediglich einen kurzen Blick zu. »Ich habe immer gewusst, dass die lantrischen Mythen wahr sind«, flüsterte sie. »Ich hatte recht.«

»Aber sie sind Zücht ...«

Cym legte sich einen Finger auf die Lippen. »Sie sind *echt*.«

Kekropius neigte den Kopf und verbeugte sich. »Dame Cymbellea, wir stehen zu Euren Diensten.«

Cym lächelte. »Siehst du, Alaron, so gehört sich das.«

Alaron verdrehte die Augen und holte die Skytale hervor. Sie war in etwa so lang wie sein Unterarm und mit Knochenplättchen besetzt, in die Runen geschnitzt waren. Dank seiner Ausbildung am Arkanum kannte er sogar einige der Runen. Acht Lederschnüre mit farbigen Perlen am Ende baumelten an dem Artefakt.

»Das ist der kaiserliche Schatz?«, fragte Kekropius ungläubig. »Ein eigenartiges Ding. Weißt du, wie es funktioniert?«

»Teilweise«, erwiderte Alaron nachdenklich. »Skytale sind Chiffriergeräte. Die Rimonier haben sie erfunden und mit ihnen verschlüsselte Nachrichten zwischen den Legionen hin und her geschickt, aber heutzutage benutzt sie niemand mehr. Diese eine hier ist der einzige Grund, warum wir uns in Zauberturm überhaupt mit dem Thema beschäftigt haben.« Er hielt die Skytale hoch. »Seht her: Diese Bänder hier werden nach einem bestimmten Muster um den Stab gewickelt. Sie zeigen an, wie die Runen zusammengehören. Nur wer das Muster kennt, kann die Nachricht entziffern.«

»Beeindruckend«, staunte Kekropius.

»Eigentlich nicht. Nachdem die erste Skytale geknackt war, waren auch die anderen leicht zu entschlüsseln. Sie wurden schon lange vor Corineus' Zeiten nicht mehr benutzt, und ich frage mich, was Baramitius auf die Idee gebracht hat. Eine seltsame Wahl.« Er versuchte, das untere Ende des Stabs zu verdrehen, nur um zu sehen, was passieren würde, da ertönte plötzlich ein Klicken, und die Runen drehten sich mit.

»Seht euch das an!«, rief er. »Im Inneren ist noch ein zweiter Stab mit anderen Runen, die erst sichtbar werden, wenn man den äußeren verdreht hat.« Alaron stieß einen leisen Pfiff aus. »Doch nicht ganz so schlicht, das Ding.«

In diesem Moment kam Kessa unvermittelt herangeschlängelt. Sie berührte ihre Brust und legte Alaron einen Finger auf die Lippen. »Milchsohn«, sagte sie mit einem Anflug von Stolz in der Stimme.

Alaron betastete ungläubig seine Lippen. Was Kessa gerade getan hatte, kam praktisch einem Freudentanz gleich.

»Geht es deiner Frau wieder besser?«, fragte Kessa.

»Ich bin nicht seine Frau!«, fuhr Cym auf, doch Kessa blinzelte nur und verschwand genauso schnell wieder, wie sie aufgetaucht war.

Kekropius klopfte Alaron anerkennend auf die Schulter, dann folgte er seiner Gefährtin, und die beiden jungen Magi waren allein.

Cym musterte Alaron neugierig. »Erklär mir eins, großer Held«, sagte sie. »Was ist ein Milchsohn?«

Alaron wurde feuerrot. Er stammelte etwas Unverständliches und machte sich eilig davon.

Es dauerte lange, bis Alaron sich endlich schlafen legen konnte. Als Erstes musste er die Skytale mit Wächtern schützen, falls jemand versuchte, sie aufzuspüren. Bestimmt war sie bereits mit mächtigen Zaubern geschützt, doch er konnte nicht vorsichtig genug sein. Danach musste er vor den Ältestenrat treten und Bericht erstatten. Dort erfuhr er, dass die Sydier, nachdem sie sich einigermaßen von dem Schock erholt hatten, ihr Lager noch vor Einbruch der Dämmerung abgebrochen hatten und nach Norden weitergezogen waren. Während des Überfalls waren ein paar der Stammeskrieger in Panik geraten, und es hatte Tote gegeben, aber nicht viele. Obwohl er es sofort wieder getan hätte, stimmte es Alaron traurig, dass Menschen hatten sterben müssen, nur um eine Einzelne vor einer Zwangsheirat zu retten. Die Todesfälle riefen ihm ins Gedächtnis, dass jeder Kampf unweigerlich Opfer forderte.

»Und jetzt, da du hast, was du wolltest«, krächzte Mesuda schließlich, »wirst du dein Versprechen halten und uns in das verheißene Land führen?«

Die anderen Ratsmitglieder beugten sich vor, um seine Reaktion genau zu beobachten.

Alaron verneigte sich. »Es wird mir eine Ehre sein.«

Ich habe die Skytale wieder, und ich habe Cym gerettet. Das ist der beste Moment meines Lebens.

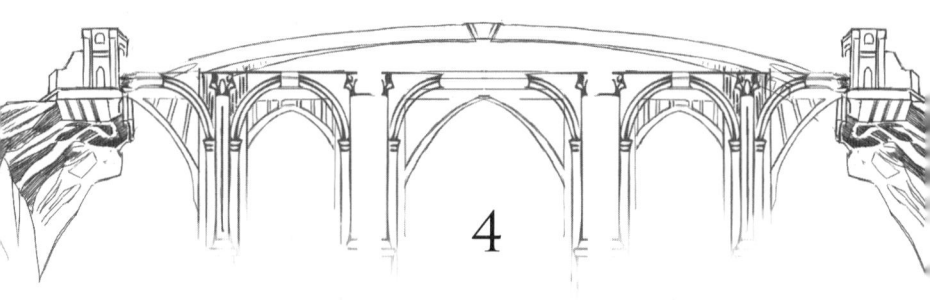

4

VERWORRENE NETZE

NOROS

Argundier ziehen in den Krieg für Ehre und Vaterland, Schlesser für Ehre und Beute, Rondelmarer für Ehre und Macht. Nur die Norer fangen einen Krieg wegen Vertragsbruchs an. Sie sind ein Volk von kleinlichen Krämern und Rechtsgelehrten. Wenn die Revolte niedergeschlagen ist, werden sie bekommen, was sie verdient haben.

PHILIPPE L'ORLEI, PALLAS 906

Wir haben unsere Prinzipien und halten uns daran, im Großen wie im Kleinen. Ein einmal gegebenes Wort ist Gesetz. Ein Mann, auf dessen Wort man nicht zählen kann, ist kein Mann.

GENERAL ARKIMON ROBLER, NOROSTEIN 907

»Wie geht es dem König und seiner Schwester, Magister
Gyle?«, fragte der kahlrasierte Jhafi leise. Harshal al-Assam
war ein getreuer Nesti-Anhänger und unter strikter Geheim-
haltung nach Brochena gekommen – und er hatte nicht nach
Francis und Olivia gefragt.

Gurvon Gyle saß ihm gegenüber und blickte sich um. Er
trug einen losen Turban auf dem Kopf, dazu eine unauffäl-
lige Kurta. Der berauschende Rauch sammelte sich unter der
Decke des kleinen Teehauses zu einem dicken Nebel. Gyle
hatte sich direkt neben das einzige Fenster gesetzt, um Luft zu
bekommen, aber sein Gesprächspartner schien immun gegen
das Zeug zu sein. Wahrscheinlich war er damit aufgewachsen.
Sie tranken Arrak und aßen gemeinsam von einer Schale Tro-
ckenfrüchte mit gerösteten Nüssen.

»Es geht ihnen gut, beiden«, antwortete er ebenso leise. »Sie
ist in der Festung, er in einem sicheren Unterschlupf.«

»Wo?«

Gyle lächelte. »Ihr werdet mir schon mehr bieten müssen,
damit ich Euch das verrate, Harshal.« Er überlegte kurz und
beschloss, zumindest ein kleines Geheimnis preiszugeben.
»Habt Ihr von Elena gehört?«

Harshals Pupillen verengten sich, als er die Frage hörte.

Also nicht. Gut. Gyle hatte angenommen, Elena würde sich zu
den Nesti flüchten, aber offensichtlich hatte sie es nicht getan.
Eigentlich war das keine Überraschung, denn die Nesti glaubten
immer noch, Elena hätte Cera verraten, und nicht umgekehrt.
Harshal anzuvertrauen, dass er nicht wusste, wo Elena im Moment war, war ein Schuss ins Blaue gewesen. *Ein Fehlschuss.*

»Wie wir hörten, hält sie sich nicht mehr im Palast auf«, antwortete Harshal. »Habt Ihr Euch ein zweites Mal überworfen?«

Gyle zuckte die Achseln. *Er soll es ruhig glauben.* »Wenn Ihr sie findet, tötet sie, bevor sie Euch ihr Gift ins Ohr flüstert. Sie ist eine gefährliche Schlange.«

Harshals Miene blieb ungerührt. »Weshalb wolltet Ihr Euch mit mir treffen?«

Gyle nippte an dem milchigen Arrak. »Die Dorobonen haben jetzt die Macht in Javon, aber sie haben keine Ahnung, wie man dieses Land regiert«, antwortete er ohne Umschweife.

»Schuldner fühlen sich nun einmal nicht wohl in der Gegenwart ihrer Gläubiger«, bemerkte Harshal und strich sich übers Kinn. Er war etwa dreißig Jahre alt und stammte aus einem alten jhafischen Adelsgeschlecht. Harshal hatte Geld, war weltgewandt und Anhänger der Ja'arathi, einer moderaten Unterströmung des Amteh-Glaubens. Er genoss einiges Ansehen, sowohl bei den Jhafi als auch den Rimoniern, und selbst zu den Harkun-Nomaden hatte er gute Kontakte. Harshal war ein fähiger Mann, aber mehr als alles andere war er Jhafi.

»Es scheint, als wäre ganz Javon nach dem schnellen Sieg der Dorobonen in Schockstarre verfallen. Niemand hat auch nur versucht, einen Aufstand anzuzetteln. Ist es die Sorge um Cera und Timori, die Eure Anführer lähmt?«

Der Jhafi machte eine unverbindliche Geste. »Kriege wollen gut vorbereitet sein. Die Dorobonen verstecken sich in Brochena, das wenig Ressourcen hat. Die Einwohner fliehen in Strömen, um dem Hunger zu entgehen. Unser Volk ist zahlreich, und die Zeit arbeitet für uns.«

Harshal hatte recht. Die Dorobonen waren blind für das, was im Land vorging. Tag für Tag wuchs der Flüchtlingsstrom aus Brochena, und die Dorobonen glaubten tatsächlich, die vielen zusätzlichen hungrigen Mäuler würden die rivalisierenden Häuser in Forensa und Riban schwächen. Aber die Flüchtlinge fielen weder den Aranio noch den Nesti zur Last. Im Gegenteil: Sie brachten ihnen zusätzliche Arbeitskräfte – und Soldaten.

»Wie lange wird dieser inoffizielle Waffenstillstand halten?«

»Eine Weile noch«, erwiderte Harshal, »aber nicht ewig. Ihr dürft nicht vergessen, dass die Könige in Javon gewählt werden. Stürzt einer, schließen wir uns dem nächsten an. Es ist traurig, aber wahr, dass Timori und Cera Nesti keine große Rolle mehr spielen werden, sobald ein neuer König gewählt ist. Schon jetzt wissen wir, dass die Dorobonen nicht so zahlreich sind, wie wir ursprünglich befürchtet hatten. Unsere Späher haben von zwei Legionen berichtet, nicht mehr, und die Windschiffe sind bereits wieder fort.« Er fuhr sich über die Glatze. »Die Waffen werden nicht mehr lange ruhen.«

Gyle nickte nachdenklich. Ihm wurde bewusst, dass al-Assam die Situation genauso gut durchschaute wie er selbst. »Hört mich an, Harshal, ich tue alles, was in meiner Macht steht, um Euren Prinz und die Prinzessin zu beschützen.«

»Weshalb?«

»Weil es andernfalls nur noch eine Frage der Zeit ist, bis die Dorobonen hier ein Desaster anrichten. Sie verstehen dieses Land nicht, aber Cera tut es. Gebt den Dingen etwas Zeit, lasst sie sich von selbst lösen – ohne Blutvergießen.« Eine gute Lüge musste so nah an der Wahrheit sein wie möglich, um glaubhaft zu klingen, aber in diesem Fall war Gyle nicht sicher, ob er überhaupt log. »Gebt dem Land diese Möglichkeit, Harshal. Bittet Eure Anführer, nichts zu überstürzen.«

»Es gibt Gerüchte über eine Heirat.«

»Sie sind wahr, mein Freund. Ich arbeite hart daran, um Cera zu schützen.«

Harshal zog die Augenbrauen nach oben. »Weshalb?«

»Um des Friedens willen. Krieg bedeutet Untergang, verehrter Harshal, glaubt mir. Ich habe genug Krieg gesehen, um das zu wissen.«

»Was sagt Cera dazu?«

»Sie ist selbstverständlich dagegen, aber sie wird es tun, zum Wohl Javons.«

»Und Francis?«

»Ist noch grün hinter den Ohren, aber seine Mutter tut alles, um die Hochzeit zu verhindern. Sie möchte Cera und Timori hinrichten lassen.«

»Das Volk wäre außer sich. Die Waffenruhe würde sofort gebrochen.«

Gyle breitete die Hände aus und setzte sein glaubwürdigstes Gesicht auf. »Genau das erkläre ich ihnen jeden Tag.«

Harshal beugte sich vor. »Werden die Dorobonen Verstärkung bekommen?«

Gyle schüttelte lächelnd den Kopf. »Vielleicht, wer weiß? Wie viel Zeit könnt Ihr mir geben, bis die Jhafi Cera und Timori abschreiben und sie ihrem Schicksal überlassen?«

»Drei Monate vielleicht. Bis zum Jahresende, länger nicht.«

Gyle überlegte. »Ich kann Euch versprechen, dass die Dorobonen bis dahin keine Verstärkung erhalten werden«, sagte er bedächtig. *Soweit ich weiß, werden sie überhaupt keine bekommen. Aber wenn es mir gelingt, den Aufstand so lange hinauszuzögern, bis ich meine eigene Verstärkung organisiert habe, kann ich dieses Spiel gewinnen. Ich, nicht Octa Dorobon oder irgendjemand sonst.* »Haltet Eure Leute ruhig, ich bitte Euch. Lasst mich versuchen, Euren König und die Prinzessin zu retten.«

»Aber was springt für Euch dabei heraus?«, bohrte Harshal nach. »Ihr wart es, der König Olfuss ermorden ließ. Die Nesti werden Euch das nicht verzeihen, Gurvon Gyle.«

»Die Mater-Imperia Lucia hat den Anschlag befohlen, nicht ich. Elena hat sich meinen Befehlen widersetzt.«

Harshal runzelte die Stirn. »Mir hat sie etwas anderes erzählt.«

»Sie hatte strikten Befehl, niemandem die Wahrheit zu verraten«, entgegnete Gyle gelassen. Ob Harshal ihm glaubte, konnte er nicht sagen. Der Mann war ein ebenso gerissener Spieler wie Gyle selbst. »Ich will eine Amnestie, keine Vergebung. Lucia wartet nur auf eine Gelegenheit, mich fallen zu lassen. Ich habe mehr Geld als ihr eigener Sohn, und ich würde es bereitwillig mit anderen teilen, um ihren Fängen zu entgehen.«

Gyle fiel auf, dass Harshal weiterhin seine Zweifel hatte, aber aufmerksam zuhörte. Wenn man Geld erwähnte, ließen sich manchmal Entwicklungen in Gang setzen, die durch den Appell an Tugend und Treue oder auf anderen Wegen kaum oder gar nicht zu erreichen waren …

Octa Dorobon hockte auf ihrem Thron wie eine gemästete Kröte, einen gequälten Ausdruck auf dem Gesicht. Um sie herum versammelt war das typische Gefolge eines großen Magiegeschlechts: Cousinen, Nichten, Neffen, eingeheiratete Männer und Frauen, die als Mitglieder des Hauses Dorobon auf eine bessere Zukunft hofften, und andere Protegés. Mit anderen Worten: ein verbitterter, quengelnder Haufen mit genug gnostischer Feuerkraft, um eine Festung einzuäschern.

Dass der Großteil ihres geballten Hasses ihm galt, störte Gurvon Gyle nicht, zumindest nicht im Moment. Es war durchaus denkbar, dass Lucia seine Ermordung bereits angeordnet hatte, doch Gyle hatte Vorsichtsmaßnahmen ergriffen. Er konzentrierte sich voll und ganz auf den schwierigen Balanceakt zwischen seiner offiziellen Funktion als Berater und

seiner wahren Absicht, die Kontrolle über die Regierungsgeschäfte an sich zu reißen.

Sie befanden sich im Kleinen Saal, in dem Cera immer
ihren Rat abgehalten hatte, doch ein solches Gremium gab es
bei den Dorobonen nicht. Octa setzte sich auf den Thron und
herrschte, ohne irgendjemanden um Rat zu fragen, am aller-
wenigsten Gyle. Dennoch konnte sie – aufgrund Gyles neuen
Amtes – nichts ohne seine Zustimmung tun. Die einzige Möglichkeit, ihn dieses Amtes wieder zu entheben, war, Francis
zum König zu machen, doch Francis wurde von Tag zu Tag
aufsässiger, weshalb Octa sich in einer misslichen Zwangslage
befand, die sie langsam, aber sicher in den Wahnsinn trieb.

Die Wände waren vollgehängt mit Wappenschilden, Büs-
ten und Flaggen der Dorobonen. An der Stirnseite des Saals
standen mehrere Throne bereit. Der mittlere war für Francis bestimmt, wenn er erst König war, doch im Moment saß
Gyle darauf, neben ihm Mutter und Sohn. Einer hätte eigentlich Olivia gehört, aber die Tochter des Hauses interessierte
sich nicht für Politik, und sie hatte noch nie darauf gesessen.
Der große Ratstisch war entfernt worden, ebenso die Stühle,
weshalb die anderen »Berater« verloren im Saal herumstanden
und sich nur ab und an zu Wort meldeten, wenn überhaupt.

»Mutter, ich habe bereits mehrfach wiederholt, dass ich
mit dem kaiserlichen Bevollmächtigten Gyle übereinstimme«,
sagte Francis in die unbehagliche Stille hinein. »Ich möchte
die Krone den Regeln der javonischen Tradition gemäß übernehmen.«

Damit du so viele Frauen haben kannst, wie du willst. Der
Junge war geradezu besessen von dem Gedanken, fortan jede
Nacht umringt von den schönsten Vertreterinnen des weib-
lichen Geschlechts zu verbringen.

»Du bist ein Magus der Kirche Kores, Francis, und wirst

Leticia de Galya oder Felice d'Aruelle heiraten oder eine andere adlige Reinblüterin, die ich für dich aussuche.« Octas rosiges Gesicht wandte sich Gurvon zu. »Magister Gyle wird seinen obszönen Vorschlag zurückziehen.«

Octas ältester Hofbeamter, Fenys Rhodium, der Witwer von Octas verstorbener Schwester, trat vor. »Nur ein Priester der Kore darf Euren Sohn verheiraten, edle Dame«, bekräftigte er unter dem Beifall der anderen.

Gyle ignorierte ihn. Je mehr Zeit verging, desto gefestigter wurde seine Position. Er hatte mit den Aranio von Riban eine Abmachung getroffen, die Brochena von nun an in Gyles Namen mit Nahrungsmitteln versorgten. Octa konnte ihm drohen, so viel sie wollte. Alle im Saal wussten, dass sie auf ihn angewiesen war. Octa hatte versucht, mit Rhodiums Hilfe ihr eigenes Agentennetz aufzubauen, aber Gyle hatte seine eigenen Leute auf sie angesetzt und innerhalb kurzer Zeit waren die meisten von ihnen tot gewesen. Octa mochte ihn im Verdacht haben, aber beweisen konnte sie nichts. Gurvons Leute waren unendlich viel erfahrener als Rhodiums Palastintriganten, die Rondelmar noch nie verlassen hatten. Sie mochten Reinblute sein, aber für geübte Meuchelmörder wie Mara Secordin oder Gyle selbst waren sie leichte Beute. Außerdem hatte Rutt Sordell nun wieder einen männlichen Körper. Er hatte von einem von Octas Agenten Besitz ergriffen und tischte den Dorobonen alles an Lügen und Fehlinformationen auf, was immer Gyle für nützlich hielt.

Schließlich wandte er sich an Octa. »Edle Dame, lasst es mich noch einmal wiederholen: Die hiesigen Gesetze gestatten es dem König, mehrere Frauen zu ehelichen, wenn er dies wünscht. Auf diese Weise können wir das zerrissene Land einen. Feinde, deren Kinder berechtigte Aussichten haben, eines Tages selbst die Krone zu übernehmen, sind keine

Feinde mehr.« Aus dem Augenwinkel sah er Francis nicken. Der junge Kronprinz betrachtete ihn mittlerweile als Freund – sehr zum Entsetzen seiner Mutter.

»Und ob!«, entgegnete Octa scharf. »Ich habe mit eigenen Augen bezeugt, wie der Bruder den Bruder erschlug, und da ging es um weniger als die Krone über ein ganzes Land.«

»Häuser, deren Kinder einen Anspruch auf den Thron haben, sind doppelt gefährlich«, stimmte Rhodium zu.

»Nicht, wenn Ihr diese Kinder an den Hof holt. Als Faustpfand«, erwiderte Gyle gelassen.

»Ich werde keinen Thronfolger anerkennen, der nicht aus einer von Kore gesegneten Ehe hervorgegangen ist«, polterte Octa.

Francis schürzte die Lippen. »Ich will Leticia und Felice nicht«, murrte er. »Sie sind hässlich und langweilig.«

»Du wirst heiraten, wen immer ich bestimme«, erklärte Octa.

Sie funkelten einander an, und Gyle unterdrückte ein Lächeln. Er musste ihre Gedanken nicht erst mithören, um zu wissen, welcher Schlagabtausch zwischen den beiden stattfand: *Ich bin der König! – Ich bin deine Mutter! – Wie* kannst *du es wagen?! – Wie kannst du es wagen?!*

»Prinz Francis«, meldete Terus Grandienne sich zu Wort. Von allen Rittern des Hauses Dorobon war er der dienstälteste. »Meine Männer werden unruhig. Wann werdet Ihr uns gegen Riban reiten lassen?« Der alte Recke versuchte ganz bewusst, das Thema zu wechseln. Er stand auf Octas Seite und verachtete die jüngeren Ritter. »Francis' Spielgefährten«, wie er sie nannte.

Doch Francis hatte nicht die Absicht, das Thema zu wechseln. »Ich bin der König! Ich will meine Krone!«, rief er wie ein pubertierender Junge.

Die älteren Ritter versuchten, sich ihre Verachtung nicht

anmerken zu lassen, während die jüngeren Francis laut zujubelten. Alle sahen sich nach einem Sündenbock um, an dem sie ihre Wut auslassen konnten, und die meisten fanden ihn in der Gestalt Francesco Perdonellos, der mit seinen Grauen Krähen, den Stadtbeamten, am anderen Ende des Saals auf den Knien wartete, bis er angesprochen wurde. Perdonello war das einzige verbliebene Mitglied von Ceras Rat. Die anderen waren entweder nach Forensa geflohen oder bei der Schlacht um Hytel gestorben.

Perdonello hüstelte. »Majestät, solange die Verfassung nicht entsprechend abgeändert ist und Euch legitimiert ...«

Francis holte aus, als würde er die Luft ohrfeigen. In zehn Meter Entfernung zuckte Perdonello unter dem unsichtbaren Hieb zusammen.

»Das ist meine Legitimation!«, schrie Francis und ließ sein Amulett aufblitzen. »Ich verlange meine Krone!«

Trotz des hellroten Striemens auf seiner Wange blieb Perdonellos Miene ungerührt. Das Oberhaupt der Grauen Krähen zeigte niemals, was in ihm vorging. Eigentlich hatte Octa durch die Auflösung des Rats alle Macht an sich reißen wollen, doch in Wahrheit hatte Perdonello jetzt sogar noch mehr Einfluss als zuvor, denn was Octa nicht sah, konnte sie auch nicht kontrollieren.

»Die Entwürfe sind so gut wie fertig, Herr«, sagte er, als wäre nichts passiert. »Alle Vorbereitungen sind in vollem Gange. Nächsten Monat, Herr.«

»Es dauert zu lang«, knurrte Francis. »Alles hier dauert zu lang.«

»Die Nesti haben die von Eurem Vater erlassene Verfassung verbrannt, Herr«, erläuterte Perdonello. »Seither verlangt das javonische Recht, dass der König gewählt wird. Wir ändern die entsprechenden Klauseln so schnell wir können, doch gibt es viele Feinheiten und Eventualitäten zu berücksichtigen, die zuerst von den Rechtsgelehrten überprüft werden müssen, bevor wir sie Euch zur Unterschrift vorlegen können. Dieser Prozess ...«

»Haltet den Mund! Ihr redet und redet und redet. Ihr langweilt mich.« Francis sah sich mürrisch um. »Alles hier langweilt mich! Was für ein ödes Land, nicht einmal jagen kann man hier.«

»Werde endlich erwachsen, Francis«, schimpfte Octa. »Eine Krone zu tragen bedeutet mehr, als Feste feiern und auf die Jagd gehen.«

Francis war offensichtlich anderer Meinung. Er deutete wütend auf Perdonello. »Bis Ende der Woche habt Ihr alles fertig und legt es mir zur Unterschrift vor.« Er warf seiner Mutter einen kurzen Blick zu. »Und lasst die Finger von den Paragrafen über Vielweiberei, wenn ich sie Euch nicht abhacken lassen soll.«

Perdonello verneigte sich, so gut es auf Knien ging, und Francis erhob sich.

»Außerdem, Mutter, was für eine hervorragende Idee: Ich werde ein Fest geben. Und auf die Jagd gehen!«

»In den Hügeln im Westen gibt es Berglöwen«, merkte Gyle an.

»Löwen!« Francis war begeistert. »Bestens! Ich werde Löwen jagen.«

Gyle neigte den Kopf, und Francis fügte hinzu: »Kommt, Ihr müsst mir alles über das javonische Großwild erzählen.«

Gyle machte Anstalten aufzustehen, doch Octa war noch nicht fertig mit ihm. »Der Magister wird dich später aufsuchen«, erklärte sie ihrem Sohn. »Es gibt noch ein paar Details, zu denen wir seinen ... Rat hören wollen.«

Francis' Mundwinkel zuckten. »Könige kümmern sich nicht

um Details. Ich sehe Euch dann später, Gyle.« Damit stolzierte er aus dem Raum, und die ihm treu ergebenen jüngeren Ritter folgten, um sich den allabendlichen höfischen Vergnügungen zu widmen.

Sie waren kaum hinaus, da klatschte Octa in die Hände und brüllte: »Raus, Perdonello! Und nehmt Eure Krähen mit.«

Gyle vermied sorgsam, Blickkontakt zu Perdonello aufzunehmen. Niemand sollte Verdacht schöpfen über die Allianz, die er mit ihm gebildet hatte.

»Magister Gyle«, begann Octa, als nur noch ihre eigenen Unterstützer anwesend waren.

»Dame Dorobon«, sagte Gurvon möglichst neutral.

»Es gefällt mir nicht, wie Ihr meinen Sohn umgarnt. Er ist noch jung und unerfahren genug, um zu glauben, jemand wie Ihr könnte es tatsächlich gut mit ihm meinen.«

Was Euch wirklich beunruhigt, ist, dass ich immer noch Einfluss auf ihn haben könnte, wenn ich mein Amt als Bevollmächtigter niedergelegt habe, dachte Gyle. Laut sagte er: »Ich habe Javons Krone für ihn gewonnen, Herrin.«

»Die militärische Schlagkraft des Hauses Dorobon hat sie gewonnen«, warf Terus Grandienne verächtlich ein. »Wir hätten jeden Feind vernichtet, der sich uns entgegenstellt.«

»Gut gesprochen, Ritter Terus. Wir schulden Euch nicht das Geringste, Gyle.«

»Wozu ist er dann überhaupt noch gut, außer um den jungen Francis zu unterhalten?«, witzelte Rhodium. »Vielleicht sollten wir ihn zum Hofnarren machen?« Ein leises Lachen ging durch die Runde.

»Er spricht die Sprache dieser ungewaschenen Eingeborenen«, kicherte eine von Octas Nichten, eine Schlachtmagi mittleren Alters mit Doppelkinn und rotem Gesicht. »Zu mehr wird er wohl auch nicht zu gebrauchen sein.«

»In der Tat«, stimmte Octa zu. »Lasst es mich so ausdrücken: Ihr seid hier nicht willkommen, Gyle. Die Kaiserinmutter mag Euch zum Bevollmächtigten ernannt haben, doch nehmt Ihr unsere Gastfreundschaft schon zu lange in Anspruch. Selbst so hochgestellte Persönlichkeiten wie kaiserliche Bevollmächtigte können einem Unfall zum Opfer fallen. Ich denke, es wäre das Beste, wenn Ihr darum ersucht, von allen Ämtern entbunden zu werden, und die Heimreise antretet, bevor Euch noch ein Unglück zustößt.«

Das war Octa, wie sie leibt und lebt: elegant und subtil wie ein dhassanischer Elefant.

Gyle stand auf. »Ich werde mein Amt mit größtem Vergnügen niederlegen. Aber erst, wenn Francis gekrönt ist. Nicht einen Tag vorher.« Er blickte in die Runde und dachte dabei an seine drei Magi, die die Szene von ihren verborgenen Gucklöchern aus beobachteten, sowie an Rutt Sordell, der in Gestalt eines jungen Mannes direkt hinter Rhodium stand. »Doch im Moment habe ich einen Jagdausflug vorzubereiten. Diese Besprechung ist hiermit beendet.«

Terus stellte sich ihm in den Weg. »Ihr werdet der Dame Dorobon den gebührenden Respekt erweisen«, bellte er.

»Das habe ich bereits. Wenn Ihr mich jetzt entschuldigen würdet«, erwiderte Gyle kühl und ging in einem kleinen Bogen um Terus herum.

Der Ritter packte ihn von hinten an der Schulter. »Niemand hat gesagt, dass Ihr gehen dürft.« Er zog einen Handschuh hervor und schlug ihn Gyle ins Gesicht. »Gurvon Gyle, Ihr habt die Matriarchin des Hauses Dorobon beleidigt. Hiermit fordere ich Euch zum Duell.«

Totenstille senkte sich über den Saal.

Großer Kore. Gyle schüttelte Terus' Hand ab. Der Ritter war ein Reinblut, einer der wenigen, der die Giftanschläge der

Nesti im Jahr 921 überlebt hatte, und außerdem ein berüchtigter Kämpfer. Die Herausforderung anzunehmen wäre reiner Selbstmord. Doch glücklicherweise waren Duelle unter Magi verboten, seit sie sich als häufigste Todesursache unter Rein- und Halbbluten herausgestellt hatten. Ihr Blut war zu kostbar, um es in eitlen Schaukämpfen zu vergeuden. Nichtsdestotrotz wurden sie weiter praktiziert, weil sie als männlich galten.

»Ich bedaure, edler Terus, aber ich muss Euren Vorschlag ablehnen. Dennoch werde ich nicht versäumen, ihn in meinem nächsten Bericht an Pallas zu erwähnen.«

»Feigling.«

Die Luft knisterte vor Anspannung, vermischt mit der unterdrückten Vorfreude der Zuschauer auf ein unmittelbar bevorstehendes Blutvergießen.

»Realist, Terus, Realist. Wie lautete das letzte Dekret des Kaisers über Magiduelle? Ich glaube, mich zu entsinnen, dass er sie einen ruchlosen und verräterischen Akt nannte.«

»Ihr könnt Euch so lange hinter Dekreten verstecken, wie Ihr wollt, Gyle. Es wird Euch nicht retten.«

»Ich verstecke mich nicht, Terus.«

»In meinen Augen seid Ihr ein hinterhältiger Feigling.«

Gyle schaute kurz hinüber zu Octa. Sie schien sich bestens zu amüsieren. »Ganz wie Ihr meint, Terus«, sagte er und klopfte dem Ritter lächelnd auf die Schulter. »Dann beherzigt Euren eigenen Ratschluss und wendet mir nie wieder den Rücken zu.«

Terus erbleichte. Ein Duell mit Gyle war das eine, Gyles Ruf etwas anderes. Jeder hier wusste, dass er einem Widersacher, ohne mit der Wimper zu zucken, im Schlaf die Kehle durchschneiden würde. Er hatte es oft genug getan.

Gyle drehte sich um und verließ den Saal. Ein kleines Lächeln konnte er sich nicht verkneifen. *Angenehme Träume, Terus.*

Ceras Puls raste. Sie faltete den kleinen Zettel zusammen und legte ihn aufs Bett, dann warf sie einen kurzen Blick in den Spiegel, rückte ihren Haarreif zurecht und eilte aus dem Zimmer, ohne sich noch einmal umzudrehen. Sie befand sich im Kinderflügel des Palasts. Die kleine Kammer nebenan hatte Timori bewohnt, als sie beide noch klein waren. Jetzt schlief Portia Tolidi dort, das heißt, wenn sie nicht gerade in Francis' Bett war. Wo Gyle Timori versteckt hatte, konnte Cera nicht einmal raten.

Falls jemand den Korridor entlangkam, würde sie es rechtzeitig hören, sagte sie sich, schloss leise die Tür zu ihrem Zimmer und spähte dann durch das Schlüsselloch. Prompt sah sie, wie ein Stück der Holzvertäfelung zur Seite glitt und eine in eine dicke Robe gehüllte Frau den Raum betrat. Ohne Zögern ging die Unbekannte zum Bett und nahm den Zettel an sich, den Cera hinterlassen hatte. Sie war mittleren Alters und dünn, geradezu ausgemergelt, bis auf den hängenden Bauch. Ihre Nase war groß wie die Bugspitze eines Windschiffs. Die dunkle Haut und der goldene Nasenring deuteten darauf hin, dass sie aus Lantris stammte. Die Frau las Ceras Botschaft – »Ich muss Magister Gyle sprechen. Es ist dringend«, hatte sie geschrieben – und steckte ihn ein. Cera betete darum, dass die Lantrierin die Nachricht sofort weiterleitete, aber sie machte keine Anstalten, das Zimmer zu verlassen. Stattdessen beugte sie sich übers Bett und schnupperte.

Igitt, wie ein Hund!

Da öffnete sich plötzlich hinter ihr eine Tür. Cera wirbelte herum und blickte beschämt in Portia Tolidis Gesicht. Was sie gerade getrieben hatte, war offensichtlich, und als sie Portias Kiefer nach unten klappen sah, presste sie sich flehend einen Finger auf die Lippen.

Portias Entrüstung schien sogleich in Neugierde umzuschlagen. Sie machte einen Schritt auf das Schlüsselloch zu und schob Cera sanft zur Seite. Ihr Haar war zerzaust, sie roch nach Speichel und getrocknetem Schweiß. Nach Sex. Wenigstens machten die kleinen Makel sie etwas menschlicher. »Wer ist das, und was macht sie da?«, flüsterte Portia.

Cera schüttelte den Kopf und hauchte, so leise sie konnte: »Kommt mit. Hier können wir nicht reden. Gehen wir zu den Bädern.«

Portia nickte, dann liefen sie, den Blick stur geradeaus, zu einer schmalen Wendeltreppe, die fünf Stockwerke nach unten zu einem alten Jhafi-Bowri führte, den die Nesti als Badehaus genutzt hatten. So früh am Morgen war außer ihnen niemand hier. Cera verriegelte die schwere Tür und beobachtete, wie Portia am Rand des Beckens ihr Nachtgewand ablegte und dann mit elegantem Hüftschwung die Stufen hinunterging.

Neid flammte in ihr auf. Die blasse Portia war wunderschön. Cera konnte gar nicht anders, als ihren straffen Bauch, die schmale Taille, das rotbraune Schamhaar und die langen Beine zu bewundern. Sie war sogar noch schöner als Solinde. Cera dachte an ihren eigenen Bauch, der zwar nicht dick war, aber doch etwas gerundet, an ihre unscheinbaren Brüste und die dunkle Haut. Schließlich wandte sie den Blick ab und begann, ihre Verunsicherung mit einem Redeschwall zu übertünchen. »Eigentlich wollte ich ja noch vor dem Abendessen baden, aber ich wusste nicht, was der Tag noch alles bringen würde, deshalb …«

»Er beißt mich«, fiel Portia ihr ins Wort. »Wenn er kommt, beißt er mich immer in die Schulter. Manchmal, bis es blutet. Seht.« Sie zeigte Cera ihre Schulter. Sie war grün und blau, teilweise rot und geschwollen.

Der Rest von Ceras bedeutungslosem Geplapper erstarb ihr noch auf den Lippen. »Das tut mir leid …«

»Was tut Euch leid? Dass Ihr ihn mir nicht weggeschnappt habt? Seid lieber froh, dass er nur mich will.«

Cera berührte Portia sanft am Oberarm. »Wir müssen ganz rein«, erklärte sie und stieß sich ab, tauchte ein in das kristallklare Wasser. Nach ein paar Metern durchbrach sie auf der anderen Seite die Oberfläche und setzte sich auf das schmale Sims am Rand des Beckens.

Portia stand immer noch auf den Stufen. Sie hatte ein Stück Seife in der Hand und schrubbte sich wie besessen zwischen den Beinen, ihren Bauch, die Brüste, wieder und wieder. Als sie endlich fertig war, blickte sie sich um wie ein gehetztes Tier und tauchte unter. Weiß schimmerte ihr Körper unter der Wasseroberfläche, das kastanienbraune Haar fächerte sich auf wie bei einer Meerjungfrau, dann tauchte sie direkt vor Cera wieder auf und setzte sich zu ihr, sorgsam darauf bedacht, sie nicht zu berühren.

Die Rohrleitungen, die den Bowri speisten, verliefen dicht unter dem von der Sonne aufgeheizten Boden, sodass das Wasser wunderbar warm war. Cera spürte, wie ihre Anspannung etwas nachließ. Sie schaute Portia in die blutunterlaufenen Augen. »Von Elena weiß ich, dass Wasser und Erde vor Geistfühlern schützen.«

Portia blickte sie verdutzt an. »Was sind Geistfühler?«

»Etwas, das die Magi benutzen. Manche können damit unglaublich weit in die Ferne sehen, aber Wasser und Erde schirmen die Fühler ab. Das hier ist der ideale Ort für eine geheime Besprechung. Elena hat mir das gesagt.«

Auf Portias Gesicht trat ein Ausdruck, der nichts anderes als Respekt sein konnte. »Ihr wisst so viel. Als ich gehört habe, dass Ihr in Brochena regiert wie ein König, war ich voller Bewunderung für Euch. Dass eine Frau so viel erreichen kann … Es hat mich stolz gemacht.«

Wirklich? Cera spürte, wie sie rot wurde. »Aber Ihr wart in Hytel. Eure Familie muss uns hassen.«

Portia lachte leise. »Oh ja, Onkel Alfredo war außer sich. Er hat Euch verflucht, vor allem Elena Anborn.« Sie spähte in die Dunkelheit. »Wo ist sie? Bestimmt in einem sicheren Versteck, wo sie auf die richtige Gelegenheit wartet, Euch zu retten.«

Cera schüttelte den Kopf. Sie hatte Angst, Portia die Wahrheit zu erzählen: dass sie Elena – und ihr Volk – verraten hatte. *Ich habe es nur getan, um Menschenleben zu retten, das schwöre ich.* »Elena ist spurlos verschwunden.« *Sie ist irgendwo da draußen und hasst mich abgrundtief …*

»Wer war die Frau in Eurem Gemach?«, flüsterte Portia und beugte sich ein Stück heran. Ihr Atem roch nach Nelken, intensiv, aber nicht unangenehm.

»Wahrscheinlich eine von Gyles Magi. Sie hatte einen Nasenring, was bedeutet, dass sie wahrscheinlich aus Lantris stammt. Verheiratete Frauen tragen dort so etwas.«

»Wie erniedrigend«, schnaubte Portia, doch dann verzog sie das Gesicht. »Ich bin wohl kaum in der Position, über Frauen zu lästern, die sich selbst erniedrigen …«

Portia war leicht zu durchschauen, fand Cera. Bei Hof trug sie stets eine Maske, gab sich kultiviert und gebildet, aber die Gefühle unter dieser Maske brachen leichter hervor, als Cera erwartet hatte. *Sie hat ihre Seele nicht an die Dorobonen verkauft. Nur um ihrer Familie willen wirft sie sich Francis an den Hals.*

Zögernd nahm sie Portias Hand. »Vielleicht können wir doch Freundinnen sein«, sagte sie leise und starrte auf die Stelle, wo Francis sie gebissen hatte. »Er könnte die Wunde doch eigentlich heilen, oder?«

Portia legte ihre Finger über die Schwellung. »Er sagt, er markiert mich, damit jeder weiß, dass ich ihm gehöre.« Zornig streckte sie das Kinn vor. »Jede Nacht dasselbe: Ich muss mich ausziehen und es ihm dann mit dem Mund besorgen, damit er heiß wird. Dann nimmt er mich. Er liegt immer oben, und es dauert Stunden. Dann, wenn er endlich kommt…« Sie bleckte die Zähne und knurrte beinahe. »Er glaubt auch noch, ich würde es genießen!« Sie blickte Cera fest in die Augen. »Eines Tages werde ich ihn töten.«

Cera schaute weg, ihre Gedanken rasten. *Stimmt das alles, oder ist es eine Falle? Handelt sie auf Gyles Anweisung und will mich hinters Licht führen und mich dazu bringen, mich zu verraten? Oder ist sie tatsächlich meine Verbündete?* Cera wünschte sich sehnlichst, sie könnte Portias Gedanken lesen, wie Magi es konnten. Wieder einmal vermisste sie Elena. »Wenn er schläft.«

Portia schaute sie verbittert an. »Er schläft nicht, wenn ich bei ihm bin. Und ich darf nichts in sein Gemach mitnehmen, nicht einmal meine Kleidung.« Ihre Kiefermuskeln zuckten. »Seine Mutter zieht mich aus und sucht meinen ganzen Körper ab, erst dann lässt sie mich zu ihm, und er schickt mich wieder fort, bevor er einschläft. Sie trauen niemandem.«

Cera schloss die Augen. Alles schien so hoffnungslos. Sie drückte Portias Hand. »Wir werden einen Weg finden. Wir haben immer noch unseren Geist und unseren freien Willen.«

Portia erwiderte den Druck. »Ich habe es ernst gemeint. Ich bewundere Euch. Ihr habt Würde und Mut.«

»Das Einzige, was ich habe, ist das Glück, so hässlich auszusehen, dass Francis mich nicht will.«

Portia schüttelte den Kopf. »Ihr seid nicht hässlich, Amika. Überhaupt nicht.«

Aber ich fühle mich so, vor allem neben Euch. Schlaff und schwammig und alt, obwohl ich noch so jung bin.

Portia legte Cera einen Arm um die Schulter und schob

ihr die nassen Haarsträhnen aus dem Gesicht: »Ihr seid eine starke Frau, Cera Nesti. Ihr wart eine Königin, und der Tag wird kommen, da werdet Ihr wieder eine sein.«

Die Berührung ging Cera durch und durch. Sie hatte sich nie gern anfassen lassen, schon als Kind nicht, doch Portia fühlte sich gut an. »Aber was soll ich tun? Wir sind umzingelt von Magi, es gibt niemanden, der uns helfen kann.«

»Nein, Cera. Wir haben Freunde. Tarita kennt diese Stadt, sie weiß, was die Leute auf der Straße reden, und nicht wenige würden uns unterstützen. Habt Ihr schon vergessen, wie Euer Vater damals die Dorobonen besiegt hat? Wie der Vater, so die Tochter, Amika!«

Cera schluckte. *Mag sein, dass es Leute gibt, die uns helfen würden ... Wir brauchen die Geheimtunnel, wir müssen uns irgendwie vor ihren Blicken verbergen. Und wir brauchen Zeit zum Planen ...* Sie drehte Portia das Gesicht zu. »Wisst Ihr, wie man seine Gedanken vor den Magi schützt?«

Portia schaute sie fragend an, und Cera lächelte. »Es ist nicht schwer. Ich kann es Euch zeigen.«

»Das würdet Ihr für mich tun?« Endlich lächelte Portia wieder. »Als Gegenleistung kann ich Euch auch etwas beibringen.

»Was?«

»Wie man einen Mann um den Finger wickelt.«

Cera schnaubte. »Ich?«

Portia legte ihr einen Finger auf die Lippen. »Ja, Ihr. Jede Frau kann das, wenn sie will. Es ist alles eine Frage des Auftretens.«

»Aber es gibt keinen Mann, den ich um den Finger wickeln will.«

Portia kicherte. »Der ganze Palast ist voll von Männern zum Üben.«

»Aber ich bin zu häss ...«

»Nein! Nein, nein, nein. Ihr seid schön. Jede Frau ist schön. Schönheit ist nicht nur eine Frage des Äußeren, Amika, sondern viel, viel mehr. Ihr könntet sie alle verzaubern, wenn Ihr wolltet. Alles, was es dazu braucht, ist Selbstvertrauen.«

Ceras Herz begann zu pochen. Mit einem Mal schienen sich wieder Möglichkeiten aufzutun, ein Weg hinaus aus diesem Albtraum. Zögernd schob sie Portias Arm von ihrer Schulter – er hatte sich so gut angefühlt – und blickte sie an. *Wie alt ist sie noch mal, dreiundzwanzig? Fast fünf Jahre älter als ich …* Dann richtete sie sich ein Stück auf und machte sich bereit. »Ich denke … wir könnten es versuchen, aber zuerst muss ich Euch zeigen, wie Ihr Eure Gedanken schützt.«

Und während sie Portia erklärte, was Elena ihr beigebracht hatte, rasten ihre Gedanken weiter. *Ich muss etwas gegen Gyle in die Hand bekommen …* Sie dachte an den Zettel, den sie auf ihr Bett gelegt hatte, und lächelte.

Vielleicht gibt es tatsächlich Hoffnung …

Gurvon Gyle wartete in Ceras Gemach. Als er hörte, wie jemand die Hand auf den Knauf legte, stand er auf. Hesta hatte die Nachricht am Tag zuvor gefunden, aber Gurvon hatte zu viel mit den Vorbereitungen für Francis' Krönung zu tun gehabt. Es war ein endloses Hickhack um nichtige Kleinigkeiten, und nichts anderes erwartete Francis, wenn er erst König war. *Was Besseres hat er auch nicht verdient.*

Die Tür schwang auf, und Cera kam herein. Ihr rimonisches Kleid war teilweise nass, genauso wie das lange schwarze Haar, das ihr bis über die Schultern fiel. Sie sah verletzlich aus in dieser Aufmachung, aufgelöst, aber ihre ganze Haltung war zielgerichtet, als würde sie allmählich ihre Verzweiflung überwinden. Gurvon stutzte. *Interessant.* »Cera. Du wolltest mich sprechen?«

Cera blickte erschrocken auf. »Kommt ruhig herein«, sagte sie in ihrer sarkastischen Art, die sie älter erscheinen ließ, als sie war, und Gyle unangenehm an Elena erinnerte.

»Herzlichen Glückwunsch zum Geburtstag, Princessa«, sprach er weiter. »Du wirst heute neunzehn, nicht wahr? Du solltest feiern.«

»Es gibt nichts zu feiern«, erwiderte sie gleichgültig.

Gurvon setzte ein entwaffnendes Lächeln auf. Er mochte diesen Trotz, den sie sich trotz ihrer hoffnungslosen Lage bewahrt hatte. Sie hatte ihre gesamte Familie verloren und ihren Bruder seit Wochen nicht gesehen, aber sie war zäh. Und etwas an ihr hatte sich verändert: Sie schien selbstbewusster. Gurvon wurde neugierig.

»Du hast mir eine Nachricht hinterlassen.« Er schickte seine Gedanken aus, um Ceras Absichten zu ergründen, doch sie sperrte ihn aus. Er hätte die Sperre durchbrechen können, aber nicht, ohne ihr Schaden zuzufügen. Manchmal ärgerte ihn Ceras Bockigkeit, aber sie faszinierte ihn auch und erinnerte ihn daran, wie nahe Cera und Elena sich gestanden hatten. *Aber ich habe sie gegen dich gewendet, Ella, und dich am Ende doch noch besiegt.*

»Das habe ich, Magister Gyle. Vorgestern Nacht ist mir etwas Interessantes zu Ohren gekommen.«

Gyle zog die Augenbrauen nach oben.

»Octas Balkon ist schräg über meinem, nur ein paar Armlängen entfernt, ich war gerade draußen, da…«

Gurvon vergewisserte sich, dass Hesta nicht von ihrem Beobachtungsplatz aus zuhörte, dann fragte er. »Und?«

Cera lächelte etwas unsicher. »Octa kam ebenfalls auf ihren Balkon. Sie war allein.«

Du schnüffelst also immer noch gerne nachts im Palast herum, dachte Gyle anerkennend.

»Dann tauchte plötzlich eine Lichtkugel auf, direkt vor ihrem Gesicht. Aber sie war kein bisschen erschrocken, als hätte sie nur darauf gewartet. So sah es zumindest aus.«

Gyle beugte sich abrupt ein Stück näher heran. »Wer war es?«

Cera neigte den Kopf. »Was bekomme ich, wenn ich es Euch verrate?«

»Spiel nicht mit mir, Cera«, sagte er und hob drohend die Hand.

Cera drehte ihm die Wange hin. »Nur zu. Schlagt mich. Nichts anderes habe ich erwartet.« Sie rümpfte die Nase. »Allerdings braucht Ihr dann von mir auch keine Hilfe gegen sie zu erwarten.«

Gegen? Ganz langsam ließ er die Hand sinken. »In Ordnung, Mädchen. Was willst du?«

»Ich möchte meinen Bruder sehen. Und ich möchte wieder Zugang zu den Geheimtunneln haben. Außerdem will ich, dass Ihr aufhört, mir nachzuspionieren.«

Gyle schüttelte den Kopf. »Das Tunnelsystem ist zu wichtig für mich.«

»Und für mich«, entgegnete Cera. »Wir könnten sie beide benutzen, wie wir es früher getan haben«, schlug sie mit einem koketten Augenaufschlag vor – etwas, das sie noch nie getan hatte. »Ich schleiche gerne nachts im Dunkeln umher, schon vergessen?«

Gyle war verwirrt. *Flirtet sie etwa mit mir?* Der Gedanke, das Bett mit ihr zu teilen, war … ja, durchaus verlockend. Schon allein, um Elena eins auszuwischen. Seit Cera ihre einstige Mentorin und Beschützerin verraten hatte, dachte Gyle immer öfter an die kleine Princessa. Sie mochte noch etwas grün hinter den Ohren sein, war aber immer noch hundertmal attraktiver als die mollige Olivia, die er zunehmend satthatte.

Außerdem hatte sie etwas, das Olivia nie haben würde: einen wachen Geist.

Er musterte Cera und wägte die Möglichkeiten ab. *Anscheinend wird sie langsam erwachsen ... Nein, sie muss noch Jungfrau sein, wenn Francis sie bekommt. Genau das erwartet er. Aber danach, wenn er ihrer überdrüssig ist ...* »Warum willst du mir helfen?«, fragte er schließlich. »Und denk nicht mal daran, mich zu belügen, Mädchen.«

Cera stemmte die Hände in die Hüften, was ihn nur noch mehr an die trotzige, widerborstige Elena erinnerte. »Die Dorobonen sind noch schlimmer als Ihr, und sie hassen Euch. Ich glaube, in dieser Angelegenheit haben wir die gleichen Interessen, vor allem jetzt, nachdem ich gehört habe, was Octa mit der anderen Magi besprochen hat.«

Langsam begreift sie die Regeln dieses Spiels. »In Ordnung. Ich bin interessiert. Aber ich kann dir keinen Zugang zu den Tunneln verschaffen. Noch nicht. Dich Timori sehen zu lassen wäre eventuell möglich.« Er hob den Zeigefinger. »Verrate mir, was du weißt. Als Anzahlung.«

»Gut. Aber dann wird meine Kammer nicht mehr überwacht werden. Und Ihr werdet mich nächste Woche Timori sehen lassen.«

Gyle nickte ungeduldig. »Ja, in Kores Namen.« Cera streckte ihm die Hand hin, und er schüttelte sie widerwillig. Er war es nicht gewohnt, sich Zugeständnisse abringen zu lassen. »Nun?«

»Octa hat ihre Gesprächspartnerin mit ›Mater-Imperia‹ angesprochen ...«

Gurvon horchte auf. Das kam zwar nicht gerade überraschend, denn natürlich sprachen die beiden auch miteinander, wenn er nicht dabei war, doch die Frage lautete: worüber? Wieder forschte er nach Ceras Gedanken, aber es war nichts zu machen. Elena hatte ihr verdammt viel beigebracht. »Worüber haben sie gesprochen?«

Cera lächelte. »Über Euch, Magister.«

Gyles Mund wurde trocken. »Und zwar?«

»Zuerst haben sie eine ganze Weile getratscht wie alte Weiber«, berichtete sie verächtlich, »aber dann fragte diese Mater-Imperia plötzlich: ›Was ist eigentlich mit unserem Meisterspion? Wann werdet Ihr ihn mir vom Hals schaffen?‹« Cera beobachtete die Wirkung ihrer Worte genau.

»Und Octas Antwort?«, fragte Gyle und versuchte, möglichst unbeeindruckt zu wirken.

»›Bald‹, hat sie gesagt.«

Bald. Gyle ballte die Fäuste und drehte sich zum Fenster um. *Ich hätte meinen Vertrag nicht nachverhandeln sollen, nachdem ich Elena geschnappt hatte. Ich habe mich für so schlau gehalten, meine Belohnung verdoppelt, Zusatzklauseln verlangt und mich zum Bevollmächtigten machen lassen. Aber mit Lucia Fasterius legt man sich nicht ungestraft an …* »Was sonst noch?«

»Nichts sonst. Bis jetzt. Aber Octa steht fast jede Nacht auf ihrem Balkon.«

Gut möglich, unter freiem Himmel ist die Verbindung besser. Gyle fragte sich, wie weit Lucias – und Octas – Plan schon gediehen war. *Ich muss selbst etwas darüber herausfinden …*

Cera blickte ihn immer noch an. Sie war auf der Hut, aber auch entschlossen, und das war neu. Doch das war noch nicht alles. Auch sie schien ihn mit neuen Augen zu sehen. Cera wirkte stolz und bedürftig zugleich, und das war eine bestürzend anziehende Kombination. Etwas regte sich in Gyle. *Sie und ich …?* Er verspürte das Bedürfnis, sie zu küssen, sie zu packen und zu unterwerfen. Seit er und Elena kein Paar mehr waren, hatte Gyle niemanden mehr, dem er sich anvertrauen konnte, niemanden, der genauso intelligent war wie er, genauso unabhängig und rücksichtslos. *Cera Nesti könnte so jemand werden, eine ebenbürtige Partnerin. Und ich schwöre, ihr geht es genauso.*

Doch Ceras Jungfräulichkeit war wichtig, auch wenn es Gyle mit einem Mal zuwider war, dass Francis Dorobon sie bekommen sollte. Schließlich gewann er die Kontrolle über seine Gedanken zurück und verneigte sich. »Falls dem so ist, schulde ich dir etwas für diese Warnung. Du hast etwas gut.«

Cera blickte ihm fest in die Augen. »Weshalb sollten die Dorobonen über dieses Land herrschen? Sie haben keinerlei Verbindung zu Javon, sie sind nur die Lieblinge der Kaiserinmutter, die ihnen den Thron zum Geschenk gemacht hat. Sie gehören nicht hierher.«

»Sie haben zwei Legionen«, rief er ihr ins Gedächtnis.

»Eine«, berichtigte Cera. »Die andere besteht aus Söldnern.«

Die Kleine hält Augen und Ohren offen. Cera hatte recht: Nur eine der zwei hier stationierten Legionen war den Dorobonen wirklich treu ergeben. Dafür hatte Gyle gesorgt, als Notfallversicherung sozusagen. Er blies langsam die Luft aus und starrte aus dem Fenster auf die in der Morgensonne flimmernde Stadt. Der See in einiger Entfernung war nur noch halb so groß wie im Winter. Klein wie Ameisen liefen die Salzsammler am Ufer umher.

Mit einem Seufzen wandte er sich wieder Cera zu, die ihn immer noch konzentriert ansah. Gyle war beeindruckt. »Nun gut, Princessa. Wir haben eine Abmachung.«

Cera verengte die Augen zu Schlitzen. »Nicht Princessa, sondern Königin-Regentin.« Sie reckte das Kinn vor. »Wo ist Timori? Ich muss ihn sprechen.«

»Was willst du von ihm? Ohne ihn bist du die Materfamilias,

das unangefochtene Familienoberhaupt der Nesti, nicht nur Regentin«, entgegnete er.

Cera lief rot an. Von einem Moment auf den anderen war sie wieder ein kleines Mädchen. »Er ist mein Bruder!«, rief sie empört.

Sie ist klug, aber nicht selbstsüchtig. Ihre Familie steht an erster Stelle. Sehr rimonisch. Gyle respektierte das. Sich einer Sache voll und ganz zu verschreiben war nicht leicht. »Ich weiß nicht, wo er ist«, log er.

Ceras Ausdruck veränderte sich erneut, wurde wieder gefasster. »Befreit ihn aus den Klauen der Dorobonen, und ich tue, was immer Ihr von mir verlangt.«

»Tatsächlich? Und was, glaubst du, will ich, Princessa?«

Sie blickte ihn mit einer Unsicherheit an, die Gyle noch aufreizender fand. Er hatte es schon immer genossen, Unschuld zu korrumpieren.

»Ich weiß es nicht, und es ist mir auch egal«, antwortete sie schließlich, doch Gyle glaubte, eine gewisse Neugier in ihrer Stimme zu hören, wenn nicht gar Sehnsucht. Es war diese Kombination aus Sturheit, Schüchternheit, Würde und Verzweiflung, die ihn so anzog.

»Aber ich bin bereit, alles zu tun, was notwendig ist«, fügte sie schließlich hinzu.

Gyle musste sich mit aller Macht zusammenreißen, die Finger von ihr zu lassen und endlich zu gehen.

»Und?«, fragte Portia. Links und rechts erstreckten sich endlose Reihen Wandgrabmäler. Sie waren in der Krypta und knieten vor dem Sarkophag von Portias Bruder Fernando, den die Nesti hier zur letzten Ruhe gebettet hatten.

»Es war genau, wie Ihr gesagt habt«, antwortete Cera heiser. »Ich habe mich einfach etwas aufrechter gehalten und mir vorgestellt, dass ich ihm gefalle. Der Effekt war erstaunlich! Er hat mich ganz anders angesehen als sonst.« Cera dachte daran, wie mächtig sie sich in diesem Moment gefühlt hatte – trotz aller Verachtung, die sie für Gyle empfand.

Portia lächelte grimmig. »Seht Ihr? Er ist genau die Art Mann, die sich gerne an unerfahrenen Mädchen vergreift.« Sie senkte den Blick. »Mein Onkel Alfredo gehört auch zu dieser Sorte.«

Cera fragte nicht nach. Sie war voll und ganz mit ihrem inneren Widerstreit zwischen Stolz und Scham beschäftigt. »Er hat nichts versucht. Ich glaube, er will mich immer noch in Francis' Bett sehen.«

Portia schnitt eine Grimasse. »Ich kann es gar nicht erwarten, es endlich hinter mir zu haben.« Sie nahm Ceras Hand. »Und ich hoffe, dass Ihr nicht dasselbe durchmachen müsst wie ich, Amika.«

»Ich weiß nicht, was ich getan hätte, wenn er mich berührt hätte. Wahrscheinlich hätte ich mich sofort übergeben.«

Portia bedachte sie mit einem mitfühlenden Blick. »Falls es dazu kommt, tut so, als wärt Ihr ganz begierig darauf, und bittet ihn, Euch anzuleiten. Das ist gut für sein Ego. Männern gefällt das«, fügte sie angewidert hinzu.

»Ihr mögt Männer nicht, oder?«

Portias Gesicht wurde hart. »Was ich einmal mochte, wurde schon vor langer Zeit zerstört. Jetzt will ich nur noch in Ruhe gelassen werden. Wenn ich die Wahl hätte, würde ich eine Akolythin der Kore werden, glaube ich. Nicht, weil ich an Kore glaube, sondern weil die Akolythen keusch leben.«

»Als ich noch kleiner war, wollte ich Sollan-Priesterin werden«, gestand Cera. »Aber die sind keine Jungfrauen. Während der Erntezeremonien treiben sie es mit den Drui.«

Portia lächelte verbittert. »Das wollte ich auch, aber meine

Familie hat mich nicht gelassen. Sie hatte andere Pläne mit mir.«

Cera drückte Portias Hände, sie wollte sie trösten, wusste aber nicht wie. »Ich bin froh, dass Ihr jetzt hier bei mir seid«, flüsterte sie. »Ich glaube, ohne Euch würde ich mich umbringen.«

Portia legte ihr einen Finger auf die Lippen. »Nicht doch. Es wäre eine Schande…«

Den ganzen Tag hetzte Gurvon Gyle in seiner Kurta von Unterredung zu Unterredung durch Brochena, das Gesicht unter einem Turban mit Halstuch versteckt. Es war, als trüge er ein Baumwollzelt am Leib, doch die Kleidung hielt die Hitze erstaunlich gut ab. Es würde noch eine Weile dauern, bis die spätsommerlichen Regenfälle etwas Kühle brachten. Die Luft war staubtrocken, und die ganze Stadt hechelte wie ein in der Wüste verendender Hund.

Seine Spione hatten immer noch keine Spur von Elena gefunden. Gurvon hatte seinen Agenten stets eingeschärft, sich irgendwo einen geheimen Unterschlupf einzurichten. Genau dort war sie jetzt wahrscheinlich, sicher vor allen Versuchen, sie aufzuspüren. Sie führte etwas im Schilde, dessen war er sicher – sie hatte ihn im Visier und Cera wahrscheinlich auch. Als Ceras Leibwächterin waren Elena die Hände gebunden gewesen. Sie hatte nichts tun können, als abzuwarten, bis Gurvon losschlug, doch jetzt war sie irgendwo da draußen, und frei, selbst loszuschlagen. Jeder konnte einem Attentat zum Opfer fallen, und Gurvon kannte kaum einen Attentäter, der Elena das Wasser reichen konnte.

Sein Rücken begann unerträglich zu jucken – vor allem die verletzliche Stelle zwischen den Schulterblättern.

Die Stimmung in der Stadt passte zu Gurvons düsteren

Gedanken. Die Jhafi-Frauen, die er im Wadi Fishil zu Witwen gemacht hatte, standen nach wie vor in Trauben vor dem Dom-al'Ahm und beklagten ihre toten Männer. Rimonier wie Jhafi beobachteten von den wenigen schattigen Plätzen aus mit finsterem Blick, wie die Besatzer in der Mittagshitze durch die Stadt patrouillierten.

Die den Dorobonen treu ergebenen Legionäre waren in Brochena geblieben, während die Söldner das Umland sicherten. Zwei Legionen mochten genügt haben, um die Schlacht im Wadi Fishil zu gewinnen, aber um ein so riesiges Land wie Javon dauerhaft zu befrieden, brauchte es mehr. Kaltus Korion hatte sich bereits geweigert, Unterstützung zu schicken. Er brauchte jeden Mann für den Kampf gegen die Keshi. Wie es hieß, marschierte er nach Hallikut, während Herzog Echor von Argundy nach Süden vorstieß, um Sultan Salim zu jagen. Doch darüber konnte Gyle sich jetzt keine Gedanken machen. Er musste seinen eigenen Hals retten, bevor Lucia ihre Inquisitoren schickte.

Die letzte Unterredung für den Tag fand in einem abgelegenen Viertel in der Nähe des Sees statt. Gyle bog in eine schmale Gasse ein, in der es nach Brackwasser roch. Endus Rykjard, ein Halbblutmagus aus Hollenia und der Kommandant der Söldnerlegion, hatte hier ein Haus beschlagnahmt. Gurvon klopfte und trat lautlos ein.

Rykjard saß auf einem schattigen Balkon mit Blick auf den See. Sein zerzaustes Haar war von der Sonne strohblond gebleicht. Eine halbnackte, nur mit einem Lendenschurz bekleidete Jhafi kniete zu seinen Füßen.

»Gurvon, mein Freund, so lässt sich's leben, was?« Rykjard kniff das Mädchen in die Brustwarze und sagte auf Keshi: »Lauf, Süße. Hol Arrak und etwas Wasser. Und Mezze.« Sie stand auf, und Rykjard schaute ihr nach. »Nicht besonders groß hier, die Frauen, aber schön enge Muschis. Hast du auch eine?« Seine Augen und Zähne blitzten irritierend hell aus dem sonnengebräunten Gesicht. Sie hatten sich während des zweiten Kriegszugs kennengelernt, als sie gerade ein Dorf irgendwo südwestlich von Hebusal plünderten. Am Ende hatten die Söldner und die Grauen Füchse sich geeinigt und die Beute untereinander aufgeteilt, seither waren die beiden Anführer in Kontakt geblieben.

»Keine feste«, erwiderte Gyle und setzte sich. Ihm stand nicht der Sinn danach, über Frauen zu sprechen. »Was macht deine Legion, Endus?«

Rykjard schnaubte. »Ist zwischen den Bergen südlich des Tigrat und den Ausläufern von Forensa verstreut, um die Aranio und Nesti im Auge zu behalten.« Er spuckte auf den Boden. »Warum lässt uns der König nicht einfach angreifen?«

»Weil er die Reichtümer in Riban und Forensa für sich haben will. Außerdem wird er sich erst aus Brochena hinauswagen, wenn er sich absolut sicher fühlt.«

»Also nie«, brummte Rykjard. Das Jhafi-Mädchen stellte eine Karaffe Wasser, zwei Gläser und eine Flasche Arrak auf den Tisch, dazu ein paar Naschereien, und verschwand. Gyle goss sich etwas von dem milchig-weißen Schnaps ein, füllte das Glas dann mit Wasser auf und genoss seufzend den wohltuenden Anisgeschmack.

Rykjard hatte sein Glas mit einem einzigen Schluck halb leer. »Zehntausend Mann sind viel zu wenig für ein so großes Land, Gurvon.«

»Der Kaiser war anderer Meinung.«

»Der Kaiser!«, höhnte Rykjard und verstummte für eine Weile. »Nun, Gurvon, warum bist du hier?«

Gyle nahm einen kleinen Schluck. Dies war der gefährliche Moment, der Sprung in haiverseuchtes Wasser, der Teil des Gesprächs, der gegen ihn verwendet werden könnte. »Ich wollte etwas mit dir besprechen, nichts Konkretes, reine Spekulation.«

Rykjard kannte die Regeln des Spiels genauso gut wie er. »Schieß los. Was ist schon dabei, ein wenig zu spekulieren?«

»Stell dir Folgendes vor: Am Ende dieses Kriegszugs ziehen die Inquisitoren von Legion zu Legion und beschlagnahmen die gesamte Kriegsbeute im Namen der Kore. Jeder, der sich widersetzt oder versucht, etwas zu verstecken, wird in Ketten gelegt. Sie nehmen alles mit bis auf ein ärmliches kleines Häufchen, mit dem sie die Offiziere bestechen. Dann schicken die Dorobonen dich und deine Männer mit leeren Händen nach Hause.«

Rykjards stechende Augen verfinsterten sich. »Mit anderen Worten: das Gleiche wie beim letzten Kriegszug?«

Gyle nickte. »Exakt.«

Rykjard spuckte über die Brüstung. »Das würden sie nicht wagen.«

»Nein?«

»Echor hat den Oberbefehl über diesen Kriegszug. Er will die Vasallenstaaten auf seine Seite ziehen und wird dafür sorgen, dass sie anständig entlohnt werden.«

»Echor *glaubt*, dass er den Oberbefehl hat. Denkst du wirklich, Lucia und Constant werden ihn in zwei Jahren in Pomp und Gloria und mit jeder Menge Gold in den Taschen zurück nach Yuros marschieren lassen? Und selbst wenn, was nützt dir das, Endus? Du sitzt hier drei Jahre lang fest, vertraglich gebunden, egal was passiert.«

Rykjard stürzte den Rest seines Glases hinunter und goss sich noch eines ein. »Ich höre?«

Gyle leckte sich über die Lippen. »Wie gefällt es dir hier so, im Großen und Ganzen, meine ich?«

Endus' Blick schweifte zum Seeufer und dann hinaus über die Wüste. »In Javon? Es ist zu heiß hier. Schmutzig. Die Jahreszeiten passen mir nicht. Ich bin umgeben von hinterhältigen Heiden, die mir bei der ersten Gelegenheit ein Messer in den Rücken rammen würden.« Er lachte. »Ansonsten: wunderbar.«

»Jede Menge leichter Mädchen, und mit rondelmarischem Geld kann man hier noch viel mehr kaufen als nur Mädchen. Die Rimonier haben sich nicht ohne Grund hier niedergelassen. Warum nicht auch du und deine Jungs?«

Rykjard musterte ihn. Zweifellos war ihm der Gedanke nicht neu. »Wir sind Söldner. Frei. Wer keine Frau von zuhause mitgebracht hat, treibt es mit den Einheimischen. Keiner von uns besitzt in Yuros Land, wir wissen nicht mal, was wir damit anfangen sollten.« Laut Gesetz bekamen ehemalige Legionäre als Teil ihrer Pension ein Stück Land zugewiesen, aber die Praxis sah so aus, dass die besten Ländereien stets den adligen Magi in den Rachen geworfen wurden. »Trotzdem, es ist und bleibt verdammt heiß hier.«

»Lieber etwas zu warm als zu kalt, mein Freund.«

»Da ist was dran.« Er nahm einen weiteren Schluck. »Ich könnte mich an dieses Land gewöhnen. Aber die Dorobonen werden uns nach Hause schicken, wenn die drei Jahre vorbei sind.«

»Wer weiß, ob sie in drei Jahren noch an der Macht sind?«, fragte Gyle leise.

»Ja, wer weiß das schon …?«, murmelte Rykjard. »Ich habe einiges an Zeit mit ihren Schlachtmagi verbracht. Feige Hunde. Meine eigenen mögen von niedrigerem Blutrang sein, aber sie sind hart wie Stahl. Diese verwöhnten Reinblute hätten nicht den Hauch einer Chance gegen sie. Und meine Soldaten sind erfahrene Kämpfer. Die haben ihr Leben lang in den Grenzgebieten zu Argundy und Schlessen Schädel eingeschlagen, statt zu Hause am Kaminfeuer zu sitzen wie die verhätschelten Dorobonentruppen. Andererseits« – er kratzte sich an der Stirn –, »sobald die Javonier mitbekommen, dass sich die Legionen gegenseitig an den Kragen gehen, werden sie über uns herfallen wie ein Rudel Schakale.«

»Ganz recht«, stimmte Gyle zu. »Ein Machtwechsel müsste so schnell vonstattengehen, dass den Javoniern schlichtweg keine Zeit bleibt, die Lage auszunutzen. So was ließe sich nur mit Unterstützung von außen bewerkstelligen.«

Rykjard schwieg und sinnierte eine Weile. »Adi Paavus würde herkommen, wenn ich ihn frage«, sagte er schließlich. »Has Frikter wahrscheinlich auch. Und diese Frau aus Estellayne, du weißt schon, die von den Freien Schwertern. Wie heißt sie noch mal?«

»Staria Canestos. Die gefährlichste Frau, der ich je begegnet bin. Elena eingeschlossen.«

»Staria, richtig. Die muss die Frau aus der Vagina-dentata-Legende sein!«, sagte Rykjard lachend. »Mit vier Legionen, einer hier und je einer in Forensa, Hytel und Riban, könnte man den Laden übernehmen.« Er füllte ihre Gläser nach. »Wo ist Elena überhaupt?«

Es bestand die entfernte Möglichkeit, dass Elena sich zu Rykjard geflüchtet hatte, nachdem sie Sindons Attentätern entkommen war. Falls dem so war, spielte Rykjard mit ihm, aber Gyle bezweifelte es und beschloss, es dieses eine Mal mit Aufrichtigkeit zu versuchen. »Ich weiß es nicht«, antwortete er. »Wir haben uns zerstritten.«

»Schande. Ich hab sie gemocht. Sie war immer geradeaus und ehrlich.«

Das glaubst auch nur du. »Wenn du sie siehst, lass es mich wissen. Ich habe noch ein paar Dinge mit ihr zu regeln. Es geht um Geld.«

»Selbstverständlich, mein Freund.« Damit schien das Thema für Rykjard erledigt. »So wie ich es sehe, werden Aufteilung und Abtransport der Kriegsbeute frühestens im Juness nächstes Jahr zum Thema, richtig?«

»Wahrscheinlich. Aber es wird Vorzeichen geben. Sie werden die aus Osten kommenden Karawanen aufhalten, die zur Brücke unterwegs sind, ihnen weismachen, es gäbe noch ein paar Formalitäten zu erledigen und so weiter. Dann kommt die kaiserliche Garde und kassiert alles ein. Du kennst das Spiel.«

Rykjard schnaubte verächtlich. »Mag sein, dass es diese Vorzeichen geben wird, aber wie soll ich das mitbekommen, wenn ich hier im Norden festsitze?«

»Ich habe Leute dort. Ich halte dich auf dem Laufenden.« Gyle klopfte mit der Hand auf den Tisch und stand auf. »Es ist immer wieder schön, dich zu sehen, Endus. Immer wieder gut, mit dir zu reden.«

Rykjard setzte ein breites Grinsen auf und hob sein Glas. »Bleib, trink noch einen mit mir. Der Tag ist noch jung.«

»Das würde ich liebend gerne, aber leider muss ich zum Abendbankett in den Palast.«

»Ha! Hört ihn euch an, so spricht der kaiserliche Bevollmächtigte.« Rykjard erhob sich ebenfalls, und sie schüttelten sich die Hände. »Dann beim nächsten Mal, Gurvon. Du lässt es mich wissen, wenn deine rein theoretischen Überlegungen wahr werden könnten, oder?«

»Das werde ich mit Sicherheit.«

Im Gehen warf Gyle der barbusigen Jhafi einen kurzen Blick zu. Sie sah unfassbar jung aus, aber die Einheimischen waren alle so klein, dass ihr Alter schwer zu schätzen war. Ihre Augen schienen jedenfalls wesentlich älter als ihr Körper, und sie waren vollkommen kalt. Gyle fragte sich, wie ihre Familie sie wohl behandelte, jetzt, da sie einem Rondelmarer gehörte. Wahrscheinlich nicht allzu gut.

Schlaf nicht ein, nachdem du sie gevögelt hast, Endus. Nicht, dass du dann nicht mehr aufwachst.

Draußen schlug ihm die Spätnachmittagshitze mit aller Wucht entgegen. Gyle seufzte bei dem Gedanken an einen weiteren endlosen Abend der Völlerei und zynischen Konversation, gefolgt von fleischlichen Vergnügungen mit Olivia Dorobon. *Heute vielleicht nicht.* Er hatte Olivias teigige weiße Haut und ihre Speckröllchen satt. Cera Nesti hatte eindeutig mit ihm geflirtet, und er fragte sich, wie sie ihn wohl empfangen würde, wenn er einfach bei ihr anklopfte …

Nein, noch nicht. Früher oder später wird Francis nachgeben und sie zu seiner Königin machen, da bin ich sicher. Besser, sie bleibt bis dahin Jungfrau.

Gyle nahm den Weg zu der Geheimkammer im Verlies tief unterhalb des Palasts, in der Münz lag und ihren Körper heilte.

Er öffnete die Tür und sah, wie sie die blassen Augen in seine Richtung drehte und die Zähne bleckte. Es konnte eine Grimasse sein oder ein Lächeln. »Wo wart Ihr?«, fragte sie röchelnd. »Ihr habt Euch tagelang nicht hier blicken lassen.«

»Ich bin überrascht, Yvette, dass Ihr mich vermisst habt«, antwortete er leichthin und entzündete mit einer Geste eine Laterne, achtete aber darauf, dass sie nicht zu hell brannte. Münz' Heilgnosis funktionierte im Dunkeln am besten, wenn nichts sie davon ablenkte, ihren Körper nach der Gestalt zu modellieren, die sie sich vorstellte. Dann setzte er ein warmherziges Lächeln auf und hoffte, dass sie nicht bemerkte, wie er würgen musste.

Nach mehreren Wochen konnte sie nun wieder normal sehen, aber die Lider waren noch nicht vollständig nachgewachsen, sodass ihre Augen übergroß wirkten wie die eines Fisches. Bei seinem letzten Besuch hatte er ihr die Haut eines Jhafi-Jungen mitgebracht. Er war eine Waise gewesen und hatte keinerlei Angehörige gehabt, dennoch war es nicht leicht gewesen, dem Bestatter den Leichnam abzuschwatzen. Am Ende hatte das Geld den Sieg über alle religiösen Skrupel davongetragen wie fast immer. Gyle hatte die Leiche gehäutet und die Haut in Salzlauge eingelegt, um sie auf dem Weg ins Verlies zu konservieren, wo er sie auf Münz' geschundenen Körper genäht hatte.

Die Nahtstellen waren immer noch runzlig und eiterten. Die Haut war fleckig, an manchen Stellen beinahe durchsichtig, sodass Sehnen und Muskeln darunter hervorschimmerten, doch stank es nicht nach Verwesung, also hatte die Transplantation funktioniert – dank Münz' schier übermächtiger Gestaltgnosis.

»Wie gefalle ich Euch?«, fragte sie schüchtern.

Sie sieht aus wie eine Ausgeburt aus den Albträumen eines Leichenwäschers. »Ihr habt schon viel geschafft«, antwortete er diplomatisch.

Doch Münz ließ sich nicht so leicht täuschen. »Ihr seid abgestoßen, nicht wahr?«, erwiderte sie mit einem versteinerten Grinsen. »Aber bald bin ich wieder vollständig hergestellt, in sechs Wochen vielleicht, und dann werde ich aussehen, als wäre es nie passiert.«

Gyle glaubte, sogar so etwas wie Freude in ihrer Stimme zu hören. »Tut es immer noch weh?«

»Ein bisschen. Aber seht!«

Mit angehaltenem Atem beobachtete er, wie Münz' Züge sich veränderten. Entsetzlich langsam entwirrte sich ihr verfilztes Haar, und das Gesicht wurde breiter, bis es sich zu einem ihm schmerzlich vertrauten Antlitz verfestigte. *Elena. Eine verstümmelte, von Narben zerfressene Elena.*

»Tut das nicht«, keuchte er.

»Ich könnte *sie* sein, wenn Ihr es wollt«, sagte sie ernst.

Bei jedem seiner Besuche gab Yvette ein Stück mehr von sich preis. Gyle brauchte nicht lange, bis er wusste, weshalb: Niemand hatte ihr je so viel Aufmerksamkeit geschenkt. Nicht mehr, seit sie ein Kind war, und vielleicht nicht einmal dann.

Yvette begann, ihm zu gehören, aber sie verlangte eine Gegenleistung, und die wollte Gyle nicht erbringen. Vor allem nicht, solange sie aussah wie das fehlgeschlagene Experiment eines Geisterbeschwörers.

»Nicht Elena, niemals.« Er machte einen Schritt von ihr weg.

»Geht nicht!«, sagte sie hastig. »Es tut mir leid, ich wollte Euch nur ein bisschen ärgern.«

»Yvette«, erwiderte er, »ich habe es Euch bereits gesagt: Für mich müsst ihr niemand anderes sein.«

»Aber wie soll jemand mich mögen, wenn ich niemand anderes bin?«, fragte sie bedrückt. Sie klang, als könnte sie es sich tatsächlich nicht vorstellen.

»Ihr seid ein Mensch wie jeder andere, seid einfach Ihr selbst«, antwortete Gyle und fragte sich, ob sie überhaupt verstand, was er meinte.

Yvette blieb eine ganze Zeit lang stumm, und als sie wieder etwas sagte, wechselte sie das Thema. »Ich möchte nach draußen. Es ist entsetzlich langweilig hier. Außerdem ist es nicht gesund, so lange ohne Sonnenlicht.«

»Erst, wenn Ihr Euch vollkommen erholt habt.«

»Bitte, lasst mich nach draußen.« Das Elena-Antlitz verschwand und wurde ersetzt von dem ausdruckslosen, schmalen Gesicht, mit dem sie geboren worden war. Dickes, dunkelblondes Haar spross aus ihrer Kopfhaut, und die neuen Augen wurden wieder hellblau. Trotzdem sah sie grässlich aus mit der eitrigen, immer noch durchschimmernden Haut des Jhafi-Waisen.

»Nicht in diesem Zustand, Yvette.«

Als sie die Zähne bleckte, trat wieder das geisteskranke Kind in ihr hervor. »Wann?«, fragte sie. In ihrem Tonfall schwangen Verschlagenheit und Verzweiflung mit, und Gyle spürte die implizierte Frage nur zu deutlich. Er hatte sie mit voller Absicht in ihr genährt während all der langen Stunden, in denen er ihr zugehört und ihr sein Mitgefühl geschenkt hatte. Sie gewaschen, gefüttert und ihr alles gegeben hatte, was sie brauchte, um sich zu heilen, ihr, die ihr gesamtes Leben entwurzelt gewesen war und von allen verachtet.

Sie will Liebe, oder zumindest das, was sie sich in ihrem unreifen Geist darunter vorstellt, und im Gegenzug bietet sie dafür ihre Seele.

Mit Seelen zu spielen gehörte zu Gyles Geschäft. Aber völlige Hingabe, bar jeder Vernunft – egal ob gegenüber einem Gott, einem König oder einem Menschen –, widerte ihn an. Es war eine Ironie des Schicksals, dass er ausgerechnet diese Art von Hingabe bei anderen mit solcher Leichtigkeit hervorrufen konnte.

Ihr habt mir das Leben gerettet, flüsterte sie in Gedanken. *Ich würde alles für Euch tun.*

Gyle hatte schon weitaus schlauere Frauen hinters Licht geführt. *Ich weiß das zu schätzen, Yvette.* Sanft drückte er ihre Finger in vollem Wissen, dass diese einfache Geste in Münz' Fantasie so viel mehr bedeutete als für ihn. Und die ganze Zeit über dachte er an Cera Nesti, an ihre Abgebrühtheit, an ihren klugen Verstand und ihren jungfräulichen Körper.

»Sollen wir die Messer stehlen?«, flüsterte Portia.

An der hohen Tafel war es laut wie immer, und Cera unterdrückte ein Kichern. Wie üblich saßen sie allein am Frauentisch, denn Octa und Olivia speisten, außer zu besonderen Anlässen, meist in ihren Gemächern. Cera warf Gyle einen kurzen Blick zu, der an der anderen Seite des Saales saß. Er bemerkte es und hob kurz sein Glas. Cera zwang sich, die Geste zu erwidern, dann schaute sie wieder weg.

»Er ist fasziniert von Euch«, sagte Portia in ihr Glas hinein. Sie vermieden jeden Blickkontakt, schauten die andere nur ab und zu verächtlich an, damit der Rest des Hofs weiterhin glaubte, sie könnten einander nicht ausstehen. »Aber es gibt noch eine Frau. Er ist zerrissen.«

»Tatsächlich? Woher wisst Ihr das?«

»Er schaut oft in Eure Richtung und versucht, Euren Blick aufzufangen. Wenn es ihm gelingt, sieht er sofort wieder weg und wirkt abwesend. Er will Euch, aber eine andere hat Anspruch auf ihn.«

»Elena?«

»Vielleicht.« Portia nahm einen Schluck Wein. Ihr stand eine weitere Nacht in Francis' Bett bevor, und bis es so weit war, wollte sie ausreichend betrunken sein.

Bei dem Gedanken, mit dem Mörder ihres Vaters ins Bett zu gehen, drehte sich Cera der Magen um. »Ich will ihn nicht.«

Portia nahm eine Gabel voll Reis. »Ich weiß. Ihr könnt nicht mal seinen Anblick ertragen. Eure Pupillen werden jedes Mal kleiner, wenn Ihr in seine Richtung schaut. Glaubt mir, ich weiß, wie Begierde aussieht und deren Gegenteil. Übrigens besteigt er im Moment Olivia Dorobon.«

»Olivia? Sie ist ...«

»Hässlich wie ein Kuhhintern, si. Aber sie ist es nicht, an die er außer Euch denkt. Sie gehört nur zu seinem Spiel. Manche Männer führen ein kompliziertes Leben ...« Portia strich sich eine Strähne ihres schimmernden Haares hinters Ohr. Sie trug ein smaragdgrünes Samtkleid, das ihren alabasterfarbenen Teint noch besser zur Geltung brachte. Jedermann im Saal hatte ihr während des Abends mindestens einmal einen sehnsüchtigen Blick zugeworfen. Jeder außer Gurvon Gyle.

»Ihr seid so schön«, stammelte Cera, bevor sie wusste, was sie tat.

Portia leckte sich verächtlich über die Lippen. »Schönheit ist ein Fluch. Sie zieht die schlimmsten Männer an. Sie scharen sich um Euch und balgen sich wie Hunde um einen Knochen.« Ihr Blick wanderte zu Francis Dorobon, der mit seinen Freunden über irgendeinen derben Scherz lachte.

»Wen würdet Ihr denn wollen?«, fragte Cera und sah sich um. Der ganze Saal war voller hübscher junger Männer.

Portia rümpfte die Nase. »Keinen. Ich habe meine Jungfräulichkeit verloren, als ich dreizehn war, und ich habe es satt. Alles. Ich möchte nur noch Ruhe finden.«

Cera nahm einen Schluck von dem schweren Wein. »Kommt heute Nacht in den Bowri«, flüsterte sie. »Es gibt etwas, das Ihr wissen müsst.«

»Ich werde kommen, sobald das Schwein mit mir fertig ist. Es wird bestimmt guttun, mich noch einmal zu waschen, bevor ich schlafen gehe. Erwartet mich um Mitternacht, wenn Ihr könnt.«

Sie tauschten einen letzten Blick aus und sprachen dann den ganzen Abend kein Wort mehr miteinander.

Cera saß am Beckenrand und schlief beinahe ein. Eine Fackel tauchte die Höhle in flackerndes Licht, das sich in den kleinen Wellen spiegelte. Irgendwann hörte Cera das Quietschen der Gittertür in ihrem Rücken und Pantoffeln, die über den Stein schlichen. Schließlich stand Portia neben ihr, wieder nur mit ihrem Bademantel bekleidet.

Cera stand aufgeregt auf. Sie wollte Portia schon umarmen,

da hielt sie mitten in der Bewegung inne. Die andere Frau sah nicht aus, als ob sie berührt werden wollte.

»Cera, Amika«, krächzte Portia nur und schob sich an ihr vorbei. Sie legte den Bademantel ab und begann, sich genauso heftig abzuschrubben wie beim letzten Mal.

Cera schluckte. »Es tut mir leid«, flüsterte sie, zog sich ebenfalls aus und setzte sich ein Stück neben Portia auf die Stufen ins knietiefe Wasser.

Als Portia fertig war, tauchte sie einmal ganz unter, dann setzte sie sich neben Cera. »Jetzt können wir reden«, sagte sie. Sie schien wieder ganz ruhig, als hätte sie sich alle Selbstverachtung von der Seele gewaschen.

Cera biss sich auf die Lippe. Mit einem Mal kamen ihr Zweifel, ob dieses Gespräch eine so gute Idee war. Doch sie musste tun, was sie für richtig hielt, und nach einigen Augenblicken des Zögerns sagte sie: »Portia, wisst Ihr, was mit Eurem Bruder passiert ist?«

Portia öffnete den Mund, blieb aber zunächst stumm. »Ich weiß, was mir gesagt wurde«, erwiderte sie schließlich. »Eure Schwester hat ihn getötet.« Ihr Blick verfinsterte sich kurz, dann lächelte sie. »Aber ich gebe Euch keine Schuld daran.«

»Es war nicht Solinde.«

Portia schlug sich eine Hand vor den Mund. Ihre Stimme begann zu zittern. »Seid Ihr sicher?«

»Ich weiß es«, flüsterte Cera. »Elena und ich haben herausbekommen, dass es eine Gestaltwandlerin war, die in Gyles Diensten stand.«

»Sol et Lune!«, keuchte Portia. »Ist das wirklich wahr?«

»Ich schwöre es, bei Sol. Ich habe sie mit eigenen Augen gesehen. Elena hat sie enttarnt, aber es kam zu einem Kampf, und ich musste fliehen. Ich weiß nicht, was danach aus der Gestaltwandlerin geworden ist.«

»Vielleicht ist sie immer noch am Hof«, stammelte Portia. »Vielleicht verwandelt sie sich in jemanden, den wir kennen und dem wir vertrauen.« Ihre Augen wurden immer größer. »Vielleicht verwandelt sie sich in eine von uns.«

Cera schüttelte den Kopf. »Wir würden es merken.« Da kam ihr eine Idee. »Elenas Verhalten war am Schluss so eigenartig. Vielleicht war sie es gar nicht mehr selbst, sondern die Gestaltwandlerin!«

Portia zuckte die Achseln. »Mit solchen Dingen kenne ich mich nicht aus.« Sie drehte Cera das Gesicht zu. »Wenn ich meinen Körper verwandeln würde, dann in jemanden, der hässlich ist, damit die Männer mich in Ruhe lassen.«

Cera lachte unbehaglich. »Ich würde mich in Euch verwandeln.« *Ihr seid so schön, dass es kaum zu ertragen ist.*

»Damit Francis Euch jede Nacht in sein Bett holt? Ich glaube nicht, dass Ihr das wollt.« Portia runzelte die Stirn. »Ich glaube Euch. Danke, dass Ihr mir die Wahrheit gesagt habt. Es macht die Sache leichter, wenn es nicht Eure Schwester war, die meinen Bruder getötet hat. Die Vorstellung hat mir sehr zu schaffen gemacht.« Sie lächelte verhalten.

Cera nahm Portias Hand. »Wir haben Solinde immer aufgezogen, weil sie in Euren Bruder verschossen war. Aber wenn wir ihn besser gekannt hätten, hätten wir das bestimmt nicht getan.«

Portia blinzelte. »Eure Worte sind sehr freundlich«, sagte sie leise. »Es ist gut, dass wir Freundinnen sind, um der beiden Verstorbenen willen. Nur was, Cera-Amika, sollen wir jetzt tun?«

Cera beugte sich ein Stück heran und flüsterte: »Ich habe mir einen Plan zurechtgelegt. Wusstet Ihr, dass es ein System von Geheimtunneln gibt, das den gesamten Palast durchzieht?«

Portias Augenbrauen schossen in die Höhe. »Mater-Lune, nein!«

»Oh doch. In den oberen drei Stockwerken sind in allen Räumen Gucklöcher, von denen aus man alles beobachten kann, was man möchte.«

Portia war außer sich. »Wie furchtbar! Diese Frau, die wir in Eurem Zimmer gesehen haben, spioniert sie uns nach?«

Cera nickte. »Und Gyle ebenfalls.«

Portia fletschte die Zähne. »Haben wir Zugang zu diesen Tunneln? Können wir durch sie aus dem Palast fliehen?«, fragte sie mit blitzenden Augen.

Cera war wie hypnotisiert von Portias Erregung. *So ist sie sogar noch schöner.* »Vielleicht, aber ich fürchte, Gyle hat sie alle versiegelt.«

»Dann könnten wir uns mit unseren gestohlenen Messern nachts von Zimmer zu Zimmer schleichen.« Portia schien geradezu besessen von der Idee. Sie stand auf und kniete sich vor Cera. »Wir schneiden ihnen die Kehlen durch.« Mit einer schnellen Bewegung zog sie Cera den Zeigefinger über den Hals, und Cera zuckte zusammen. »Und dann fliehen wir!«

Cera schluckte. »Ja.«

Eben noch war Portias Gesicht eine blutrünstige Fratze gewesen, doch jetzt veränderte es sich plötzlich. Cera wusste zunächst nicht, in was, und starrte sie nur an. Ihr war, als würde sie schweben, alle ihre Sinne wurden überflutet von Portias Nelkenatem, von dem rosigen Duft ihrer Haut und dem Rot ihrer Lippen. Das Plätschern des Wassers war wie Harfenmusik und durchströmte sie, während Portia sanft ihre Knie auseinanderdrückte und noch näher kam. Ihre Brüste berührten sich, dann küsste Portia sie sanft.

O Mater-Lune … Cera stöhnte innerlich. Sie hatte panische Angst davor, eine fürchterliche Sünde zu begehen, doch gleichzeitig wollte sie es so sehr, mit jeder Faser ihres Körpers ... Der Kampf war schnell entschieden, die Niederlage vollkommen: Sie öffnete die Lippen und zog Portia an sich. Portias Zunge glitt in ihren Mund, und Cera vergaß alles um sich herum. Aber nur beinahe.

»Bitte«, flehte sie und machte sich los. »Ich bin keine Safia.«

»Und ob«, hauchte Portia. »Wie ich dir gesagt habe: Ich weiß, wie Begierde aussieht.«

»Aber ...«

»Schhh.« Sie streichelte Ceras Schultern und ihren Rücken, dann küssten sie einander erneut, und der Kuss dauerte eine Ewigkeit, während in Cera der innere Kampf zwischen Angst und Verlangen tobte. *Jemand wird kommen ... Bestimmt werden wir beobachtet ...*

Portia fasste sie um die Hüften und zog sie noch näher heran, bis sie Becken an Becken saßen, dann senkte sie den Kopf und biss zärtlich in Ceras linke Brustwarze. Ihr Haar breitete sich auf dem Wasser aus wie ein Fächer, wogte wie Seegras, während Cera nach Luft schnappte und sich an Portia festhielt.

Eine Hitze stieg in ihr auf, die ihr direkt zwischen die Beine fuhr. Wieder öffnete sie den Mund, um zu protestieren, doch statt etwas zu sagen, presste sie stumm das Gesicht auf Portias Scheitel.

»Komm«, flüsterte Portia und stand auf. Das Wasser strömte an ihrem najadengleichen Körper herab, und sie nahm Ceras Hände. Cera ließ sich von ihr auf die Füße ziehen, dann gingen sie die Stufen hinauf. Portia küsste sie, breitete ihren Bademantel aus und bettete Cera darauf.

Cera konnte nicht fassen, was geschah, aber sie wollte auf keinen Fall, dass es aufhörte, Sünde oder nicht. Der Teil in ihr, der vielleicht noch hätte Widerstand leisten können, war restlos geschlagen. Ihr ganzer Körper zitterte, als sie sich mit pochendem Herzen auf den weichen Stoff sinken ließ.

»Es gibt keinen Grund, sich zu schämen«, flüsterte Portia. »Wir sind, wie Sonne und Mond uns geschaffen haben.«

Geschmeidige Finger strichen über die Innenseiten von Ceras Oberschenkeln und glitten in ihre Scheide. Ceras Atem ging stoßweise, während Portia sie geschickt massierte und sie auf Arten berührte, von denen sie nicht einmal geahnt hatte – geschweige denn, wie sehr sie sich danach gesehnt hatte, genau so berührt zu werden. Portias Augen schimmerten im Fackelschein, auf ihrem alabasterfarbenen Gesicht spiegelte sich eine Mischung aus Vergnügen und Konzentration, als beobachte sie jede von Ceras Reaktionen genau.

Mein Körper ist wie ein Rätsel, das sie zu lösen versucht, dachte Cera und stöhnte immer lauter, während die Bewegungen von Portias Fingern schneller und heftiger wurden, *und sie hat es ... fast ... gelöst ... Ohhh ...*

Ihr Orgasmus kam wie ein Vulkanausbruch, Hitze und Feuer ergossen sich in einer Flutwelle über sie. Die Verzückung war so überwältigend, dass es beinahe schmerzte. Ceras Becken zuckte, stöhnend versuchte sie, Portias Hand wegzuschieben, und merkte dabei gar nicht, wie sie laut kicherte.

»Was ist so lustig?«, fragte Portia mit einem sanften Lächeln.

»Nichts.« Cera hatte Tränen in den Augen, und mit einem Mal merkte sie, dass die Furcht, die so lange und schwer auf ihr gelastet hatte, wie weggeblasen war. Vielleicht nicht für immer, aber jetzt, in diesem Moment und an diesem Ort, schien alles möglich. Hoffnung, grausam tückische Hoffnung stahl sich in ihre Seele. Cera wollte weinen und lachen zugleich. »Alles.«

Ab jetzt ist nichts mehr wie zuvor ...

Portia küsste sie. »Siehst du«, flüsterte sie, »das war doch gar nicht so schlecht, oder?«

Cera schaute sie ungläubig an. *Ich bin nicht schön genug für dich, auch wenn du mir das Gefühl gibst, es zu sein.* »Solinde hat mich immer eine Safia genannt, weil ich mich nie für ihre Jungengeschichten interessiert habe«, krächzte sie. »Das war die schlimmste Beleidigung für mich, und sie wusste es. Jedes Mal, wenn sie mich wirklich treffen wollte, hat sie das gesagt.«

»Schwestern können grausam sein«, erwiderte Portia und küsste sie auf den Hals.

»Bist du auch eine, ähm...?«

Portia sah sie etwas hilflos an. »Ich weiß es nicht«, gestand sie. »Ich habe das auch noch nie zuvor gemacht. Ich habe die Männer so satt, die nur meinen Körper wollen, aber das hier ist anders... Du willst mich nicht, du brauchst mich, Cera-Amika. Und ich bin für dich da, ich werde dir helfen.« Sie stupste Cera an die Nase. »Ich werde für dich da sein.«

»Ich kann nicht glauben, dass wir... das, was gerade passiert ist...«

»Aber es ist passiert. Und es wird wieder passieren, das verspreche ich.«

Cera streckte den Arm, berührte zögernd Portias Brust und ließ ihre Hand dann weiter nach unten wandern...

Portia hielt sie fest. »Nicht heute. Nicht so kurz nachdem ich bei dem Schwein war. Ich bin immer noch wund. Aber ein anderes Mal.« Sie legte Ceras Hand wieder auf ihre Brust. »Halt mich einfach. Alles, was ich möchte, ist gehalten zu werden.«

Unten in der Stadt läutete gerade die Nachtglocke, als Cera hellwach in ihrem Bett lag. Portia war ebenfalls in ihr Gemach gegangen, und Cera fühlte sich wie entzweigerissen.

Sie schaute aus dem Fenster und betrachtete den riesigen Mond. Das Antlitz Lunes, der Göttin des Wahnsinns und des Verlangens, tauchte die Stadt in fahlsilbriges Licht, das Cera an Portias Porzellanhaut erinnerte. Cera erschauerte bei dem Gedanken, dass sie so nahe war. Die Gefahr war fürchterlich: Wenn jemand es herausfand, würden sie gesteinigt oder Schlimmeres. Alle ihre Pläne würden zunichtegemacht. Es war dümmer als dumm, wegen eines Verlangens, von dem Cera nie etwas geahnt, das sie nicht einmal gespürt hatte, so viel zu riskieren. *Mach dir nichts vor: Du hast es immer gewusst und bist immer davongerannt ...*

Ein altes Minnelied fiel ihr ein. Kaum hörbar sprach sie die Worte:

»Süße Lune, dein Licht wache über uns Liebende,
Süße Königin, höre mein Flehen,
Denn ich bin wie von Sinnen vor Verlangen,
Und verzehre mich nach deinem Wahnsinn.«

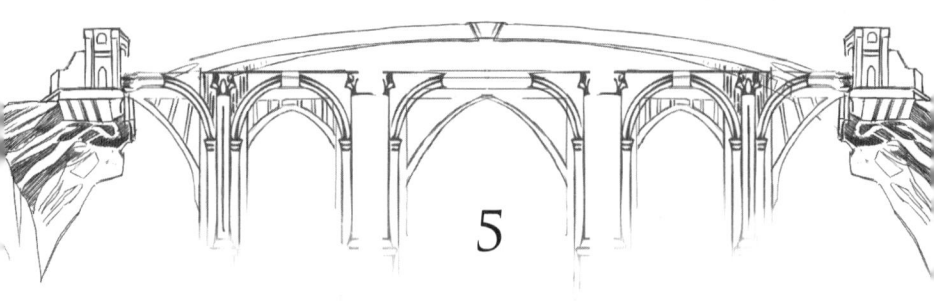

5

TIEFERES VERSTÄNDNIS

RELIGION: ZAINISMUS

Die Zain behaupten, alle Götter außer Kore seien ein Gott. Ihr Glaube ist voller solcher Kompromisse. Wissen sie nicht, dass in der Religion kein Platz für Kompromisse ist? Nur das Absolute bindet die Menschen dauerhaft.

RASHID MUBAR, EMIR VON HALLIKUT, 901

BERG TIGRAT IN JAVON, ANTIOPIA
SHAWWAL (OKTEN) 928
VIERTER MONAT DER MONDFLUT

»Du verstehst mich nicht. Ich will es nicht tun.« Kazim konnte Elena nicht in die Augen sehen, stattdessen starrte er vom Balkon hinunter in den sonnendurchfluteten Garten. »Wir müssen das nicht tun.«

Seit Tagen ging dieser Streit schon. Elena hatte angenommen, er würde ihr dankbar sein, weil sie den Bann von seiner Gnosis genommen hatte, aber das war er nicht. Fast zwei Monate lang hatte er so getan, als hätte er die Kräfte, die in ihm schlummerten, einfach vergessen, diese schreckliche Macht, und wie er daran gekommen war. Kazim hatte die Seele eines Menschen verschlungen, und nicht nur irgendeines Menschen, sondern die von Antonin Meiros, dem Magus, der ihm Ramita gestohlen hatte. Alles, was er gewesen war, seine Taten und Erinnerungen, seine Hoffnungen und Träume, seine Persönlichkeit und Gefühle hatten sich in Energie verwandelt, die nun in Kazims Innern wütete. Einen Teil davon hatte er in dem Kampf gegen Gyles Magi verbraucht, aber jetzt, da er seine Gnosis wieder erreichen konnte, spürte er, dass sie immer noch stark genug war, um ihn in Angst und Schrecken zu versetzen.

Und der einzige Weg, sie wieder aufzufüllen, war, einen weiteren Menschen zu töten. Eine weitere Unschuldige wie Wimla.

Doch das war nur der eine Teil seines Dilemmas, denn seit Elena ihn von der Kettenrune befreit hatte, plagte ihn ein Hunger, den er nicht stillen konnte. Im Moment kam er zurecht, aber Kazim hatte begriffen, dass dieser Hunger immer stärker werden würde, je mehr seine Kraft zur Neige ging.

Elena wusste von alldem natürlich nichts. Sie sagte, seine Aura sei seltsam – was auch immer sie damit meinte. Offensichtlich war sie noch nie einem Seelentrinker begegnet, und Kazim konnte es ihr nicht erklären – nicht, ohne sie gegen sich aufzubringen –, also zog er sich zurück auf den heftigsten ihrer vielen Streitpunkte: Religion.

»Die Macht der Magie kommt von Shaitan, und ich weigere mich, sie zu lernen«, sagte er selbstgerecht.

Elena verzog das Gesicht. »Nicht schon wieder. Ich habe

dein halbherziges Getue so satt. Die Gnosis ist ein Werkzeug, genauso wie ein Schwert eines ist. Die Gnosis selbst ist nicht böse.«

Meine Gnosis ist es. »Sie ist unnatürlich.«

»Ist sie nicht.« Sie schlug auf das Steingeländer. »Wenn sie unnatürlich wäre, gäbe es sie überhaupt nicht.«

Seit bestimmt einer Stunde ging das nun so, sie kamen keinen Schritt weiter, und der Frieden zwischen ihnen wurde brüchig. Sie hatten sich mehrmals überworfen und danach wieder versöhnt, aber jetzt war es schlimmer als sonst. Elena schien genauso zu denken wie Gatoz und Sabele: Wenn Kazim sich weigerte, seine Kräfte zu benutzen, war er nutzlos. Dennoch spürte er, dass Elena versuchte, den Streit zumindest für den Moment beizulegen.

»Hör zu«, sagte sie, »unsere Vorräte gehen zur Neige. Wir müssen ins nächste Dorf und Nachschub holen.«

Kazim runzelte die Stirn. »Ich dachte, wir hätten genug?«

»Bei der Menge, die du jeden Tag vertilgst?« Sie wischte sich die Hände an den Oberschenkeln ab. »Ein paar Meilen weit weg ist ein Dorf. Wir nehmen einen kleinen Leiterwagen mit, fliegen mit dem Skiff zum Fuß der Berge und gehen von da zu Fuß.«

Vielleicht finde ich im Dorf einen unserer Verbindungsleute... Kazim nickte. Dann kehrten seine dunklen Fantasien zurück: *Oder eine arme Seele, die ich verschlingen kann...* Er war entsetzt darüber, wie schnell ihm dieser Gedanke gekommen war, und vergrub ihn, so tief er konnte.

»Du wirst dich ganz unauffällig verhalten, Kazim. Keine Mätzchen«, warnte sie ihn mit einem misstrauischen Blick. »In zehn Minuten treffen wir uns beim Skiff.« Sie wandte sich zum Gehen und blieb noch einmal stehen. »Man kann die Gnosis auch zur Verteidigung einsetzen. Lerne wenigstens das.«

Kazim rieb sich das Gesicht. Allmählich machten ihn die Diskussionen mürbe, und er spürte, wie er immer mehr an Boden verlor. *Früher oder später wird sie die Geduld mit mir verlieren. Und was dann?*

»Ich denke darüber nach«, erwiderte er missmutig.

Drei Stunden später trug Kazim Umhang und Turban. Sie mühten sich gerade eine felsige Anhöhe hinauf, als er auf halbem Weg stehen blieb und Elena die Deichsel des Leiterwagens hinhielt. Sie war in einen schwarzen Bekira gehüllt, nur Augen und Hände waren zu sehen. Jedes Fleckchen sichtbarer Haut hatte sie mit Tee-Extrakt dunkler gefärbt und die Augenbrauen mit Kohle geschwärzt. Ein rotes Band an ihrem Arm zeigte an, dass sie blutete. Kazim wusste nicht, ob es stimmte oder nur Teil ihrer Verkleidung war, und er hatte nicht vor, sie danach zu fragen.

»Ab jetzt musst du den Wagen ziehen«, erklärte er auf ihren fragenden Blick hin und deutete auf den Säbel an seiner Seite. »Frauen arbeiten, Krieger nicht. Wir kommen bald in Sichtweite des Dorfs. Du bist meine Frau, also musst du den Karren ziehen.«

Elena funkelte ihn an. »Ich wette, es gibt einen Vers in deinem heiligen Buch, in dem das steht.«

»Ganze Kapitel, Alhana«, erwiderte er und benutzte das Keshi-Äquivalent ihres Namens. »Ein Krieger muss stets in der Lage sein zu beschützen, was ihm gehört. Die Frau arbeitet, während er wacht. So verlangt es die Tradition. In den Augen der Dorfbewohner bist du mein Eigentum.« Er musterte sie und schob eine verirrte Haarsträhne zurück unter ihre Kopfbedeckung. »Sprich mit niemandem außer mir. Dein fürchterlicher Akzent würde uns sofort verraten.«

Elenas Nasenflügel bebten, aber sie verkniff sich eine Erwiderung und nahm die Deichsel. Leise fluchend folgte sie Kazim weiter den Hügel hinauf und auf der anderen Seite hinunter ins Dorf. Kazim beschleunigte seinen Gang und ließ sie mit voller Absicht zehn Schritte hinter sich.

Das Dorf war winzig, nur ein paar von der Sonne ausgedörrte Lehmhütten. Auf der anderen Seite lagen Terrassen mit Reisfeldern. Die meisten der Bewohner arbeiteten dort, ein paar wenige hüteten weiter oben am Hang ihre Ziegen.

»Sal'Ahm!«, rief jemand. Ein Mann in einem braunen Kittel trat aus der Hütte direkt vor ihnen. Auf der schattigen Veranda waren eine alte und eine noch sehr junge Frau damit beschäftigt, Dachstroh zu Bündeln zu binden, zwei kleine Jungen spielten nackt im Sand. Als Figuren benutzten sie Steine, das Spielfeld hatten sie mit den Fingern in den Sand gezeichnet.

»Möge Ahms Licht auf dich scheinen«, erwiderte Kazim und legte die Hand auf den Griff seines Säbels. Die andere streckte er mit der Handfläche nach oben aus. Es war der traditionelle Gruß der Keshi: Ich komme in Frieden, aber ich bin bereit zu kämpfen, wenn es sein muss.

»Willkommen in Shimdas«, sagte der Dörfler, während hinter ihm ein junger Mann, wahrscheinlich sein Sohn, mit einem Speer aus der Hütte kam. »Bist du allein?«

»Nur meine Frau und ich. Ich bin auf der Durchreise und will mich der Fehde anschließen.«

Als das Wort Fehde fiel, machte der Alte eine anerkennende Geste, aber sein Gesicht wurde nicht freundlicher. »Die Ernte war schlecht, und Emir Tamadhis Soldaten haben die wenigen Vorräte mitgenommen, die wir hatten.« Er deutete Richtung Süden. »Dort ist eine Stadt, es ist nicht weit. Folgt einfach der großen Straße. Dort werden sie mehr über die Fehde wissen.«

»Ich brauche nur Proviant.« Kazim zog eine abgewetzte Lederbörse hervor. »Ich habe ein wenig Geld.« Sie war mit Kupfer- und Silbermünzen gefüllt, aber nicht zu prall. Die Kunst bestand darin, wohlhabend genug auszusehen, um als Käufer in Betracht zu kommen, aber nicht so wohlhabend, als dass sich ein Mord lohnen würde.

Der Alte lächelte schmierig. »Dann sei willkommen, Freund.« Er wies auf einen schmalen, unbefestigten Weg, der zwischen den Hütten hindurchführte. »Neben dem Brunnen steht ein blaues Haus. Das ist der Laden meines Schwagers. Sein Name ist Dhani.« Er tätschelte den Arm des jungen Mannes an seiner Seite. »Mein Sohn Hatim wird dich hinführen.«

Kazim bedankte sich mit einem Nicken, dann befahl er Elena mit einer herrischen Geste, ihm zu folgen. Den wütenden Blick, den sie ihm daraufhin zuwarf, genoss er in vollen Zügen.

Hatim lief mit langen, federnden Schritten voraus. Kazim kannte diesen Gang. Damals in Baranasi, als sein Leben noch nicht in Trümmern gelegen hatte, war er genauso unbeschwert ausgeschritten.

Sie erreichten einen von mehreren Hütten gesäumten kleinen Platz mit einem Brunnen und ein paar Bäumen in der Mitte, die etwas Schatten spendeten. Mehrere Frauen standen um die Pumpe herum, holten Wasser und unterhielten sich lebhaft miteinander. An der Vorderseite des blau getünchten Ladens befand sich ein Fenster mit der Auslage, darüber war eine Markise angebracht. Als die Frauen Kazim und Elena bemerkten, verstummten sie. Offensichtlich kamen nicht oft Fremde ins Dorf.

»Hier sind wir«, sagte Hatim grinsend und hielt ihm die geöffnete Hand hin.

Kazim sah seine gelben Zähne, von denen mehrere fehlten, und runzelte die Stirn: Ihr »Führer« hatte sie keine sechzig Schritt weit über die einzige Straße im ganzen Dorf begleitet und wollte jetzt auch noch Geld dafür. Kazim gab ihm trotzdem einen Kupferling, denn es waren auch Männer anwesend, die alles genau beobachteten. Es wäre nicht gut, noch mehr Aufmerksamkeit auf sich zu ziehen, als sie es ohnehin schon taten.

Ich glaube kaum, dass es hier einen Unterschlupf der Hadischa gibt, dachte er seufzend und ging zu dem Laden, wo ein Mann mit grauem Stoppelbart und orangefarbenem Turban sie bereits erwartete. Auf dem Weg musterte er Elena noch einmal. Ihre Fingernägel waren zu sauber, ihre Haltung zu aufrecht. »Geh nicht so gerade«, flüsterte er und fügte dann laut hinzu: »Was brauchen wir, Frau?«

Die Männer begrüßten einander, während Elena die magere Auslage im Fenster inspizierte. Drinnen lehnten allerdings Dutzende Säcke an der Wand, also gab es noch mehr.

»Willkommen, Freund«, polterte der Ladenbesitzer und schaute die beiden kurz an, scheinbar ohne großes Interesse. Falls er vom selben Schlag war wie die Ladenbesitzer in Baranasi, genügte das allerdings, um sich Kazim und Elena genau einzuprägen. »Mein Name ist Dhani. Womit kann ich dienen?«

Als Kazim über die Schulter blickte, um sich zu vergewissern, dass niemand in Hörweite war, sah er eine Witwe in einem weißen Bekira mit zwei schweren Eimern in den Händen zum Brunnen laufen. Sie hatte große Rehaugen und lange Wimpern. Sonst war niemand in der Nähe. »Wir kommen von Norden und brauchen Proviant, viel Proviant, für die Weiterreise.«

»Dann seid ihr hier genau richtig, mein Freund.«

»Meine Frau sucht die Ware aus.« Kazim zeigte Dhani seine Börse. »Aber den Preis handelst du mit mir aus.«

Der Ladenbesitzer lächelte erfreut, als feilsche er lieber mit Männern als mit Frauen.

»Gibt es Neuigkeiten aus Brochena?«, fügte Kazim beiläufig hinzu, während Elena in der Auslage nach Brauchbarem suchte.

»Aus Brochena? Aber ja!«, erwiderte Dhani. »Allerdings keine guten. Die fahrenden Händler sagen, der junge Dorobon herrscht mit eiserner Hand und gibt seinen Soldaten alle Freiheiten, mit den Bewohnern umzuspringen, wie sie wollen.«

Kazim horchte auf und Elena ebenfalls. *Dorobon?*

»Ich habe in letzter Zeit wenig mitbekommen«, entschuldigte sich Kazim. »Was soll das heißen, der junge Dorobon herrscht mit eiserner Hand?«

Dhani beäugte ihn skeptisch. »Wo hast du dich denn versteckt, mein Freund? Wie kann es sein, dass du nichts davon weißt?«

Sag ihm, du bist Söldner und seit Kurzem im Dienst der di Kestria, wies Elena ihn stumm an, während Kazim noch fieberhaft überlegte.

»Ich, ähm, bin ein Söldner der di Kestria.« *Diese Jhafi sprechen mit einem eigenartigen Akzent.*

Der Ladenbesitzer schürzte die Lippen, dann zuckte er die Achseln, als ginge es ihn nichts an, wer Kazim war und in wessen Diensten er stand. »Die Nesti sind mit einem großen Heer gegen Hytel marschiert. Es waren viele Jhafi unter ihnen, Ilan Tamadhi hat sie angeführt«, erklärte er. »Aber die Dorobonen haben sie in eine Falle gelockt. Jetzt herrschen sie wieder in Brochena.«

Elena stand mit großen Augen da und starrte ins Leere.

»Frau, kümmere dich um deine Arbeit«, riss Kazim sie aus ihren Gedanken, und Elena schreckte auf.

Frag ihn nach Cera, hörte er ihre Stimme in seinem Geist.

»Was ist mit der Königin passiert?«

Dhani sah aus, als wollte er ausspucken, doch da er sich auf

seinem eigenen Grund und Boden befand, schluckte er nur.
»Die Nesti-Hure gehört jetzt zu Dorobons Harem.«

Nein!

Kazim zuckte innerlich zusammen, als er Elenas Fluch
hörte. »Dorobon hat einen Harem?«, erkundigte er sich weiter. »Ist er ein Amteh geworden?«

Dhani gluckste verächtlich. »Es heißt, er will sich aus jedem
Fürstenhaus eine Frau nehmen. Sowohl von den Rimoniern
als auch von den Jhafi, damit er sich jede Nacht eine andere ins
Bett holen kann. Selbst seine eigenen Verwandten sind außer
sich deswegen.« Wieder zuckte er die Achseln. »Hat man mir
zumindest erzählt.«

»Er ist ein Magus.« Kazim spuckte aus.

»Das ist er. In Brochena wimmelt es nur so von diesen Teu-
feln.« Dhani betrachtete die Reis- und Getreidekörner, die
Elena vor ihm ausgebreitet hatte, und zog die Augenbrauen
hoch. Jedes Korn stand für einen ganzen Sack. »Du kaufst viel,
mein Freund. Die nächste Stadt ist nicht weit weg.«

»Ich ziehe es vor, die großen Städte zu meiden«, erwiderte
Kazim in verschwörerischem Tonfall, wie er hoffte. Sein Blick
wanderte zurück zum Dorfplatz. Die Bewohner beobachteten
ihn und Elena immer noch neugierig, während die Witwe sich
mit der Brunnenpumpe abmühte. Niemand half ihr. Sie schien
wenig anzuhaben unter ihrer weißen Kutte, und Kazim hatte
einige Mühe, sich wieder auf Dhani zu konzentrieren. Schließlich einigten sie sich auf einen Preis, mit dem der Ladenbesitzer, ganz im Gegensatz zu Elena, hochzufrieden schien, doch
das kümmerte Kazim nicht.

»Es war mir ein Vergnügen«, sagte Dhani und steckte das
Geld ein. »Deine Frau hat sehr zarte Hände«, fügte er hinzu.

»Sie hält sich für eine Prinzessin«, bestätigte Kazim verärgert, »ist faul und zu nichts zu gebrauchen.«

Dhani lachte. »Eine meiner Töchter ist genauso. Seit zwei Jahren verheiratet, und immer noch muss meine Frau ihr beim Kochen helfen.«

»Zumindest hat deine Tochter Hilfe. Das Essen, das meine Frau kocht, ist gerade mal gut genug für die Schakale.« Kazim spürte, wie Elena ihm auf den Fuß trat.

»Kann sie wenigstens etwas, wenn sie auf dem Rücken liegt?«, erkundigte sich Dhani mit einem Zwinkern.

Kazim warf Elena einen flüchtigen Blick zu.

Halt endlich den Mund, damit wir von hier verschwinden können, knurrte sie.

»Sie ist flachbrüstig und mager«, antwortete Kazim, ohne mit der Wimper zu zucken. Als kleine Rache für all die Prügel, die ich von ihr bezogen habe, sagte er sich.

Ihr Männer seid alle Schweine.

Nur ein kleiner Scherz, gab er unschuldig zurück. *Sei nicht so empfindlich.*

Du scherzt vielleicht, aber er nicht. Und es ist kein bisschen witzig.

Wie willst du das beurteilen? Du hast ja selbst keinen Funken Humor! Elena ging ihm auf die Nerven, und er hatte Durst. Also überließ er es ihr, den Leiterwagen vollzuladen, und ging zum Brunnen. Die Dörfler schienen zufrieden mit dem, was sie gesehen hatten, und zerstreuten sich. Einige schlenderten zu dem leergekauften Schaufenster, andere gingen nach Hause.

Die Witwe war klein und hatte für ihre Größe erstaunlich üppige Brüste. Im Näherkommen sah Kazim die Flecken auf dem Stoff über den Brustwarzen. Sie roch nach Säuglingen und Milch und hatte alle Mühe, ihre Eimer vollzubekommen, doch niemand half ihr. Bei den Amteh waren Witwen praktisch Verstoßene. Wortlos schob Kazim sich an ihr vorbei, nahm den

Pumpenschwengel und hielt den Kopf unter den erfrischenden Strahl. Anschließend trank er ausgiebig. Als er fertig war, wischte er sich das Gesicht ab und sah, wie die Frau ihn neugierig beäugte.

Sie war jung für eine Witwe. Im Gegenlicht zeichneten sich ihre üppigen Formen durch den dünnen Stoff des Bekira ab. Sie lächelte geziert und hob den Saum ein Stück an, sodass er ihren nackten Knöchel sehen konnte. Er war schmal und grazil. Auf dem Fuß prangten Hennamuster. Einem Mann den nackten Knöchel zu zeigen war ein eindeutiges Angebot. Kazim merkte, wie das Blut in seinen Penis schoss.

Witwen waren in der Amteh-Gesellschaft in einer prekären Lage. Sie durften zwar wieder heiraten, aber alle Kinder, die jünger als zehn Jahre waren, wurden meist in die Sklaverei verkauft, damit der neue Ehemann nicht die Nachkommen seines Vorgängers aufziehen musste. Es stand zwar nicht explizit im Kalistham, aber die meisten Interpretationen stimmten darin überein, dass Witwen nefara waren, bis sie erneut heirateten. Bis dahin schlugen sie sich durch, so gut es irgend ging.

Kazim nahm einen ihrer Eimer, hielt ihn unter den Hahn und pumpte. Im Handumdrehen waren beide aufgefüllt.

Die Frau berührte seinen prallen Bizeps und stöhnte bewundernd. Sie war kaum fünf Ellen groß und wog vielleicht halb so viel wie er, aber sie hatte schöne Augen.

»Die Eimer sind schwer. Soll ich sie für dich tragen?«, fragte er leise. Außer dem Milchgeruch nahm er noch eine moschusartige Würze an der Frau wahr, die ihn an Elena erinnerte. Während ihrer Trainingskämpfe roch sie so. Den Blutstau in seinen Lenden machte das nicht besser. *Ich sitze schon zu lange bei dieser rondelmarischen Hexe fest. Ich brauche eine Frau, eine echte.*

Das war Rechtfertigung genug. Was Elena denken mochte,

war ihm egal. Aus dem Augenwinkel beobachtete er, wie sie in der gebückten Haltung einer Frau, die ihre besten Jahre bereits hinter sich hatte, den Karren belud. *Genau das ist sie: eine Frau, die ihre besten Jahre bereits hinter sich hat.* Er nahm die Eimer und rief: »Warte hier auf mich!«

Die Witwe lächelte ihn vielsagend an und deutete auf eine schmale Gasse, dann gingen sie los, Kazim voraus.

He, was machst du da?!, rief Elena ihm wütend hinterher. *Warte hier und sprich mit niemandem.*

Die Fremde führte ihn zu einer schlecht instandgehaltenen Hütte neben einem Misthaufen. Kazim rümpfte die Nase und trat ein. Zu seiner Überraschung roch es drinnen frisch und süßlich, da sah er den Lavendel, der in Bündeln von der niedrigen Decke hing. In der Ecke lag eine Pritsche statt einer Matratze, darauf zerwühlte Decken, in denen ein kleiner Junge von vielleicht sieben Jahren döste. Neben ihm wimmerte ein Neugeborenes. Der Junge fuhr hoch und blinzelte Kazim erschrocken an. Sofort veränderte sich sein Gesichtsausdruck zu stummer Abscheu.

Er ist noch so jung und weiß trotzdem genau, was hier vorgeht. Plötzlich schämte sich Kazim.

Auf ein paar harsche Worte der Frau hin verschwand der Kleine in das Hinterzimmer. Kazim war die Lust so gut wie vergangen, doch dann nahm er wieder diesen Moschusgeruch wahr, und eine andere Art von Hunger regte sich in ihm. Einen Moment lang sah er die Witwe tot am Boden liegen, Blut quoll aus ihrem Mund und eine für Normalsterbliche unsichtbare Dunstwolke, frische, nährende Kraft…

»Wo soll ich die hinstellen?«, stammelte er verwirrt.

Sie deutete auf den Ofen.

Kazim stellte die Eimer daneben ab. *Es wäre so leicht…*

»Drei oder fünf«, erklärte die Witwe nüchtern. Drei für

Masturbieren, fünf für Geschlechtsverkehr. Die meisten hätten diesen Preis als Wucher bezeichnet, aber Kazim nahm sechs Kupferlinge aus seiner Börse und legte sie auf den Tisch.

Die Witwe schnappte sich die Münzen und versteckte sie in einem kleinen Beutel zwischen den Lavendelsträußen. Als sie begann, sich auszuziehen, schrie Kazims erschöpfte Gnosis geradezu nach Nahrung, und die Frau schien es zu bemerken. Mit großen Augen starrte sie ihn an.

Es waren nicht mehr die Augen eines Rehs, sondern eines verängstigten Beutetiers, und das war genug, um Kazim wieder zu Verstand zu bringen. Er hatte nicht einmal gemerkt, dass er den Griff seines Säbels umklammert gehalten hatte. Mit aller Macht riss er die Hand weg und stöhnte innerlich auf vor Erleichterung und Selbstverachtung. *Hat mein Vater das jeden Tag durchgemacht, nachdem er der Gnosis entsagt hat? Oder hat ihn jemand mit einer Rune belegt, um ihm diesen Kampf zu ersparen?*

Die Erinnerung an Razir gab ihm Kraft. Wenn sein Vater es geschafft hatte, dann konnte Kazim es auch. Er war stärker als seine Begierde. Als *jede* seiner Begierden. »Nein«, sagt er. »Es wäre nicht richtig.«

Hurerei war wahrscheinlich die einzige Möglichkeit, die der Witwe noch geblieben war, um zu Geld zu kommen, aber das machte es auch nicht besser. »Warum sorgt die Familie deines verstorbenen Mannes nicht für dich? Oder deine eigene?«, fragte er.

Die Frau senkte den Blick. »Wir sind damals von zuhause weggelaufen und haben heimlich geheiratet. Ich habe niemanden mehr. Ich kann nicht zurück.«

Das macht sie nur noch mehr nefara, dachte Kazim und schämte sich sofort dafür. *Sie haben aus Liebe geheiratet, wie ich Ramita aus Liebe heiraten wollte. Sie hätte dasselbe Schicksal ereilen können.* Er machte einen Schritt zurück. »Ich rühre dich nicht an. Das Geld kannst du behalten.«

Die Witwe schaute ihn verwirrt an, beinahe besorgt, als wüsste sie nicht, ob er sie aus Ekel zurückwies, aus Mitleid oder aus Überheblichkeit. »Du bist ein guter Mensch«, sagte sie unsicher. »Woher kommst du?«

»Von weit weg«, murmelte er.

»Kommst du wieder einmal nach Shimdas? Es gibt nicht viele Männer hier.«

Kazim betrachtete ihr Gesicht, sah ihren hilflosen Blick, die Pockennarben und das strähnige Haar. Aber er sah auch, dass sie sich trotz ihrer verzweifelten Lage eine stumme Würde bewahrt hatte. »Vielleicht«, erwiderte er und war selbst überrascht von seinen Worten. *Aber ich könnte niemals bleiben …*

Sie las den letzten Gedanken von seinem Gesicht ab, und Kazim merkte, wie ihr Traum, er könnte derjenige sein, der sie heiratete und ihr wieder ein normales Leben ermöglichte, in ihr erlosch. Unwillkürlich fragte er sich, ob jeder neue Freier diese Hoffnung in ihr entfachte und wie sie ihr Leben überhaupt ertrug.

»Danke fürs Eimertragen«, sagte die Frau unvermittelt, als wäre nichts weiter passiert.

Die sechs Kupferlinge werden sie über Wasser halten, für eine Weile zumindest. Kazim drehte sich um und ging.

Elena saß allein auf dem Dorfplatz. Eine Feindseligkeit ging von ihr aus, die jeden sofort verscheuchte. Nur der Ladenbesitzer musterte sie aus sicherer Entfernung. Vielleicht fragte er sich gerade, ob sie ihren Körper genauso bereitwillig verkaufen würde wie die Witwe.

Na, auf deine Kosten gekommen?, keifte sie, als Kazim näher kam.

Ich habe sie nicht angerührt, erwiderte er und ging noch einmal zu Dhani. Elena, die ihm offensichtlich kein Wort geglaubt hatte, brütete weiter düster vor sich hin. »Mein Freund«, sagte Kazim höflich, »könntest du mir einen Gefallen tun?«

Der Ladenbesitzer runzelte misstrauisch die Stirn.

»Falls Kämpfer der Fehde durch dein Dorf kommen, sag ihnen, Kazim war hier. Sag ihnen, er ist jetzt ein Zain«, flüsterte er Dhani ins Ohr. *Das sollte genügen, um sie zu dem Kloster zu führen.* Er gab dem Mann zwei Silbermünzen. »Wenn sonst jemand nach mir fragt, hast du uns nie gesehen.«

Dhani nickte und wünschte eine gute Reise.

Was sollte das?, fragte Elena und stand missmutig auf.

Kazim reagierte nicht. Er ging einfach los und überließ Elena den voll beladenen Leiterwagen. Zu seiner Überraschung entschuldigte sie sich kurz darauf bei ihm.

»Es tut mir leid«, sagte sie leise. »Ich dachte, du … Dabei hast du der Witwe nur geholfen.«

Kazim blinzelte. *Wenn ihr Sohn mich nicht so angesehen hätte, hätte ich sie genommen. Was ist wichtiger vor Ahm: Taten oder Gedanken?* Aber das war eine Frage für die Schriftgelehrten, nicht für ihn. Er blickte Elena an und beschloss, ihr ebenfalls entgegenzukommen. »Mir tut es auch leid. Du hast recht, mit der Gnosis, meine ich.«

Nun war es Elena, die blinzelte. »Im Ernst?«

»Sie ist jetzt ein Teil von mir«, gestand er. »Ich muss lernen, sie zu kontrollieren.« *Oder zumindest lernen, mein Bedürfnis zu kontrollieren, sie wieder aufzufrischen. Sonst werde ich früher oder später jemanden umbringen.*

Elena schien erfreut, aber nachdem sie die Vorräte verstaut hatten, war es bereits zu spät, um Kazim noch am selben Tag in der Gnosis zu unterweisen, also trainierten sie nur ein wenig mit den Holzschwertern. Kazim spürte eine neue Art von Anspannung zwischen ihnen, eine körperliche. Er hatte sich bei der Witwe nicht erleichtert, und als Elena ihn allein im Garten zurückließ, erwachte das Bedürfnis, jemanden zu umarmen und selbst umarmt zu werden, von Neuem. Es wurde sogar stärker. *Ich habe mich getäuscht. Sie ist keine alte Jadugara. Sie ist eine Frau.*

Ramitas Vater hatte immer gesagt, manche Menschen hätten eine emotionale Bindung, andere eine geistige, aber die zwischen ihm und Elena war körperlicher Natur. Sie waren beide Athleten und mochten miteinander im Wettstreit stehen, aber sie hatten auch großen Respekt voreinander, mittlerweile vielleicht sogar mehr als das. Manchmal sah er in Elenas Augen ein Feuer aufflammen, wenn sie kämpften, und jetzt wusste er, dass das gleiche Feuer auch in seinen Augen brannte. Aber bei ihm kam zu diesem Feuer noch das Verlangen, jemanden zu töten und seine Gnosis wieder aufzufrischen, und das machte ihm Angst.

Am nächsten Morgen hätte er es beinahe nicht mehr rechtzeitig zur Toilette geschafft, so sehr rumorte es in seinem Inneren. *Ich muss diese Kraft beherrschen lernen, sonst wird sie mich vernichten.*

Er und Elena hatten eine stillschweigende Übereinkunft, keine scharfen Waffen zu benutzen, wenn sie trainierten. Dennoch versteckte Kazim einen Dolch in den Falten seiner Tunika. Er hatte das Gefühl, er würde ihn vielleicht brauchen. *Wenn sie herausfindet, was ich bin, muss sie sterben. Auch wenn ich mir kaum vorstellen kann, sie eigenhändig zu töten. Nicht nach unserem Blutschwur …*

Als er den Garten betrat, saß Elena im Schneidersitz auf einer Steinbank. Sie trug einen Salwar und bedeutete ihm, sich ihr gegenüberzusetzen.

Kazim gehorchte und machte seinen Geist leer, wie Jamil es

ihm beigebracht hatte. Erst dann schaute er ihr in die Augen. »Ich bin bereit.«

»Gut. Zuerst müssen wir herausfinden, was du kannst.« Elena hob die Hand wie zum Gruß. »Berühre meine Handfläche«, wies sie ihn an und schloss die Augen.

Kazim verbannte alle Gedanken aus seinem Bewusstsein, versteckte sich wie hinter einer Maske und ließ Elena nur sehen, was sie sehen sollte. Dann legte er seine rechte Hand auf die ihre, während er mit der linken nach seinem Dolch tastete.

Als ihre Hände einander berührten, stieß Elena einen leisen Seufzer aus. Ihre Präsenz wurde um ein Vielfaches stärker, Kazim konnte sie regelrecht spüren: Sie war intensiv, warm und feucht und streng, verströmte ein starkes Aroma wie von Kräutern oder einer würzigen Soße. Im ersten Moment war der Eindruck verwirrend, aber nicht unangenehm.

»Was du spürst, ist meine Gnosis«, erklärte sie leise. »Meine Hauptaffinität ist Wasser.«

»Was spürst du in mir?«, fragte Kazim vorsichtig.

»Ruhelosigkeit. Du pulsierst wie ein Gewitter. Deine geistige Berührung ist… ungewöhnlich… zehrend beinahe.« Sie schwieg einen Moment. »Deine Hauptaffinität ist Luft.«

Das klang nur logisch. Kazim dachte an die ungezügelte Freude, die er in Molmars Skiff empfunden hatte, als sie über Kesh und Javon durch die Nacht gejagt waren, und daran, wie er Molmar mit seiner eigenen Energie beim Fliegen geholfen hatte.

Er hatte das Bild noch vor Augen, da tauchte Elena plötzlich darin auf. Als wäre sie damals dabei gewesen, stand sie neben ihm am Bug des Skiffs. Ihr offenes Haar flatterte im Wind wie eine Fahne, und sie schaute ihn grinsend an. *Die Gnosis ist eine Erweiterung dessen, was wir sind!*, rief sie gegen den brüllenden Fahrtwind an und lachte vor Vergnügen. *Du wirst begeistert sein, wenn ich dir beibringe zu fliegen!*

Dann veränderte sich das Bild wieder. Das Skiff verschwand, und sie jagten mit nichts als ihren ausgebreiteten Armen hoch über der Wüste dahin. Der Boden war so weit weg, dass er aussah wie ein zerknittertes beigefarbenes Laken. Sonne und Mond standen gleichzeitig am Himmel, und Kazim war, als könnte er bis in die Unendlichkeit sehen. Auf Elenas Gesicht stand das gleiche Entzücken, das auch er spürte: die schiere, ungezügelte Freude, frei und schwerelos zu sein.

Kann etwas so Wundervolles wirklich Shaitanswerk sein?, fragte er sich und wusste selbst nicht, ob er damit die Gnosis meinte oder Elena.

Komm!, rief sie und stürzte sich kopfüber Richtung Erde.

Kazim folgte ihr, wie ein Komet raste er dahin und genoss den Rausch der Geschwindigkeit in vollen Zügen. Als Elena sich einmal um ihre eigene Achse drehte, machte er es ihr nach und rauschte dann auf einem Wind, den er selbst heraufbeschworen hatte, an ihr vorbei.

Elena holte ihn ein und warf ihm einen verschmitzten Blick zu. *Und, gefällt es dir?*

Sie war wie ausgewechselt. Ihre raue, alles verachtende Art war von purer, fast kindlicher Freude abgelöst worden, und das berührte Kazim. Gleichzeitig musste er an das entsetzliche Risiko denken, das er mit dieser Gedankenverbindung einging. Schließlich zwang er seine Gedanken mit aller Macht zur Ruhe.

Nun, Windmagus Kazim, wie lautet deine Antwort?, fragte Elena lächelnd. *Kann etwas so Wundervolles wirklich Shaitanswerk sein?*

Sie hat meine Gedanken gehört! Kazim verstärkte seine Abschirmung, und Elenas Präsenz in seinem Geist wurde schwächer.

Einen Wimpernschlag lang schien sie verletzt, als hätte der gemeinsam erlebte Moment ihr mehr bedeutet, als sie zugeben wollte, dann hatte sie sich wieder im Griff. *Hör zu, Kazim, ich muss wissen, was deine Klassenaffinitäten sind, denn sie bestimmen, wie wir die Gnosis benutzen. In Kombination mit der Elementaffinität ergibt sich daraus ein Bild, was du kannst und was nicht. Auch wenn du die Gnosis nur zur Verteidigung einsetzen willst, muss ich sie kennen, wenn ich dir helfen soll.*

Zögernd stimmte Kazim zu. Ihre Handflächen berührten sich immer noch. Kazim fragte sich, ob Elena es überhaupt merkte, und lockerte mit der freien Hand seinen Dolch.

Dann war sie wieder in ihm, wie ein warmer Sommerregen überflutete sie Kazim und schaute ihn mit funkelnden Augen an. *Keine Angst, ich will nur deine Reaktion testen*, sagte sie, da schoss auch schon ein Blitz auf ihn zu.

Kazim schnappte nach Luft und fing ihn auf.

Elena streckte ihm lächelnd die Zunge heraus, verspielt wie ein kleines Mädchen. *Fang mich, wenn du kannst*, rief sie und jagte davon.

Kazim folgte ihr, formte den Blitz in seiner Hand zu einem Speer und schleuderte ihn Elena hinterher. Mit einem aufgeschreckten Kreischen rollte Elena herum und wich aus, doch Kazim ließ sich nicht abschütteln. Er kam sich vor wie ein Raubvogel, der seine Beute kreuz und quer über den Himmel jagt, dann passierte es: Er *war* der Raubvogel. Sein blutdürstiger Ruf erschütterte das Firmament, während er schnell aufholte und schon die Krallen nach Elena ausstreckte, doch da verschwand die Vision plötzlich, und sie saßen einander wieder auf der Steinbank gegenüber.

Allmählich kann ich mir denken, wohin das führt, sagte sie leicht außer Atem. *Luft und Hermetik – hast du gemerkt, wie du instinktiv die Gestalt gewechselt hast, als du die Verfolgung*

*aufgenommen hast? Und wie stark du warst! Eigentlich hätte
ich dich locker abhängen müssen.* Elena schüttelte den Kopf.
Sie schien aufrichtig beeindruckt. *Wer waren deine Eltern? Sie
müssen mächtige Magi gewesen sein.*

Kazim ignorierte die Frage. *Was ist das, diese Hermetik?*,
fragte er vorsichtig.

Hermetik gehört zum Bereich des Dinglichen, erwiderte sie.
*Gestaltveränderung, sich in Tiere verwandeln ... Ich wette, du
hast einen guten Zugang zu Tieren. Vielleicht könntest du sogar
ein Heiler werden, wenn du dich anstrengst. Deine Kraft ist unglaublich.* Ihr Gesicht tauchte wieder vor seinem inneren Auge
auf, konzentriert und ohne jedes Misstrauen. *Aber irgendetwas
ist seltsam. Es ist wie eine Barriere. Eigentlich sollte die Gnosis
ungehindert in dir fließen und deine verbrauchten Kräfte wieder auffüllen, wie sie es bei mir tut. Doch es passiert einfach
nicht, und ich verstehe nicht, warum.*

Sie verstummte, dann sah Kazim eine schnelle Abfolge
von Bildern in seinem Geist. Als wäre ein Damm gebrochen,
strömten seine Erinnerungen aus seinem Unterbewusstsein,
ohne dass er es verhindern konnte. Der Gedankenstrom endete mit Ramita und Meiros. Sie schrie auf, und Meiros brach
tot zu Kazims Füßen zusammen. Ein kleines Wölkchen stieg
auf und verschwand in Kazims Mund.

»Oh ...«, sagte Elena und brach die Verbindung ab. Sie öffnete die Augen, dann sah sie den Dolch, den Kazim auf ihr
Herz gerichtet hatte. *Ich bin so blind.* Sie erwiderte Kazims
stieren Blick, sah sein wunderschönes, ausdrucksstarkes Gesicht mit den gehetzten Augen.

*Dokken. Seelentrinker. Schattenbeschwörer. Kein Wunder,
dass ihm seine Gnosis so verhasst ist.*

Noch einmal spielten sich Kazims Erinnerungen vor ihrem
inneren Auge ab, während sie betete, das hier zu überleben. Es

waren schreckliche Erinnerungen: an den blinden und schrecklich verbrannten Vater, den Kazim kaum gekannt hatte und der ihm nie verraten hatte, was er war. An eine alte Frau namens Sabele, die alles darangesetzt hatte, ihn zu ihrem Werkzeug zu machen. An Emir Rashid, der versuchte, die Pläne der alten Hexe für seine eigenen Ziele zu nutzen. Und an seine einst geliebte Schwester, die sich vor Kazims Augen in ein Monster verwandelt hatte.

Doch über allem thronte das Bild von dem Mädchen, das er geliebt hatte: Ramita. Er hatte praktisch ganz Antiopia durchquert, um sie wiederzufinden, nur um sie dann endgültig zu verlieren, indem er den Mann tötete, der sie ihm geraubt hatte. Elena sah sie mit Kazims Augen, als die Verkörperung des Guten und Sanftmütigen, so pflichtbewusst, dass sie nie an sich selbst dachte, so tugendhaft, dass sie Güte stets mit Güte vergalt, Liebe mit Liebe – und so von ihrer Tugendhaftigkeit besessen, dass sie ihm niemals verzeihen würde. Ohne sie war sein Leben vollkommen leer.

Er ist eine verlorene Seele.

Elena wollte ihn in den Arm nehmen, um ihn zu trösten, aber da war diese Dolchspitze direkt über ihrem Herzen, also blieb sie stocksteif sitzen und rührte sich nicht.

Seine Gnosis regeneriert sich nicht, weil er ein Dokken ist. Er muss töten, um seine Kräfte aufzufrischen, aber er weigert sich. Elena spürte, wie ihre Achtung für Kazim noch weiter stieg. *Er könnte unfassbar mächtig werden, aber er will nicht. Er hasst seine Kraft, und das zehrt ihn auf.*

Sie kannte die Geschichten über die Dokken – Kores Zurückgewiesene, wie die Kirche sie nannte – seit ihrer Kindheit. Ab und zu hatte sie gehört, dass einer enttarnt und getötet worden war, aber sie war noch nie selbst einem begegnet. Bis jetzt.

Mit einem Mal wurde Elena bewusst, dass ihre nächsten Worte über Leben und Tod entscheiden würden. Kazim war felsenfest davon überzeugt, dass sie ihn sofort getötet hätte, hätte sie die Wahrheit gewusst. Er war nur nicht geflohen, weil er Angst davor hatte, dass sie ihn im Handumdrehen wieder eingefangen hätte. Aus seiner Sicht hatte er sein Leben riskiert, als er sie in seinen Geist ließ. Der Dolch war seine Lebensversicherung gewesen. All das wusste Elena jetzt, aber es war zu spät.

Sie dachte an seine Gewissensbisse und die Selbstverachtung, die er wegen seiner Taten empfand und wegen dem, zu was er geworden war. Elena betete, die richtigen Worte zu finden.

»Kazim«, sagte sie leise und öffnete sich für ihn. Ohne Rückhalt ließ sie ihre Gedanken, ihr gesamtes Wesen, alles, was sie empfand und was sie ausmachte, in ihn strömen und gab ihm damit ein Stück weit zurück, was sie ihm gestohlen hatte. »Es ist alles in Ordnung. Ich glaube an dich.«

Ich glaube an dich.

Es konnte immer noch eine Lüge sein. Alle Magi waren Lügner. Aber es fühlte sich nicht so an, als Kazim plötzlich in ihr ertrank, in Elenas Wesen, in ihren Erinnerungen und Gefühlen. Es war, als hätte er sie bereits getötet und spüre ihre Seele in sich. Er sah ein wildes, ungezähmtes Mädchen, das allein im Wald spielte, nicht weit von einem großen Haus entfernt, dem Landsitz der Familie, und er sah eine unfassbar kluge und ebenso wilde ältere Schwester, die Elenas beste Freundin und größte Rivalin zugleich war: Tesla. Er sah sie streiten, spielen, lachen und weinen, spürte Elenas Entsetzen, als Tesla entstellt und verstümmelt aus dem Kriegszug zurückkehrte, und die wilde Entschlossenheit, mit der sie in jahrelanger harter Arbeit zu dem geworden war, was sie war. Im Vergleich dazu war sein eigenes Training ein harmloser Zeitvertreib. Dann kam die Urkunde, die sie für ihre Fähigkeiten mit dem Schwert bekommen hatte, und schließlich die Revolte. Ein Massaker in der Stadt Knebb, Gurvon Gyle…

Kazim konnte die plötzliche Intimität kaum ertragen und preschte immer schneller durch Elenas Erinnerungen, nach Javon, zu Cera, zu ihrem Verrat.

Sie meint es aufrichtig. Sie will Gyle töten, auch wenn er einmal ihr Geliebter war. Sie will den Kriegszügen ein Ende bereiten, selbst wenn sie dazu ihresgleichen töten muss.

Und sie hasst mich nicht, obwohl ich es verdiene.

Kazim ließ den Dolch sinken und floh in seine Kemenate, um nicht vor den Augen einer Frau Schande über sich zu bringen.

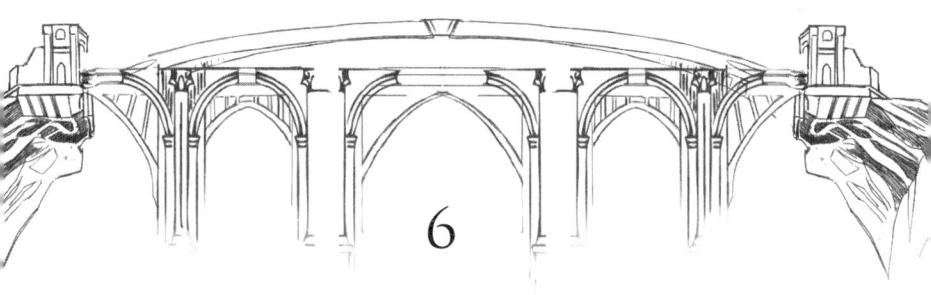

6

FISCHEN

OPIUM

Der Reichtum der Sultane von Mirobez, Gatioch und Lokistan gründet sich einzig und allein auf das Eine: den Drogenhandel. Aus den Hochlagen der Berge ergießt sich ein Strom aus Mohn nach Westen bis in die großen Ebenen von Kesh, ja selbst bis Nordlakh, und nichts kann diesen Strom aufhalten. Gold und Reichtümer jenseits aller Vorstellung fließen in die andere Richtung.

ORDO COSTRUO, HEBUSAL

Der Mohn ist das größte Übel, das diese Lande je befallen hat. Er ist noch schlimmer als selbst die Kriegszüge.

SULTAN SALIM VON KESH

Nur wenige Meter über der Höhe, auf der die letzte Welle gegen die Felsen gekracht war, klammerte sich Ramita verzweifelt an einem Vorsprung fest. Sie war vollkommen von Gischt durchnässt, und ihr Salwar klebte am Körper und erschwerte jede Bewegung, während sie unsicher noch weiter hinabkletterte. Neben ihr spazierte Justina über den Fels, als wären sie in den Gärten der Casa Meiros, als hätten ihre Füße sich an dem spiegelglatten Stein festgesaugt – was ja auch der Fall war, dank ihrer Gnosis. Bei Ramita hätte es eigentlich ebenfalls funktionieren müssen, aber sie traute dem Hokuspokus noch nicht so ganz.

Sie waren hier, um zu fischen, wie Justina gesagt hatte, was auch immer sie damit meinte.

Das Wasser unterhalb zog sich zurück, öffnete sich zu einem riesigen gähnenden Wellental, dann kam der nächste Brecher herangerollt. Gischt spritzte auf und nahm Ramita die Sicht, sie schrie, während Justina nur lauthals lachte. Wie ein tropischer Regenguss prasselte das Wasser auf sie herunter, dann rief ihr die Jadugara in Gedanken zu: *Jetzt schick dein Bewusstsein aus und suche nach etwas Lebendigem!*

Ramita versuchte es, tauchte mit ihrem Geist in die brodelnden Tiefen unterhalb. Ihr Bewusstsein füllte sich mit Dunkelheit, das Wasser schien sie zu umfangen wie eine zweite Haut. *Siehst du etwas?*, rief sie Justina zu.

Nein, das ist eine Aufgabe. Du bist hier der Animagus.

Ramita stöhnte innerlich. Ein Teil ihrer Gedanken konzentrierte sich darauf, nicht von den Felsen gerissen zu werden, während der andere in der Dunkelheit umhertastete, weiter, immer weiter …

Da!

Sie spürte etwas, ein Wesen, groß und vollkommen fremdartig, aber es hatte einen Herzschlag, und es glitt durchs Wasser wie ein Vogel durch Luft. Dann sah sie plötzlich noch eines und noch eines. Es mussten Hunderte sein, ein ganzer Schwarm, der silbrig im schräg einfallenden Sonnenlicht glänzte, während Ramitas Bewusstsein von Kreatur zu Kreatur weitersprang. Sie waren alle gleich und doch verschieden, alle Teil eines Ganzen, das sich selbst kaum wahrnahm. Überall um sie herum hörte sie Rufe, schrille Laute und Pfeifgeräusche, deren Bedeutung sie beinahe zu verstehen glaubte. Immer tiefer drang sie vor, spürte, was auch diese Geschöpfe spürten: Hunger, beißen, schlucken, satt, Hunger, Hunger, Hunger...

Justina berührte sie am Arm. *Hast du was gefunden? Bring ihn her, dann erledige ich den Rest.*

Ramita suchte sich einen aus. Mit einiger Schwierigkeit gelang es ihr, ihn von den anderen zu trennen, dann zog sie ihn mit dieser eigenartigen neuen Kraft, die Justina ihr während der letzten Wochen durch beständiges Üben und Wiederholen beigebracht hatte. Telekinese hatte sie es genannt. Ramita spürte, wie das Geschöpf in Panik geriet, hörte die Hilferufe an seine Artgenossen, die sich daraufhin nur umso schneller davonmachten aus Angst, das Zappeln der gefangenen Kreatur könnte einen Räuber anlocken.

Nachdem sie eine Minute behutsam an den unsichtbaren Gnosisschnüren gezogen hatte, brach ein dunkles Etwas durch die Oberfläche. Ramita erschrak, als sie es sah, und um ein Haar wäre es ihrem Griff entglitten. Es war riesig, beinahe so groß wie sie selbst, hat ein breites Maul mit dicken Lippen und laternenartige Augen, so groß wie ihre Handflächen. Der geschuppte Bauch war grünlich, der Rest des Körpers dunkel.

Justina jubelte und umschloss den Fisch mit einer Wasserblase. »In Yuros nennen sie diese Art Zackenbarsch!«, brüllte sie über das Donnern der Wellen hinweg. »Ich hab ihn, komm!«

Gemeinsam erklommen sie die Felsnadel. Ramita war nun etwas sicherer auf den Beinen, aber es strengte sie immer noch ungeheuer an, diese »Treppen« hinaufzusteigen. Neben ihr schwebte der große Barsch in seiner Wasserblase. Ramita spürte seine Angst vor dem Licht, das viel zu hell in sein durchsichtiges Gefängnis drang. Immer wieder wollte er ausbrechen, und sie versuchte, ihn zu beruhigen. Anscheinend funktionierte es sogar, denn das Tier hörte irgendwann auf zu zappeln.

Gut gemacht, rief Justina ungewohnt fröhlich. *Das macht den Transport viel leichter.*

Endlich erreichten sie die Aussichtsplattform weit oberhalb, und Ramita atmete auf. Den Barsch nach drinnen zu bekommen und über die endlosen Treppen und Flure zu manövrieren, stellte sich als schwieriger heraus, als sie erwartet hatte. Eine dicke Tropfspur markierte ihren Weg, als sie die selten benutzten Bäder erreichten, die Justina extra mit Salzwasser gefüllt hatte. Nachdem sie den Barsch in sein neues Zuhause entlassen hatten, jagte er sofort los auf der Suche nach einer Fluchtmöglichkeit, fand aber keine und ergab sich schließlich in sein Schicksal. Reglos und wachsam schwebte er im Becken.

»Und jetzt versuche, es so zu machen, wie ich es dir erklärt habe«, wies Justina sie an.

Ramita blickte zwischen ihrer Schwiegertochter und dem Salzwasserbecken hin und her, dann leerte sie ihren Geist, bis sie nichts mehr spürte außer ihrer Bewusstseinsverbindung mit dem Barsch. Widerwillig watete sie in das eiskalte Wasser, nur bis zur zweiten Stufe, und setzte sich. In der Hand hielt sie ein Stück Fisch, das sie aus der Eiskammer geholt und aufgetaut hatten. Dann streckte sie den Arm aus. *Hier, für dich. Komm.*

Es dauerte erstaunlich lange, bis der Barsch ihrem Ruf folgte, und als er es endlich tat, hätte er um ein Haar Ramitas Finger mit abgebissen. Dann schoss er, genauso blitzartig wie er den Köder verschlungen hatte, wieder davon.

Nach dem dritten Mal blieb er. Ramita streichelte seinen Kopf und starrte in die riesigen Augen, ohne zu merken, dass auch sie selbst ganz unter Wasser war. Es wurde ihr erst bewusst, als sie das Salz in ihrer Luftröhre spürte. Sie schrie und sprang in wilder Panik auf, hustete, während Justina nur verächtlich aufheulte. Der Barsch floh und kam den ganzen Tag nicht wieder.

Gegen Ende der Woche schwamm Ramita gemeinsam mit ihm durchs Becken und lernte, ihre Haut in Schuppen zu verwandeln. Unter Wasser zu atmen machte ihr nun keine Angst mehr.

Fühle dich in seinen Körper hinein, flüsterte Justina ihr vom Beckenrand aus zu. *Drück die Beine aneinander und vergiss, dass es Beine sind* ... Ihre Stimme klang gepresst, als könnte sie die Spannung kaum ertragen. *Gestalt ist nur eine Illusion.*

Ramita zappelte ungelenk durchs Wasser und spürte die Verwirrung des Barschs neben ihr. Für ihn bewegte sie sich wie ein kranker oder verletzter Fisch, der unweigerlich einen Hai anziehen würde. Er fürchtete sich vor ihnen, und das ständig. Für ihn waren sie Monster, riesige schwimmende Mäuler mit Flossen und nie versiegendem Appetit. Ramita unterdrückte seine Furcht – und die ihre – und versuchte, Vertrauen zu fassen.

Meine Hände sind Flossen, meine Beine sind ein Schwanz. Meine Gestalt ist nicht festgelegt, nur vorübergehend, ich kann sie beliebig verändern ... nämlich so ... *und in meinem neuen Körper* ...

Großer Kore!, keuchte Justina.

Gestalt ist eine Illusion. Ramita spürte es wie einen Schauder, der durch ihren Körper lief. Ihr Innerstes blieb unverändert: Gebärmutter, Herz, Lunge, Wirbelsäule, Schädel und Gehirn … aber die Extremitäten schienen sich zu verflüssigen, während Ramita sie mit ihrer Gnosis zu etwas Neuem formte. Dann schlug sie einmal kräftig mit ihrem Schwanz – und knallte mit voller Wucht gegen die Beckenwand. Ein Schmerzensschrei löste sich aus ihrer Kehle, und ein weiteres Mal jagte der Barsch vor Schreck davon.

Bei den Göttern, du hast es geschafft, flüsterte Justina, doch in ihrem Zustand verstand Ramita sie kaum. *Ich habe noch nie jemanden gesehen, der so schnell gelernt hat, seine Gestalt zu verändern.* Ihre Schwiegertochter war zutiefst beeindruckt.

Ramita schwamm noch eine Weile, bis Justina sie davon überzeugte, dass es besser für sie war, sich wieder zurückzuverwandeln. Im ersten Moment hatte Ramita Angst, es würde nicht funktionieren, doch es ging ganz leicht, genauso einfach wie wieder Luft zu atmen statt Wasser. Tagelang hatte Justina auf sie eingeredet, dass die Verwandlung ihren ungeborenen Kindern nicht schaden würde, und Ramita betete, dass die Jadugara recht behalten hatte.

Sie stieg aus dem Becken, wickelte sich in ein Handtuch und räusperte sich mehrmals hilflos, bis sie sich erinnerte, wie sprechen funktionierte. »Wie ist es möglich, dass ich es so schnell geschafft habe?«, fragte sie heiser. »Du hast gesagt, es könnte Monate dauern.«

»Die meisten Animagi müssen erst einmal lernen, sich die neue Gestalt überhaupt ausreichend genau vorzustellen, und dann müssen sie lernen, ihren Körper so durchlässig für die Gnosis zu machen, dass sie ihn nach diesem Gedankenbild verändern können. Aber bei dir … es ist, als wärst du aus Gnosis *gemacht*«, erwiderte Justina beinahe eingeschüchtert. Sie biss sich auf die Unterlippe. »Vielleicht hatte Vater doch recht. Auf jeden Fall bist du unglaublich stark.«

Ramita war froh, das zu hören, aber auch verwirrt. »Kraft ist nicht alles. Auf die Fähigkeit, sie richtig einzusetzen, kommt es an. Das hast du selbst gesagt.«

»Ich weiß. Ein Teil dieser Fähigkeit fußt auf dem Vertrauen, das man in seine eigenen Kräfte hat. Die meisten haben Angst, ihren Körper so radikal zu verändern, sie zögern und zaudern. Selbst die rondelmarischen Magi, die glauben, ihre Kräfte kämen von Gott persönlich. Aber du scheinst keinerlei Angst zu haben.«

»Ich vertraue meinem Mann«, erwiderte Ramita schlicht. Seit sie die Nachricht gehört hatte, die er für sie hinterlassen hatte, fühlte Ramita sich, als hielte Meiros seine schützende Hand über sie. Sie fühlte sich sicher, als wache er vom Himmel aus über sie, denn genau dort, so hoffte Ramita, war er jetzt.

»Dann fasst du leichter Vertrauen als ich«, entgegnete Justina beinahe scharf.

Ein weiterer Tag, weitere Lektionen. Ramita und Justina saßen im Schneidersitz auf dem Landeplatz an der Spitze der Felsnadel in einem Kreis aus geschmolzenem Silber.

»Das hier ist gefährlich«, betonte Justina noch einmal. »Verstanden?«

Ramita nickte ein wenig ungeduldig. Justina hatte es bereits zweimal gesagt, und allmählich ging es ihr auf die Nerven. »Ja, ich hab's verstanden: Ich öffne mich für die Außenwelt und darf mich nicht zeigen, damit niemand meine Spur hierher verfolgen kann.«

»Genau. Wenn dich jemand bemerkt, kann er dir folgen. Der Kreis, in dem wir sitzen, schützt uns zwar, aber ein gewisses Risiko bleibt. Wenn du spürst, dass du bemerkt wurdest, musst du die Verbindung sofort unterbrechen.«

Sie hatten wochenlang für den heutigen Tag geübt. Hellsehen war eine von Justinas Affinitäten, Ramita hingegen war dazu nicht in der Lage, aber sie musste lernen, sich gegen Versuche, sie aufzuspüren, zu verteidigen. Sie musste lernen, sich der Außenwelt zu öffnen, Nachrichten zu empfangen, ohne ihren Aufenthaltsort preiszugeben, und dazu musste Justina in Gedankenverbindung mit ihr treten und ihren Geist mit auf die Reise nehmen.

Bereit?, fragte Justina und drehte die Handflächen nach oben.

Ramita tat das Gleiche. *Ja.*

Hoffentlich … Justinas hartes, kaltes Wesen drang in ihren Geist ein. Eigentlich war Ramita die Präsenz ihrer Schwiegertochter mittlerweile mehr oder weniger gewohnt, aber das machte sie nicht angenehmer. Sie war spröde und verschlossen, ganz anders als die Offenheit und Ruhe, die Meiros ausgestrahlt hatte, doch Ramita öffnete sich und gab sich Justina hin.

Sie flogen – nicht mit ihrem Körper, nicht einmal mit ihren Seelen, die fest im Hier und Jetzt verankert blieben, und trotzdem veränderte sich ihre Wahrnehmung vollkommen, als sie über Meer und Klippen hinweg auf die Wüste zuhielten.

Plötzlich waren sie über einer Stadt. Es war Hebusal, das in Trümmern lag. Überall stieg Rauch auf, es waren kaum Menschen zu sehen.

Großer Kore! Justina wurde totenblass. *Eine Geisterstadt.*

Ramita suchte nach dem weißen Turm der Casa Meiros und spürte Tränen in sich aufsteigen, als sie ihn eingestürzt und halb niedergebrannt sah. Die einstige Wohnstatt und der Zufluchtsort ihres Mannes, geschändet und zerstört. Sie hätte gerne mehr gesehen, aber Justina hielt sie mit eisigem Griff umklammert und zog sie zurück. *Nein. Bleib bei mir.*

Sie haben unser Zuhause zerstört, wimmerte Ramita.

Wahrscheinlich waren es Inquisitoren, Männer, die genauso mächtig sind, wie Vater es war. Wer weiß, was sie gefunden haben? Hoffentlich keinen Hinweis auf die Glasinsel …

Eine Weile schwebten sie über der Stadt, dann wandte Justina ihr inneres Auge nach Osten. Sie wurden von grauem Nebel umhüllt und schienen über die Landschaft zu treiben. Hin und wieder war etwas zu erkennen, ein verwüsteter Raum in einem Backsteinhaus etwa oder ein aufgegrabenes Wasserloch.

Wo sind wir?, fragte Ramita.

An Orten, die ich kenne, antwortete Justina. *Hast du das Zimmer gesehen? Das war im Hawli Khayyam. Jemand hat das Anwesen geplündert. Das Schlammloch, das du gesehen hast, war einmal eine meiner Lieblingsoasen. Offensichtlich verbrauchen die Legionen und Flüchtlingsströme so viel Wasser, dass die natürlichen Quellen schon fast ausgetrocknet sind.*

Ramita war zutiefst ergriffen. Sie schienen über die ganze Welt zu reisen. *Was ist das für ein grauer Nebel, der uns immer wieder umgibt?*

Man kann nur Orte erkunden, die man bereits kennt. Zwischendrin sieht man nichts oder eben diesen grauen Nebel. Außer man ist sehr, sehr geduldig und arbeitet sich von einem bekannten Ort ins Unbekannte vor. Ich würde dir mehr zeigen, aber da du keine Affinität zur Hellseherei hast, wäre das nur Zeitverschwendung. Es lag keine Verachtung in Justinas Stimme, es war einfach eine nüchterne Feststellung. Jeder Magus litt unter seinen Beschränkungen, wie Ramita bereits festgestellt hatte, gleichzeitig war es gut, dass niemand unumschränkte Macht hatte. So blieben auch die Magi Menschen, und schließlich war Ramita nun auch eine von ihnen.

Wie machst du das?

Ich sehe durch die Augen anderer, erklärte Justina. *Meistens durch die von Menschen, aber auch durch die von Geistern, Dämonen … ihr Bewusstsein ist durchlässig genug, dass ein geschickter Magus sie als Augen benutzen kann. Wenn ich jemanden Bestimmten sehen will, suche ich in der Geisterwelt nach seinem Abbild, nach einem Wesen, das sich in seiner Nähe aufhält.*

Ramita versuchte, Justinas Worte zu verstehen. Sie verspürte das Verlangen, ihre Eltern zu sehen. *Kannst du mir meine Mutter zeigen?*

Justina schüttelte den Kopf. *Ich kenne sie nicht. Durch unsere Gedankenverbindung weiß ich zwar, wie sie aussieht, aber das genügt nicht. Außerdem ist sie, wenn sie sich in Lakh aufhält, zu weit weg für mich.* Justina überlegte. *Gut. Suchen wir nach einem Menschen. Keinen Magus, das wäre zu gefährlich, denn er würde uns bemerken. Nehmen wir also einen Nichtmagus.*

Justina sandte ihre Gedanken aus, und Ramita schnappte nach Luft, als ihr eigenes inneres Auge plötzlich in alle Richtungen gleichzeitig zu schauen schien. Sie fühlte sich, als würde sie in Myriaden Stücke gerissen, ohne Schmerz dabei zu verspüren. Bilder wirbelten um sie herum, Licht und Farben und Geräusche überfluteten ihre Sinne. Schließlich wurde sie wie in einen Strudel hinabgezogen, auf ein ganz bestimmtes der unzähligen Bilder zu. Ramita erschrak und saugte sich an Justinas Geist fest wie eine Napfschnecke.

Dann stieß sie einen spitzen Schrei aus, als ein allzu vertrautes Gesicht vor ihr auftauchte. Gefühle, die viel zu mächtig und vielschichtig waren, um sie unter Kontrolle zu halten, brachen in ihr los.

Huriya Makani. Justina hatte ausgerechnet Huriya ausgesucht.

Wie betäubt glotzte Ramita ihre Stiefschwester an. Genau wie sie und Justina saß Huriya im Schneidersitz auf dem Boden. Ein großes, gefiedertes Etwas lag auf ihrem Schoß. Ramita erschauerte, als sie begriff, was es war: eine tote Krähe. Huriya streichelte sie wie ein Schoßtier.

Das letzte Mal hatte sie Huriya in der Nacht gesehen, als Kazim ihren Mann ermordete. Huriya hatte die Hadischa ins Haus gelassen, ihr Nachthemd noch verklebt von Jos Lems Blut, der der Hauptmann von Meiros' Leibwache gewesen war. Sie war der letzte Mensch auf Urte, den Ramita sehen wollte.

Justina, ich glaube, das ist keine gute Idee ...

Dann blickte Huriya auf. Es war, als schaute sie ihr direkt in die Augen. *Ramita?*

Justina erschrak und umklammerte Ramitas Hand so fest, dass es wehtat. Sie schien zutiefst entsetzt. »Das ist nicht möglich! Huriya Makani ist keine Magi. Sie ist nicht schwanger oder zumindest noch nicht lange genug, als dass sie schon eine Manifestation haben könnte ... Das ist einfach nicht möglich ...« Ihr blasses Gesicht wurde noch fahler.

»Du hättest es mir sagen sollen«, schimpfte Ramita. »Ich wollte sie nicht sehen, niemals.«

»Woher hätte ich das wissen sollen? Ich habe nur nach jemandem gesucht, den wir beide kennen«, verteidigte sich Justina. »Ihr wart wie Pech und Schwefel, du und die kleine Schlampe.«

Ramita bebte vor Wut und Schmerz. »Sie hat den Mördern deines Vaters geholfen – das habe ich dir gesagt! Wie kommst du auf die Idee, ich könnte sie sehen wollen?« Ramita versuchte, ihr eigenes Entsetzen zu verbergen. Was war mit Huriya geschehen? Wieso hatte sie die Gnosis?

Justina schloss die Augen und rieb sich die Schläfen. »Gut. Ich glaube, wir sind noch einmal davongekommen. Niemand ist uns gefolgt. Die Geister mögen große Gewässer nicht, das ist auch der Grund, warum dieser Ort so sicher ist. Der Ozean ringsum macht es zwar schwieriger, von hier aus hellzusehen, aber in die andere Richtung ist es so gut wie unmöglich. Außerdem haben wir den Schutzkreis. Sie ist uns nicht gefolgt.«

Ramita wurde immer banger ums Herz. *Huriya-Didi, was ist mit dir geschehen?*

»Was ist?«, krächzte Sabele.

Huriya erhob sich von den Knien. »Herrin, ich war gerade draußen, als ich einen Kontakt spürte. Eine Frau hat ihre Geistfühler nach mir ausgestreckt und ist zutiefst erschrocken, als sie mich bemerkte. Glaube ich zumindest, denn ich konnte sie sehen.«

Sabeles faltige Augen verengten sich. »Wer war es, Kind?«

Huriya spürte, wie ihr Herz wild zu pochen begann. »Es war Justina Meiros. Ramita war auch dabei.«

»Bist du sicher?«

Huriya nickte eifrig. »Ich habe ihr Bild im Äther gesehen, aber sie sind sofort wieder verschwunden, als sie mich bemerkten.«

Peng! Huriya taumelte unter Sabeles Ohrfeige.

»Du Närrin! Du hast sie merken lassen, dass du sie sehen konntest? Du hirnlose Hure!« Sabele war außer sich. »Was habe ich dir beigebracht?«

Huriya ließ den Kopf hängen. Ihre Wange schmerzte. »Es tut mir leid. Ich war ja selbst vollkommen überrascht.«

Sabele fauchte. »Verdammt seist du, Mädchen, du hättest dich an sie dranhängen und ihnen zu ihrem Versteck folgen können.«

»Es tut mir leid, Herrin«, murmelte Huriya. »Es wird nicht noch einmal vorkommen.«

»Das will ich für dich hoffen.« Sabele biss sich auf die Unterlippe, das Gesicht zu einer grotesken Maske verzerrt. »Nun gut. Wenn sie es noch einmal versucht, musst du bereit sein. Bring mir meine Laterne. Ich muss mit Jahanasthami Kontakt aufnehmen. Das ist unsere Gelegenheit.«

Justina weigerte sich, Ramitas Training wegen des Missgeschicks mit Huriya aufzugeben, und so lernte Ramita als Nächstes, Vögel herbeizulocken und sie zu fangen; meistens waren es große Möwen. Ramita mochte die Tiere nicht, sie waren heimtückisch und aggressiv wie Ratten, außerdem machte ihr das Fliegen nach wie vor mehr Angst als Freude. Sie studierte ihre Form, verwandelte sich aber nie in eine, da sie so vollkommen anders gebaut waren als ein Mensch und Ramita Angst um ihre ungeborenen Kinder hatte, sollte sie abstürzen.

Den Zackenbarsch ließ sie frei und fing andere Fische. Es gelang ihr immer leichter, ihre Gestalt anzunehmen, sodass sie bald den Drang in sich niederkämpfen musste, einfach von den Klippen zu springen und davonzuschwimmen, weg von der Glasinsel, weg von allem. Sie ließ einen Baum aus einem Samen wachsen, dann beschäftigte sie sich eine ganze Woche lang mit Weizen, spürte den feinen Wurzeln nach und fühlte den langsamen Puls der Pflanzen, bis sie ein ganzes Feld sprießen lassen konnte, um ihre Vorräte wieder aufzufüllen.

Ihre Tochter brachte ihr auch etwas Heilkunst bei. Justinas Affinität zu dem Gebiet war eher schwach ausgeprägt, aber sie hatte während einer der seltenen Phasen in ihrem Leben, zu denen sie gewillt gewesen war, etwas zum Gemeinwohl beizutragen, einen Heilerorden gegründet. Richtig lebendig wurde Justina nur, wenn sie sich mit Thaumaturgie beschäftigten, vor allem mit Erde und Feuer, wo sich ihrer beider Fähigkeiten überschnitten. Ramita lernte, sich der Elemente zu bedienen und sie zu ihrem Schutz einzusetzen. Schon bald konnte sie einen auf sie abgeschossenen Feuerball noch in der Luft aufhalten, wenn sie ihn rechtzeitig bemerkte. Wenn nicht, waren ihre Wächter stark genug, um das für sie zu erledigen. Während der Lektionen zog Ramita sich allerlei Prellungen und Verbrennungen zu, aber hauptsächlich erstaunte sie Justina immer wieder mit ihrer unglaublichen Kraft – sehr zu Ramitas Freude.

Der schwierigste Teil waren die Aspekte der Gnosis, zu denen sie nur wenig Affinität hatte: sich ausschließlich mithilfe von Wächtern vor Hellsehern verstecken oder gar ein Geistwesen bannen. Justina erweckte tote Vögel wieder zum Leben und ließ sie Ramita angreifen, oder sie beschwor einen schwachen Dämon, der immer noch über genug telekinetische Kräfte verfügte, um sie am Haar zu ziehen oder nach ihren Augen zu stechen, und Ramita sollte die Angreifer bannen. Dazu musste sie mit ihren Gedanken in die widerwärtigen kleinen Wesen eindringen und sie fortschicken. Eine schwierige und unangenehme, aber absolut notwendige Aufgabe, wie ihr Justina immer wieder einschärfte.

»In einem Kampf mit einem Magus sind es die Schwachpunkte in der Verteidigung, die über Sieg oder Niederlage entscheiden«, wiederholte sie unablässig. »Stell es dir einfach wie eine Art Rüstung vor, die wir Stück für Stück zusammenfügen.«

Wenn sie nicht trainierten, zeigte Justina ihr Dinge, die Landkarte Antiopias etwa, seine Gebirgsformationen und wie die Länder aneinandergrenzten. Manchmal gingen sie auch Risiken ein und schickten Geister in die Städte und Dörfer Keshs, um herauszufinden, wie der Kriegszug voranschritt: Ein Teil der rondelmarischen Legionen war nach Osten vorgedrungen und trieb ein Keshi-Heer immer weiter zurück bis nach Hallikut, während die restlichen Legionen sich durch die Wüsten im Landesinneren schleppten. Was Ramita beinahe das Herz brach, waren die endlosen Flüchtlingsströme, die sie überall sahen.

Als sie immer sicherer darin wurde, sich nach außen zu öffnen, begann auch das Geflüster. Eines Tages, sie saß gerade mit geschlossenen Augen im Lotossitz, das innere Auge weit geöffnet, hörte sie es: kaum wahrnehmbare Geräusche, die sich allmählich zu einer Stimme verdichteten. Es war Huriyas Stimme.

Ramita-Didi, wo bist du? Ich weiß, dass du da bist. Didi, es tut mir leid, und ich weiß, ich habe dir unrecht getan. Ich habe nur an Kazim gedacht statt auch an dich. Ich habe geglaubt, du wolltest frei sein, dachte, die Kinder wären von ihm. Ich wollte dir nur helfen, Schwester, meine liebe, treue, teure Schwester.

Die Stimme erzählte noch von vielen anderen Dingen, von glücklichen Zeiten in Baranasi, vom prächtigen Anblick des Imuna und den gemeinsamen allmorgendlichen Waschungen in seinem heiligen Wasser, von dem farbenfrohen, lauten Treiben auf dem Markt, vom Gewimmel der Menschen und dem Puls des Lebens, der dort so kraftvoll und unwiderstehlich schlug wie fast nirgendwo auf Urte.

Ich muss dich sehen, Ramita-Didi. Ich möchte meine Hand auf deinen Bauch legen und spüren, wie deine Babys sich bewegen. Ich muss wissen, dass du mir verzeihst.

Aber Ramita verzieh ihr nicht. Sie hörte lediglich zu und gab keine Antwort.

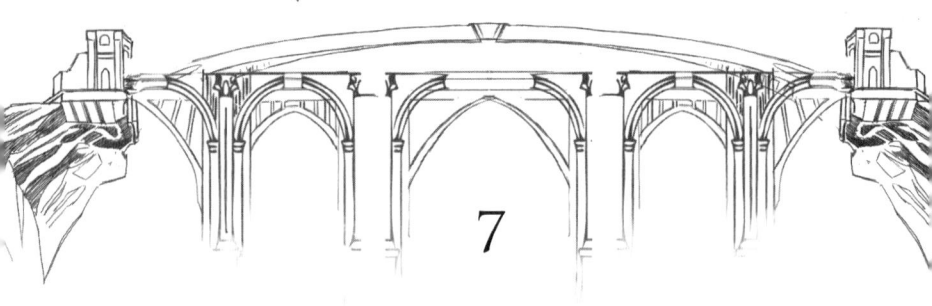

7

DER GEBRANDMARKTE MAGUS

SILACIA

Obgleich die Bewohner des im Nordosten gelegenen gebirgigen Königreichs Silacia ethnisch mit den Rimoniern verwandt sind, waren sie den rimonischen Herrschern doch von Anfang an ein Dorn im Auge. Seit Menschengedenken wird Silacia von Verbrecherklans regiert, und bis heute assoziiert man mit Silacia Hinterhältigkeit. Die Familioso dort herrschen so unumschränkt, als wären sie Magi.

MARCUS BENSIUS, BRES, 893

Silacia schläft nie. Und du solltest es ebenso halten.

SPRICHWORT

Ramon schleppte sich mit einem Voraustrupp des zehnten Manipels der Pallacios XIII durch ein weiteres verlassenes Dorf und blickte sich mit müden Augen um. Bis auf die allgegenwärtigen Krähen, die vor ihnen auseinanderstoben, gab es nicht viel zu sehen. Der Horizont ringsum war eine einzige gerade Linie, die Erde braun, nur an einer Stelle ragten ein paar dürre Khetri-Bäume auf. Die meisten Häuser waren niedergebrannt, der Brunnen trocken. In der Entfernung war vage der Staub zu erkennen, den die herannahende Legion aufwirbelte. Es war vollkommen still, und die Sonne prügelte erbarmungslos auf sie hinunter. Seit vier Wochen marschierten sie jetzt, Bassaz lag weit hinter ihnen, auch an Medishar waren sie schon vorbei. Bisher hatten sie nicht einen gegnerischen Soldaten gesehen, nur kleinere Flüchtlingskarawanen, die eilig die Straße verließen, sobald sie die Kriegszügler näher kommen sahen.

Als Nachhut von Echors Streitmacht marschierte die Dreizehnte durch die Verwüstungen, die die anderen Legionen hinterlassen hatten, und das Bild wurde von Tag zu Tag schlimmer: abgebrannte Felder, Überreste von geschlachteten Tieren, Leichenberge, daneben verzweifelte Flüchtlinge mit leeren Mägen und leerem Blick.

Von den einundzwanzig Herzog Echor unterstehenden Legionen kam nur die Pallacios XIII aus Rondelmar. Acht Legionen stellte sein eigenes Herzogtum Argundy, mürrische Kerle mit Spitzbärten, die Echor rückhaltlos ergeben waren. Das nächstgrößte Kontingent bestand aus Estellaynern, dunkelhäutigen Männern mit einem leicht ins olivfarbene gehenden Teint und einem ähnlich aufbrausenden Temperament wie die

Rimonier. Die beiden Völker hatten eine gemeinsame Grenze, und sie mochten einander nicht besonders. Hinzu kamen je zwei Legionen aus Noros, Bricia und Andressea. So gut ausgebildet und diszipliniert die Truppen der Vasallenstaaten im Allgemeinen auch sein mochten, die Pallacios XIII war nicht die einzige Straflegion in Echors Armee: Die Andressea VI gehörte ebenfalls dazu. Echor waren nur wenige Hulkas zugeteilt worden, keinerlei Elitetruppen wie die Kirkegar und weder eine mit Khurna ausgestattete Reiterei noch Luftunterstützung in Form von geflügelten Venatoren. Die hatte alle Kaltus Korion bekommen. Es hieß, der Herzog sei außer sich gewesen deshalb, doch Korion habe seine Forderung, die Ressourcen gleich zu verteilen, einfach ignoriert.

Die vergangenen Wochen hatten jeden verbliebenen »Glanz« des Kriegszugs ausgelöscht. Was die Dreizehnte auf ihrem Marsch zu sehen bekam, raubte auch dem Letzten die romantischen Vorstellungen, die er einmal vom Krieg gehabt haben mochte. Selbst die Magi hatte die bittere Realität mittlerweile eingeholt. Ramon war gezwungen worden, einem Fußsoldaten, der einen Kameraden bestohlen hatte, die Hand abzuhacken, während viel schlimmere Verbrechen an den Einheimischen ungestraft blieben. Ramon hatte eine todsichere Spürnase für Proviantverstecke entwickelt, und gleichzeitig wusste er: Alles, was sie aus den Keshi-Dörfern für ihren eigenen Bedarf mitnahmen, drängte die Bewohner noch näher an den Hungertod. Jeden Tag plagte ihn sein Gewissen etwas mehr, doch es half nichts. Der Marsch war noch lange nicht zu Ende.

Die meiste Zeit verbrachte Ramon damit, sich mit seinem Tribun Storn abzusprechen, um die legalen und illegalen Lieferungen quer über den gesamten Kontinent zu organisieren. Sie kauften und verkauften, hatten klammheimlich den Großteil der Mohnernte in ihren Besitz gebracht und in den Wagen ihres Trosses versteckt. Der Preis stieg praktisch täglich, ständig stellten sie neue Schuldscheine aus, sodass Ramon bald dazu übergehen musste, die Zinsen an seine Investoren teilweise in Schuldscheinen auszubezahlen, damit die Legionäre ihren Sold nach wie vor in Gold bekamen. Schließlich erhielt er so viele Anfragen von Interessenten, die ebenfalls einsteigen wollten, dass er eine Obergrenze für Neuzugänge pro Woche einführen musste. Es sah aus, als wäre jeder einzelne Tribun im kaiserlichen Heer korrupt. Gleichzeitig wusste Ramon, dass viele von ihnen all ihr Geld verlieren würden, also bezahlte er die, die er für anständig hielt, in Gold aus, den anderen gab er Schuldscheine. Selbst die Gewürze, die er gekauft und auf den Weg nach Yuros geschickt hatte, stiegen im Preis und warfen Profit ab.

Am Ende des Septnon hatte die Pallacios XIII zwanzig Hulkas von anderen Legionen gekauft, um all das Gold und den Mohn zu transportieren, und das, ohne dass Duprey irgendetwas davon mitbekommen hätte. Die anderen Tribune fragten bei Storn nach Kredit, um ihre Einlage zu erhöhen, weshalb Ramons und Storns Geschäftsvermögen zumindest auf dem Papier schon über einhunderttausend Gulden betrug.

Der schwierige Teil war, die Sache unter Verschluss zu halten, aber auch dabei half das Geld. Mit Gold, das sie von der Soldtruhe der Legion abzweigten, bestachen sie alle, die direkt an ihren Machenschaften beteiligt waren, außerdem die wichtigsten Kontaktleute. Bei allen anderen genügte die bloße Erwähnung von Ramons Familioso, so groß war die Furcht vor den silacischen Verbrecherklans. Den einen, den selbst das nicht schreckte, brachte Kill zum Schweigen, indem er ihm den Kiefer brach.

Pater-Retiari allerdings wurde allmählich ungeduldig. Er

wollte das Opium, und zwar jetzt, also begann er, Leute zu schicken, die entsprechende Forderungen stellten. Ramon besänftigte sie mit Gold, wenn auch mit weniger, als sie verlangten, denn im Moment wagte Retiari nicht, Ramon oder dessen Mutter ernsthaft zu bedrohen – Ramon war zu wichtig für das Gelingen seines Plans.

Immer wieder hatte Ramon gehört, dass die größte Gefahr im Opiumgeschäft darin bestand, selbst davon abhängig zu werden. Er hatte die Droge nie probiert, und auch jetzt rührte er das Zeug nicht an. Egal wie groß die Verlockung inmitten all dieses Elends manchmal sein mochte, er blieb eisern und sorgte dafür, dass auch Storn und seine Helfer sich davon fernhielten.

Ich mache das hier nicht ohne Grund, rief er sich jeden einzelnen Tag ins Gedächtnis. *Wenn es so weit ist, werde ich meine beiden »Väter« in einer Flut aus Schulden ertränken, dann kann ich Mutter freikaufen, und wir haben dieses Elend endlich hinter uns.*

Ein Ruf holte Ramon zurück in die Gegenwart: Einer der Späher kam auf seinem Pferd angetrabt. Das Tier hatte Schaum vorm Maul und schnaufte. Der Späher, Coll, war ein raugesichtiger Mann mit einem dünnen Haarkranz um eine Stirnglatze. Um den Kopf trug er ein Tuch gewickelt wie die Keshi. Jedes ungeschützte Fleckchen Haut an seinem Körper war genauso rot wie sein Umhang.

»Magister Ramon«, sagte er erschöpft, »irgendeine Ahnung, wie weit voraus der Legat ist?«

Ramon warf Coll seine Feldflasche zu, die er gerade erst aufgefüllt hatte. »Eisenhand ist vorne beim ersten Manipel. Eine Meile voraus, vielleicht mehr. Hast du was gefunden?«

Coll grinste. Eisenhand war Dupreys Spitzname bei den Soldaten. »Und ob. Eine Faust der Inquisition. Sie haben an die vierzig Flüchtlinge zusammengetrieben, alles Frauen und Kinder, kein einziger Mann ist darunter. Außerdem habe ich einen riesigen Schwarm Krähen gesehen und mehr Schakale, als ich zählen konnte, die sich um irgendwelches Aas in einer schmalen Schlucht raufen.« Seine Augen verrieten, dass er einen gewissen Verdacht hatte, um welche Art von Aas es sich handelte. »Ich könnte näher ranreiten.«

Coll gab die Feldflasche zurück, und Ramon nahm selbst einen Schluck. »Um die Inquisition macht man besser einen Bogen«, merkte er an.

Coll senkte den Blick. »So viel ist mal sicher …«

Die Inquisitoren, die die Gegend durchstreiften, waren keiner Legion zugeteilt. Offiziell hatten sie den Auftrag, Ketzer aufzuspüren, was bedeutete, dass ihnen Gefangene und größere Flüchtlingsgruppen sofort zu melden waren. Allerdings war Ramon aufgefallen, dass Duprey dieser Pflicht nur unwillig nachkam, wenn überhaupt. Hinter vorgehaltener Hand machte das Gerücht die Runde, dass alle – egal ob Flüchtlinge oder Gefangene –, die einer Faust übergeben wurden, spurlos verschwanden. Natürlich traute sich niemand, das offen auszusprechen oder gar der Sache auf den Grund zu gehen, aber der stumme Schrecken lastete schwer auf ihren Gemütern.

Der Kriegszug zehrte beträchtlich am Nervenkostüm der fünfzehn Magi in Ramons Legion, zumindest bei den neu dazugekommenen. Duprey und Marle waren erfahrene Veteranen, die, ohne mit der Wimper zu zucken, ihre Befehle ausführten. Genauso wie Baltus Prenton und Lanna Jurei, denen die Grausamkeiten, denen sie tagtäglich begegneten, ebenfalls nichts auszumachen schienen: weder die zwei verstümmelten Mädchenleichen, die sie am Rand von Bassaz gefunden hatten, noch die getötete Familie neben dem Wasserloch außerhalb eines namenlosen Dorfes in der Nähe der Straße nach Medishar. Allen war die Kehle durchgeschnitten worden, nur nicht dem Vater, der sich das Messer selbst ins Herz gestoßen hatte. Nicht einmal das Schicksal des zwölfjährigen Jungen, den sie gehängt hatten, nachdem er einen Legionssoldaten getötet hatte, der versucht hatte, ihn zu vergewaltigen, schien sie zu berühren. Auch Kill zeigte im Angesicht all der Schrecken keinerlei Reaktion. Allerdings waren die Schlesser ein kriegerisches Volk, ständig gab es Scharmützel zwischen den einzelnen Dörfern. Vielleicht machte es ihm tatsächlich nichts aus.

Die Andressaner hingegen wurden von Tag zu Tag angespannter und sonderten sich immer mehr von den anderen ab. Vor allem Coulder und Fenn schienen die Realität auszublenden, indem sie ihre gesamte Freizeit mit exzessivem Spielen totschlugen. Seth Korion erbrach sich täglich, und Frand, der Priester, war kaum noch in der Lage, morgens die Standarten zu segnen, so sehr zitterte seine Stimme. Renn Bondeau war ins andere Extrem verfallen und schien sich dem Grauen bewusst auszusetzen, um sich abzuhärten. Er schaute sich die Leichen ganz genau an, befühlte sie, schnupperte daran, als würde ihm das helfen, sich daran zu gewöhnen. Ramon tat es ihm zwar nicht nach, aber auch er sehnte sich nach einer Möglichkeit, sich von allem abzuschirmen. Es war alles andere als leicht.

Am meisten hatte Severine Tiseme zu kämpfen. Sie war so reizbar geworden, dass keiner der Männer mehr mit ihr ins Bett wollte. Morgen für Morgen musste Lanna Jurei sie mit Engelszungen aus dem Zelt locken und die blutigen Albträume aus ihrem Gedächtnis verscheuchen. Im Lauf des Tages wurde sie dann immer alberner, führte sich beinahe auf wie ein Kleinkind.

Ramon bot Coll einen weiteren Schluck aus seiner Feldflasche an, und als der Späher die Hand ausstreckte, wechselten sie einen vielsagenden Blick. »Vergiss, was du gesehen hast«, sagte er. »Du hast nichts gesehen, in Ordnung?«

Coll stieß einen tiefen Seufzer aus. »Ihr habt recht, Magister.«

Damit hätten sie die Sache eigentlich auf sich beruhen lassen können, wenn nicht genau in diesem Moment ein Skiff über sie hinweggejagt wäre. Der Windmeister am Ruder war nicht Baltus Prenton, wie anhand des hellblauen Umhangs und der wehenden braunen Locken leicht zu erkennen war.

Ramon starrte Severine noch verdutzt hinterher, als er schon Dupreys Stimme in seinen Gedanken hörte.

Sensini, antworte!

Herr?

Tiseme ist gerade mit einem Skiff in eure Richtung geflogen. Hast du sie gesehen?

Gerade eben, Herr.

Hefte dich an ihre Fersen. Sie glaubt, irgendwas entdeckt zu haben, und ist Hals über Kopf los. Sieht ganz danach aus, als würde sie gleich eine fürchterliche Dummheit begehen. Killener ist schon auf dem Weg zu ihr, und ich werde ebenfalls gleich kommen. Verliere du inzwischen ihre Spur nicht!

Verstanden, Herr. Ich mache mich sofort an die Verfolgung.

Als Ramon die Augen wieder öffnete, sah er, wie Coll ihn misstrauisch beäugte. Normalsterbliche bekamen nach wie vor eine Gänsehaut, wenn sie die Magi auf diese Weise miteinander kommunizieren sahen. »Alles in Ordnung, Magister?«

»Mir fehlt nichts, Coll. Bleib du hier und warte auf Eisenhand. Ich soll inzwischen unser überspanntes Dämchen im Auge behalten.« Er deutete auf das Skiff, das bereits ein gutes Stück entfernt war, da hörten sie schon die Hufschläge von Kills Pferd herannahen.

Kill preschte mitten durch das verwüstete Dorf hinter Tiseme her und schien sich zu freuen, dass es endlich einmal etwas anderes zu tun gab, als tagaus, tagein zu marschieren. Ramon gab Lu die Sporen und galoppierte hinterher.

Nach zehn Minuten hatten sie das Skiff gefunden und wünschten sich sofort weit, weit weg: Allein auf weiter Flur stand Severine zehn Magi in Rüstung gegenüber, auf deren Harnischen das Heilige Herz der Inquisition prangte. Die meisten waren Männer, aber es gab auch Frauen unter ihnen. In ihren Gesichtern sah Ramon die zeitlose Jugend, die typisch für Reinblute war. Kerzengerade saßen sie hinter dem Kommandanten aufgereiht auf ihren Khurna, deren Hörner in der Sonne schimmerten, während der Offizier sich wortlos Severines Tirade anhörte.

»Na wunderbar«, murmelte Kill, da fiel sein Blick auf die vierzig völlig verängstigten Keshi. Die meisten von ihnen waren Frauen, aber es waren auch ein paar Kinder darunter. Ein Trupp Fußsoldaten hielt sie mit Speeren in Schach.

Ramon spürte einen Kloß im Hals. *Sol et Lune, das kann nichts Gutes bedeuten.* Die Aufmerksamkeit der Inquisition auf sich zu ziehen war das Letzte, was er im Moment gebrauchen konnte. Er hob beschwichtigend die Hand und ließ sein Pferd im Schritt auf die Gruppe zugehen.

Sofort versperrten ihm zwei Akolythen den Weg und ließen ihre Khurna angriffsbereit die Hörner senken. »Gehört diese Hyäne zu euch?«, fragte einer der beiden. Er hatte eine Narbe im Gesicht, die von einem Duell stammen musste, so stolz, wie er sie zur Schau trug.

»Wir sind von der Pallacios XIII«, antwortete Ramon ruhig. »Die Dame Tiseme ist unsere Seherin.«

»Dann sollte sie die Augen besser woandershin wenden«, erklärte gereizt die Akolythin an seiner Seite, eine Frau mit silbernem Haar und faltenlosem Gesicht. »Bevor wir sie ihr herausreißen.«

Severines Schmährede verstummte, als sie Ramon sah. »Hol Duprey her!«, rief sie ihm zu.

»Ist schon unterwegs«, erwiderte Ramon und salutierte vor dem Kommandanten. »Gibt es ein Problem, Herr?«

»Ob es ein Problem gibt?«, fragte Severine sarkastisch. »Diese Schlächter hier sind das Problem!« Ihr Gesicht war rot und grün vor Zorn und Ekel. Wutentbrannt deutete sie auf den Kommandanten. »Ich weiß, was Ihr getan habt!«

Der Inquisitor musterte Ramon. »Und du bist?«, fragte er mit einer Stimme, die Ramon bis ins Mark fuhr.

»Sensini, zehntes Manipel, Pallacios dreizehn.«

Die Akolythen lächelten höhnisch, und der Kommandant sagte nur verächtlich: »Vom zehnten, soso. Ihr habt hier nichts verloren. Kehrt zurück zu eurem Zug.«

Ramon tauschte einen Blick mit Kill aus. Der Kommandant bekleidete einen weit höheren Rang als sie selbst, dennoch unterstanden sie Dupreys Befehl und nicht dem der Inquisition. »Unser Legat hat uns hierher befohlen, Inquisitor«, sagte Ramon so gelassen er konnte. »Uns wird nichts anderes übrig bleiben, als hier auf ihn zu warten.«

Die versteinerte Miene des Inquisitors verzog sich zu einer Grimasse. »Nun gut.« Er schaute kurz zu seinen Akolythen hinüber, dann wanderte sein Blick zu einer Ansammlung von Hütten. Eine hochgewachsene, verhüllte Gestalt trat gerade ins Freie. Der Mann war glatzköpfig und so mager, dass er beinahe aussah wie ein Skelett. Auf seiner Stirn leuchtete ein Brandmal, der Buchstabe Delta des lantrischen Alphabets. Der Blick seiner Augen war stechend und vollkommen leer zugleich. Als er merkte, dass er beobachtet wurde, zuckte er zusammen und verschwand sofort wieder in der Hütte.

Was, bei Hel, war das?, fragte sich Ramon, da kam Severine aufgeregt zu ihnen gelaufen. »Wo bleibt Duprey?«, fragte sie nervös. »Wie weit ist er noch weg?«

»Du bist hier die Seherin«, erwiderte Kill gleichgültig.

Ramon überlegte. Severine war genau die Art von verzogener höherer Tochter, die er sein Leben lang verachtet hatte, aber irgendetwas ging hier vor. In seiner Heimat hatte er oft genug mit eigenen Augen sehen müssen, was Inquisitoren anrichteten, wenn niemand sie hinderte. *Was hast du gesehen?*, fragte er stumm.

Severine schaute ihn einen Moment lang an, zum ersten Mal ohne das geringste Anzeichen von Überheblichkeit im Blick, dann wandte sie sich wieder dem Kommandanten der Faust zu. »Wir werden beim Skiff warten«, sagte sie zu ihm. Erst nach einer kurzen Pause fügte sie hinzu: »Herr.«

Der Inquisitor nickte grimmig.

Ramon und Kill stiegen ab und gingen mit ihren Pferden zum Skiff. Severine schien hin- und hergerissen zwischen ihrer üblichen Verachtung für die beiden und dem überwältigenden Bedürfnis, sich mitzuteilen.

»Was hast du gesehen?«, erkundigte sich Ramon noch einmal.

»Ich werde es erzählen, sobald der Legat hier ist«, erwiderte sie leise. Sie schwitzte und zitterte etwas, als hätte sie Fieber, doch ihre Worte klangen gefasst.

»Duprey wird sich kaum wegen dir mit der Inquisition anlegen«, gab Ramon zu bedenken. »Was ist hier passiert, und wer war dieser Glatzkopf mit der Narbe auf der Stirn?«

Severine erschauerte. »Ich weiß es nicht…«

Lügnerin. Doch mehr war nicht aus ihr herauszubekommen, also warteten sie, bis Duprey in Begleitung von Renn Bondeau, Bevyn Fenn und Hugg Gerant, einem der Andres-

180

saner, am Schauplatz erschien. Coll, der Späher, kam hinterdrein, ohne dass jemand Notiz von ihm nahm.

Bondeau stürzte auf Severine zu und streckte die Arme nach ihr aus, aber sie stieß ihn zur Seite und ging direkt zu Duprey, während Bondeau ihr gekränkt hinterherstarrte. »Herr, Ihr müsst das unterbinden«, sagte sie bestimmt.

»Was unterbinden?«, fragte Duprey verwirrt.

»Sie töten sie, alle!«, platzte Severine heraus. Sie schien den Tränen nahe.

»Das nennt man Krieg«, höhnte der Akolyth mit der Narbe im Gesicht.

Der Legat brachte Severine mit einer Geste zum Schweigen und salutierte vor dem Kommandanten. »Ich bin Jonti Duprey, Legat der Dreizehnten. Ist das hier eine militärische Operation?«, fragte er knapp.

Der Kommandant schlug sich mit der rechten Faust auf die Brust, wie es bei der kaiserlichen Inquisition üblich war. »Ullyn Siburnius, Kommandant der dreiundzwanzigsten Faust«, erwiderte er. »Nein. Es geht um Ketzerei, damit obliegt die Angelegenheit allein uns.«

»Sie wollen sie alle töten!«, wiederholte Severine mit schmerzverzerrter Stimme. »Die Männer haben sie schon umgebracht.«

Bondeaus Meinung dazu stand ihm deutlich ins Gesicht geschrieben: *Na und?*

»Sie verstecken eine Attentäterin der Hadischa«, erklärte Siburnius. »Sobald sie sie herausgeben, sind die anderen frei.«

Aus dem Augenwinkel sah Ramon, wie das Narbengesicht neben ihm lächelte. *Ganz bestimmt.*

»Eine Attentäterin?«, wiederholte Duprey ungläubig.

»Die Hadischa rekrutieren Frauen und Kinder genauso wie Männer«, entgegnete Siburnius.

»Ihr seid ein blutrünstiges Schwein«, fauchte Severine.

Renn Bondeau ergriff die Gelegenheit zur Rache für die Abfuhr von vorhin und bellte: »Werd endlich erwachsen, weltfremdes Weibsstück.«

»Ruhe, Bondeau!«, fauchte Duprey, der sich offensichtlich weit, weit wegwünschte. Doch zu seinem Leidwesen hatte Herzog Echor eindeutige Befehle erlassen: Um die Macht der Inquisitoren in den von ihm eroberten Gebieten zu begrenzen, hatte er ihnen sowohl Standgerichte als auch Massenhinrichtungen verboten, solange die vorliegenden Beweise nicht von einem Legionsoffizier gesichtet und bestätigt waren. Widerwillig folgte Duprey den neuen Richtlinien. »Woher wisst Ihr, dass sich eine Hadischa in der Gruppe befindet?«, fragte er ruhig.

»Ich weiß es, weil ich ein Nachkomme der Gesegneten Dreihundert und von der Kirche dazu auserkoren bin, Ketzer zu jagen.«

»Ich brauche Beweise, Herr, nicht Eure Titel.«

»Wenn die so einfach zu beschaffen wären, würde ich sie Euch vorlegen«, erwiderte Siburnius ohne große Überzeugungskraft.

»Fragt ihn, wo die Männer sind«, mischte Severine sich wieder ein.

»Es gibt keine Männer in dieser Gruppe«, entgegnete Siburnius kühl.

Ramon dachte zurück an Colls Schilderung, an die Krähen und Schakale, die er gesehen hatte. *Was kümmert uns das hier überhaupt? Das sind unsere Feinde, so oder so...* Doch als er in die Gesichter der gefangenen Keshi-Frauen sah, wusste er, dass er sich etwas vormachte.

Severine hob beschwörend die Hände. »Fragt ihn, wo die Männer sind. Ich flehe Euch an, Herr!«

»Seherin Tiseme, der Kommandant sagte soeben, es gibt hier keine Männer«, gab Duprey tonlos zurück.

»Severine!«, schnaubte Bondeau. »Es sind nur Keshi. Das führt doch zu nichts.«

Dass er recht hat, macht die Sache nur noch schlimmer. Ramon schaute hinüber zu Kill und der grauhaarigen Akolythin neben ihm. Körperlich war Kill ihr haushoch überlegen, aber jeder hier wusste, wer aus einer Auseinandersetzung als Sieger hervorgehen würde.

Severine umklammerte die Zügel von Dupreys Pferd. »Herr, vor einer Stunde habe ich die Todesschreie von ungefähr dreißig männlichen Seelen gehört«, flüsterte sie mit bebender Stimme. »Sie kamen von hier in der Nähe. Ich habe einen Mann gesehen, der …« Einen Moment lang konnte sie nicht weitersprechen. »Er hat ein Brandmal auf der Stirn.« Sie deutete auf die Hütte. »Er ist dort drinnen. Er hat sie umgebracht.«

Ramon musterte den Akolythen mit der Duellnarbe und prägte sich das Gesicht ein. Die Inquisitoren hatten zu oft in Rimoni und Silacia gewütet. Bis heute verfolgten sie die Menschen dort in ihren Albträumen. Er konnte die Sache nicht einfach auf sich beruhen lassen. »Und was habt Ihr so gemacht während der letzten Stunde?«, fragte er sein Gegenüber unvermittelt.

»Was interessiert es dich, Rimoni-Ratte?«, gab das Narbengesicht höhnisch zurück.

»Lust zu sterben?«, warf die Grauhaarige ein. »Alles, was du tun musst, ist, einfach nur so weiterzureden, Abschaum.«

Kill dirigierte sein Pferd näher zu Ramon. Selbst zu zweit würden sie keinen Wimpernschlag lang gegen diese Reinblute durchhalten, aber Ramon wusste die Geste zu schätzen. *Severine hat recht. Etwas geht hier vor. Siburnius hat sich über Echors Befehle hinweggesetzt.*

»Legat«, sagte der Kommandant gelangweilt, »ich werde meine Untersuchung fortsetzen. Wenn Ihr dabei zusehen wollt, ist das Eure Sache.« Sein Blick sprang von Severine zu Kill und Ramon. »Aber haltet mir diese Schwachköpfe vom Hals, bevor ihnen noch etwas zustößt.«

Duprey war hin- und hergerissen. Der Konflikt zwischen Pflichtgefühl und Furcht war ihm deutlich anzusehen. Schließlich seufzte er. »Tiseme, zurück ins Glied. Das ist ein Befehl.« Dann wandte er sich an Ramon und Kill. »Das gilt auch für euch beide.«

»Sie werden alle diese Menschen töten, Legat«, erwiderte Ramon. »In meiner Heimat haben sie es genauso gemacht. Es scheint ihnen Spaß zu machen. Man kann es förmlich riechen.« Und das stimmte: Er brauchte nur ein bisschen Luftgnosis, um das Blut an ihren Händen zu wittern.

Severine zögerte, dann lief sie schluchzend zum Skiff. Ramon wendete sein Pferd und folgte ihr. Unterdessen hörte er, wie Duprey sich entschuldigte – *entschuldigte!* Er beschloss, den Blick stur geradeaus zu halten, damit er sich keine Schwierigkeiten einhandelte. Als er Severine eingeholt hatte, legte er ihr eine Hand auf die Schulter. »Wir treffen uns bei dem Dorf eine Meile nördlich von hier«, flüsterte er. »Ich muss dir etwas zeigen.«

Severine schaute ihn verdutzt an. Einen Moment lang sah es aus, als wollte sie etwas sagen, dann drehte sie sich wortlos weg.

Als Erstes hörten sie die Schakale, kurz darauf auch das Geschrei der Krähen. Die schmale Schlucht sahen sie erst, als sie schon direkt davorstanden. Duprey hatte ihnen noch eingeschärft, die Nase nicht in die Angelegenheiten der Inquisition zu stecken, dann war er verschwunden. Kurz darauf hatten sie sich wie besprochen bei dem Dorf getroffen. Coll hatte Ramon, Kill und Severine drei Meilen nach Westen geführt und war dann auf einem unscheinbaren Pfad Richtung Norden abgebogen. Nach etwa einer halben Meile hatten sie die kreisenden Krähen gesehen, und Severine war in Tränen ausgebrochen.

Sie ist zu empfindsam für das hier. Ramon war selbst überrascht von seiner Sorge um das hochnäsige Gör.

Coll hielt sein Pferd an. »Bis hierher bin ich gekommen, nicht weiter. Wie Ihr bereits gesagt habt: Es ist wahrscheinlich besser, sich da rauszuhalten.«

»Wir reiten hin und sehen nach, Coll. Die Frauen und Kinder, die sie dort zusammengetrieben haben, waren keine Soldaten.«

Während der letzten Wochen hatte sich zwischen den beiden ein Verhältnis von gegenseitigem Vertrauen entwickelt. Coll war ein guter Späher und Geldkurier, und Ramon wusste seine Dienste sehr zu schätzen. Auf der anderen Seite hatte Coll im Lauf der Zeit erkannt, dass Ramon nicht nur über die Gnosis, sondern auch über einen gesunden Menschenverstand verfügte, und respektierte ihn entsprechend. Wie bei den meisten Fußsoldaten tobte auch in Coll ein ständiger innerer Widerstreit zwischen Brutalität und Menschlichkeit. Vielleicht kam ihre Zerrissenheit daher, dass sie das Elend der Eroberten aus nächster Nähe mitansahen. Natürlich sorgten sie sich zuallererst um ihr eigenes Wohlergehen, und um das der Einheimischen nur, wenn es ihnen in den Kram passte, aber Schlächter wie die Inquisitoren waren ihnen zuwider.

Severine trat an den Rand der Schlucht. Ihr Gesicht war leichenblass, aber entschlossen.

Als Ramon sich neben sie stellte, schlug ihm ein Schwall fauliger Luft entgegen. Er musste würgen, doch er riss sich zusammen und schluckte die in seiner Speiseröhre aufsteigende Galle wieder hinunter.

Severine schien weniger hart im Nehmen zu sein. Sie beugte sich vor und erbrach sich über die Kante, aber ihrer Entschlossenheit tat das keinen Abbruch. »Ich geh da jetzt runter«, sagte sie durch zusammengebissene Zähne.

Ramon warf Kill einen kurzen Blick zu, dann wies er Coll an: »Bleib du inzwischen bei den Pferden.«

Severine schlitterte auf zitternden Beinen den Abhang hinunter, Ramon und Kill hinterher. Schotter und kleine Steine kullerten neben ihnen nach unten, und der Lärm der Aasfresser schwoll zu ohrenbetäubender Lautstärke an. Der Gestank wurde so schlimm, dass Ramon nichts anderes übrigblieb, als die Luft mit seiner Gnosis zu filtern, um überhaupt noch atmen zu können. Kill, der keinerlei Affinität zum Element Luft hatte, ging unbeirrt neben ihm her, und Ramon staunte ein weiteres Mal darüber, was der Schlesser alles ertragen konnte.

Schließlich holten sie Severine am Rand einer Lache aus halb getrocknetem Blut ein. Sie stand vor einem kleinen Sandhügel am Ende einer bestimmt fünfzig Meter langen Reihe solcher Hügel. Über ein Dutzend Schakale machten sich geifernd an einigen davon zu schaffen. Als sie die drei bemerkten, knurrten sie.

»Werden sie uns angreifen?«, fragte Severine ängstlich.

Ramon schüttelte den Kopf, auch wenn er keine Ahnung hatte, wie die Tiere sich verhalten würden. Sie waren hungrig, und sie hatten Angst – genau der Zustand, in dem jedes Lebewesen am gefährlichsten war. Er beschwor seinen Animismus und sandte eine Drohung in die einfach strukturierten Schakalgehirne. Die Aasfresser jaulten auf und liefen mit eingezogenem Schwanz davon, woraufhin sich auch die Krähen lauthals krächzend in die Luft erhoben.

Wo der Schwarm eben noch gesessen hatte, entdeckten sie einen blutigen Haufen Fleisch und Eingeweide. Severine schluchzte leise, und Kill stieß einen lauten Fluch in seiner Muttersprache aus.

Der Anblick, der sich ihnen bot, stellte jedes Schlachthaus in den Schatten: Die Schakale hatten mehrere Leichen ausgegraben, die nun mit grotesk verrenkten Gliedern und aufgerissenen Bäuchen in der Sonne lagen. Die angefressenen Organe und Gedärme wurden allmählich schwarz in der glühenden Hitze.

»Diese Schweine«, keuchte Severine.

Ramon hatte keine Worte für das, was er sah, und versuchte erst einmal nachzuzählen: Die Schakale hatten auf den ersten fünf Metern etwa zehn Leichen ausgegraben. Wenn das Massengrab fünfzig Meter lang war, machte das insgesamt… Er konnte den Gedanken nicht zu Ende führen.

»Was hast du gesehen?«, fragte er Severine schließlich.

»Den kahlköpfigen Mann mit dem Brandmal auf der Stirn«, antwortete sie tonlos. »Die Gefangenen standen in einer Reihe vor ihm. Er ist die ganze Reihe entlanggegangen, von einem zum nächsten, und hat jeden auf den Mund geküsst. Dann sind sie tot zusammengebrochen, ohne einen Laut. Es waren die Schreie ihrer Seelen, die ich gehört habe.« Ihre Stimme war jetzt nur noch ein Flüstern. »Und dann sind selbst ihre Seelen verstummt. Ich habe noch nie einen so toten Ort gesehen, nicht einmal Geister sind mehr hier…«

Kill nickte. »Sie hat recht.« In seinen Augen stand das violette Leuchten einer Geisterbeschwörung, zu der die meisten Erdmagi in der Lage waren, selbst Viertelblute wie Kill. »Kein einziges Geistwesen im gesamten Umkreis. Als wären sie vor etwas geflohen.« Er runzelte die Stirn. »Das ist nicht normal.«

»Jedes Mal, wenn ein Keshi tot zu Boden gefallen ist, hat

das Amulett des Hexers grünlich violett aufgeleuchtet«, stammelte Severine und schlang die Arme um die Brust, als friere sie. »Und sein Gesicht, es ... in dem Licht hat er selbst ausgesehen wie ein Toter.«

»Am Arkanum hat einer der Magister einmal einen Zauber erwähnt, der Seelen verschlingt«, murmelte Kill. »Er hat ihn uns nicht beigebracht. Der Zauber ist verboten.«

»Woher hat der Kerl das Brandmal auf der Stirn?«, überlegte Ramon laut. »Delta... ich frage mich, was das bedeutet.« Aus dem Augenwinkel sah er, wie der Rudelführer der Schakale vorsichtig näher heranschlich. Dann begann er plötzlich laut zu bellen, und seine Artgenossen fielen mit ein. »Ich denke, es ist besser, wir verschwinden von hier.«

Sie feuerten ein paar Magusblitze in den Sand, um sich die Biester vom Leib zu halten, dann kletterten sie eilig aus der Rinne, während die Schakale sich heulend auf ihr schauriges Mahl stürzten und die Krähen über ihnen kreisten wie ein schwarzer Wirbelsturm.

»Kein Wort zu Duprey«, ermahnte Ramon Severine noch einmal, als sie auf ihre Pferde stiegen. »Offiziell waren wir nicht einmal hier.« Er schaute in Colls Richtung und presste sich den Finger auf die Lippen, und der Späher nickte knapp.

Als sie wieder in der Nähe des Zuges, aber gerade noch außer Sichtweite waren, trennten sie sich. Kill ritt als Erster zurück zu seinem Manipel. Severine blieb und blickte Ramon unbehaglich an. »Du hast dich vor den Inquisitoren für mich eingesetzt. Das war sehr mutig.«

Ramon zuckte die Achseln. »Ein Schmählied auf die heilige Lucia zu schreiben ebenfalls.«

Severine seufzte. »Nein. Das war einfach nur dumm. Wenn ich keine solche Närrin gewesen wäre, säße ich jetzt zu Hause in Monvill und in Sicherheit.«

»Manchmal muss die Wahrheit eben gesagt werden, vor allem über Ihre Heiligkeit.« Er deutete über die Schulter auf das Massengrab. »Und eines Tages werden wir auch hiervon erzählen, im richtigen Moment und der richtigen Person.«

»Du vielleicht. Ich möchte das alles einfach nur vergessen. Duprey hatte recht: Die Inquisitoren würden mir die Eingeweide herausreißen, nur so zum Spaß.« Sie biss sich auf die Lippe. »Sobald ich schwanger bin, habe ich das hier hinter mir.«

Ramon musterte sie mit einem lasziven Grinsen. »Du steckst deine Ziele zu hoch. Die hohen Blutränge sind so gut wie steril. Was du brauchst, ist ein Viertelblut, dann klappt's auch mit der Schwangerschaft«, erklärte er augenzwinkernd. Eigentlich fand er Severine gar nicht so übel, vor allem seit sie ihre Hochnäsigkeit abgelegt hatte.

Leider war das nur vorübergehend gewesen. »Geh in dein Zelt und hol dir einen runter, du Ratte.«

Severines Albträume wurden schlimmer. Mindestens jede dritte Nacht wachte sie schreiend auf, das Bild des gebrandmarkten Magus noch vor Augen. Ihre Launen wurden für die anderen immer schwerer zu ertragen, und schließlich sah sie die schrecklichen Bilder auch am helllichten Tag – jeden Tag.

Die Dreizehnte setzte unterdessen ihren Marsch nach Osten unbeirrt fort. Jonti Duprey kam von einer Besprechung mit den anderen Legaten zurück und berichtete, dass Kaltus Korion Galataz geplündert hatte und mit seinen Männern jetzt weiter nach Istabad marschierte.

Herzog Echor tobte. Auf seinem Marsch durch Südkesh war er nur durch Geisterstädte gekommen, groß, aber fast vollkommen verlassen. Gelegentlich hatten die Vorausspäher feindliche Kavallerieeinheiten gesichtet, die aber sofort die Flucht ergriffen hatten. Nur die Flüchtlinge waren allgegenwärtig; größere Städte wie Sagostabad, Peroz und Vida ertranken förmlich im Elend der Schutzsuchenden. Jeden Tag starben Hunderte an Seuchen, die in den Ballungszentren ausbrachen. Die Leichen wurden verbrannt, weil kein Platz mehr war, um sie zu beerdigen. Echor ließ vor jeder Stadt eine Legion zurück, um die Massen dort unter Kontrolle zu halten, wies sie aber an, sich von den Einheimischen fernzuhalten, um nicht ebenfalls angesteckt zu werden. Und über all dem Elend kreisten wie Geier die Fäuste der Inquisition.

Nach wie vor gab es wenig bis gar keine Kämpfe. Alle jungen Männer hatten die Städte verlassen, nur Frauen, Kinder und Alte waren geblieben. Alles, was sie taten, war, ihre Vorräte vor den Eindringlingen zu verstecken und sie um Gnade anzuflehen. Die weniger disziplinierten Legionen plünderten und vergewaltigten sich von Siedlung zu Siedlung, und auch die Pallacios XIII hätte es wohl so gemacht, aber da sie die Nachhut bildete, war praktisch nichts mehr übrig, wenn sie ankam. Baltus Prentons Einschätzung, dass sie keine einzige Schlacht erleben würden, schien sich zu bewahrheiten.

Kill war enttäuscht. »Dieser Kriegszug ist wie ein endloser, sinnloser Spaziergang«, brummte er über einer Schale Mehlsuppe mit Brot. Seine Gesichtshaut schälte sich wegen der erbarmungslosen Sonne.

»Umso besser«, kommentierte Ramon.

»Ein anständiger Krieg sieht anders aus.«

Ramon musterte seinen Freund. Kill war ein paar Jahre älter als er und hatte in seiner Jugend zahllose Überfälle auf andere Dörfer in Schlessen mitgemacht. »Wie denn?«, fragte er.

Kill schnaubte. »Gefährlich, brutal. Überall um dich herum ist Tod, und trotzdem fühlst du dich lebendiger als je zuvor in deinem Leben. Bei jedem Gegner, dem du gegenübertrittst, heißt es: entweder er oder ich.« Sein Blick wurde glasig. »Mehr als einmal habe ich enge Freunde sterben sehen und die Kontrolle verloren. Ich bin durchgedreht und habe Dinge getan …« Er schüttelte den Kopf. »Vielleicht ist diese bohrende Langeweile tatsächlich besser als zu kämpfen, was?«

»Si, viel besser. Sehen wir einfach zu, dass wir uns die Taschen voller Geld stopfen und hier lebendig wieder rauskommen.«

Bei der nächsten Offiziersbesprechung berichtete Duprey von vereinzelten Gefechten: Windschiffe waren in der Nähe von Peroz in einen Hinterhalt geraten und hatten den Feind vernichtet. Eine Festung bei Falukhabad war tatsächlich bemannt gewesen und gestürmt worden. Als Echors Legionen eintrafen, waren die Kirkegar bereits innerhalb der Mauern und hatten die gesamte Besatzung als Sklaven genommen.

Nicht als Sklaven, flüsterte Severine Ramon stumm zu. Duprey hatte ihr verboten, irgendjemandem gegenüber ihre Visionen zu erwähnen, und sie hielt sich daran. Fast. *Die Kirkegar bringen sie zu dem gebrandmarkten Magus. Ich weiß es.*

Zwei Wochen waren seit dem Zwischenfall mit Siburnius' Faust vergangen, und seither brachte sie alles und jeden damit in Verbindung. Sie war wie besessen, aber das bedeutete nicht zwangsläufig, dass sie sich irrte.

Schließlich kam Duprey zum letzten Punkt. »Der Herzog hat befohlen, das Marschtempo zu erhöhen. Die Fernspäher haben Salims Heer gefunden. Wie es scheint, lässt er sich von Peroz nach Shaliyah zurückfallen. Echor wünscht, Salim einzuholen und gefangen zu nehmen.«

Die Tribune stöhnten. Das Marschtempo war jetzt schon zu hoch. Echor verlangte fünfzehn Meilen pro Tag, und die drückende Hitze forderte ihren Tribut: Hitzschläge unter den Soldaten und verendete Zugtiere. Regelmäßig kippten Ochsen und Maultiere einfach um und blieben tot liegen. Ersatz gab es keinen, nicht einmal gegen Gold.

Ramon suchte Storns Blick. Sie hatten nicht mehr viel Proviant und vor allem zu wenig Wasser. Auf der Landkarte sah die vor ihnen liegende Strecke zwischen Peroz und Shaliyah aus wie eine einzige Wüste.

»Und dann noch eine gute Nachricht«, fügte Duprey mit blitzenden Augen hinzu. »Ein Gefangener hat uns anvertraut, dass Salim die gesammelten Reichtümer Keshs nach Shaliyah hat bringen lassen. Die Adligen haben dem Sultan ihr gesamtes Hab und Gut übergeben, damit er darüber wacht, und dieses Gold wartet jetzt in Shaliyah auf uns! Salim will es nach der Regenzeit nach Mirobez schaffen, aber so weit wird Echor es nicht kommen lassen.«

Diese letzte Neuigkeit hob die Stimmung unter den Offizieren beträchtlich. Nachdem sie entlassen waren, schritten sie gut gelaunt hinaus in die schwüle Abendluft und spekulierten darüber, was sie mit ihrem Anteil anstellen würden. Bis jetzt hatten sie kaum Beute gemacht und wurden allmählich unruhig.

Ramon sog die würzige Luft ein. Die Tage und Nächte waren mittlerweile ein wenig kühler, im Westen standen sogar Wolken am Himmel.

Kill deutete auf den Horizont. »Was sind denn das für weiße Dinger? Ich glaube, solche habe ich schon mal irgendwo gesehen.«

»Man nennt sie Wolken«, antwortete Ramon schmunzelnd. »Es gibt Länder, da ist der ganze Himmel voll davon, und das monatelang.«

»Tatsächlich?« Kill runzelte die Stirn. »Doch nicht etwa hier, oder?«

»Die Regenzeit beginnt bald. Coll sagt, dass es hier den ganzen Dekore und Janun regnet, aber bis dahin sind es noch zwei Monate.«

»Das heißt, die Wüste ist immer noch staubtrocken, wenn wir uns auf den Weg nach Shaliyah machen. Echor sollte den Marsch verschieben. Alle sind müde und ausgelaugt. Wir müssen uns erholen.«

Ramon war derselben Meinung. »Die Proviantwagen sind halb leer, und Wasser haben wir noch weniger. Bei dem mörderischen Marschtempo haben wir viel zu viel verbraucht. Wir sollten in Peroz haltmachen und erst im Martris weitermarschieren, wenn die Vorräte wieder aufgefüllt sind.«

»Und warum tun wir es nicht?«

»Es ist die Gier. Echor will das Gold, von dem der Gefangene erzählt hat. Falls das Gold überhaupt existiert.«

Kill fluchte leise. »Das will ich doch hoffen.«

Ramon stieß seinen Freund in die Rippen. »Hier noch eine gute Nachricht: Storn hat inzwischen Schuldscheine von unserem gesamten Zug und sogar noch welche von Korions Truppen. Wir haben die Schuldscheine, wir haben das Gold, und wir haben zehn Wagen voll Opium.«

»Wann wirst du es vernichten?« Der Schlesser blickte ihn durchdringend an.

»Sobald wir in der Wüste sind. Ich schwöre es bei meiner Mutter.«

»Besser, du hältst dich daran«, erwiderte Kill knapp.

Eine Hand an seiner Schulter rüttelte Ramon wach. Er hatte nicht einmal gemerkt, dass er eingenickt war. Ein paar Meter weiter schnarchte Storn seelenruhig. Er blinzelte sich den Schlaf aus den Augen, dann erkannte er die Gestalt, die in eine Decke gehüllt neben seiner Pritsche kniete. »Wa...«

Schhh, flüsterte Severine in seinem Geist.

Ramon roch ihr Parfüm, vermischt mit Schweiß und dem Geruch von Sex. Ein unangenehmes Potpourri. Severine hatte ihre unregelmäßigen Stelldicheins mit Baltus Prenton wieder aufgenommen und wahrscheinlich auch mit anderen, um endlich dem verhassten Kriegszug zu entrinnen. *Wahrscheinlich rieche ich auch nicht viel besser.* Zum Duschen oder gar Baden hatten sie schon lange nicht mehr genug Wasser.

Wieder rüttelte sie ihn an der Schulter.

Was ist denn?

Komm mit nach draußen.

Ramon fragte sich, was in aller Welt sie wollte. Er unterdrückte ein Gähnen und folgte Severine aus dem Zelt. »Und?«, flüsterte er gereizt. »Ich versuche zu schlafen.«

Severine beugte sich ganz dicht an ihn heran. Sie war genauso groß wie er, und Ramon spürte, wie ihr Atem die Härchen in seinem Ohr kitzelte. Ihre Stimme klang vollkommen erschöpft und verzweifelt. »Ich habe wieder eine Vision gehabt. Es ist, als würde die Verbindung immer stärker, je öfter ich an sie denke.«

Ramons Magen krampfte sich zusammen. *Sie sieht aus wie eine wandelnde Tote. Schläft sie überhaupt noch?* Laut sagte er: »Wieder das Gleiche?«

»Diesmal waren es nur drei, alles Kinder. Ein Magus mit einem Brandmal hat sie geküsst, dann waren sie tot.« Severine umklammerte seine Hand. »Aber diesmal war es eine Frau mit kahlrasiertem Schädel, kein Mann.«

»Du sagst, sie hatte auch ein Brandmal?«

»Ein Epsilon«, keuchte Severine. »Erst vor ein paar Minuten habe ich einen weiteren gesehen. Er sah aus, als wäre er Dhassaner oder Keshi, und hatte ein Theta auf der Stirn! Er hat einen an einer Mauer festgeketteten Deserteur totgeküsst, ein Stück nordwestlich von hier. Die Inquisitoren standen daneben und haben zugesehen.« Sie zitterte so heftig, dass sie sich an ihm festhalten musste. »Du bist der Einzige, dem ich das erzählen kann …«

Ramon erwiderte die Umarmung zögernd. Der Geruch nach Geschlechtsverkehr irritierte ihn. Das Intermezzo mit Regina, damals in Pontus, lag Monate zurück, und nachdem er der Heilerin Lanna geholfen hatte, die verschiedensten Geschlechtskrankheiten zu heilen, die sich die Legionäre eingefangen hatten, fand er die Nähe einer Frau bei Weitem nicht mehr so verlockend wie früher. »Und was soll ich deiner Meinung nach tun?«, fragte er schließlich.

»Ich weiß es nicht. Wir könnten zu Herzog Echor gehen. Vielleicht hört er uns an.«

Das glaube ich kaum. Aber Severine ging vor die Hunde, wenn sie so weitermachte. Ramon musste etwas tun. »Mir fällt nur einer in dieser Legion ein, den der Herzog eventuell anhören würde.«

Severine blickte zu ihm auf, das Mondlicht schimmerte in ihren Augen. Es war seltsam, jemandem so nahe zu sein, den er eigentlich überhaupt nicht mochte. »Wer?«

»Der geringere Sohn. Seth Korion.«

»Der wird uns nie und nimmer helfen«, wimmerte sie. »Er hasst uns beide.«

Einer der wenigen, der noch nicht deinem Charme erlegen ist, wie?

»Das habe ich gehört«, zischte Severine und machte sich los.

Ramon musterte sie mit einer Mischung aus Erleichterung, aber auch Bedauern. »Entschuldige. Die Korions sind eine angesehene Familie, sie bekleiden wichtige Ämter. Ich könnte ihn für dich fragen.«

»Aber er hasst dich doch.«

»Stimmt, aber er hat auch Angst vor mir.«

Severine hob die Augenbrauen. »Weshalb?«

»Ich kenne ein paar seiner Geheimnisse.«

»Und die wären?«

»Wenn ich es dir sage, sind es keine Geheimnisse mehr.«

»Geheimnisse sind etwas Abscheuliches.«

»Das macht sie ja so nützlich, aber jetzt hör zu: Ich werde mit ihm sprechen. Könnte sein, dass wir ihm die Leichen zeigen müssen, das heißt, wenn du sie finden kannst.«

»Duprey hat mir verboten, danach zu suchen. Den ganzen Tag hält der mich auf Trab mit Kommuniqués an die anderen Legionen.« An dieser Stelle senkte sie ihre Stimme wieder. »Ein Seher aus einer anderen Legion hat die gleichen Visionen wie ich. Er kommt aus Bricia. Sein Legat weigert sich ebenfalls, der Sache nachzugehen. Er sagt, die Kirkegar seien für den Transport der Sklaven verantwortlich, aber kaum eine der Karawanen ist bisher in den Lagern bei Hebusal angekommen.«

»Welche Lager?«

»Ich dachte, du wüsstest über alles Bescheid? Alle gesunden Gefangenen werden nach Hebusal geschickt und von dort aus weiter nach Palacia, als Sklaven für die reichen Familien. Aber der Bricier sagte mir, er hätte aus sicherer Quelle erfahren, dass sie in Hebusal vergeblich auf neue Sklaven warten.«

»Das klingt nach einer Menge Toten.«

Severine nickte zögernd. »Tausende.«

»Ich rede mit Korion.«

Sie drückte seinen Unterarm. »Danke, dass du mir hilfst. Für ein silacisches Schlitzohr bist du gar nicht so verkehrt.«

»Danke für das Kompliment. Und du bist die arroganteste rondelmarische Schnepfe, der ich je begegnet bin.«

Severine macht einen kleinen Knicks. »Mich zu kennen heißt mich zu lieben«, hauchte sie. Ein Lächeln huschte über ihr Gesicht wie eine Wolke über das Antlitz des Mondes, dann verschwand sie. Ramon stand da, allein und hellwach.

»Das ist mir egal«, erwiderte Seth. »Echor hasst meine Familie und würde sowieso nicht auf mich hören.« Er wand sich unbehaglich im Sattel seines Khurna – dem einzigen in der gesamten Legion. Neben der Straße stand die schwarze Ruine eines Bauernhauses, dahinter erstreckte sich ein noch brennendes Feld. Trotz des Feuers schien das gehörnte Reittier kein bisschen nervös zu sein, während Ramon und Severine ihre Pferde hatten zurücklassen müssen, weil sie sich schon in mehr als einer Furchenlänge Entfernung geweigert hatten, auch nur einen Schritt näher heranzugehen. Ein Krähenschwarm kreiste über einem Hügel aus Leichen. Der Scheiterhaufen, auf den man die acht Keshi gelegt hatte, schwelte mehr, als dass er brannte. Es gab kaum noch Brennholz, weshalb die Legionäre zum Feuermachen nur noch Tierdung verwendeten. Die spärlichen Flammen leckten kraftlos an den gerade einmal angekohlten Leichen.

Ramon stand mit Severine neben dem Scheiterhaufen und musterte Korion. Severine hatte die Toten drei Tage nach ihrem nächtlichen Gespräch mit Ramon in einer Vision gesehen. Sie hatten seitdem zwar kein Wort mehr miteinander gewechselt, aber Severine war ständig in seinen Gedanken, berichtete Ramon von allem, was sie sah, und außerdem von ihrem Informationsaustausch mit dem anderen Seher in der bricischen Legion. Sie hatte gesehen, wie der Mann mit dem Delta auf der Stirn die Keshi vor den Augen von Siburnius' Faust getötet hatte.

»Und nicht nur das«, sagte sie verzweifelt zu Korion. »Die Inquisitoren haben sie zusammengetrieben, damit er sie einen nach dem anderen umbringen kann.«

Seth schaute weg.

»Wir wissen, dass dieser Delta mindestens fünfzig Menschen getötet hat«, erklärte Ramon. »Und er ist nur einer von mehreren gebrandmarkten Magi, die mit Unterstützung der Inquisition die Dörfer hier durchkämmen.«

Seth starrte ausdruckslos auf die Staubwolke, die die Dreizehnte am Horizont aufwirbelte. »Und? Es sind nur Keshi.« Seine Stimme klang, als hätte er lieber nichts von alldem erfahren.

»Sie sind Menschen!«, fauchte Severine.

»Unsere Feinde und noch dazu Heiden.«

»Aber das sind nicht einmal Soldaten, es sind Zivilisten«, flehte sie beinahe. »Ich ertrage das nicht länger.«

Seth rümpfte die Nase. »Das ist dein Problem. Wenn du es hier nicht aushältst, dann verschwinde eben.«

»Ich bin zwangsverpflichtet worden, wie du ganz genau weißt«, keifte sie. »Ich kann hier nicht einfach verschwinden.«

»Sondern erst, wenn dein Bauch dick ist«, höhnte Seth. Sein Blick wanderte zu Ramon. »Bist du so verzweifelt, dass du es schon mit ihm versuchst?«

Severine schnappte wütend nach Luft, da legte Ramon ihr eine Hand auf die Schulter. *Ich kümmere mich darum.* »Seth, könnte ich dich kurz unter vier Augen sprechen?«

»Ich habe dir nichts zu sagen«, erwiderte Korion kalt.

»Trotzdem.«

Seth verdrehte die Augen. »Wenn's sein muss. Aber sie soll nicht dabei sein.«

Severine stapfte aufgebracht davon, während Seth von seinem Khurna herunterkletterte und dem Tier etwas zuflüsterte, das daraufhin ebenfalls davontrottete.

»Und?«, fragte der Generalssohn.

Ramon starrte dem Khurna hinterher. »Irgendetwas stimmt

nicht mit diesen Biestern ... und mit den Hulkas. Tiere verstehen keine so komplizierten Kommandos.«

Seth zuckte die Achseln. »Neidisch? Im Heer meines Vaters haben alle Magi welche, es gibt sogar eine ganze Kavallerieeinheit mit Khurnas und Kriegshunden, die so intelligent sind, dass sie effektiver sind als die Späher.«

»Trotzdem bist du hier, in der viel geschmähten Pallacios XIII«, konterte Ramon. »Und ich weiß warum.«

Seth wurde stocksteif. Ramon sah Korions Bestürzung nicht ohne Mitgefühl. Er mochte ein feiger, reicher Schnösel sein, aber dass seine Familie ihn auch noch mit Füßen trat, hatte er nicht verdient. Am Arkanum hatte er zwar mit einem Goldstern abgeschlossen, doch Ramon wusste so gut wie jeder andere, der damals dabei gewesen war und gesehen hatte, wie er sich während der Kampfprüfungen in die Hose gemacht hatte, dass er niemals hätte bestehen dürfen. Und das war nur eines von den unangenehmen Dingen, die Ramon über ihn wusste. *Wenn ich einem anderen Reinblut gegenüberstehen würde, hätte ich die Hose genauso voll wie du damals. Aber du bist ein Feigling, und das wissen wir beide.*

»Es gibt nichts, was du verraten könntest, das nicht ohnehin schon jeder ahnt«, murmelte Seth verdrossen.

Ramon hob die Augenbrauen. »Ach ja?«

Der Generalssohn erbleichte. »Du, du würdest doch nicht etwa ...«

»Warum nicht?«

Seth ließ den Kopf hängen. »Echor wird niemals auf mich hören«, wimmerte er.

»Immerhin bist du ihm wichtig genug, dass er dich in eine seiner Legionen geholt hat.«

»Ich bin sein Faustpfand, um meinen Vater in Schach zu halten«, entgegnete Seth verbittert.

Ramon schüttelte den Kopf. »Nein. Wenn dem so wäre, würde er dich als Geisel bei seiner Dienerschaft halten. Er weiß, dass dein Vater dich so gut wie verstoßen hat, aber du bist immer noch ein Korion, und dein Name hat Gewicht. Es wird ihm gefallen, wenn ein Korion ihn um eine Unterredung bittet.«

»Gut, ich versuch's«, sagte Seth resigniert. »Wenn die Legionen Peroz erreichen, sollen neue Truppen ausgehoben werden. Sobald wir dort sind, versuche ich mit ihm zu reden.«

Ramon klopfte ihm auf die Schulter. »Danke, Kamerad.«

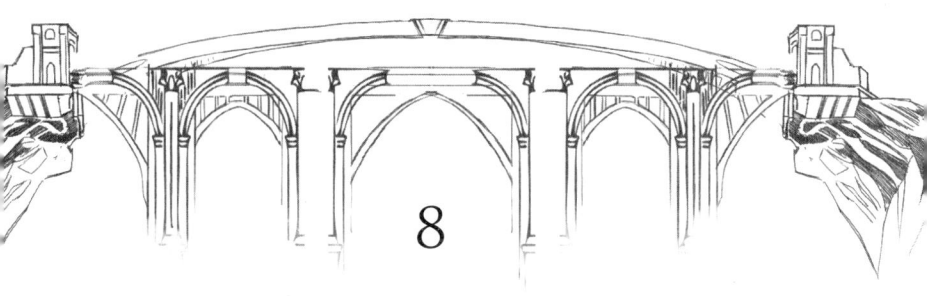

8

DER GRABEN

DIE KIRKEGAR

Nachdem die Religion des Corineus in ganz Rondelmar etabliert war, war der nächste logische Schritt die Bildung der Kirkegar, bewaffneter Religionswächter, die das Wort Kores auf einem Kontinent voller Sollan-Heiden verbreiten und schützen. Das tun sie bis heute mit aller Härte und Brutalität. Doch im Vergleich zur Inquisition nehmen sie sich wie harmlose Priester aus.

ORDO COSTRUO, PONTUS

»Was ist das?«, stammelte die sonst über alles erhabene Virgina, und sie war damit nicht die Einzige. Die Kreatur, die Dranid gefangen hatte, sah aus wie ein Dämon aus dem Äther, nicht wie ein Lebewesen aus Fleisch und Blut. Und doch atmete das Geschöpf, keuchend und stoßweise, während es sich die zerschmetterte rechte Schulter hielt.

Haben wir die Realität verlassen und befinden uns jetzt mitten in einem lantrischen Mythos? Malevorn konnte den Blick einfach nicht abwenden von diesem … Ding.

Die gesamte Faust war zusammengekommen, um Dranids Fang zu begutachten. In Kommandant Vordans sonst so ehernem Gesicht spiegelte sich aufrichtige Abscheu, ebenso bei Filius. Dominic sah aus, als würde er sich jeden Moment übergeben, und Raine begrapschte genauso sachlich wie gefühllos den Genitalbereich des Geschöpfs, um das Geschlecht zu bestimmen.

Die Haut auf Brust und Bauch sah aus wie die eines Menschen, der Rücken hingegen war geschuppt, genauso wie der kräftige, lange Schlangenunterleib. Den Schwanz hatten sie festbinden müssen, denn die Kreatur wusste ihn als gefährliche Waffe einzusetzen. Ihr Gesicht war eine hässliche Fratze, eine Mischung aus dem Antlitz eines Menschen und dem Schädel einer Riesenechse, wie man sie an der Küste des Golfs von Lantris fand. Auf dem Kopf wuchsen haarähnliche Fortsätze, die sich bewegten wie die Tentakel eines Flusskalmars. Die schlitzförmigen schwarzen Pupillen in den bernsteinfarbenen Augen waren vor Schmerz geweitet.

»Vordan, Ihr sagt, Ihr habt auf diese Kreaturen Jagd gemacht?«, fragte Adamus Crozier. Sein Tonfall war kühl wie immer, als wäre er kein bisschen überrascht.

Vielleicht ist er es tatsächlich nicht, dachte Malevorn. *Es sähe ihm ähnlich, nur so zu tun, als wüsste er nicht, was das ist.*

»Ja, Bischof. Es ist eine Züchtung. Eine der Kreaturen, die Seldon getötet haben, darauf würde ich jeden Eid schwören. Sie sieht genauso aus wie die, die wir 917 gejagt haben, und sie entspricht der Beschreibung, die die sydischen Wilden uns gegeben haben.«

Der vergangene Monat war frustrierend für Vordan und die Inquisitoren gewesen. Boron Funt hatte herausgefunden, wohin Alaron Merser und Cymbellea di Regia unterwegs waren, aber die Faust war zu spät in Sydia angekommen, um sie abzufangen. Eine gute Nachricht hatte es immerhin gegeben: Sie hatten einen sydischen Nomadenstamm entdeckt, der laut den Nachzüglern, die sie gefangen nehmen konnten, auf der Flucht vor »Dämonen« war, die den Stamm überfallen hatten. Unter Folter hatten sie eine verworrene Geschichte erzählt von Schlangenwesen aus der Unterwelt, die während einer Hochzeitszeremonie eine Stammesbraut entführt hatten. Dennoch war es Funt auch mit diesen Informationen nicht gelungen, Mersers Fährte wieder aufzunehmen.

Dass sie eines dieser Wesen habhaft geworden waren, hatten sie Elath Dranid zu verdanken. Als einziges Mitglied der Faust war er auf die Idee gekommen, dass sie in ihrer Eile die beiden Flüchtigen möglicherweise überholt hatten. Also hatte er noch einmal die Strecke abgesucht, die sie bisher zurückgelegt hatten, und schließlich dieses Geschöpf entdeckt, das erfolglos versuchte, sich vor ihm zu verstecken. Er hatte ihm eine Lanze durch die Schulter getrieben und es lebend gefangen nehmen können. Das machte ihn zum Helden der Stunde, aber Dranid war nicht der Typ, der sich in seinen Erfolgen sonnte.

Selbst jetzt hielt er sich im Hintergrund und beteiligte sich kaum an der regen Diskussion. Sein Auftritt würde später kommen: Er war nicht nur der beste Schwertkämpfer in der Faust, sondern auch ein Meister der Folter.

»Spricht es irgendeine Sprache, die wir verstehen?«, erkundigte sich Adamus.

»In der Zuchtanstalt wurde ihnen Rondelmarisch beigebracht«, antwortete Vordan, »aber dieses Exemplar sieht zu jung aus, um damals schon dabei gewesen zu sein.« Er beugte sich über das Geschöpf. »Sprichst du unsere Sprache?«

Das Wesen schaute ihn stumm an, die Reptilienaugen voller Hass und Schmerz.

»Wenn nicht, bringen wir sie ihm eben bei«, schlug Adamus vor. »Mit Mystizismus müsste es funktionieren, auch gegen seinen Willen.«

Raine hob die Hand. »Ich werde das übernehmen.« Ein sadistisches Grinsen stand in ihrem säuerlichen Gesicht: Mystizismus mochte in einem Kampf nicht viel nützen, aber er ermöglichte es einem Magus, in einen anderen Geist einzudringen und dort zu tun, was immer ihm beliebte – auch wenn danach von dem überfallenen Bewusstsein nur noch ein Trümmerhaufen übrig blieb. Sie leckte sich über die Lippen. »Ich habe das schon einmal gemacht.«

Darauf würde ich jede Wette eingehen, dachte Malevorn. Das seltsame Reptil tat ihm beinahe leid.

Raines »Sprachunterricht« nahm fast eine ganze Woche in Anspruch. Stunde um Stunde, Tag und Nacht schallten die Schmerzensschreie des Geschöpfs aus seiner Kerkerzelle. Malevorn dachte lieber erst gar nicht daran, mit welchen Schrecken Raine das Bewusstsein ihres Gefangenen überflutete, um seinen Widerstand zu brechen.

Der Okten neigte sich dem Ende zu, und als der Neumond das Kommen des Novelev ankündigte, wurde es allmählich stiller in der Zelle. Wann immer Malevorn einen Blick hineinwarf, sah er Raine über ihr mit glasigen Augen regungslos auf einer Pritsche liegendes Opfer gebeugt dastehen und ihm zuflüstern, als wäre es ihr Geliebter. Die leidenschaftliche Hingabe, mit der sie das tat, hatte etwas Verstörendes.

In der Zwischenzeit ließ Vordan die Faust ausgedehnte Patrouillenflüge machen – erfolglos. Sie suchten die gesamte Küste ab, aber keiner der Akolythen fand auch nur einen Hinweis auf weitere solcher Geschöpfe. Sydia war zu groß und ihre Faust zu klein. Pallas schien unterdessen ungeduldig zu werden. Mehrmals bekam Malevorn mit, wie sowohl Adamus als auch Vordan über eine gnostische Fernverbindung dringliche Nachrichten von ihren Vorgesetzten erhielten, die wegen des ausbleibenden Erfolgs überaus besorgt waren.

Eines Abends vertraute Adamus ihm an, die Mater-Imperia höchstpersönlich zeige größtes Interesse an der Angelegenheit und drohe bereits damit, noch weitere Inquisitoren zu schicken.

»Sie blufft natürlich«, merkte er vertraulich an. »Lucia kann es sich nicht leisten, dass noch mehr Leute von der Sache Wind bekommen als ohnehin schon.«

Weder er noch Vordan forderten Ersatz für die drei Männer an, die sie verloren hatten, so tief war ihr Misstrauen gegenüber allen Außenstehenden.

Und dann, während der Vollmondwoche, war es vollbracht: Raine trat aus der stinkenden Zelle und verkündete, dass der Gefangene nun ihre Sprache beherrschte. Sie sah erschöpft aus, aber voll ungeduldiger Erwartung. Als sie Vordan in die Zelle führte, fing das Wesen bei ihrem bloßen Anblick zu schreien an und wurde so panisch, dass der Kommandant

Raine schließlich wegschickte. Der Gefangene hatte ihn auf Rondelmarisch darum angefleht.

Mit stiller Vorfreude holte Dranid seinen blutverschmierten Lederbeutel hervor und packte sein Handwerkszeug aus: die Zangen und Messer und Klingen und Hammer und Raspeln. Dann rollte er die Ärmel hoch und machte sich ans Werk. Einer nach dem anderen verließen die Inquisitoren den Raum, bis nur noch Adamus, Vordan und er selbst übrig waren.

Auch Malevorn hatte das Interesse schnell verloren. Folter war etwas, das er fürchtete. Er hoffte, wenn überhaupt, im Kampf zu sterben. Er war allein mit Dominic, als Raine in ihr Zimmer kam. Ohne ein Wort zu sagen, zog sie sich den Kittel über den Kopf und stellte sich nackt vor ihn. Sie war muskulös, ihr Körper viel zu kantig für seinen Geschmack, aber sein Ding wurde trotzdem hart, als sie ihm die Kleider auszog. Schließlich setzte sie sich auf seinen erigierten Penis und ritt ihn, bis sie mit einem beinahe tierischen Laut kam. Danach legte sie sich auf ihn, ihr Gesicht weniger als eine Handbreit von seinem entfernt, schwitzte und keuchte, bis sie wieder zu Atem kam.

»Wie komme ich zu der Ehre?«, fragte er und musterte Raine neugierig. Sie war wirklich hässlich, ihre Gesichtshaut unrein, aber es lag etwas in ihrem Blick, mit dem er sich identifizieren konnte: grenzenloser Ehrgeiz.

»Die Arbeit mit diesem Schlangenwesen hat mich heißgemacht. Ich musste ein bisschen Dampf ablassen«, antwortete sie und strich ihm eine Haarsträhne aus der Stirn. »Danke für die Unterstützung.«

Als sie ihn zögernd küsste, schloss Malevorn die Augen und ließ sie gewähren. Er wickelte seine Zunge um die ihre und schmeckte sie. Sauer, herb. Es war Monate her, dass er Gina Beler in dem leeren Büro in Norostein genommen hatte. Er hatte einen Fick verdient, und auch wenn Raine hässlich war, roch sie doch gut. Nach Moschus und Blut.

»Bist du überhaupt gekommen?«, wollte sie wissen, und als er stumm den Kopf schüttelte, sagte sie: »Dann entspann dich und lass mich das in Ordnung bringen.« Raine beugte sich nach unten und nahm ihn in den Mund.

Malevorn schloss die Augen, krallte die Finger in ihre Haare und genoss den seltenen Moment der Verzückung.

Raine wusste, was sie tat. Sie saugte, schmatzte und stöhnte, bis er sich entlud, dann spuckte sie das Sperma aufs Bett und stand auf. Während sie ihren Kittel aufhob, sagte sie: »Vordan würde Satisfaktion von dir fordern, wenn er hiervon wüsste. Und mir würde er den Bauch aufschlitzen.« Sie warf sich den Kittel über. »Du hast dich auf die falsche Seite geschlagen, Malevorn. Adamus ist ein Schlappschwanz.«

Da kennst du ihn denkbar schlecht. »Du täuschst dich. Aber danke für die Nummer.«

»Ganz meinerseits. Lass es uns bald mal wieder tun.« Damit schlüpfte sie durch die Tür, ließ Malevorn besudelt und befriedigt zurück.

Am nächsten Tag berief Vordan eine Besprechung ein. Falls er irgendetwas von Raines nächtlichem Besuch mitbekommen hatte, ließ er es sich nicht anmerken.

»Diese Kreaturen heißen Lamien, benannt nach der lantrischen Legende«, berichtete er. »Alaron Merser und die Rimonierin, Cymbellea di Regia, sind bei ihnen. Gemeinsam sind sie zur Leviathanbrücke unterwegs und haben vor, den Gydangraben zu überschreiten.« Er warf einen Blick auf die blutverschmierten Überreste ihres Gefangenen. »Wie es scheint, wollen sie nach Antiopia. Sie nennen es ihre ›verheißene Heimat‹.«

Ob dieser unverschämten Ketzerei stießen alle ein verächtliches Schnauben aus, dann sprach Vordan weiter.

»Wir werden zum Gydangraben fliegen. Die Jagd kann weitergehen, Akolythen.«

Kurz darauf ließ Adamus Malevorn zu sich in die Kabine rufen. Sie waren mit dem Windschiff bereits Richtung Osten unterwegs. Aus Norden blies ein starker Wind, und es regnete heftig.

»Hat das Wesen etwas von, Ihr wisst schon, was, gesagt?«, fragte er den Bischof.

Adamus lächelte grimmig. »Es hat bestätigt, dass Alaron Merser sie anführt und sie einem sydischen Nomadenstamm einen Lederköcher mit einer Schriftrolle abgenommen haben.« Er schenkte Malevorn ein Glas Wein ein. »Allmählich fügen die Dinge sich zusammen und werden klarer. Das Mädchen muss den Köcher die ganze Zeit gehabt haben. Als Erstes ist sie damit zu ihrem Volk, Merser ist ihr mit Muhren gefolgt, konnte sie aber zunächst nicht finden. Jetzt sind sie vereint und verstecken sich bei den Lamien.« Er runzelte die Stirn. »Dieser Merser scheint um einiges fähiger zu sein, als du und Funt dachtet.«

Malevorn schluckte. Er hatte die Kritik deutlich herausgehört. »Merser ist ein Versager, Herr. Er hat Glück gehabt, etwas anderes kann ich mir nicht vorstellen. Bestimmt ist das Mädchen die Anführerin. Die Rimonier sind bekannt für ihre Gerissenheit.«

Adamus schien nicht überzeugt. »Mag sein. Aber nichtsdestoweniger wird diese Angelegenheit bald zum Abschluss kommen. Ich habe alle in unserer Gruppe abgeklopft. Du stehst auf meiner Seite, genauso wie dein Freund Dominic.«

Genau genommen steht Dominic auf meiner Seite, nicht auf Eurer. »Wer noch?«

»Virgina weiß, dass Vordan gegen mich nicht ankommt.«

Seit dem Intermezzo mit Raine war Virginas spröde Schönheit für Malevorn immer unattraktiver geworden. Jungfräulichkeit hatte ihren Reiz, aber nicht in Verbindung mit solchem Fanatismus. Dennoch war Virgina eine fähige Akolythin und nicht zu unterschätzende Unterstützung. »Es ist mehr an ihr dran als nur das engelsgleiche Gesicht, Herr«, sagte er schließlich. »Sie kann kämpfen.«

»Ich weiß, was sie kann, mein Freund. Aber ich kenne auch ihre Schwächen.« Adamus musterte ihn. »Raine tendiert im Moment zu Vordan, genauso wie Filius und Dranid. Das macht vier gegen vier.«

»Dranid und Vordan haben eine lange gemeinsame Vergangenheit, Herr. Aber Filius ist wie Virgina.«

»Ich arbeite an ihm«, erwiderte Adamus süffisant. »Auch er hat Schwächen. Ich denke, es wird nicht lange dauern, bis er seinen Fehler erkennt.« Er nahm einen Schluck Wein. »Warum bearbeitest du in der Zwischenzeit nicht Raine? Ich könnte mir vorstellen, dass du bereits damit angefangen hast.« Der Bischof zog wissend eine Augenbraue nach oben.

Draußen kreischten die Venatoren missgelaunt im peitschenden Regen.

In den drei Wochen seit ihrer Rettung hatte Cym sich bemerkenswert gut an die Lamien und die auch sonst vollkommen veränderte Situation gewöhnt.

Im Sollan-Glauben galten die lantrischen Mythen als wahr, weshalb Cym auch kein Problem damit hatte, dass sie tatsächlich existierten. Wenn überhaupt, machte ihr lediglich zu schaffen, dass sie Züchtungen waren. Nichtsdestotrotz war Kekropius angetan davon, wie schnell sie sich an sein Volk gewöhnt hatte. Alaron war es gelungen, Cym von der Kettenrune zu befreien. Es war nicht einfach gewesen, denn der sydische Schamane, der sie damit belegt hatte, war ebenfalls ein Viertelblut, aber Alarons gnostische Ausbildung hatte letztendlich den Ausschlag gegeben. Die Tätowierung auf der Stirn war allerdings etwas anderes. Noch wusste er nicht, wie sie sich entfernen ließ, ohne eine Narbe zu hinterlassen.

Gegen Cyms Plan, die Skytale nach Antiopia zu bringen, um sie ihrer Mutter Justina und deren gottgleichem Vater Antonin Meiros zu übergeben, hatte er nichts einzuwenden. Jetzt, da Langstrit und Muhren tot waren, schien es die vernünftigste Alternative. Alaron genoss Cyms Gesellschaft in vollen Zügen, auch wenn sie launisch und unnahbar war wie eh und je. Die nüchterne Realität trieb ihm jegliche Hoffnung aus, dass sie sich jetzt, da er sie vor dem entwürdigenden Leben als Magi-Zuchtstute eines barbarischen Nomadenstammes gerettet hatte, doch noch in ihn verlieben würde.

Schon bald aß und schlief sie wieder normal. Darüber, was sie bei den Nomaden durchgemacht hatte, verlor sie kein Wort. Alaron hätte sie gern getröstet, aber Cym tat einfach so, als wären die vergangenen Wochen überhaupt nicht geschehen. Das beunruhigte ihn, aber gegen ihre Verschlossenheit war er machtlos. Er fand keine Gelegenheit, seine Gefühle zum Ausdruck zu bringen, und wusste, sie wollte sowieso nichts davon hören. So entwickelte sich ihr Verhältnis in kurzer Zeit wieder so, wie es immer gewesen war: harmlose Scherze und gegenseitiges Aufziehen unter Freunden, ein bisschen distanziert vielleicht. Eher eine geschwisterliche Beziehung, keine sich anbahnende Liebe, sosehr Alaron es sich auch wünschte.

Dummerweise hatte er Cym erzählt, dass er Anise nicht nur vor dem Massaker gerettet, sondern sie auch geküsst hatte, und jetzt foppte sie ihn ständig mit »der Affäre zwischen Alaron und Anise«. Alaron beschlich der Verdacht, dass sie damit vor allem die Erinnerung an ihre eigene Beinahe-Hochzeit ausblenden wollte.

»Du bist so gut wie verheiratet mit ihr, Al. Lernst du schon unsere Sprache? Parli Rimoni, Signor?«

»Was? Nein! Ich bin nicht mit ihr verheiratet! Ich habe nur…« Alaron verstummte. Er wusste ja selbst nicht, was er fühlte, also hielt er lieber den Mund. Bis ihm die perfekte Retourkutsche einfiel: »Wenn ich mich recht entsinne, warst du viel näher dran, verheiratet zu werden, als ich.«

Das brachte Cym schließlich zum Schweigen. Für eine Weile zumindest.

Alaron spähte hinter einem Felsvorsprung versteckt aus dem Höhleneingang. Die Aussicht war atemberaubend: Eine riesige Schlucht schnitt sich Meile um Meile in südöstlicher Richtung durch den Granit und teilte die Pontische Halbinsel. Der Gydangraben war eines der großen Wunder Urtes. In den sorgsam zensierten Versionen der Ordo-Costruo-Texte, die an den Arkana im Geografie-Unterricht verwendet wurden, hieß es, die yurische Kontinentalplatte sei hier »kürzlich« auseinandergebrochen, was unzensiert bedeutete: vor ungefähr einer Million Jahren. Das konnte die Kirche nicht so stehen lassen, denn ihrer Überzeugung nach hatte Kore die Welt erst vor zehntausend Jahren erschaffen, und die Sollan, die glaubten, der Gott des Schmiedefeuers hätte Urte vor etwa vierzigtausend Jahren zurechtgehämmert, waren nicht weniger erzürnt.

Die widersprüchlichen Meinungen der Theologen taten der Pracht des Grabens allerdings keinen Abbruch. Die majestätischen Wasserfälle überall, die schäumenden Tiefen weit unterhalb, der rot und golden leuchtende Bewuchs auf den Klippen – der Anblick war unglaublich. Vögel kreisten am von Gischt verhangenen Himmel, und weit im Osten konnte

Alaron gerade noch die Spitztürme der Veiterholt-Brücke ausmachen.

Die eine Meile lange Veiterholt-Brücke, die den bis über
zwölf Meilen breiten Gydangraben an seiner schmalsten Stelle
überspannte, war die erste große bauliche Meisterleistung
des Ordo Costruo gewesen. Sie verband Pontus mit dem damals noch gar nicht erbauten Turm am Nordpunkt. An beiden Enden der beeindruckenden Konstruktion stand eine
Festung, und irgendwie mussten sie auf die andere Seite. Die
Frage war: wie? Das weit unter ihrem Versteck schäumende
Wildwasser war selbst für die Lamien nicht passierbar. Alaron
würde wohl nichts anderes übrig bleiben, als seine Freunde
einzeln über den Graben zu fliegen. Er seufzte und wollte sich
gerade wieder in die Höhle zurückziehen, als von oben ein
schriller Schrei ertönte.

Alaron blickte auf und sah mit Entsetzen ein gigantisches
geflügeltes Wesen am Himmel seine Kreise ziehen. Der Reiter trug Rüstung und Umhang, hinter ihm folgte ein zweiter,
dessen blondes Haar im Wind flatterte. In einer großen Spirale
kamen sie herab, um dann auf Höhe der Felskante den Graben
entlangzujagen.

Alarons Fingernägel gruben sich in seine Handflächen, als
er die blonde Reiterin erkannte: Es war die Frau, die den kleinen Ferdi in Silacia kaltblütig ermordet hatte.

Die Inquisitoren sind hier.

Er verharrte mucksmäuschenstill und beobachtete, wie die
beiden von heftigen Böen gebeutelt über den Graben jagten,
da kam Kekropius von hinten herangeschlängelt. Cym saß auf
seinem Rücken und klemmte Kekropius' Hüfte zwischen ihren
nackten Oberschenkeln ein.

Obwohl das Rauschen der Wasserfälle jedes Geräusch aus
der Höhle übertönen würde, hob Alaron die Hand und legte

sich einen Finger auf die Lippen. »Inquisitoren«, flüsterte er und deutete nach oben.

Der Lamia blieb stehen. Das freundliche Begrüßungslächeln verschwand von seinem Gesicht.

Cym ließ sich von Kekropius heruntergleiten und eilte an Alarons Seite. Er war froh, dass sie zu ihrer kurzen Hose auch ein Hemd trug. Erst am Vortag hatte sie behauptet, ab jetzt mit nacktem Oberkörper herumzulaufen wie die weiblichen Lamien. So, wie er sie kannte, hätte sie das durchaus ernst meinen können. Die Lamien verstanden seine Faszination für die weiblichen Milchdrüsen ohnehin nicht, nicht einmal die Männchen.

»Was hast du gesehen?«, flüsterte sie zurück.

»Es sind zwei, dieselbe Gruppe, die auch das Lager deines Vaters überfallen hat.«

Cym bleckte die Zähne. »Ich will sie sehen.«

Kekropius legte ihr eine Hand auf die Schulter. »Keine Torheiten, Cymbellea. Sie dürfen uns nicht entdecken.«

Cym kaute angespannt auf ihrer Unterlippe. »Das werden sie nicht«, versprach sie.

Kekropius machte kehrt, um die anderen zu warnen, während Alaron mit Cym zurück zu dem Felsvorsprung schlich. Sie hatten sich so lange in Wäldern und Höhlen versteckt, dass der Anblick des offenen Himmels Alaron mittlerweile nervös machte. Gemeinsam beobachteten sie, wie während der nächsten Stunde vier weitere Inquisitoren auftauchten und oben auf den Klippen landeten. Sie fütterten ihre Reittiere und aßen selbst etwas, dann zog einer von ihnen einen langen Holzstab hervor.

»Das ist ein Gnosisstab«, flüsterte Alaron. »Sie erstatten Bericht.«

Gegen Mittag kamen noch drei dazu, darunter eine weitere Frau mit einem teigigen Gesicht, das Alaron an Gron Koll erinnerte. Malevorn Andevarion war ebenfalls dabei. Allein der Anblick seines einstigen Widersachers ließ ihn zittern vor Angst und Wut. Schließlich tauchte ein großes Windschiff auf und machte im immer stärker werdenden Regen an den Klippen fest. Die Inquisitoren waren nicht einmal eine Furchenlänge von ihrem Versteck entfernt.

»Jemand auf diesem Schiff versucht seit Wochen, mich aufzuspüren«, flüsterte Alaron. »Die Entfernung war mein bester Schutz, und jetzt sind sie direkt über uns. Besser, ich verkrieche mich wieder in der Höhle.«

»Ja«, murmelte Cym. »Ziehen wir uns zurück.«

Alaron warf einen letzten funkelnden Blick zu den Inquisitoren. »Du glaubst nicht, wie sehr ich mir wünsche, einfach da rüber zu gehen und sie alle in Stücke zu hacken …«

»Das geht uns allen so, Alaron, aber diese Kerle sind Reinblute. Uns bleibt gar nichts anderes übrig, als uns hier zu verkriechen, bis sie wieder weg sind.«

Er stieß einen schweren Seufzer aus. »Ich weiß. Es ist nur …« Er starrte zu Malevorn hinüber. »Wieso fällt ausgerechnet Typen wie denen, die nichts als den Tod verdient haben, alles in den Schoß?«

»So ist die Welt nun mal, Al. Außerdem: Wer sagt denn, dass er alles hat?« Damit stand sie auf.

Wie schön sie ist, dachte Alaron, als er ihr hinterherschaute. Selbst mit der Tätowierung auf der Stirn und in zerrissener Kleidung war Cym für ihn der Inbegriff von Anmut, würde es wahrscheinlich immer sein. Und obwohl die Inquisition praktisch direkt auf ihrer Türschwelle stand – oder vielleicht gerade deswegen –, brachte er endlich den Mut auf, ihr die Frage zu stellen, die ihn schon seit Jahren quälte: »Cym, ich weiß, du willst mich nicht, und Ramon auch nicht … Wen dann?«

Sie zog die Augenbrauen hoch. »Als ob ihr beiden Knalltüten alles wärt, was die Männerwelt zu bieten hat«, erwiderte sie seufzend und streckte ihm die Hand entgegen, um ihm aufzuhelfen. »Alaron, ich will einen Mann, der schreitet wie ein Löwe und strahlt wie Sol. Einen mit der Zunge eines Dichters und der Stimme eines Königs. Keine Ahnung, ob ich ihm jemals begegnen werde, aber wenn es so weit ist, werde ich es wissen. Sofort, ohne Zweifel und ohne Fragen, werde ich es wissen.«

»So jemanden gibt es nicht«, murmelte Alaron. Er deutete auf Malevorn. »Außer diesem Schwein vielleicht.«

»Mein lieber Alaron«, erwiderte sie und legte ihm die Hände auf die Schultern. »Du bist mein bester Freund, und ich habe dich wirklich gern, aber du lässt mein Herz einfach nicht schneller schlagen, es tut mir leid.« Sie spähte über seine Schulter. »Und dieser Widerling da drüben schon gar nicht.«

»Umso besser. Gehen wir. Ich kann den Anblick nicht länger ertragen.«

Die Inquisitoren machten keinerlei Anstalten weiterzufliegen, also zogen die Lamien sich in die tiefer gelegenen Höhlen zurück. Das war auch gut so, denn bald darauf fanden ihre Verfolger den weiter oben gelegenen Eingang und suchten alles gründlich ab. Naugri hatte ihre Spuren mit Erdgnosis verwischt, sodass sie nichts fanden, aber weiterreisen konnten Alaron und seine Freunde erst, wenn die Inquisitoren fort waren. Einstweilen schützte der mächtige Fels sie vor den Geistfühlern, die täglich nach ihnen suchten. Die Inquisitoren hatten keine Ahnung, dass ihre Beute so nah war.

Die Lamien hatten in dem Höhlensystem einen See gefunden, in dem sie fischen konnten, aber nach beinahe einer Woche, die sie jetzt schon in ihrem Versteck ausharrten, wurde das

Essen allmählich knapp. Draußen war es weiterhin kalt und nass, dicke Wolken verdeckten den in der Mitte des Monats heraufziehenden Vollmond. Während die Faust ihre Patrouillen flog, überholte die Besatzung das Schiff. Von der nahe gelegenen Veiterholt-Feste waren Holz und Segeltuch gebracht worden, und nun hallten die Schläge der Hämmer und anderen Werkzeuge durch die Schlucht, als wollten sie den rollenden Donner der Wassermassen unterhalb übertönen.

Am neunten Tag klarte es endlich wieder auf. Zuverlässig wie ein Uhrwerk hatte der Seher der Faust immer während Sonnenaufgang und -untergang versucht, Alaron zu finden. Jetzt war es Vormittag, und Alaron spähte mit Cym von ihrem geschützten Aussichtspunkt hinüber zum Liegeplatz des Windschiffs. Sie zählten nur drei Venatoren, was bedeutete, dass fünf Akolythen auf Patrouille waren. Nach kurzer Zeit fuhren zwei weitere in einer Kutsche ab – wahrscheinlich zur Veiterholt-Feste –, sodass nur noch ein mürrisch dreinblickender junger Akolyth zurückblieb, der mit einem fetten Priester stritt. Alaron starrte die beiden ungläubig an und fragte sich, woher ihm das Gesicht des einen so bekannt vorkam, bis es ihm wie Schuppen von den Augen fiel: Es war Boron Funt, ein weiterer ehemaliger Klassenkamerad von Zauberturm.

Er muss es gewesen sein, der mir die ganze Zeit hinterhergeschnüffelt hat. Anscheinend haben sie möglichst viele Leute zusammengetrommelt, die mich kennen. Der Gedanke war seltsam schmeichelhaft. Außerdem freute es Alaron, dass es zur Abwechslung einmal er war, der Malevorn und seine Spießgesellen ärgerte, und nicht umgekehrt.

Alaron beobachtete, wie der Windmeister um das Schiff herumging, als würde er den Kiel aufladen. »Sieht aus, als ob sie sich zum Abflug bereitmachen«, flüsterte er.

Cym nickte knapp und schlich zum Höhleneingang, dann

blieb sie plötzlich stehen. »He«, sagte sie mit einem verschmitzten Grinsen, »weißt du was?«

Alaron kannte den Gesichtsausdruck. Normalerweise bedeutete er nichts Gutes. »Was?«

»Dieses Schiff, das gefällt mir.«

Boron Funt stampfte wutentbrannt davon. Bruder Filius war ein Trottel, nein, schlimmer als das: ein arroganter Ignorant. Filius' kleine Welt bestand aus nichts als Befehlen, die es unverzüglich auszuführen galt. Er hatte nicht die geringste Ahnung, wie schwierig es war, einen wachsamen Flüchtigen aufzuspüren – und wie viel Kraft es kostete. Funt war ständig müde, ganz zu schweigen von der Tatsache, dass er wegen des streng rationierten Fraßes, den er hier bekam, kurz vorm Verhungern war. Und das, wo er sich Tag für Tag die Seele aus dem Leib riss, um endlich diesen koreverfluchten Scheißkerl Alaron Merser zu finden.

Erst heute Morgen hatte er sich stundenlang den Kopf zermartert – alles umsonst, nicht einmal einen Hinweis auf Wächter, die zumindest von Merser stammen *könnten*, hatte er entdeckt. Nicht einmal eine Spur zu finden war der Albtraum jedes Hellsehers.

Filius war der Meinung, das alles wäre kein Problem, aber er war auch kein Luftmagus. Er hatte keine Ahnung von Hellseherei. *Hellsehen ist wie Florettfechten im Dunkeln*, dachte Funt. *Ständig musst du bis in die Haarspitzen konzentriert sein und jeden deiner Sinne aufs Äußerste schärfen, sonst findest du nie etwas. Kein Wunder, dass ich so erschöpft bin.*

Und er hatte recht: Die Aufgabe war schwer, selbst für ein Reinblut. Weiter zu sehen als sechzig Meilen war so gut wie unmöglich, und wenn man die Beute dann endlich aufgespürt hatte, musste man erst noch die Ringe von Wächtern durchbrechen, um wirklich sicher sein zu können. Der erste verwischte die Entfernung, der zweite die Richtung, der dritte den Sichtkontakt und der vierte schließlich den Schall. Es gab alle möglichen Arten, sich vor Hellsehern zu schützen. Man konnte sich irgendwo unterirdisch verstecken, selbst ein Gebäude genügte schon. Bei Hel, sogar in die Luft geworfene Erde konnte eine schwache Verbindung unterbrechen. Wasser verfälschte sie und Feuer ebenfalls. Merser mochte der Spross eines Händlers sein, ein erbärmliches Viertelblut, aber er war am besten Arkanum von ganz Noros ausgebildet worden.

Während der letzten drei Wochen hatte Funt es drei Mal geschafft, Mersers ersten Ring zu durchbrechen, was gerade einmal als Versicherung taugte, dass er noch am Leben war. Doch seit Tagen war ihm nicht einmal mehr das gelungen. Jeder weitere Ring war schwerer zu durchdringen, und wenn es passierte, merkte die Zielperson es meistens, was wiederum dazu führte, dass sie sich umso besser verbarg. Wenigstens war er auf der richtigen Fährte, auch wenn Filius sich weigerte, das anzuerkennen.

Ihr Windmeister war im Moment damit beschäftigt, den Kiel des Schiffs aufzuladen. Der arme Tropf war wahrscheinlich noch erschöpfter als Funt, denn Windschiffe waren kapriziöse Dinger, anspruchsvoll und empfindlich wie Prinzessinnen, wie Boron von seiner Zeit am Arkanum wusste. Er war unendlich dankbar, sich als Kleriker nicht mit derlei profanen Aufgaben abgeben zu müssen. Vom anderen Ende des Decks hörte er das raue Gelächter der sechs Matrosen, die sich gerade um Segel, Seile und Planken kümmerten. Boron hasste, wie schmutzig sie ständig von Pontus und den Frauen redeten. Er war verärgert, und er hatte Hunger. Warum hatten sie ihn nicht mit nach Veiterholt genommen? Beim bloßen Gedanken an das köstliche Mal, das die anderen dort mit

Sicherheit vorgesetzt bekamen, lief ihm das Wasser im Mund zusammen. *Warum begreift hier keiner, was ich alles zum Gelingen dieser Mission beitrage?*, grummelte er stumm in sich hinein.

Er wollte sich gerade in seine Kabine zurückziehen, um eine wohlverdiente Erholungspause einzulegen, bevor er das nächste Mal seine Gedanken aussandte, als er plötzlich eine verwirrte Stimme vom Rand der Lichtung rufen hörte.

»He da, he da, ihr auf dem Schiff!«

Funt blickte verdutzt auf und schleppte sich an die Reling. Er traute seinen Augen nicht. »*Merser?*«, keuchte er. »Alaron Merser?«

So unglaublich es auch war, der Verfolgte, dem er seit drei Monaten auf der Spur war, stand nur wenige Schritte entfernt am Rand der Klippen. Er sah fürchterlich aus, von oben bis unten dreckverschmiert und zerzaust, eine Hand auf dem Schwertgriff, die andere auf seine blutende Seite gepresst. Er trug nur einen Stiefel, der andere Knöchel war mit einem braun-rötlich verfärbten Verband umwickelt, und er humpelte wie ein Greis.

Und er hatte einen Lederköcher unterm Arm.

Boron schnappte nach Luft. *Ich hab's geschafft! Ich habe ihn fertiggemacht und ihn gebrochen! Was hat er da dabei? Ist sie das? Stimmen die Gerüchte etwa?*

Bruder Filius tauchte neben ihm auf. »Das soll er sein?«, fragte er misstrauisch. Sofort spannte sich ein Schirm aus Gnosislicht über ihm auf. »Riecht nach einer Falle.« Er zog sein Schwert. »Seid auf der Hut!«, rief er der Besatzung zu, die wie angewurzelt dastand. »Behaltet die gesamte Umgebung im Auge.«

Die sechs Matrosen verteilten sich an der Reling und spähten in alle Himmelsrichtungen.

»Wirf deine Waffe weg!«, rief Filius. Merser gehorchte sofort.

Er ist wie ein wandelnder Toter. Wahrscheinlich hat er seit Monaten nicht mehr richtig geschlafen –, nicht, seit ich das erste Mal seine Wächter durchbrochen habe. Funt trat einen Schritt vor. »Er ist mein Gefangener, nicht deiner.«

Filius warf Funt einen kurzen Blick zu. »Bleib, wo du bist, Speckschwarte«, knurrte er und sprang mit einem eleganten Satz über die Reling. Er schritt auf Merser zu und streckte eine Hand aus. Mersers Schwert flog aus der Scheide direkt in Filius' Hand. Er betrachtete die schlecht geschmiedete Klinge abschätzig, dann warf er sie mit einem Achselzucken über die Felskante, hinunter in die schäumenden Fluten. »Das andere Ding auch, was immer es ist«, sagte er und deutete auf den Lederköcher.

Funt hielt den Atem an. Enthielt der Köcher das, worauf Adamus und Malevorn angespielt hatten? War das wirklich die Skytale des Corineus? *Darf ich zulassen, dass Filius sie in die Hände bekommt?* Er gab sich einen Ruck und kletterte über die Reling. Als er mit einem dumpfen Knall auf dem bemoosten Boden landete, zuckte er kurz zusammen vor Schmerz.

»Bitte«, flehte Merser, »habt Gnade mit mir … im Gegenzug dafür, dass ich euch dies hier aushändige …«

Filius schnaubte. »Ich stelle hier die Bedingungen, du Narr. Leg es hin, oder du bist tot.«

Merser wollte gerade gehorchen, da rief Funt: »Warte! Das gehört dem Bischof.«

»Kommandant Vordan hat hier den Oberbefehl, nicht der Crozier«, knurrte Filius über die Schulter.

»Adamus bekleidet den höheren Rang.«

»Nicht im Einsatz«, widersprach Filius. Er streckte den Arm ein weiteres Mal, entriss Merser den Köcher und verpasste ihm mit seiner Telekinese eine Ohrfeige, die ihn beinahe rückwärts über die Klippen geschleudert hätte. Dann blickte er sich triumphierend um. »Nehmt ihn gefangen!«

Ein Matrose, ein schlaksiger Kerl mit schütterem Bart, musterte Alaron vorsichtig. »Er ist ein Magus«, erwiderte er nervös.

Filius seufzte verärgert und holte Merser mit einem Magusblitz von den Beinen. Die Schilde des Flüchtigen flackerten kurz auf, aber das war auch schon die einzige Wirkung, die sie zu haben schienen, denn er sank wimmernd in sich zusammen. Als Filius eine Gnosisglocke über ihn stülpte, machte Merser keinerlei Anstalten, sich zu wehren. Er war zu erschöpft, um auch nur das kleinste bisschen Widerstand zu leisten.

»Zufrieden?«, fragte Filius. »Fessle ihn, dann banne ich ihn mit einer Kettenrune.«

Der Matrose nahm eine Seilrolle zur Hand und ging vorsichtig auf Alaron zu, während Filius sich dem Köcher widmete, ohne Funt weiter zu beachten. Er schüttelte den ledernen Zylinder kurz und schaute den Priester herausfordernd an. *Wenn du ihn willst, dann hol ihn dir*, sagten seine Augen, doch Funt versuchte es lieber erst gar nicht. Filius öffnete den Deckel und drehte den Köcher um. Ein schlichter Holzstab glitt heraus.

Funt blinzelte ungläubig. Konnte dies das heißbegehrte Artefakt sein? Es sah ganz anders aus, als er am Arkanum gelernt hatte. Da ertönte hinter ihm ein stummer Ruf.

Jetzt!

Funt fuhr herum und sah eine Welle aus Reptilienmenschen über den Rand der Klippe auf ihn zubranden. Statt Beinen hatten sie einen Schlangenkörper. Mit unfassbarer Geschwindigkeit rasten sie mit gezogenen Schwertern auf ihn zu, Speere schwirrten durch die Luft.

Auch im Wald erhob sich wildes Kriegsgebrüll. Das Unterholz erzitterte, als wäre es lebendig geworden, und die Matrosen schrien entsetzt auf.

Funt ließ entsetzt seine Schilde aufflammen und konnte die Speere mit knapper Not abwehren, während der Matrose, der Merser gerade hatte fesseln wollen, von zwei Schlangenschwänzen gepackt wurde. Sie gehörten einem albtraumhaften Geschöpf mit dem Oberkörper und dem Gesicht einer Frau, nur dass sie lange Reißzähne im Mund hatte.

Funt schüttelte den Kopf, um sich aus seiner Trance zu befreien. Er und Filius waren keine gewöhnlichen Sterblichen, sie waren Magi – Reinblute obendrein! Sie konnten sich wehren!

Als wäre er gerade zu demselben Schluss gekommen, begann Filius, die Angreifer mit einem sengenden Feuerstrahl zu überziehen. Funt schlug eine der Kreaturen mit seiner Luftgnosis gegen die Felsen, dann schoss er einen Magusblitz auf den Kopf einer zweiten ab – den sie zu seiner Verblüffung abwehrte. Nicht vollständig zwar, sodass sie immer noch Verbrennungen davontrug und ein Auge verlor, aber sie fiel nicht tot um, wie er erwartet hatte, sondern setzte ihren Angriff praktisch ungehindert fort. Das Breitschwert des Wesens hämmerte gegen Funts Schilde, dann riss es das Maul auf.

Funt taumelte einen Schritt zurück, da schoss direkt unter ihm eine Hand aus dem Boden und packte ihn am Knöchel. Er fiel hintenüber und sah aus dem Augenwinkel, wie der Boden ringsum weitere dieser Geschöpfe ausspuckte. Eines davon stürzte sich auf den Windmeister, während ein zweites auf Funt zusprang. Er schlug ihm mit einer Gnosisfaust direkt auf die Kinnspitze, so fest, dass er der Kreatur beinahe das Genick brach. Bewusstlos prallte sie gegen seine Schilde und rutschte daran ab, während Funt sich zur Seite rollte. Aus der Entfernung hörte er die Venatoren kreischen und an ihren Haltepflöcken zerren.

Das Biest, das Funt am Fuß gepackt hatte, schälte sich aus dem moosigen Boden und warf sich mit weit aufgerissenen Kiefern auf ihn. Die Fangzähne durchschlugen seine Schilde und gruben sich in seinen Unterschenkel. Er heulte kurz auf vor Schmerz, dann wurde sein Unterschenkel taub. Funt zappelte und trat mit dem unverletzten Bein nach dem Ungeheuer, das sich jetzt zu seiner vollen Größe aufrichtete. Es hatte Arme und Schultern wie ein Ringer und Schlangenhaare auf dem Kopf. Mit einem unirdischen Schrei riss es das Maul auf und schloss die Kiefer um seinen Knöchel.

Funt brüllte auf. Er hörte Knochen bersten und sah etwas aus dem Maul des Dings fallen, dann übertönte das Kreischen der Venatoren jeden seiner Gedanken. Er blickte auf und sah, wie es einem der Tiere gelang, sich loszureißen. Es blutete bereits aus mehreren Wunden und erhob sich mit mächtigen Flügelschlägen in die Luft, kam aber nicht weit: Ein Speer bohrte sich in seine Brust, dann schlug der Venator klatschend zu Boden, während seine Artgenossen in einer Flutwelle von Schlangenleibern ertranken.

Filius schrie wie am Spieß und zitierte Vers um Vers aus dem Buch Kore, während er seine tödlichen Flammen über die Schlangenmenschen ergoss. Ein halbes Dutzend war bereits zuckend zu Boden gegangen.

Aus dem Augenwinkel sah Funt, wie Merser schwankend auf die Beine kam und gerade noch das Feuer und die Blitze, die Filius auf ihn abschoss, abwehren konnte, da schnappte eins der Weibchen nach Filius' Unterarm. Der Akolyth schlug den Kopf der Kreatur mit der freien Hand weg, aber es war zu spät – Blut tropfte aus zwei kleinen Löchern knapp unter dem Ellbogen, und Filius schrie entsetzt auf, als er sah, wie der ganze Arm weiß wurde. Er taumelte benommen und feuerte wild in alle Richtungen, da stürzten sich schon die nächsten Bestien auf ihn. Einen Wimpernschlag später sank er von drei Speeren durchbohrt auf die Knie. Filius' donnernde Gebete wurden zu einem heiseren Flüstern, er zuckte noch ein paarmal, dann blieb er liegen.

Funt riss den Blick von Filius' Leiche los und überlegte fieberhaft, warum er seinen linken Fuß nicht mehr spürte. Dann sah er es: Das Bein endete unterhalb des Knies in einem roten Stumpf, aus dem sich stoßweise das Blut über das feuchte Moos ergoss. Ein Schluchzen stieg in seiner Kehle auf.

Ein Trugbild, sagte er sich. *Das ist alles nicht wahr.* Er schloss für einen Moment die Augen. Als er sie wieder öffnete, sah er, dass er recht hatte: Er war auf dem Exerzierplatz des Arkanums. *Ich bin nur vom Pferd gefallen, mehr nicht*, dachte er erleichtert. »Holt Magistra Yune!«, rief er, und seine Stimme hörte sich seltsam schrill dabei an. »Ich glaube, ich brauche einen Heiler.«

Hilfesuchend schaute er sich um, konnte aber keinen seiner Freunde entdecken. Der einzige Mensch in seiner Nähe war Alaron Merser. *Ausgerechnet der.* »Hilf mir«, wimmerte er, während der Händlerssohn mit einem dümmlichen Grinsen im Gesicht auf ihn zugestolpert kam. »Hilf mir, Merser. Ich glaube, ich hab mir was getan.«

Ein Dutzend Echsengesichter tauchte über Funt auf. Grässliche Fratzen, die nichts in seinem Traum zu suchen hatten. Er blendete sie aus und konzentrierte sich ganz auf Merser, der einen Lederköcher bei sich trug. Der Köcher kam ihm vage bekannt vor. Aber das Einzige, was jetzt wichtig war, war sein Fuß. »Hilf mir endlich, du Trottel!«, fuhr er Merser an.

»Ich habe sie abgewehrt, beide!«, stammelte Merser wie in Trance. »Das habe ich noch nie geschafft …«

Was redet der Schwachkopf da? Er soll mir gefälligst helfen.

Ich bin vom Pferd gefallen, verdammt! Oder ... was ist noch mal passiert? »Ich glaube, ich habe mich am Fuß verletzt«, wimmerte er und wünschte sich, seine Stimme würde nicht so schrill klingen. Aber Merser musste ihm so oder so gehorchen, oder? Schließlich war Boron ein Vollblut. »Lass endlich das dämliche Gelaber und hol Meisterin Yune! Ich bin verletzt«, sagte er entrüstet.

»Zwei Angriffe gleichzeitig, und ich hab sie abgewehrt. Als hätte die Gefahr alle Zweifel an meiner Gnosis einfach weggefegt! Es war ... fantastisch.«

Boron spürte, wie sich das Taubheitsgefühl von seinem Bein über die Hüfte bis in den Oberkörper ausbreitete. »Bitte, Merser«, wimmerte er. »Mein Fuß ...« Vor Schmerz musste er die Augen schließen.

Merser schien ihn endlich zu bemerken. »Weshalb bist du hier, Funt?«, fragte er.

»Um dich zu finden, du Idiot! Wo ist Magistra Yune?« Agnes Yune war immer nett zu ihm gewesen, hatte ihm Süßigkeiten gegeben, wenn er Heimweh hatte, und er hatte oft Heimweh gehabt. »Bitte, das fängt allmählich an wehzutun.«

»Dürfen wir ihn jetzt fressen?«, knurrte eine fremdartige Stimme an Mersers Seite.

Funt zuckte zusammen und konzentrierte sich voll und ganz auf den Händlerssohn.

»Was ist mit Poulos?«, flüsterte Merser ihm ins Ohr. »Seit drei Wochen ist er verschollen. Haben deine Freunde ihn gefunden?«

Poulos? Ich kenne keinen Poulos. Was war überhaupt vor drei Wochen? »Wo ist Magistra Yune, Merser? Es geht mir echt nicht gut.«

»Poulos sieht genauso aus wie Hypollo hier neben mir: Echsenhaut am Körper und Schlangenhaare auf dem Kopf.«

»Ach, du meinst dieses Ding, das wir gefangen haben? Dranid hat es getötet und an die Venatoren verfüttert. Bei Hel, Merser, hol endlich Agnes Yune…« Funts Stimme versagte. Vor seinem inneren Auge sah er eine Menge dieser »Dinger«, sie waren überall und labten sich an frischem Fleisch. Funt roch das Blut, hörte das Schmatzen ihrer Kiefer und das Reißen, mit dem sie ganze Klumpen aus ihren Opfern rissen. »Wo sind meine Freunde?«, fragte er mit bebenden Lippen.

Merser beugte sich ganz dicht an sein Ohr. »Du hattest nie welche.«

Funt schlug die Augen wieder auf. Er sah gerade noch, wie Merser aufstand und wegging. Dann bemerkte er die Reptilengesichter über sich, die ihm wie Ausgeburten Hels erschienen. Die Seifenblase vom Arkanum, in die er sich geflüchtet hatte, zerplatzte. Filius' Überreste lagen neben ihm, ein Stück weiter der tote Windmeister. Funt hörte, wie der Rest der Besatzung um Gnade flehte.

»Merser, bitte…«, stammelte er.

»Er gehört euch«, sagte Alaron, ohne sich noch einmal umzudrehen.

Die anderen Inquisitoren waren am Morgen mit ihren Venatoren nach Süden geflogen, also wandten sich Alaron und die Lamien mit dem gestohlenen Windschiff zunächst nach Norden. Sie flogen extrem tief, damit man sie von der Veiterholt-Brücke und den beiden Festen aus nicht entdeckte. Als sie weit genug weg waren, setzten sie Kurs auf Pontus. Die überlebenden Besatzungsmitglieder bemannten die Segel. Naugri und ein Dutzend andere Lamien, die gut Rondelmarisch sprachen, überwachten sie bei der Arbeit. Sie ließen sich jeden einzelnen Handgriff beschreiben, bevor die Matrosen etwas taten, und lernten somit gleichzeitig, das Schiff selbst zu fliegen. Ihre Gefangenen machten den Eindruck, als wähnten sie sich in einem Albtraum, aus dem sie so schnell wie möglich erwachen wollten.

Alaron übernahm das Steuer. Ein ausgewachsenes Windschiff war wesentlich schwieriger zu fliegen als ein Skiff, wie er feststellte. Die Lamien passten kaum an Bord, aber irgendwie hatten sie es geschafft, die vierunddreißig Erwachsenen plus zwei Dutzend Kinder in Kabinen, Frachträumen und an Deck eines Schiffs unterzubringen, das für maximal vierundzwanzig Passagiere gedacht war. Windmeister hatten sie auch keinen, aber viele der Lamien waren gut in Luftgnosis. Sie waren unter Deck und speisten den Kiel beständig mit ihrer Energie.

Das Wichtigste war, nicht verfolgt zu werden, weshalb sie alle persönlichen Gegenstände der Inquisitoren in den Gydangraben geworfen hatten. Damit hatten sie zwar einen wahren Schatz an Waffen, Rüstungen, Gebetsbüchern und Schmuck den mahlenden Fluten überantwortet, aber den einstigen Besitzern würde es jetzt deutlich schwerer fallen, ihre Spur aufzunehmen. Das Einzige, was sie behalten hatten, waren die Karten des Windmeisters.

Boron Funts Todesschreie hallten immer noch in Alarons Gedanken nach, und sein Frühstück hatte er ebenfalls im Graben gelassen. Immer wieder rief er sich ins Gedächtnis, was die Inquisitoren getan hatten: Sie hatten Poulos getötet, Muhren, Mercellus, Ferdi und all die anderen unschuldigen Rimonier. Er hatte nicht erwartet, am Ende doch noch Mitleid mit dem völlig verängstigten Boron Funt zu empfinden, aber ein Reinblut hätte er nie und nimmer mit einer Kettenrune belegen können. Sie hatten keine andere Wahl gehabt.

Wenn er nur das kleinste bisschen Reue über *Poulos' Tod gezeigt hätte, hätte ich vielleicht versucht, eine andere Lösung zu finden. Aber Poulos war in seinen Augen nichts als eine Missgeburt …*

Nachdem sie sich der persönlichen Gegenstände der Inquisitoren entledigt hatten, konzentrierte Alaron sich darauf, das Schiff selbst gegen Geistfühler zu schützen. Gemeinsam mit Ildena, die eine der stärksten Luftmagi unter den Lamien war, stellte er mächtige Wächter auf, während Cym sich in einer der Kabinen um die Verletzten kümmerte.

Wir haben zwei Reinblute und einen Windmeister besiegt, der mindestens ein Halbblut war. Alaron lächelte grimmig. Er war stolz auf die Lamien. Sie hatten acht Krieger verloren, aber in Anbetracht der Stärke ihrer Gegner hatten sie einen triumphalen Sieg errungen. *Wir hätten sogar noch zwei mehr geschafft ...*

Unwillkürlich musste er grinsen: Mit »wir« hatte er tatsächlich sich selbst und die Gnosiszüchtungen gemeint, die jetzt seine Familie waren.

»Was amüsiert dich so, Milchsohn?«, rief Kekropius, der vom Heck aus das Skiff *Sucher* beaufsichtigte, das sie im Schlepptau hatten.

»Ich habe gerade gedacht, dass ich mich Euch Lamien näher verwandt fühle als diesen Schweinen von Inquisitoren.«

Kekropius hob unmerklich das Kinn, als er Alarons Worte hörte – ein Zeichen des Stolzes.

Und dann dachte er an den Augenblick, als er den Angriff des Reinbluts abgewehrt hatte. Alaron hatte nicht im Traum damit gerechnet, ungeschoren davonzukommen, und fieberhaft überlegt, wie er sich am besten verteidigen sollte. Als der Inquisitor ihn mit Flammen und schierer Energie gleichzeitig angriff, stockte ihm das Blut in den Adern. Doch irgendwie hatte er es geschafft, beides abzuwehren.

Ich wünschte nur, ich könnte mich erinnern, wie ich das gemacht habe. Ein Trancemagus wüsste es. Für ihn wäre das nichts Besonderes ...

Cym kam an Deck. Sie sah mitgenommen aus. Ihr Gesicht war blass, sodass die Tätowierung auf ihrer Stirn deutlicher hervortrat denn je. Den ganzen Vormittag über hatte sie versucht, die Verbrennungen der Lamien zu heilen, aber anscheinend klappte es nicht besonders gut. Sie wirkte vollkommen erschöpft, beinahe verzweifelt.

Zitternd hielt sie sich an der Reling fest und starrte nach unten auf die vorbeiziehende Landschaft. Sie flogen jetzt höher, und die Sicht reichte meilenweit, aber vom Ozean war immer noch nichts zu sehen. Gleich neben dem Steuerrad befand sich ein großer Kompass, auf dessen Kristallglasoberfläche eine Landkarte aus Gnosislicht schimmerte. Die Mitglieder des Ältestenrats betrachteten die Vorrichtung fasziniert. Zum ersten Mal schien die verheißene Heimat in greifbarer Nähe und kein bloßer Traum mehr zu sein.

Alaron ging zu Cym und legte ihr eine Hand auf die Schulter.

»Ich kann sein zweites Auge nicht retten«, flüsterte sie. »Er ist so gut wie blind und möchte nur noch sterben.«

Alaron schluckte. Er wünschte, er könnte Cym helfen, aber wenn er eines nicht war, dann ein Heiler.

»Und was jetzt?«, fragte sie deprimiert.

Alaron zwang sich zu einem aufmunternden Lächeln. »Wir fliegen ins verheißene Land.«

»Und wo genau soll das sein?«

»Irgendwo in Antiopia, wo es uns gefällt. Allerdings irgendwo in der Nähe der Küste, also wahrscheinlich Dhassa oder Javon.«

Cym mochte nie Geografieunterricht gehabt haben, aber ihr weitgereister Vater hatte ihr viel über Urte, seine Länder und Kontinente beigebracht. »Dann Javon«, sagte sie.

»Das denke ich auch und Kekropius ebenfalls. Er muss nur noch den Ältestenrat überzeugen.«

»Wirst du den Weg dorthin auch finden?«

»Dieser Kompass hier zeigt ihn mir.«

»Werden die Inquisitoren uns nicht einholen?«, fragte Cym erschöpft.

»Sie werden es versuchen. Aber wie ich gehört habe, können Venatoren nicht lange in der Luft bleiben. Wenn wir es bis weit genug über den Ozean schaffen, sind wir außerhalb ihrer Reichweite, selbst wenn es ihnen gelingt, uns aufzuspüren.« Diesmal war sein Lächeln echt.

»Nur solange sie kein neues Schiff haben«, gab Cym zu bedenken.

»Ach, stimmt. Daran habe ich gar nicht gedacht ...«

Sie zog eine Augenbraue hoch. »Und ich hatte mir schon Sorgen gemacht, was für ein fähiger Magus plötzlich aus dir geworden ist. Sol et Lune. Gut zu wissen, dass der alte Alaron noch lebt!«

»Danke. Und was ist mit dir? Wie willst du deine Mutter finden?«

»Ich weiß es noch nicht. Ich bin eine Wassermagi, Spezialgebiet Hermetik, und habe so gut wie keine Ausbildung, wie du weißt. Hellsehen ist nicht gerade meine Stärke.« Alles, was Cym über die Gnosis und deren Gebrauch wusste, hatte sie von Ramon und Alaron gelernt, die sich nachts heimlich aus dem Arkanum geschlichen hatten, um sie zu unterrichten. Dementsprechend lückenhaft waren ihre Kenntnisse. »Aber ich werde es versuchen.«

»Das ist nicht ganz ungefährlich«, entgegnete Alaron. »Wenn du es ungeschickt anstellst, ziehst du im Äther jede Menge Aufmerksamkeit auf dich. Vor allem die der Inquisitoren. Deine Mutter und dein Großvater sind höchstwahrscheinlich in Hebusal, das jetzt von den rondelmarischen Legionen besetzt ist.«

»Und was schlägst du vor?«

»Zuerst bringen wir die Lamien nach Javon, dann fliegen wir beide mit *Sucher* nach Hebusal. Wenn wir näher dran sind, ist es leichter, die beiden zu finden. Ein paar Ideen, was wir versuchen könnten, habe ich schon.«

»Bestimmt«, sagte mit einem Zwinkern. »Wenn du eins bist, dann hartnäckig.«

Sie drehte sich weg, als wäre es ihr peinlich, dass sie ihm soeben ein Kompliment gemacht hatte, und deutete auf die überlebenden Matrosen. Vier schliefen unruhig, die anderen beiden standen von mehreren Lamien umringt und zeigten ihnen, wie man die wichtigsten Knoten knüpfte. Sie schienen solche Angst vor ihren Häschern zu haben, dass sie jeden Befehl sofort mit gesenkten Augen befolgten. »Was passiert jetzt mit denen?«

Alaron wand sich. »Ich weiß es nicht. Sie werden sobald wie möglich zurück nach Hause wollen. Aber ich glaube kaum, dass wir ohne sie einen Sturm überstehen würden, also werden sie erst mal an Bord bleiben müssen.« Er deutete mit dem Kinn auf Mesuda und Reku, die die Matrosen mit blitzenden Augen beobachteten. »Frag sie.«

»Habe ich schon. Sie wollen nicht, dass noch mehr Menschen frei herumlaufen, die von ihrer Existenz wissen.« Cym erschauerte. »Ich glaube, sie wollen sie töten, sobald wir in Antiopia angekommen sind.«

Höchstwahrscheinlich. Alaron wusste nicht, was er sagen sollte. »Ich glaube, man kann es ihnen kaum verübeln«, erwiderte er schließlich. »Sie wurden als Sklaven gezüchtet und gehalten wie Tiere, und jetzt verfolgt Pallas sie gnadenlos.«

»Ich weiß.« Cyms Stimme war jetzt ganz leise. »Ich weiß, was es bedeutet, ausgestoßen zu sein und verfolgt zu werden. Aber diese armen Kerle waren einfach nur zur falschen Zeit am falschen Ort. Sie gehören ja nicht einmal zur Inquisition.«

»Pap sagt, die Inquisitoren heuern nur Fanatiker an.«

»Für Soldaten und Magi mag das gelten, aber sieh sie dir nur an: Sie sind halb tot vor Angst und erklären den Lamien bereitwillig alles, was sie wissen wollen. Fanatiker sehen anders aus, wenn du mich fragst.«

Alaron schluckte und beobachtete, wie die Matrosen den Lamien zitternd ihr Handwerk erklärten. »Wahrscheinlich hast du recht. Trotzdem ist es nicht meine Entscheidung.«

»Aber du könntest Einfluss darauf nehmen.«

»Schon gut«, erwiderte Alaron mit einem Seufzen. »Ich spreche mit Mesuda.«

Cym rieb sich die Stirn und rang sich ein Lächeln ab. »Danke. Und weißt du was: Du wirst jeden Tag ein Stück erwachsener. Beunruhigend, irgendwie.«

Alaron grinste. »Jetzt sag bloß nicht, du meinst, ich werde wie mein Pap.«

»Dein Vater ist ein guter Mann«, erwiderte Cym ernst. »Was glaubst du, wo er im Moment ist?«

»Irgendwo in Dhassa wahrscheinlich. Und in Sicherheit, hoffe ich. Er kann auf sich aufpassen.«

»Er und Papa waren nicht ohne Grund die besten Freunde«, murmelte Cym. Ihre Augen wurden glasig, dann drehte sie sich weg.

Alaron war klug genug, sie in Ruhe zu lassen.

Malevorn kniete mit den anderen vor den Überresten der gefallenen Akolythen. Jetzt waren sie nur noch zu fünft: Dranid, Raine, Virgina, Dominic und er selbst.

Kommandant Vordan kniete allein ein paar Schritte weiter vorn vor der versammelten Faust, während Adamus den Scheiterhaufen entzündete, auf dem die angekauten Überreste der Leichen von Bruder Filius, Boron Funt und ihrem Windmeister lagen. Sie alle waren abgeschlachtet und dann halb aufgefressen worden. Das Windschiff war verschwunden und mit ihm die Besatzung. Zweifellos als lebender Proviant.

Fünf der Venatoren waren ebenfalls tot, blieben also nur noch vier. Alle ihre persönlichen Habseligkeiten waren fort. Die unbändige Wut der gesamten Faust hing über der Lichtung wie blutroter Nebel.

»Vater Kore, empfange die Seelen dieser deiner Diener«, betete Adamus. »Vergib ihnen ihr Versagen und nimm sie auf in deinen Dienst im Jenseits. Darum bitten wir dich.«

»Vergib ihnen ihr Versagen, darum bitten wir dich«, wiederholten die Akolythen im Chor.

Von wegen. Malevorn betrachtete missmutig den Scheiterhaufen. *Die sind schuld, dass wir kein Schiff mehr haben! Ich hoffe, sie schmoren in Hel.*

Tod durch die Hand des Feindes galt bei der Inquisition als Versagen, ohne Ausnahme. Eine Niederlage diesen Ausmaßes hatte der Orden seit der Noros-Revolte nicht mehr hinnehmen müssen, und sie alle spürten die Schande. Verstohlen musterte Malevorn Dranids versteinertes Gesicht, Virginas erschrockene Blässe, Dominics Unglauben und Raines schwelenden Hass. Mit ihrer Reaktion konnte er noch am ehesten etwas anfangen. Trotz ihres so unterschiedlichen Äußeren stellte er immer mehr fest, wie ähnlich sie einander waren. Beide waren sie Getriebene, und keinen von ihnen kümmerte es, wer oder was zugrunde gehen musste, damit sie ihren Willen bekamen. Raine kannte keine Allüren, nur eine bodenständige, fast animalische Entschlossenheit. Während sie auf Patrouille waren, hatten sie es noch einmal miteinander getrieben, und Malevorn wurde immer sicherer, dass sie sich doch noch auf Adamus' Seite schlagen würde.

Finster betrachtete er Vordans aschfahles Gesicht. Als

Kommandanten traf ihn die größte Schande, wie der Bischof betont hatte. Es war Vordan gewesen, der befohlen hatte, die Suche auszudehnen und das Schiff beinahe schutzlos zurückzulassen.

Die Kreatur, die sie gefoltert haben, hat gestanden, dass mehr als vierzig von ihrer Art hier in der Gegend sind, alle der Gnosis mächtig. Über zwanzig Jahre haben sie sich vor der Inquisition versteckt, und du hast dich verhalten, als wären sie hirnlose Ungeheuer. Du bist ein verfluchter Narr, Vordan. Was passiert ist, ist allein deine Schuld.

Als die drei blutverschmierten und zerfetzten Magileichen in Flammen aufgingen, fuhr Adamus Crozier herum und deutete mit ausgestrecktem Zeigefinger auf den Kommandanten. »Kraft des mir von Kore verliehenen Amtes erkläre ich Euch, Lanfyr Vordan, hiermit Eures Kommandos für unwürdig. Ihr habt vier Mitglieder Eurer Faust verloren, außerdem zwei hinzugezogene Magi. Ihr konntet den Auftrag, den Kore Euch erteilt hat, nicht erfüllen. Hiermit verhafte ich Euch im Namen der Nachfahren des Corineus und überantworte Euer Schicksal dem Heiligen Gericht in Pallas.«

Vordans Gesicht wurde noch blasser.

Eine Verurteilung durch das Heilige Gericht konnte den Untergang eines ganzen Hauses bedeuten, selbst wenn nur ein einzelnes Mitglied sich schuldig gemacht hatte. Und das Gericht zeigte selten Gnade. Vordans Familie würde für alle Zeiten entehrt und ihr gesamtes Vermögen eingezogen.

Malevorn spürte, wie sich etwas in ihm regte. Es war nicht Mitgefühl, sondern das Wissen, dass seine eigene Familie um ein Haar dasselbe Schicksal ereilt hätte. Malevorns Vater Jaes hatte während der Noros-Revolte Schande über sich gebracht, und der einzige Weg, die Andevarions vor dem sicheren Ende zu bewahren, war sein Selbstmord gewesen.

»Mein Bischof«, krächzte Vordan, »dies war Euer Kommando, nicht meins.«

Mit einem Mal wurde es totenstill auf der Lichtung, als hielten selbst die weit unterhalb rauschenden Fluten einen Moment lang inne, um zu lauschen.

Adamus stieß seinen Bischofsstab auf den Boden und hob entrüstet das Kinn. »Wir alle hier haben gehört, wie Ihr den Oberbefehl über diesen Einsatz für Euch beansprucht habt, Lanfyr. Ich als Berater, Ihr als Kommandant. Jeder, der hier steht, kann es bezeugen. Ihr könnt Euch nicht hinter einem anderen verstecken, und es bringt nur umso mehr Schande über Euch, dass Ihr es versucht.«

Vordan blickte sich um: Elath Dranid, Freund und Kämpfer an seiner Seite seit über zwanzig Jahren, zeigte keinerlei Regung. Raine, die seine Geliebte gewesen war, streichelte demonstrativ Malevorns Arm. Seine Lage war hoffnungslos.

»Lanfyr Vordan«, sprach Adamus weiter, »ich enthebe Euch hiermit des Kommandos und ernenne stattdessen Elath Dranid.«

Malevorn verbarg seine Enttäuschung. Natürlich ernannte er den dienstälteren Dranid zum neuen Kommandanten, so verlangt es die Hierarchie.

Meine Zeit wird kommen …

Vordans Augen wurden glasig, als Adamus ihm die Offiziersplakette von der Tunika riss und sie Dranid übergab.

Der neue Kommandant küsste Adamus' Bischofsring, dann richtete er sich auf. »Akolythen!«, bellte er und schlug sich mit der Faust auf die Brust. »Verabschiedet Euren ehemaligen Kommandanten.«

Die Akolythen salutierten, während Vordan wortlos sein Schwert zog. Er küsste den Griff und reichte es Dranid. Der ehemalige zweite Offizier nahm es entgegen und warf sein eigenes über die Klippen. Dann küsste er ebenfalls den Griff und steckte das Schwert in die Scheide an seinem Gürtel. Schließlich zog Vordan seinen Dolch, ein Familienerbstück, und Adamus streckte die Hand aus.

Malevorn hielt den Atem an. Dies war Vordans letzte Gelegenheit, seine Familie vor der Brandmarkung durch das Heilige Gericht zu retten – indem er denselben Weg einschlug wie sein Vater damals. Tod oder Schande.

Vordan drehte den Dolch um, richtete die Klinge auf sein Herz und stieß zu.

Raine beobachtete mit gierigem Blick, wie sich der Stoff von Vordans Hemd rot färbte. Dominic schnappte nach Luft wie ein kleines Mädchen. Nur Virgina und Dranid blieben ungerührt, genauso wie Malevorn. Zumindest äußerlich, denn er hatte soeben eine wichtige Lektion gelernt. *So also gehen mächtige Männer zugrunde.*

Adamus blickte lächelnd auf die Leiche zu seinen Füßen und machte mit der beringten Hand eine Geste, die nur ein Magus deuten konnte: Er vernichtete Vordans Seele, sodass nichts mehr übrig blieb, das in Kores Reich eingehen konnte. Für Lanfyr Vordan würde es weder Hel noch Paradies geben.

»Kommandant Dranid, macht die Faust bereit«, sagte der Bischof. »Wir haben Ketzer zu jagen.«

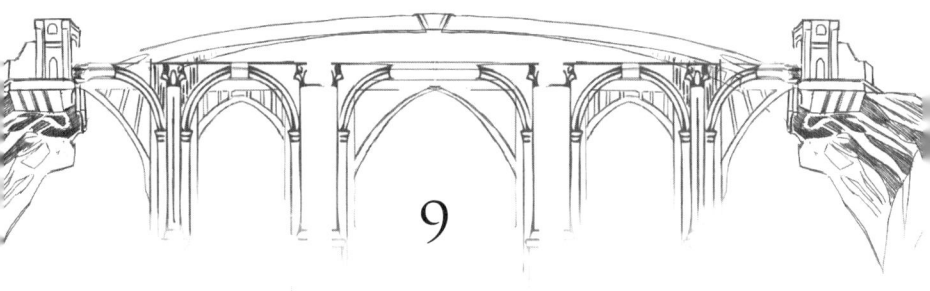

9

HEILIGE SCHWÜRE

SAFIA

Safia war eine Dichterin der alten Welt, zur Zeit der Regentschaft von Fustius II, siebter Kaiser des Rimonischen Reiches. Sie war berühmt für ihre Schönheit und ihr Talent, und sie war die erste Frau, die als Poeta di Laurelae an den kaiserlichen Hof gerufen wurde.

Doch endete ihre Zeit am Hof mit einem Skandal, als man sie im Bett der Kaiserin fand. Seit jenem Tag werden Frauen, die andere Frauen begehren, Safias genannt. Safia wurde vom Hof verbannt, doch es heißt, die Kaiserin habe sie oft in ihrem luxuriösen »Gefängnis« besucht, einer Villa in der Nähe von Taphe, nur zehn Meilen von der kaiserlichen Sommerresidenz entfernt.

ANNALEN VON PALLAS

Gurvon Gyle stand auf dem Glockenturm der Sollan-Kapelle an der Piazza Giannini, die einmal der Olivenölmarkt der Stadt gewesen war. Jetzt wehten überall die blau-weißen Flaggen und Banner der Dorobonen. Soldaten paradierten vor der Kapelle und hielten alle fern außer den zu den Feierlichkeiten geladenen getreuen Anhängern der Häuser Dorobon und Gorgio. Trommler und Trompeter standen stramm und warteten auf das Signal, die Krönung des neuen Königs zu verkünden.

Gyle schaute zu Hesta Mafagliou hinüber. Ihr verschwommener Blick war auf die Piazza gerichtet, und ihre Lippen bewegten sich ständig, während sie mit dem guten Dutzend Geistern sprach, die sie auf den umliegenden Gebäuden postiert hatte. Die ganze Nacht hatte sie damit verbracht, Dämonen zu bannen und sie an Vögel zu binden, die nun ihre Augen und Ohren waren. Bis jetzt war alles ruhig. Die Jhafi zettelten keinen Aufstand an, wie Octa befürchtet hatte. Sie ignorierten die Zeremonie einfach.

Gyle drehte sich um und ging zurück auf den kleinen Balkon in der Kapelle, der einen guten Blick auf die Apsis bot. Die in Bronze gegossenen Antlitze der Gottheiten Sol und Lune prangten immer noch an den Wänden, aber auf dem Altar stand nun das Heilige Herz der Kore. Pallas hatte einen Crozier gesandt, der ab jetzt das religiöse Oberhaupt des Landes war und die Javonier zu Kore bekehren sollte. *Viel Glück auch*, dachte Gyle. *Das haben schon andere versucht und sind kläglich gescheitert.*

»Im Namen des Corineus, der vor dem allmächtigen Kore für uns spricht, rufe ich das Heilige Herz an«, intonierte der

Bischof, der sich den Namen Eternalus gegeben hatte. »Ich rufe die Gesegneten Dreihundert an, diesen großen Moment zu bezeugen. Ich erteile die Billigung und Zustimmung unseres Kaisers Constant Sacrecour sowie seiner geheiligten Mutter zu dieser Krönung.«

Während seine Worte durch die kleine Kapelle hallten, musterte Gyle Octa Dorobons Gesicht. Die ganze Bandbreite von Gefühlen spiegelte sich darauf, von tiefster Entrüstung über den prunklosen Ort bis hin zu grimmiger Zufriedenheit darüber, dass das lang ersehnte Ereignis nun endlich stattfand. Es war der Augenblick ihres Triumphs, die Krönung ihres Sohns, der nun auf dem Thron Platz nahm, den das Haus Dorobon einst erobert und verloren und nun zurückgewonnen hatte. Gleichzeitig war es der Moment, in dem sie offiziell alle Kontrolle über ihren Sohn aufgab. Auch dieser innere Konflikt war ihr deutlich anzusehen.

Der arme Kerl, dass er dieses Weib »Mutter« nennen muss, dachte Gyle und wandte seine Aufmerksamkeit dem Sohn zu.

Francis Dorobon war ganz in Gold gekleidet, goldene Stickereien schillerten auf goldener Seide, nur das blau-weiße Wappen auf seiner Brust störte den Glanz. Das Haar war sorgfältig frisiert, Francis' Miene stolz und gefasst. Das Schwert an seiner Seite schimmerte in Gnosislicht und erstrahlte im Halbdunkel der Kapelle wie ein Engel Kores.

»Sehet die Insignie der königlichen Macht«, verkündete Eternalus Crozier feierlich. Er hielt die javonische Krone hoch und ging dann dazu über, Francis' Stammbaum aufzuzählen.

Gyle ignorierte Olivia Dorobons diskretes Winken und konzentrierte sich auf Cera Nesti. Etwas an dem Verhalten des Mädchens hatte sich verändert, und das bereitete ihm Sorgen. Ihr Schritt hatte eine Beschwingtheit, die er nicht an ihr gesehen hatte, seit ihr Vater König Olfuss ermordet worden war.

Sie sieht gesünder aus, ihre Augen glänzen wieder. Vor ein paar Tagen ist sie noch gebeugt dahingeschlurft, jetzt schwebt sie geradezu. An irgendwelchen erfreulichen Neuigkeiten konnte es nicht liegen, denn es gab keine. Also blieb nur eine Möglichkeit. *Du bist ein Narr, Gurvon,* sagte er zu sich selbst und betrachtete das verhaltene Lächeln auf ihren Lippen. *Narr ist noch zu milde …*

Sie hatte sich von ihm küssen lassen.

Gyle hatte nichts dergleichen beabsichtigt. Er hatte Cera lediglich über die bevorstehende Krönung und die im Anschluss stattfindenden Feierlichkeiten instruieren wollen. »Sie werden deine Anwesenheit als Machtdemonstration nutzen«, hatte er sie gewarnt. »Lass dich nicht provozieren, ganz egal was sie sagen oder tun. Das ist es nicht wert.«

»Ich bin nicht dumm, Magister«, hatte sie ihm ins Gedächtnis gerufen und ihn mit dem Anflug eines Lächelns verwirrt – verwirrt, weil er nicht verstand, was sie so fröhlich machte.

»Cera, das hier ist wichtig. Octa würde dich am liebsten tot sehen. Sie will nicht, dass Francis dich oder Portia heiratet. Sie hat Angst, die Kontrolle über ihren Sohn zu verlieren, und sie wird dich dafür büßen lassen.«

»Ihr werdet mich beschützen«, erwiderte sie und neigte den Kopf genau in dem Winkel, der ihr Gesicht so vorteilhaft aussehen ließ. Ob sie das vor dem Spiegel geübt hatte? Gyle spürte einen Kloß im Hals. »Ich weiß.«

Er war nicht oft einsam gewesen in seinem Leben. Normalerweise kam er hervorragend mit dem Alleinsein zurecht, nur manchmal machte es ihm zu schaffen, dann allerdings traf es ihn umso härter. Das erste Mal war während der Noros-Revolte gewesen, während der Monate vor dem Massaker von Knebb. Der Krieg und der Verlust seiner Geliebten hatten ihn einsam gemacht. Es war eine Zeit vollkommener Verlassenheit gewesen, die erst endete, als Elena Anborn ihn nachts in seinem Zelt aufgesucht hatte.

Die zweite Phase schmerzhafter Einsamkeit war jetzt.

Gyle hielt sich gerne für jemanden, der seinen eigenen Weg ging und auf niemanden angewiesen war. Aber das stimmte nicht, und er war nicht der Mann, der sich selbst etwas vormachte. Er *brauchte* jemanden. Weniger eine Bettgefährtin – auch wenn das dazugehörte – als einen Gesprächspartner. Das war das Besondere an Elena gewesen, der eine Aspekt, der sie so eng zusammengeschmiedet hatte. Sex war wie Essen, Gyle tat es, weil es ab und zu notwendig war, aber wonach er sich wirklich sehnte, war der Austausch mit einem ebenbürtigen Intellekt.

Im Moment war der einzige Mensch, der gerissen, schlau und aufmerksam genug war, um als ebenbürtig zu gelten, diese junge Frau, Elenas ehemaliger Schützling. Die Ironie des Schicksals, die darin lag, machte zweifellos einen Teil des Reizes aus, aber das tat der Anziehung keinen Abbruch. Und nur ein Narr leugnete seine eigenen Bedürfnisse und Wünsche.

Seine Intrigen hatten dazu geführt, dass Cera ihm immer noch misstraute, aber seit etwa einer Woche hatte er das Gefühl, dass die Schranken allmählich fielen. Auf beiden Seiten. Sie fühlte sich zu ihm hingezogen, spürte die Seelenverwandtschaft zwischen ihnen, das wusste er ganz genau. Und er wollte sie. Wenn er deshalb Francis Dorobon hintergehen musste, würde er es tun – um sie zu schützen. Und um sie an sich zu binden. Gyle spürte, wie das körperliche Verlangen nach ihr immer stärker wurde. Dass sie nicht so schön war wie Vedya oder Portia, spielte keine Rolle. Ihr Intellekt war es, der ihn anzog, und der Intellekt war für ihn das Tor zur Seele.

»Ich werde dich beschützen«, versprach er. »Wir sind beide in Gefahr. Wir brauchen einander.«

Sie blickte ihm in die Augen und erschauerte. War das Angst oder ein Eingeständnis der beiderseitigen Anziehung? »Magister…«, begann sie.

»Nenn mich Gurvon, Cera.«

Sie lächelte schüchtern und wischte sich eine Haarsträhne aus dem Gesicht, so grazil, dass Gurvon beinahe erschrak. »Warum riskiert Ihr so viel für mich?«

Dass sie weiter lediglich über Staatsangelegenheiten sprach, entflammte ihn nur noch mehr. Sie war in der Tat eine Frau, deren Gedanken und Gefühle den gleichen Regeln folgten wie die seinen. »Man muss sich immer alle Optionen offenhalten«, antwortete er aufrichtig.

»Dann bin ich nur eine Rückversicherung für den Fall, dass das erstgesetzte Pferd verliert?«

»Nein. Ich verachte die Dorobonen«, sagte er so leise, dass Hesta es nicht hören würde, falls sie gerade hinter dem geheimen Guckloch saß. »Dass ich sie im Moment unterstütze, hat allein taktisch-politische Gründe. Es gibt wesentlich bessere Beweggründe.«

Cera verstand sofort. »Bündnisse können wechseln«, hauchte sie. »Gurvon.«

Seinen Namen aus ihrem Mund zu hören jagte ihm einen Schauer über den Rücken. Und es ermutigte ihn, noch mehr preiszugeben. »Wie könnte ich nach alldem nach Yuros zurückkehren? Die Kaiserfamilie umgibt sich nicht gern mit Menschen, in deren Schuld sie steht. Ich sehe meine Zukunft eher hier.«

Cera blickte zu ihm auf. Sie war so nah, dass er ihren Körper riechen konnte, den Duft von Blumen und Erde. »Würdet Ihr die Dorobonen hintergehen? Für mich?«

Ich würde jeden hintergehen, aber nur, wenn die Logik es gebietet.

»Für dich? Vielleicht…« Gyle streckte die Hand aus, hob Ceras Kinn an und küsste sie auf den Mund.

Ihre Lippen schmeckten so süß, dass es beinahe schmerzte, und sie ließ ihn gewähren. Nur Gyles eiserne Disziplin und der nagende Verdacht, dass Hesta sie beobachtete, hielten ihn zurück. Und die Tatsache, dass sie bis zur Hochzeit mit Francis Jungfrau bleiben musste.

»Alles ruhig«, flüsterte Hesta und holte Gyles Gedanken zurück zu der gerade stattfindenden Krönung. Die Überraschung darüber, dass sie ihm unbemerkt so nahe gekommen war, ließ er sich nicht anmerken.

Auch sie ist eine potenzielle Gefahr. Ich sollte sie besser im Auge behalten. Er hob eine Hand zum Zeichen, dass er verstanden hatte.

Mara und Sordell waren im Moment bei Endus Rykjard und schmiedeten Pläne. Hesta war die einzige erfahrene Agentin, die er derzeit hier in Brochena zur Verfügung hatte. Mathi Fillon war stark, aber er war jung und hatte seine Feuerprobe noch vor sich. Madeline Parlow war im Kampf nicht zu gebrauchen.

Gyle war stärker auf Hesta angewiesen, als ihm lieb war, aber bis jetzt machte sie ihre Sache gut. *Trotzdem sollte sie nicht hier drinnen sein, sondern draußen und den Platz im Auge behalten. Und vor allem sollte sie nicht laut sprechen.* Sie sah erschöpft aus. So viele Geister zu binden und ständig mit ihnen Kontakt zu halten, war äußerst anstrengend, aber dafür bezahlte er sie schließlich. Er beschloss, sie seinen Ärger spüren zu lassen. *Keinen Laut, nicht mal ein Flüstern! Jedes Geräusch trägt meilenweit in dieser Kapelle. Konzentrier dich auf deine Späher, bis der König wieder im Palast ist.*

Niemand wird einen Angriff versuchen, gab Hesta knapp zurück. *Die einzigen möglichen Gefahrenquellen sind bereits hier.* Sie deutete auf Octa und ihr Gefolge.

Es ist nicht Octa, um die ich mir Sorgen mache, sondern Elena. Und jetzt geh wieder nach draußen.

Die Lantrierin lächelte versonnen. *Die kleine Nesti macht sich, findest du nicht?*

Sie ist noch ein Kind.

Kind oder nicht, sie war Königin-Regentin. Sie ist intelligent und weiß Intelligenz bei anderen zu schätzen. Sie erwacht, wird zur Frau. Ich frage mich, ob Francis das zu würdigen weiß.

Gyles Miene verfinsterte sich. *Wenn ich Rat wegen einer jungen Frau brauche …*

Brauchst du nur zu fragen. Hesta zwinkerte. *Ich bin Expertin auf dem Gebiet, schon vergessen?* Sie grinste ihn noch kurz an, dann schlenderte sie davon.

Noch während Gyles Ärger schwelte, wanderte sein Blick zu Cera. Zu sehen, wie sie mit einem anderen verheiratet wurde, würde nicht leicht werden, aber nichts hielt ewig, auch eine Ehe nicht. Egal was die heiligen Schwüre besagten. Außerdem hatte er noch ein paar Trümpfe im Ärmel, unter anderem Timori, dessen Aufenthaltsort er sorgsam vor dem Rest der Grauen Füchse geheim gehalten hatte.

Francis kniete vor Eternalus Crozier. »Francis Louis Dorobon, Marquis von Sendon und Verussy«, sagte der Bischof, »kraft meines Amtes kröne ich Euch hiermit zum König von Javon.« Mit diesen Worten setzte er Francis die eigens an die Maße seines Kopfes angepasste Krone auf.

Neunzehn. Lächerlich jung für so eine schwierige Aufgabe.

Cera war zwar exakt genauso alt, aber sie war eine unendlich viel bessere Herrscherin gewesen, als Francis es je sein würde. Wieder schaute Gyle zu Cera hinüber. Sie stand allein in dritter Reihe am Rand der Bank, isoliert, verwundbar und mit glasigem Blick. Bestimmt dachte sie gerade an ihre Eltern, an ihre Schwester und ihren Bruder. Gyle merkte, dass er sie trösten wollte – nur um die Dankbarkeit in ihren Augen zu sehen.

Wenn die Dorobonen sich gegen mich wenden, könnte ich das ganze Land gegen sie aufhetzen, solange ich es nur in Ceras Namen tue.

Die geladenen Gäste bejubelten den neuen König, und Gyle ließ Cera nicht aus den Augen, bis er schließlich an der Reihe war, Francis' Ring zu küssen.

Auch Cera musste es tun. Sie trug ein schlichtes violettes Kleid, in dem sie eher aussah wie eine Dienerin als wie eine Prinzessin. Sie hatten ihr nicht gestattet, ihr Diadem anzulegen, ihr einziger Schmuck war der Brautschleier. Bei Portia Tolidi das Gleiche. Gemeinsam warteten die beiden nun auf den zweiten Teil der Zeremonie, die Hochzeit, die nur in kleinem Kreis abgehalten werden würde, da sie, wenn es nach Octa ginge, überhaupt nicht stattgefunden hätte.

Jetzt, da der Moment kurz bevorstand, war Gyle nicht sicher, ob er in diesem einen Punkt nicht ausnahmsweise mit Octa übereinstimmte. *Nur ein Narr leugnet seine Bedürfnisse.*

Es regnet …

Reisende hatten Cera erzählt, dass es in Yuros ständig regnete, aber hier in Javon geschah das nur zwei Mal im Jahr: einmal im Novelev und einmal im Februx. Am Anfang des Winters und wenn er zu Ende ging, öffneten sich die Schleusen des Himmels, füllten die Flüsse und Seen und fluteten die Ebenen. Die Keshi nannte diese Zeit Yagmur, in Lakh hieß sie Monsun.

Der Yagmur wurde stets gefeiert. Selbst unter der Knute der Dorobonen und nachdem so viele Familien ihre Väter verloren hatten, fand das Fest statt. Cera hörte die Trommeln bis an ihr Fenster. In der Stadt kamen die Männer in weißen Gewändern zusammen und tanzten, die Frauen in schreiend bunten Kleidern, aber auf anderen Plätzen als die Männer. Yagmur war eine von nur zwei Gelegenheiten, zu denen sie ihre Bekiras ablegen konnten, und das auch nur, solange keine Männer anwesend waren. Wehmütig dachte Cera daran, wie ihre Mutter sie und Solinde einige wenige Male zu den Tänzen mitgenommen hatte. Es waren die glücklichsten Tage ihres Lebens gewesen.

Diesmal konnte sie nur von der Ferne lauschen. Cera unterdrückte ein Gähnen, schaute hinunter auf die vom Regen gepeitschte Stadt und wünschte, sie könnte sich mit Portia den irgendwo dort unten feiernden Frauen anschließen.

Sie war bei Sonnenaufgang aufgestanden und hatte den kleinen Dom-al'Ahm neben dem Palast aufgesucht, in den ihre Mutter sie immer mitgenommen hatte, um zu Ahm zu beten. Im krassen Gegensatz zu den Straßen draußen war es im Palast totenstill gewesen. *Diese Rondelmarer sind so blutleer, sie werden nicht lange gegen uns durchhalten,* hatte sie mit einem Lächeln gedacht.

Den ganzen Tag über hatte sie keine offiziellen Verpflichtungen, erst am Abend. Bis dahin konnte Cera tun und lassen, was sie wollte. Sie vermisste die Ratsbesprechungen, die intensiven Auseinandersetzungen, in denen über die Geschicke des Landes entschieden wurde. Im Moment war Cera nicht mehr als eine Karte in einem Spiel. Oder eine Zuchtstute, je nachdem, wie man es betrachtete. Sie hielt die linke Hand hoch und betrachtete den schweren, unbequemen Ring daran. Das eingravierte Wappen wies sie als Francis Dorobons persönlichen Besitz aus. Gleich nach der Krönung waren sie und Portia in eine kleine Sollan-Kapelle gebracht worden, in der Drui Prato sie beide nach den Gebräuchen Javons mit dem neuen

König verheiratet hatte. Cera hatte sich einfach vorgestellt, sie würde stattdessen Portia heiraten.

Anschließend hatte Francis seine Bräute mit in sein Gemach genommen und Cera vor Portias Augen entjungfert. Dass Portia dabei war, machte den Schmerz und die Erniedrigung erträglicher, sogar als Francis sie gezwungen hatte, sich vor ihn zu kauern, damit er sie von hinten nehmen konnte wie eine Kuh. Wenigstens hatte sie ihn auf diese Weise nicht ansehen müssen, sein widerliches Gesicht und die blasse, schwammige Haut. Es hatte wehgetan, aber nicht so stark, wie Cera es erwartet hatte, und Francis hatte ihre leisen Schmerzenslaute offensichtlich für lustvolles Stöhnen gehalten. Schließlich hatte er den vor der Tür Wartenden zufrieden das blutverschmierte Laken präsentiert und Cera fortgeschickt, damit er mit Portia, bei der das Laken längst nicht mehr blutig wurde, allein sein konnte.

Ich bin jetzt eine Frau, und eine verheiratete noch dazu. Es war seltsam, aber der Gedanke bedeutete ihr nicht das Geringste. Nichts bedeutete ihr etwas, außer Portia.

Die Gefahr machte ihre heimlichen Treffen umso süßer, die Schwierigkeit, es überhaupt einzurichten, dass Cera um Mitternacht in Portias Gemach schleichen konnte, im Vertrauen auf Gyles Wort, dass niemand sie beobachtete.

Meistens wollte Portia nur schlafen oder im Arm gehalten werden. Nur drei Mal hatten sie sich geliebt, und diese kleinen Zurückweisungen taten Cera, die so sehr nach Portia verlangte, verdammt weh. Ihre Tage waren erfüllt von verzweifeltem Verlangen, einem Bedürfnis, das so heiß in ihr brannte, dass sie Angst hatte zu verglühen. Cera hatte verliebte Mädchen stets verachtet, und jetzt, da sie selbst eines war, konnte sie es kaum ertragen. Zu wissen, dass ihre Leidenschaft nur teilweise erwidert wurde, war wie Folter, doch wenn sie zusammen waren, spielte all das keine Rolle mehr. Dann konnte sie ihr Glück nicht fassen, dass diese wunderschöne Frau das Bett mit ihr teilte. Es war unfassbar, welches Entzücken Portias Mund und Lippen ihr bereiten konnten. Das Vergnügen, es zu erwidern, jedoch, Portias herrlichen Körper zu erkunden, war ganz und gar unbeschreiblich …

Hinterher redeten sie viel, sprachen ohne jede Scham und Zurückhaltung über Dinge, die Cera bisher keiner Menschenseele anvertraut hatte, flüsterten miteinander, bis die Stunden verflogen waren und die alltägliche Scharade von Neuem begann.

Ich liebe sie. Ich möchte mit ihr zusammen sein, für immer. Den leisen Verdacht, dass Portia sich ihr nur aus Freundschaft und Mitleid hingab, konnte sie gerade so ertragen. Im Moment zumindest.

Auch sie wird mich eines Tages lieben, es braucht nur Zeit, sagte sie sich. Hätte sie an einen Gott geglaubt, der solche Wünsche gewährte, hätte sie sogar dafür gebetet.

Francis war mit seinen Freunden auf Löwenjagd gegangen, Gyle war auch dabei. Cera war froh um die kleine Verschnaufpause, denn das Spiel mit seiner Zuneigung fühlte sich von Tag zu Tag gefährlicher an. Sie spürte, dass er sie wollte, selbst wenn er damit dem König Hörner aufsetzte. Bis jetzt war es ihr gelungen, ihre abgrundtiefe Verachtung zu verbergen. Sie hatte es tatsächlich geschafft, Gyle glauben zu machen, er hätte sie auf ihre Seite gezogen. Aber sie wusste, sie würde diese Fassade nicht ewig aufrechterhalten können.

Octa und Olivia gaben sich unterdessen wahrscheinlich einem weiteren Gelage im Königsflügel hin. Bestimmt waren sie jetzt schon betrunken und würden noch den ganzen Tag weiterschlemmen, um dann bei Sonnenuntergang bewusstlos in ihre Betten zu sinken. Die Hochzeit hatte nichts an der Verteilung der Gemächer geändert, weshalb Portia und Cera nach wie vor allein auf ihrem Stockwerk waren, aber das machte Cera nichts aus. Im Gegenteil.

Endlich! Der Moment, auf den sie so sehnlich gewartet hatte, war da: Tarita klopfte leise an ihre Tür und tippelte wieder davon. Natürlich wusste die junge Kammerdienerin über alles Bescheid, aber wenn sie sich daran störte, ließ sie es sich zumindest nicht anmerken. Cera sprang auf, und binnen eines Wimpernschlags war sie in Portias Gemach.

Die Tür zum Schlafbereich stand offen. Cera sah das zerwühlte Bett, darin einen geschmeidigen, nackten Körper und einen Schopf rotbraunen Haares, der die helle Haut nur noch besser zur Geltung brachte. Einen Moment lang verschlug es ihr den Atem.

Portia blickte sie unter schweren Lidern an. »Du bist unersättlich«, stöhnte sie und rückte ein Stück zur Seite, um Platz für Cera zu machen.

Francis Dorobons Tross ritt in gemächlichem Tempo durch die Armenviertel am Rand von Brochena zurück zum Palast. Das Risiko mochte größer geworden sein, aber die Kolonne war lang genug, um mögliche Angreifer abzuschrecken. Während des letzten Monats waren zwei Patrouillen in einen Hinterhalt geraten und niedergemacht worden. Fenys Rhodium und Terus Grandienne hatten unverzüglich brutale Vergeltung geübt und das gesamte Viertel abgeriegelt, in dem die Angriffe stattgefunden hatten. Dann hatten sie alle Hütten mit Gnosisfeuer niedergebrannt. Hunderte Männer, Frauen und Kinder, die mit größter Sicherheit nicht das Geringste mit dem Hinterhalt zu tun gehabt hatten, waren ums Leben gekommen.

Ich hätte sie auch direkt zu den Schuldigen führen können, überlegte Gyle. Doch es passte gut in seine Pläne, wenn die Dorobonen sich verhasst machten.

Die Karawane schlängelte sich durch die Straßen, die Felle der vier erlegten Berglöwen waren für jedermann gut sichtbar an langen Stangen befestigt. Die Jagd war gut verlaufen, Francis hatte sich königlich amüsiert. Zehn Tage lang hatten er und seine Freunde begeistert die Fährten verfolgt, hatten jeden Abend am Lagerfeuer betrunken gelacht und getanzt. Gyle war immer etwas außen vor gewesen – er gehörte nun mal nicht zur Familie –, aber Francis war so offensichtlich um seinen Rat bemüht, dass alle ihn mit gebührendem Respekt behandelten.

»Gyle«, polterte er jetzt, lenkte sein Pferd längsseits und klopfte ihm auf die Schulter. »Was für eine gelungene Jagd, mein Freund! Das müssen wir bald wiederholen.«

»Es gibt noch andere Tiere, die zu jagen sich lohnt, Euer Majestät«, bestätigte er und unterhielt Francis mit Schilderungen des javonischen Wilds, erzählte von Hirschen und Keilern und Carnobriden, riesigen flugunfähigen Adlern, die in den unzugänglichen Bergen lebten. »Hier in Javon läuft eine Menge schmackhaftes Fleisch auf vier Beinen herum. Man muss nur wissen, wo man suchen muss«, fügte er mit lockendem Unterton hinzu.

Francis blickte sich kurz um und beugte sich näher heran. »Eine Zeit lang vom Hof zu verschwinden weckt meine Lebensgeister, mein Freund. Ich weiß, ich sollte es nicht laut aussprechen, aber ich habe das Gefühl, dass ich die Dinge hier noch nicht ganz unter Kontrolle habe. Die Berater und Vertrauten meiner Mutter liegen mir ständig in den Ohren wegen diesem und jenem. Fenys und Terus tun, was immer sie ihnen einflüstert.« Er tat so, als müsse er gähnen. »Sie langweilen mich. Mutter behandelt mich immer noch wie ein Kind. Ich bin der rechtmäßige König und habe zwei Frauen, aber meine

Mutter versucht weiter, mich in ihrem Laufstall zu halten. Wie bekomme ich sie nur dazu, mir mehr Freiraum zu gewähren?«

Gyle lächelte innerlich. Solche Gespräche führten sie in letzter Zeit immer häufiger, und Francis ersuchte ihn oft um Rat.

»Ein König muss seinen Beratern vertrauen«, begann er vorsichtig, »und auch die Familie ist wichtig, aber sie darf nicht die einzige Informationsquelle sein.«

»Ihr braucht nur meine Schwester Olivia zu heiraten, dann würdet Ihr auch zur Familie gehören«, warf Francis fröhlich ein.

Großer Kore! »Die Staatsangelegenheiten nehmen meine ganze Kraft in Anspruch, Herr«, entgegnete Gyle eilig.

»Ha! Nicht die ganze, mein Freund. Glaubt nicht, ich wüsste nichts von Eurem heimlichen Verhältnis mit ihr.« Der König klang nicht verärgert, eher amüsiert. »Allerdings hätte ich nicht gedacht, dass Ihr und sie sonderlich gut zusammenpasst, ehrlich gesagt.«

Gyle bedachte ihn mit einem kumpelhaften Grinsen, genau wie Francis es sich wünschte. *Ich muss darauf achten, seine Schwester nicht zu beleidigen. Aber sie auf Dauer am Hals zu haben wäre das Letzte, was ich will.* »Es sind nur gelegentliche Stelldicheins, Herr.« Er senkte seine Stimme zu einem Flüstern. »Ich glaube, sie sieht es als einen Akt der Rebellion gegen ihre Mutter.«

Der König stieß ein kurzes Lachen aus und blickte sich noch einmal um, um sicherzugehen, dass niemand in Hörweite war, dann fragte er: »Ihr würdet also ablehnen, wenn ich Euch befehle, sie zur Frau zu nehmen?«

»Herr, bei allem Respekt, aber ich bezweifle, dass ich mir jemals eine Frau nehmen werde. Meine Aufgaben lassen mir gar nicht die Zeit dazu.«

»Schande aber auch.« Francis schüttelte den Kopf. »Dabei würde ich Euch so gerne in den offiziellen Kreis meiner Familie aufnehmen.« Er kicherte leise. »Außerdem würde Mutter der Schlag treffen.« Als schließlich die Palastfestung in Sicht kam, erstrahlte Francis' Gesicht. »Und da wartet auch schon meine Frau!«

»Sie warten beide«, rief Gyle ihm ins Gedächtnis.

Francis blickte ihn verschwörerisch an. »Diese Nesti interessiert mich nicht. Ihre Haut ist zu dunkel, und sie ist zu ernst. Sie hat kein … Feuer.« Er schnaubte. »Und ich mag ihren Geruch nicht. Sie riecht wie … Knoblauch und Curryblätter. Aber ich tue meine Pflicht, und sie tut die ihre.«

»Schwängert sie, Herr.« Gyle machte eine obszöne Geste. »Eure Heirat mit Cera hat die Nesti schon fast besänftigt. Ein Maguskind würde sie zusätzlich an Euch binden.«

»Nächste Woche kommt sie in Hitze.« Francis gackerte beinahe. »Ich werde sie eifrig bearbeiten und das Kind Gurvon nennen.« Wieder schlug er Gyle auf die Schulter. »Aber bis dahin habe ich eine wesentlich rassigere Stute zu reiten. Diese Tolidi ist wie besessen von mir, wisst Ihr. Sie ist unersättlich.« Er schaute hinauf zu den Türmen. »Mutter will mich nach wie vor mit einer dieser Schlampen aus ihrem handverlesenen Kreis verkuppeln, aber was immer auch passiert, Portia gebe ich nicht her. Entweder, meine neue Frau akzeptiert das, oder es gibt keine neue Frau. Ich bin jetzt der König, und ich bestimme allein!«

Portia Tolidi kümmerte Gyle nicht. »Eure Mutter hat wahrscheinlich vergessen, wie es ist, jung zu sein«, sagte er, um ihn noch etwas mehr aufzustacheln. »Früher oder später wird sie die Zügel lockern und Euch mehr Freiraum lassen.«

Francis' Miene verfinsterte sich. »Meine Mutter versteht mich nicht.«

»Das tun Mütter selten.« *Sie liest in dir wie in einem offenen Buch, mein guter Francis. So wie wir alle.* »Aber ich glaube, sie wird Javon bald satthaben. Ich bin sicher, sobald sie den Eindruck bekommt, dass Eure Position hier gesichert ist, geht sie zurück nach Yuros.« Er beobachtete Francis' Reaktion auf die Anspielung, dass sein Thron immer noch in Gefahr war, genau.

»Das kann noch dauern, fürchte ich«, brummte Francis und drehte sich nach seinem Gefolge um. »Meine Freunde sind ein feiner Haufen, aber sie verstehen Politik nicht so wie ich und Ihr, Gyle.« Er senkte die Stimme wieder. »Mutter fürchtet Euch. Sie glaubt, Ihr hättet mehr Einfluss auf mich als sie.«

»Ihre Bedenken sind unbegründet, mein Gebieter«, log Gyle. »Ihr steht auf eigenen Beinen.«

»Und ob«, bestätigte der König eifrig. »Ihre Leute glauben, sie könnten über mich bestimmen.« Francis kaute auf seiner Unterlippe. »Am liebsten wäre ich sie alle los, aber Mutter ...« Er schnaubte verärgert. »Ich kann sie ja nicht einfach fortschicken.«

»Stimmt. *Noch* könnt ihr es nicht, mein Gebieter. Aber Ihr könnt sie ausmanövrieren. Die Nesti hatten einen Rat, der faktisch die Regierungsgeschäfte übernommen hat. Beruft Euren eigenen Rat ein, Herr, ohne das Gefolge Eurer Mutter. Dann habt *Ihr* die Kontrolle.«

Francis' Augen blitzten. »Das könnte ich tatsächlich, nicht wahr?« Gyle sah, wie der frischgebackene König in seiner Fantasie die neu gewonnene Freiheit bereits dazu nutzte, sich aus jeglicher Regierungsverantwortung zu stehlen. »All diese langweiligen Pflichten ...«

Gyle hütete sich, die Augen zu verdrehen. »Herrschen muss keine Last sein, Herr. Beruft ein paar Männer, denen ihr vertraut, als Eure Berater und delegiert alles Weitere an Don Perdonello. Er wird Euren Willen durchsetzen.« *Mein guter Freund Francesco.*

»Perdonello? Den mag ich nicht.«

»Er ist der fähigste Beamte des ganzen Landes, Euer Majestät. Ihr könnt Euch auf ihn verlassen. Er wird Eure Entscheidungen umsetzen, ohne Euch mit den Formalien zu belasten.«

»Aber wenn ich Mutter vor den Kopf stoße, wird es nach außen hin aussehen, als hätten wir uns überworfen. Meine Untertanen werden das als Schwäche deuten.« Er flüsterte beinahe. »Ich habe nur zehntausend wirklich loyale Soldaten.«

Sogar noch weniger, mein Junge. »Dann holt die Nesti mit ins Boot. Schwängert Cera. Behandelt sie in der Öffentlichkeit gut, dann habt Ihr die Nesti auf Eurer Seite. Sie haben immer noch Einfluss in diesem Land. Bindet sie an Euch.«

Francis überlegte. »Ich schätze, für eine Dunkelhäuterin ist sie gar nicht mal so hässlich. Ich habe schon hässlichere Frauen gehabt. Außerdem habe ich ja immer noch Portia.« Er grinste. »Euer Vorschlag, mehrere Frauen zu nehmen, war gut. Ihr solltet es selbst einmal versuchen.«

Cera erwachte aus einem von unruhigen Träumen heimgesuchten Mittagsschlaf, in den sie aus purer Langeweile gefallen war. Francis war kaum von der Jagd zurückgekehrt, da war Portia in seinem Gemach verschwunden und seitdem nicht wieder herausgekommen. Nach Cera hatte er nicht geschickt. Einmal mehr fühlte sie sich zurückgewiesen und einsam. Die Vorstellung von Portia in Francis' Bett machte sie zutiefst unglücklich.

Sie drehte sich auf die Seite und starrte an die Wand. Auf dem Wandteppich war ein porzellanhäutiger Engel abgebildet, der Gottes Lobpreis sang, während eine Dame und ein Ritter zu seinen Füßen knieten. In den Schriften der Amteh waren Engel geschlechtslos, aber dieser hier war in Ceras Augen eindeutig eine Frau: stark und rein, mit weiblichen Zügen und einer Entschlossenheit, die sie an Elena erinnerte.

Verzweifelt wünschte sie, ihre ehemalige Leibwächterin

wäre noch hier, auch wenn Elena sie mittlerweile wahrscheinlich abgrundtief hasste. *Ich würde sie auf Knien um Vergebung anflehen, und dann würden wir gemeinsam diese Dorobonen-Schweine umbringen.*

Cera spürte eine Hand auf der Schulter und fuhr hoch. Sie konnte gerade noch den Mund aufreißen, da durchzuckte sie ein Schmerz, der den Schrei in ihrer Kehle sofort verstummen ließ. Eine Mattigkeit breitete sich in ihren Gliedern aus wie Gift, ihr Blick wurde leer, und ihr gesamte Körper wurde durchdrungen von einer bleiernen Müdigkeit.

Sie sah ein faltiges Gesicht, einen goldenen lantrischen Nasenring und zwei tiefliegende Augen: Es war die Frau, die sie durch das Schlüsselloch beobachtet hatte, Gurvons Spionin. Cera wollte schreien, aber sie konnte nicht, als hätte sie vergessen, wie es geht. Eine Stimme mit fremdländischem Akzent war in ihrem Geist und beraubte sie jeder Möglichkeit, zu denken oder gar zu handeln.

Halt still, Mädchen. Ganz still …

»Na, kleine Safia, süße Träume gehabt?«, sagte die Lantrierin laut. »Zeit aufzustehen. Die Pflicht ruft.«

Cera versuchte, um Hilfe zu rufen, aber es kam nur ein kaum hörbarer Laut aus ihrem Mund: »Pflicht …«

Die Frau lächelte. »Ja, Pflicht. Du musst tun, was ich dir sage, genau das, und nichts anderes. Die Zukunft des Königreichs hängt davon ab.«

»Königreich …«

»Ja, Cera. Du musst zu Gurvon Gyle gehen, in sein Gemach. Sag ihm, Francis vernachlässigt dich. Dass du unbefriedigt bist. Sag Gyle, wie sehr du ihn brauchst.«

Cera hatte keine Wahl. Sie spürte eine Wärme, die von den Augen der Frau ausstrahlte und in ihren Körper strömte, direkt in die Lenden. Sie erzitterte vor Verlangen, der Sehnsucht, genommen zu werden. Ihre Haut prickelte vor Hitze, ihre Brustwarzen wurden hart, und sie stöhnte: »Ihn brauchst…«

»Genau. Du willst ihn in dir spüren, so sehr, dass du alles dafür riskieren würdest. Ihm geht es genauso, Liebes, das versichere ich dir. Er fühlt genauso wie du.«

Mit geschickten Fingern löste die Frau die Schnüre an Ceras Dekolleté. Dann zog sie eine kleine Phiole mit einer durchsichtigen Flüssigkeit hervor und betupfte ihre Brustwarzen damit. »Er will an deinen Brüsten saugen. Er will dich.«

»Will dich…« Die Worte füllten ihre Gedanken aus, verliehen dem, was gerade geschah, eine Bedeutung. Cera versuchte, die Lantrierin zu küssen. Jede Faser ihres Körpers war erfüllt von verzweifelter Begierde. »Will dich.«

Die Frau hielt ihre Hände fest und lachte leise. »Nicht doch, meine Süße. Spar dir deine Leidenschaft für Gurvon auf. Denk daran, wie schön es sein wird.« Sie half Cera auf und strich ihr übers Haar. »Geh zu ihm, wie du bist, ungekämmt und in deinem Nachtgewand. Und jetzt halt still.« Sie schmierte etwas auf Ceras Lippen. »Was immer du tust, leck dir nicht über die Lippen. Lass dich zuerst von ihm küssen.«

»Küssen…«

»Sieh her, kleine Safia: Hier ist deine Dienerin. Sie wird dir helfen, deinen Liebsten zu finden.«

Cera sah Tarita stocksteif in ihr Gemach treten. Der Blick ihrer Augen war leer.

»Liebsten…« Sie wollte Tarita umarmen, aber die Lantrierin ging dazwischen. »Nein, nein. Deine Küsse sind für Gurvon, für niemanden sonst. Dann wird das Paradies dein sein.«

Ein Kuss.

Während all der langen Tage, die er mit Francis auf der Jagd gewesen war, hatte Gyle angestrengt über diesen einen Kuss nachgedacht, den er Cera abgerungen hatte. Oder hatte sie ihn freiwillig gegeben? Seine Erinnerung an den Moment war seltsam unscharf. Es hatte sich angefühlt wie beides zugleich.

Er trug immer noch Reitkleidung als er ein leises Klopfen an der Tür hörte. »Wer da?«, rief er und zuckte zusammen, als er die Stimme erkannte, die antwortete.

»Gurvon?«

Noch während er vor seinem Bett stand, rief er seine Wächter zurück, ging zur Tür und öffnete. Cera stand auf dem Flur, hinter ihr die Dienerin Tarita.

»Was zum …?« Ceras Anblick verschlug ihm den Atem. Sie war die Verkörperung erwachender Weiblichkeit, als wäre sie direkt seinen erotischen Fantasien entsprungen. »Meine Königin?«

Sie war noch etwas benommen, kam offensichtlich geradewegs aus dem Bett. Ihr Haar war zerzaust, und sie trug nur ein dünnes Nachtgewand, durch das sich ihre Rundungen deutlich abzeichneten. Das Dekolleté war kaum zugebunden und zeigte mehr, als es verhüllte. »Cera? So kannst du nicht durch den Palast laufen.«

Eine Falle, sagten seine Instinkte. *Ich sollte die Dienerschaft rufen …*

»Gurvon«, stöhnte sie und schaute ihn mit glasigen Augen an. »Ich habe mich so nach Euch gesehnt.«

Großer Kore …

Er blickte Tarita fragend an, aber die lächelte nur und machte mit der Hand eine stumme Geste, die er von der jungen Dienerin nicht erwartet hätte. In der Stillen Sprache von Lantris bedeutete sie so viel wie: Die Luft ist rein. Mustaq al'Madhis Leute benutzten solche Zeichen.

Tarita muss seine Spionin sein … Ist das hier ein Geschenk an mich? Ein Friedensangebot?

Tarita zwinkerte, dann drehte sie sich steif um und ging davon.

Gyle starrte ihr hinterher, während Cera ganz langsam die Hände nach seinem Gesicht ausstreckte. Er zögerte noch einen Moment, dann zog er sie nach drinnen und verriegelte die Tür mit seinen Wächtern. »Du solltest nicht hier sein, Cera. Du gehörst jetzt Fran …«

Sie küsste ihn, und die Worte erstarben ihm auf den Lippen.

Er erwiderte den Kuss, während Cera sich noch enger an ihn presste. Ihr erdiger Geruch erfüllte ihn, die Süße ihres Mundes, der leicht bittere Geschmack ihres Speichels. Wie im Rausch packte er sie zuerst an den Schultern, dann an der Hüfte und hätte beinahe das Gleichgewicht verloren, als er sie mit einem Ruck hochhob und zu seinem Bett trug. Der rationale Anteil seines Bewusstseins beschwor ihn, auf der Hut zu sein, aber sein Körper gehorchte ihm nicht, alles Blut konzentrierte sich bereits in seinen Lenden. Ceras Geschmack prickelte auf seiner Zunge, dann setzten seine Gedanken vollkommen aus. Er legte sie auf die Matratze und riss sich die Kleider vom Leib, während sie zu ihm aufschaute und ihr Nachtgewand öffnete.

Gyles Blick wanderte von Ceras Gesicht zu ihren Brüsten. Er ließ sich auf sie fallen, nahm die rechte Brustwarze zwischen die Schneidezähne und saugte. Cera wand sich stöhnend, und die Welt um ihn herum begann zu schwanken.

Da holten seine Gedanken ihn wieder ein. Er kannte diesen Geschmack auf ihren Lippen und Brustwarzen. Seine Zunge kribbelte. Gurvon wurde schwindlig, und er hatte das Gefühl, als würde er fallen. Ceras Augen waren viel zu glasig.

Woher, bei Hel, sollte Tarita die Stille Sprache kennen?

Doch es war zu spät.

Die Tür zerbarst in einem Blitz, Gyle spürte die Erschütterung bis in die letzte Synapse. Seine Wächter wurden von der schieren Kraft eines Reinbluts zerfetzt. Noch während sie unter ihm stöhnte, versuchte er, sich aus Ceras Umarmung zu lösen, aber seine Muskeln fühlten sich an wie Gallertmasse. Das einzig Feste an seinem Körper war sein Schwanz. Sein Mund war vollkommen taub, er spürte seine Zunge nicht mehr.

Gift ... auf ihrer Haut ...

Aus dem Augenwinkel sah er gerade noch, wie mehrere Gestalten in sein Gemach gestürmt kamen, da spürte er schon, wie er herumgerissen wurde. Etwas Scharfkantiges kitzelte seine Brust. Es war die Spitze eines von Gnosisenergie funkelnden Stiletts, das direkt auf sein Herz gerichtet war. Gyle blickte auf.

Die Waffe gehörte Hesta Mafagliou. »Keine Bewegung, Meister«, flüsterte sie ruhig. Ihr Nasenring schimmerte im Licht der Fackeln eines halben Dutzend Magi, die sich im Raum verteilt hatten. Sie gehörten zu Octa Dorobons Gefolge. »Wir alle haben unseren Preis«, fügte sie leise hinzu.

Gyle bewegte sich ganz langsam von Cera herunter, die sich verwirrt umsah. Zögernd befühlte sie ihre Lippen, dann rollte sich auf die Seite wie ein Kind und begann, am ganzen Körper zu zittern, während Gyle verzweifelt nach einem Ausweg suchte, nach irgendeiner Möglichkeit, dem Unvermeidlichen doch noch zu entrinnen.

Die Spitze des Stiletts bohrte sich ein winziges Stück in Gyles Haut, und Hesta schüttelte den Kopf.

Sei verflucht ... Er versuchte zu sprechen, aber seine Zunge gehorchte ihm nicht. *Und was war dein Preis, Hesta?*

»Eine kaiserliche Amnestie. Lucia wollte dich möglichst unauffällig aus dem Verkehr ziehen, also ist sie an mich herangetreten. Ich bin amnestiert und bekomme meine Besitzungen in Lantris zurück. Es wird sein, als wäre ich nie durch die Magigemeinde verstoßen worden. Mein Ruf ist wieder reingewaschen.«

Du wirst immer sein, was du bist ... Schon beim nächsten Fehltritt werden sie die Amnestie widerrufen ... Lucia macht keine Geschenke.

Hesta schüttelte den Kopf. »Für Liebe und Laster bin ich zu alt, Gurvon. Es wird keine Fehltritte mehr geben.« Sie schnitt das Halsband mit seinem Amulett durch und steckte es ein. »In Javon werden Frauen, die sich eines sexuellen Vergehens schuldig machen, gesteinigt. Wusstest du das? Männer bekommen nur eine Rüge ... es sei denn, sie treiben es mit der Königin. In diesem Fall ...« Sie fuhr sich mit dem Zeigefinger über die Kehle.

Ich ... bin kaiserlicher Bevollmächtigter ... man kann mich nicht verhaften ...

»Wie du gerade sagtest: Lucia macht keine Geschenke. Octa handelt auf ausdrücklichen Befehl der Kaiserinmutter.« Sie schüttelte selbstzufrieden den Kopf. »Ich weiß, wo Mara sich versteckt hält, außerdem von welchem Magus Sordell Besitz ergriffen hat, und Fillon ist bereits tot. Wo sie Timori finden, habe ich ihnen auch verraten. Du hast gedacht, das wäre dein Geheimnis, nicht wahr? Tja, sieht ganz so aus, als hättest du keinen einzigen Trumpf mehr im Ärmel.«

Verflucht, verflucht, verflucht ...

Er versuchte, ihr in die Augen zu schauen, während das Gift sich immer weiter in seinem Körper ausbreitete. *Du hast deine Seele für eine Lüge verkauft, Hesta. Die Leute werden dir niemals vergeben, egal was Lucia dir verspricht.*

»Mit Geld kann man alles kaufen, Gurvon. Das weißt du. Und das hier macht mich sehr, sehr reich.« Sie leckte sich über die Lippen. »Ich werde in die Geschichte eingehen als die, die dich zu Fall gebracht hat.«

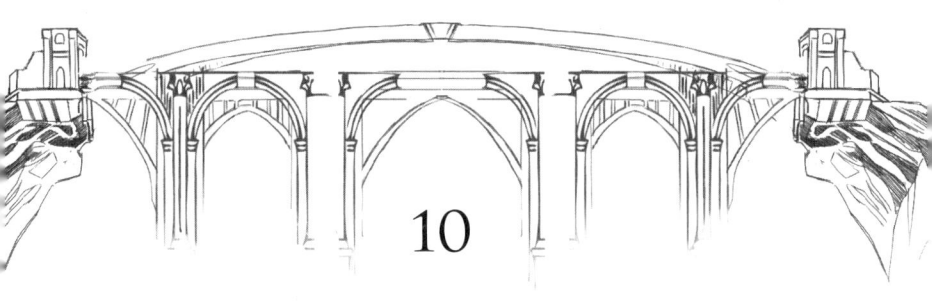

10

BRÜCHIGER FRIEDEN

AFFINITÄT

Die Affinitäten zu bestimmten Studien und Techniken sind das Erkennungsmerkmal eines jeden Magus. Die anderen Aspekte seiner Gnosis sind viel weniger bedeutend. Es ist seine Fähigkeit – oder Unfähigkeit – in den jeweiligen Studien, in denen sein persönlicher Stil sich offenbart, worin sowohl seine größten Stärken als auch seine größten Schwächen liegen. So wie kein Mensch in vollkommenem Einklang mit allen Aspekten unserer Welt lebt, haben selbst die mächtigsten Magi nicht zu allen Studien Zugang.

HUW BLUND, ANDRESSEA, 627

»Ich habe ein Geschenk für dich«, sagte Elena eines Abends im Novelev, während sie miteinander aßen. Sie holte ein kleines Säckchen hervor und warf es Kazim zu. Er beäugte es kritisch. Elena merkte, wie sie den Atem anhielt, während er es zögerlich öffnete. Sie wollte unbedingt, dass es ihm gefiel.

Ihr Verhältnis hatte sich grundlegend verändert, und das war kein Wunder.

Gnosistraining über Gedankenverbindung war viel zu intim. Die bestgehüteten Geheimnisse beider Partner wurden offenbar, ohne dass sie etwas dagegen tun konnten. Die Lehrer an den Arkana achteten streng darauf, dass zwischen ihnen und ihren Schülern eine gewisse Distanz gewahrt blieb, aber bei einem Schnelldurchlauf, wie Kazim und Elena ihn absolvierten, war das schlichtweg unmöglich. Lernen von Geist zu Geist war intimer als Sex, die Verbindung die daraus entstand, verfänglich und klebrig wie das Netz einer Spinne.

Ein außenstehender Beobachter hätte allerdings gesagt, dass die Distanz zwischen ihnen größer geworden sei. Kazim war auf ein anderes Stockwerk gezogen, in eine noch kleinere Kemenate, in der früher die Novizen geschlafen hatten. Seine Kleidung wusch er mittlerweile selbst, und sie übten auch wieder getrennt, um wenigstens physisch etwas Abstand voneinander zu halten. Wenn sie beim Essen miteinander sprachen, ging es ausschließlich um die Gnosis, aber es half alles nichts. Sosehr sie sich auch dagegen wehrten, Kazims Ausbildung schweißte ihre Seelen immer fester zusammen.

Diese Entwicklung war erst möglich geworden, nachdem Kazim sich rückhaltlos geöffnet hatte. Wie ein Schwamm saugte er alles in sich auf, was Elena ihm beibrachte. Er hatte erhebliche Lücken in den einfachsten Dingen, die es so schnell wie möglich zu schließen galt, damit er in einer Auseinandersetzung mit einem schwächeren Magus nicht unterlag. Als das erledigt war, machte Elena sich daran, sein Repertoire zu erweitern: Schilde und Wächter, Verriegeln von Türen und Fenstern. Zauber, die ihn sowohl vor den Augen eines Sterblichen als auch vor den Geistfühlern eines Magus verbargen. Gedankenkommunikation über größere Entfernungen hinweg. Und nicht zuletzt das Erkunden von Kazims Affinitäten.

Kazim tat sein Bestes, um so wenig von seiner Gnosis zu verbrauchen wie möglich, den Tag, an dem sein Reservoir erschöpft war, hinauszuzögern, solange es irgend ging. Dennoch spürte er, wie er immer ausgelaugter wurde – nicht körperlich, sondern geistig. Die Ausbildung zehrte auch die letzten Reserven seiner Gnosis auf. Die Energie, mit der Meiros' Seele und der Tod der Dienerin Wimla ihn erfüllt hatten, war fast verbraucht, und sein Gewissen verbot es ihm, sie wieder aufzufüllen.

Elena war damit einverstanden, auch wenn das bedeutete, dass er immer schwächer wurde, je mehr er lernte. Kazim hatte ihr gestanden, wie schwer es ihm fiel, das Verlangen, zu töten und seine fast leeren Speicher wieder aufzufüllen, zu beherrschen. Manchmal war ihm dieser innere Kampf deutlich anzusehen. Aber es gab auch freudige Momente, und dieser Abend war einer davon.

Kazim zog einen kleinen Saphir aus dem Beutel und bestaunte ihn mit großen Augen. »Was ist das?«

Es war ein seltener und willkommener Anblick für Elena: Wenn Kazim einmal lächelte, dann strahlte er von einem Ohr bis zum anderen.

»Das ist ein Edelstein, der sich besonders gut als Amulett

für Luftmagi eignet.« Sie zeigte ihm ihr eigenes. Es sah beinahe genauso aus. »Saphire sind ideal für die Elemente Wasser und Luft.«

»Ispal würde einen Freudensprung machen!« Kazim musste Elena nicht erst erklären, was er meinte. Aufgrund des Trainings wusste sie alles über Kazim und kannte Ispal Ankesharan, als wäre sie ihm selbst begegnet.

»Aber ich kann dein Geschenk nicht annehmen«, fügte er mürrisch hinzu. »Es ist zu wertvoll.«

»Einem Händler würde der Stein viel Geld einbringen«, räumte Elena ein, »aber in den Händen eines Magus ist er noch unendlich viel wertvoller. Du wirst deine Energie nicht mehr so schnell verbrauchen und kannst es mit einem voll ausgebildeten Magus aufnehmen. Wenn du weiter mit mir zusammenarbeiten willst, *musst* du es annehmen. Ohne Amulett hast du gegen keinen aus Gyles räudigem Haufen auch nur den Hauch einer Chance.« Sie streckte die Hand aus und schloss seine Finger um das Amulett. »Nimm es an, Kazim. Es gehört dir.«

Einen Moment lang starrten sie auf ihre ineinander verschlungenen Hände – Elenas hell und schwielig, mit den ersten Fältchen, Kazims groß und dunkel und vollkommen glatt. Ihre Blicke begegneten sich kurz, dann ließ Elena seine Hand los. Kazim hatte ihr einmal gesagt, er sei nicht kompliziert, und das war er in der Tat nicht. Aber die Dinge, die mit ihm passierten, waren es.

»Du musst es auf deine Gnosis einstellen«, unterbrach Elena die aufgeladene Stille. »Ich zeige dir, wie.«

Kazim seufzte. Schließlich rollte er das Bändchen aus und hängte sich den Stein um den Hals. »Sal'Ahm«, sagte er leise.

»Danke dir, dass du das Geschenk annimmst«, erwiderte Elena und trauerte dem strahlenden Lächeln nach, das aus seinem Gesicht verschwunden war, als wäre es nie da gewesen.

»Wie stelle ich das Amulett auf mich ein?«, murmelte er.

»Lass deine Gnosis durch den Stein fließen, so langsam und sanft du kannst. Es kann eine Weile dauern, Stunden, vielleicht sogar Tage, aber irgendwann wird es sich ganz natürlich anfühlen, als würde es von selbst geschehen. Es lohnt sich, glaub mir. Du wirst dann viel stärker sein, als du es ohnehin schon bist.«

Kazim schien Hoffnung zu fassen, aber die darauffolgenden Tage belehrten sie beide eines Besseren: Das Amulett änderte überhaupt nichts. Jedem anderen Magus half es, seine Gnosis effektiver einzusetzen und sie schneller wieder aufzufrischen, aber die Gnosis wieder aufzufrischen war genau das, was ein Seelentrinker nicht konnte. Ob mit Amulett oder ohne. Elena begann sich zu fragen, ob am Ende doch alles vergebens gewesen war.

Trotz dieses Rückschlags hatten sie begonnen, konkrete Pläne zu schmieden. Es war jetzt Ende Novelev, und Kazims Ausbildung schritt gut voran. Zumindest das Kampftraining, seine Gnosis blieb ein Problem, und Elena beschlich der Verdacht, dass sich daran auch nichts ändern würde. Kazims Stil war nicht sonderlich subtil, aber seine Kraft war unglaublich, direkt und brutal wie eine Naturgewalt. Die Zauber, die er wirkte, mochten schlicht sein, aber sie waren effektiv.

»Wann schlagen wir los?«, fragte er ab und an, wenn sein allmählich zurückkehrender Kampfgeist aufflammte, und irgendwann bekam er endlich eine konkrete Antwort:

»Im Janun, wenn es kühler wird und das Reisen weniger beschwerlich ist.«

Als der Novelev vorbei war, setzte ein kühler Nordwind ein, der Kazim einen Vorgeschmack auf den Winter in den Bergen gab. Das Frischfleisch ging allmählich zur Neige, weshalb Elena ihn mit an einen Fluss nahm, um Fische zu fangen. In Baranasi hatte Kazim oft mit einer Leine im schlammigen und träge dahinfließenden Wasser des mächtigen Imuna gefischt, doch dieser Fluss hier war etwas ganz anderes: Wie eine dünne Schlange wand er sich um die trockenen Felsen und änderte je nach Jahreszeit seinen Lauf. Im Moment war er breit und seicht und wartete auf den Herbstregen. Stellen zum Fischen gab es trotzdem genug, doch als Allererstes wollte Kazim schwimmen. Er ließ Elena allein am Ufer zurück und ging ein Stück stromaufwärts, bis ein kleiner Hügel jeglichen Sichtkontakt verhinderte, dann zog er sich aus und ging ins Wasser. Es war kälter, als er erwartet hatte. Kazim bekam sofort eine Gänsehaut, und gleichzeitig merkte er, wie seine Gnosis ganz von selbst nach etwas Lebendigem suchte. Er spürte ein paar Fische, aber nur kleine, nicht der Mühe wert.

Kazim ging weiter bis zur tiefsten Stelle und tauchte. Er machte ein paar kräftige Züge, genoss die reinigende Kälte und brach dann prustend wieder durch die Oberfläche. Das Wasser war so viel sauberer als das des Imuna, das zwar als das reinste auf ganz Urte galt, allerdings nur in spiritueller Hinsicht. Von der physischen Beschaffenheit her war es eine unansehnliche, schmutzige Brühe. Hier fühlte sich alles viel frischer an, natürlicher…

Aus dem Augenwinkel sah Kazim eine Bewegung und merkte, dass er versehentlich den kleinen Hügel umrundet hatte, der ihn vor Elenas Blicken hatte verbergen sollen. Nur sechzig Schritt entfernt ging sie splitterfasernackt in den Fluss. Ahm sei Dank stand sie mit dem Profil zu Kazim und konnte ihn nicht sehen. Schließlich trug seine Neugierde den Sieg davon, und er musterte Elena verstohlen: Ihre Schultern waren kräftig, die Hüfte gerade statt geschwungen, wie es bei einer Frau sein sollte. Nach dem ahmedhassischen Schönheitsideal hatte das Becken einer Frau breiter zu sein als die Schultern. Bei Elena war es umgekehrt, und dennoch war sie eine Frau. Ihr Hintern war schmal, aber rund und die Brüste genau, wie Kazim sie sich vorgestellt hatte: klein und so fest, dass sie sich kaum bewegten. Ihr Bauch, Busen und Hintern waren weiß wie Schnee, was sie irgendwie noch nackter aussehen ließ. Endlich tauchte sie unter.

Kazim tat das Gleiche, um das Bild ihrer Nacktheit fortzuwaschen, aber es gelang nicht. Da spürte er plötzlich eine weitere Präsenz, ein drittes Lebewesen, so fremdartig und grenzenlos hungrig, dass er sofort auftauchte und Ausschau nach der nahenden Gefahr hielt. Erst allmählich begriff er, was er gespürt hatte: einen Süßwasser-Seewolf, der auf der abgewandten Seite einer kleinen Insel auf Beute lauerte. So wie er sich in seinem Geist anfühlte, musste es ein riesiges Vieh sein.

Kazim sah noch einmal nach Elena. Sie hatte sich ins seichte Wasser gesetzt und wusch sich. Ihre Brustwarzen waren hellrosa und hart wegen des kalten Wassers. Prompt wurde auch sein Penis hart.

Als hätte sie seinen Blick gespürt, hob Elena unvermittelt den Kopf und schaute ihm direkt in die Augen, machte aber keinerlei Anstalten, sich zu bedecken.

Kazim ertrug diesen herausfordernden Blick nicht und tauchte unter, denn mittlerweile gab es noch etwas, das sein prekäres Verhältnis zu Elena weiter verkomplizierte: körperliche Anziehung. Elena widersprach allem, was er sich unter einer schönen Frau vorstellte, aber sie hatte ihren ganz eigenen Reiz. Verzweifelt suchte Kazim nach einer Möglichkeit, sich abzulenken, und streckte seine Fühler wieder nach dem Seewolf aus. Da kam ihm eine Idee, eine Möglichkeit, wie er Elena vielleicht beeindrucken konnte…

Da.

Kazim war ein guter Schwimmer, so wie er in allem gut war, was mit Bewegung zu tun hatte. Er tauchte ein Stück stromaufwärts und hielt dann ganz still, ließ sich von der Strömung auf den Seewolf zutreiben. *Ich bin nur ein kleiner Fisch*, flüsterte er in die Dunkelheit, *klein und schmackhaft ...*

Mit untergetauchtem Kopf schien das Wasser mit einem Mal gar nicht mehr so klar. Kazim konnte nicht das Geringste erkennen, während er sich treiben ließ, da kam plötzlich ein mit messerspitzen Zähnen bewehrter Kiefer auf ihn zugeschossen. Das Maul war so groß, dass Kazims Kopf mit Leichtigkeit hineingepasst hätte. Entsetzt schrak er zusammen, da schnappte das Ungeheuer auch schon zu, grub die Zähne in seinen Oberschenkel und schüttelte ihn hin und her wie eine Puppe. Kazim war wie gelähmt vor Schreck über die schiere Größe des Monsters. Die Bestie biss immer noch fester zu, und der Schmerz wurde so heftig, dass Kazim in wilder Panik seine Gnosis beschwor und einen Blitz abfeuerte, wie Elena es ihm beigebracht hatte.

Das Wasser um ihn herum zerbarst in blendendes Weiß. Er hörte ein lautes Zischen und spürte, wie die Kiefer von ihm abließen. Dann versuchte er, sich an die Oberfläche zu strampeln, aber es ging nicht.

Kazim?

Er hörte etwas näher kommen. Es war Elena, nicht der Seewolf. Sie rief nach ihm. Aber weshalb klang ihre Stimme so entsetzt?

»KAZIM!«, schrie sie beinahe, doch er nahm kaum noch etwas wahr außer einem unerträglichen Prickeln auf seiner Haut und kleinen Lichtern, die über die Innenseiten seiner geschlossenen Lider flirrten.

»Beim heiligen Kore, was hast du getan?!«

Kazim riss die Augen auf und sah Elenas Gesicht direkt über

sich, hochrot und voller Angst. Alles, was er tun konnte, war, sie benommen anzustarren, während der Schmerz über ihn hinwegrollte und ihn unter sich begrub wie eine Felslawine.

Kazim erwachte in vollkommener Dunkelheit. Ein feuchtes Tuch bedeckte seine Augen, und er schien in Wasser zu liegen. *Bin ich immer noch in dem Fluss?* Er erinnerte sich an einen grellen Blitz und einen brennenden Schmerz, der ihn übermannt hatte. Und er erinnerte sich an das Entsetzen in Elenas Stimme.

Was ist mit mir passiert?

Seine Haut fühlte sich… taub an. Er spürte so gut wie nichts, nur ein tiefes Jucken, aber diese alles verschlingende Finsternis machte ihm Angst.

»Elena?« Das Wort klang heiser, wie ein Krächzen.

»Ich bin hier, Kazim.« Ihre Stimme war erschöpft und voller Sorge.

»Wo…?«

»Wir sind im Kloster. Du wirst wieder gesund, das verspreche ich.« Sie berührte ihn an der Schulter, und er spürte ihren Atem auf seiner Wange. »Ich bin hier«, wiederholte sie. Elena hörte sich an wie Tanuva Ankesharan, Kazims lakhische Adoptivmutter, wenn er als Kind krank gewesen war.

»Was ist passiert? Wie…?« Er hatte tausend Fragen und wusste nicht, welche er als erste stellen sollte.

»Schhh. Schlaf jetzt.« Es klang wie ein Befehl, und Kazim wagte nicht zu widersprechen.

Als er das nächste Mal aufwachte, war es immer noch dunkel. Seine Haut juckte wie verrückt. Er lag nicht mehr auf dem Rücken im Wasser, sondern auf dem Bauch und auf einer Matratze. Soweit er es beurteilen konnte, war er immer noch nackt. Auch das feuchte Tuch befand sich noch über seinen Augen, so viel spürte er zumindest. Schließlich tastete er nach seiner Gnosis, fand aber nichts. Das Gefühl von Hilflosigkeit, das sich daraufhin in ihm ausbreitete, machte ihm entsetzliche Angst.

»Elena?«

Es kam keine Antwort.

»ELENA!«

Er hörte Schritte, jemand rannte.

»Ich komme!«, rief Elena. »Was ist?!«

Kazim schämte sich sofort für seine Hysterie. »Nichts. Ich bin aufgewacht, das ist alles.«

Seine Glieder waren schwer wie Blei, aber immerhin konnte er sie jetzt wieder spüren. Er tastete nach der Bettdecke, fand sie aber nicht. »Wo sind meine Kleider? Wieso hast du mir die Augen verbunden ...?« Da kam ihm ein neuer Gedanke, und er schluckte. »Meine Augen ...«

»Kommen wieder in Ordnung«, unterbrach Elena. »Und jetzt halt still, du Idiot.« Er merkte, wie sie eine Decke über ihn breitete. »Ich wollte nur etwas Luft an deine Haut lassen, damit sie besser heilt.«

Kazim hob die Hände und wollte nach dem Verband greifen. »Aber ...?«

Elena packte seine Handgelenke und hielt sie fest. »Nicht«, sagte sie scharf. »Sie verheilen gut, aber sie brauchen noch Schonung.«

»Bin ich blind?«

»Nein, du bist nicht blind, aber bis du wieder richtig sehen kannst, wird es noch etwas dauern.«

Kazim zwang sich, ein wenig ruhiger zu werden. »Was ist passiert?«, flüsterte er.

Elena schnaubte. »Du hättest dich um ein Haar selbst umgebracht. Wie auf Urte bist du auf die Idee gekommen, einen Blitz zu benutzen?«

Kazim hatte keine Ahnung, was sie meinte. »Warum? Ich wollte nur den Fisch ...«

Elena unterdrückte ein Lachen und beugte sich über ihn. Er spürte das Gewicht ihrer Ellbogen neben seinen Schultern. »Allmächtiger Kore, was für ein Narr du bist! Wusstest du etwa nicht ... Sol et Lune, du wusstest es tatsächlich nicht, oder?« Ihre Stimme wirkte erstickt, als ringe sie um Atem. »Das ist alles meine Schuld«, murmelte Elena, »ich hätte dich warnen müssen.«

»Ich wollte nur den Fisch anlocken und ihn dann mit einem Blitz töten«, platzte Kazim heraus. »Aber er war viel größer, als ich dachte.«

»Ha, und ob! Das Vieh war beinahe so groß wie ich. Jeden Normalsterblichen hätte es einfach ertränkt. Das war der größte Seewolf, den ich je gesehen habe.«

»In Baranasi ziehen die Fischer manchmal Seewölfe aus den Flüssen, die groß sind wie Ochsen«, warf Kazim ein. »Ich hätte nie gedacht, dass es hier auch so große gibt.« Er fluchte leise. »Eine Schande, dass er entwischt ist.«

Wieder lachte Elena. »Oh nein, ist er nicht. Dein Blitz war so heftig, dass du jeden Fisch in einer Meile Umkreis getötet hast!« Dann änderte sich ihr Tonfall plötzlich. »Blitze in Kombination mit Wasser sind eine verheerende Waffe. Das Wasser verstärkt sie um ein Vielfaches. Der einzige Grund, warum du noch am Leben bist, ist, dass der Blitz von dir selbst ausging. Das hat die Wirkung etwas abgemildert, und du hast nur Verbrennungen davongetragen.« Sie tätschelte seine Wange. »Außerdem hast du das Glück, dass ich Heilerin bin. Du hast fast die gesamte Haut an Oberkörper und Beinen verloren, und wenn ich dich nicht sofort behandelt hätte, wärst du jetzt blind.«

Kazim wurde übel, und er musste sich zusammenreißen, um sich nichts anmerken zu lassen, während Elena weitersprach.

»Ganze drei Hautschichten musste ich abtragen, aber, keine Sorge, auch das heilt wieder. Es braucht eben nur noch ein bisschen Zeit. In ein paar Tagen bist du wieder auf den Beinen, schätze ich.«

»Wie lange habe ich …?« Kazim wagte nicht, die Frage auszusprechen.

»Geschlafen?«, beendete Elena den Satz für ihn. »Fast zwei Wochen.« Sie stieß ihn neckisch in die Rippen. »Du siehst nur ein bisschen seltsam aus, jetzt, da deine Haut schneeweiß ist.«

»*Was?!*« Kazim versuchte sich aufzurichten, doch sanfte, aber starke Hände hielten ihn fest.

»Ruhig, ganz ruhig. Du musst dich entspannen und ausruhen, wenn du bald wieder gesund werden willst. Und mach dir nichts draus, du wirst dich schnell daran gewöhnen. Ich jedenfalls habe es schon.« Sie lachte spitzbübisch. »Lust auf einen Teller Seewolfsuppe?«

Als sie ihm endlich erlaubte, die Augenbinde abzunehmen, war seine Haut nicht weiß. Elena hatte also doch Humor, wenn auch einen seltsamen. Trotzdem war Kazim heller als zuvor. Er hatte keine Haare auf der Brust mehr, und auch seine Beine waren kahl, nur Kopfhaut und Bart waren verschont geblieben, weil sie nicht unter Wasser gewesen waren, wie Elena ihm erklärte.

Anfangs tat das Licht seinen Augen weh. Elena hatte sie sorgsam gepflegt und jeden Tag eine weitere Lage von der Binde entfernt, damit sie sich allmählich an die Helligkeit gewöhnten, aber bis sie voll wiederhergestellt waren, würde es wohl noch eine Weile dauern. Kazim wurde bewusst, dass Elena nicht nur jeden Quadratzentimeter seines Körpers gesehen hatte, während sie ihn heilte, sondern ihn auch gewaschen und seine Exkremente entsorgt hatte. Die Scham war kaum zu ertragen.

»Schon wieder verdanke ich dir mein Leben«, sagte er mit mehr Bitterkeit in der Stimme, als er beabsichtigt hatte.

»Tut mir leid«, erwiderte sie sarkastisch.

»Nein, so habe ich das nicht gemeint.« Kazim überlegte, wie er es anders ausdrücken konnte. »Es ist nur … Ich stehe bei so vielen in der Schuld.«

»Es muss schlimm sein, in der Schuld einer Ferang-Jadugara zu stehen. Das macht dich bestimmt selbst nefara, oder?«

»Ich würde viele Peitschenhiebe bekommen.«

Elena zog entrüstet die Augenbrauen hoch. »Peitschenhiebe? Selbst die Kore haben seit Jahrzehnten keine Sünder mehr auf dem Scheiterhaufen verbrannt.« Nach kurzem Überlegen fügte sie hinzu: »Außer während der Kriegszüge.«

»Es ist besser, das Fleisch zu läutern, als auf ewig in Shaitans Feuer zu brennen«, zitierte Kazim aus dem Kalistham. Er war nicht sicher, ob er den Wortlaut noch richtig in Erinnerung hatte, aber irgendetwas in der Art hatte Haroun einmal zu ihm gesagt. Er fragte sich, wo der Schriftgelehrte mittlerweile war. Ob er überhaupt noch am Leben war? Er rieb sich vorsichtig die Augen, und diesmal war seine Sicht danach sofort wieder klar, auch wenn ihm die schummrige Kemenate immer noch entsetzlich hell vorkam.

»Und was ist mit den Frauen, werden die auch ausgepeitscht?«

Kazim schüttelte den Kopf. »Wenn eine Nefara wissentlich die Ehre eines Mannes besudelt, wird sie gesteinigt.«

»Warum werden Frauen immer härter bestraft als Männer?«, fragte sie missmutig.

Er zuckte die Achseln. »So ist es eben. Frag einen Gottessprecher, nicht mich.«

Elena winkte ab. »Ich habe für den Rest meines Lebens genug Streitgespräche mit Priestern geführt. Alles Lügner, und manche von ihnen wissen sogar selbst, dass sie lügen.«

Kazim machte ein Schutzzeichen für den Fall, dass ein Apsara zuhörte, denn Ahms Engel sahen alles, lehrten die Gottessprecher. »Du solltest nicht schlecht von heiligen Männern sprechen.«

Elena stieß einen tiefen Seufzer aus und setzte sich neben ihn. Ihr zurückgebundenes hellblondes Haar schimmerte wie Platin. Sie wirkte verärgert, aber auch amüsiert. »Wie dem auch sei, Kazim Makani, das Einzige, was du mir schuldest, ist ein Dank. Schulden interessieren mich nicht.«

»Dann würdest du in Baranasi nicht überleben. Dort dreht sich alles darum, wer wie tief in wessen Schuld steht.«

Seine Antwort brachte Elena zum Grinsen, und das freute Kazim so sehr, dass auch seine Mundwinkel sich hoben.

»Ach was«, zog sie ihn auf, »der grimmige Krieger kann ja lachen!« Sie senkte unvermittelt den Blick. »Ich lasse dich dann mal allein, damit du dich waschen kannst. Jetzt, wo du meine Hilfe nicht mehr brauchst …« Damit stand sie auf und ging eilig zur Tür, als könnte selbst sie die Intimität der Situation nicht länger ertragen.

»Elena?«

»Hm?«

»Danke.«

Sie lächelte. »Schulden beglichen.«

Dann war sie fort.

Drehen, blocken, wegtanzen. Peng, Klang!, schlugen die Holzstöcke gegeneinander. *Vorspringen und zustoßen!* Elena war wie in Ekstase, ihre Bewegungen flossen perfekt – und sie bewunderte, wie viel Kazim gelernt hatte.

Seine Waffe raste auf ihr Gesicht zu, während er sich gleichzeitig duckte und einen Fußfeger ansetzte.

»Oh!« Elena sprang hoch, machte einen Salto rückwärts und schwebte außerhalb seiner Reichweite über dem Teich. Sie trug ihr rotes Armband, als Zeichen, dass sie blutete, aber zu ihrer Überraschung hatte Kazim trotzdem mit ihr üben wollen. Das machte ihr Hoffnung: Vielleicht drang sie allmählich zu ihm durch und konnte seine krude Weltsicht ein bisschen zurechtrücken.

»Betrügerin!« Kazim sprang hoch und schlug nach ihren Beinen, konnte sie aber nicht erreichen. Elena schwebte lachend vor ihm, und er stemmte die Hände in die Hüften. »Du weißt, dass ich so nicht an dich rankomme. Komm gefälligst wieder runter, feige Ferang.«

Der Zwischenfall mit dem Seewolf hatte das letzte bisschen seiner Gnosis aufgebraucht. Die Leere in seinem Innern wucherte wie ein Geschwür, aber die Meditationen und Goyo-Übungen halfen ihm, damit zurechtzukommen. Auch diesen Teil seiner Ausbildung belächelte er jetzt nicht mehr.

»Komm schon, streng dich ein bisschen an«, zog sie ihn auf und ließ ihren Stock kreisen.

»Keine Magie. Du hast es versprochen.«

»Ich habe gelogen.« Seine Entrüstung amüsierte Elena nur noch mehr. »Fang mich, wenn du kannst.«

Kazim stieß einen donnernden Schrei aus und sprang mit einem mächtigen Satz von der Brücke, die Spitze seines Stocks voraus.

Verdammt, ist der schnell! Elena konnte gerade noch abwehren, hätte unter der Wucht seines Schlages aber beinahe ihre Waffe verloren. Kazims Gnosis mochte erschöpft sein, aber sein Körper war es nicht. Er trainierte jetzt ohne Hemd, weil er seine alte Hautfarbe zurückhaben wollte, wie er sagte.

Als Elena daraufhin androhte, es ihm gleichzutun, war Kazim beinahe im Boden versunken vor Scham.

Peng! *Konter, wegdrehen und rennen.* Kazim hatte sie in eine Ecke getrieben. Elena wollte gerade auf der linken Seite an ihm vorbeihuschen, da musste sie sich schon unter seinem nächsten Schlag wegducken. Die Bewegung brachte zu viel Gewicht auf ihr vorderes Bein, so kam sie nicht schnell genug vorbei, also sprang sie wieder zurück.

Verdammt, ich sitze in der Falle!

Kazim trat nach ihrem Standbein, Elena wehrte mit dem Stock ab und geriet leicht in Rücklage, aber das genügte – sie musste ihre Schilde aufflammen lassen, um Kazims niederfahrende Waffe abzuwehren.

»Betrügerisches Biest!«, polterte er und stürzte sich auf sie. Kazim war doppelt so schwer wie Elena und rannte sie einfach um – Schilde hin oder her. Keuchend lag sie unter ihm und bekam kaum noch Luft, da packte er mit einer Hand ihre beiden Handgelenke, warf seinen Stock weg und tastete nach ihrem Amulett. »Hab dich!«, jubelte er.

Elena versuchte, ihn von sich herunterzustoßen, während er mit der Hand in den Kragen ihrer Tunika griff, um ihr das Amulett zu entreißen, da erstarrte er plötzlich mitten in der Bewegung. Der siegestrunkene Ausdruck auf seinem Gesicht wich purem Entsetzen: Was er da umklammert hielt, war kein Saphir, sondern eine von zwei seidig weichen Wölbungen auf Elenas Brustkorb. »Ich, bei Ahm ...«

»Ganz ruhig, Recke«, hustete Elena. Sein gesamtes Körpergewicht auf ihr zu spüren war einfach ... wunderbar. Doch er hatte sie versehentlich gekratzt, und der kleine Schnitt brannte höllisch. »Runter mit dir«, sagte sie schließlich, als ihr klar wurde, dass Kazim vor Verlegenheit wie gelähmt war.

Es war, als hätte er sie nicht gehört. Kazims Augen funkelten vor Lust, doch da war noch etwas anderes: der Hunger, der immer dann durchschlug, wenn der Seelentrinker in Kazim sich rührte. Elenas Angst, ihn eines Tages töten zu müssen oder selbst von ihm getötet zu werden, war nie ganz verschwunden, und jetzt kehrte sie mit voller Wucht zurück.

Kazim schnappte nach Luft, dann war er wieder er selbst. »Bei Ahm, das tut mir leid«, stammelte er und riss seine Hand weg. Er sprang auf und taumelte mehrere Schritte zurück, als hätte Elena den Aussatz. »Es tut mir leid, ich wollte nicht …« Sein Gesicht war röter als ein glühendes Stück Eisen.

Elena kam sich lächerlich vor – und war schrecklich erleichtert. »Schon gut, Kaz. Nichts passiert. Es ist ein Wunder, dass so etwas nicht schon viel früher passiert ist.«

»Ich wollte dir nur dein Amulett wegnehmen, damit du nicht weiter betrügen kannst.«

»Das weiß ich.« Elena setzte sich auf und band den Kragen ihrer Tunika wieder zu. »Du hast verdient gewonnen.«

Kazim blinzelte verwirrt, dann breitete sich ein Strahlen über sein Gesicht aus, das Elena eine Gänsehaut machte. »Das habe ich, oder? Ich habe gewonnen, verdient!«

»Jetzt werd bloß nicht übermütig.« Elena rieb sich den schmerzenden Hinterkopf. Von einem Stier wie Kazim umgerannt und unter ihm begraben zu werden, hatte sie ordentlich durchgerüttelt. Sie streckte ihm eine Hand entgegen. »Und versuch in Zukunft einfach, deine Finger von meinem Busen zu lassen, in Ordnung? *Das* ist nämlich Betrug.«

Kazim entschuldigte sich ein weiteres Mal, dann zog er sie auf die Beine, sorgsam darauf bedacht, ihr nicht in die Augen zu sehen.

Zieh dir was anderes an, Ella. Der arme Junge stirbt ja fast vor Scham. Laut sagte sie: »Machen wir Schluss für heute. Es ist schon spät, und du bist dran mit Kochen.«

Kazim hielt den Kopf immer noch abgewandt, aber das machte Elena nichts aus: Er hatte ein hübsches Profil, und die Drehung im Oberkörper brachte seine im Licht der Spätnachmittagssonne schimmernden Muskeln nur umso besser zur Geltung. Sie spürte ein Gefühl in ihr aufsteigen, eine Wärme oder besser gesagt: ein Verlangen, das sie im Moment überhaupt nicht gebrauchen konnte.

Sie schritt zum Durchgang und drehte sich unter dem kleinen Torbogen ein letztes Mal um. »Kazim?«, rief sie.

Er blickte auf. »Ella?«

Ella ... Kazim hatte die Kurzform noch nie benutzt. Es war schön und schmerzhaft zugleich, sie aus seinem Mund zu hören. *Wir sind einander so nah, und gleichzeitig ist die Distanz zwischen uns unüberbrückbar.* Das musste sich endlich ändern. »Kaz, du begreifst doch, dass all diese Vorschriften und Strafen nur dazu da sind, uns zu kontrollieren. Sie kommen nicht von Gott, sondern von Menschen, die sich das alles ausgedacht haben, um Macht über andere zu erlangen.«

So wie die Regel, die besagt, ich wäre eine Nefara und keine Frau ...

Kazim verzog das Gesicht, als hätte sie ihn geohrfeigt. »Ella, während der letzten zwölf Monate habe ich so gut wie alles verloren. Mein Zuhause, meine Familie, meine Verlobte und jetzt sogar meine Mitkämpfer. Es ist, als wäre mir das Herz Stück für Stück herausgerissen worden. Alles, was ich noch habe, ist ein winzig kleines Flämmchen, das in meinem leeren Innern lodert. Gott wacht über dieses Feuer, und es tut mir weh, wenn du das alles schlechtmachst.«

Die Verlorenheit in seiner Stimme berührte sie schmerzlich. »Die Jhafi sind auch Amteh, und sie kennen das Wort Nefara nicht einmal. In ganz Javon weiß niemand, was das sein soll, und ich weiß es auch erst, seit ich dir begegnet bin.«

Er schüttelte traurig den Kopf. »Dann sind sie eben auch Heiden. Man kann sich nicht aussuchen, an welches von Ahms Geboten man glaubt, Ella. Entweder man glaubt voll und ganz oder eben gar nicht.«

Elena verdrehte die Augen. »Verflucht, Kazim, du sperrst dich selbst in einen Käfig und merkst es nicht einmal!« Sie dachte an die vielen anderen Streitgespräche, die sie mit Priestern der Kore und Sollan-Drui geführt hatte. Eines hatten sie alle gemeinsam: Sie waren hochintelligente Wortverdreher, die es verstanden, jedes auch noch so abscheuliche Verbrechen als Gottes Willen darzustellen. Sie hatte das Thema so satt.

Wortlos drehte Elena sich weg und stampfte davon.

Kazim lag in seiner Kemenate und betrachtete durch das kleine Fenster die am Nachthimmel glitzernden Sterne. Ein Wind strich über die ersten zarten Blätter, die draußen an den Ranken wuchsen. Das kühlere Wetter und der tägliche Regen hatten der Vegetation neues Leben eingehaucht. In den lakhischen Geschichten begannen Romanzen stets während der Regenzeit.

Zum wiederholten Mal wischte er seine Handfläche an der Bettdecke ab, als könnte er damit die Erinnerung an Elenas zarte Brust unter seinen Fingern abwischen. Trotz ihrer wiederkehrenden Streite über ein und dasselbe Thema verfolgte ihn das Gefühl bis tief in die Nacht hinein, und Kazim hatte den Verdacht, dass er kurz davor stand, etwas ganz und gar Undenkbares zu tun. *Sie ist nefara, durch und durch. Sie hat sogar damit angegeben:* Lügen, Diebstahl, Mord. Und widernatürliche Akte. Sie hat es selbst gesagt.

Trotzdem sah er sie immer wieder vor sich, nackt im Fluss, stellte sich vor, wie sie unter ihm lag, nicht im Kampf, sondern… Die Fantasien bescherten Kazim eine Erektion, wie er sie noch nie im Leben gehabt hatte. *Wenn Ella jetzt herein-kommen würde, dann …*

Die Tür zu seiner Kemenate schwang auf, doch es war nicht Elena, die ihn nachts aufsuchte, um ihn in Shaitans Feuer zu stürzen.

Es war Jamil. Er presste sich einen Finger auf die Lippen.

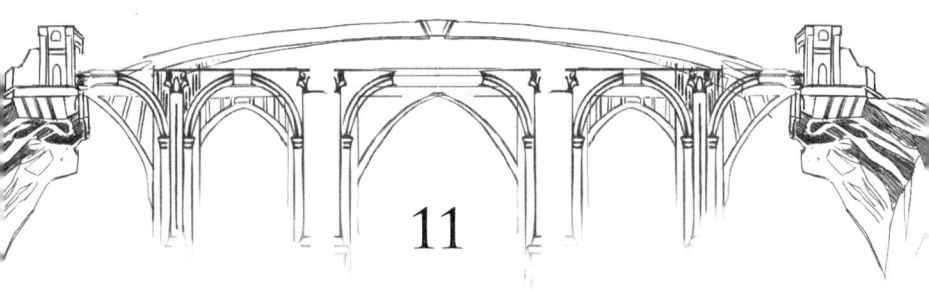

11

MUTTER, TOCHTER UND WITWE

HERMETIK: ANIMISMUS

Unter uns weilen Menschen, die mit Tieren sprechen. Sie hören und riechen wie Tiere, nehmen sogar deren Gestalt an. Die Abartigkeit der Magi kennt keine Grenzen.

KALISTHAM, HEILIGES BUCH DER AMTEH

Es mag seltsam klingen, aber in keinem anderen Zustand fühle ich mich Kore so nahe wie in Tiergestalt.

SENDARA GARRYN, BRICIA, 791

Die Flammen des Scheiterhaufens spiegelten sich in den sanften Wellen des Flusses, Rauch stieg träge in den Himmel. Auf den Hügeln ringsum leuchtete rosafarbenes Heidekraut, die Talfluren dazwischen waren so dicht bewachsen, dass das Wasser beinahe keinen Weg hindurchfand.

Die Nachtluft war erfüllt vom Totengesang der Lamien. Der Klan trauerte um Mesuda und Reku. Mesuda war kurz nach ihrer Ankunft in dem fünf Meilen landeinwärts gelegenen fruchtbaren Flussdelta, das sie sich als neue Heimat erkoren hatten, dahingeschieden. Die Erfüllung des Traums war zu viel für ihr altes Herz gewesen. Reku hatte damit endlich den lange ersehnten Titel der Klansältesten bekommen, nur um noch in derselben Nacht zu sterben. Jetzt war Kekropius der Älteste, und so fiel es ihm zu, die Feierlichkeiten zu Ehren der ersten beiden Toten im verheißenen Land anzuleiten.

Selbst Alaron konnte sich der allgemeinen Trauer nicht entziehen. Am Ende hatte ihn ein fast freundschaftliches Verhältnis mit Mesuda verbunden, auch wenn sie die Interessen des Klans stets weit über die Seinen gestellt hatte. Alaron hatte sie respektiert und sie ihn. Kurz vor ihrem Tod hatte er sie noch einmal aufgesucht. Mesuda hatte seine Hand genommen und in Erinnerung an einen alten Scherz spielerisch an seinem Daumen geknabbert. Er würde sie vermissen. Ein bisschen zumindest.

Im Moment stand er mit Cym bei den rondelmarischen Matrosen, über deren Schicksal sie immer noch nicht entschieden hatten. Kekropius war noch auf der Suche nach einem Eid, der sie stark genug binden würde, dass er sie ruhigen Gewissens gehen lassen konnte. Die Meinung der anderen dazu war gespalten.

Nachdem Kekropius die Riten beendet hatte, gesellte er sich zu Alaron und Cym. »Dieser Ort ist ideal«, sagte er mit bewegter Stimme. »Kein Mensch wagt sich je hierher. Laut den Karten auf dem Schiff ist eine Stadt namens Lybis die nächste Siedlung, und sie liegt über hundert Meilen weit landeinwärts. Es gibt genügend Wasser und Wild, sogar Land für Ackerbau, falls wir diese Kunst noch erlernen. Es ist eindeutig das verheißene Land.« Er legte Alaron eine Hand auf die Schulter. »Alles dank dir, Milchsohn.«

Langsam reicht es mit der Milch. »Und ich hatte das Glück, dass ihr mich vor dem Inquisitor gerettet habt«, erwiderte er etwas unbehaglich. Allmählich wurde ihm all die Ergriffenheit zu viel.

»Das war unser aller Glückstag!«, ergänzte Kekropius und ließ seine Reißzähne aufblitzen. »Nur für den Inquisitor nicht. Was wirst du jetzt tun?«

»Wir müssen meine Mutter finden«, warf Cym ein, noch bevor Alaron antworten konnte.

»Wo ist sie? Können wir euch bei der Suche helfen?«

»Was hellsehen angeht, sind wir beide nicht besonders begabt«, erwiderte Alaron. »Ich fürchte, wir werden noch einmal Ildenas Hilfe brauchen. Hebusal ist fast dreihundert Meilen entfernt, außerdem liegen eine Meereszunge und ein Gebirge dazwischen.«

Er wandte sich an Cym. »Du hast sie nicht mehr gesehen, seit du ein Baby warst, und weißt nicht mal, wie sie aussieht.« Alaron gab nicht gerne den Spielverderber, aber er hatte nach wie vor große Zweifel daran, dass sie Justina finden konnten, selbst wenn ihnen die Lamien halfen.

Cym zog den Hemdsärmel hoch und zeigte Alaron das silberne Armband an ihrem Handgelenk. »Als mein Vater mich holte, hat sie ihm das hier für mich mitgegeben. Sie hat es selbst getragen.«

Ein spontanes Geschenk. Wer weiß, ob sie überhaupt eine emotionale Bindung daran hatte? Andererseits habe ich Cym mithilfe einer angeknabberten Holzpuppe gefunden …

»Einen Versuch ist es wert«, sagte er seufzend.

Sie probierten es noch am selben Abend. Alaron saß mit Cym, Ildena, Nia und Vyressa im Kreis auf einer kleinen Anhöhe in der Nähe ihres Lagerplatzes. Ildena hielt ständig schützend eine Hand über ihren deutlich gerundeten Bauch. Es konnte jeden Tag soweit sein.

Kekropius versuchte unterdessen, Fydro zu besänftigen, der fürchtete, die Anstrengung könnte dem Ungeborenen schaden. Alaron hingegen war absolut sicher, dass weder Mutter noch Kind Gefahr drohte.

»Wir wollen nur kurz versuchen, ob es überhaupt einen Zweck hat«, erklärte er Ildena. »Du brauchst dich nicht zu überanstrengen, in Ordnung?«

Eine halbe Stunde lang sandten sie ihre Gedanken aus – und fanden nichts. Alaron wollte schon aufgeben, da fiel ihm etwas ein, das Magister Fyrell einmal gesagt hatte: Einen Blutsverwandten findet man am besten mit Blut.

Nachdem er Cym überzeugt hatte, dass sie nur ein paar Tropfen brauchten, nicht eine ganze Flasche voll, stach sie sich mit der Spitze seines Messers in den Finger und ließ die rote Flüssigkeit in die Wasserschale in ihrer Mitte fallen.

Alaron schloss die Augen. Wie ein Netz aus Licht streckten sich ihre Gnosisfühler in alle Richtungen. Wohin genau, konnte er nicht sagen, denn die Bilder, die sie durch die Augen der Toten und anderer Geistwesen sahen, wechselten ständig.

Da schien sich etwas zu verändern: Die Geister wurden immer weniger, bis sie kaum noch welche fanden und sich immer mehr anstrengen mussten, um zum nächsten springen zu können. Ildenas Gesicht war bereits feucht von Schweiß, und auch Alaron spürte die Tropfen, die sich auf seiner Stirn bildeten.

Viel länger halten wir das nicht mehr durch …

Dann trafen sie plötzlich auf einen Wächter. Alle in der Runde schnappten laut nach Luft.

Bleibt dran, bleibt zusammen, wies Alaron die Lamien an.

Als sie auf den zweiten trafen, rief Cym: »Mutter?«

Eine verblüffte Stimme antwortete zögernd. *Tochter?*

Alaron fühlte Cyms Tränen, als wären es seine eigenen. Alle Schleier hoben sich, dann sahen sie eine Frau in einem blauen Umhang, die in der Mitte eines nach oben offenen Rings aus schwarzem Fels stand. Ringsum ertönten Möwenschreie und das Geräusch tosender Wellen.

Mutter! Ich bin es, deine Cym …

Sol et Lune! Das Bild wurde größer, ein blasses, aristokratisches Gesicht mit scharf geschnittener Nase und strengem Mund trat hervor. Justina Meiros' Lippen begannen zu beben. Tränen, glitzernd wie kleine Diamanten, füllten ihre Augen.

Cymbellea? Bist das wirklich du?

GLASINSEL, JAVONISCHE KÜSTE, ANTIOPIA
ZULHIJJA (DEKORE) 928
SECHSTER MONAT DER MONDFLUT

Ramita Ankesharan kochte, eine Kunst, die sie weit besser beherrschte als die Gnosis. Es war ein Rezept ihrer Mutter. Sie hatte Joghurt gemacht und Hühnerfleisch darin eingelegt, während sie die Gewürze in der Pfanne leicht anröstete. Ramita war etwas blass und fühlte sich schwach, als hätte sie Fieber. Der Winter zog herauf, die Luft war merklich kühler, und die Sonnenstrahlen, die durch die Oberlichter hereinfielen, erhellten die Zimmer kaum noch.

Sie war im siebten Monat schwanger und kam sich vor, als hätte ihr Körpergewicht sich verdoppelt. Ramitas Bauch war so dick, dass sie kaum noch gehen konnte, und sie watschelte wie eine Ente. Auch ihr Gesicht war merklich runder geworden, sodass ihr Spiegelbild sie von Tag zu Tag mehr an ihre Mutter erinnerte. Die Erinnerung an Tanuva stimmte sie nur noch trauriger.

Ramita hatte Justina kaum die Treppen herunterkommen hören, und als sie sich umdrehte, schnappte sie erschrocken nach Luft: Die Jadugara schwankte, als hätte sie trotz aller Versprechen wieder Opium geraucht. Erst auf den zweiten Blick sah Ramita, dass ihre Schwiegertochter fast blind vor Tränen war. Sie nahm die Pfanne von der Kochstelle und eilte zu ihr. »Was ist?«

Justina blickte auf und warf sich ihr in die Arme. Ramita taumelte unter dem Gewicht und schaffte es gerade noch, sie zum nächsten Stuhl zu bringen. Justina sackte in sich zusammen und brach in haltloses Schluchzen aus.

»Was ist denn passiert?!«, fragte Ramita besorgt. »Kann ich irgendetwas tun?«

Es dauerte eine Weile, bis Justina sprechen konnte. »Meine Tochter...«, brachte sie schließlich heraus.

Ramita starrte sie fassungslos an. Erst nach und nach begriff sie, was Justina gerade gesagt hatte. Die traurige Geschichte der kleinen Cymbellea, die sie noch im Babyalter weggegeben hatte, fiel ihr wieder ein. Hatte das schlechte Gewissen Justina nun doch noch eingeholt?

»Ich bin sicher, es geht ihr gut«, begann Ramita, aber Justina schnitt ihr das Wort ab.

»Sie hat Kontakt zu mir aufgenommen«, flüsterte sie heiser. »Meine Tochter hat sich bei mir gemeldet.«

Ramita wurde eiskalt. Sie dachte an all die Lektionen über Hellseherei, die Justina ihr eingebläut hatte: Wie verschlagen Magi sein konnten und genau so etwas als grausamen Trick benutzten, um jemanden aufzuspüren. Alle Alarmglocken in ihrem Kopf läuteten. Warum sollte die verschollene Tochter sie ausgerechnet jetzt kontaktieren, da Justina selbst eine Gejagte war? Unwillkürlich dachte sie an Alyssa Dulayn, die Justinas bestgehütete Geheimnisse kannte und all ihre Schwächen. Ihr eine solche Falle zu stellen wäre ein Kinderspiel für Alyssa.

»Bist du sicher, dass sie es war?«

»Ich habe sie neun Monate lang in mir getragen«, krächzte Justina. »Sie ist ein Teil von mir.«

»Und dann hast du sie nach nicht einmal einem Jahr weggegeben«, rief Ramita ihr ins Gedächtnis. »Kennst du sie überhaupt noch?«

Justina versuchte, ihre Fassung wiederzugewinnen. »Natürlich kenne ich mein eigenes Kind.« Sie wischte sich über die Augen und erwiderte Ramitas starren Blick. »Ich weiß, was du denkst, aber sie war es wirklich. Ich schwöre es.«

»Und wie loyal ist sie wohl gegenüber einer Mutter, die sie nie kennengelernt hat? Sie ist in Yuros aufgewachsen. Warum meldet sie sich ausgerechnet jetzt bei dir?«

»Sie steckt in der Klemme. Sie hat etwas, hinter dem auch die Inquisition her ist.« Justina umklammerte ängstlich Ramitas Hände. »Ich kann meine Tochter nicht einfach diesen bigotten Folterknechten überlassen. Ich muss sie beschützen.«

Ramita leckte sich über die plötzlich strohtrockenen Lippen. »Was hast du zu ihr gesagt?«

Justina schaute weg. »Ich habe ihr gesagt, sie soll herkommen.«

Ramita fiel aus allen Wolken. Endlose Wochen hatte sie in entsetzlicher Einsamkeit verbracht und Huriyas Lockrufen widerstanden, obwohl sie sich nach nichts mehr sehnte als danach, mit jemandem zu sprechen, den sie kannte. Egal mit wem. Und jetzt hatte Justina einfach aus einer Laune heraus alle Vorsicht fahren lassen. Ramita war selbst überrascht, wie zornig sie das machte.

»Wie kannst du es wagen?!«, rief sie. »Wir sind hergekommen, damit meinen ungeborenen Kindern nichts zustößt – den Kindern deines Vaters! Du hast geschworen, sie zu beschützen, und jetzt setzt du alles aus purem Eigennutz aufs Spiel?«

Justinas Augen blitzten. »Sie ist meine Tochter, und sie braucht mich! Zum ersten Mal in meinem und ihrem Leben *braucht* sie mich!«

»Du denkst immer nur an dich!«

Justinas Aura flackerte rötlich auf, dann holte sie mit der Hand aus.

Ramita fing die Ohrfeige mitten in der Luft ab. Sie wusste selbst nicht, wie sie das gemacht hatte, aber das wochenlange Training war offensichtlich nicht vergebens gewesen. Mit unerbittlicher Kraft umklammerte sie Justinas Handgelenk, während ihre Schwiegertochter wütend ihre Gnosis beschwor – da schleuderte Ramita sie samt Stuhl quer durchs Zimmer. Justina krachte gegen die Wand, der Stuhl zerbarst unter dem Aufprall.

»Erhebe niemals die Hand gegen mich!«, schrie Ramita.

Justina lag benommen inmitten der Holzsplitter und schaute sie verdutzt an. Eine Weile funkelten die beiden einander an, und die Luft knisterte nur so vor angestauter Energie, dann kamen sie wieder zur Besinnung.

Während des Trainings hatten sie eine direkte Konfrontation stets vermieden, aber es war immer klar gewesen, dass Justina sich für die Stärkere hielt. Der kurze Gewaltausbruch hatte kaum einen Wimpernschlag lang gedauert, keine der beiden hatte bewusst darüber nachgedacht, was sie tat, und der Ausgang der Auseinandersetzung war eindeutig gewesen. Ramita war noch nie in ihrem Leben die Stärkere gewesen. Ihre letzte Prügelei mit einem anderen Mädchen lag mindestens ein Jahrzehnt zurück. Sie wusste kaum, wie ihr geschehen war.

Argwöhnisch beobachtete sie, wie Justina sich stöhnend aus den Trümmern erhob, und wartete auf einen Gegenangriff, aber es kam keiner. »Du hast unsere Sicherheit aufs Spiel gesetzt«, knurrte sie beinahe.

Justina ließ die Schultern hängen. »Ich weiß. Aber es ging nicht anders.«

Wie würde ich reagieren, wenn meine Kinder mich brauchten? Ramita beruhigte sich etwas und öffnete die geballten Fäuste wieder. »Vielleicht verstehe ich dich sogar.« Sie legte die Hände schützend über ihren Bauch. »Der Schaden ist bereits angerichtet. Was sollen wir also tun? Wann sind sie hier?«

Justina nahm das Friedensangebot an. »In ein paar Tagen. Sie haben ein Windschiff.«

»*Sie?*«

»Sie ist in Begleitung eines *Jungen*.«

Justina klang, als hätte ihre Tochter sich einen Parasiten eingefangen, und Ramita musste lächeln.

»Es tut mir leid, dass ich dich geschlagen habe«, fügte Justina hinzu.

»Hast du nicht«, berichtigte Ramita. »Du hast es nur versucht.«

Huriyas Blick schweifte über die im Halbkreis vor ihr sitzenden Seelentrinker. Sie waren das exakte Gegenteil von ihr. Huriya würde nie ihre Gestalt verändern können, und doch hingen sie im Moment regelrecht an ihren Lippen, denn Huriya konnte etwas, das sie nicht konnten. Sie beneidete die Gruppe um ihren bedingungslosen Zusammenhalt, aber sie wollte keine von ihnen sein. Sie war, was sie war.

»Während der ganzen letzten Wochen habe ich nach Ramita Ankesharan gerufen«, sagte sie in die Runde, »und herausgefunden, dass sie sich irgendwo mit Justina Meiros versteckt. Sie antwortet zwar nicht auf meine Rufe, aber ich spüre, dass sie zuhört. Sie ist keine sonderlich begabte Hellseherin und weiß nicht, dass ich sie jedes Mal bemerke.«

»Reicht das, um sie zu finden?«, fragte Perno mit dunkler Stimme.

»Noch nicht. Sie ist durch starke Wächter geschützt, aber das ein oder andere konnte ich bereits herausfinden.«

Zaqri warf ihr einen kurzen anerkennenden Blick zu, in dem keinerlei Wärme lag. Huriya wollte ihn, aber er wollte sie nicht. Das war ihr noch nie passiert, und es machte ihren Groll gegen Ghila, die Gefährtin des Rudelführers, nur noch größer.

Nachdem das Rudel lange Zeit in der Wildnis verbracht hatte, hatte Sabele ihre Untertanen zu sich gerufen. Sie sollten der Spur folgen, die Huriya gefunden hatte. Sie waren nackt und verdreckt und sahen sogar noch verwilderter aus als bei ihrer letzten Begegnung. Als Erstes hatten sie sich auf das rohe Fleisch gestürzt und das gekochte Essen nicht angerührt. Huriya wurde bewusst, dass sie kaum etwas Menschliches in sich hatten, und war froh, dass ihre eigene Affinität zum Animismus eher schwach ausgeprägt war.

Sie blickte in die Runde und sprach weiter: »Ich kenne die ungefähre Richtung und Entfernung. Ramita befindet sich irgendwo nordwestlich von hier.«

Die Rudelmitglieder schauten einander fragend an.

»Javon«, sagte Ghila.

»Ist die Information verlässlich?«, wollte Hessaz wissen.

Sabele meldete sich krächzend zu Wort. »Huriyas Gabe liegt nicht in der Hellseherei, sondern im Mesmerismus. Es ist das Hypnotische an ihren Botschaften, das Ramita Ankesharan anzieht. Ich überwache alles, was Huriya tut, und strecke gleichzeitig meine Fühler aus. Die Geister können Ramita nicht aufspüren, aber Justina Meiros, die immer wieder Kontakt zu ihnen aufnimmt. Justina ist mir in der Hellseherei unterlegen, und ich kann ihre Spur durch den Äther verfolgen. Sie wendet den Blick stets nach Süden, was bedeutet, dass sie sich irgendwo nördlich von hier aufhält.«

»Im Zhassital vielleicht?«, schlug Ghila vor.

»Mag sein.« Sabele klatschte in die Hände. »Wir werden in die Berge nördlich der Gotan-Höhen gehen. Die Rondelmarer sind bereits weiter im Süden und haben nur wenige Garnisonen zurückgelassen. Wir können uns dort fast offen bewegen.«

»Aber die Hadischa sind in Krak di Condotiori«, warf Zaqri ein. Der dunkle Klang seiner Stimme ließ Huriya erschaudern.

»Die Hadischa brauchen nichts von unserer Anwesenheit zu erfahren«, entgegnete Sabele, und Huriya horchte auf. Sie prägte sich die Worte gut ein für den Fall, dass sie eines Tages einen Keil zwischen ihre Herrin und Emir Rashid treiben musste.

»Gut gemacht, Huriya Makani«, sagte Zaqri schließlich.

»Sie lernt allmählich«, fügte Sabele mürrisch hinzu.

Am nächsten Tag machten sie sich auf den Weg nach Norden. Die älteren Rudelmitglieder eilten in Tiergestalt voraus, während die jüngeren bei Sabele und Huriya blieben – in Menschengestalt, damit sie sich wieder erinnerten, was sie eigentlich waren. Huriya saß mit Sabele in einem Leiterwagen und wünschte sich, Zaqri wäre ebenfalls geblieben. Sie wusste nur zu gut, dass es keine Liebe war, sondern nur eine Vernarrtheit, wie sie sie auch gegenüber Jos Lem verspürt hatte, aber das half nichts. Ihr ganzes Leben lang waren Huriyas Gefühle scheinbar wahllos von einem Objekt der Begierde zum nächsten gesprungen, seit frühester Kindheit, aber das machte es auch nicht leichter, mit Zaqris Gleichgültigkeit zurechtzukommen.

Nach zwei Wochen erreichten sie ohne Zwischenfälle das Zhassital. Die wenigen rondelmarischen Patrouillen hatten sie mit Leichtigkeit umgangen. Die Truppen hier waren schlecht ausgebildet und hatten keine Magi. Keinerlei Bedrohung also. Kurz vor der Passhöhe nach Dhassa fanden sie ein Höhlensystem, und Sabele befahl, hier das Lager aufzuschlagen. Die alte Jadugara schien den Ort gut zu kennen.

Während der Reise hatte Huriya weiter ihre Köder ausgelegt und versucht, Ramita mit Erinnerungen an die wunderschöne gemeinsame Zeit, mit Sympathie- und Mitleidsbekundungen zu locken. Sie hatte von unsterblicher Geschwisterliebe gesprochen, hatte Ramita um Vergebung angefleht und so getan, als gäbe es Neuigkeiten von Kazim. Sie hatte alles gegeben, und manchmal hatte sie gespürt, wie Ramita wieder zuhörte. Sie reagierte immer noch nicht, aber dennoch gab es eine Veränderung: Huriya spürte Wind und konnte beinahe fühlen, wie Ramitas Haar in der Brise flatterte. Und sie spürte Wasser. Ein ganz bestimmter Geruch lag in der Luft, der nur von Salz stammen konnte. »Sie ist in der Nähe des Ozeans«, hatte sie schließlich zu Sabele gesagt.

Nach zwei Tagen machten sie sich auf die Weiterreise und erreichten schließlich nordöstlich von Hebusal die dhassanische Küste. Der Landstrich war Hunderte Meilen vom Südpunkt entfernt und vollkommen verlassen, keine Menschenseele trieb sich hier herum. Das Rudel fing ein paar wilde Pferde ein und zähmte sie, sodass die Gestaltwandler die Reise neben dem Kamelkarren herreitend fortsetzen konnten. Huriya hatte nie reiten gelernt und war schrecklich neidisch. Außerdem fiel ihr Sabeles ständige Nähe zusehends auf die Nerven. *Sie ist wie ein Klotz am Bein, aber noch brauche ich sie,* sagte sie sich immer wieder.

Der Anblick der Küste war atemberaubend. Riesige Klippen aus weißem Fels stemmten sich gegen die anbrandende See. Obwohl das Wasser weit, weit unterhalb war, fühlten sie den feinen Gischtnebel auf dem Gesicht, schmeckten das Salz auf der Zunge und sahen in der Ferne immer wieder schäumende Fontänen aufschießen.

Sabele ließ Perno das Skiff holen, das sie in der Nähe versteckt hatte. So konnten sie schneller reisen, falls nötig, denn Huriya wurde von Tag zu Tag sicherer: Ramita war ganz in der Nähe. Sie wusste es einfach. Das Rudel schwärmte in alle Himmelsrichtungen aus, suchte und suchte, doch als der Novelev sich dem Ende zuneigte, hatten sie immer noch keine Spur – weder von Ramita noch von Justina.

Frustration machte sich breit.

Als der Durchbruch dann endlich kam, geschah es ganz anders als erwartet: Huriya saß gerade mit Sabele über eine Räucherschale gebeugt und lauschte in die Nacht, als sie beide plötzlich im Äther einen Aufschrei hörten. Ganz leise und kaum hörbar kam er aus Nordwesten, wo es nichts gab außer Wasser, und verstummte sofort wieder. Doch es war eindeutig der Ruf eines Magus gewesen. *Mutter*, hatte eine weibliche Stimme gerufen, *zeig uns den Weg!*

Wären sie weiter weg gewesen oder hätten sie nicht zufällig genau in diesem Moment hingehört, hätten sie dem kurzen Lichtblitz am nördlichen Horizont keine Bedeutung beigemessen. Doch zusammen mit dem leisen Aufschrei ergab sich endlich ein Bild.

Sabele umklammerte Huriyas Hand. »Da, sieh! Sie ist nicht in der *Nähe* des Ozeans, sie ist mittendrin!« Die greise Jadugara stand mühsam auf und schleppte sich zu ihrem Kartentisch. »Ha! Hier, die Säulen der Götter! Das ist der einzige Ort, der infrage kommt. Sie versteckt sich irgendwo zwischen diesen Felsnadeln.«

Am liebsten hätte Ramita Justinas Hand genommen und sie beruhigt wie ein kleines Kind. Die weiße Hexe war ganz außer sich, weil ihre Tochter plötzlich aufgetaucht war. Die Tage vor Cymbelleas Ankunft hatte sie mit regelrechten Putzorgien verbracht – bisher hatte sie sich nie um derlei niedere Aufgaben geschert – und war auch sonst so überspannt, dass sie kaum zu ertragen gewesen war. Dann, am dritten Tag, kam kurz nach Sonnenuntergang die Nachricht, auf die Justina die ganze Zeit gewartet hatte. Beide Frauen hatten die Nase voll von dem eiskalten Regensturm, der heulend um die Aussichtsplattform fegte und das Meer so hoch aufpeitschte, dass die Schaumkronen der Wellen beinahe bis an die tiefhängenden Wolken heranreichten, und wollten gerade wieder nach unten gehen, da hörten sie einen Ruf:

Mutter, zeig uns den Weg!

»Das ist sie!«, kreischte Justina wie eine aufgescheuchte Henne. Sie riss die Hand hoch und schoss einen gleißenden Blitz in den Nachthimmel. Es war nicht der einzige, der an diesem Tag übers Firmament zuckte – mehr als einmal hatte Ramita befürchtet, von dem tobenden Wintergewitter erschlagen zu werden –, aber es war der erste, der nicht natürlichen Ursprungs war.

Sie verstärkten die Schilde gegen den Regen und spähten hinaus die Dunkelheit. Ramita hatte für die besondere Gelegenheit einen Sari angelegt. Justina war über ihren nackten Bauch empört gewesen, doch Ramita hatte sich nicht von ihrem Entschluss abbringen lassen: In Lakh galt ein schwangerer Bauch als schön, als etwas Ehrenhaftes. *So kleidet eine Lakhin sich nun mal. Sollen die anderen denken, was sie wollen.*

Sie legte die Hände auf ihren Bauch und konzentrierte sich darauf, ihre Körpertemperatur konstant zu halten. Justina trug ihren üblichen dicken blauen Umhang. Sie hatte dunkle Ringe unter den Augen, aber ihre Miene war undurchdringlich.

Endlich schälte sich ein länglicher Umriss aus der Nacht, wie ein Riesenvogel bewegte er sich mit dem Wind in ihre Richtung. Justina entzündete ein Gnosislicht, woraufhin das Windschiff herumschwenkte und direkt auf sie zuhielt. Ramita sah blasse Gesichter, die mit großen Augen in die Dunkelheit starrten: ein junger Mann, der mit dem Segel kämpfte, und ein schwarzhaariges Mädchen, das mit Müh und Not die Ruderstange festhielt. Sie kamen ihr entsetzlich jung vor.

Schließlich gelang es ihnen, das Skiff trotz der heftigen Böen direkt über die Plattform zu manövrieren. Das Schiff senkte sich langsam herab und hatte kaum den Boden berührt, da lief Justina auch schon los. »Cymbellea!«, rief sie und schloss das Mädchen am Ruder in die Arme.

Ramita blieb, wo sie war, und beobachtete die Szene neugierig. Während Cymbellea noch ganz auf ihre Aufgabe als Steuerfrau konzentriert war, schluchzte Justina haltlos. Es war genau das Gegenteil von dem, was Ramita erwartet hatte, und es gewährte ihr einen vollkommen neuen Einblick in den Charakter ihrer Schwiegertochter. Sie mochte ihre Gefühle stets verbergen, aber das bedeutete nicht, dass sie keine hatte. Ganz im Gegenteil: Offensichtlich sehnte sie sich zutiefst nach Halt und Anerkennung – und etwas, das die Normalsterblichen »Familie« nannten.

Das Mädchen sah genauso aus, wie Ramita Justina bisher gekannt hatte: kühl und gefasst und ganz auf sich selbst konzentriert. Ramita fragte sich schon, wie lange es wohl dauern würde, bis die beiden einander an die Kehle gingen, aber im Moment klammerte Justina sich schon fast verzweifelt an ihre Tochter, strich ihr übers Haar, äußerte sich bestürzt über die eigenartige Tätowierung auf ihrer Stirn und bot ihr den Arm an, obwohl ihre eigenen Knie zitterten wie die eines neugeborenen Fohlens.

Den Jungen hätte Ramita in dem Trubel beinahe vergessen. Er war weder groß noch breitschultrig, und sein Auftreten hatte nichts von Cymbelleas Selbstsicherheit. Sein Gesicht war blass, aber nicht kränklich oder gar schwach. Es sah irgendwie noch unfertig aus, hatte hier und da noch Babyspeck, aber er schien zu wissen, was er tat, holte rasch das Segel ein und hievte Gepäck von Bord. Das Schwert an seiner Seite schien er gewohnt zu sein, er stolperte kein einziges Mal darüber, während er zügig arbeitete.

»Mutter«, sagte Cymbellea schließlich und löste sich aus Justinas Umarmung, »können wir bitte das Skiff festmachen und ins Trockene gehen?«

Justina fing sich immerhin weit genug, um den beiden beim Verstauen des kleinen Windschiffs zu helfen, während Ramita sich um das Gepäck kümmerte. Sie wollte gerade einen der beiden Säcke aufheben, da kam der Junge auch schon auf sie zugesprungen. »Lass, ich kümmere mich darum«, sagte er nervös und verstummte abrupt, als frage er sich, ob sie überhaupt seine Sprache verstand.

Er hat noch nie im Leben eine Lakhin gesehen.

»Wie du meinst«, gab Ramita zurück und watschelte beleidigt davon.

Kurz darauf waren sie endlich im Trockenen. Justina zeigte ihren Gästen die Zimmer, wo sie sich erst einmal umzogen, während Justina abwechselnd an ihrer Frisur herumfingerte und in Weinkrämpfe ausbrach. Ansonsten war sie zu nichts zu gebrauchen, sodass Ramita sich um alles kümmern musste: den Wein heiß machen, nach dem köchelnden Essen sehen und für warme Luftzufuhr sorgen.

Schließlich stießen ihre Gäste wieder zu ihnen. Beide trugen rondelmarische Männerkleidung: weite weiße Hosen, dazu ein langärmeliges Hemd mit Knopfleiste. Der Junge hatte einen etwa armlangen Lederköcher dabei.

»Mutter«, sagte Cymbellea in die entstandene Stille, »das ist Alaron Merser.«

Ramita runzelte die Stirn. Der Name Merser kam ihr aus irgendeinem Grund bekannt vor, sie wusste aber nicht, woher. Die entsprechende Erinnerung wollte sich einfach nicht einstellen.

Der Jüngling zog den Kopf ein. »Oh, Dame Meiros«, sagte er und wurde rot.

Justina musterte ihn. »Ich kenne deine Familie nicht, junger Mann.«

»Meine Mutter ist, ähm, war eine Anborn.«

»Elena Anborn?«, fragte Justina. »Die Leibwächterin der javonischen Königin-Regentin?«

Alaron schüttelte den Kopf. »Tesla, ihre ältere Schwester.«

»Ah. Und woher hast du den Namen Merser?«, fragte sie schon mit weniger Interesse.

»Es ist der Name meines Vaters, er … ist ein Händler, kein Magus.«

Justina schaute ihn an, als wollte sie sagen: »Und was macht ein koreverfluchter Händlerssohn in Gesellschaft meiner Tochter?«

Ramita hingegen spürte sofort Sympathie für den jungen Mann. Ihr Vater war selbst Händler, ein höchst ehrenwerter Beruf, ihrer Meinung nach.

»Alaron ist ein guter Freund von mir, Mutter«, warf Cym bestimmt ein.

»Kennt Ihr meine Tante Elena?«, fragte Alaron.

»Nur ihren Ruf«, antwortete Justina. An ihrer Miene war abzulesen, dass dieser Ruf durchaus beeindruckend sein musste. »Aber ich habe keine Nachrichten von ihr, fürchte ich.«

Der Jüngling schien enttäuscht. »Ich auch nicht«, sagte er und fingerte unbehaglich an seinem Lederköcher herum.

Wieder breitete sich Stille aus.

Bevor die beiden Kinder – so dachte Ramita von ihnen, auch wenn sie wahrscheinlich älter waren als sie – noch auf die Idee kamen, dass sie lediglich eine Dienerin sei und weil es bisher sonst niemand getan hatte, beschloss Ramita, sich selbst vorzustellen. »Namaste«, sagte sie. »Ich bin Ramita Ankesharan-Meiros.«

Cymbellea blinzelte. »*Meiros?*«

»Ich war mit Antonin verheiratet.« Sie schenkte Cymbellea ein gewinnendes Lächeln. »Ich glaube, das macht mich zu deiner Großmutter.«

Alaron schaute verstohlen in die Runde und konnte nicht glauben, mit wem er da am Tisch saß. Cyms Anwesenheit allein genügte eigentlich schon. Viele Jahre gehörte sie nun zu den wichtigsten Menschen in seinem Leben, und wenn sie auch nie ein Paar werden würden, genoss er es dennoch in vollen Zügen, wenn sie in seiner Nähe war.

Ihre Mutter faszinierte ihn am meisten. Justina Meiros, eine lebende Legende, wenn auch nicht wegen ihrer eigenen Taten, sondern weil sie die einzige Nachfahrin des Brücken- bauers Antonin Meiros war. Dieser Umstand allein machte sie in Alarons Augen zu einer Art Halbgöttin, wenn nicht gar mehr. Er konnte sogar eine gewisse Ähnlichkeit zu Cym entde- cken. Es war wie ein Ausblick auf die Zukunft, darauf, wie Cym eines Tages aussehen könnte.

Außer vielleicht, dass Cym niemals so kalt und zugeknöpft sein würde. Justina Meiros wirkte wie jemand, der zu viele Ver- luste erlitten hatte. Die Trauer um all das, was hätte sein kön- nen, war zu einem Bestandteil ihres Wesens geworden. Ihr Mund war schmal, in ständiger Verbitterung, und sie schien an allem nur das Negative zu sehen. Als Cym ihr erklärte, wie sie und Alaron hierhergekommen waren, hatte sie an allem nur herumgemäkelt: Verelon und Sydia waren in ihren Augen pri- mitive Ödlande, Pontus eine einzige Jauchegrube. Alles war falsch, überall.

Ab und zu wanderte sein Blick zu der kleinen Lakhin. Zu- erst hatte er gedacht, sie sei dick, und dann erst war ihm klar geworden, dass sie hochschwanger war. Ihre Kleidung war unmöglich. Sie sah aus, als hätte sie sich in ein buntes Bett- tuch gewickelt, und den Bauch hatte sie tatsächlich freigelas- sen. Ziemlich barbarisch. Sie tat ihm beinahe leid. Das Mäd- chen war hübsch, aber offensichtlich vollkommen überfordert mit der Situation. Gerade erst von Meiros schwanger gewor- den – was unglaublich war, wenn man das Alter des Mannes bedachte –, hatte sie den Vater ihres Kindes gleich nach der Zeugung verloren und war nun auf der Flucht, auf Gedeih und Verderb Justinas Wohlwollen ausgeliefert. Ihr Alter konnte er nicht einschätzen. Sie war winzig klein und ihre Gesichts- haut vollkommen glatt, aber sie strahlte eine solche Reife und

Selbstsicherheit aus, dass sie wesentlich älter als Alaron sein musste. Für sie als Nichtmagi war es bestimmt keine leichte Aufgabe, ausgerechnet Meiros' Kind zur Welt zu bringen.

Die Nachricht vom Tod des mächtigen Antonin hatte sich über die Runde gebreitet wie ein Grabtuch. Cym war fassungslos, auch wenn sie ihm nie begegnet war. Sie hatte sich immer viel darauf eingebildet, eine Meiros zu sein. Justina klang vollkommen verloren, als sie von ihrem Vater erzählte, und die kleine Lakhin schien ebenfalls den Tränen nahe. Aus irgendeinem Grund überraschte Alaron diese Trauer. Er selbst hatte schon Schwierigkeiten gehabt, sich Meiros überhaupt als Menschen vorzustellen. Für ihn war er immer eine Figur aus fantastischen Erzählungen gewesen, nicht aus dem echten Leben.

Schließlich erklärte Justina, weshalb sie und Ramita hier waren, dass der Ordo Costruo früherer Tage nicht mehr existierte und sie aus Hebusal hatten fliehen müssen. Sie wussten weder, was gerade in der Außenwelt geschah, noch, wie der Kriegszug voranschritt. Alaron begann sich zu fragen, ob es wirklich eine gute Idee gewesen war herzukommen.

»Ähm, wann kommt Euer Kind zur Welt?«, fragte er Ramita während einer der immer länger werdenden Gesprächspausen.

»Im zweiten Monat«, erwiderte sie auf Rondelmarisch, aber mit starkem Akzent.

»Februx?«, fragte er nach, woraufhin sie den Kopf von links nach rechts neigte. Diese Art zu nicken hatte er noch nie gesehen, aber es sollte wohl »Ja« bedeuten. »Was für eine Schande, dass ...« Alaron merkte gerade noch rechtzeitig, dass er drauf und dran war, etwas vollkommen Taktloses über ihren ermordeten Ehemann zu sagen, und verstummte mitten im Satz. Erneut senkte sich Schweigen über alle vier. *Was für ein brillanter Gesprächsbeitrag*, dachte Alaron und wurde feuerrot.

»Mutter, ich muss dir etwas sagen«, begann Cym mit ungewöhnlicher Zurückhaltung und erzählte von der verschollenen Skytale, ohne sie beim Namen zu nennen. Sie sprach lediglich von einem »Artefakt«. Ansonsten ließ sie nichts aus, angefangen damit, wie General Langstrit die Hinweise einen nach dem anderen entschlüsselt hatte, über jene schicksalhafte Nacht, in der der General und Alarons Mutter ums Leben gekommen waren, bis hin zu ihrer Flucht mit den Lamien, die sie durch halb Yuros geführt hatte.

Justina wurde immer angespannter, während sie zuhörte, und als Cym mit ihrem Bericht fast am Ende war, fragte sie: »Wo ist dieses Artefakt?« Ihr Blick wanderte zu dem Beutel, der neben Alaron auf dem Tisch lag.

Jetzt werden wir gleich wissen, ob es richtig war, die Skytale herzubringen. Alaron schaute kurz zu Cym hinüber, dann reichte er Meiros' Tochter den Beutel.

Justina öffnete ihn, zog den Lederköcher heraus und betrachtete ihn neugierig. Schließlich öffnete sie den Deckel, holte die Skytale heraus und musterte verdutzt die Runen darauf. »Was ist das denn?«

Alaron war überrascht, dass sie es nicht wusste. Auch Ramita schien keinerlei Vorstellung davon zu haben. Er wollte schon etwas sagen, entschied sich aber dagegen. Es war Cyms Aufgabe, es ihrer Mutter zu erklären.

Cym zögerte. »Mutter, das ist die Skytale des Corineus.«

Das Kaleidoskop aus Gefühlen, das sich auf Justinas Gesicht widerspiegelte, war unmöglich zu deuten. Es waren einfach zu viele: Überraschung, Erschütterung, Angst... Aber, zu Alarons größter Erleichterung, weder Machtstreben noch Gier.

Justina legte die Skytale weg und starrte sie an, ohne sie noch einmal anzufassen. Ihr Mund öffnete und schloss sich immer wieder, während sie um Worte rang. »Wie?«, brachte sie schließlich heraus.

Cym deutete auf Alaron. Dieser Teil der Geschichte war seiner. Es war seine Theorie gewesen, seine Abschlussarbeit am Arkanum, die sein Leben so komplett aus den Angeln gehoben hatte. Die lächerliche Theorie, dass nicht ein aufsässiger Vasallenkönig die Noros-Revolte angezettelt hatte, sondern drei norische Kanoniker, nachdem sie den unglaublichsten Diebstahl der Geschichte begangen hatten. Selbst jetzt, da die Theorie sich als zutreffend herausgestellt hatte, klang sie immer noch lächerlich.

Er konnte es Justina kaum verübeln, wenn sie immer wieder den Kopf schüttelte, während er erzählte. Er selbst tat das Gleiche, und er war immerhin dabei gewesen.

»Ich wünschte, Vater wäre hier«, murmelte sie nur, als Alaron fertig war. Alaron musterte Meiros' spröde Tochter und merkte, dass es ihm genauso ging.

Alle schienen so von Ehrfurcht ergriffen, dass keiner Worte fand. Sie schmiedeten weder Pläne, noch gelangten sie zu irgendeiner Entscheidung, wie es überhaupt weitergehen sollte. Schließlich gähnte Alaron demonstrativ, nahm die Skytale wieder an sich und verkündete, er werde sich jetzt schlafen legen. Cym kam ebenfalls mit.

»Und?«, fragte er leise, als sie vor der Tür zu Cyms Zimmer angekommen waren.

»Und *was*?«, erwiderte sie kühl.

»War es richtig, herzukommen?«

Ihre Augen verengten sich. »Natürlich.«

Alaron merkte, dass er anderer Meinung war. *Unsere Gastgeberinnen sind genauso verloren wie wir.*

Ramita beobachtete, wie ihre jungen Gäste den Salon verließen, und trank den einen Becher Wein aus, den sie sich gestattet hatte. Von Cyms und Alarons verworrener Geschichte hatte sie kaum etwas verstanden außer, dass diese Skytale aus irgendeinem Grund von enormer Wichtigkeit war. Als die beiden weg waren, fragte sie Justina danach.

Sie war eine Art Hilfsmittel, um Menschen die Gnosis zu schenken, erklärte die Jadugara abwesend, und wieder brauchte Ramita eine Weile, bis sie begriff, was das bedeutete. Sie selbst hatte die Gnosis erhalten, indem sie schwanger geworden war. Was spielte es schon für eine Rolle, wenn es noch andere Wege gab? Dann stellte sie sich eine Welt vor, in der jeder ein Magus werden konnte, indem er nichts weiter tat, als einen Trank zu sich zu nehmen. Da verstand auch sie, wie mächtig das Artefakt war.

Im ersten Moment fragte sie sich, ob ihr Gemahl diese Entwicklung vorhergesehen hatte, ob all dies zu seinem Plan gehörte. Es schien ihr unwahrscheinlich. Bestimmt hätte er etwas davon gesagt. Es musste Zufall sein. Falls es keiner war, wären nicht nur Cym und Alaron zur Glasinsel gekommen, sondern jeder Magus, der der Hellsicht mächtig war. Ramita war auf dem Weg, die mächtigste Magi der Geschichte zu werden, und nun war das mächtigste Artefakt auf ganz Urte zu ihr gekommen. Nein, das konnte nicht das Werk ihres verstorbenen Mannes sein. Die Götter selbst hatten die Skytale hierhergebracht.

»Justina«, fragte sie schließlich. »Was sollen wir jetzt tun?«

Justina war immer noch so aufgewühlt, dass ihr das »Wir« gar nicht aufzufallen schien. »Ich weiß es nicht«, erwiderte sie nur. »Was *können* wir schon tun?«

Ramita wusste, dass die Frage rein rhetorisch war: Justina Meiros fragte jemanden wie sie nicht um Rat. Sie beschloss, ihr trotzdem einen zu geben. »Bringen wir das Artefakt zu Wesir Hanouk. Wir könnten einen neuen Orden gründen, einen Orden mit lakhischen Magi.«

Justina sah aus, als würde ihr schon bei dem bloßen Gedanken übel, doch sie beschränkte ihre Antwort auf ein knappes: »Wohl kaum.«

Dann begann sie darüber zu schwadronieren, geeignete Kandidatinnen für ihren eigenen Orden ausfindig zu machen – ausschließlich Frauen, die von Natur aus friedfertiger und vertrauenswürdiger seien als Männer.

Dieser Gedanke war Ramita neu. Ein paar der aggressivsten und verschlagensten Menschen am Aruna-Nagar-Markt waren Frauen. Im Vergleich zu Vikash Nooradins Gattin beispielsweise, waren die meisten Männer arglose Lämmchen. Aber Justina schien zu glauben, sie könnte mithilfe einer neu gegründeten Schwesternschaft den Kriegen auf Urte ein Ende setzen.

Für Ramita hörte sich das an wie pure Fantasterei. Antonin Meiros wäre niemals auf eine so vermessene Idee verfallen. *Ich vermisse dich, mein geliebter Gemahl, mehr denn je.*

»Der Junge macht einen guten Eindruck«, merkte sie an. Etwas übernervös und noch grün hinter den Ohren vielleicht, aber er war auf dem richtigen Weg.

»Der kleine Witzbold macht sich doch wohl keine Hoffnungen, meine Cymbellea zu heiraten«, keifte Justina.

»Natürlich nicht. Sie sind nur Freunde.«

»Woher willst ausgerechnet *du* das wissen?«, fuhr Justina auf.

Ich mag eine einfache Händlerstochter sein, aber ich habe einen Blick dafür, was zwischen den Menschen vorgeht. »Es ist ganz offensichtlich: Cymbellea sieht ihn als einen Freund, mehr nicht, und das weiß er.«

»Hmm. Kore sei Dank. Ein Händlerssohn …«

»Er ist ein netter und kluger Junge.«

»Was?« Justina leerte ihr Weinglas mit einem Schluck und

goss sich sofort neu ein. »Sol et Lune, was soll ich jetzt nur tun?«, murmelte sie, immer noch außer Fassung – und auch schon ein wenig betrunken.

Ramita stand auf. »Mach dir keine Sorgen, Tochter«, rief sie im Gehen über die Schulter, bevor sie den Salon verließ. »Mir fällt schon was ein.«

Hast du das gehört?

Malevorn zuckte zusammen, als er unvermittelt Raines Stimme in seinem Kopf hörte. Sie fühlte sich feucht an und ein bisschen schlüpfrig, abstoßend und anziehend zugleich. *Was gehört?*

Mal, ich dachte, jemand hätte etwas gerufen. Irgendwo östlich von hier.

Malevorn blickte nach Osten. Er konnte nichts erkennen außer Wasser, Hunderte von Meilen nichts als Wasser.

Sie hatten wertvolle Tage verloren, während Adamus in Pontus damit beschäftigt war, ein neues Windschiff zu besorgen. Wenigstens hatten sie die Zeit für intensive Patrouillenflüge nutzen können. Ihr neues Schiff flog in gemächlichem Tempo die Leviathanbrücke entlang. Die Besatzung bestand aus drei Windmeistern sowie einem Trupp Soldaten, und es war so groß, dass die vier verbliebenen Venatoren an Deck schlafen konnten. Es musste ein Vermögen gekostet haben – oder hätte es gekostet, wenn Adamus nicht Bischof und Großinquisitor gewesen wäre. Jemand mit solcher Macht brauchte nicht mit Geld zu bezahlen.

Malevorn und Dominic hatten in immer größer werdenden Kreisen den Luftraum um die Brücke abgesucht und jedes Windschiff daraufhin überprüft, ob es sich um dasjenige handelte, das ihnen gestohlen worden war. Jeden Tag entdeckten sie drei oder vier, entweder vollgepackt mit Proviant und Ausrüstung und auf dem Weg nach Süden oder mit Kriegsbeute beladen und auf der Rückreise nach Yuros.

Malevorn blickte nach unten und hielt Ausschau nach einem Landeplatz. Von hier oben war die Brücke kaum mehr als ein dünner, von weißen Wellen umtoster Strich. Die Dämmerung brach herein, und sein Venator war so erschöpft, dass er sich kaum noch in der Luft halten konnte.

Östlich von hier? Da ist nichts, nur Ozean, erwiderte er.

Eben, gurrte Raine. *Es war die Stimme einer jungen Frau, ich schwöre es.»Mutter, zeig uns den Weg«, hat sie gerufen. Vielleicht war es das Mädchen, das wir suchen.*

Mutter, zeig uns den Weg? Sie könnte recht haben.

Wo bist du?, rief Malevorn, mit einem Mal ganz begierig darauf, Raine zu sehen. Vielleicht brauchten sie die anderen gar nicht, um zu finden, wonach sie suchten.

Südlich der Morgenrotinsel. Mein Venator kann nicht mehr. Bist du allein?

Die Jungfrau ist bei mir. Ihre Stimme wurde leiser. *Sie hat den Ruf ebenfalls gehört und erstattet gerade Dranid Bericht.*

Verdammt. Danke, dass du mir Bescheid gesagt hast. Malevorn ließ sie seine Wertschätzung spüren, und Raine schickte ihm im Gegenzug eine anstößige Fantasie, die sein Blut sofort in Wallung brachte. Er wollte sie, aber die Umstände machten ein Stelldichein schwierig. Sie wurden nie zusammen losgeschickt, und allmählich kam es Malevorn so vor, als stünde eine Absicht dahinter. Versuchte Dranid vielleicht, einen Keil zwischen sie zu treiben?

Bis bald, rief er Raine noch zu, da hörte er schon Dranids schroffen Befehl, zum Schiff zurückzukehren. Ihr neuer Kommandant beabsichtigte offenbar, Raines Spur nachzugehen.

Zur Mittagsstunde des nächsten Tages hatten sich alle wieder an Bord der *Magol* eingefunden, die um den großen Turm der Morgenrotinsel kreiste. Adamus' rundliches Gesicht sah unmenschlich blass aus im grellen Licht des Leuchtfeuers an der Spitze des Turms.

»Schwester Raine hat uns einen großen Dienst erwiesen«, erklärte er vor der versammelten Faust. »Sie war in östlicher Richtung auf Patrouille, als sie einen lauten Ruf hörte. Er stammte von einer jungen Frau, die ihre Mutter anrief, und ich bin zuversichtlich, dass es sich bei dieser jungen Frau um Cymbellea di Regia handelt.« Er leckte sich über die Lippen. »Unsere Geduld wird endlich belohnt, Akolythen. Wir werden uns nach Osten wenden, zur javonischen Küste. Diesmal wird die Jagd nicht vergebens sein.«

Malevorn blickte in die Runde. Dranid war die Verkörperung pflichtbewusster Zuversicht, und auch die anderen schienen das seltene Gefühl eines kurz bevorstehenden Triumphs in vollen Zügen zu genießen.

Gut so, dachte Malevorn. *Aber wer, bei Hel, ist diese Mutter?*

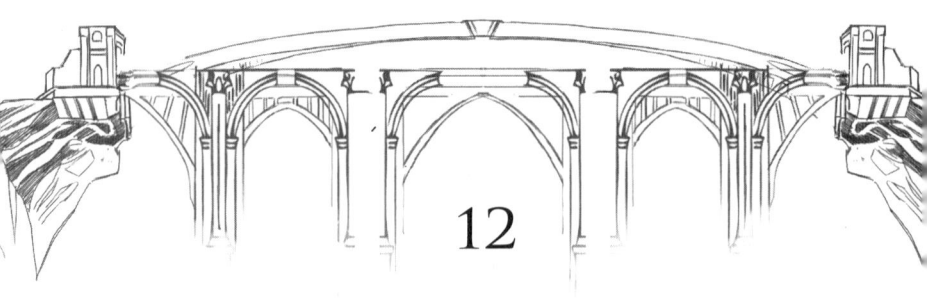

12

DIE GOLDENE STADT

SHALIYAH

Gibt es einen Ort auf Urte, der sich mit dem Ruhm messen kann, der uns im Paradies erwartet?

Oh ja, die Stadt des Propheten Aluq: Shaliyah, die gesegnete, Shaliyah, die heilige, Shaliyah, die prächtige. Jene, die dort leben, leben im strahlenden Lichte Ahms.

KALISTHAM, HEILIGES BUCH DER AMTEH

PEROZ UND DIE STRASSE NACH SHALIYAH, ANTIOPIA
ZULQEDA (NOVELEV) BIS ZULHIJJA (DEKORE) 928
FÜNFTER UND SECHSTER MONAT DER MONDFLUT

Die Hitze hatte sich verändert. Die Luft war absolut still und doch voll unterschwelliger Spannung. Hoch oben jagten von Westen her Wolken übers Firmament, doch in Bodennähe regte sich kein Lüftchen außer der von den Luftmagi heraufbeschworenen Brise, die die Windschiffe antrieb. Nachts leuchteten in der Ferne Gewitter, aber der Regen blieb bisher aus.

Echors Legionen kämpften sich weniger durch Kesh, als dass sie sich voranvögelten und -kackten. In Peroz hatte die Legion ihre Vorräte zwar wieder auffüllen können, aber nur mit heimischen Nahrungsmitteln. Die ungewohnte Ernährung hatte eine Welle von Durchfallerkrankungen ausgelöst. Nicht einmal die Veteranen hatten mit einem solchen Ausmaß gerechnet, und der Gestank in den Lagern war erbärmlich. Da es in den von Flüchtlingen überfluteten Städten von Seuchen nur so wimmelte, hatten die Soldaten zudem strikten Befehl, ihre Lager nicht zu verlassen. Was taten sie also? Sie bestellten die Huren ein und ließen sie von den Heilern untersuchen. Wer frei von Geschlechtskrankheiten war, wurde eingelassen, und so dauerte es nicht lange, bis es in den Zelten wieder genauso hoch herging wie zuvor.

Der Bedarf an Mohn war ebenfalls gestiegen, was den Preis noch weiter in die Höhe trieb. Ramon war ständig versucht, diesen Umstand zu nutzen, aber der Plan, seine Mutter freizukaufen – und nicht zuletzt Kills Drohung, was er tun würde, wenn Ramon das Opium nicht vernichtete –, hielten ihn zurück. Die kleine Gruppe von Mitwissern weiterhin Stillschweigen bewahren zu lassen wurde immer schwieriger, doch auch hier leistete Kills rohe Körperkraft hervorragende Dienste. Ramon hatte zwar den Verdacht, dass Storn heimlich kleine Mengen Mohn verkaufte, aber in Anbetracht der Umstände blieb ihm nichts anderes übrig, als die Nebengeschäfte seines Tribuns stillschweigend zu dulden.

Peroz war riesig, eine der größten Städte, die er je gesehen hatte. Der Fluss, der mitten durch die chaotische Ansammlung ärmlicher Lehmhäuser führte, war im Moment kaum mehr als ein schmales, stinkendes Rinnsal. So, wie das verschlammte Ufer aussah, war das Wasser ohnehin nicht trinkbar. Über eine halbe Million Menschen drängten sich innerhalb der Stadtmauern zusammen. Der Ring aus Flüchtlingslagern, der sich außen herum gebildet hatte, drohte sie zu ersticken wie eine Henkersschlinge. Elend und Krankheit waren allgegenwärtig. Echors erster Befehl war gewesen, die Flüchtlinge nach Westen zu schicken, weshalb der Weg der Dreizehnten, die immer noch die Nachhut bildete, von endlosen Kolonnen menschlichen Leids gesäumt war, die sich unter den Peitschenhieben der Antreiber Richtung Sagostabad wälzten.

Ramon wartete mit Kill und Severine unter dem Balkon eines zerstörten Bauernhauses auf einen Khurna-Reiter, der im Trab in ihre Richtung kam. Seth Korions Haltung im Sattel verriet Ramon bereits alles, was er wissen musste. *Reine Zeitverschwendung.* Er warf Severine einen kurzen Blick zu, die vor Schlafmangel kaum noch stehen konnte.

»Er hat mich angehört«, berichtete Seth, nachdem er abgestiegen war und sein Reittier zu einem verdorrten Fleckchen Gras geführt hatte, das in diesem trockenen Land wohl als saftige Weide galt. Dann gingen sie nach drinnen und setzten sich auf die klapprigen Stühle. »Er hat gesagt, ich wäre ein aufmerksamer Beobachter. Meine Erkenntnisse hätten sein größtes Interesse geweckt, hat er gesagt.«

Kill spuckte aus. Er rasierte sich schon lange nicht mehr. Sie hatten kaum noch Wasser, und er hatte es satt, sich ständig ins Kinn zu schneiden. Das zottige Haar und der blonde Bart waren von der Sonne weißgolden gebleicht, nur seine Haut wurde allmählich dunkler. »Was wird er dagegen unternehmen?«

»Ich weiß es nicht«, antwortete Seth gequält. »Er hat nur gesagt, ich soll niemandem etwas von den Vorfällen erzählen, nicht einmal Duprey.«

»Hast du uns erwähnt?«, fragte Severine nervös.

Seth schüttelte den Kopf.

»Gut«, kommentierte Ramon fröhlich. »Dann werden sich die Inquisitoren zuerst Seth holen und nicht uns.«

Kill lachte, und der Generalssohn schnaubte verdrossen. Er hielt es für durchaus wahrscheinlich, dass es genauso kommen würde. »Echor hat gesagt, ich soll weiter die Augen offenhalten und ihm von allem berichten, was ich sonst noch herausfinde.«

»Immerhin etwas«, murmelte Ramon, aber eher, um Seth und Severine zu beruhigen denn aus echter Überzeugung.

Severine fing seinen Blick auf. »Wenn wir noch mehr Beweise finden, schreitet er vielleicht ein«, sagte sie leise.

»Die Inquisition steht über jeder Befehlsgewalt«, widersprach Seth. »Das weiß sogar ich.« Er stand auf. »Ich muss jetzt beten.«

»Die beiden beten ziemlich viel, er und sein Freund, der Priester«, sagte Severine sarkastisch, nachdem Seth weg war.

»Frand ist genauso ein Feigling wie er«, schnaubte Kill.

»Frand ist ein guter Kerl«, entgegnete Ramon. »Er mag Angst vor Frauen haben, aber ansonsten lasse ich nichts auf ihn kommen.«

Severine rümpfte die Nase. »Ich mag sie beide nicht.«

»Was wohl auf Gegenseitigkeit beruhen dürfte.« Ramon beobachtete, wie Seths Khurna auf einen Ruf hin angetrabt kam und dann leichtfüßig mit seinem Reiter verschwand. »Nach der Besprechung letzte Nacht konnte ich einen kurzen Blick auf Dupreys Karten werfen«, sprach er schließlich weiter. »Wir haben den Rand einer Hunderte Quadratmeilen großen Wüste erreicht. Auf dem Weg, der uns erwartet, gibt es gerade mal ein Dutzend Wasserlöcher und keinerlei Vegetation. Nur Sonne und Sand.«

Kill hob seine Feldflasche an den Mund und nahm einen

Schluck von dem muffigen, lauwarmen Wasser. »Na, wunderbar. Wir sind alle am Ende unserer Kräfte. Nach einem harten Marsch braucht man Wochen, um sich wieder zu erholen, selbst wenn man davor frisch war, und wir haben schon etliche Meilen auf dem Buckel.«

»Duprey meinte, ein paar der Legaten hätten Echor gebeten, den Marsch nach Shaliyah zu verschieben, aber die Informanten des Herzogs behaupten, Salims Gold würde bald nach Mirobez gebracht. In zwei Tagen brechen wir auf.«

»Wir werden den ganzen Novelev brauchen, um es bis nach Shaliyah zu schaffen«, brummte Kill.

»Wenigstens wird es in der Wüste keine Flüchtlingsströme mehr geben«, erwiderte Ramon, den Blick auf Severine gerichtet. »Vielleicht hören die Visionen dann auf.«

Severine schaute ihm direkt in die Augen. In ihrem Gesicht stand nackte Verzweiflung. »Das hoffe ich«, flüsterte sie.

Die letzte Nacht vor dem Aufbruch senkte sich über das Lager der Dreizehnten. Ramon war dazu eingeteilt, die Kiele der Windschiffe aufzuladen. Aus der Ferne drangen argundische Trinklieder an sein Ohr, irgendwo noch weiter weg ertönte das rhythmische Prasseln estellaynischer Rasseltrommeln, dazwischen die vereinzelten Rufe der Nachtvögel, ein schrilles, wenig beruhigendes Wiegenlied.

Die wenigen Haine, die es außerhalb der Stadt gegeben hatte, waren verschwunden. Die Legionen hatten sie zu Brennholz verarbeitet, genauso wie alle unterwegs geplünderten Möbelstücke. Nachdem sie auch noch ihre Wasserwagen aufgefüllt hatten, waren drei der insgesamt sechs Brunnen der Stadt ausgetrocknet. Dass sie die Bewohner von Peroz damit an den Rand des Verdurstens brachten, kümmerte die Legionäre nicht.

Auch Ramon machte sich mehr Sorgen um seine eigenen Pläne als um das Wohlergehen der Keshi. Die nächste Ausschüttung an seine Investoren war noch vor dem Aufbruch fällig, und ein paar von ihnen wollten die Schuldscheine nicht mehr akzeptieren. Sie wollten Gold. Ramon hingegen trennte sich nur ungern von dem Berg Münzen, den er inzwischen angehäuft hatte. Er begann sich zu fragen, ob es nicht an der Zeit war, das Opium zu vernichten und mit dem Geld zu verschwinden. Andererseits würde die Flucht schwierig werden, und die bisher zusammengekommenen dreihunderttausend Gulden reichten noch nicht ganz, um seine Pläne umzusetzen. Also würde er erst einmal bleiben, wo er war, und auf die letzte große Finanzspritze warten, bevor er zur Tat schritt. Wie Herzog Echor zählte er auf das Gold des Sultans.

»Ramon!«, hörte er Severines Stimme, noch bevor sie in eine dunkle Kutte gehüllt direkt neben ihm auftauchte. »Ich werde dir helfen«, sagte sie und legte eine Hand auf den Kiel.

Ramon blinzelte. *Severine und mir helfen? Ein historisches Ereignis!*

In Wahrheit hatte sich längst etwas zwischen ihnen entwickelt. Sie wussten nur beide nicht genau, was es war. Severine war hübsch, trotz ihrer Erschöpfung und den dunklen Ringen unter den Augen, und Ramon mochte sie sogar, irgendwie. Aber er traute ihr nicht. Kein bisschen.

»Ich bin so gut wie fertig«, log er, doch Severine schnaubte nur ungeduldig und schloss die Augen.

Ramon spürte, wie die Kraft der in den Kiel fließenden Gnosis sich mehr als verdoppelte. In einem Bruchteil der Zeit, die er allein gebraucht hätte, war der Kiel voll aufgeladen. Wortlos ging Severine von Schiff zu Schiff, und Ramon eilte ihr hinterher. Kurz darauf leuchtete die kleine Flotte der Dreizehnten beinahe vor Gnosisenergie.

»Und jetzt komm mit«, befahl sie und schritt zielstrebig zwischen den Zelten hindurch Richtung Peroz.

Ramon holte sie ein und hielt sie von hinten an der Schulter fest. »Wo willst du hin? Hast du wieder eine Vision gehabt?«

»Nein. Ich habe die Zukunft gesehen und etwas entdeckt, das ich mir ansehen muss.« Ungeduldig nahm sie seine Hand und zog.

Ramon rührte sich nicht von der Stelle. »Was gesehen? Severine, wohin bringst du uns?«

Sie presste sich einen Finger auf die Lippen und flüsterte: »Folge mir einfach, Ramon. Du wirst es gleich mit eigenen Augen sehen.«

Sie mussten ihre Gnosis benutzen, um sich im dunklen Gassenlabyrinth der Stadt zurechtzufinden. An jedem Hauseingang eilten sie so schnell wie möglich vorbei. Eigentlich galt eine nächtliche Ausgangssperre, doch je tiefer sie vordrangen, desto weniger hielten sich die Bewohner daran, und sie mussten einigen mit Messern und Knüppeln bewaffneten Banden aus Jugendlichen aus dem Weg gehen. Einmal sahen sie einen Legionär mit dem Gesicht nach unten mitten auf der Gasse liegen. Seine Kehle war aufgeschlitzt, die Geldbörse von seinem Gürtel verschwunden.

Schließlich erreichten sie ein hohes Gebäude an einem Platz, bei dem es sich um einen Viehmarkt zu handeln schien. Severine blickte sich um. Als sie sicher war, dass niemand sie beobachtete, führte sie Ramon zu einer halb verfallenen Steintreppe an der Rückseite des Gebäudes. Lautlos gingen sie die Stufen hinauf ins dunkle Innere, wo Severine ihn zurück zu den Fenstern an der Vorderseite führte. Sie fand sich zurecht, als wäre sie hier zuhause.

Als Ramon sie endlich zur Rede stellen wollte, fauchte sie ihn an, er solle gefälligst still sein. Ramon hob beschwichtigend die Hände und hielt die Klappe. Severine setzte ihre Kapuze auf, versteckte sorgfältig ihr Haar darunter und winkte Ramon ans Fenster.

Dicht aneinandergepresst standen sie da und spähten hinunter auf den spärlich beleuchteten Platz. Ein Pferd lag dort auf dem Boden und wieherte leise. Sie brauchten einen Moment, um zu begreifen, dass es Wehen hatte. Dann entdeckten sie noch etwas: Ein Horn schimmerte auf der Stirn des Tiers. Das war kein Pferd, es war ein Khurna.

Interessant.

Als Ramon die Männer musterte, die im Kreis um das sich vor Schmerzen windende Tier versammelt standen, setzte sein Herz einen Schlag lang aus: Es war Siburnius mit seiner Faust.

Delta, der gebrandmarkte Magus, war ebenfalls dabei. Mit in der Dunkelheit schimmernden Augen stand er ein Stück abseits und verfolgte die Szene hochkonzentriert. Auch die Inquisitoren schauten fasziniert zu. Keiner von ihnen schien sich darum zu scheren, was in ihrem Rücken vorgehen mochte. Wer würde es schon wagen, eine Faust der Inquisition anzugreifen?

Nach über einer halben Stunde war das Fohlen schließlich zur Welt gebracht. Es hatte zwar kein Horn wie das Muttertier, dennoch war es kein Pferd, sondern etwas anderes, Fremdartiges. Es zuckte und zappelte, kreischte panisch wegen all der Menschen ringsum, verschreckt von der Welt, in die es geworfen worden war, von den Lichtern und Bewegungen, während die erschöpfte Mutter hilflos zuschaute, wie es immer wieder stürzte, sich wieder auf die wackligen Beine hochrappelte und wild den Kopf hin und her warf.

Schließlich trat der gebrandmarkte Magus vor und stimmte einen leisen Gesang an. Das Neugeborene wurde noch panischer, dann hielt es plötzlich inne und stand wie versteinert da.

Er ist ein Animagus, überlegte Ramon und spürte, wie Severine neben ihm zu zittern begann. Er nahm ihre Hand und drückte sie sanft.

Der Gebrandmarkte streckte den Arm aus. Ein grünlich-violettes Licht pulsierte in seiner Hand und erstrahlte immer heller, bis seine Fingerknochen zu erkennen waren.

Das ist das Amulett, mit dem er die Dorfbewohner getötet hat, flüsterte Severine in Ramons Geist. *In dem Dorf hat es in genau denselben Farben geleuchtet.*

Delta bückte sich und drückte dem Fohlen das Amulett auf die Stirn. Ein gleißender Lichtblitz erhellte den Platz und tauchte für einen Moment alles in einen eitrig grünen Schimmer.

Der Kopf des Fohlens sank auf die Brust, dann begann es am ganzen Körper zu zittern.

Was, bei Hel …?

Severine presste Ramons Finger so fest zusammen, dass er sie kaum noch spürte, aber er machte sich nicht los. Er brauchte die tröstende Berührung genauso dringend wie sie. Ungläubig starrten sie auf die Szene, während das Fohlen vergeblich versuchte, den Kopf wieder zu heben.

Delta hob die Stimme, und zu Ramons grenzenloser Verblüffung sprach er fließend Keshi. Ramon verstand jedes Wort klar und deutlich. Er beugte sich ein Stück näher an Severine heran und flüsterte, so leise er konnte: »Er hat gesagt: ›Heb den Kopf‹.«

Im ersten Moment zuckte das Fohlen lediglich, dann gehorchte es, während Delta weiter auf das Tier einredete.

»Geh«, übersetzte Ramon.

Das neugeborene Khurna taumelte mit weit gespreizten Beinen ein paar Schritte.

»Lauf einmal im Kreis und stampfe dann dreimal mit dem Hinterhuf auf.«

Ramon und Severine beobachteten ungläubig, wie das Fohlen Deltas Anweisung genau befolgte. Die Erkenntnis traf sie wie ein Schlag…

Severine schloss entsetzt die Augen und konnte nicht sehen, was als Nächstes geschah: Der Mann neben Siburnius nickte kurz, dann trat er in den Lichtschein. Ramon erkannte das Gesicht wieder, auch wenn er es immer nur aus der Ferne gesehen hatte. Es war Herzog Echor Borodium von Argundy.

Wir müssen hier verschwinden!, rief er Severine stumm zu, zog sie vom Fenster weg und hielt sie so lange fest, bis sie aufhörte zu zittern. *Sie dürfen uns hier auf keinen Fall erwischen.*

Als sie zurück auf die Gasse schlichen, wagten sie kaum zu atmen. Sie waren gerade mal einen Block weit gekommen, da sprudelte es schon aus Severine heraus. »Sag mir, dass das alles nicht wahr ist! Sag mir, dass ich mich getäuscht habe und sie das nicht getan haben!«

»Schhhh.« Ramon schüttelte sie sanft und streichelte ihren Arm, um sie irgendwie zu beruhigen. »Hör zu, Severine, wir müssen hier weg, verstehst du? So schnell wie möglich.«

Severine machte sich ruckartig von ihm los. »Schon gut«, krächzte sie, »mir fehlt nichts. Bring mich nur hier raus.«

Severine hatte offensichtlich jegliche Orientierung verloren, also nahm Ramon sie an der Hand und zog sie durch die engen Gassen hinter sich her zum Stadttor. Als sie endlich die Stadtmauer hinter sich gelassen hatten, fanden sie am Rand des Lagers einen halb verfallenen Stall, der den einheimischen Jugendlichen in Friedenszeiten als eine Art Unterschlupf gedient zu haben schien. Die Lehmziegelwände waren mit obszönen Bildern bekritzelt, unzählige Dattelkerne lagen um eine ärmliche Feuerstelle herum. Mittlerweile hatte selbst Severine sich so an den Gestank von Exkrementen gewöhnt, dass ihr der Gestank der mit Urin durchtränkten Ziegel gar nicht auffiel. Der Dachstuhl war längst eingestürzt, überall lagen zerbrochene Schindeln auf dem Boden, die sie mit den Füßen zu einem Haufen zusammenschoben und sich dann auf das freigewordene Fleckchen setzten.

»Sie töten Flüchtlinge und pflanzen ihre Seelen den Khurna ein!«, stammelte Severine fassungslos. Sie konnte ihre Stimme kaum unter Kontrolle halten und tastete nach Ramons Hand. »Und den Hulkas wahrscheinlich auch! Ramon, wir müssen es dem Herzog sagen... *Seth* soll es ihm sagen! Er wird...«

»Ganz ruhig.« Er legte ihr eine Hand über den Mund. »Hör zu, Severine: Echor weiß Bescheid. Er war dabei.«

Severine erstarrte, und Ramon erzählte ihr, was er gesehen hatte. Immer wieder unterbrach sie ihn, konnte es einfach nicht fassen, bis sie irgendwann nur noch entsetzt den Kopf schüttelte. »Dann...«, stotterte sie, »ist jeder Khurna, jeder Hulka, all diese... In jedem von ihnen ist die Seele eines Menschen gefangen.«

»Und in den Kriegshunden, von denen Seth erzählt hat«, ergänzte Ramon. »Sie müssen schon während des zweiten Kriegszugs damit angefangen haben.« Sein Blick wanderte zu ihren ineinander verschlungenen Händen. »Severine, ich mag in den Diensten eines silacischen Familioso stehen, aber ich erkenne das Böse, wenn ich es sehe.«

»An wen sollen wir uns nur wenden?«, wimmerte sie.

»Wenn Herzog Echor bis über die Ohren mit drinsteckt? Keine Ahnung.«

»Wir müssen etwas tun.« Severines Stimme klang, als wäre sie kurz vor einem Nervenzusammenbruch.

»Nicht hier und nicht jetzt«, entgegnete Ramon ernst. »Vielleicht wenn wir wieder in Yuros sind. Aber da die Inquisition in die Sache verstrickt ist, kann ich mir nicht vorstellen, dass irgendjemand sich bereiterklärt, auch nur...«

Severines Augen füllten sich mit Tränen. Sie bebte am ganzen Körper und ließ sich in Ramons Arme sinken wie schon zuvor in dem verlassenen Haus. Alles, was Ramon tun konnte, war, sie festzuhalten und zu versuchen, sie irgendwie zu trösten, wenn auch ohne erkennbaren Erfolg. Als sie irgendwann doch aufhörte zu weinen, hob sie ganz langsam den Kopf und flüsterte: »Ich muss hier weg. Ich will nach Hause.« Dann nahm sie sein Gesicht zwischen die Hände und küsste ihn mit verzweifelter Leidenschaft.

Ramon verfiel in eine Art innerer Schockstarre. Severine war die Verkörperung von allem, was er verachtete: eine reiche rondelmarische Prinzessin, die sich für den Nabel der Welt hielt, eine selbstsüchtige, arrogante Kuh. Oder *war* es zumindest gewesen. Die grässlichen Visionen hatten all das von ihr abgemeißelt, Schicht für Schicht, bis die nackte Seele darunter zum Vorschein kam, die sich nicht gegen die Schrecken schützen konnte, die ihr täglich begegneten. Severine tat ihm leid, aber nicht nur das. Zähneknirschend musste er sich eingestehen, dass er ihren unerschütterlichen Glauben an sich selbst bewunderte, diesen Kampfgeist, der ihr gebot, das Übel zu bekämpfen, dessen Zeugen sie geworden waren. Sie wurde erwachsen, und das direkt vor seinen Augen.

Außerdem war sie mehr als hübsch, selbst jetzt, als Häufchen Elend mit großen verweinten Augen, das nur noch von seiner Verzweiflung zusammengehalten wurde.

Und nur ein Schuft würde diese Verzweiflung ausnutzen.

Er machte sich los und sagte leise: »Severine, in Wirklichkeit willst du mich überhau …«

»Sag mir nicht, was ich will«, schnitt sie ihm das Wort ab und machte sich an Ramons Hose zu schaffen. Dann hob sie ihre Kutte an und spreizte die Beine, während Ramon sich in das Unvermeidliche ergab. Trotz aller Bedenken war sein Penis bei ihrer ersten Berührung steif geworden.

Severine drückte ihn zu Boden und setzte sich auf ihn, stöhnte ihm gierig ins Ohr, während sie ihn warm und feucht umschloss. Dann rollte sie sich herum, sodass sie unter Ramon zu liegen kam. Als er wieder in sie eindrang, wölbte sie ihm lüstern die Hüfte entgegen, hob und senkte keuchend ihr Becken, bis Ramon sie mit seinen Küssen zum Verstummen brachte und verzweifelt versuchte, an etwas anderes zu denken, um seinen Orgasmus noch etwas hinauszuzögern. Doch als Severine die Beine um seine Hüfte schlang und in seinen Mund hineinstöhnte, war es zu spät, und Ramon entleerte sich zuckend.

Leise keuchend lagen sie da, immer noch ineinander verschlungen, bis Severine mit einem überraschten Blinzeln die Augen öffnete, als wollte sie sagen: »Ach, du bist es.«

So verharrten sie eine Weile und musterten einander im schwachen Licht des aufgehenden Mondes. Von draußen drangen die Geräusche des Lagers herein, die Trinkgesänge und Trommeln, das leise Wiehern der Pferde und das Blöken des Viehs.

»Runter mit dir«, sagte Severine schließlich.

Ramon rollte sich von Severine herunter und legte ihr einen Arm quer über die Brust, sodass sie nicht aufstehen konnte. »Warte. Die Nacht ist noch nicht zu Ende.«

Sie rümpfte die Nase. »Verzieh dich. Ich habe, was ich wollte.«

Ramon schüttelte den Kopf. »Aber ich nicht. Und du in Wirklichkeit auch nicht.« Er legte die Hand auf ihren Venushügel und ließ einen Finger in ihre Scheide gleiten. Severine erschauerte und schnappte leise nach Luft, also wiederholte Ramon die Bewegung, wieder und wieder, bis ihr Wunsch zu gehen sich auflöste. Severine stöhnte vor wohliger Überraschung und fing an, ihr Becken im Rhythmus seiner Finger zu bewegen, während Ramon beobachtete, wie sie sich unter seinen geschickten Händen wand, und den Anblick ihres verzückten Gesichts genoss, bis sie kam.

Danach lag Severine einfach nur da und schaute ihn verwundert an. Ihr ganzer Körper strahlte, als wäre sie aus Mondlicht gemacht. Ganz langsam richtete sie sich auf, stützte sich auf einen Ellenbogen und küsste ihn. »Danke«, flüsterte sie. »Das hat noch nie ein Mann für mich getan.«

»Gern geschehen«, erwiderte Ramon, rollte sich auf sie und drang wieder in sie ein. Severine blickte ihn mit freudiger Überraschung an. Diesmal ließen sie sich Zeit – und kamen beide auf ihre Kosten.

Die Pallacios XIII machte sich als letzte Legion auf den Weg nach Shaliyah.

Die schmale Wüstenstraße ließ keine normale Marschordnung zu und zwang die Legionen, in einer mehrere Meilen langen, schmalen Kolonne zu marschieren. Magi wie Fußsoldaten wickelten sich Tücher um den Kopf und bedeckten jedes freie Fleckchen Haut, um sich vor der immer stärker werdenden Sonne zu schützen. Der Sand ringsum reflektierte ihre Strahlen erbarmungslos, als wollte die Wüste die Legionäre in ihren schweren Rüstungen bei lebendigem Leib rösten.

Der Sand schien sie zu verschlingen. Jeder Tag war eine endlose Prüfung und unterschied sich in nichts von dem vorangegangenen. Die Sonne war Kores Hammer, die Wüste der Amboss, dazwischen schleppte sich der endlose Heerzug dahin. Peroz war längst am Horizont verschwunden, als hätte es nie existiert.

Zwei von seinen einundzwanzig Legionen hatte Echor bei Peroz zurückgelassen und drei weitere nach Süden geschickt, wo sie eine Festung in der Nähe von Vida belagern sollten.

Duprey hatte – sehr zu Ramons Verdruss – geradezu darum gebettelt, mit nach Shaliyah marschieren zu dürfen. Die Proviantwagen transportierten mittlerweile genauso viel Gold und Opium wie Nahrungsmittel und Wasser, und Ramon fürchtete, jeden Tag aufzufliegen.

Die Windschiffe, die zur Aufklärung vorausgeschickt worden waren, berichteten, dass Shaliyahs Verteidigungsanlagen voll bemannt waren. Nichts deutete darauf hin, dass Salim sich zurückzog. Es sah ganz so aus, als würde der Feind endlich den Kampf aufnehmen, und das allein hob die Moral der Männer. Nach dem langen Marsch brannten sie geradezu darauf, ihre Wut und Frustration an einem Gegner aus Fleisch und Blut auszulassen.

Ramon schien der Einzige zu sein, der die Anzeichen der bevorstehenden Katastrophe erkannte. Am zweiten Tag war die Hälfte der Lasttiere von einer Krankheit befallen worden, die ihre Gliedmaßen lähmte. Bei näherer Untersuchung des eigenartigen Phänomens stellte sich heraus, dass das Futter vergiftet gewesen war. Doch es war zu spät. Dies war der Preis, den die Legion für ihre Überheblichkeit bezahlte. Als dann auch noch die ersten drei Wasserstellen auf ihrer Route vollkommen ausgetrocknet waren und sie nichts fanden als von der Sonne steinhart gebackene, verkrustete Schlammlöcher, begannen die Männer zu murren, die Dreizehnte sei verflucht.

Ein Gutes gab es allerdings: Severines Visionen hörten auf. Sie konnte endlich wieder schlafen. Ramon wusste es, denn er verbrachte jede Nacht mit ihr eng umschlungen auf der gemeinsamen Pritsche. Severine machte keinerlei Anstalten, ihr Verhältnis zu verbergen, was ihr Renn Bondeaus offene Verachtung sowie anzügliche Bemerkungen von den Fußsoldaten einbrachte, aber das kümmerte sie nicht. Wenn überhaupt, dann war es Ramon, der sich wegen des Standesunterschieds zwischen ihnen Sorgen machte. Er fragte sich, ob Severine es nachts ganz einfach nicht alleine aushielt, oder ob es an dem Kind lag, das sie unbedingt wollte, um nach Hause geschickt zu werden, dass ihr alles andere egal war. Welche der Möglichkeiten auch zutreffen mochte, der regelmäßige Schlaf und der Sex hatten Severines Augenringe verschwinden und ihren Appetit zurückkehren lassen, wodurch auch ihre weiblichen Rundungen allmählich zurückkehrten...

»Und, bist du verliebt?«, fragte Kill eines Morgens, als sie sich marschbereit machten. Die Sonne war kaum aufgegangen, und schon breitete sich die Hitze über das Lager wie eine bleierne Decke. Severine war längst aufgebrochen. Sie ritt mit Duprey an der Spitze des Zuges und hielt Kontakt mit den Sehern der anderen Legionen.

Ramon hatte keine Antwort auf Kills Frage. Er mochte sie, genoss ihre Gesellschaft, jetzt, da sie ihre Überheblichkeit abgelegt hatte. Trotzdem stritten sie sich nach wie vor über Nichtigkeiten. War das Liebe? Er wusste es nicht. Also ignorierte Ramon die Frage und deutete nach Süden, wo am Horizont die Silhouette eines Berittenen in der heraufziehenden Hitze flimmerte. Sein Reittier war deutlich größer als ein Pferd. Ein Kamel wahrscheinlich. »Keshi«, sagte er.

Kill kniff die müden Augen zusammen, er war ein bisschen kurzsichtig. »Wie viele?«

»Nur einer, Amiki. Aber das ist jetzt schon der dritte Morgen hintereinander, an dem einer von ihnen auftaucht.«

Seth Korion und Tyron Frand gingen an ihnen vorbei an den Rand des Lagers und beobachteten ebenfalls den Reiter. Die beiden waren sich in letzter Zeit noch nähergekommen. Im Moment jedoch stritten sie lautstark darüber, wer der wichtigste Dichter Urtes gewesen sei. Tatsächlich schienen sie nichts anderes zu tun, als Tag und Nacht über Poesie zu diskutieren.

Ramon und Kill beobachteten, wie ein Kavallerietrupp dem feindlichen Späher entgegenritt. Der Keshi wartete, bis sie etwa die Hälfte der Strecke zurückgelegt hatten, dann wendete er sein Kamel und trabte in aller Ruhe davon. Kurz darauf kehrten die estellaynischen Reiter unverrichteter Dinge zurück, erleichtert, sich in der Hitze keine wilde Verfolgungsjagd liefern zu müssen. Die Fußsoldaten aus Rondelmar riefen ihnen Schmähungen zu, bis einer der Tribune einschritt.

»Ist sie schon schwanger?«, fragte Kill weiter. »Oder soll ich es mal versuchen?«

Ramon lachte. »Zweimal ganz entschieden: nein! Letzte Woche hat sie geblutet, fruchtbar ist sie erst wieder bei Vollmond. Unsere bisherigen Anstrengungen waren nur zum Vergnügen. Zum Üben, sozusagen.«

»Wie kommt es, dass die einzige schöne Frau weit und breit sich ausgerechnet mit einem hinterhältigen Zwerg wie dir abgibt?«, zog Kill ihn auf. »Da kann doch was nicht stimmen.«

Ramon tat so, als wollte er Kill den Inhalt seines leeren Bechers ins Gesicht schütten. »Sie hat sie nicht alle«, antwortete er. »Deshalb passen wir ja so gut zusammen.«

»Stimmt.« Kill beugte sich ein Stück näher heran. »Hat sie immer noch diese Albträume?«

»Nein. Seit Peroz haben sie aufgehört.«

»Dann folgen die Inquisitoren uns also nicht mehr. Oder ihnen sind die Opfer ausgegangen.« Er spuckte aus. »Wie viele von den armen Kerlen, die Echor nach Westen geschickt hat, wird das gleiche Schicksal ereilen wie die, die ihr gesehen habt?« Er blickte sich verstohlen um und senkte die Stimme noch weiter, obwohl niemand sich auch nur im Entferntesten für ihre Unterhaltung zu interessieren schien. »Ich bin ja froh, dass du es mir gesagt hast, aber jedes Mal, wenn ich einen

Hulka sehe, muss ich daran denken, was sie in Wirklichkeit sind … oder besser gesagt: waren.«

»Am liebsten würde ich Seths Khurna klauen und freilassen«, murmelte Ramon. »Das ist das Grässlichste, was ich je gesehen oder gehört habe. Mit dieser Teufelei hat Pallas sich tatsächlich selbst übertroffen.«

Kill nickte grimmig. Es gab nichts, was sie gegen diese Verbrechen tun konnten, und das wussten sie beide.

Während der zweiten Marschwoche fanden sie wieder nur ausgetrocknete Wasserstellen, und ihre eigenen Vorräte gingen bedrohlich schnell zur Neige. Die Tribune ließen die Quellen von ihren Magi untersuchen, doch keiner konnte sagen, wie oder weshalb sie versiegt waren. Vielleicht war es ganz normal. Immerhin befanden sie sich in einer Wüste. Einheimische Führer, die sie hätten fragen können, hatten sie keine.

Die Windschiffe entdeckten auf ihren Patrouillen immer öfter kleine Gruppen berittener Keshi. Von Süden kamen sie heran, nie mehr als ein Dutzend Kamele. Und es gab die ersten Opfer in den eigenen Reihen zu beklagen: Eine estellaynische Kavallerieeinheit war mit einer Gruppe Kamelreiter aneinandergeraten. Sie hatten keine Magi dabeigehabt, und die feindlichen Bogenschützen verstanden ihr Handwerk. Sechs Reiter waren tot, bevor die Estellayner sich zur Flucht entschlossen. Da keine Magi getötet worden waren, machte man sich in der Legion nichts weiter aus dem Vorfall.

Duprey rief inzwischen alle zusammen, die eine Affinität zu Wasser hatten, und bat sie, die Vorräte der Dreizehnten wieder aufzufrischen. Die Aufgabe war nicht ungefährlich: Wasser zu erschaffen brauchte furchtbar viel Zeit, es kostete Kraft, und nicht zuletzt trocknete es die Magi selbst bedrohlich aus. In der Woche des zunehmenden Mondes arbeiteten Frand,

Korion und die Heilerin Lanna hart an der Aufgabe, während Severine alle Hände voll damit zu tun hatte, die Nachrichten zwischen den Schlachtmagi weiterzuleiten und Duprey auf dem Laufenden zu halten. Manchmal waren sie und Ramon am Abend so erschöpft, dass sie gerade noch ein keusches Küsschen auf die Wange zustande brachten, bevor sie in einen tiefen, traumlosen Schlaf fielen. Erst als der Mond voll war, erwachte Severine aus ihrer Lethargie und bearbeitete Ramon Nacht für Nacht.

Es war ihm zuwider, wie dringend Severine schwanger werden wollte. Er brauchte das Kind nicht anzuerkennen, wie sie betonte. Alles, was sie wollte, war, nach Hause geschickt zu werden. Ihr ständiges Drängen und nicht zuletzt das Fragezeichen, das über ihrer Beziehung stand, führte zu einer wachsenden, unausgesprochenen Spannung zwischen ihnen. Dennoch bestieg Ramon sie eifrig und merkte, wie er jeden Tag ein Stückchen abhängiger von ihr wurde. Es gefiel ihm, mit ihr zusammen zu sein. Er fühlte sich gelassener, stärker.

Ich bin ein Trottel, mich so sehr auf sie einzulassen, sagte er sich.

Das Heer mühte sich voran, jeden Tag wurde das Marschtempo langsamer. Als die Wasserwagen endgültig leer waren, ließen sie sie in der Wüste zurück und schlachteten die Zugtiere, um wenigstens frisches Fleisch zu haben. Die Begegnungen mit feindlichen Spähern führten selten zu mehr als einem Weitschusswettbewerb zwischen den Bogenschützen beider Gruppen, aber sie wurden immer häufiger; auch die Windschiffe berichteten von unaufhörlich in Shaliyah eintreffenden neuen Truppen.

Am Ende der dritten Woche schließlich verbreitete sich die Nachricht wie ein Lauffeuer: Die Vorhut hatte Shaliyah erreicht. Die Erleichterung war den Männern deutlich anzumerken. Wie von selbst beschleunigten sie den Schritt, als sie auf einem Kamm voraus die Banner der anderen Legionen sahen, die in Sichtweite der Stadt Stellung bezogen hatten. Schon bald hörten sie auch die Jubelrufe ihrer Kameraden, dann erreichten sie als Letzte die Anhöhe und blickten hinaus auf das weite Tal dahinter. Unter ihnen lag Echors Streitmacht ausgebreitet, die argundischen Legionen in der Mitte, die Estellayner an der Nordflanke, hinter der sich eine weite, kahle Ebene erstreckte. Die anderen Legionen aus Bricia, Andressea und Noros waren über die Südflanke verteilt, wo die niedrige Hügelkette allmählich auslief. Auf einer Anhöhe ganz in der Nähe thronte eine Ruine. Wozu sie einmal gedient haben mochte, war nicht mehr zu erkennen, aber es war die Stelle, an der Duprey und seine Männer Stellung beziehen sollten. Während sie entlang des Kamms darauf zuhielten, kam endlich auch die Stadt in Sicht, die zu plündern sie gekommen waren.

Shaliyah glitzerte wie ein Juwel. Es war um einen kleinen See erbaut, dessen Wasser sich in den Mauern der Stadt zu spiegeln schien. Die Mauern selbst bestanden aus einem glänzenden Stein, den Ramon noch nie gesehen hatte. Er schimmerte in der Sonne wie pures Gold. Die Kuppeln des Domal'Ahm und die Türme des gigantischen Palasts leuchteten so hell, dass er die Augen zusammenkneifen musste.

Die gesamte Stadtmauer war von Gestalten in weißen Umhängen bemannt. Der ihnen zugewandte Teil war mindestens eine Meile lang und zu beiden Seiten von Festungsanlagen eingefasst, ebenso das Torhaus in der Mitte.

»Kore sei Dank«, sagte Storn inbrünstig und schlug sich mit der Faust auf den Harnisch. »Dank und Lobpreis.«

Sie waren endlich da. Nachdem sie sich siebenhundert Meilen lang mit wenig Proviant und noch weniger Wasser die Füße wundgelaufen hatten, war der Feind endlich gestellt. Eine Flut aus purpurroten Bannern ergoss sich hinunter ins Tal. Die Legionäre rissen sich die Helme vom Kopf und schwenkten sie euphorisch in der Luft. Ihr Jubelgeschrei hallte so laut von den Felsen ringsum wider, dass Shaliyahs Stadtmauern unter dem Lärm zu erzittern schienen. Endlich konnte der eigentliche Krieg beginnen. Die Widrigkeiten des Landes waren ein unerbittlicher Gegner gewesen, aber sie hatten Echor nicht aufhalten können. Der Sieg über die Keshi war nur noch eine Formalie.

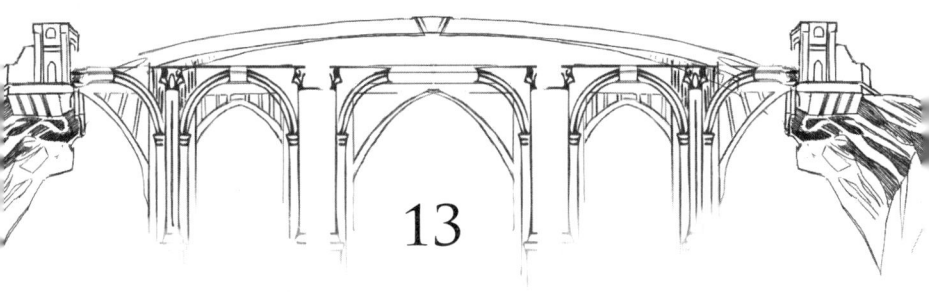

13

Salzwasser und Blut

Mythen und Legenden um die Skytale

Um kein Artefakt dieser Welt ranken sich so viele Gerüchte wie um die Skytale des Corineus. Einige behaupten, sie zu berühren würde eine Vision von Corineus' Antlitz hervorrufen, eine Vision des Göttlichen, oder gar Unsterblichkeit verleihen. Manche sagen, sie sei eine Waffe, andere glauben, sie ermögliche die Einheit mit Kore und beschere grenzenlose Weisheit. Der Aberglauben der Unwissenden kennt keine Grenzen.

ORDO COSTRUO, PONTUS

Alaron wachte früh auf. Er blieb noch eine Weile liegen und lauschte den Geräuschen dieses eigenartigen Ortes. Am Anfang nahm er nur die unheimliche Stille wahr, dann hörte er ganz leise das unaufhörliche Anbranden der Wellen, glaubte beinahe zu spüren, wie der Fels jedes Mal unmerklich erzitterte. *Diese Felsnadel steht schon seit Jahrtausenden, eine Weile wird sie schon noch halten*, sagte er sich, stand auf und zog sich eilig an. Aus reiner Gewohnheit gürtete er auch das Schwert um und ging hinunter in den Salon, wo ihn der Duft von stark gewürztem Essen begrüßte. Die kleine Lakhin stand in der angrenzenden Küche, drei Töpfe köchelten auf dem Herd. Kore sei Dank hatte sie endlich ihren Bauch bedeckt. Nachdem er bei den Lamien ständig von nackten Brüsten umgeben gewesen war, hatte Alaron schon geglaubt, ihn könnte nichts mehr schockieren. Er hatte sich getäuscht. Heute jedoch trug die Lakhin einen schlichten Kittel – auch wenn schlicht nicht ganz das richtige Wort war, denn der Stoff war ein knallbuntes Feuerwerk aus Farben.

Wie war dieses Wort noch mal? »Namsta«, begrüßte er sie.

»Namaste«, korrigierte sie ihn mit einem freundlichen Lächeln.

Ihre weißen Zähne bildeten einen interessanten Kontrast zu der dunklen Haut, und wieder fiel Alaron auf, wie klein sie war – abgesehen von dem riesigen Bauch. Sie reichte ihm gerade einmal bis zur Brust, dabei war er selbst nicht besonders groß. Ihre heitere, geduldige Art gefiel ihm. Gleichzeitig strahlte sie eine Würde und Selbstsicherheit aus, die sie älter erscheinen ließ, als ihre jugendliche glatte Haut es nahelegte.

»Ähm, Namaste, Ramita. Richtig?«

Sie wackelte wieder mit dem Kopf, wie sie es auch am Vortag ab und zu getan hatte.

»Das ist ein schöner Name.«

»Danke«, erwiderte sie strahlend. »Dein Name ist … lustig. Ein bisschen bäuerisch vielleicht, aber drollig.«

»Alaron? Das ist ein ganz normaler Name.«

»Auf Keshi bedeutet al'Rhon ›Ziege‹.« Sie lachte vergnügt.

Sehr witzig. Alaron sah sich missmutig nach etwas zu essen um. »Gibt es hier irgendwo Brot?«

»Brot? Meinst du Roti? Ich kann welches machen.« Sie deutete auf den Ofen.

Alaron fragte sich, wie dieses Roti wohl schmecken würde. Aber wenn es Brot war, konnte es so schlimm nicht sein. »Und was wird das?«, fragte er und deutete auf die Töpfe.

Ramita hob die Deckel an und zählte ihm die Namen der Gerichte auf. Keinen einzigen davon hatte er je gehört. Dem Geruch nach zu urteilen schienen die gelben und braunen Pasten, die darin vor sich hin blubberten, jedes Gewürz der bekannten Welt zu enthalten. Speck, Käse oder Eier konnte er darin nicht entdecken, also kochte sie wohl schon fürs Mittagessen. »Kann ich helfen?«, fragte er.

»Eher nicht«, entgegnete sie ein wenig herablassend. »Setz dich doch einfach.«

Alaron lehnte sich gegen den Tisch. »Du kommst also aus Lakh …«, begann er. Am Arkanum hatte er zwar gehört, dass es ein Land dieses Namens gab, aber das war auch so gut wie alles, was er darüber wusste. Außer vielleicht, dass es riesig war und unglaublich dicht bevölkert.

»Aus Baranasi am heiligen Fluss Imuna«, sagte sie mit einem Anflug von Sehnsucht in der Stimme.

»Wie alt bist du?«

»So etwas fragt man nicht«, erwiderte Ramita kichernd.

Oh.

»Nun, ich bin jedenfalls neunzehn«, sagte Alaron als eine Art Entschuldigung. Tatsächlich hatte er am Gydangraben Geburtstag gehabt, hatte ihn aber in all der Aufregung vollkommen vergessen.

»Und ich sechzehn.«

Alaron blinzelte. *Sechzehn und schon im sechsten Monat schwanger? Großer Kore ...* »So jung?!«, platzte es aus ihm heraus.

Ramita nahm seine Überraschung offensichtlich als Kompliment. »Danke«, sagte sie und tätschelte stolz ihren Bauch. »Ich bekomme Zwillinge.«

»Woher weißt du das?«

»Ich weiß es eben«, antwortete sie leise, und Alaron hatte den Eindruck, als husche ein Schatten über ihr Gesicht. Mit einem kaum merklichen Kopfschütteln drehte Ramita sich weg und holte aus einer Schublade ein Gefäß mit Mehl hervor. Sie goss Wasser hinzu und begann zu kneten. »Ich mache dann mal Roti.«

»Warten wir nicht auf die anderen?«

»Die Dame Justina steht immer erst sehr spät auf.« Wieder streichelte sie ihren Bauch. »So lange können meine Kleinen und ich nicht warten«, erwiderte sie und wackelte dazu mit dem Kopf, was in diesem Fall wohl als Bekräftigung gedacht war.

»Cym schläft auch gerne lange«, kommentierte Alaron und merkte, dass Ramita in diesem Moment genau das Gleiche dachte wie er: wie die Mutter, so die Tochter. Schließlich mussten sie beide lachen, und das Eis war gebrochen. Er mochte diese Ramita, die blutjunge Witwe des größten Magus aller Zeiten.

Das Frühstück, das sie ihm hinstellte, duftete ähnlich eigenartig wie der Brei in den Kochtöpfen. »Curry« nannte Ramita diese Gewürzbombe, dazu gab es längliche weiße Körnchen, die sie als »Reis« bezeichnete, sowie Roti, das denkbar wenig mit Brot zu tun hatte. Es war flach wie ein Pfannkuchen und ebenfalls mit allerlei Samenkörnern und Gewürzen versetzt. Zu Alarons Erstaunen schmeckte alles zusammen hervorragend. Nur leider begann kurz, nachdem er gegessen hatte, sein Darm zu rumoren, und er verbrachte die nächste halbe Stunde auf der Toilette. Alarons Zunge brannte beinahe genauso entsetzlich wie sein Hintern. Als er wieder zurück in die Küche kam, hielt er sich an Wasser und Reis, um wenigstens satt zu werden.

Ramita hingegen verschlang alles mit Genuss und hatte sichtlich Mühe, ihre Belustigung über Alarons empfindlichen Magen zu verbergen. »Mach dir keine Sorgen«, sagte sie und tätschelte seinen Arm. »Die meisten Ferang haben am Anfang Probleme mit anständigem Essen.«

»Anständig?«, prustete Alaron. »Das Zeug hätte mich um ein Haar umgebracht!«

»Du wirst dich daran gewöhnen.« Wieder wackelte sie mit dem Kopf, was wohl die dritte Bedeutungsvariante war: Glaub mir, ich weiß es.

Ich habe gar keine Lust, mich daran zu gewöhnen.

Als das Licht im Salon unvermittelt schwächer wurde, schaute Alaron hinauf zu den Oberlichtern und sah, dass es zu regnen begann. »Glaubst du, ich könnte unser Skiff jetzt zu dem anderen Landeplatz bringen?«, fragte er. »Die Dame Justina meinte gestern, ich sollte warten, bis der Wind etwas nachgelassen hat.«

»Selbstverständlich«, erwiderte Ramita. »Ich muss dir nur von drinnen die Tore aufmachen.«

Alaron ging hinauf zur Aussichtsplattform, um nach dem

Wind zu sehen. Es schien, als könnte er es riskieren. In weniger als einer Viertelstunde hatte er das Skiff in der Luft. Erst jetzt fiel ihm auf, wie riesig die Felsnadel war und wie hoch die Gischt in den Himmel schoss – hätte er nicht genau gewusst, wonach er suchen musste, er hätte die gut versteckte Öffnung im Fels nie gefunden. Alaron holte das Segel ein und legte den Mast um, dann steuerte er das Skiff zwischen den Torflügeln hindurch nach drinnen.

Die Böen waren immer noch heftig, aber die Erfahrung, die er inzwischen gesammelt hatte, machte sich bezahlt, und das Manöver gelang, auch wenn es ihn viel Kraft kostete, Gnosis anzuwenden, die nicht zu seinen starken Affinitäten zählte. Als er erleichtert aus dem Rumpf kletterte, fand er sich in einem Raum mit einem glatten Steinboden neben einem tief aussehenden Wasserbecken wieder, in dem sich eine Myriade großer Fische tummelte. *Interessant …*

Ramita stand neben den Toren, und er wollte sie gerade nach den Fischen fragen, als sie etwas Erstaunliches tat: Sie deutete auf das mächtige Felstor, das sich daraufhin wie von Geisterhand schloss und von selbst verriegelte.

Alarons Kiefer klappte nach unten. »Du bist eine Magi?«

Ramita wackelte mit dem Kopf. Diesmal bedeutete es einfach nur ja, wenn auch vermischt mit so etwas wie: Hast du das jetzt erst gemerkt?

»Weil ich mit Antonin Meiros' Kindern schwanger bin«, erklärte sie mit stolz erhobenem Haupt.

»Ja, klar …« Meisterin Yune hatte einmal etwas erwähnt, Manifestation während der Schwangerschaft wurde das Phänomen genannt, wenn er sich recht entsann. »Muss ganz schön … ungewohnt für dich sein.«

Ramita blickte auf und schaute ihm direkt in die Augen. »Du kannst dir gar nicht vorstellen, wie ungewohnt.«

Er ist wie ein junger Hund, dachte Ramita, während Alaron sich mit dem Skiff abmühte. Manchmal kam er ihr noch sehr unreif vor, als hätten seine Eltern ihn vor allen Widrigkeiten des Lebens beschützt, doch dann erzählte er ihr, dass er erst kürzlich seine Mutter verloren hatte, was Ramita wieder etwas milder stimmte. Außerdem schien er jedes Mal, wenn er von Cymbellea sprach, genau zu wissen, dass er sie nie bekommen würde. Zuhause in Lakh kannte Ramita genügend Männer, die wesentlich schlechter mit einer solchen Situation zurechtkommen würden. Alaron hingegen schien die Dinge zu akzeptieren, wie sie waren, was auf einen zurückhaltenden, aber starken Charakter hindeutete, den Ramita auch an ihrem Vater sehr geschätzt hatte. Alaron würde zu einem guten Mann heranwachsen. *Armer Kerl. Diese Cymbellea weiß nicht, was sie an ihm hat.*

»Du bist alt für einen Junggesellen«, merkte sie an.

Alaron neigte den Kopf. »Eigentlich nicht. In Yuros heiratet man selten, bevor man zwanzig ist.«

Heiliger Parvasi! Kein Wunder, dass es dort so wenig Menschen gibt!

»Dann bist du also verlobt?«

Alaron wurde rot, als fände er die Frage unhöflich. »Mehr oder weniger…«, begann er, korrigierte sich dann aber sofort. »Nein, bin ich nicht.«

»Frag ihn mal nach Anise!«, rief Cym, die gerade mit einem Handtuch unterm Arm die Treppe herunterkam.

Alaron wandte verschämt den Blick ab, und die beiden jungen Frauen lächelten einander amüsiert an.

Cym betrachtete die großen Steinbecken mit Ramitas Übungsobjekten. »Gibt's auch eins ohne Fische darin?«

Ramita brachte sie zu einem der kleineren und kehrte dann mit Alaron nach oben in den Salon zurück. Kurz nachdem

Cym frisch gewaschen zu ihnen gestoßen war, kam auch Justina hinzu. Offensichtlich hatte keine von beiden viel geschlafen, und die Stimmung war entsprechend.

Parvasi, hilf Mutter und Tochter, dass sie zueinanderfinden, betete Ramita und zog sich in die Küche zurück, um sich wieder ihren Töpfen und Pfannen zu widmen. Die beiden miteinander zu sehen erinnerte sie schmerzhaft an ihre eigenen Eltern. Tränen stiegen ihr in die Augen, als sie daran dachte, wie weit weg sie jetzt waren. Ob sie das von Meiros versprochene Geld je bekommen hatten? Waren sie glücklich, gesund und in Sicherheit? Waren Jai und Keita inzwischen zu ihnen gestoßen? *Königin des Himmels, wache über sie alle.*

»Sag mal … ist alles in Ordnung bei dir?«, fragte Alaron unvermittelt.

Ramita erschrak. Sie hatte gar nicht bemerkt, dass er ihr gefolgt war. »Man schleicht sich nicht einfach so an andere heran«, schimpfte sie und bereute es sofort. »Nein, nein, mir geht's gut. Ich habe nur gerade an zuhause gedacht.«

»Warst du so etwas wie eine Prinzessin in Barani … Wie hieß es noch mal?«

Ramita schniefte. »Nein, aber dafür umso glücklicher. Ich komme aus Aruna Nagar. Es ist der schönste Ort der Welt.«

»Kennt man dort den Kontinent Yuros?«

»Ja. Man erzählt sich, dass er voller Afreet ist.«

»Afreet?«, wiederholte Alaron.

»Weißhäutige Dämonen, die Kinder fressen.«

»Ich fresse keine Kinder«, erwiderte er todernst. »Zu viel Fett.«

Ramita brauchte einen Moment, bis sie begriff, dass er nur einen Witz gemacht hatte, und war selbst überrascht, als sie lachen musste. *Er ist wirklich nett.* Außerdem war es schön, sich mit jemandem zu unterhalten, selbst wenn er nur ein

Ferang war. »Was habt ihr mit dieser Skytlala vor?«, erkundigte sie sich, während sie mit ihrer Gnosis das Fleisch aus der Eiskammer auftaute und es mit einem großen Messer in dünne Scheibchen schnitt.

»Mit der Skytale?« Alaron seufzte. »Ich weiß es nicht. Eigentlich fand ich Cyms Plan gut, sie zu ihrer Mutter zu bringen, die sie dann an Meiros weitergeben sollte. Er hätte sicher eine Lösung gewusst. Aber wir waren zu lange auf der Flucht und haben nicht einmal mitbekommen, dass er inzwischen tot ist. Hätten wir es gewusst, wären wir vielleicht gar nicht hergekommen.«

»Cymbellea wäre trotzdem zu ihrer Mutter gekommen«, widersprach Ramita ernst. »So ist das nun mal in Familien: Die Bande sind zu stark, man kommt nicht ohne einander aus.«

»Ich habe keine. Keinen Bruder und keine Schwester zumindest. Nur mein Vater ist noch übrig und meine Tante Elena.«

»Ich habe drei Brüder, zwei Schwestern und drei verstorbene Geschwister, von denen eines meine Zwillingsschwester war. Außerdem Huriya.«

»Du hast eine *tote* Zwillingsschwester? Wie fühlt sich das denn an?«, fragte Alaron vollkommen taktlos.

Ramita schien es nichts auszumachen. »Jaya ist gestorben, als ich fünf war. Sie war sehr vorlaut, hat die ganze Zeit geredet«, erzählte sie und wackelte dabei mit dem Zeigefinger. »Schnatter-schnatter-schnatter. Ich habe sie sehr vermisst, aber meine Familie ist so groß, dass man nicht lange einsam sein kann. Dann kam Huriya und wurde meine neue Zwillingsschwester, mehr oder weniger. Manchmal trauere ich Jaya immer noch nach, aber es ist alles schon so lange her …«

»Und wer ist Huriya?«, fragte Alaron weiter und hätte sich fast die Zunge gebrochen bei dem Versuch, den Namen richtig auszusprechen.

»Eine Verräterin.« Ramitas Lippen bebten kurz. »Wir haben uns überworfen.«

»Das tut mir leid.«

»Muss es nicht. Jungen wie dich frisst sie mit Haut und Haaren.«

Alaron runzelte die Stirn. »Im Ernst? Wie die Afreet?«

Ramita kringelte sich vor Lachen. »Aber nein! Ich dachte, das sagt man so bei euch in Yuros.«

»Kore sei Dank.« Alaron seufzte erleichtert. »Ich war die letzten Monate mit Geschöpfen unterwegs, die tatsächlich Menschen mit Haut und Haaren verschlingen.«

Fasziniert lauschte Ramita seinen Schilderungen von den Schlangenwesen, mit denen er um die halbe Welt gereist war, um eine neue Heimat für sie zu finden. Natürlich glaubte sie ihm kein Wort, aber die Geschichte war so spannend, dass ihr tatsächlich beinahe das Essen angebrannt wäre.

»Was für ein unglaublicher Lügner du bist!«, rief sie schließlich mit gespielter Entrüstung.

»Nein, bin ich nicht«, protestierte er. »Die Lamien sind Wesen aus Fleisch und Blut wie du und ich.«

»Das stimmt«, bestätigte Cymbellea, die gerade in die Küche kam. »Ich kann alles bezeugen.«

»Dann ist euer Kontinent noch zurückgebliebener, als ich gedacht hätte«, sagte Ramita entschieden, woraufhin die beiden nur selbstzufrieden grinsten. *Vielleicht ist es ganz normal, dass jeder Mensch seine eigene Heimat für die beste hält*, dachte sie sich. »Bereit fürs Essen?«, fragte sie schließlich.

Alaron unternahm einen weiteren tapferen Versuch mit Ramitas Curry. Ramita hatte es ihm zuliebe etwas milder gewürzt, trotzdem war es ihm noch zu scharf – und Cymbellea ebenfalls. Ihre Gaumen waren so empfindlich, als wären sie noch Kleinkinder, und ihre hervortretenden Augen waren lustig anzuschauen, als sie zur Toilette rannten. Justina, die an ordentliches Essen gewöhnt war, schaute ihnen ebenfalls belustigt hinterher.

Als es irgendwann aufhörte zu regnen, beschlossen sie, auf der Aussichtsplattform ein wenig die Sonne zu genießen. Alaron und Cymbellea waren sichtlich fasziniert von dem Ausblick, doch nach einer Weile verzog sich Justina mit ihrer Tochter in eine Ecke, um unter vier Augen mit ihr zu sprechen. Sie senkten die Stimmen und fingen bald an zu streiten, während Alaron gedankenverloren hinaus aufs Meer starrte. *Er sieht aus, als hätte er Liebeskummer*, überlegte Ramita. *Vielleicht denkt er gerade an seine Anise.* Sie lächelte wehmütig und musste an all die Jahre denken, die sie in Kazim verliebt gewesen war und befürchtet hatte, ihre Eltern könnten sie mit einem anderen verheiraten – was sie am Ende ja auch getan hatten, noch dazu mit jemandem, den sie sich im Traum nicht ausgesucht hätte. *Trotzdem vermisse ich dich, mein Gemahl. Jede Nacht wünsche ich mir aufs Neue, du wärst hier.*

»Seht euch diese Möwe an«, riss Alaron sie aus ihren Gedanken. »So eine große habe ich noch nie gesehen!«

Alle hoben die Köpfe und beobachteten den riesigen Vogel. Er hatte einen gelben, grimmig gebogenen Schnabel, jede seiner Schwingen war so lang, wie Alaron groß war. Mit einem lauten Kreischen umkreiste er die Glasinsel einmal, dann drehte er nach Süden ab, stieg hinauf in die niedrighängenden Wolken, die sich bedrohlich auftürmten, als breche bald das nächste Gewitter über sie herein.

»Das muss eine seltene Albatrosart sein«, murmelte Justina. »Größer als alle, von denen ich je gehört habe.« Etwas schien sie zu beunruhigen. »Ich hätte ihn töten sollen.«

Ramita schaute sie verdutzt an. »Warum?«

Justina deutete in die Richtung, in der die Kreatur verschwunden war. Ein ganzer Schwarm der riesenhaften Biester hielt nun von dort aus auf die Glasinsel zu. »Weil ich allmählich glaube, dass es gar kein Albatros war.«

Ramita umklammerte ihren Bauch. Ihre Zwillinge strampelten.

»Gehen wir zurück nach drinnen«, sagte Justina bestimmt. »Jetzt!«

Als hätte der Schwarm Justinas Kommando gehört, setzte er plötzlich zum Sturzflug an. Und das war noch nicht alles: Ein riesiges Windschiff löste sich aus den Gewitterwolken im Westen und steuerte ebenfalls direkt auf sie zu. Sechs geflügelte Ungeheuer mit geharnischten Reitern schwärmten davon aus.

Ramita konzentrierte sich und tastete nach der neu in ihr erwachten Kraft, dem Shaitanszauber, der Gnosis, die Meiros ihr geschenkt hatte. Mit einem leisen Gebet auf den Lippen zog sie sich rückwärts zur Tür zurück.

Darikha-ji, steh mir bei. Der Feind ist über uns.

Das ist Malevorns Mörderbande. Alaron wusste es sofort, als er die Schreie der Venatoren hörte. Er begann am ganzen Körper zu zittern, heiß-kalter Schweiß trat ihm aus allen Poren. Er war froh, dass er aus reiner Gewohnheit sein Schwert angelegt hatte, und riss es aus der Scheide. »Welcher Platz in diesem Turm ist am leichtesten zu verteidigen?«, rief er Justina zu, aus deren Fingerkuppen bereits kleine bläuliche Funken zuckten, während die Luft um sie herum nur so flimmerte vor aufflammenden Wächtern.

»Geht nach drinnen und haltet euch bereit, alle Türen zu verriegeln!«, befahl sie und schleuderte dem Windschiff einen gleißenden Blitz entgegen, der das gesamte Vorderdeck in Flammen gesteckt hätte, wären da nicht starke Schilde gewesen. Ihr Angriff verpuffte als harmlose Rauchwolke. Die Venatoren bäumten sich mit einem wilden Kreischen auf und warfen sich Justina entgegen.

Die eigenartigen Albatrosse befanden sich jetzt genau zwischen dem Schiff und der Aussichtsplattform, da beobachtete Alaron ungläubig, wie sich der Rumpf der Tiere mitten im Flug in den eines Menschen verwandelte und sie das Windschiff angriffen.

»Wer sind die?«, brüllte er. *Vielleicht stehen sie auf unserer Seite …*

Der kleine Hoffnungsschimmer verblasste sofort, als eine der Kreaturen mit einem Kriegsschrei auf Justina herabstieß, die ihn jedoch ohne Mühe vom Himmel holte.

Cym packte Alaron an der Schulter. »Komm«, drängte sie, während ihre Mutter einen weiteren Blitz abfeuerte, in dessen Schein sich für einen Moment das Skelett des Gestaltwandlers abzeichnete, bevor er zu Asche zerfiel.

Da kam unvermittelt ein kleines Skiff herangerast und übergoss die Aussichtsplattform mit Feuer. Justinas Schilde wurden auf eine harte Probe gestellt, sie flackerten erst blau und dann blendend weiß unter dem Ansturm der züngelnden Flammen. Pechschwarzer Rauch stieg auf, aber die Wächter hielten stand.

»Nach unten mit dir, Tochter!«, schrie Justina aus vollem Hals.

Alaron nahm die Worte kaum wahr, denn er hatte das Entsetzen in Justinas Gedanken gehört: *Der Magus in dem Skiff muss ein Aszendent sein.*

Kore im Himmel, ein Aszendent! Alaron wirbelte herum und rannte mit Cym Richtung Treppe. Ramita war bereits dort. Angst stand in ihren Augen, aber sie riss sich zusammen und ließ sich nicht von ihrer Panik überwältigen, was sie in Alarons Achtung gleich beträchtlich steigen ließ.

»Geht nach drinnen«, sagte er zu den beiden jungen Frauen in der Absicht, allein an der Tür zu bleiben, bis Justina zu ihm stieß – oder sie zu verriegeln, falls sie es nicht mehr rechtzeitig schaffte.

Am Himmel war die Schlacht zwischen Venatoren und Albatrossen in vollem Gang. Blitze zuckten hin und her, mehrere der Gestaltwandler fielen wie Steine vom Himmel, da stürzte sich einer von ihnen auf den Venator, der den Turm fast erreicht hatte, und hieb ihm mit einem mächtigen Schlag den rechten Flügel ab. Die Gnosisbestie überschlug sich mitten in der Luft. Der Reiter wurde mit voller Wucht gegen die Brüstung geschleudert, schaffte es aber irgendwie, sich festzuhalten.

Alaron übergoss den Angreifer mit Magusfeuer, das wirkungslos an dessen Schilden abprallte. Dann sah er das Gesicht seines Gegenspielers: Es war Malevorn.

Justina brüllte vor Wut, als das Windschiff direkt über ihnen zum Halten kam. Mit einem weiteren Blitz ließ sie Takelage und Segel in Flammen aufgehen, drei Matrosen stürzten brennend in die Tiefe, von denen einer mit einem widerlichen Krachen gegen die Felsen schlug, dann zog sie sich, nun selbst unter heftigem Beschuss, langsam zur Tür zurück.

»Beeilt Euch, Dame Meiros!«, flehte Alaron. »Bitte!«

Doch Justina zögerte immer noch. Sie schäumte regelrecht vor Raserei.

Zwei weitere Venatoren hatten die Plattform erreicht. Der erste schnappte mit weit aufgerissenen Kiefern nach Justina, die ihn mit einem Schuss direkt ins Maul tötete. Das Biest zuckte, und der Reiter – ein blässlich und vollkommen verängstigt wirkender junger Mann – wurde abgeworfen. Das andere Monster schnappte unterdessen nach einer Albatros-Frau und biss sie in der Mitte durch. Der abgeworfene Inquisitor rappelte sich hoch und versuchte, Justina mit seiner Lanze zu Leibe zu rücken, scheiterte aber kläglich an ihren Schilden.

Alaron riss den Kopf herum und sah gerade noch, wie Malevorn einen Magusbolzen auf ihn abfeuerte, der nur knapp über ihm im Fels einschlug. Hastig sprang er nach drinnen, da kam endlich auch Justina und verriegelte die Tür hinter sich.

»Sie sind mir gefolgt«, stammelte Cym. »Sie müssen mich gehört haben«, wimmerte sie, als wäre sie kurz davor, sich zur Strafe selbst die Augen auszukratzen. »Es ist alles meine Schuld!«

»Sei still, Tochter!«, fauchte Justina und verstärkte die Wächter an den Türen, die unter den unvermindert darin einschlagenden Gnosisbolzen erzitterten. »Euch bleibt nur noch eine Möglichkeit: die Flucht durch das untere Tor. Lauft nach unten und macht das Skiff bereit.«

»Wir passen alle vier hinein«, widersprach Alaron. »Keiner bleibt zurück.«

»In diese kleine Nussschale?«, höhnte Justina.

»Wie seid *ihr* denn hergekommen?«, fragte Cym gereizt.

»Mit einem fliegenden Teppich«, antwortete Ramita, »aber der ist jetzt da draußen …« Sie umklammerte ihren Bauch. »Meine Kinder, sie dürfen sie nicht bekommen …«

Justina fixierte Cym. »Hinter dieser Tür lauert ein Aszendent auf uns. Du läufst jetzt mit Ramita nach unten und machst das Skiff bereit. Sofort.« Sie bedachte Alaron mit einem eisigen Blick. »Wir werden euch den Rücken freihalten.«

Alaron schluckte. *Sie will uns beide für Cym und Ramita opfern …*

»Nein!« Cym kreischte beinahe. »Bitte, wir können alle gemeinsam fliehen.«

Die Tür erzitterte unter weiteren Einschlägen, die Justinas Schilde für einen Moment zum Flackern brachten, aber noch hielten sie.

Ramita, die noch die Gefassteste von allen war, nahm Cyms Hand und zog sie auf die Treppe zu. »Komm. Wir müssen euer Schiff flugbereit machen.«'

»Wir kommen gleich nach!«, rief Alaron ihnen hinterher, aber vor allem, um sich selbst Mut zuzusprechen.

Dann zerbarst das Oberlicht, Glassplitter zerfetzten die Luft, und alle Dämonen Hels brachen über sie herein.

In dem Moment, als das Glas oberhalb zersprang, spürte Ramita zum ersten Mal Panik in sich aufsteigen. Die Splitter krachten gegen die Felswände und schossen in einer todbringenden Kaskade in alle Richtungen: messerscharfe, durchsichtige Dolche, die alles durchsiebten, was ihnen in den Weg kam. Sie selbst stand der Explosion am nächsten. Ohne zu merken, was sie tat, schrie Ramita: »Nein!« Ihre Gnosis stülpte sich nach außen wie eine Blase aus purer Energie und hielt die Splitter mitten im Flug auf, als wäre die Luft um sie herum plötzlich zu Eis gefroren.

Ramita spürte, wie das Glas gegen ihren unbewusst heraufbeschworenen Schutzschild schlug, als würde ein Kind mit den Fäusten auf sie einhämmern, mehr nicht. Dann ließ sie los, und die Geschosse krachten harmlos zu Boden. Erschrocken taumelte sie ein paar Schritte zurück und stieß gegen Alaron, der sie nur mit offen stehendem Mund anstarrte.

»Wie hast du …?«, wollte er gerade fragen, da sprangen zwei Gestalten durch das Loch in der Decke. Die erste, ein breit gebauter Weißer, starb noch im selben Augenblick, als Justina ihn mit einem gleißenden Blitz verdampfte. Was von der verkohlten Leiche noch übrig war, rieselte als Aschewolke auf den Scherbenhaufen herab. Hinter ihm kam eine grauhaarige Hexe angeschwebt und schleuderte Justina mit einer bloßen Geste gegen die Wand, als wäre sie ein Kind.

Ist das der Aszendent, von dem sie gesprochen hat? Ramita starrte die alte Frau an, die Justina knurrend mit Glassplittern bombardierte. Justinas Schilde hielten mehr schlecht als recht stand, einzelne Scherben drangen durch, zerrissen ihren Umhang und schlitzten die Haut an Armen und Beinen auf, während die Tür zur Landeplattform unter dem unverminderten Ansturm der Inquisitoren ächzte und stöhnte.

Ramita wusste nicht genau, was sie tun sollte, aber als sie das Glas aufgehalten hatte, war ihr wieder eingefallen, was Justina ihr über das Material beigebracht hatte: Es bestand aus Sand, der mit Erd- und Feuergnosis zusammengebacken war. Erde und Feuer waren Ramitas Elemente. Sie beschwor ihre Gnosis, suchte sich den größten Splitter aus, den sie finden konnte, ließ ihn schweben und schleuderte ihn der Hexe entgegen. Ohne irgendwelchen Schaden anzurichten, prallte er an der Greisin ab.

Halte dich da raus, Ramita. Ich will dir keinen Schaden zufügen, hörte sie die Stimme der Hexe in ihrem Kopf.

Ramita fiel aus allen Wolken. *Sie kennt meinen Namen?*

Weitere nackte Gestalten, manche dunkelhäutig wie Ramita, andere so blass wie Alaron, kletterten durch das Loch. Sie alle waren halb Mensch, halb Tier. Eine Kreatur mit einem Fledermauskopf stürzte sich auf Cym, doch Alaron fegte sie noch im Sprung mit einem Feuerschwall zur Seite. Der Fledermausmann schlug zu Boden und blieb reglos liegen, da riss eine Frau mit dem Kopf eines Schakals das Maul auf und stürzte sich auf Alaron.

Die Tür erzitterte ein weiteres Mal. Mit ihrer Gnosissicht erkannte Ramita, dass Justina sie mit letzter Kraft in den Angeln hielt, während sie sich gleichzeitig der Angriffe der Hexe erwehrte. Außerdem sah sie, dass die Greisin ihre Schilde jetzt ganz auf Justina konzentriert hatte. Ihr Rücken war vollkommen ungeschützt.

Ramita suchte sich den nächstbesten Glashaufen und schleuderte ihn mit aller Macht, genau in dem Augenblick, als Justina einen Magusblitz abfeuerte – eine tödliche Kombination: Ein Spieß bohrte sich tief in den rechten Oberschenkel der Alten, kleinere Splitter legten den nackten Knochen darum herum frei.

Die alte Frau brach brüllend zusammen, und die Tiermenschen hielten erschüttert inne. Sie waren jetzt zu fünft, zögerten jedoch, als sie die Hexe am Boden liegen sahen.

Nur die Schakalfrau nicht, die Alaron gepackt und zu Boden gerissen hatte. Sie schnappte nach seinem Hals, doch es gelang ihm, sie von sich herunterzustoßen, und die Reißzähne verfehlten ihn knapp.

In diesem Moment erkannte Ramita eine der Angreiferinnen: Es war Huriya Makani, ihre einstmals beste Freundin, die den Platz ihrer toten Zwillingsschwester eingenommen hatte.

»Sei gegrüßt, Schwester!«, rief Huriya und sprang durch das Loch in der Decke. Ihre Stimme troff nur so vor Blutdurst. Mit gespreizten Beinen landete sie über der gestürzten Hexe und umklammerte den Splitter in ihrer Hüfte. Die Wunde hatte sich bereits teilweise wieder geschlossen, doch die Greisin schien kaum bei Bewusstsein.

»Du!« Justina ging mit langen Schritten auf Huriya zu, die von Gnosisfeuer züngelnden Hände erhoben. »Geh hinter mir in Deckung, Ramita«, knurrte sie und konzentrierte sich voll und ganz auf Huriya. »Du hast die Mörder meines Vaters hereingelassen.«

Ramita schlug sich die Hände vor den Mund. *Nein!*

Huriya lächelte nur. »Ach ja? Das war nicht ich. Die Geliebte meines Bruders hat den Hadischa das Tor geöffnet.«

Justina blieb wie angewurzelt stehen. »Was sagst du da?«

Huriyas Lippen verzogen sich zu einem grausamen Lächeln. »Es war Ramita, die sie reingelassen hat.«

Justina war einen Moment lang abgelenkt, und mehr brauchte es nicht. Sie vergaß ihre Schilde und drehte sich verwirrt zu Ramita um.

Einer der Gestaltwandler, eine golden schimmernde Gestalt mit dem Kopf eines Löwen, sprang vor und riss Justina mit einem einzigen Schlag den Kehlkopf heraus. Ihr Kopf klappte nach hinten, scharlachrotes Blut spritzte aus der klaffenden Wunde, dann fiel sie rücklings zu Boden.

Cym heulte auf und stürzte sich auf den Löwen, der sie wie eine lästige Fliege beiseiteschlug. Um ein Haar hätte Cym das Schicksal ihrer Mutter geteilt, doch ihre Schilde hielten stand, und sie krachte wimmernd gegen die Wand, wo sie schmerzverkrümmt zu Boden sank, während der Löwenkopf ihr nachsetzte.

Alaron sprang auf, und Ramita starrte fassungslos in Justinas leere Augen. Immer noch quoll Blut aus dem beinahe enthaupteten Rumpf. Sie war wie gelähmt, doch die Angreifer ignorierten sie – ihre Blicke waren auf Huriya und die Hexe gerichtet.

Huriya umklammerte den Splitter im Bein ihrer Herrin und zog. Blut quoll aus ihrer Handfläche, doch sie schien es gar nicht zu bemerken. Kaum hatte sie den Splitter freibekommen, stieß sie mit einer blitzschnellen Bewegung zu – direkt in Sabeles Herz. Sie bückte sich zu ihr hinunter, küsste sie auf den Mund und atmete ein. Ihre Augen flackerten vor Verzückung.

Alaron packte Ramita an der Schulter. Sein entsetzter Blick sprang zwischen Huriya und dem Löwen hin und her, der mit einem wilden Brüllen Cyms Hals packte. »Nein!«

Der Löwe riss das Maul auf und beugte sich über Cyms

Kehlkopf, während Huriya so laut aufstöhnte, als hätte sie gerade einen Orgasmus, da brach die Tür zur Plattform aus den Angeln, und die Inquisitoren stürmten herein, hinter ihnen ein Trupp Soldaten.

Bei Hel! Alaron stieß Ramita von sich weg. »Lauf!«

Aus dem Augenwinkel sah er, wie einer der Inquisitoren sich sofort auf den Löwen stürzte, während die Soldaten auf Huriya und die tote Hexe zurannten. *Dokken*, schoss es ihm in den Kopf. *Sie ist eine Seelentrinkerin.* Das war die einzige Erklärung. Er hatte von ihnen gehört, die Geschichten aber nie wirklich geglaubt. Für ihn waren sie bloße Schauermärchen gewesen, die den Magusschülern am Arkanum Angst einjagen sollten. *Dann ist es also doch wahr...*

Der Kampf entbrannte von Neuem, Gnosisblitze und Schreie zerrissen die Luft, dichter Rauch nahm Alaron alle Sicht.

Cym, komm!, rief er in Gedanken und betete, dass sie ihn hörte. Dann rannte er mit Ramita die Treppe hinunter. Als er schnelle Schritte hinter sich hörte, drehte er sich erleichtert um, doch es war nicht Cym, die ihnen folgte. Es war die Schakalfrau.

Alaron musste Ramita unter allen Umständen beschützen. Er ließ seine Gnosis in die Schwertklinge strömen, sprang vor und stieß mit aller Kraft zu. Die Spitze durchschlug die Schilde der Schakalfrau, und sie starrte entsetzt auf den blitzenden Stahl, der sich tief in ihre Brust gebohrt hatte. Aus ihrem Mund sprudelten Blutblasen, dann brach sie zusammen.

Niemand war ihr gefolgt.

»Nach unten!«, rief er Ramita zu und rannte zu seinem Zimmer, um den Köcher mit der Skytale zu holen. Wieder auf dem Flur hielt er verzweifelt nach Cym Ausschau, doch sie war nirgendwo zu sehen. Ramita war immer noch in ihrem Gemach.

»Beeil dich!«, brüllte er und zählte zitternd bis dreißig, dann tauchte die Lakhin endlich wieder auf, einen Beutel mit ein paar Habseligkeiten an die Brust gepresst.

Über ihnen war der Kampf in vollem Gange, und Cym war immer noch da oben. Alaron wünschte, er könnte ihr zu Hilfe eilen, doch das wäre reiner Selbstmord gewesen. Seine Aufgabe war jetzt, Ramita und die Skytale zu beschützen. Die Lakhin lief bereits die nächste Treppe hinunter, während Alaron die Durchgangstür hinter ihnen versiegelte, dann folgte er ihr. Sie hatten gerade die Hälfte der Treppe geschafft, da hörte er, wie die Tür mit einem lauten Knall aus den Angeln flog.

»Merser!«, brüllte jemand.

Malevorn, verdammt …!

Ramita blieb ruckartig stehen und wirbelte herum. »Lass mich das machen!«, schrie sie, das Gesicht weniger als eine Handbreit von seinem entfernt.

Alaron hatte keine Ahnung, was sie vorhatte, da hob sie die Hand und bewegte sie ruckartig nach unten, als würde sie einen Apfel von einem Baum pflücken.

Mit einem ohrenbetäubenden Donnern stürzte die Decke über Malevorn ein. Staub und Rauch flogen auf, und eine Druckwelle schlug ihnen entgegen, die Alaron beinahe umgeworfen hätte. Er blinzelte Ramita verdutzt an. Ihre Kraft war nicht zu fassen.

»Jetzt«, sagte sie zufrieden, »können wir gehen.«

Cym saß jetzt dort oben in der Falle, und es gab nichts, das er dagegen tun konnte. Verzweifelt rannte er die letzten Stufen hinunter zum Skiff und warf seinen Beutel hinein, während Ramita mit einer gebieterischen Geste das Außentor aufriss. Das Tosen der Wellen draußen hallte durch die Kammer, Gischt und Nebel spritzten herein, da hörte er von oben Malevorns Stimme. Leise, aber unverkennbar. *Rukka Hel, er hat es überlebt!* Felsbrocken polterten krachend die Treppe hinunter. *Und er kommt ...*

Alaron packte den Mast mit beiden Händen und richtete ihn auf, um ihn im Rumpf zu verankern, während er stumm darum betete, dass Cym endlich auftauchte, dass sie durch irgendein Wunder dem Kampf entronnen war und jeden Moment die Treppe auf der anderen Seite der Kammer hinuntergerannt kam.

Es kam tatsächlich jemand, aber es war nicht Cym, sondern eine blonde Frau in Rüstung. Ihr Gesicht war das eines Engels, aber ihre Augen waren so tot und kalt wie die einer Leiche.

Alaron erkannte sie sofort: Es war die Inquisitorin, die Anises Bruder Ferdi getötet hatte. Kaum hatte er sie bemerkt, da war sie auch schon über ihm und ließ ihr Schwert auf seine Schulter niederfahren.

Instinktiv riss Alaron den Mast über den Kopf, die Klinge fuhr durch das Holz wie ein Messer durch warme Butter und hieb den Mast in zwei Teile. Das abgetrennte Ende flog in hohem Bogen durch die Luft.

»Ergib dich, Ketzer!«, brüllte sie und holte erneut aus.

Alaron duckte sich blitzschnell unter ihrem Sensenschlag weg, da trat sie ihm mit dem Fuß gegen die Brust, und er taumelte rücklings zu Boden. Noch während er um Luft rang, hob er sein Schwert und blockte die nächsten Hiebe ab, die wie ein Hagel aus Stahl auf ihn niederprasselten. Sein rechter Ärmel hing bereits in Fetzen, vom linken Auge verlief eine Schnittwunde bis zum Unterkiefer. Das hervorquellende Blut begann ihm schon die Sicht zu nehmen, da schlug ihm die Inquisitorin das Schwert aus der Hand. Mit einem Triumphschrei drehte sie die Spitze ihrer Waffe nach unten und richtete sie auf sein Herz aus.

Alaron wollte einen letzten Gegenschlag versuchen, doch seine Gnosis war erschöpft – da durchschlug das spitze Ende des abgeschlagenen Mastes von hinten den Harnisch der Frau und trat zwischen ihren Brüsten wieder aus. Sie zitterte kurz, dann fiel sie vornüber. Alaron konnte sich gerade noch rechtzeitig zur Seite rollen und blickte verwirrt auf.

Ramita stand in etwa zwanzig Schritt Entfernung. Sie hatte die Mastspitze aufgefangen und mit der Wucht eines Katapults auf die Inquisitorin geschleudert – mit so roher Kraft, dass sie die Schilde eines Reinbluts einfach durchschlagen hatte! *Das ist unmöglich …*

Er kam zitternd auf die Beine und zuckte sofort zusammen, als er versuchte, sich das Blut aus den Augen zu wischen. Hastig steckte er sein Schwert ein, verankerte, was von dem Mast noch übrig war, im Rumpf und drehte den Bug Richtung Tor.

Die Lakhin war beinahe genauso fassungslos wie er. Immer wieder sprang ihr Blick von ihrer Hand zu der toten Inquisitorin. »Ich wollte sie nicht …«, stammelte sie.

»Kore sei Dank, dass du es getan hast«, knurrte Alaron. »Komm jetzt, wir müssen hier raus!«

Schwere Schritte kamen die Treppe hinunter, zu schwer, als dass es Cyms sein konnten.

»Merser!«, donnerte Malevorn. »Stell dich und kämpfe wie ein Mann, du erbärmlicher Feigling!«

Alaron schäumte innerlich. *Mein ganzes Leben lang bin ich keinem einzigen Kampf mit dir aus dem Weg gegangen, Andevarion, obwohl ich jeden einzelnen davon verloren habe. Nie bin ich auch nur den Fußbreit vor dir zurückgewichen – wage es nicht noch einmal, mich einen Feigling zu nennen!*

Doch ein Blick zu Ramita, die ängstlich ihren Bauch umklammerte, verdrängte jeden weiteren Gedanken daran, hier und jetzt den Heldentod zu sterben.

Sie trägt Meiros' Kinder in sich, und ich habe die Skytale. Wir müssen hier verschwinden.

Ein Schwall Magusfeuer ergoss sich aus dem halb verschütteten Treppenhaus und ließ Ramitas Schilde erzittern. »Steig ein!«, rief Alaron in dem Augenblick, als Malevorn ohne Helm, aber mit einem blutverschmierten Schwert in der Hand in die Halle gestürmt kam.

Die Zeit schien sich zu verlangsamen, jeder Moment dauerte mindestens doppelt so lang wie normal, als Malevorn mit langen Schritten auf sie zugestampft kam. Er hob die freie Hand und schleuderte Alaron eine Kombination aus Feuer, Felsbrocken und einem Lähmungszauber entgegen, der ihm nicht den Hauch einer Chance ließ.

Zeit zu sterben. Jahrelang hatte Alaron Niederlage um Niederlage gegen Malevorn erlitten, er wusste, was ihn erwartete, wusste, dass er nicht das Geringste ausrichten konnte. Doch wie vor ein paar Tagen am Gydangraben übernahmen seine Reflexe, noch bevor er einen klaren Gedanken fassen konnte.

Als hätte Alarons Bewusstsein sich aufgespalten, lud der eine Teil mit seiner noch verbliebenen Gnosis den Kiel des Skiffs auf, während der andere die Schilde verstärkte und ein dritter, von dem Alaron selbst nicht wusste, wie und woher er kam, ihn mehrere Meter hoch in die Luft katapultierte. Malevorns telekinetischer Griff ging ins Leere, ebenso die Felsen und das Feuer.

Ramita, die sich endlich wieder gefangen hatte, kletterte in das Skiff und peitschte es mit beängstigender Kraft vorwärts. Malevorns Flammen leckten an *Suchers* Rumpf, der aber dank der Wächter, die die Lamien in das Holz gewoben hatten, nicht gleich Feuer fing.

Doch sein Widersacher gab sich noch nicht geschlagen. Mit erhobenem Schwert sprang er vor, raste auf sie zu wie ein Blitz, da hob Ramita die Hand und schrie etwas.

Ungläubig beobachtete Alaron, wie sein Erzfeind mitten im Sprung gegen eine unsichtbare Wand prallte und zurück in die Kammer geschleudert wurde, während *Sucher* durch die geöffneten Tore ins Freie schoss. Alaron hob den Blick, sah das Windschiff der Inquisitoren hoch über ihnen in Flammen stehen, da kippte der Bug ihres Skiffs nach unten weg, und sie rasten auf die Wellen zu.

Doch sie hatten es so gut wie geschafft, aufgeben kam nicht infrage.

»In Deckung!« Alarons Instinkt übersetzte den Befehl in einen Zauber, der das Segel hochriss und es sich wie eine schützende Kugel um das Skiff legen ließ, nur einen Wimpernschlag bevor der schäumende Ozean sie verschlang.

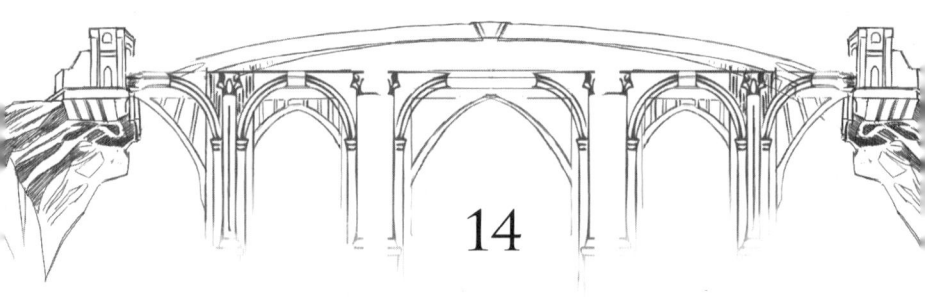

14

Eine unwiderrufliche Entscheidung

Abtrünnigkeit

Welches ist die größere Sünde: euren Nachbarn zu schmähen oder Kore zu schmähen? Selbstredend wiegt es schwerer, sich an Kore zu vergehen. Denn wer sich an Kore vergeht, vergeht sich an allen Menschen.

FURUS MITRE, KARDINAL DER KORE, PALLAS 589

Was ist Sünde? Sünde ist, was immer uns beliebt, als Sünde zu bezeichnen.

SERTAIN, ERSTER KAISER RONDELMARS, PALLAS 610

Elena erwachte und spürte einen Dolch an der Kehle. Raue Hände packten ihre Arme und drehten sie ihr auf den Rücken. Sie schnappte nach Luft und beschwor reflexartig ihre Gnosis, um den Angreifer wegzustoßen, da rammte ihr jemand die Faust in den Bauch, dann prasselte eine ganze Salve von Schlägen auf ihren Kopf ein.

Es waren drei. Zwei hielten ihre Arme, während der dritte, der sie mit den Fäusten bearbeitet hatte, sie aus nächster Nähe musterte. Elenas Sicht war verschwommen wie hinter einem Vorhang, sie erkannte lediglich eine lange Narbe und mitleidlose Augen.

Kaz!

Ihr Hilferuf wurde durch einen weiteren Fausthieb zum Verstummen gebracht, und um ein Haar hätte sie das Bewusstsein verloren. Anscheinend war noch ein vierter hinzugekommen. Elena spürte seine kalte Hand auf ihrer Stirn. Er sprach Rondelmarisch. »Genug, Gatoz. Ich übernehme jetzt.«

Wie Eisnadeln bohrten sich die Fühler des Rondelmarers in ihren Schädel und streckten sich nach ihrer Seele aus, dann packte er zu wie eine Würgeschlange. Elena wollte schreien, aber es ging nicht. Alles verschlingende Finsternis senkte sich über sie, während sie gegen den Eindringling ankämpfte, aber der Kerl war einfach zu stark. Sie konnte ihn nicht aufhalten. Der stumme Kampf schien eine Ewigkeit zu dauern, immer tiefer drang ihr Gegner vor, und als er endlich von ihr abließ, war in ihrem Innern nur noch unendliche schwarze Leere. Elena hatte nichts mehr. Keine Kraft, keine Gnosis, nichts.

Eine Kettenrune. Er hat mich mit einer Kettenrune belegt. Bei den Göttern …

Sie schloss die Augen und versuchte sich irgendwie zu beruhigen – und scheiterte kläglich. Ihre Seele war wie besudelt. Das Gefühl war noch schlimmer, als wenn alle vier sie vergewaltigt hätten. *Das kommt als Nächstes.* Elena versuchte sich zu bewegen, dann wurde ihr schwarz vor Augen.

Als sie wieder zu sich kam, glaubte sie im ersten Moment, allein zu sein, da hörte sie leise Stimmen. Eine davon kam ihr vage bekannt vor. Elena konzentrierte sich mit aller Macht, um nicht sofort wieder das Bewusstsein zu verlieren.

Ich kenne diesen Mann … Es dauerte noch eine Weile, dann wusste sie es: *Stivor Sindon.* Elena öffnete die Augen und sah sein Gesicht direkt vor sich. Unwillkürlich zuckte sie zurück. Er war es gewesen, der sie mit der Kettenrune belegt hatte.

Sindon hob ihr Kinn an. »Die berüchtigte Elena Anborn. Habt Ihr überhaupt eine Ahnung, welchen Preis die Mater-Imperia auf ihren Kopf ausgesetzt hat, Gatoz?«

Der Keshi mit dem Narbengesicht blickte Sindon finster an. »Sie gehört den Hadischa.«

»Es war nur eine Frage. Ich habe nicht vor, sie Euch streitig zu machen.«

Kazim! Wo ist Kazim? Was haben sie mit ihm gemacht?

Elena musste nicht lange auf die Antwort warten. Die Kerle hoben sie hoch und schleiften sie in ihrem blutverschmierten Nachtgewand in die Küche.

Ihr Blick sprang von Gesicht zu Gesicht. Zuerst sah sie nur feindselig dreinblickende Keshi in Kapuzenumhängen, dann entdeckte sie Kazim: Arm in Arm stand er mit einem ihrer Häscher am Fenster. Das Gefühl, verraten worden zu sein, war entsetzlich. »Du doppelzüngiges Schwein!«, schrie sie.

Kazim wirbelte erschrocken herum. Elena blieb keine Zeit,

seinen Blick zu deuten, denn im selben Moment schlug Gatoz'
Faust in ihr Gesicht. Sie hörte nur noch, wie ihre Nase brach,
dann wurde ihr wieder schwarz vor Augen.

»Nein!« Kazim stieß Jamil von sich weg und stürzte auf Gatoz
zu. Einen Moment lang glaubte er, sein Schlag hätte ihr das
Genick gebrochen, so leblos hing Elena im Griff der beiden
Hadischa.

Du doppelzüngiges Schwein. Kazim hatte sich für Elena ver-
bürgt, und Jamil hatte ihm geschworen, dass ihr nichts geschehen würde. »Gatoz, Ihr habt versprochen ...«

Jamil packte Kazim am Arm und versuchte, ihn zurückzu-
halten.

Kazim schlug seine Hand einfach weg und baute sich vor
Gatoz auf. Er hatte gar nicht gemerkt, wie viel stärker als sein
Freund er mittlerweile war.

Der Hauptmann der Hadischa musterte ihn kühl. »Ich habe
gar nichts versprochen.«

»Aber Jamil ...«

»Jamil hat genau gesagt, was ich ihm befohlen habe.« Gatoz
drehte sich halb um. »Sperrt sie weg und legt sie in Ketten.«

»Sie steht auf unserer Seite!«, fuhr Kazim auf und versuchte,
Elena zu Hilfe zu eilen, doch Gatoz versperrte ihm den Weg.
Nasenspitze an Nasenspitze standen sie da.

»Du hast dich vier Monate hier verkrochen, Junge«, knurrte
Gatoz. »Wessen Befehle befolgst du eigentlich?«

Kazim erwiderte den feindseligen Blick. »Die meines Haupt-
manns«, antwortete er durch zusammengebissene Zähne,
»aber ...«

»Schweig!«, bellte Gatoz, und Kazim spürte Speicheltröpf-
chen auf sein Gesicht regnen. »Verschwinde in deine Kammer.«

»Ich …«

Gatoz schlug ihm so heftig mit dem Handrücken auf die Wange, dass Kazim Sternchen sah. »Schweig, habe ich gesagt! Sollen wir dich auch mit einer Kettenrune belegen?«

Kazim musste sich beherrschen, um nicht sofort zurückzuschlagen. Er atmete einmal tief durch, dann verließ er mit einem knappen Nicken die Küche. Draußen auf dem Flur sah er, wie die beiden Hadischa Elena zu einem der Lagerräume schleiften. Er kam sich vor wie ein erbärmlicher Feigling und wollte ihnen schon hinterhereilen, da spürte er eine Hand auf der Schulter. Es war Jamil.

»Lass es, Kazim«, flüsterte er. »Sie ist es nicht wert.«

Kazim drehte sich um und schaute seinem Blutsbruder fest in die Augen. »Du hast gesagt, ihr würde nichts geschehen«, flüsterte er zurück. Es war das Erste gewesen, was Jamil zu ihm gesagt hatte. Kazim war überglücklich gewesen, dass die Hadischa ihn gefunden hatten – bis zu jenem Moment eben in der Küche. Seine Wange schmerzte immer noch von Gatoz' Ohrfeige.

Jamil erwiderte seinen Blick verunsichert. »Kazim, du musst doch gewusst haben, dass sie sie niemals gehen lassen würden …«

»Nein. Habe ich nicht. Du hast mir dein Wort gegeben, Bruder!«

Was für ein Narr ich war! Jedes Kind hätte das kommen sehen. Rashid duldet keine Rondelmarer in seinen Reihen. Sindon ist der einzige, und das auch nur, weil er ihn gebraucht hat, um den Ordo Costruo zu vernichten.

Aber Kazim musste es zumindest versuchen, das war er Elena schuldig. Und sich selbst. »Sie hat geschworen, Gurvon Gyle zu töten, sie will das Gleiche wie wir!«

Jamil schüttelte den Kopf. »Das spielt keine Rolle, Freund.« Er zog Kazim in einen angrenzenden Raum, den er und Elena nie benutzt hatten. Es war ein nach oben offenes Skriptorium, voller Sand, den der Wind hereingetragen hatte, aber sie waren allein, und Jamil verriegelte die Tür hinter ihnen.

Kazim sprach, so schnell er konnte, in der verzweifelten Hoffnung, seinen Blutsbruder irgendwie umzustimmen. »Bitte, du musst mich anhören: Alhana ist unsere Verbündete. Sie hasst die Kriegszügler genauso wie wir, und sie kennt Gyles Schwachpunkte. Wir brauchen sie. Du musst mir helfen, Gatoz zu überzeugen.«

»Sprich nicht so laut. Hör zu, Kazim, die Lage hat sich geändert: Gyle steht nicht mehr auf unserer Liste. Es gab eine Einigung. Wir sind nur hier, um dich abzuholen.«

Kazim wurde so schwindlig, dass er sich an der Wand abstützen musste. »Es gab *was*? Gyle ist unser Todfeind.«

»Und außerdem der Feind unseres Feindes«, entgegnete Jamil leise. »Rashid hat einen Handel mit ihm abgeschlossen.«

Kazim wurde übel. Er fühlte sich vollkommen hilflos. *Ich habe Dhani verraten, wo sie uns finden, ohne Elena vorher zu fragen. Ich bin ein Narr und ein Verräter.* Hass auf den Kriegszug und Hass auf die Fehde stiegen in ihm auf. »Sie hat mir das Leben gerettet, Bruder. Zwei Mal«, sprach er keuchend weiter. »Und das obwohl sie weiß, was ich bin.«

Jamil blinzelte. »Du hast ihr gesagt, dass du zu den Hadischa gehörst und dass du ein Seelentrinker bist?«

»Natürlich habe ich das. Sie hat mich in der Gnosis unterwiesen. Sie weiß alles über mich und ich alles über sie. Alhana ist keine Feindin, sondern eine Verbündete.«

Jamil schüttelte bestürzt den Kopf. »Es gibt nur einen Grund, aus dem ein Hadischa sich offenbart: wenn sein Hauptmann es ihm befiehlt.«

Kazim verdrehte die Augen. »Jamil, du bist mein Freund! Du musst mir helfen, sie zu retten!«

»Sie *retten*?« Er bedachte Kazim mit einem mitleidigen Blick. »Ein Hadischa rettet keine Rondelmarerinnen. Wenn sie Kinder bekommen kann, kommt sie in eine der Zuchtanstalten. Wenn nicht, schneiden wir ihr den Kopf ab und verbrennen die Leiche. Das sind die zwei Möglichkeiten. Eine andere gibt es nicht.«

Kazim unterdrückte den Impuls, Jamil so lange anzuschreien, bis er endlich begriff. »Und was ist mit Alyssa Dulayn?«, sagte er heiser. »Ist sie etwa keine Rondelmarerin? Was hat sie an Rashids Seite zu suchen?« *Auch wenn wir alle wissen, was.*

»Rashid ist der Emir. Er tut, was ihm gefällt.« Jamil legte ihm eine Hand auf die Schulter, und Kazim musste sich beherrschen, sie nicht wieder wegzuschlagen. Er wusste, sein Freund wollte ihm nur helfen. Aber wenn er sich weigerte, Elena zu retten, war er nicht mehr sein Freund.

»Geh jetzt in deine Kammer, Kazim«, sagte er leise, »und akzeptiere Gatoz' Strafe. Bitte, widersetze dich ihm nicht. Wenn du es noch einmal tust, wird dein Kopf auf demselben Spieß enden wie der der Jadugara.«

Kazim senkte den Kopf. *Bleib ganz ruhig. Bei Ahm, ich muss jetzt allein sein. Ich brauche Zeit zum Nachdenken.* »Gut«, erwiderte er schließlich. Im Moment war es das Beste zu gehorchen. Oder zumindest so zu tun als ob. »Wo ist Haroun?«, fragte er.

»Beim Skiff. Wir haben ihn dort zurückgelassen für den Fall, dass es Probleme gibt. Möchtest du ihn sehen?«

»Ich muss mit jemandem sprechen, der mir hilft, das alles zu verstehen.«

Jamil runzelte die Stirn. Kazim war noch nie besonders religiös gewesen, aber er hatte viel durchgemacht in den letzten Monaten, also akzeptierte er seinen Wunsch. »Ich werde ihm sagen, dass er zu dir kommen soll.«

»Was passiert als Nächstes?«

»Wir fliegen nach Hallikut. Die Gefangenen vom Ordo Costruo sind dort, und diese Elena soll auch dorthin. Das heißt, wenn sie noch fruchtbar ist.« Jamil neigte den Kopf. »Ist sie es?«

Die Vorstellung, dass Elena eingekerkert und gezwungen würde, bis zu ihrem Tod Maguskinder auszutragen, war fürchterlich. Alles an ihr schrie nach Freiheit: wie sie sich bewegte, wie sie sprach, wie sie lebte und kämpfte. Sie als Zuchtstute irgendwo einzusperren wäre wie ein unendlich langsamer, grausamer Tod für sie. *Und wenn ich Nein sage, töten sie sie.* »Sie blutet jeden Monat«, antwortete er wahrheitsgemäß.

»Dann wird Gatoz sie wahrscheinlich am Leben lassen. Sie ist zwar älter, als wir es gerne hätten, aber sie ist ein Halbblut und kann vielleicht noch drei oder vier Kinder zur Welt bringen. Wann blutet sie?«

Kazim hatte sich nie um derlei Frauenangelegenheiten gekümmert. »Bei Neumond, glaube ich«, sagte er unsicher. *Also jetzt.*

Jamil seufzte. »Gut. Dann werden wir sie uns gleich in der Krak di Condotiori vornehmen.« Er blickte Kazim mit so etwas wie Verständnis in den Augen an. »Hör zu, Kaz, ich weiß, es ist schwer mitanzusehen, wenn eine Frau, mit der man das Bett geteilt hat, so behandelt wird. Ahm ist mein Zeuge, dass mir die Zuchtanstalten ein verhasstes, aber notwendiges Übel sind. Ich wurde selbst in einer geboren, wie du weißt.«

»Ich habe nicht das Bett mit ihr geteilt«, widersprach Kazim kalt. »Sie ist eine Nefara.«

Jamil hob kurz die Augenbrauen. »Geht mich ja auch nichts an«, erwiderte er mit einem Achselzucken. »Und jetzt komm mit zu deinem Zimmer, bevor Gatoz nach dir sucht. Er wird dir eine Lektion erteilen wollen, nachdem du dich ihm vor aller Augen widersetzt hast.«

Kazim ließ sich von Jamil zu seiner Kemenate begleiten, bat ihn aber nicht hinein. Als er hörte, wie sein Blutsbruder die Tür von außen verriegelte, schäumte er innerlich. *Nicht einmal Jamil traut mir noch. Vielleicht glaubt er ja, er müsste mich vor mir selbst beschützen …*

Er setzte sich aufs Bett und betrachtete seine Hände. Der brüchige, hart erkämpfte Frieden zwischen ihm und Elena war alles, was er in seinem Leben noch hatte. Er musste Gatoz überzeugen, dass sie als Verbündete von größerem Nutzen für die Hadischa war. Wenn ihm das nicht gelang, war Elena zu einem Leben als wandelnde Gebärmutter verdammt, zu ständiger Vergewaltigung, bis sie nicht mehr gebären konnte. Und wenn sie nicht gleich bei den ersten Versuchen schwanger wurde …

Kazim schwor sich, sie vor diesem Schicksal zu bewahren. Und wenn er sie dafür eigenhändig töten musste.

Er hatte keine Ahnung, wie viel Zeit vergangen war, als er plötzlich hörte, wie der Riegel vor seiner Tür zurückgeschoben wurde. Draußen war es stockfinster, der Neumond nur eine schmale Sichel am Himmel.

Es war Gatoz, der seine Kammer betrat. Gnosisblitze zuckten über seine Hände. Als alle Kerzen im Zimmer wie von selbst zu brennen begannen, wurde Kazim schlagartig bewusst, dass er seine eigene Gnosis restlos verbraucht hatte. Gegen keinen einzigen von Gatoz' Männern hätte er im Moment auch nur den Hauch einer Chance, geschweige denn gegen den Hauptmann selbst. Die Leere in seinem Innern, wo einmal seine Gnosis gewesen war, tat sich auf wie ein Abgrund.

»Nun, Junge?«

Kazim hob den Blick. »Was?«

»Du warst vier Monate hier. Was hast du die ganze Zeit über gemacht?«

Ja, was? Kazim erzählte so ruhig und sachlich wie möglich. Er begann damit, wie Elena ihn von Mara Secordins Gift geheilt hatte, und berichtete weiter, wie sie irgendwann festgestellt hatten, dass sie beide Gurvon Gyles Kopf wollten, und beschlossen, das Vorhaben gemeinsam in die Tat umzusetzen. »Wir waren kurz davor, zuzuschlagen«, fügte er hinzu. »Sie hat mich in der Gnosis unterwiesen und mir Nahkampfunterricht gegeben. Zum Jahreswechsel wollten wir nach Brochena zurückkehren und die Sache zu Ende bringen.«

Gatoz schürzte die Lippen. Sein Gesicht sagte: Das mag ja alles ganz interessant sein, aber es ist vollkommen irrelevant. »Gyle interessiert uns nicht mehr«, entgegnete er unumwunden. »Wir wollten gerade nach Kesh zurückkehren, als deine Nachricht uns erreichte, und sind sofort hergekommen.«

Kazim schluckte und beschloss, noch einen letzten Versuch zu unternehmen. »Sie ist auf unserer Seite, Gatoz. Ich schwöre es. Und Gyle ist immer noch unser Feind.«

»Natürlich ist er das«, stimmte Gatoz zu. »Aber im Moment beschäftigen wir uns nicht mit ihm.«

Er legte Kazim eine Hand auf den Kopf, als spreche er mit einem Kind. »Hör zu, Bursche, du stehst hoch in Rashids Gunst, weil er in dir sieht, was du einmal werden könntest. Aber alles, was ich sehe, ist ein trotziger kleiner Junge, dem sein neues Spielzeug nicht gefällt. Wenn ein Soldat sich weigert, seinen Säbel zu benutzen, und er stattdessen mit bloßen Händen kämpfen will, würde das wohl kaum toleriert werden, nicht wahr? Und er würde es auch nicht lange überleben. Rashid behauptet, du würdest uns eines Tages von unermesslichem Nutzen sein. Nur deshalb tolerieren wir dich.« Er senkte seine Stimme zu einem bedrohlichen Knurren. »Aber meine Toleranz ist bald am Ende. Hast du mich verstanden?«

Kazim nickte.

»Was du dir erlaubst, lasse ich mir von niemandem bieten. Leider hält Rashid seine schützende Hand über dich, und das ist eine Schande, denn ich würde dir zu gern dein hübsches Gesichtchen zu Brei schlagen.«

Und ich würde Euch zu gern die Kehle durchschneiden. Kazim wünschte, er hätte eine Waffe, irgendeine, da presste Gatoz ihm den Zeigefinger auf die Brust. »Wie mir scheint, hat die weiße Hexe dir gehörig den Kopf verdreht. Wahrscheinlich merkst du nicht einmal, wie sie dich um den Finger gewickelt hat.«

»So war es nicht«, erwiderte Kazim heiser.

»Wie dann? Jamil sagt, du hättest sie nicht mal gefickt.« Er kicherte. »Wahrscheinlich würde sie einen Dunkelhäuter wie dich sowieso nicht an ihre empfindliche weiße Muschi lassen.«

Kazim begann zu zittern, so sehr musste er sich beherrschen, um Gatoz nicht an die Kehle zu gehen. »So ist sie nicht ...«

»Sie sind alle so, Bursche«, höhnte Gatoz. »Frauen sind wie Krähen. Sie picken so lange an einem Mann herum, bis nichts mehr von ihm übrig ist außer den Knochen. Es gibt nur eins, wozu sie zu gebrauchen sind.« Er spuckte aus. »Denk mal darüber nach, Bursche. Stehst du auf unserer Seite oder nicht? Wir fliegen zurück nach Süden, in den Krieg, und Rashid erwartet von dir, dass du deinen Beitrag leistest, erfüllt von heiligem Zorn und Feuer! An deiner Stelle würde ich ihn nicht enttäuschen.«

»Bin ich jetzt ein Gefangener?«, fragte Kazim tonlos.

Gatoz musterte ihn. »Solange Sindon nicht in deinen Kopf geschaut hat, wirst du hier drin bleiben.« Er straffte die Schultern und blickte sich um, dann versiegelte er mit einer Geste das Fenster.

»Ihr müsst mich nicht einsperren«, beschwichtigte Kazim und hasste sich selbst dafür, wie kleinlaut seine Stimme klang.

»Oh doch, Junge. Ich denke, das muss ich. Und ich bin derjenige, der hier die Entscheidungen trifft.«

Kazim war verzweifelt, er fühlte sich wie in einem tiefen Loch gefangen. »Was werdet Ihr mit Elena tun?«, rief er Gatoz hinterher, der bereits wieder auf dem Weg zur Tür war.

Gatoz drehte sich noch einmal um, ein grausames Blitzen in den Augen. »Sie ist die einzige Muschi hier weit und breit, und als solche werde ich sie benutzen.« Er neigte den Kopf und lächelte Kazim kalt an. »Zu wissen, wie sehr du nach ihr schmachtest, macht es umso reizvoller.«

Kazims Hass flammte auf wie ein weißglühendes Stück Eisen. Wie er es schaffte, sich zu beherrschen, wusste er selbst nicht. »Sie steht unter der Blut-Pratta«, sagte er in dem Versuch, Gatoz irgendwie aufzuhalten. »Sie ist unrein, eine Nefara, Eure Seele …«

Gatoz schaute ihn überrascht an, dann brach er in schallendes Gelächter aus. »Glaubst du diesen Mist etwa? Junge, wenn du ein bisschen älter bist, wirst auch du die Lügen der Schriftgelehrten durchschauen.« Er musterte ihn noch einmal von oben bis unten. »Mach jetzt keine Dummheiten, Bursche. Denk an deine Zukunft.« Damit verschwand er.

Kazim hörte den Riegel ins Schloss fallen und sah für einen kurzen Moment lang einen Lichtschimmer um den Türrahmen aufleuchten: Gatoz hatte die Tür gnostisch versiegelt. Kazim saß in der Falle. Die Kerzen flackerten gleichgültig, und eine Träne bildete sich in seinem Augenwinkel.

Elena erwachte in einem Meer aus Schmerzen. Ihr Gesicht fühlte sich an, als wäre es mit einem Hammer bearbeitet worden, und auch der Bauch brannte höllisch. Verschwommene Lichter tanzten vor ihren Augen. Als sie voll bei Bewusstsein war, erkannte sie, dass es sich um die Kerzen an der ge-

genüberliegenden Wand handelte. Ihre Arme waren seitlich weggestreckt und festgekettet. Sie konnte sich ein wenig aufrichten, vielleicht eine Handbreit, dann verhinderten die gespannten Ketten jede weitere Bewegung.

Stöhnend sank sie zurück auf die Pritsche. Zwei Fliegen krabbelten über den Schorf auf ihrem Gesicht. Als Elena den Kopf schüttelte, flogen sie kurz auf und setzten sich dann wieder an exakt dieselbe Stelle.

Nein. Bitte, nicht das. Nicht so ...

Kazim hatte seine Hadischa-Freunde hergerufen, so viel war klar. Das Bild, wie er Arm in Arm mit einem ihrer Häscher dagestanden war, brannte in ihrer Seele wie Feuer. Elena hatte so viel in ihn investiert, und sie hätte schwören können, dass sie einander allmählich verstanden, sich angenähert hatten. Die Vorstellung, dass sie sich so vollkommen in ihm getäuscht hatte, war unerträglich.

Ich habe ihm das Leben gerettet. Zwei Mal. Wie kann er so etwas machen ...?

Mit Cera war es genauso, meldete sich ihre Erinnerung schonungslos zu Wort, und Elena verzweifelte. Etwas an ihr musste falsch sein. Es musste einen Grund geben, weshalb jeder, der ihr wichtig war, sie früher oder später verriet.

Mit einem Stöhnen versuchte sie, ihre Beine zu bewegen, aber die waren ebenfalls gefesselt. In gespreizter Stellung an die Pritsche gekettet. Elena musste nicht erst überlegen, weshalb und was als Nächstes kommen würde. Sie konnte Gurvons Stimme beinahe hören. *Tja, altes Mädchen. Das ist der Dank, wenn man anderen vertraut. Was ist bloß los mit dir? Du warst einmal das hartgesottenste Miststück, dem ich je begegnet bin. Und jetzt? Ich sag's dir: Du bekommst, was du verdient hast.*

Die Tür ging auf, und Magister Sindon trat ein. Er trug

einen dicken Samtumhang, seine Glatze schimmerte im Schein der Kerzen, ein amüsiertes Grinsen ließ seine speckigen Wangen noch stärker hervortreten. Er setzte sich auf einen Stuhl und zündete sich eine Pfeife an. »Nun, Elena Anborn. Ihr seid viel herumgekommen und habt es weit gebracht.«

»Holt mich hier raus, dann arbeite ich für Euch«, krächzte sie, ohne auch nur einen Moment lang zu glauben, dass er sich darauf einlassen würde, aber sie musste es zumindest versuchen.

Sindon zog nachdenklich an seiner Pfeife, dann verschwand das Grinsen aus seinem Gesicht. »Beleidigt nicht meine Intelligenz, Elena. Ihr seid vollkommen wertlos für mich, und, Gott ist mein Zeuge, ich konnte Euch noch nie ausstehen.«

Elena ließ alle Hoffnung fahren. »Das beruht auf Gegenseitigkeit, Sindon.«

»Sieh mal an, das ist schon eher die Elena Anborn, die ich kenne«, höhnte er. »Gatoz wird jeden Moment kommen. Ich habe ihm ausrichten lassen, dass Ihr wach seid.« Er blickte sie besorgt an. »Der Mann ist ein Tier. Kennt nur Lust und Begierde, und er ist immer hungrig.«

Elena schaute weg. *Ich werde nicht betteln.*

»Was ich nicht verstehe, Elena, ist das Warum. Ihr und Gyle hattet die Nesti in der Hand. Versucht gar nicht erst, mir Euer doppeltes Spiel zu erklären. Ich bin sicher, Euer Plan war selbst für mich zu verschlagen. Ich würde ihn auch nicht verstehen. Aber weshalb seid Ihr nach dem missglückten Attentat auf Gyle so spurlos verschwunden?« Als keine Antwort kam, seufzte Sindon. »Dann habt Ihr Euch diesmal tatsächlich mit ihm überworfen?«

Elena starrte ins Leere und wünschte, Sindon würde sie einfach in Ruhe lassen. Sie wollte es so schnell wie möglich hinter sich bringen. Die Vergewaltigung und ihren qualvollen Tod.

Sie hatte immer gewusst, dass ihr Leben auf diese Weise enden würde. Das gehörte nun mal zum Spiel.

Sindon dachte nicht daran, sie in Ruhe zu lassen. »Dieser Junge, Kazim Makani, Ihr wisst, was er ist, nicht wahr? Er ist ein Dokken. Er hat Antonin Meiros ermordet und seine Seele getrunken, und jetzt strotzt er nur so vor Kraft. Aber das wisst Ihr wohl ebenfalls bereits. Wolltet Ihr ihn zu Eurem Schoß-hündchen machen, zu Eurem Gehilfen, um Euch an Gyle zu rächen?«

Nein. Ich habe ihn einfach so aufgelesen, aus purer Neu-gierde, aber dann wurde mehr daraus. Niemals hätte sie diese Worte laut ausgesprochen, aber es war die Wahrheit. *Was ist besser: eine törichte Liebe oder nie wirklich zu lieben?* Aber darum ging es nicht mehr, auch das wusste sie. Es war nur eine weitere müßige Frage, eine der nie wahr gewordenen Möglich-keiten auf ihrem langen, mühevollen Weg, der nun in einem namenlosen Grab enden würde. Oder in einem Festmahl für die Schakale.

Die Tür knarrte ein weiteres Mal, und Gatoz trat ein. Allein bei seinem Anblick schreckte Elena schon zurück.

Gatoz bedeutete Sindon mit einer unmissverständlichen Geste, dass er verschwinden sollte.

Der Magister warf Elena einen letzten kalten Blick zu und ging.

Gatoz verriegelte die Tür hinter ihm und stellte sich vor die Pritsche. Er hatte noch kein einziges Wort gesagt, und die-ses Schweigen machte Elena noch mehr Angst, als jede Dro-hung oder Beschimpfung es gekonnt hätte. Männer, die re-deten, konnte man umstimmen, aber Gatoz gehörte nicht zu diesem Schlag: Er war genauso fanatisch wie pragmatisch, ein Mann, für den lediglich das Ergebnis zählte. Für ihn heiligte der Zweck nicht nur alle Mittel, die Mittel waren ihm vollkommen egal. Bei den Kirkegar war sie solchen Kerlen begegnet, und selbst damals hatten sie ihr das Blut in den Adern gefrieren lassen.

Er zog ein langes, bizarr geschwungenes Messer aus dem Gürtel. Die polierte Klinge schimmerte im Kerzenschein, als er den Saum ihres Nachtgewands damit anhob. Eine schiere Ewigkeit lang betrachtete er ihre Scheide, dann hob er die kleinen, harten Augen. Elena konnte förmlich spüren, wie sein Blick über ihren Körper wanderte. Sein Hass und seine Verachtung waren ihm ebenso deutlich anzusehen wie seine brutale Kraft. Er würde ihr wehtun, sehr, sehr wehtun, und es auch noch genießen.

»Ihr müsst das nicht tun«, sagte sie in seiner Sprache und versuchte, Stolz und Flehen gleichermaßen in ihre Stimme einfließen zu lassen, an sein Gewissen zu appellieren, falls er denn eines hatte.

»Oh doch, das muss ich«, erwiderte er leise, beinahe sachlich. »Es wird von mir erwartet, und es ist absolut notwendig.«

Er kam näher heran, drückte Elenas Oberschenkel auseinander und roch an ihrer Scheide. Dann schob er ihr Nachtgewand hoch bis über die Brüste, musterte ihre Bauchmuskeln, betastete sie mit dem Griff seines grässlichen Dolchs. »Lass mich dir erklären, warum: Als wir versuchten, Kazims plötzliches Verschwinden aufzuklären, haben wir mit vielen Jhafi gesprochen. Und alle haben sie nur in den höchsten Tönen von dir geredet, weil du geruht hast, dich auf ihre Seite zu schlagen. Ich habe kleine Mädchen gesehen, schreiend und mit Stöcken bewaffnet sind sie durch die Straßen gerannt und haben Alhana gespielt, die weiße Hexe. Sie wollten tatsächlich wie du sein.«

Und recht haben sie, dachte Elena, konnte den Blick aber nicht von der Klinge losreißen, die nun mit der Spitze über ihren Bauch strich.

»Du bist eine Krankheit, Alhana. Im Kalistham ist sehr genau beschrieben, was sich für eine Frau gehört. Gegen diese Regeln zu verstoßen und durch das eigene Beispiel andere zu ermutigen, das Gleiche zu tun ... allein das genügt schon. Dass du eine Magi bist, eine Weiße und eine gottlose Heidin, macht es umso wichtiger, dich vor aller Augen zu erniedrigen. Jede Frau soll erschauern, wenn sie an dein Schicksal denkt. Und dafür werde ich sorgen.«

Der schwelende Hass in seiner nüchternen Stimme machte alles nur noch schlimmer. Nackte Angst stieg in Elena auf. Gatoz sah es tatsächlich als einen göttlichen Auftrag, sie zu vernichten.

»Was ...?« Sie verstummte, konnte die Frage nicht zu Ende sprechen. Schließlich wusste sie auch so, was kommen würde.

Er hielt ihr die Klinge unter die Nase. »Heute Nacht werde ich mit dir machen, was noch niemand mit dir gemacht hat. Die einzig angemessene Haltung für eine Frau ist, mit gespreizten Beinen auf dem Rücken zu liegen. Die einzigen Laute, die dir über die Lippen kommen, werden ein Lobpreis meiner Männlichkeit sein und Lustschreie. Du wirst dein Becken für mich bewegen, wie es sich für eine Hure wie dich gehört, und du wirst zum Höhepunkt kommen, wenn ich es tue. Tust du es nicht, werde ich dir mit diesem Dolch hier etwas abschneiden. Deine Ohren vielleicht oder die Nase. Vielleicht auch die Kopfhaut oder die Augen. Du brauchst sie nicht, um Kinder für die Hadischa zu gebären.«

Oh Kore, bittebittebitte, hilf mir, lass mich nicht so enden ...

»Und wenn ich mit dir fertig bin, werden wir dich als abschreckendes Beispiel durch Javons Städte schleifen, damit alle Amteh-Mädchen wissen, was mit Frauen passiert, die versuchen, sich über die ihnen bestimmte Rolle zu erheben.« Er spießte sie förmlich auf mit seinem Blick. »Soll ich dir jetzt erklären, was passiert, wenn du dich wehrst?«

Elena schüttelte stumm den Kopf. Sie zitterte am ganzen Körper, hatte ihre Panik kaum noch unter Kontrolle.

»Gut.«

Gatoz legte den Dolch auf das Tischchen neben der Pritsche und öffnete in aller Seelenruhe seine Gürtelschnalle.

Kazim starrte durch das versiegelte Fenster in die Nacht. Sobald er versuchte, es zu öffnen, loderten kleine Blitze auf und schlugen seine Hand weg.

Denk an deine Zukunft.

Wie sah sie jetzt aus, seine Zukunft? Wollte er weiterhin ein Spielzeug mächtiger Männer sein, die ihn nach Gutdünken belohnten oder bestraften? Männer, die eine Frau, die dieselben Ziele verfolgte wie sie, zur Sklavin machten, um noch mehr kaltblütige Mörder wie sie selbst in die Welt zu setzen? Männer, die ihn manipulierten und seinen Geist umgekrempelten, damit er ihnen gehorchte? Männer, die ihre Macht in die Wiege gelegt bekommen hatten und dennoch umherstolzierten, als müsste man sie dafür wie Götter verehren?

Gatoz und Rashid sind keinen Deut besser als die rondelmarischen Magi.

Er konnte Elenas Gesicht nicht aus seinen Gedanken verbannen, diesen letzten Blick, verraten und hilflos. Sie, die noch nie in ihrem Leben hilflos gewesen war. Dazwischen flackerten immer wieder Erinnerungen an die gemeinsamen Trainingseinheiten auf, an Elenas aufrechte Haltung, ihre katzenhaften Bewegungen. An eine stolze Frau, alles andere als hilflos.

Ich habe Ramita verloren, ich will Elena nicht auch noch verlieren.

Kazims Gedanken wanderten weiter zu Gatoz und dem, was

er ihr antun würde. Es war unerträglich. Heiß-kalter Schweiß trat ihm auf die Stirn. Kazim tastete nach einer Waffe, irgendeiner, aber natürlich hatten sie ihm alles abgenommen.

So sieht also das Vertrauen aus, das sie in mich setzen …

Die Tür leuchtete kurz auf, und Kazim hörte, wie der Riegel zurückgeschoben wurde. Er hoffte inständig, dass es Jamil war, der sich umentschieden hatte, aber es war Haroun. *Beistand für meine Seele*, dachte er sarkastisch und erschrak. Halb rechnete er damit, dass Ahm ihn sofort für diese Lästerung strafte, doch nichts geschah. Er hörte lediglich, wie Haroun leise zu jemandem sprach und dann die Kemenate betrat. Als die Tür sich wieder schloss, flammten die Wächter ein zweites Mal auf, und Haroun kam vorsichtig näher.

»Kazim, mein Bruder«, sagte er, fasste ihn bei den Schultern und küsste ihn auf beide Wangen. Er wirkte aufrichtig bestürzt. »Was hat die Jadugara mit dir gemacht?«

Kazim schüttelte den Kopf. »Nichts.«

Haroun schaute ihn besorgt an. »Bruder, ich bezweifle, dass du überhaupt merkst, wie sehr du dich verändert hast, aber ich muss es dir sagen: Du bist nicht mehr der, den wir lieben.«

Kazim ignorierte seine Worte. »Kann eine Nefara erlöst werden?«

Haroun hob kurz die Augenbrauen, dann legte er die Stirn in tiefe Falten, wie er es immer tat, wenn er über schwierige theologische Fragen nachdachte. »Selbstverständlich gibt es Erlösung für eine Amteh, aber ich denke, du sprichst von der Jadugara, dieser Alhana, nicht wahr?« Er lächelte traurig. »Nein, mein Bruder. Für die Brut Shaitans ist kein Platz in Ahms Reich.«

»Aber du hast gesagt, dass Ahm alle seine Geschöpfe liebt …«

»Seine Geschöpfe, ja, aber nicht die Kinder Shaitans. Sie sind geringer als der Staub auf den Feldern, Kazim, geringer als die Hinterlassenschaften einer Kuh am Wegrand. Sie sind Mensch gewordener Schmutz. Und mit einem solchen Wesen hast du die letzten Monate verbracht.«

Kazim nickte langsam. Er sah, dass die Messerscheide an Harouns Gürtel leer war. Ein weiterer Beleg dafür, wie sehr sie ihm misstrauten. Ihm wurde kalt.

»Ich werde für dich sprechen, Kazim«, sagte der junge Schriftgelehrte sanft. »Gatoz wird verstehen, dass du verhext wurdest. Ich nehme an, du wirst nicht einmal ausgepeitscht werden. An der rondelmarischen Hure wird er selbstverständlich ein Exempel statuieren und sie für ihre Niederträchtigkeit bestrafen, sie verstümmeln wahrscheinlich. Kinder kann sie deshalb immer noch gebären.«

Kazim schluckte die Galle hinunter, die ihm in die Kehle gestiegen war. »Danke, Haroun«, krächzte er. »Jetzt ist mir alles klar.« *Glasklar.*

»Ich bin hier, um zu dienen und zu helfen, Kazim«, erwiderte er ein wenig stolz. »Magister Sindon wird dich bald aufsuchen und deinen Geist untersuchen. Wenn die Jadugara dich nicht zu schlimm verhext hat, kann er es vielleicht noch hier an Ort und Stelle wieder rückgängig machen.«

Kazim legte dem schmächtigen Gelehrten einen Arm um die Schulter. »Danke, dass du gekommen bist«, sagte er leise.

Haroun strahlte, dann brach Kazim ihm mit einer blitzschnellen Bewegung das Genick.

Es gab ein leises Knacken, das Lächeln verschwand aus Harouns Gesicht, dann wurden seine Augen glasig, und er sackte zusammen. Kazim fing ihn auf, legte die Leiche leise auf den Boden und atmete ein. Harouns Seele schmeckte nach Rauch, trocken, dann strömten die Erinnerungen des Toten auf ihn ein:

Ein gefühlskalter Vater und eine überbehütende Mutter. Gewalttätige Brüder und eine Schwester, die hübscher war, als gut für sie war. Dann die Flucht von zu Hause und der Dom-al'Ahm, wo er zu Füßen der Schriftgelehrten den Kalistham studierte und doch nichts anderes gesucht hatte als ein neues Zuhause, jemanden, bei dem er unterkommen konnte. Eine Vergewaltigung durch zwei Soldaten in einer dunklen Gasse. Die Abschlussprüfung, das Lob seiner Lehrer, der plötzliche Aufstieg und wieder die beiden Soldaten, eines Verbrechens angeklagt, das sie gar nicht begangen hatten. Ihr Tod am Kreuz, die Verlockungen wachsender Macht und schließlich, wie er auf einen vielversprechenden Kandidaten für die Hadischa angesetzt wurde, einen jungen Keshi aus Aruna Nagar, der so schnell laufen konnte wie der Wind ...

Kazim schluckte und spürte, wie die Gnosis in seinem Innern alles aufsaugte. »Danke, Bruder«, wiederholte er mit unendlicher Bitterkeit in der Stimme. Alles, was Haroun ihm je erzählt hatte, war Lüge gewesen. »Danke für alles.«

Und damit hörte Haroun auf zu existieren. Sein Bewusstsein hatte sich in pure Energie verwandelt, die Kazim sich nun einverleibte und mit der er seine Gnosis auffüllte, die nur darauf wartete, von der Leine gelassen zu werden.

Er zerrte den Leichnam in die Ecke neben der Tür, dann wusch er sein Gesicht in der Wasserschale auf dem kleinen Tischchen, sammelte sich und stellte sich den Grundriss des alten Klosters vor. Es war nicht schwer zu erraten, wo sie Elena hingebracht hatten: in den Keller, in den Lagerraum mit der schweren Tür. Der Saphir an Kazims Hals schimmerte wie ein nicht eingelöstes Versprechen.

Was die Hadischa ihm beigebracht hatten – sich lautlos zu bewegen, mit bloßen Händen zu töten – und was Elena ihn über die Gnosis gelehrt hatte, verschmolz zu einem tödlichen Ganzen. Kazim hatte nie etwas anderes gewollt, als seinen

Geist und Körper vor den Angriffen anderer Magi schützen zu können, doch nun würde er das Gelernte einsetzen. Nicht besonders geschickt vielleicht, aber wirkungsvoll.

Er hatte die Tür gerade erreicht, als die Wächter erneut aufflackerten und der Bolzen von außen bewegt wurde. Kazim glitt zur Seite und versteckte sich hinter der aufschwingenden Tür. Dann packte er eine Kerze aus einem Wandhalter und drückte sie aus.

Jemand kam herein. Es war Magister Sindon, der seine Seele untersuchen sollte. »Haroun, bist du fertig mit …?«

Ja. Haroun ist fertig.

Kazim lud die Kerze mit Gestaltgnosis auf, damit sie ihre Form behielt, dann sprang er vor und rammte sie dem arglosen Sindon ins linke Auge, bis der Schädelknochen Kazims Faust stoppte.

Der Magus schnappte erschrocken nach Luft und brach tot zusammen.

Noch in derselben Bewegung stürzte Kazim sich auf den Magus, der die Tür bewachte. Er ging kein Risiko ein und streckte ihn mit einer Entladung nieder, die ebenso heftig war wie die im Fluss, als er sich beim Fischen beinahe selbst getötet hatte. Der Blitz durchschlug die Schilde des Hadischa, sein matter Metallharnisch glühte weißgolden auf, dann fiel er zuckend zu Boden.

Eine unschuldige Frau war in einem Käfig gehalten worden, damit er gezeugt werden konnte. *Eine Frau wie Elena.* Kazim hatte es die ganze Zeit über gewusst, aber sich nie klargemacht, was es in letzter Konsequenz bedeutete. Er tat es jetzt, während er der immer noch schwelenden Leiche Säbel und Dolch abnahm und die Waffen mit seiner eigenen Gnosis anfüllte. Dann huschte er den Flur entlang. Er musste Gatoz aufhalten.

Bis zur Treppe ging alles gut, da hörte er plötzlich Schritte.

Kazim duckte sich hinter einen schmalen Durchgang und wartete, bis der Hadischa vorbei war, dann stieß er ihm den Dolch zwischen Schulterblatt und Wirbelsäule hindurch direkt ins Herz, während er ihm mit der freien Hand den Mund zuhielt. In einem letzten Reflex biss sein Opfer ihn in die Hand, so fest, dass die Zähne fast den dicken Stoff des Umhangs durchschnitten, den Kazim sich als Schutz über die Finger gelegt hatte. Kazim zog die Leiche auf den Abort. Noch bevor er die Tür hinter sich schließen konnte, roch er, wie sich Blase und Darm des toten Hadischa entleerten. Er wusste nicht, wer der Mann gewesen war oder ob er ihm vielleicht schon einmal begegnet war. Er war einfach im Weg gewesen. Einen Moment lang fragte er sich, ob er auch diese Seele aufsaugen sollte, doch er merkte, dass es gar nicht nötig war. Eine einzige Seele – egal wessen – schien bereits zu genügen, um seine Gnosis wieder aufzufüllen.

Kazim schlich weiter Richtung Küche, wo sich, dem Lärm nach zu urteilen, im Moment die meisten der Hadischa aufhielten. Essensduft stieg ihm die Nase, vermischt mit Stimmengewirr und dem Geklapper von Geschirr. Wenn er in den Keller wollte, musste er hier vorbei. Kazim schlug die Kapuze hoch und hoffte, dass niemand in seine Richtung schauen würde, wenn er an der offenen Tür vorbeiging.

Niemand schaute.

Endlich erreichte er die Wendeltreppe, die hinunter zu den Lagerräumen führte. Er eilte nach unten, blieb am Fuß der Treppe abrupt stehen und spähte um die Ecke. Seine Vorsicht wurde belohnt: Etwa fünfzehn Schritt entfernt stand ein weiterer Hadischa, offensichtlich ebenfalls ein Magus, denn er balancierte seinen Dolch auf der Fingerspitze und ließ ihn wie einen Kreisel um die eigene Achse wirbeln, einmal in die eine Richtung, dann wieder in die andere. Hinter ihm war eine verriegelte Tür.

Kazim konzentrierte sich und schlug zu.

Der Mann bekam nicht einmal mit, was geschah. Gerade eben noch hatte der Dolch sich in seiner Hand gedreht wie ein Spielzeug, da griffen unsichtbare Gnosisfinger nach der Waffe und rammten sie ihm in den Hals. Die Wucht des Schlags katapultierte ihn rücklings gegen die Wand, an der er kraftlos zu Boden glitt. Blutblasen quollen ihm aus dem Mund, sein Blick wanderte zu Kazim, während er versuchte, die Wunde zu verschließen, doch Kazim war noch nicht fertig mit ihm. Mit aller Kraft trieb er den Dolch noch tiefer hinein, bis er spürte, dass das Rückenmark durchtrennt war. Die Augen des Hadischa verloschen, noch bevor der Blutstrom aus der klaffenden Wunde mit einem letzten Tröpfeln versiegte.

Kazim stieg über die Leiche hinweg und legte vorsichtig eine Hand auf die Tür, spürte die Wächter, mit denen sie versiegelt war. Sie waren stark, aber nicht so stark wie die eines Aszendenten – und somit nicht stark genug. Er ließ seine Gnosis in das Holz strömen, wie Elena es ihn gelehrt hatte, und war selbst überrascht, wie schnell sich die Wächter mit einem leisen Plopp! auflösten.

Elenas Lider waren geschlossen, als die Tür aufflog. Sie riss die Augen auf und sah eine verhüllte Gestalt hereinjagen.

Gatoz, eben noch mit seinem Gürtel beschäftigt, schaffte es irgendwie, seine Waffe zu ziehen, da schlugen die Klingen schon funkensprühend gegeneinander. Er erzitterte unter der Wucht des Schlages und wurde mit dem Rücken gegen die Wand geschleudert, wo er mit einem lauten Krachen aufschlug. Doch der Hauptmann der Hadischa war noch nicht erledigt. Mit der linken Hand schoss er einen Feuerstrahl auf den Angreifer ab, der sich blitzschnell nach hinten wegduckte. Als er wieder hochkam, verrutschte die tief ins Gesicht gezogene Kapuze. Es war Kazim. Rasend vor Wut. Mit funkelnden Augen fletschte er die Zähne, und zum ersten Mal, seit sie wieder bei Bewusstsein war, verspürte Elena so etwas wie Hoffnung – und Stolz auf ihren Blutsbruder.

Kazim stürzte sich auf Gatoz, griff ihn mit Klinge und Gnosis gleichzeitig an, sodass der Hadischa kaum wusste, wo er seine Schilde konzentrieren sollte. Das Klirren von Stahl auf Stahl hallte durch den Raum.

Beide Kontrahenten waren stark und schnell wie der Wind, beide waren ausgebildete Kämpfer und in der Gnosis unterwiesene Magi, aber Kazim hatte monatelang mit Elena geübt und hart an sich gearbeitet. Der Unterschied zwischen dem Jungen, der er einst gewesen war, und dem Mann, zu dem er geworden war, war überdeutlich: Während Gatoz mit der rohen Kraft eines Bullen kämpfte, tanzte Kazim. Seine Gnosisattacken mochten nach wie vor ungeschickt sein, aber seine Verteidigung war es nicht, die Bewegungen fließend wie Wasser und unfassbar schnell. Als Gatoz erneut versuchte, ihn mit Feuer zu erwischen, wehrte Kazim mit einer Leichtigkeit ab, die den Hadischa zutiefst erstaunte – aber Elena nicht. Sie wusste, wer diesen Kampf gewinnen würde. Dennoch dauerte es zu lang. Schon hörte sie Schreie von draußen und das Trampeln von Stiefeln.

»Kazim«, brüllte sie, »sie kommen!«

Kazim setzte nach, deckte den immer schwächer werdenden Gatoz mit Schlägen ein, doch sein ehemaliger Hauptmann war kein Narr. Statt weiterhin erfolglos zu versuchen, ihn zu überwältigen, wich er immer weiter zurück und wartete auf seine Männer. Gatoz stand schon fast mit dem Rücken zur Wand, da wurden die näher kommenden Schritte plötzlich leiser. Die herbeigeeilte Unterstützung wusste offensichtlich, dass Vorsicht geboten war, trotzdem konnte es nur noch Sekunden dauern, bis sie da waren.

Elena verfluchte ihre Ketten und schrie: »Kazim, hol mich hier raus!«

Kazim überlegte nicht lange und streckte die linke Hand in ihre Richtung.

Elena spürte, wie ihre Pritsche erfasst wurde. Wie von einem Wirbelsturm wurde sie in die Luft gehoben und raste auf den Eingang zu, durch den gerade zwei Hadischa hereingestürmt kamen. Der vordere wurde vom Gestell an der Wand zerquetscht, der zweite mit solcher Wucht gegen seine Kameraden geschleudert, als hätte eine Kutsche ihn erfasst. Elena sah noch die verdutzten Gesichter, hörte die Schreie, dann übertönte der Knall von berstendem Holz jedes andere Geräusch. Um ein Haar hätte sie sich bei dem harten Aufprall die Schulter ausgekugelt, aber Kazims brutaler Befreiungsschlag hatte funktioniert: Die Pritsche lag in Trümmern, sie konnte sich endlich wieder bewegen, auch wenn nach wie vor die Ketten von ihren Hand- und Fußgelenken baumelten.

Sie blickte sich um, sah Gatoz' Dolch auf dem Boden liegen und riss ihn genau in dem Augenblick hoch, als der nächste Hadischa über das zerschmetterte Pritschengestell hinwegsprang.

Mit gespreizten Beinen landete er direkt über ihr und stieß sofort mit dem Säbel zu.

Elena rollte sich zur Seite und durchtrennte mit einem Sichelschlag die Achillessehne des Angreifers. Der Hadischa ging sofort zu Boden, dann rammte sie ihm die Klinge ins Herz. Da hörte sie einen weiteren Aufschrei und fuhr herum.

Als Kazim Elena befreit hatte, war er kurz abgelenkt gewesen, und Gatoz hatte die Gelegenheit nicht ungenutzt verstreichen lassen: Die Spitze seines Säbels steckte in Kazims Hüfte. Der Hauptmann knurrte triumphierend, da packte Kazim die Klinge – und hielt sie fest.

Gatoz schaute ihn ungläubig an, doch was Kazim tat, war nur logisch: Sein Säbel steckte in Kazims Seite fest, sodass der Hauptmann praktisch unbewaffnet war, als Kazim ihm den eigenen Säbel unter dem Rippenbogen hindurch in die Brust stieß. Gatoz' Knie gaben nach, er ließ den Säbelgriff los.

Elena konnte förmlich spüren, wie er gegen die Dunkelheit ankämpfte, die sich über sein Bewusstsein senkte. *Stirb, du Schwein*, dachte sie noch, da sah sie aus dem Augenwinkel den nächsten Hadischa heranpreschen.

Verwirrt und unentschlossen, als hielte ein innerer Konflikt ihn zurück, blickte er sich um. Erst als er Elena entdeckte, erwachte er aus seiner Starre.

Wenn ich nur meine Gnosis hätte, verdammt! Um den Dolch aus der Brust der Leiche neben ihr zu ziehen, blieb keine Zeit, also riss sie unter fürchterlichen Schmerzen in der Schulter die Kette hoch und schwang sie über dem Kopf. Dann schlug sie zu.

Der Hadischa fing den Peitschenhieb mühelos mit dem Säbel ab.

Genau das hatte Elena gewollt. Die Kette wickelte sich um die Klinge, dann riss sie mit aller Kraft daran.

Der Hadischa geriet ins Taumeln und versuchte lauthals fluchend, seine Waffe wieder freizubekommen, da war Kazim bereits über ihm und stach ihn nieder. Einer der nachfolgenden Angreifer sah es und taumelte erschrocken zurück.

Das verschaffte Kazim gerade so viel Zeit, wie er brauchte, um Gatoz' Säbel aus seiner Seite zu ziehen. Blut spritzte aus der Wunde, doch Kazim ignorierte den Schmerz und wandte sich sofort wieder zur Tür, wo der Angriff der Hadischa ins Stocken gekommen war. Ein Flammenstrahl schoss aus seinen Händen.

Elena duckte sich unter der sengenden Hitze weg, die von dem Feuerschwall ausging, hörte die entsetzten Aufschreie der

Hadischa draußen auf dem Flur und dann, wie sie einer nach dem anderen zu Boden krachten. Dicker Rauch hing in der Luft, und es stank entsetzlich nach verbranntem Fleisch.

»Kaz«, rief sie hustend, »wir müssen hier raus! Der Rauch …«

Kazim beachtete sie nicht. Er war ganz auf den Verblutenden zu seinen Füßen konzentriert. »Bruder«, flüsterte er beinahe entschuldigend, »es tut mir leid.«

»Du hast dich auf ihre Seite geschlagen«, stöhnte der andere leise. »Wage es nie wieder, mich Bruder zu nennen.«

Kazim schloss einen Moment wie in Trauer die Augen, dann küsste er den Sterbenden auf den Mund.

Elena erschauerte bis ins Mark, als sie begriff, was sie da sah: einen Dokken, der eine Seele verschlang. Als Kazim sich ruckartig aufrichtete und mit glasigen Augen um sich blickte, als wüsste er mit einem Mal nicht mehr, wo er war, wagte sie kaum, sich zu bewegen.

Kazim blinzelte, seine Augen wurden wieder klar, dann war er wieder er selbst. Er sprang auf Elena zu, hob sie hoch wie ein Kind und nahm sie in die Arme. Elena hielt sich zitternd an ihm fest, spürte seine schweißnasse Haut und den rasenden Puls, während er ihnen mit Luftgnosis einen Korridor durch den beißenden Rauch bahnte.

Das Kloster lag in eigenartiger Stille, als Kazim sie sanft auf ihrem Bett ablegte. Seit der sterbende Hadischa ihm die Blutsbruderschaft aufgekündigt hatte, hatte Kazim kein einziges Wort mehr gesprochen. *Er hat es für mich getan.*

»Kaz?«, fragte sie leise. »Alles in Ordnung?«

Kazim starrte sie an, als sähe er sie zum ersten Mal im Leben. Seine Augen verengten sich bedrohlich, und Elena musste sich zusammenreißen, um nicht erschrocken aufzuspringen. »Hast du mich verhext, damit ich dich liebe?«, knurrte er. Seine Lippen bebten, und die Hände zitterten, als wäre er kurz davor, sie zu schlagen.

Was redet er da? »Haben sie dir *das* erzählt? Kazim, vier Monate lang haben wir miteinander gestritten wie Katze und Hund! Die Hälfte der Zeit haben wir damit verbracht, uns anzuschreien, und die andere, uns gegenseitig grün und blau zu schlagen. Klingt das für dich nach Liebe?«

Er fixierte sie kalt, dann wurden seine Augen feucht. »Nein«, stammelte er. »Tut es nicht.«

Elena wusste selbst nicht, wie ihr geschah, aber plötzlich musste sie lachen. »Eigentlich stehe ich ja eher in dem Ruf, denkbar schlecht darin zu sein, andere für mich einzunehmen …«

»Das bist du«, erwiderte Kazim tonlos und drehte sich weg. »Aber erklär mir eins: Wie kommt es dann, dass ich soeben meinen Blutsbruder für dich getötet habe?«

Elenas Herz setzte einen Schlag lang aus. Ein beinahe schmerzhaftes Bedürfnis überkam sie, Kazims Seele reinzuwaschen von all dem Blut, das er vergossen hatte, von all dem Tod, der an ihm klebte wie Pech. Doch alles, was sie tun konnte, war, sich in ihrem blutverschmierten Nachtgewand an ihn zu klammern und zu versuchen, nicht selbst in Tränen auszubrechen.

Irgendwann, Elena konnte nicht sagen, wie viel Zeit vergangen war, holte Kazim ein sauberes Gewand aus dem kleinen Schränkchen und reichte es ihr. Als sie sich umzog, schaute er weg.

»Ich war so ein Narr«, stammelte er. »Ich habe geglaubt, sie würden dich mit offenen Armen empfangen, weil du uns gegen Gyle zur Seite stehst. Stattdessen haben sie einen Handel mit ihm abgeschlossen.«

Tatsächlich? Gurvon, du verschlagenes Dreckstück!

»Hat Gatoz …?«

Elena schüttelte den Kopf. »Du bist gerade noch rechtzeitig gekommen. Als wären meine Gebete erhört worden.«

Kazim zuckte zusammen, als er das Wort »Gebet« ausgerechnet aus Elenas Mund hörte. »Haben sie dir sonst etwas angetan?«

»Sindon hat mich mit einer Kettenrune belegt. Und die geht nicht einfach weg, nur weil der, der es getan hat, tot ist.« Elena nahm seine Hand und führte sie an ihr Brustbein. »Du musst in meinen Geist greifen und die Rune zerbrechen. Wahrscheinlich wirst du mich dabei verletzen, aber nicht schwer. Ich werde mich schnell wieder erholen.«

Kazim schloss die Augen und legte beide Hände auf ihren Brustkorb.

Elena fühlte, wie sich seine Gnosis nach der Rune streckte, sie umklammerte und mit roher Kraft zertrümmerte. Dann spürte sie eine Druckwelle in ihrem Innern wie von einer Explosion, einen stechenden Schmerz, der aber schnell verdrängt wurde vom Fluss der Heilgnosis, der sofort wieder einsetzte und sie mit neuem Leben erfüllte wie Wasser ein ausgetrocknetes Flussbett.

»Danke«, flüsterte sie und genoss in vollen Zügen das Gefühl, endlich wieder frei zu sein. »Danke für alles.«

Kazim drückte ihre Schulter und stand auf. »Es waren noch nicht alle. Ich muss die anderen aufspüren und töten.«

»Warte. So kannst du nicht gehen.«

Als Erstes stoppte Elena die Blutung an Kazims Hüfte und versiegelte die Wunde. Dann goss sie etwas Wasser in eine Schale und schickte ihre Geistfühler aus. In Windeseile ging sie alle Treppen, Zimmer und Flure durch und suchte nach Hinweisen auf Leben.

»Nichts«, sagte sie schließlich. »Entweder sind sie geflohen, oder sie benutzen Deckrunen.«

»Ich muss nachsehen«, erwiderte er mit kaltem Blick, doch Elena hielt ihn zurück.

»Kazim, ich weiß nicht … ich habe nicht einmal Worte für das, was du für mich getan hast …«, stotterte sie. »Du hast mich gerettet, und ich weiß nicht einmal, weshalb.«

Kazim sagte nichts.

Er hat es getan, weil er dich liebt, du blindes Weib.

»Was Gatoz dir antun wollte …«, begann er schließlich. »Es war falsch, doch keiner von ihnen hat eingegriffen, nicht einmal Jamil. Ich musste ihn aufhalten.« Er wandte das Gesicht ab. »Wie können Menschen, die so etwas tun, behaupten, sie würde gegen das Böse kämpfen? Man kann ein beflecktes Laken nicht mit Blut reinwaschen.«

Die Worte klangen wie ein Sinnspruch aus dem Kalistham, aber Elena hätte es nicht besser ausdrücken können.

»Ich hasse die Kriegszügler und alles, was sie uns antun«, sprach er weiter, »aber der Weg, den die Hadischa eingeschlagen haben, ist falsch. Sogar unser eigenes Volk fürchtet sich vor uns. Es muss eine andere Möglichkeit geben, sich gegen die Rondelmarer zu wehren. Ich habe immer geglaubt, die Fehde wäre rein, etwas Heiliges und Gutes, aber das ist sie nicht. Sie ist verdorben, vielleicht von Anfang an. Unschuldige zu töten kann nicht der Weg sein, in Ahms Paradies einzugehen.«

Elena drückte seine Hand. »Wenn es dein Wunsch ist, entbinde ich dich von deinem Schwur, Kazim. Dann bist du frei und kannst in deine Heimat zurückkehren.«

»Ich habe keine Heimat mehr«, entgegnete er. »Du bist jetzt mein Zuhause.«

Du bist jetzt mein Zuhause. Elena stand auf und schlang die Arme um ihn, während sie mit den Tränen kämpfte und Kazim ihr über die Haare strich und ihr kindliche Versprechungen zuflüsterte, sie bis ans Ende aller Zeiten zu beschützen.

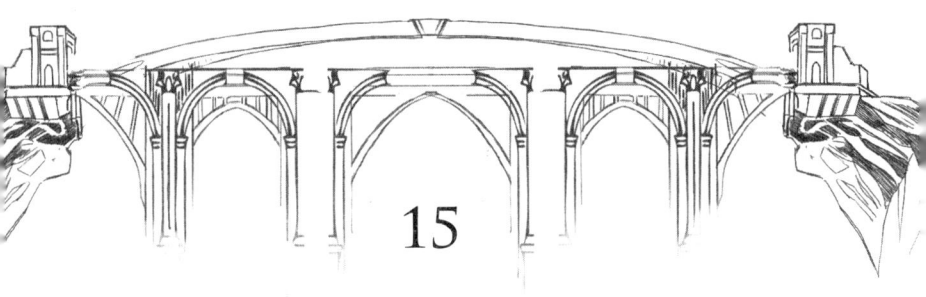

15

KÖPFE WERDEN ROLLEN

MORPHISMUS

Morphismus vermag den löblichsten Absichten zu dienen, er kann unser Leben verlängern, uns stärker und schneller machen oder auch schöner. Dies alles hilft, den Menschen zu vervollkommnen. Aber weshalb unterweisen wir junge Magi darin, die Gestalt eines anderen anzunehmen, wo dies doch so offensichtlich keinem anderen Zwecke dienlicher ist als dem Verbrechen?

SENATOR RANN DEVEREU, RECHTSGELEHRTER, PALLAS 776

Zwei Soldaten hielten Cera mit ihren gepanzerten Handschuhen an den Armen gepackt und führten sie vom Kerker hinauf in den Palast. Überall standen Bewaffnete, dazwischen ein paar Höflinge der Dorobonen – Leute aus Octas Gefolge, nicht aus Francis'. Stundenlang hatte sie in ihrer Zelle ohne Wasser oder etwas zu essen ausgeharrt, ihr war schwindlig und übel. Nur am Rand ihres Bewusstseins registrierte sie, wohin man sie gebracht hatte: in eine kleine Ratsstube im Erdgeschoss.

Die Lantrierin erwartete sie bereits. Als die Soldaten Cera endlich losließen, gaben ihre Knie nach, und sie schlug der Länge nach hin.

»Lasst uns allein«, fauchte die Magi, und die Soldaten gehorchten sofort.

»Ihr wart das«, knurrte Cera.

»In der Tat.« Die Frau grinste. »Ich, Hesta Mafagliou aus Lantris. Ich bin eine Magi, Mädchen, und du nur eine gewöhnliche Sterbliche. Mit deinesgleichen kann ich machen, was immer mir gefällt.«

Cera hob den Kopf. »Ich werde es ihnen sagen.«

»Wem denn?«, höhnte Hesta und verpasste Cera eine schallende Ohrfeige. »Du wirst den Mund halten, Mädchen, und genau tun, was ich dir jetzt sage.« Sie nahm Ceras Gesicht zwischen die Hände. »Sonst werde *ich* Octa Dorobon sagen, was du nachts mit Portia Tolidi treibst, und dann werdet ihr Seite an Seite sterben, du und deine kleine Safia.«

Ceras Protest erstarb ihr noch auf der Zunge. »Nein, bitte…«

Hesta schürzte die Lippen. Einen Moment lang sah es aus,

als verspürte sie tatsächlich so etwas wie Mitleid. »Glaub mir, Kleine, ich weiß, was du durchmachst. Auch mir wurde alles genommen, weil andere meine Liebe unnatürlich fanden. Das ist ungerecht, ja, aber was ist schon Gerechtigkeit? Das Leben ist ein ständiger Kampf. Wer gewinnt, gewinnt, wer verliert, verliert. So einfach. Ich würde ganz Urte entvölkern, wenn ich damit zurückbekommen könnte, was ich verloren habe.«

Cera versuchte, den Kopf wegzudrehen, aber die Lantrierin hielt sie mit der Kraft eines Tiefseekraken unerbittlich fest. »Und das, meine kleine Königin, wirst du vor dem Tribunal aussagen …«

Einige Zeit später kehrten die Soldaten zurück und schleiften Cera in den Ratssaal. Fast alle Anwesenden waren Männer, Gottessprecher der Amteh, Sollan-Priester, Eternalus Crozier und andere Würdenträger. Ein paar kannte sie. Acmed al-Istan, Mitglied ihres ehemaligen Regentschaftsrats, war unter ihnen, ebenso Drui Ivan Prato, Beichtvater ihrer Kindheitstage, aber die beiden starrten Cera nur an, als wären ihr über Nacht Hörner aus der Stirn gewachsen.

Als die Flügeltür hinter ihr zuschlug, erhob sich Eternalus Crozier. »Cera Nesti, du bist angeklagt, mit Gurvon Gyle, dem Mörder deines Vaters, Ehebruch begangen zu haben. Wie lautet dein Plädoyer?«

Ich bin unschuldig!, schrie es in ihr, doch alles, was aus ihrem Mund kam, war: »Schuldig«, in genau dem Tonfall, wie Hesta es ihr eingeschärft hatte. Noch mehr sprudelte aus ihr heraus, doch Cera wehrte sich nicht dagegen, hörte nicht einmal zu, wie sie mit tränenüberströmten Wangen von haarsträubenden Stelldicheins berichtete, die Hesta sich ausgedacht hatte.

»Du wirst ebenfalls beschuldigt, dich mit Gurvon Gyle gegen die Krone verschworen zu haben, um den Thron an dich zu reißen. Wie lautet dein Plädoyer?«

»Schuldig.«

Warum nicht? Wenn ich schon sterben muss, dann soll es Gyle auch erwischen.

Der Crozier nahm ihre Aussage ungerührt zur Kenntnis, nur Acmed bedachte sie mit einem vernichtenden Blick, und selbst der sanftmütige Ivan Prato verzog angewidert das Gesicht.

Mehr Worte brauchte es nicht. Das Gesetz der Amteh sah für Ceras Verbrechen Steinigung vor, doch der Bischof milderte das Urteil ab: Cera sollte »lediglich« enthauptet werden, wie es in Yuros in einem solchen Fall üblich war. Keiner der Anwesenden brachte auch nur ein Wort zu Ceras Verteidigung vor.

Doch zuerst mussten die Formalitäten erledigt werden. Den ganzen Nachmittag lang wurden Cera Dokumente zur Unterschrift vorgelegt, die es Octa Dorobon ermöglichten, sich ihrer Feinde zu entledigen. Cera bekannte sich zu geheimen Treffen mit Leuten, die sie noch nie gesehen hatte, von denen sie gerade einmal den Namen wusste. Die meisten waren Magi aus Gyles Umfeld oder Freunde von Francis. Es war jedoch auch ein Söldnerhauptmann namens Endus Rykjard darunter, was Cera einen Moment lang hoffen ließ, die Dorobonen könnten schon bald zu sehr mit abtrünnigen Söldnern beschäftigt sein, um sich um ihre Hinrichtung zu kümmern. Doch diese Hoffnung verblasste zusehends, je länger die Liste mit ausgedachten Anschuldigungen wurde. Schließlich tauchten sogar Namen von Beamten in Pallas auf, aber da war Cera längst alles gleichgültig. Sie gestand, was immer man von ihr verlangte. Als sie alles unterschrieben hatte, wurde sie zurück in ihre winzige Zelle gebracht.

Eternalus Crozier begleitete sie wortlos. Erst als er die Kerkertür öffnete, fragte er: »Möchtest du deine Sünden beichten, bevor du stirbst?«

»Ich bin eine Sollan«, erwiderte sie so gleichgültig sie konnte. »Euer Gott bedeutet mir nichts.«

Eternalus' Mundwinkel zuckten. »Dann wirst du bis ans Ende aller Zeiten in Hel schmoren. Der Henker kommt in einer Viertelstunde.«

Cera blinzelte. »Was? Aber das Gesetz…« Laut der javonischen Verfassung mussten zwischen Verurteilung und Vollstreckung drei Monate vergehen für den Fall, dass Beweise für die Unschuld eines Angeklagten auftauchten.

»Du bist des Gesetzes nicht würdig. Bereite dich auf deinen Tod vor.«

Die Damen Dorobon kamen zu zweit, Octa mit stolzgeschwellter Brust, Olivia ein hintendreintrottender Schatten. Gurvon war mit Ketten an die Wand gefesselt. Sein Gesicht war zu Brei zerschlagen, drei Rippen gebrochen, jeder einzelne Atemzug schmerzte. Seine Ohren klingelten immer noch von den unzähligen Schlägen, Blut und Rotz tropften ihm aus der Nase.

»Na?«, polterte Octa gut gelaunt. »Welch trauriges Ende, Magister Gyle. Seht Euch nur an! Aber seid unbesorgt, das geschundene Haupt kommt bald runter. Ich habe beschlossen, es kurz zu machen. Jede Sekunde, die Ihr am Leben seid, ist mir eine Qual. Die Tradition kann mir gestohlen bleiben. Ich will Euch tot sehen, und das so bald wie möglich.«

Auf ein Fingerschnippen Octas hin trat der Scharfrichter in die Zelle, die Axt bereits in der Hand.

»Muss ich zusehen, Mutter?«, fragte Olivia nervös.

»Ja, Liebes, musst du«, schnaubte Octa. »Nachdem du so eifrig sein Bett geteilt hast, kannst du jetzt auch ansehen, wie er stirbt.«

Olivia zog einen Schmollmund. »Es war rein körperlich,

Mutter, mit seinen Ränken hatte ich nichts zu tun. Er hat sie mir gegenüber nicht einmal erwähnt, nicht mit einem einzigen Wort!«

Gyle hörte die Furcht in ihrer Stimme überdeutlich.

»Selbstverständlich nicht. Ein Gurvon Gyle wird einer dicken dummen Gans wie dir wohl kaum seine intimsten Geheimnisse anvertrauen. Niemand würde das.«

»Oh, danke, Mutter.« Olivia schien den Tränen nahe, doch die Tränen waren bestimmt nicht für ihn, das wusste Gyle.

»Ist ja gut, Liebes.« Octa tätschelte ihre Wange. »Er hat dich nur benutzt, um Francis' Vertrauen zu gewinnen, während er sich mit dieser Nesti-Hexe gegen uns verschworen hat. Wenn er noch andere Geliebte hatte, werden wir sie finden und ebenfalls köpfen.«

Der Scharfrichter löste Gyles Fesseln. Seine Gnosis war mit einer Kettenrune gebannt und sein Körper eine einzige Wunde. Es bestand keinerlei Fluchtgefahr. Als die Ketten ihn freigaben, sank er kraftlos auf die Knie.

»Mit Gurvon zu schlafen macht eine Frau noch nicht zur Verräterin«, widersprach Olivia ängstlich.

»Wenn ich es will, schon, Liebes«, gurrte Octa.

An Octas Stimme hörte er, dass sie alles über ihn und Olivia wusste. Aber Olivia gehörte zur Familie, und für die Familie galten andere Gesetze.

Octa schnippte ein weiteres Mal.

Eine Wache mit einem Sack unter dem Arm trat ein und leerte den Inhalt auf die Steinfliesen. Zwei abgeschlagene Köpfe fielen klatschend zu Boden: Mathieu Fillon und der Magus, von dem Sordell Besitz ergriffen hatte. Gyle fragte sich gerade, ob Sordells Skarabäus nur noch ein schwarzer Fleck an der Wand war, da übertönte ein lautes Rumpeln alle seine Gedanken. Es kam von dem mächtigen, kreisrunden Holzblock, der gerade hereingerollt wurde. Er war blutverkrustet und hatte eine tiefe Kerbe in der Mitte.

Ein Richtblock. Gyle blinzelte ungläubig. *War es das jetzt? Nach all den Jahren und allem, was ich erreicht habe? Das kann nicht sein …*

»Walte deines Amtes«, knurrte Octa, nahm einen Beutel von ihrem Gürtel und hielt ihn dem Scharfrichter vor die Nase. »Wenn du seinen Kopf mit einem Schlag abtrennst, gebe ich ihn dir«, sagte sie und ließ die Münzen darin klimpern.

Die Wache zerrte Gyle vor den Block, drückte seinen Kopf auf das Holz und trat zurück.

Der Henker verneigte sich vor Octa und ging in Position. Gyle spürte, wie die Axt seinen Nacken kitzelte, als der Henker Maß nahm. *Nein,* sagte er sich. *Es muss irgendeinen Ausweg geben.* Er überlegte fieberhaft, aber sein schmerzender Kopf arbeitete viel zu langsam, die Gedanken wollten sich einfach nicht aneinanderfügen, geschweige denn etwas Brauchbares zutage fördern.

»Die Mater-Imperia will mich lebend«, wimmerte er schließlich.

»Nicht doch«, widersprach Octa fröhlich. »Sie selbst hat mir die Erlaubnis erteilt, gerade eben erst. Sie hat zu viel Respekt vor Euch und Euren Fähigkeiten, um Eure Hinrichtung noch weiter aufzuschieben.«

Dann wandte sie sich an den Henker. »Jetzt.«

Francis Dorobon saß allein auf seinem Balkon und fragte sich, was die Zukunft für ihn bereithalten mochte. *Ich bin der König. Ich bin immer noch der König.* An diesem Gedanken hielt er sich fest. *Aber Mutter wird wieder ihre Klauen nach mir ausstrecken.* Er wand sich innerlich. Ein paar wenige Wochen lang hatte er das Gefühl genossen, dass sein Leben endlich so verlief, wie er es sich immer erträumt hatte. Er war jagen gegangen, hatte mit seinen Freunden getanzt und getrunken, frei von allen Sorgen, wie es einem wahren Herrscher zustand. Und er hatte Portia, die schönste Frau auf ganz Urte, auch wenn es ihn ärgerte, dass sie sich für Cera ausgesprochen hatte. Was kümmerte es ihn, was dieses Nesti-Weibsstück mit Gurvon trieb, solange sie nicht schwanger von ihm wurde? Einen Dreck!

Aber Mutter sieht das anders … Dies war ihre Gelegenheit, das Rad der Zeit zurückzudrehen. Die watschelnde Tyrannin, die ihn sein Leben lang unter der Fuchtel gehabt hatte, schob ihn einfach beiseite und machte, was immer ihr passte. Genau wie es immer gewesen war.

Das ist alles Gyles Schuld. Er ist ein verfluchter Spion! Wie konnte er sich nur so dumm anstellen und erwischen lassen?

Eine unangenehme Erkenntnis drängte sich ihm auf, etwas, das er schon immer gewusst hatte: Niemand legte sich ungestraft mit seiner Mutter an. Der bloße Gedanke daran, sich ihr zu widersetzen, war Selbstmord. Gyle hatte den Tod verdient, wenn er das nicht kapierte. Francis würde ihn vermissen, seinen Rat und die Gespräche mit ihm, aber nicht Cera Nesti. Seine einzige Sorge war, was nach ihrer Hinrichtung passieren könnte. Das Haus Nesti existierte immer noch, und Francis bezweifelte, dass er genug Männer hatte, um sie endgültig zu vernichten.

Er versuchte, seine Ängste für den Moment beiseitezuschieben und an angenehme Dinge wie Portia zu denken, aber es klappte einfach nicht. Immer wieder drängte sich ihm dieselbe bedrückende Erkenntnis auf: Er hatte die Kontrolle über sein Leben wieder verloren und würde auf ewig unter der Knute seiner Mutter leiden.

»Mein König?«, unterbrach eine weibliche Stimme mit starkem südyurischem Akzent seine trübseligen Gedanken.

Francis fuhr zusammen. Er hatte niemanden kommen hören. »Wer bist du?«

Die Frau war offensichtlich Lantrierin. Sie hatte große, traurige Augen, trug einen Nasenring und einen formlosen schwarzen Umhang. Das eisengraue Haar hatte sie zu einem strengen Knoten zusammengefasst. »Mein Name ist Hesta Mafagliou. Ich arbeite für Eure Mutter.«

»Was willst du?«, fragte er ängstlich.

»Man schickt mich, um Euch darüber in Kenntnis zu setzen, dass die Königin und Magister Gyle hingerichtet werden. Die offizielle Erklärung wird lauten, ein Fieber hätte sie dahingerafft. Es wird Staatstrauer verhängt werden, und niemand wird von Eurer Schande erfahren.«

»Von meiner Schande?«, wiederholte er tonlos. »Es gibt keine Schande. Ich bin der König. Niemand kann mich beschämen.«

»Ja, mein König«, erwiderte Hesta, doch ihr Blick sagte etwas anderes. Sie musterte Francis abschätzig, wie es fortan der gesamte Hof tun würde, ihn, den Schlappschwanz von einem König, der sich von seinem eigenen Berater hatte Hörner aufsetzen lassen. Octa hatte ihn gewarnt. Sie hatte es besser gewusst, wie immer. *Verfluchte Matrone.* Francis umklammerte sein Amulett und wünschte sich nichts sehnlicher, als jemanden büßen zu lassen, für alles, egal wen.

»Du warst es doch, die die beiden entdeckt hat, oder?«, sagte er schließlich.

Hestas Lider flackerten. »Das habe ich, mein König.«

»Du hättest damit zu mir kommen sollen!«, schrie er sie an und sprang auf. »Anstatt direkt zu meiner Mutter zu rennen!«

»Eure Mutter wusste bereits Bescheid, mein Kö…«, begann sie und verstummte abrupt, als sie merkte, welch schrecklichen Fehler sie soeben begangen hatte.

Mutter hat es gewusst. Es war eine Falle. Sie hat uns alle hinters Licht geführt!

»Raus hier!«, brüllte er. »Geh mir aus den Augen!«

Die Lantrierin zog sich langsam Richtung Tür zurück. »Mein König, es tut mir leid, wenn…«

Hinter ihr trat eine riesenhafte Gestalt in Francis' Gemach.

»Mutter?«, fragte er, doch die Gestalt ignorierte ihn.

»Hesta«, sagte sie nur. »Da bist du ja endlich.«

Die Axt sauste durch die Luft, schnitt schmatzend durch Haut, Fleisch und Knochen.

Gyle starrte in Octas verdutztes Gesicht, das wie ein vom Tisch gefallener Kürbis über den Boden rollte, während der enthauptete Körper noch einen Moment aufrecht stehen blieb, bevor er zur Seite umkippte.

Olivia öffnete den Mund zu einem gellenden Schrei, der in einem erstickten Gurgeln endete, als einer der Soldaten ihr von hinten die Hand in den Brustkorb stieß und ihr Herz zerquetschte. Olivia erzitterte kurz, dann fiel sie vornüber auf den Leichnam ihrer Mutter.

Das Gesicht ihres Mörders begann sich eigentümlich zu verändern, wie ein sich unablässig wandelndes Portrait nahm es mal diese, mal jene Gestalt an, bis schließlich Yvettes zeit- und geschlechtsloses Antlitz zum Vorschein kam. Sie wischte sich die Hand an Olivias Gewand ab und grinste Gyle an.

»Ich bin's, Rutt«, sagte der Henker neben ihm. »Kannst du gehen?«

Gyle versuchte aufzustehen, konnte den Blick aber nicht von Octas abgetrenntem Kopf losreißen, dessen Lippen sich immer noch bewegten, als hätte sie nicht begriffen, dass sie längst tot war. Endlich umklammerte Gyle den Richtblock und zog sich mühsam daran hoch. Alles um ihn herum drehte sich, und er musste sich an der Wand abstützen, um nicht sofort wieder auf die Knie zu sinken. »Befreit mich von dieser verfluchten Kettenrune«, stöhnte er, während er versuchte, einen klaren Gedanken zu fassen.

»Ich mache das.« Münz' Stimme klang besorgt, wie Gyle verwirrt feststellte. »Nur ein Reinblut kann sie aufheben«, fügte sie hinzu und legte ihm die Hände auf die Schultern.

Zögernd ließ Gyle die Wand los und klammerte sich an Münz fest. Dann kam der Schmerz. Bilder stiegen in ihm auf, Bilder von einem glühenden Seil, das sich wie eine Würgeschlange um ihn gelegt hatte, und von einem formlosen Etwas, das mit entsetzlicher Gewalt in ihn eindrang und das Seil zerfetzte. Als er die Augen öffnete, war Münz' Gesicht direkt vor seinem.

»Danke, Yvette«, keuchte er und erwiderte ihren Blick. »Wo ist Mara?«

»Bei Hesta«, sagte Sordell grinsend. »Komm, wir müssen uns beeilen.«

»Und Cera?«

Münz tätschelte seinen Arm. »In ihrer Zelle. Wir müssen zu Francis, bevor Eternalus und Rhodium mitbekommen, was passiert ist.« Sie lächelte. »Könnt Ihr gehen?«

Gyle nickte langsam. »Danke«, sagte er und überraschte sich selbst damit, dass er es tatsächlich aufrichtig meinte. »Danke euch beiden … euch allen.«

Die beiden Magi schauten ihn so ergeben an, dass Gyle schlichtweg nicht wusste, wie er darauf reagieren sollte. *Sie sorgen sich um mich, haben Kopf und Kragen riskiert, um mich zu retten …* Wenn Gyle etwas tat, dann um Profit daraus zu schlagen. Dass es auch andere Beweggründe gab, hatte er beinahe vergessen.

»Ihr seid wahre Freunde«, fügte er hinzu, unsicher darüber, was die Worte eigentlich bedeuteten.

Das Lächeln auf Münz' und Sordells Gesicht wurde so breit, dass Gyle schon fürchtete, ihre Mundwinkel könnten ausreißen.

»Mara?« Hestas Augen schienen vor Angst aus den Höhlen zu treten. Nein, es war mehr als Angst: Es war nacktes, kaltes Entsetzen.

Die Frau hinter Hesta war nicht seine Mutter. Francis hatte die fette Wachtel mit dem dicken roten Haar noch nie gesehen. Sie hätte aber durchaus Octas noch dickere Schwester sein können. Als sie lächelte, blitzten mehrere Reihen dreieckiger Zähne in ihrem grotesken Schlund auf.

Das geht nicht gut aus, und ich bin mittendrin. Er hatte sich gerade in eine Ecke verkrochen, die möglichst weit von dem Monster entfernt war, da schossen schon die ersten Blitze aus Hestas Handflächen und schleuderten Mara zuckend gegen die Wand.

Doch Mara ging nicht zu Boden, sondern begann sich zu *verwandeln*. Ihr Mund wurde breiter, Schultern, Hals und Kopf verschmolzen zu einem Keil. Das Ding, zu dem sie wurde, sah nicht mehr aus wie ein Mensch. Knurrend stemmte sie sich gegen das Gnosisgewitter, das Hesta auf sie niedergehen ließ, und setzte schwerfällig einen Fuß vor den anderen, als wate sie durch einen reißenden Strom flussaufwärts.

Hesta legte noch mehr Energie in ihre Blitze und schrie kreischend um Hilfe, aber niemand kam. Ihr Angriff zeigte kaum Wirkung. Es war, als spürte Mara keine Schmerzen. Schließlich ließen die Entladungen nach, während Hesta verzweifelt nach einer anderen, effektiveren Taktik suchte. Maras Haut war verbrannt, sie blutete aus Dutzenden von Wunden, doch sie kam näher, Schritt für Schritt, mit kaltem hungrigem Blick.

Auf einen unmenschlichen Schrei von Hesta hin begann die Luft um sie herum zu flimmern. Geisterhafte Gestalten materialisierten sich, Dämonen, die sie zu Hilfe gerufen hatte und die sich mit Zähnen und Klauen auf Mara stürzten.

Mara schien ihnen nichts entgegenzusetzen zu haben, nahm die Schläge und Bisse einfach hin, da merkte Francis, dass sie gar nicht versuchte, die Angreifer abzuschütteln. Sie konzentrierte sich ausschließlich auf Hesta, kam immer näher und streckte die Arme nach ihr aus. Dann hatte sie Hesta endlich. Sie packte ihre Handgelenke und riss die Lantrierin an ihre Brust. Hesta schrie verzweifelt, während Maras Schlund sich öffnete und immer noch größer wurde.

Als der Schrei abrupt verstummte, drehte Francis sich weg. Er hörte nur ein Knirschen, Kauen und Schmatzen. Ohne die Augen zu öffnen, versiegelte er den Durchgang zum Balkon mit seiner Gnosis und kauerte sich noch tiefer in seine Ecke. Am ganzen Körper zitternd, winselte er um Gnade, zweifelte jedoch nicht einen Moment lang daran, dass er das nächste Opfer sein würde.

Draußen auf dem Flur ertönten polternde Schritte und aufgeregtes Gebrüll. War das womöglich Terus Grandienne, der seinen Namen rief? Francis hätte nie geglaubt, dass er eines Tages so glücklich darüber sein könnte, ausgerechnet Grandiennes Stimme zu hören. Verzweifelt schrie er um Hilfe, während das Mara-Monster ihn durch den Vorhang aus Wächtern lüstern beäugte. Ihr Hunger war noch längst nicht gestillt, und ihre Augen funkelten nur so vor Blutdurst. Sie hob eine Klaue und schlug auf Francis' Schutzschirm ein, dann drehte sie sich um und war über Grandienne, noch bevor Francis sich entscheiden konnte, wen von den beiden er warnen sollte.

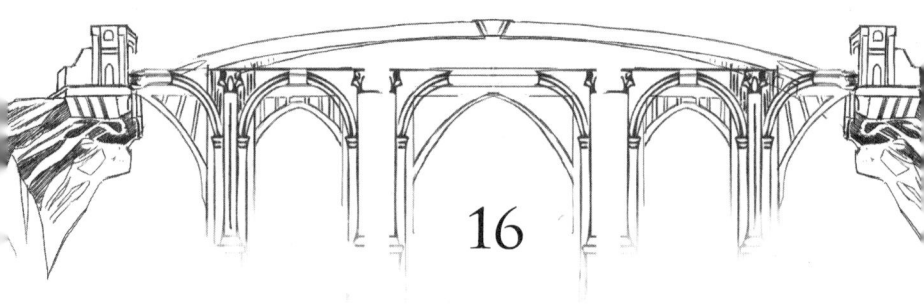

16

Ein Sturm zieht auf

Thaumaturgie: Luft

Gibt es etwas, das die Kaufleute noch mehr erfreuen könnte als die Luftgnosis, die ihnen einen ganzen Kontinent als Jagdrevier für neue Sklaven erschlossen hat? Nur wenn jemand einen Weg fände, Blei in Gold zu verwandeln, würden sie noch lauter jubeln.

SENATOR JOS DE MOLLE, BRES 894

»Sie sind die Dschinns der Luft!«
SCHEICH MALIK AL'HEBB ZU GOTTESSPRECHER FAISAL
WÄHREND DES ERSTEN KRIEGSZUGS BEIM ANBLICK DER
RONDELMARISCHEN FLOTTE ÜBER HEBUSAL

Der Tag brach gerade an, als jeder Soldat in Echors Heer –
von der estellaynischen Reiterei im Norden bis zur dreizehnten Legion, die hier im Süden oberhalb eines ausgetrockneten
Flussbetts Stellung bezogen hatte – sich bereitmachte. Ausrüstung wurde zusammengepackt, Schwerter wurden geschärft,
Befehle gebrüllt, und ein unverkennbares Gefühl hing in der
Luft: Furcht. Der Tag der Schlacht war gekommen. Der Tag,
an dem jeder sich ins ungeschminkte Antlitz schauen und herausfinden würde, wer er war: ein Mörder oder ein Feigling,
etwas dazwischen oder vielleicht auch etwas Erhabeneres.

Legat Jonti Duprey kam zwischen den geschäftigen Tribunen hindurch auf Ramon zu. »Sensini!«, rief er. »Was hat das
zu bedeuten?«

Severine war bei ihm. Sie warf Ramon einen warnenden
Blick zu, wagte aber nicht, Gedankenkontakt mit ihm aufzunehmen.

Ramon sammelte sich. »Was hat was zu bedeuten, Herr?«

»Das hier!« Duprey verscheuchte die Tribune, unter ihnen
auch der besorgt dreinschauende Storn, und hielt Ramon ein
Dokument unter die Nase. »Wie kommt es, dass Schuldscheine
mit deiner Unterschrift darauf in Umlauf sind?«

Verstehe. Früher oder später musste es wohl auffliegen.
Ramon straffte die Schultern und setzte ein zuversichtliches
Lächeln auf. »Herr, für die Dauer des Feldzugs haben die Tribune und ich ein Schuldscheinsystem eingerichtet, damit die
kostbaren Goldmünzen nicht ständig den Besitzer wechseln.
Eine schlichte Vorsichtsmaßnahme gegen Überfälle und Kor-
ruption, Herr.«

»Oder um sie in einer Hand zusammenzuführen«, schnaubte Duprey. »Einer der Legaten hat hiermit seine Spielschulden bezahlt.«

Ramon staunte. Dass die Scheine außerhalb von Händlerkreisen als Zahlungsmittel akzeptiert würden, hätte er nicht für möglich gehalten. *Aber das hilft mir jetzt auch nicht mehr...* »Herr, im Grunde erleichtern diese Scheine nur den Geldfluss. In unsere Richtung, Herr. Seit Jahren wird das so gemacht.«

Wurde es natürlich nicht, aber das wusste der Legat hoffentlich nicht.

Duprey musterte ihn. »Tatsächlich, Sensini? Wie kommt es dann, dass Nyvus den Vorfall für äußerst ungewöhnlich hält?«

Ramon warf Dupreys adrettem Adjutanten einen wütenden Blick zu und überlegte kurz, ihn an Ort und Stelle zu erwürgen.

Duprey seufzte schwer. »Ich werde einen Bericht schreiben müssen...«, begann er und verstummte wieder. »In unsere Richtung, sagst du? Wen meinst du mit ›uns‹?«

Er hat angebissen. »Das ist genau die richtige Frage, Herr! Seit Sagostabad ist das zehnte Manipel der Dreizehnten praktisch die Bank der gesamten südlichen Heereszange.« Er lächelte bescheiden. »Wir erheben lediglich eine kleine Gebühr für unsere Aufwendungen.«

Duprey trat noch ein Stück näher heran. »Eine Gebühr?«

Nyvus, der ein Stück hinter Duprey stand, spitzte die Ohren, während Severine Ramon einen vernichtenden Blick zuwarf.

Ich hätte sie wohl früher einweihen sollen. »Herr, wir verlangen ein Prozent für jede Transaktion«, log er schamlos. Ramon hatte sich die Worte für diesen Fall vorher genau zurechtgelegt. »Die Gebühr wandert selbstverständlich direkt in die Soldtruhe der Dreizehnten, Herr. Im Moment befinden sich elftausend Gulden in Eurem Säckel, ähm, ich meine natürlich: im Säckel der Legion.«

Duprey bekam große Augen. »Elftausend?«

Ramon war einen Moment lang verwirrt, dann fiel ihm wieder ein, dass elftausend Gulden bis vor Kurzem auch für ihn eine astronomisch hohe Summe gewesen waren. *Nur dass ich mittlerweile theoretisch fast fünfhunderttausend habe…* »Ist das ein Problem, Herr?«

»Aber nein, ganz und gar nicht«, erwiderte Duprey heiser. »Weitermachen, Sensini.« Der Legat atmete ein paarmal tief durch. »Nein, warte. Ein Sturm zieht auf, und Prenton ist noch nicht zurück. Nimm das andere Skiff und such das Gebiet südlich von hier ab.«

Ramon salutierte. »Jawohl, Herr.«

»Und, Sensini…« Der Gedanke an so viel Geld brachte Dupreys Augen zum Glänzen, als hätten sie sich ebenfalls in Gulden verwandelt. »Behalte dieses System bei.«

Nyvus' Gesicht verfinsterte sich. Er hatte alles genau mitbekommen.

Ramon zwinkerte ihm zu und salutierte ein zweites Mal. Dann eilte er davon, hörte aber noch, wie Severine sich unter einem Vorwand bei Duprey entschuldigte und an seine Fersen heftete. Er hatte gerade sein Zelt betreten, da platzte sie auch schon hinter ihm herein.

»Ramon, was, bei Hel, machst du da?«

»Sevi, beruhige dich erst mal. Es ist nur eine kleine Abmachung, die ich mit den Tribunen habe…«

»Pah! Duprey mag dich gewähren lassen, aber er ist nicht dumm, und ich bin es auch nicht. Was du machst, ist eine Falschwährung in Umlauf zu bringen, um das Gold in deiner eigenen Tasche verschwinden zu lassen! Dafür werden sie dich hängen.«

Ramon musterte sie eingehend, dann trat ein Lächeln auf sein Gesicht. »Du machst dir Sorgen um mich.«

Severine schnaubte. »Ich bin deine Geliebte, du Ratte. Warum hast du mir nichts davon erzählt?«

»Meine Geliebte? Soll das heißen, du liebst mich?«

»Werd nicht gleich größenwahnsinnig. Geliebte bedeutet in dem Fall, dass ich mich bereitwillig als Gefäß für deine Körpersäfte zur Verfügung stelle. Warum hast du mir nichts davon gesagt?«

»Zu deinem eigenen Schutz.«

»Verarsch mich nicht. Du scheffelst Unmengen von Gold in deine Tasche und verschweigst es mir. Nach allem, was wir zusammen durchgestanden haben …«

»Ich kann mich noch sehr gut erinnern, dass du mir mehr als einmal erklärt hast, wie weit über mir du stehst.«

Severine schmollte kurz und besann sich dann auf eine andere Taktik. »Du weißt, dass ich das nicht so gemeint habe, Schatz. Du weißt, was ich für dich empfinde, tief in meinem Herzen.« Sie streichelte seine Brust. »Wie viel hast du eigentlich beiseitegeschafft, Teuerster?«

»*Teuerster?*«

»Naja, bei dem ganzen Gold, das du mittlerweile gehortet haben musst.« Sie küsste ihn auf die Stirn. »Sag schon, wie viel?«

Ramon zuckte die Achseln. »Mein Rechenschieber ist zu klein für die Summe.«

»Unglaublich«, keuchte sie.

»Du glaubst es nicht?«

Severine schenkte ihm ihr wärmstes Lächeln. »Du weißt, was ich für dich empfinde, Ramon.«

»Du bist eine Tiseme. Deinesgleichen würde sich nie so weit herablassen.«

»Schhhh. Du weißt, dass das nicht stimmt, Ramon. Ich mag dich. Du hast mir gegen die Inquisitoren beigestanden, und du machst mir diesen ganzen Albtraum zumindest erträglich. Du bringst mich zum Lachen und beim Sex zum Höhepunkt, und jetzt hast du auch noch Geld. Findest du nicht, dass das nach Schicksal klingt?«

»Miststück.« Er packte seine Pilotenuniform und stampfte aus dem Zelt.

Severine folgte ihm. »Ha! Du empfindest genauso viel für mich wie ich für dich, ich weiß es!«, schrie sie ihm vor aller Augen hinterher.

»Ach ja?«, rief er über die Schulter. »Und wie viel ist das? Rechne lieber mal auf deinem Schieber nach!«

Wind peitschte Ramons Haar, während er durch die oberen Ausläufer einer Nebelbank flog, die sich hartnäckig am morgendlichen Himmel hielt. Von dem Nebel nahm er jedoch kaum Notiz. Alles, woran er denken konnte, war Severine. Seit Wochen wurden seine Gefühle für sie immer stärker, aber jedes Mal, wenn er glaubte, es hätte sich tatsächlich etwas zwischen ihnen entwickelt und sie wären ein Paar, passierte etwas, und alles lag wieder in Scherben. *Sie benutzt dich. Sie will nur schwanger werden und an dein Geld kommen*, sagte er sich. *Oder ist es doch mehr?*

Die Hälfte der Zeit schlugen sie mit Worten aufeinander ein, weil der andere dem falschen Volk angehörte, der falschen Religion oder der falschen Gesellschaftsklasse. Manchmal stieß er sie mit voller Absicht vor den Kopf, nur um ihr zu zeigen, wie verschieden sie waren. Dann wiederum, wenn sie aneinandergekuschelt dalagen, noch feucht vom Schweiß des anderen, war das Zusammensein mit ihr das reinste Paradies. *Wenn wir diese verfluchte Stadt endlich eingenommen haben,*

*finde ich ein gutes Plätzchen für sie, stecke ihr etwas Geld zu und
verschwinde. Ihre Visionen haben aufgehört, und eine richtige
Schlacht wird es ohnehin nicht geben. Alles wird gut werden.*

Shaliyah schimmerte im Licht der aufgehenden Sonne, dahinter sammelten sich Sturmwolken am Horizont, die von Minute zu Minute dunkler wurden. Donner grollte.

Ramons Skiff war nicht das einzige, das Richtung Stadt flitzte. Ganz leise hörte er die Gedankenrufe der anderen Piloten, die die prächtigen weißen Gebäude bestaunten, während der Nebel immer dichter wurde, bis Ramon den Boden schließlich gar nicht mehr sehen konnte. Normalerweise vertrieb das Fliegen all seine Sorgen, aber heute spielte er den Streit mit Severine in Gedanken immer wieder durch und schmückte ihn nachträglich mit den bissigsten Antworten aus, die ihm einfielen.

Seine Stimmung hob das allerdings nicht.

Ab und zu schimmerte der schmutzig braune Untergrund durch den Nebel, ein trostloses Sandmeer, vereinzelt mit Schotterflächen und Felsbrocken gesprenkelt, und es wurde immer heißer. Ramon wischte sich den Schweiß aus dem Gesicht. Als er die Hand von den Augen nahm, entdeckte er zu seiner Linken ein weiteres Skiff. Es kam schnell näher.

Und, hast du was entdeckt?, rief er geistesabwesend, aber es kam keine Antwort.

Ramon sah genauer hin. Das Skiff hatte ein dreieckiges Segel und sah überhaupt recht ungewöhnlich aus, beinahe verwegen. Der Pilot war von Kopf bis Fuß in einen sandfarbenen Wüstenrock gehüllt, der nur einen schmalen Sehschlitz freiließ. Der Form der dunklen Augen nach schien es sich um eine Frau zu handeln.

Hablas Estella?, versuchte er es weiter, und als wieder nichts kam, fragte er schließlich: *Parli Rimoni?*

Die Pilotin hob den Kopf und winkte zögerlich. Es war definitiv eine Frau.

Ramon manövrierte näher heran, bis die beiden Skiffs nur knapp über der Nebelbank Seite an Seite dahinjagten. »He!«, rief er. »Von welcher Legion bist du?«

Die Pilotin musterte ihn kurz, dann schaute sie nach oben.

Ramon folgte ihrer Blickrichtung und sah zwei weitere Skiffs. Sie näherten sich aus der Richtung, in der die Stadt lag. Auch sie hatten dreieckige Segel, und er fragte sich, ob sie den Wind vielleicht besser auffingen und die Skiffs schneller machten. Er winkte den beiden anderen Piloten gerade zu, da tat sich ein Stück voraus eine Lücke im Nebel auf und gab den Blick auf ein Stück Wüste frei. Ramon spähte nach unten: Direkt unter sich sah er endlose Reihen gepanzerter Kämpfer mit weißen Umhängen, Reihe um Reihe marschierten sie auf das südliche Ende der rondelmarischen Linien zu.

Verflucht! Salim hat ein ganzes Heer hier zusammengezogen! Ramon gestikulierte wild zu dem anderen Skiff hinüber. *Sol a mio, sieh dir das an! Wir müssen den Herzog warnen!*

Die Pilotin hob den Arm, als wollte sie ihm bedeuten, dass sie verstanden hatte, da schoss ein Magusbolzen aus ihrer Hand und jagte direkt auf ihn zu.

Rashid Mubar stand mit Salim, Sultan von Kesh, auf dem höchsten Turm des Torhauses von Shaliyah und blickte hinunter auf die schmale Ebene, in der die rondelmarischen Legionen aufmarschierten. So weit nach Osten, bis ins Herz Keshs, waren die Heiden noch nie vorgedrungen. Dass sie es diesmal geschafft hatten, war jedoch kein Zufall. Die wenigen Schlachten, die die Keshi ihnen während der vergangenen Kriegszüge geliefert hatten, waren reine Verzweiflungstaten gewesen, ein letzter, hilfloser Versuch, sich zu wehren. Ein Tropfen auf den heißen Stein.

Diesmal verfolgte der Sultan eine andere Strategie. Diesmal hatte er den Feind mit voller Absicht bis an seine Türschwelle gelockt.

»Sie sind gekommen, wie Ihr es vorausgesagt habt«, merkte Salim an. »Unser verwegener Plan nimmt Gestalt an.«

Salim war groß gewachsen und noch keine dreißig. Er war ein prinzipientreuer, kultivierter Mann, der seine Worte stets mit Bedacht wählte, doch wenn die Situation es erforderte, konnte er ebenso schnell wie rücksichtslos handeln. Er war kein Magus und nichtsdestotrotz ein gefährlicher Gegner. Sein Körper war für die Schlacht ausgebildet und sein Geist gegen gedankliche Angriffe gewappnet. Seine stärkste Waffe jedoch war sein Intellekt – und die bedingungslose Ergebenheit seiner Männer.

Der ehrgeizige Rashid wusste nur zu gut, dass er nie Sultan werden würde. Selbst wenn er Salim mit Waffengewalt verdrängte, würde er sich nicht lange auf dem Thron halten können. Seine eigenen Leute würden ihm die Kehle durchschneiden, noch bevor Salims Männer an ihm Rache nehmen könnten. Das hatte er erkannt und akzeptiert, lange bevor er sich immerhin zum Emir von Hallikut aufgeschwungen hatte. Rashid wusste, wo sein Platz war, und diente Salim treu ergeben. Dass er dies nun, da der Ordo Costruo zerschlagen war, in aller Offenheit tun konnte, war Geschenk genug. »Wir sind bereit, o Sultan.«

»Dies hier ist Shaliyah«, rief Salim ihm ins Gedächtnis. »Unser größtes Heiligtum nach Hebusal, Zuflucht unseres Volkes und der Ort, von dem aus der Prophet seine Lehre in die Welt hinausgetragen hat. Eine Niederlage kommt nicht infrage.«

Rashid deutete auf die aufmarschierenden Legionen. »Sie haben den Köder geschluckt, und die Stadt ist bereit. Wir haben Wasser und Proviant für drei Sommer und genug Pfeile, um zwanzigmal so viele zu töten, wie sie gegen uns in den Kampf führen.«

»Zu wenig Proviant oder Pfeile waren auch in der Vergangenheit nicht das Problem, Emir«, entgegnete Salim. »Es war ihre Gnosis, an der wir stets gescheitert sind.«

Rashid verneigte sich. »Ich bin hier, Sultan, und alle meine Getreuen. Jeder von uns gezeugte Magus, der alt genug ist, um zu kämpfen, ist hier. Wir alle sind bereit, unser Leben für Euch zu geben.« Er musterte seinen Befehlshaber. War der Sultan wirklich bereit für dieses waghalsige Unterfangen, bereit, es Mann gegen Mann mit den Rondelmarern aufzunehmen?

»Die Späher berichten, dass Echor sechzehn Legionen hat. Das sind achtzigtausend Mann und zweihundertvierzig Magi. Können wir einen so starken Feind besiegen?«

»Herr, wir haben dreimal so viele Soldaten wie sie, dazu eine Horde Ingashir und Kampfelefanten aus Lakh, die die Legionen aus dem Herzen des Sturms angreifen werden. Selbst was die Anzahl der Magi betrifft, sind wir ihnen beinahe ebenbürtig. Das *muss* genügen.«

»Es heißt, man bräuchte eine Übermacht von fünf zu eins«, erwiderte Salim gemessen.

»Wenn man keine eigenen Magi hat, Herr. Die Unseren mögen von niedrigerem Blutrang sein und weniger gut ausgebildet, aber die rondelmarischen Magi werden alle Hände voll mit ihnen zu tun haben. Denkt an den Sturm, den mein Ordo Costruo heraufbeschworen hat. Ein solcher Zauber lässt sich nicht mehr aufhalten, wenn er erst einmal in Gang gesetzt ist, und seine Wirkung ist verheerend.« Rashid zögerte. »Außerdem, o Sultan, haben wir noch unsere Verbündeten.«

Jetzt war es Salim, der seinen Emir eingehend musterte. »Diese, wie nennt Ihr sie, Dokken, Rakas? Können wir ihnen trauen?«

Rashid überlegte sich seine Worte genau, bevor er antwortete. Er beschloss, ehrlich zu sein. »Seit Entdeckung der Gnosis sind die Dokken Feinde der Magi – selbst der unseren. Sabele würde mich ebenso töten wie jeden Rondelmarer, wenn sie könnte. Im Moment unterstützen sie uns und die Fehde, doch früher oder später werden sie sich gegen uns wenden. Wenn die Zeit gekommen ist, wird uns nichts anderes übrig bleiben, als sie zu vernichten.«

»Ich würde gerne mit dieser Sabele sprechen.«

»Sie ist weit weg im Norden, o Sultan, nur ihr Kriegsherr Arkanus ist hier. Er ist Yurer wie die meisten von ihnen. Seit vielen Jahren schon hat er sich in Mirobez versteckt gehalten, und die Zahl seiner Rakas ist größer, als ich je für möglich gehalten hätte. Es sind Hunderte.« Ein Hauch von Furcht stahl sich in seine Stimme. »Manche darunter sind womöglich sogar stärker als ich.«

Salim lächelte und legte Rashid eine Hand auf die Schulter. »Ich vertraue Euch, mein Freund, das wisst Ihr. Ihr werdet einen Weg finden, dieser Rakas Herr zu werden. Diese Schlacht wird Euer größter Sieg.«

Rashid verneigte sich tief. »Wir werden Euch nicht enttäuschen, o Sultan.«

Salims Blick wanderte zurück zu dem herannahenden Feind. »Wir haben Echor direkt hierher geführt. Ein riskantes Manöver, aber so ist der Krieg nun mal.«

Rashid dachte zurück an die spärlich beleuchtete Kammer im Palast von Pallas, in der sich die Rondelmarer vor einem Jahr bereiterklärt hatten, ihm ein Drittel ihrer Streitmacht ans Messer zu liefern. Das Ausmaß des Verrats, den Kaiser Constant – oder besser gesagt: seine Mutter Mater-Imperia Lucia – an den eigenen Leuten begangen hatte, war unfassbar, selbst für Rashid. Ein Schauder lief ihm über den Rücken, als er sich

Lucias Worte ins Gedächtnis rief. »Emir Rashid, wenn wir Euch Herzog Echor und alle seine Männer ausliefern, könnt Ihr sie vernichten?«

Genau das werden wir jetzt herausfinden. »Dies ist unsere Stunde, o Sultan«, sagte er siegesgewiss.

»Lassen wir sie unseren Zorn spüren.«

Der Angriff kam vollkommen überraschend, nur die Ausbildung am Arkanum rettete Ramon das Leben. Aus purem Reflex ließ er seine Schilde aufflammen, die den verheerenden Blitz zumindest teilweise abfingen. Trotzdem verbrannte er sich, aus der Pilotenuniform schlugen kleine Flammen, und er sah kaum noch etwas. Ein paar Sekunden lang war er so benommen, dass sich der Bug seines Skiffs bedrohlich nach unten neigte und er mitten in die Nebelbank hineinschoss. Nur die Gnosis im Kiel hielt das kleine Windschiff noch in der Luft.

Ramon schüttelte sich, versuchte verzweifelt, sein Gehirn wieder in Gang zu setzen, und lud das Skiff mit neuer Energie auf, bis es endlich wieder zu steigen begann. Die Sicht war gleich null.

Was, bei Hel?!, fluchte er und begriff einfach nicht, warum die Pilotin das getan hatte. *Hat sie was gegen Silacier?*

Da schlug schon der nächste Bolzen im Heck ein, doch diesmal war Ramon vorbereitet und konnte ihn abwehren. Die Frau in dem anderen Skiff brüllte etwas, und endlich verstand er auch die Sprache. *Rukka mio, das ist Keshi!* Sein Kopf begann sich zu drehen. Das war schlichtweg nicht möglich. *Sie haben Magi! Sie haben die Gnosis!*

Jetzt antworteten auch die anderen Piloten. Mit einem Mal schien der ganze Himmel von ihren Rufen erfüllt zu sein.

Als Ramon wieder etwas sah, erwiderte er das Feuer, zielte aber nicht auf die Pilotin, sondern auf die Mastspitze in der

Hoffnung, dass ihre Schilde dort schwächer waren. Es funktionierte: Sein Blitz durchtrennte das Seil, mit dem das Segel am Mast befestigt war. Das obere Ende der Leinen riss aus der Verankerung, schlug im Fahrtwind wild aus und wickelte sich um die Pilotin, die wüst fluchend versuchte, sich zu befreien. Die untere Hälfte des Segels war jedoch noch fest mit dem Quermast verbunden, was es ihr umso schwerer machte, freizukommen. Schließlich geriet das Skiff ins Schlingern und schmierte ab.

Die anderen Verfolger kamen jedoch schnell näher, sodass Ramon nicht nachsetzen konnte, um es zu Ende zu bringen. Außerdem musste er die Legionen warnen, dass ein ganzes Heer – mit antiopischen Magi! – gegen sie marschierte.

Er leitete Wind in sein Segel, nahm so viel Fahrt auf, wie er nur irgend konnte, und schickte seine Gedanken voraus. *Severine! Hörst du mich?*

Alles Soll-ich-oder-soll-ich-nicht, Will-sie-oder-will-sie-nicht, alle Zweifel waren vergessen. Es gab nur noch eins: Er musste sie warnen. Im gleichen Moment merkte er, dass sie ihn gar nicht hören konnte, denn seine Rufe wurden von einem gnostischen Schirm abgefangen, der Ramon von jeder Kommunikation mit seiner Legion abschirmte. Einen solchen Schirm aufzuspannen, nahm beträchtliche Zeit in Anspruch. Außerdem verlangte es viel Geschick und Erfahrung.

Sie müssen gut ausgebildete Magi von hohem Blutrang in ihren Reihen haben – und sie wussten, dass wir kommen!

Einen Moment lang befiel ihn der schreckliche Gedanke, die Keshi könnten Alaron gefangen genommen und die Skytale in ihren Besitz gebracht haben, da hämmerte schon der nächste Blitz gegen seine Schilde. Die feindlichen Skiffs holten auf. Ihre dreieckigen Segel fingen den Wind tatsächlich besser ein als sein rechteckiges.

Mit zusammengebissenen Zähnen tauchte Ramon nach unten in den Nebel ab, auch wenn er damit riskierte, sein Schiff Bug voraus in den Boden zu rammen. Prompt rasierte er so knapp über eines der Keshi-Regimenter hinweg, dass die Spitzen ihrer Speere klirrend gegen den Rumpf schlugen und die Soldaten erschrocken aufschrien.

Die Bogenschützen nahmen Ramon sofort unter Feuer, doch seine Schilde hielten. Kurz darauf war er außer Reichweite, aber seine Verfolger hatte er immer noch nicht abgeschüttelt. Also stieg er wieder nach oben, in die Nebelbank hinein, wo er sich ein halsbrecherisches Katz-und-Maus-Spiel mit den anderen Piloten lieferte. Die Meilen rasten nur so dahin, sobald Sichtkontakt bestand, schossen sie aufeinander, wieder und wieder, dann hatten sie das Ende der Nebelbank erreicht, und die Sicht war frei.

Unter ihm lag die Ebene von Shaliyah. Es mochten etwa zwei Stunden vergangen sein, seit er aufgebrochen war, um Prenton zu suchen, doch innerhalb dieser kurzen Zeit hatte sich die Welt, in der er lebte, von Grund auf gewandelt. *Sie haben Magi.*

Auch die Wüste hatte sich verändert: Sie wimmelte nur so von Soldaten.

Echor hatte einen von Norden nach Süden verlaufenden Schirm vor der Stadt aufgespannt, deren Tore nun allerdings Kompanie um Kompanie ausspuckten. Bestens bewaffnet rückten die Keshi in enger Schlachtordnung gegen Echors Nordflanke vor, während ein anderer Teil ihrer Streitmacht im Schutz des Nebels Richtung Süden marschierte. Echor war überlistet worden. Damit hatte niemand auch nur im Traum gerechnet, selbst Ramon nicht. Es war ganz und gar unmöglich, genauso unmöglich wie die Existenz antiopischer Magi. Und doch waren sie da.

Wir stecken in der Klemme, und das verflucht tief …

Beinahe noch schlimmer waren die unvermindert heranrollenden, riesengroßen gelblich-braunen Wolken, deren Ausläufer er schon jetzt zu spüren bekam. Immer wieder wurde sein Skiff von heftigen Böen durchgeschüttelt. *Das ist also einer dieser berüchtigten Sandstürme.* Die Einheimischen glaubten, Afreet bliesen den Wüstensand aus purer Boshaftigkeit hinaus in die Ebenen, um die Menschen zu quälen. Doch ob der Sturm nun das Werk böser Luftgeister war oder einfach nur ein Sturm: Die Voraussetzungen für Echors Angriff waren denkbar schlecht, und Ramon begann sich zu fragen, ob dies Zufall sein konnte.

Er reckte den Kopf und hielt nach seinen Verfolgern Ausschau, da kamen sie auch schon auf ihn zugeschossen – und drehten unvermittelt ab. Ramon atmete auf. Anscheinend hatten sie keine Lust, sich im offenen Luftraum einen Kampf mit einem rondelmarischen Schlachtmagus zu liefern. Als Ramon wieder nach vorn schaute, sah er jedoch, dass nicht seine vermeintliche Überlegenheit der Grund für ihre Flucht gewesen war. Es war der Sandsturm, der mit unnatürlicher Geschwindigkeit heranraste und jetzt beinahe den gesamten Horizont ausfüllte. Wie eine dunkle Wand wälzte er sich auf Echors Legionen zu. Blitze zuckten in seinem Innern.

Das Gewitter wird sich direkt über uns entladen. Bevor es losgeht, muss ich wieder am Boden sein, koste es, was es wolle … Ramon riss das Ruder herum und setzte Kurs auf die Banner der Dreizehnten. Mit halsbrecherischer Geschwindigkeit jagte er seiner Legion entgegen. Erst jetzt merkte er, dass sein Skiff als einziges noch in der Luft war.

Direkt vor Dupreys Kommandogruppe entdeckte er ein freies Fleckchen Sand. Ramon richtete den Bug darauf aus und ging in den Sinkflug. Der Kiel hatte kaum den Boden berührt, da sprang er schon von Bord und stürmte auf Duprey zu, der gerade dabei war, die vordersten Manipel in Stellung zu bringen. Ramon drängte sich durch die Reihen der Männer und brüllte: »Legat! Legat Duprey! In dem Nebel da vorn hält sich ein feindliches Heer versteckt, und sie haben Magi!«

Alle Gesichter drehten sich zu ihm um. »Das ist ganz und gar ausgeschlossen«, war der Satz, den jeder der Soldaten und Offiziere auf den Lippen hatte, aber Ramon ließ ihnen keine Gelegenheit, ihn auszusprechen.

»Es ist wahr, Herr, ich schwöre es!« Er schaute Severine an. »Wir müssen den Herzog warnen!«

»Beruhige dich«, erwiderte Duprey und hob die Hand als Zeichen, dass Severine keine Nachricht absetzen sollte. »Was sagst du da? Sind es Abtrünnige vom Ordo Costruo?« Sie alle hatten die Gerüchte gehört, dass der Orden sich entzweit hatte.

»Es waren Keshi! Skiffpiloten, drei von ihnen haben mich verfolgt, während am Boden ein Tausende Mann starkes Heer gegen Echor vor …«

»Komm erst mal wieder zu Verstand, Sensini«, bellte der Legat. »Du siehst Gespenster.«

Das sagt er nur, um die anderen zu beruhigen. Trotzdem verletzten ihn die Worte. »Rukka mio, ich sehe keine Gespenster! Der Feind ist da draußen, zu Tausenden, und sie haben Magi!«

Ramon hörte ein Raunen durch die Reihen gehen, als die Nachricht von Soldat zu Soldat weitergegeben wurde. Tyron Frand wirkte ernsthaft besorgt, aber Bondeau und die Andressaner winkten ab. Das kümmerte Ramon nicht weiter, doch spürte er, wie auch Duprey dichtmachte.

»Mein Befehl lautet, die rechte Flanke zu halten«, erklärte der Legat, »und genau das werde ich tun.«

Sie standen auf einem leicht erhöhten Aussichtspunkt. Ramon beobachtete mit bangem Blick, wie die Nebelbank immer näher kam, als wäre sie lebendig – oder als würde jemand sie lenken.

»Herr, ich habe Fußsoldaten gesehen, die direkt auf uns zumarschieren. Wir müssen nach rechts schwenken und in Verteidigungsformation gehen«, versuchte er es noch einmal.

»Sensini hat mal wieder Angst vor seinem eigenen Schatten«, kicherte Bondeau. »Ich wette zehn zu eins, was er gesehen hat, waren eine Herde Kamele und ein Schwarm Vögel.«

Ramon wurde heiß und kalt. »Legat, bitte! Sie werden jedem Moment hier sein.«

Duprey musterte ihn kühl. »Wir sichern die rechte Flanke, und sobald die gegnerische Schlachtreihe einbricht, rücken wir vor. So lauten meine Befehle, und die werde ich befolgen, bis der Herzog sie widerruft. Und jetzt zurück auf deinen Posten, Sensini!« Sein Blick wanderte zu der Hügelkette in ihrem Rücken hinauf. »Der ist oben bei den Proviantwagen, falls du das vergessen haben solltest.«

Die Worte trafen ihn wie eine Ohrfeige, genauso wie die vernichtenden Blicke der anderen Magi. Ramon ballte die Fäuste und blickte Severine verzweifelt an. *Glaubst du mir wenigstens, oder hältst du mich auch für einen Feigling?*

Natürlich glaube ich dir, antwortete sie, doch Ramon hörte den Zweifel in ihrer Stimme. *Ich werde sehen, ob ich mit meiner Gnosis in dem Nebel etwas erkennen kann.*

Duprey beachtete ihn schon nicht mehr und wandte sich an seine Schlachtmagi. »Unsere Befehle bleiben. Wir greifen an wie geplant. Und jetzt vorwärts!«

Rufus Marle wiederholte den Befehl. Mit unüberhörbarem Blutdurst in der Stimme trieb er die Männer voran in die Schlacht. Bondeau, Korion und die anderen Magi strotzten vor

414

Selbstvertrauen wie immer, und selbst Kill bedachte Ramon mit einem skeptischen Blick.

Wir stecken verdammt tief in der Scheiße, sagte Ramon stumm zu seinem Freund. *Halte dich bereit.*

Ich bin immer bereit, antwortete Kill mit stolzgeschwellter Brust.

Ich meine es ernst, Kill. Sie kommen. Dann wandte er sich an Severine. *Pass auf dich auf, Sevi.*

Sie schien unentschlossen. *Ich glaube dir ja, dass du etwas gesehen hast, aber ich muss bei Duprey bleiben …*

Lass dich nicht von ihm verheizen.

Das wird er nicht tun. Er will das hier genauso überleben wie ich. Pass gut auf dich auf, Ramon.

Ich liebe dich, erwiderte er und war selbst überrascht darüber, dass er es – zumindest in diesem Augenblick – vollkommen aufrichtig meinte.

Severine zuckte zusammen. *Spiel nicht mit mir, Ramon.* Dann eilte sie davon, ohne sich noch einmal umzudrehen.

Ramon biss sich auf die Lippe. Was blieb ihm schon anderes übrig, als sie gehen zu lassen?

Nach kurzem Zögern rannte er zum Skiff und flog zurück zu Storn und seinem Manipel. Der Hügelkamm war nicht besonders hoch, trotzdem bot er einen guten Blick auf das Schlachtfeld. *Wir hätten hier oben in Stellung gehen sollen, nicht da unten. Aber Echor hält sich für unbesiegbar, glaubt, er bräuchte keine besondere Taktik für die Schlacht und verlässt sich blind auf seine Magi.*

Der Wind wurde stärker, der aufgewirbelte Sand begann auf der Haut zu brennen. Sol allein wusste, was passieren würde, wenn der Sturm sie erst erreicht hatte.

Ramon war kaum gelandet, da kam Storn zu ihm geeilt. »Wir haben die Wagen ausgespa …«

»Dann spannt sie wieder an«, schnitt Ramon ihm das Wort ab. »Jetzt. Wir müssen uns jeden Moment zum Rückzug bereithalten.«

Der Tribun blinzelte. »Was? Aber…«

»Tu, was ich dir sage.«

»Die Männer werden nicht begeistert sein, nachdem sie die Wagen gerade erst…«

»Die Männer werden dir die Füße küssen, sobald sie begreifen, was hier vorgeht. In der Nebelbank da vorne marschiert ein feindliches Heer, Storn!«

Der Tribun hob fragend den Kopf und spähte in Richtung der Dunstwolke, die über den Sand auf die rondelmarischen Linien zukroch. »Der Nebel, Herr«, sagte er verwirrt, »der bewegt sich gar nicht mit dem Wind.«

»Eben. Aber erklär das mal Duprey«, schnaubte Ramon und schaute hinüber zu der verfallenen Festung in etwa einer Meile Entfernung. »Lass das Skiff auf einen der Wagen laden. Bei dem Sturm, der gleich über uns herfallen wird, kann sowieso keiner mehr damit aufsteigen. Falls wir uns zurückziehen müssen, dann zu dieser Ruine dort am Ende der Hügelkette.«

Storn runzelte die Stirn. »Eine rondelmarische Legion zieht sich nicht zurück, Herr. Das kommt einfach nicht vor.«

Ramon ignorierte ihn. »Haben wir Späher dort im Süden? Ich möchte nicht in einen Hinterhalt geraten.«

»Coll ist dort, Herr. Aber seht: Korion wurde mit seiner Kavallerieeinheit nach Süden befohlen, um unsere Flanke zu decken.« Er deutete nach rechts.

Ramon folgte der Blickrichtung seines Tribuns und sah in der Ferne einen Khurnareiter, der eine Kavallerie-Einheit anführte. *Vielleicht hat Duprey mir wenigstens ein wenig geglaubt…* Er hoffte es inständig. »Dann soll der geringere

Sohn gut die Augen aufhalten. Ich habe eine Menge Keshi da draußen gesehen.« Er senkte die Stimme. »Was ist mit unserer Sonderladung, Storn?«

Der Tribun blickte sich vorsichtig um und flüsterte: »Alles gut unter den Planen verstaut, Herr. Die Schuldscheine trage ich bei mir, das Gold und der Mohn sind in den vorderen Wagen. Einer von Echors Leuten hat herumgeschnüffelt, als Ihr nicht da wart. Ich habe ihm etwas von dem Opium abgegeben, dann hat er Leine gezogen.«

Ramon überlegte. *Gar keine schlechte Idee...* Er blickte Storn fest in die Augen. »Wir kümmern uns um ein Problem nach dem anderen, Tribun. Als Erstes spannen wir die Wagen wieder an und ordnen die Linien. Ich brauche Männer hier oberhalb des Flussbetts, wo das Gelände zur Ebene hin abfällt. Falls die Keshi Dupreys Linien durchbrechen, können wir sie nur dort aufhalten.«

»Rondelmarische Linien werden nicht durchbrochen, Herr. Das kommt einfach nicht vor.«

Ramon schritt die Kante entlang und schaute hinunter auf das Flussbett, das sich auf seinem Weg aus den Hügeln tief in die Ebene geschnitten hatte. Die Anhöhe, auf der sie sich befanden, war nicht besonders hoch, aber steil. Dann spähte er hinaus aufs Schlachtfeld und versuchte, sich ein Bild von dem zu machen, was dort vor sich ging. Aus dieser Entfernung war es schwer zu sagen, aber er glaubte, Blitze zu sehen, da spürte er auch schon die erste mächtige gnostische Entladung. Die Schlacht war bereits in vollem Gange.

Ein großes Kontingent Keshi hatte sich Echors Legionen frontal entgegengeworfen. Flammen schossen in die Höhe, und Rauch wirbelte auf, da wandte sich die vorderste Reihe der Keshi auch schon zur Flucht. Ein Jubelschrei ging durch das zehnte Manipel, und einen Moment fasste Ramon wieder

Zuversicht. Vielleicht hatte er die Stärke der eigenen Truppen unterschätzt.

Doch der eigentümliche Nebel rückte immer noch näher.

Die Keshi wussten, dass wir kommen würden, und wir sind genau da, wo sie uns haben wollten, überlegte er nervös. *Und sie haben Magi. Was, wenn sie dieses Wetter heraufbeschworen haben? Wir sind gestern erst hier angekommen, ein Großteil der Männer hatte nicht einmal einen Tag, um sich zu erholen. Die Keshi hingegen sind ausgeruht, sie haben Wasser, Proviant ... Unsere Truppen umfassen achtzigtausend Mann und zweihundertvierzig Magi. Wie viele hat der Feind?*

Da kam ihm ein weiterer beunruhigender Gedanke: *Ob Constant traurig darüber wäre, wenn wir hier restlos vernichtet würden?* Echors Heer bestand fast ausschließlich aus Vasallentruppen. Aus Pallas' Sicht wäre der Verlust sicherlich verschmerzbar, vor allem da Echor stets mit dem Kaiser um den Thron konkurrierte und somit eine Bedrohung für ihn darstellte. Einen Moment lang überlegte er, ob Constant das Ganze vielleicht sogar selbst eingefädelt hatte. Aber dazu hätte er sich mit Salim absprechen müssen, und das war ganz und gar ausgeschlossen.

»Heiliger Kore!«, fluchte Storn, als die Nebelbank plötzlich Reihe um Reihe feindlicher Infanterie ausspuckte. Von Entsetzen gepackt, starrte er Ramon an. »Ihr hattet recht, Herr!«

Was du nicht sagst ...

Fanfarenstöße schallten über die Ebene. Von ihren Offizieren vorangepeitscht, brachen die heranstürmenden Keshi in laute Gesänge aus. Wie eine endlose, alles zermalmende Flut brandeten sie Echors Legionen entgegen.

Duprey reagierte sofort. Innerhalb weniger Sekunden gruppierte er die Dreizehnte um und ließ sie in Verteidigungsformation gehen. Schild an Schild rotteten sich die Legionäre zusammen und streckten ihre leichten, eigentlich für den Angriff gedachten Speere nach vorne weg, um dem Ansturm des Feindes zu begegnen. Die für diese Formation vorgesehenen schweren Lanzen waren auf den Materialwagen geblieben, und auch wenn die Neuformierung nur wenige Augenblicke gedauert hatte, klafften noch erhebliche Lücken in der Verteidigungslinie.

Um den feindlichen Angriff mit einer Speersalve ins Stocken zu bringen, war schlichtweg keine Zeit geblieben, und so preschten die Truppen des Sultans ungehindert vor. Der Großteil der weißgewandeten Fußsoldaten warf sich frontal gegen die rondelmarischen Schilde, während kleinere Trupps in Keilformation in die Lücken stießen und versuchten durchzubrechen. Pfeile stiegen auf und prasselten auf die Rondelmarer nieder wie dichter Regen. Schlachtrufe erfüllten die Luft.

So massiert der Angriff auch war, die Schlachtmagi der Dreizehnten wussten, was sie zu tun hatten: Ramon sah, wie Rufus Marle und Renn Bondeau, die die vorderen Manipel anführten, riesige Schilde aufspannten, an denen die Pfeile abprallten wie Kiesel. Dann schleuderten die Legionäre endlich ihre Wurfspieße, und die vorderste Reihe Keshi ging zu Boden. Die dahinter drängten weiter, bis Marle und Bondeau die Hände hoben und sie mit einem Schwall aus flüssigem Feuer übergossen. Selbst Ramon, der über eine Furchenlänge entfernt und mindestens dreißig Meter erhöht stand, spürte die Hitzewelle. Einen Moment lang übertönten die Schmerzensschreie der Verbrannten die Schlachtrufe ihrer Kameraden, doch Marle und Bondeau ließen nicht nach, im Gegenteil. Mit Erdgnosis ließen sie den Boden erzittern, sodass die angreifenden Keshi einer über den anderen stolperten und der Länge nach über ihre toten Kameraden fielen, mitten in die flüssigen Flammen hinein. Wer nicht gestürzt war, wurde mit Gnosisbolzen niedergestreckt. Salims Soldaten starben wie die Fliegen.

Sieht aus, als würden wir doch noch davonkommen. Ramon ließ den Blick über das Schlachtfeld schweifen und schaute hinüber zu Echors Truppen. Der Sandsturm hatte die Nord-flanke mittlerweile fast erreicht. Es schien, als würde er sich jeden Moment wie eine Glocke über Echors Legionen stülpen, und Ramon wurde das Gefühl nicht los, dass sich in der gelb-braunen Wolke noch etwas anderes versteckte als nur Sand. *Wettermanipulation braucht wochenlange Vorbereitungen. Die Keshi hätten auf den Tag genau wissen müssen, wann und wo wir angreifen. Vergiss es, Ramon, du siehst wirklich Gespens-ter …*

Hoch über den feindlichen Truppen näherte sich von Osten her eine Flotte Windschiffe mit dreieckigen Segeln, auf denen Sichel und Halbmond prangten – Salims Wappen. Der Sturm schien sie nicht zu kümmern.

Ramons Kiefer klappte nach unten. *Die Keshi müssen den Verstand verloren haben …* Er konnte förmlich spüren, wie sich Zweifel und Furcht über Echors Soldaten senkten. Zum ersten Mal traten sie einem Feind gegenüber, der wie sie der Gnosis mächtig war. Noch während die rondelmarischen Windmeister in ihren Schiffen hastig höher stiegen, um sich der neuen Gefahr entgegenzustellen, jubelte die feindliche In-fanterie und rückte mit neuem Kampfgeist vor. Über der ge-samten Frontlinie zuckten Gnosisblitze, doch jetzt kamen sie von beiden Seiten, wenn nicht sogar mehr in Richtung der Rondelmarer flogen als umgekehrt.

Mater-Lune, woher haben sie bloß so viele Magi?

Echors Magi waren so beschäftigt, dass ihnen keine Zeit mehr blieb, ihrer Infanterie Deckung zu geben. Langsam, aber sicher begann der rondelmarische Schildwall unter dem Ansturm der Keshi einzubrechen.

»Sie werden sie aufhalten, Ihr werdet sehen, Herr«, stammelte Storn und umklammerte die Zügel seines Pferdes so fest, dass die Knöchel weiß hervortraten.

Ramon wandte sich wieder dem Geschehen direkt unter ihnen zu. Obwohl die Keshi, die sich Duprey entgegengeworfen hatten, nicht einmal über Magi-Unterstützung verfügten, geriet der Gegenangriff der Dreizehnten ins Stocken. Es waren schlichtweg zu viele. Marle und Bondeau konnten ihren Männern gar keinen Weg freischießen, und wenn sie noch so viele Blitze auf den Feind niedergehen ließen. Dupreys Legion war von den restlichen Truppen abgeschnitten.

Unterdessen hatte der Sandsturm Echor erreicht. Ramon kannte nur die Gerüchte darüber und hatte noch nie einen erlebt. Angeblich waren die Stürme mitunter so schnell, dass der aufgewirbelte Sand einem das Fleisch von den Knochen riss. Selbst Echors Windschiffe, die hoch über der braunen Wolke kreisten, wurden wild umhergeworfen, während die Keshi-Piloten kaum Probleme zu haben schienen.

Wie, bei Hel, machen sie das?

Gleißende Lichtbogen zuckten aus den rondelmarischen Reihen hinauf zu Salims Flotte. Echor und seine Offiziere waren von hohem Blutrang und hervorragend ausgebildet, aber mit dieser Übermacht hatten sie nicht gerechnet. Ramon spürte, wie ihre Gnosis bereits schwächer wurde, und sah die ersten Lücken in Echors Formation klaffen.

»Der Herzog wird die Löcher schnell wieder stopfen!«, rief Storn. »Ihr werdet sehen.«

Prompt ging eins der dreieckigen Segel in Flammen auf. Der Bug neigte sich nach unten, dann bohrte sich das getroffene Schiff, einen langen Feuerschweif hinter sich herziehend, in den Boden – und direkt hinein in eine argundische Legion. Brennende Trümmerteile flogen auf, Hunderte Argundier starben in dem Feuerball. Und das war nur eins von Dutzenden feindlichen Windschiffen gewesen, die unablässig Pfeile und Feuer auf Echors Männer niedergehen ließen ...

Ramon riss sich von dem entsetzlichen Anblick los und sah, wie die Dreizehnte unter einem weiteren Frontalangriff erzitterte. Bondeau selbst stand jetzt in vorderster Reihe und schlug die Keshi mit seiner Feuergnosis zurück. Die heranpreschenden Feinde gingen in Flammen auf wie mit Öl getränkte Fackeln, ebenso wie die Pfeile, die die Keshi-Bogenschützen auf Bondeau abschossen. Ramon roch das verbrannte Fleisch, hörte die erleichterten Jubelschreie von Bondeaus Männern.

Wenigstens einmal in deinem Leben taugst du zu etwas, du arroganter Drecksack ...

Da spürte er eine weitere Entladung, die so mächtig war, dass es ihm den Atem verschlug. Er brauchte einen Moment, bis er begriff, dass sie aus dem Sandsturm gekommen war. Offensichtlich hatten Echors Magi versucht, ihn von sich abzulenken, doch sie hätten genauso gut versuchen können, eine Felslawine aufzuhalten. Wenn ein so gewaltiges Wetterphänomen einmal in Gang gesetzt war, war es nicht mehr aufzuhalten.

In seinem Kopf hörte er die Schreie der Männer, die in die Luft geschleudert wurden wie Ameisen. Seine Augen konnten in dem wirbelnden Inferno nicht das Geringste erkennen, aber seine gnostischen Sinne zeigten ihm auch so, was geschah: Echors Männer gerieten in Panik. In völliger Verzweiflung hielten sie sich Mund, Nase und sogar die Ohren zu, um sich den Sand vom Leib zu halten, der ihnen zuerst die Sicht nahm, um sie dann bei lebendigem Leib zu häuten. Salims Windschiffe stiegen nun höher und wichen dem Sturm mühelos aus, während die rondelmarischen eines nach dem andern in Stücke gerissen wurden.

Der Sturm hält genau auf unsere Position zu. Wenn er uns erreicht, ist das das Ende …

Und Ramon spürte noch etwas: Keshi auf bizarren Reittieren, die sich im Auge des Sturms versteckt gehalten hatten. Sie trugen hölzerne Aufbauten auf dem Rücken, in denen Magi und Bogenschützen saßen, die jeden erledigten, der den Sand überlebt hatte.

Ramon wurde übel vom schieren Ausmaß des Schlachtens, das sich dort unten abspielte. Die Keshi-Magi verwickelten ihre rondelmarischen Gegenspieler in Zweikämpfe, damit sie ihren Männern keinen Feuerschutz mehr geben konnten, während Zenturie um Zenturie ausradiert wurde, als hätte sie nie existiert. Die Argundier und Estellayner mochten von höherem Blutrang sein, aber sie waren zu wenige, ganz zu schweigen von den Fußsoldaten. Lediglich die Dreizehnte und die beiden benachbarten Legionen hielten noch stand. Die schwerere Ausrüstung verschaffte den Legionären einen gewissen Vorteil gegenüber den weniger gut ausgebildeten Keshi, aber auch hier würde die zahlenmäßige Überlegenheit des Feindes bald den Ausschlag geben. Selbst die hinteren Manipel waren nun in den Kampf verwickelt, und Rückzugsmöglichkeit gab es keine. Das hier hatte nichts mehr mit dem zu tun, was sie am Arkanum über Schlachttaktik gelernt hatten. Es war ein einziges Hauen und Stechen und Sterben, aufgeteilt in zahllose kleine Scharmützel. Zu Hunderten und Tausenden warfen sich die Keshi mit Versen aus dem Kalistham auf den Lippen gegen die Rondelmarer, als kümmerte es sie nicht, ob sie überlebten oder starben.

Ramon drehte sich zu Storn um. »Sag Duprey, er muss sich zurückziehen.«

Storn blinzelte. Seine Augen waren groß und glasig, die Unterlippe bebte. »Die Dreizehnte hält stand«, erwiderte er. »Wir halten stand …«

»*Wir* schon, aber die anderen nicht. Schick einen Reiter!«

»Echor hat Reservetruppen«, entgegnete Storn stur.

»Das ist ein Befehl, Tribun.«

»Ihr kennt den Krieg nicht, Herr«, sagte Storn mit zitternder Stimme. »Manchmal sieht es schlimmer aus, als es ist. Das Wichtigste ist, nicht in Panik zu geraten.«

»Das Wichtigste ist, am Leben zu bleiben!«, schrie Ramon und schloss die Augen. *Sevi! Wo bist du?*

Ramon? Kannst du irgendwas erkennen? Wir sehen überhaupt nichts hier unten, es ist grässlich! Sie wirkte zutiefst erschüttert.

Ramon hätte alles dafür gegeben, sie einfach von dort unten wegzuzaubern. Severine war für Paläste geschaffen, für Festbankette und hübsche Kleider, nicht für diesen Albtraum. *Sag Duprey, er muss sich zurückziehen. Hier in den Hügeln können wir uns verteidigen. Das gesamte Heer soll sich bis auf unsere Position zurückfallen lassen.*

Es war, als hätte sie ihn nicht gehört. *Wir haben den Kontakt zu der Legion an unserer linken Flanke verloren. Ständig kommen Hilferufe rein.* Dann brach sie den Kontakt zu ihm ab und kommunizierte nur noch mit den anderen Sehern.

Ramon fluchte. »Duprey reagiert nicht«, sagte er zu Storn. »Ich gehe selbst.«

Die Vorstellung, dass der einzige noch verbliebene Magus ihn allein zurücklassen könnte, riss Storn aus seiner Schockstarre. Er packte Ramon am Arm. »Herr, ich schicke jemanden, sofort«, brabbelte er drauflos und brüllte seine Befehle.

Während der Bote sich auf den Weg machte, wandte Ramon seine Aufmerksamkeit wieder auf die Schlacht. Was weiter im

Süden passierte, konnte er nicht mehr erkennen, und auch direkt unterhalb seines Hügels betrug die Sichtweite beinahe null. Ab und zu sah er eine von Bondeaus Feuerwalzen aufflammen, hörte, wie Duprey versuchte, seine vom Feind eingeschlossenen Männer zu beruhigen, während Severine seine Befehle an die anderen Abteilungen weitergab. Ramon versuchte noch einmal, sie zu kontaktieren, doch sie war zu beschäftigt.

Legat!, wandte er sich schließlich direkt an Duprey. *Wir verlieren!*

Duprey schreckte auf. *Sensini! Komm sofort mit deinen Männern hier runter! Wir brauchen Unterstützung!*

Herr, Ihr müsst Euch zurückziehen. Ich habe von hier oben den besseren Überblick über das Geschehen, und ich sage Euch, wir verlieren. Es sind einfach zu viele!

Duprey explodierte. *Schick deine Männer hier runter, oder du kommst vors Kriegsgericht!*

Herr, ich habe den Kontakt zum Oberkommando verloren, meldete Severine sich plötzlich wieder zu Wort.

Duprey fuhr herum. *Dann sieh zu, dass du ihn wiederherstellst!*, brüllte er sowohl mit der Stimme als auch in Gedanken. *Koreverflucht, bin ich hier nur von Trotteln umgeben?!*

Ramon spürte, wie Severine zusammenzuckte, als hätte der Legat sie geohrfeigt, doch Duprey bekam es gar nicht mit. Er war voll und ganz damit beschäftigt, einen Ausweg für seine Männer zu finden, noch während der Wind die Siegesschreie der Keshi herantrug.

Sevi, du musst da weg!, schrie Ramon.

Ich kann nicht, wimmerte sie und konzentrierte sich wieder darauf, Kontakt zu Echor und seinen Offizieren aufzunehmen.

Ramon presste sich verzweifelt die Hände aufs Gesicht. Er war kurz davor, Severine selbst da rauszuholen. *Reiß dich zusammen. So machst du nur das ganze Manipel nervös.*

Das war leichter gesagt als getan. Seine Männer sahen dasselbe wie er, und zweifellos waren sie klug genug, um dieselben Schlüsse zu ziehen wie er. Aber zumindest das ließ sich ändern.

»Storn!«, rief er. »Befiehl die Männer von der Kante weg!«

»Wie bitte?«

»Tu es!« Allmählich dämmerte ihm, dass Storn mit der Lage genauso überfordert war wie er selbst. *Und wie alle anderen. Keiner von ihnen hat je in seinem Leben auf der Verliererseite gestanden …*

Endlich befolgte Storn den Befehl, und die Männer zogen sich langsam zurück, reckten aber immer noch neugierig die Hälse, um mit eigenen Augen zu beobachten, wie die Katastrophe unten ihren Lauf nahm.

»Noch weiter!«

Als sie das Schlachtfeld nicht mehr sehen konnten, schauten die Legionäre Ramon erwartungsvoll an. Genau das hatte er gewollt.

»Macht die Wagen bereit«, sagte er zu Storn und versuchte, so zu wirken, als wüsste er, was er tat. »Spannt die Ochsen und Pferde wieder ein. Wir müssen die Vorräte in Sicherheit bringen, zu der verfallenen Festung da drüben. Los!«

Die Männer waren erleichtert, endlich wieder Befehle zu bekommen und etwas tun zu können, statt nur untätig zuzusehen, wie die Schlacht verloren ging. Es verschaffte ihnen die Illusion von Kontrolle, eine Illusion, an die sich auch Ramon verzweifelt klammerte. *Papa-Sol, steh mir bei.*

»Schick einen Reiter zu Korions Einheit«, wies er Storn an. »Sie sollen nach Westen schwenken und unsere Flanke decken.« *Wenn die Keshi-Kavallerie vor ihnen hier ist, dann gnade uns Gott.* »Schnell!«

Während die Männer die Befehle ausführten, trat Ramon

wieder an die Kante und überlegte, was er noch tun konnte. *Die Dreizehnte ist ein Haufen hartgesottener Meuterer, aber alles, was ich hier oben habe, sind mit Schaufeln und Federkielen bewaffnete Pioniere und Schreiber. Bestens.*

Ramon sah, wie die feindlichen Magi Marle und Bondeau in Zweikämpfe verwickelten, damit sie ihren Männern keinen Feuerschutz mehr geben konnten. Genau dieselbe Taktik, die sie draußen auf der Ebene gegen Echors Truppen angewendet hatten. Mit dem Mut der Verzweiflung leisteten die Legionäre erbitterten Widerstand, konnten aber nicht verhindern, dass sie immer weiter gegen die Felsen zurückgedrängt wurden, bis sie sich direkt unter der Klippe befanden, auf der Ramon stand. *Das war's.* Er rief ein letztes Mal nach Severine.

Ich bin hier!

Endlich hatte Ramon Sichtkontakt. Zusammengekauert stand sie an Dupreys Seite, der versuchte, die anbrandenden Keshi in Schach zu halten, die drauf und dran waren, sie an den Felsen in ihrem Rücken zu zerquetschen. Severine war weniger als sechzig Schritt weit weg, doch Ramon kam es vor, als wären es Meilen. *Was siehst du von da oben?*

Ich sehe, dass wir alle am Arsch sind, wenn wir hier nicht rauskommen! Sag Duprey, dass er den Rückzug befehlen muss!

Severine klopfte Duprey auf die Schulter und deutete nach oben. Im ersten Moment schien der Legat erneut in die Luft gehen zu wollen, da erblickte er Ramon und kam endlich zur Besinnung. Er hielt Ramons Blick einen Moment lang, dann dirigierte er seine Zenturien mit schnellen Gesten links und rechts die Anhöhe hinauf. Schließlich nahm er Severines Gesicht zwischen die Hände und flüsterte ihr etwas zu.

Ungläubig beobachtete Ramon, wie Severine vor Duprey auf die Knie sank und seine Hand küsste, dann dämmerte es ihm: Jemand musste zurückbleiben und den Rückzug der anderen decken. Duprey würde das übernehmen. Ramon schloss die Augen und schickte ein stummes Gebet an Mater-Lune. Nur die Göttin des Wahnsinns konnte sie jetzt noch retten.

Severine erhob sich und schwebte auf einem Kissen aus Luftgnosis zu ihm hinauf. Blitze und Pfeile prallten an ihren Schilden ab, dann landete sie direkt neben Ramon. Sie war in Tränen aufgelöst, und Ramon musste sich mit aller Macht beherrschen, um sie nicht in die Arme zu schließen. Doch im Augenblick gab es Wichtigeres.

»Wir ziehen uns zu der Festung zurück«, erklärte er knapp. »Hol deine Sachen und lade sie auf die Proviantwagen. Und sag Korion, er soll sich ebenfalls dorthin durchschlagen. Ich habe ihm einen Boten geschickt, aber wer weiß, ob der ihn in dem Chaos überhaupt findet.«

Severine nickte stumm und lief los. Ramon schaute ihr hinterher und wurde das Gefühl nicht los, dass er sie zum letzten Mal sah. Dann erreichten sie die ersten peitschenden Ausläufer des Sandsturms, und er verlor sie aus dem Blick.

Papa-Sol, wache über sie.

Er wandte sich wieder dem Flussbett zu, wo die Soldaten des vierten und fünften Manipels versuchten, sich unter dem Sturm wegzuducken, während sie um ihr Leben rannten. Von Süden kamen noch weitere Trupps, versprengte Überlebende der anderen Legionen. Noch hielten sie ihre Marschordnung, aber es war deutlich zu erkennen, dass sie kurz davor standen zu desertieren. Ramon winkte und deutete auf die Festung, gerade noch rechtzeitig, bevor der gelb-braune Schleier ihm die Sicht nahm.

Den Keshi schien der Sturm nichts anhaben zu können. Wie Wüstengeister trug er sie heran und warf sie gegen Dupreys Stellung, der versuchte, sie mit seinen wenigen verbliebenen Kämpfern aufzuhalten. Marle war bei ihm, ebenso die beiden Brever Coulder und Fenn sowie einer der Andressaner. Ramon war nicht sicher, ob es sich um Hale, Gerant oder Lewen handelte, und verfluchte sich selbst dafür. Es wäre nur recht und billig, wenn er die, die dort unten sein Leben für ihn gaben, wenigstens beim Namen kannte.

Storn zupfte ihn am Ärmel. »Herr? Wir müssen los. Ich sorge dafür, dass die Sonderfracht ganz vorne in der Kolonne fährt.«

»Nur Wasser und Proviant, Storn. Falls wir das hier überleben, ist der verfluchte Mohn das Letzte, was wir brauchen.«

Der Tribun zuckte zusammen. »Aber … er ist Hunderttausende Gulden wert!«, erwiderte er entsetzt.

»Weg damit«, fuhr Ramon seinen Offizier an und verstummte abrupt. »Nein, warte! Ich habe eine bessere Idee.«

»Wie wir ihn retten können?«, fragte Storn erleichtert.

»Exakt. Lass die Wagen mit dem Mohn an die Kante bringen. Schnell!«

»Hierher?« Storn blickte sich um. »Wozu?«

»Wirst du gleich sehen.« Sie steckten bis zum Hals in der Klemme, aber einen Trumpf hatten sie noch im Ärmel. Wenn es funktionierte, konnte Ramon der Dreizehnten zumindest ein bisschen mehr Zeit verschaffen, und das war besser als nichts.

Bis die Wagen in Position waren, vergingen mehrere Minuten. Ramon dirigierte die Gespanne an die richtigen Stellen und schaute immer wieder nach unten, um sich zu versichern, wie weit der Rückzug der anderen vorangeschritten war.

Die Männer flohen, so schnell es Rüstung und Material zuließen, während Duprey und Marle nach wie vor das Flussbett hielten. Die ersten Keshi waren schon verflucht nahe heran und schauten wütend zu Ramon hinauf.

»Wie lauten Eure nächsten Befehle?«, fragte Storn.

Ramon riss den Blick von dem Gemetzel unterhalb los und

wandte sich direkt an sein Manipel. Er zeigte nach unten und erklärte seinen Männern genau, was sie zu tun hatten.

Die Legionäre blickten ihn nur verwirrt an, doch Storn war der Verzweiflung nahe. »Aber, Herr, all das Geld…«

Ramon lachte grimmig. »Du wirst tun, was ich dir sage, Tribun, und genau dann, wenn ich es sage.«

Alles hing vom richtigen Moment ab. Es kämpften nicht viele feindliche Magi unten im Flussbett, aber die Zahl der Fußsoldaten war überwältigend. Ramon beobachtete, wie Bondeau seine Männer nach links schwenken ließ und einen flachen Hügel hinaufführte. Kills Manipel war bereits oben. Sie ließen Bondeaus vollkommen erschöpfte Soldaten durch und schlossen dann den Verteidigungsring sofort wieder. Ramon traute seinen Ohren nicht, aber der Schlesser sang. Er konnte seinen Bass bis hierher hören. Helm und Schild hatte er verloren, sein Haar flatterte im immer stärker werdenden Wind, während er seinen riesigen Beidhänder schwang und sich den Keshi-Verfolgern in den Weg stellte. An der Spitze seines Manipels warf er sich dem Feind entgegen und schlug den ersten Angreifer einfach in der Mitte entzwei wie ein Krieger aus einer schlessischen Legende. Wieder und wieder fuhr sein Schwert durch Helme, Rüstung, Speerschäfte und Klingen, als wären sie aus Papier. Dann, als Ramon schon Hoffnung schöpfte, Duprey und Marle könnten entkommen, spielte der Feind seine letzte Karte aus.

Die Linie der Fußsoldaten teilte sich und ließ die Reiterei durch, die sie bis jetzt zurückgehalten hatten. Wie Derwische preschten sie direkt auf Duprey und seine erschöpften Männer zu. Ein Teil der Reiter nahm Duprey mit Pfeilen und Gnosis unter Beschuss, während die anderen mit den Lanzen im Anschlag auf die Legionäre zugaloppierten, die hinter ihren Schilden in Deckung gingen.

Alle Speere waren bereits geschleudert, zur Verteidigung blieben den Soldaten nur noch ihre Kurzschwerter – eine denkbar ungeeignete Waffe gegen die anbrandende Keshi-Kavallerie mit ihren schweren Spießen. Wer nicht von einer Lanze durchbohrt oder einem Säbel enthauptet wurde, wurde von Hufen zertrampelt. Der Lärm war entsetzlich, der Blutgeruch kaum zu ertragen, als Freund und Feind zu Dutzenden den Tod fanden.

Schließlich brach der erste Reiter zu Duprey durch. Coulder, der gerade einen Angreifer zu dessen Rechten abwehrte, sah den Säbel nicht einmal kommen, der ihm von hinten ins Genick fuhr und ihm beinahe den Kopf vom Rumpf trennte.

Fenn heulte auf, als wäre er selbst getroffen worden, und vergaß für einen Moment seine Schilde. Nicht lange, aber lange genug für den gezielten Lanzenstoß eines weiteren Reiters. Die beiden Brever brachen tot zusammen, während Duprey brüllend in alle Richtungen feuerte.

Ramon drehte sich zu seinen Männern um. »Jetzt!«

Die Legionäre entzündeten den ersten Sack und schleuderten ihn über die Kante. Die anderen Säcke folgten. Der Mohn, den Ramon während der letzten Monate gehortet hatte, war als getrocknetes Pulver geliefert worden, das brannte wie Zunder. Alles, was es jetzt noch brauchte, war ein bisschen Feuer- und Luftgnosis, um das brennende Zeug über den heranstürmenden Keshi zu verteilen. Es dauerte ein paar Augenblicke, bis die Wirkung einsetzte, aber schon kurz nach der ersten Salve war das gesamte Flussbett von einem Schleier aus beißendem Opiumrauch überzogen. Die Angreifer wurden von heftigen Hustenanfällen gepackt und brachen röchelnd zusammen, während das zehnte Manipel ihnen Sack um Sack des brennenden Gifts entgegenschleuderte und die überlebenden Legionäre die Hügel hinauf um ihr Leben rannten.

Die feindlichen Magi reagierten sofort und versuchten, die Opiumwolke mit Luftgnosis auseinanderzutreiben, doch Ramon hielt sie mit aller Kraft zusammen, die ihm noch geblieben war. Gleichzeitig spürte er, wie die Infanteristen der Keshi einer nach dem anderen ihr Leben aushauchten. *Unvorstellbar, dass es Menschen gibt, die dieses Zeug freiwillig rauchen! Unvorstellbar, dass ich tatsächlich mit dem Gedanken gespielt habe, mir damit eine goldene Nase zu verdienen …*

Ramon schob sein schlechtes Gewissen für den Moment beiseite. Er musste das Leben seiner Kameraden retten, und dazu brauchte er seine volle Konzentration, denn der Gegenzauber der Keshi war mächtig. Bis jetzt schien es allerdings zu funktionieren: Immer mehr rondelmarische Soldaten kamen taumelnd und würgend den Hang hinauf, worauf Kills Männer sie packten und weiterschoben. Die wenigen Keshi, die sich an ihre Fersen geheftet hatten, waren so benommen, dass sie kaum mitbekamen, wie die Schwerter des neunten Manipels sie niedermachten.

Dann versiegte der Strom von Überlebenden, und das war auch gut so, denn Ramon war mit seinen Kräften am Ende. Die feindlichen Magi hatten ihm schwer zugesetzt, und nun begann auch der Sturm an der Opiumwolke zu zerren. Mit einem letzten Stöhnen ließ Ramon sie los und beobachtete, wie die brennenden Flocken davongewirbelt wurden. Nachdem der Schleier sich gelüftet hatte, sah er die überlebenden Keshi, die mit hasserfüllten Augen zu ihm hinaufstarrten. Wie aus einer Trance erwacht, wandten sie sich nach links und warfen sich gegen Kills Verteidigungslinie. Er und das neunte Manipel waren alles, was noch zwischen dem kläglichen Überrest der Dreizehnten und den ungeschützten Proviantwagen stand.

Mit wilden Schreien auf den Lippen versuchte jeder Keshi,

als Erster bei Kill zu sein und den riesenhaften Barbaren zur Strecke zu bringen. Der Vorderste holte gerade mit seinem Säbel aus, als Kills Beidhänder auf ihn niederfuhr. Die beinahe zwei Ellen lange Klinge durchschlug Schild und Helm, da stach schon der nächste Keshi mit seinem Speer zu. Kill sprang zur Seite und spaltete den Angreifer mit seinem Konter in zwei Hälften.

Die nächsten beiden rückten Seite an Seite gegen ihn vor, doch Kill lähmte sie mit einer Gnosisentladung und trennte beiden, noch während sie erstarrt dastanden, mit einem einzigen Schlag die Köpfe ab.

Kills Männer sahen es und bildeten links und rechts von ihm eine neue Frontlinie, während weitere Keshi heranstürmten.

»Ycha ba Minaus!«, brüllte Kill. »Ycha ba Minaus!«

Und selbst wenn du ein stierköpfiger Gott bist, solltest du jetzt besser von da verschwinden! Ramon gab seinem Pferd die Sporen und hielt in gestrecktem Galopp auf Kills Stellung zu. Während er heranpreschte, feuerte er Gnosisbolzen auf die Keshi ab, die tatsächlich innehielten, um zu sehen, aus welcher Richtung die Angriffe kamen.

Doch Kill dachte nicht daran, die Gelegenheit zur Flucht zu nutzen. Ramon traute seinen Augen nicht: Der Schlesser befahl seinen Männern tatsächlich vorzurücken, und die gehorchten auch noch. Kill musste im Blutrausch den Verstand verloren haben und seine Legionäre gleich mit ihm. »Minaus! Minaus!«, schrien sie in blinder Raserei.

Der Effekt blieb nicht aus: Die Keshi glaubten, in einen von einem Wahnsinnigen angeführten Gegenangriff geraten zu sein, und wandten sich zur Flucht.

Kills Manipel jubelte und wollte sich schon an die Verfolgung machen, da brüllte Ramon aus vollem Hals: »Kill, nicht! Lass sie laufen, du musst deine Männer da rausschaffen!«

Doch der Schlesser hörte ihn nicht. Seine Augen glühten feuerrot. »Yar!«, rief er, »Ycha ba Minaus!«

»Verdammt, Kill, du Narr! Verschwindet endlich von hier!« Ramon bündelte all seinen Mesmerismus und schrie: *Zieht euch sofort zurück, verdammt!*

Im ersten Moment zeigte der·Schlesser immer noch keine Reaktion, dann schien sein Verstand endlich zurückzukehren. Er blinzelte, als wüsste er kurz nicht, wo er sich befand, dann ließ er keuchend das Schwert sinken und hob die Hand. »Rückzug!«, rief er und sah beinahe enttäuscht aus, so viele Keshi davonkommen zu lassen. Seinen Männern schien es ähnlich zu gehen, aber sie folgten dem Befehl.

Ramon galoppierte weiter, bis er Kill erreicht hatte. »Beeilt euch, Amiki«, sagte er zu seinem Freund und fügte in Gedanken hinzu: *Ist das jetzt endlich ein Krieg nach deinem Geschmack, du Hornochse?*

»Und ob«, erwiderte Kill grimmig und reichte ihm die Hand. »Wurde auch Zeit.«

»Wenn du es sagst.« Ramon konnte nur den Kopf schütteln. »Und wie es sich gehört, wären wir um ein Haar draufgegangen dabei.«

Kill lachte polternd. »Ja, sie haben uns ganz schön in den Arsch gefickt! Aber wir waren stark, ich und meine Männer«, fügte er mit stolzgeschwellter Brust hinzu. »Sie waren fast so gut wie eine schlessische Kriegsmeute.«

»Mag sein, aber können sie auch rennen?«, entgegnete Ramon. »Siehst du die verfallene Festung dort drüben? Bis dahin ist es ungefähr eine Meile, und die müssen wir schaffen, bevor dieser verfluchte Sturm uns in Stücke reißt.«

Beide spähten sie zum Horizont. Der Sturm schien an Tempo verloren zu haben. Er schwebte genau über Echors Stellung, als würde etwas ihn dort festhalten.

Das könnte unsere Rettung sein, dachte Ramon. »Geh jetzt«, sagte er zu Kill. »Und halt mir ein kuscheliges Fleckchen frei.«

»Bis gleich, mein Freund.« Kill steckte seinen Beidhänder zurück in die Scheide und klopfte Ramon auf den Oberschenkel. »Lass mich nicht zu lange auf dich warten, in Ordnung?«

»Werde ich nicht.« Ramon winkte ihm ein letztes Mal, dann ritt er zurück zu seinem Manipel. Es war jetzt an ihm, die Überlebenden in Sicherheit zu bringen.

»Zeit, hier zu verschwinden!«, rief er, als er die Männer erreicht hatte.

Sie ließen es sich nicht zweimal sagen.

Ramon gab Lu die Sporen und schaute sich um. Bondeau jagte mit seinem Manipel ebenfalls auf die Festung zu, dicht gefolgt von Marles Männern – der klägliche Rest, der entkommen war, weil ihr Legat ihnen den Rücken freigehalten hatte. Wie versprengte Ameisen hielt alles, was noch laufen konnte, auf die Ruine zu. Sie war ihre einzige Rettung, falls es überhaupt eine gab. Ramon sah Fußsoldaten, Wagen und Reiter, insgesamt vielleicht zweitausend Mann, weniger als die Hälfte ihrer ursprünglichen Stärke. Da bemerkte er aus dem Augenwinkel eine weitere Staubwolke, sie kam von Westen, und sein Herz setzte einen Schlag lang aus. *Eine Kavallerieeinheit. Wenn das nicht der geringere Sohn ist, sind wir verloren.*

»Schneller!«, trieb er die Männer um sich herum an. »Bewegt euch!«

Doch er hätte sich den Atem sparen können. Auch sie hatten die Wolke gesehen und rannten, als wären alle Dämonen Hels hinter ihnen her.

EPILOG

STAUB IM WIND

DIE WÜSTEN

Im Kalistham steht, die Wüsten seien eine Strafe für die Sünd-haftigkeit der Welt. Für jede Sünde vergießt Ahm eine Träne, die als Sandkorn auf Urte fällt. Die Keshi glauben, dass der Sand eines Tages die ganze Welt verschlingen wird, weil der Mensch der Sünde nicht entsagen kann. Und dennoch erblühen durch das Wirken des Ordo Costruo Gärten, wo einst Wüste war. Körnchen für Körnchen ringen wir die Unwissenheit nie-der. Es sind diese Dinge, die den Menschen erst zum Menschen machen.

ANTONIN MEIROS, HEBUSAL, 854

Als das Skiff wieder durch die Oberfläche brach, zerplatzte die schützende Blase aus Segeltuch und Gnosis. Ein Schwall frischer Luft ergoss sich über sie – und mit ihr ein Regen aus Salzwasser, der sie unweigerlich ertränken würde. Alaron brüllte, die Blase schloss sich wieder, dann wurden sie erneut unter Wasser gedrückt. Die Schutzglocke, die er um sie gewoben hatte, wölbte sich bedrohlich, aber irgendwie hielt sie dem Druck stand. Alaron zapfte die Energie an, mit der die Lamien den Kiel angefüllt hatten, richtete den Bug aus und betete. Als sie das nächste Mal auftauchten, war er bereit. Mit Sylvanismus gab er dem Kiel Auftrieb und hielt das Skiff über Wasser. Die Wellen ringsum waren riesig, aber sie brachen nicht, und sie schafften es tatsächlich, an der Oberfläche zu bleiben, auch wenn sie so durchgeschüttelt wurden, dass er und Ramita sich mehrmals übergeben mussten. Aber fürs Erste waren sie in Sicherheit.

Ihm schwirrte immer noch der Kopf. Vorhin auf der Landeplattform hatte er, wenn auch nur für einen kurzen Moment, schon zum zweiten Mal den Zustand der Trancegnosis erreicht, sogar noch vollständiger als am Gydangraben. Angst und Verzweiflung hatten bewirkt, was jahrelange Lehr- und Übungsstunden nicht geschafft hatten: Alaron hatte bewiesen, dass er in der Lage war, verschiedene Aspekte der Gnosis gleichzeitig zu benutzen. Leider wurde dieser persönliche Triumph von den anderen Ereignissen vollkommen überschattet. Justina Meiros war tot, und Cym, wenn sie überhaupt noch lebte, war wieder eine Gefangene. Alaron wusste nicht einmal, welchem ihrer Feinde sie in die Hände gefallen war …

Die Strömung zog sie beängstigend schnell hinaus auf den Ozean, weg von der Glasinsel, die am Horizont immer kleiner wurde. Das Schiff der Inquisitoren hatte zwar keinen Mast und keine Segel mehr, war aber immer noch flugtüchtig, wie es schien. Von den Venatoren war nichts mehr zu sehen, wahrscheinlich waren sie alle tot.

Wir sind noch einmal davongekommen, aber Cym ist immer noch da drinnen … Eine entsetzliche Traurigkeit senkte sich über ihn, und irgendwann ließ er die Tränen einfach fließen. Cym war verschollen, ihre gerade erst wiedergefundene Mutter tot. Einen Rettungsversuch zu unternehmen kam nicht infrage, denn damit würde Alaron auch noch das bisschen riskieren, das er gewonnen hatte, sagte er sich und umklammerte die Skytale.

»Es tut mir so leid«, flüsterte Ramita. Ihre Stimme war unter dem Lärm der Wellen kaum zu hören, aber Alaron verstand sie auch so. Antworten konnte er jedoch nichts. Sie saß vorne am Bug, streichelte ihren Bauch und blickte sich unsicher um. Jedes Mal, wenn eine der Riesenwellen über sie hinwegzuschwappen drohte, flimmerten ihre Schilde auf, sodass sie kaum nass wurden. Die Glasinsel war bereits weit weg, nur noch ein dünner Strich am Horizont, doch Ramita wurde das Bild einfach nicht los, wie Huriya, ihre ehemalige Schwester, die Seele der alten Hexe verschlang … *Bei den Göttern, was ist nur aus ihr geworden?*

Und Justina war tot.

Ruhe in Frieden, Tochter.

Doch am schlimmsten war das bohrende Schuldgefühl. Ein einfacher Satz, eine nüchterne Feststellung, hatte Justina einen Moment lang abgelenkt und sie das Leben gekostet. *Ich war es, die Kazim hereingelassen hat. Ich habe Antonin getötet und jetzt auch Justina.*

Ramita vergrub das Gesicht in den Händen und betete darum, dass sie überlebten. Doch sie betete nicht für sich selbst, sondern nur für ihre ungeborenen Kinder.

Als Cym die Augen aufschlug, wusste sie im ersten Moment nicht, wo sie war. Sie lag mit dem Gesicht nach unten auf einem kalten Steinboden, sah aus den Augenwinkeln nur Rauch und Dunkelheit. Ihr ganzer Körper schmerzte entsetzlich, vor allem die rechte Schulter. Dann kam die Erinnerung: Mit der Schulter war sie gegen die Wand gekracht. Ohne ihre Schilde hätte sie den Aufprall nicht überlebt.

Sie wollte sich bewegen, aber es ging nicht. Etwas hielt sie fest, ein Gewicht wie von einem Felsbrocken, das ihr zwischen die Schulterblätter drückte. Sie drehte den Kopf, so weit es ging, und erblickte nur eine Handbreit von ihrem Gesicht entfernt ein Löwenhaupt. Der heiße Atem aus seinem Maul brannte auf ihrer Haut. Als sie den Blick weiter nach unten wandern ließ, erkannte sie, dass der Rest des majestätischen Körpers der eines Menschen war.

Der Mörder meiner Mutter.

Und höchstwahrscheinlich auch ihrer. Was hatte dieses Keshi-Mädchen nur gesagt, dass Justina ihre Schilde für einen Moment vollkommen hatte vergessen lassen? Cym hatte es nicht verstanden und zermarterte sich das Hirn, was in aller Welt eine so mächtige und erfahrene Magi so aus der Fassung hatte bringen können.

Jetzt sah Cym auch die anderen Gestaltwandler. Sie knieten vor dem Mädchen, das beinahe zu platzen schien vor Stolz, küssten ihr Hände und Füße. Als sie Cyms Blick auffing, sagte sie etwas, einen Namen wahrscheinlich.

»Zaqri«, wiederholte sie lauter, und der Löwenmensch hob den Kopf.

Zaqri, der Mörder meiner Mutter ...

Noch während Zaqri aufstand, verwandelte sich sein Gesicht in das eines Menschen, nur der Körper blieb, wie er war: ein Abbild von männlicher Kraft und Anmut.

Cym versuchte sich zu bewegen, aber sie war zu erschöpft, schaffte es kaum, auch nur die Hand zu heben. Alles, was sie tun konnte, war hilflos dazuliegen, während Zaqri zu seiner neuen Herrin schritt, vor ihr niederkniete und ihr die Füße küsste. Sie wechselten kurz ein paar Worte, dann kam er zurück, immer noch nackt, und von oben bis unten mit dem Blut ihrer Mutter beschmiert.

»Mädchen«, sagte er. »Wer bist du?«

Er spricht Rondelmarisch ... Cym schüttelte nur stumm den Kopf und versuchte, von ihm wegzukriechen.

Zaqri packte Cym am Kinn und drehte sie herum. »Ich werde dich mit einer Kettenrune belegen, wenn ich muss, Mädchen.« Er presste ihr die riesige Hand auf die Stirn, dann war er plötzlich in ihr. Die Kraft seiner Gnosis war entsetzlich. *Siehst du? Ich bin unendlich viel stärker als du, Rimonierin.*

Die Berührung seines Geistes war genauso beeindruckend und furchterregend wie sein Körper. Cym spürte, dass er um Jahrzehnte älter war als sie, und dennoch strotzte er nur so vor jugendlicher Kraft. Sie nahm all ihren Mut zusammen. *Du hast meine Mutter umgebracht.*

Und deine Leute haben meine Gefährtin getötet, erwiderte er verbittert.

Eine Weile starrten sie einander wortlos an, bis Cym es schließlich nicht mehr aushielt. *Ist ... meine Mutter in dir?*

Zaqri schüttelte den Kopf. *Nur ihre Kraft. Ich bin jetzt stärker, als ich es je war.*

Ist sie ... ist sie noch da?

Nein, erwiderte er ohne einen Hauch von Mitgefühl. *Sie ist nur noch eine Erinnerung.* Dann packte er sie an den Schultern und sagte laut: »Öffne dich, Mädchen, oder es wird umso schmerzlicher.«

Cym hatte keine Wahl. Sie hob ihre Wächter auf und ließ Zaqri in ihren Geist. Sein Löwenhaupt erstrahlte in ihrem Inneren wie eine Fackel in der Nacht, als wäre er Sol selbst. Sie hätte sich gar nicht widersetzen können, selbst wenn sie es versucht hätte. Seine Präsenz füllte sie vollkommen aus, und dann entdeckte er etwas, einen Gedanken, den sie nicht rechtzeitig hatte verbergen können.

So schnell, wie er eingedrungen war, verließ Zaqri ihren Geist wieder und blickte mit geweiteten Pupillen auf. Seine Hände zitterten vor Erregung. »Meine Königin«, sagte er leise, »ich habe etwas gefunden.«

Huriya kam gemessenen Schrittes heran. »Ja?«, flüsterte sie.

Zaqri beugte sich so nah an ihr Ohr, dass Cym gerade noch mithören konnte. »Die Inquisitoren sind hergekommen, um nach etwas zu suchen, nach etwas sehr Wertvollem. Ihr habt jetzt Sabeles Erinnerungen und werdet wissen, was die Skytale des Corineus ist.«

Huriyas Augen blitzten. »Bist du sicher?«

Zaqri packte Cym am Kinn. »Das Mädchen hat sie in der Hand gehabt.«

Cym blickte entsetzt zwischen Huriya und Zaqri hin und her. Dieses Keshi-Mädchen mit seiner würdevollen und zugleich zutiefst verdorbenen Aura war furchterregend genug, aber es war Zaqri, der ihr noch mehr Angst einflößte. Sie erinnerte sich daran, was sie erst vor wenigen Wochen zu Alaron gesagt hatte. Eigentlich waren die Worte nichts anderes gewesen als eine mädchenhafte Fantasie: »Ich will einen Mann, der schreitet wie ein Löwe und strahlt wie Sol. Einen mit der Zunge eines Dichters und der Stimme eines Königs. Keine

Ahnung, ob ich ihm jemals begegnen werde, aber wenn es so weit ist, werde ich es wissen.

Jetzt weiß ich es, denn es ist Zaqri, der Mörder meiner Mutter. Und ich werde ihn töten.

Stumm schwor sie den heiligen Schwur der Blutrache.

Die Faust – oder was davon übrig war – kniete in einem Gebetskreis auf dem Vorderdeck, während das Schiff sich mit der kalten Brise entsetzlich langsam Richtung Osten quälte, auf die Klippen der Küste zu. Mittlerweile gab es mehr Tote als Überlebende, und selbst Elath Dranids sonst so stumpfsinniges Antlitz war gezeichnet von Zweifel und Verlust. Er war ein so unerschütterlicher Kämpfer gewesen, doch jetzt wirkte er verloren. Die drei anderen Überlebenden sahen ebenso niedergeschlagen aus, gedemütigt und von Schande befleckt.

Malevorn blickte finster auf seinen Siegelring. Die Last seines Familienerbes lastete schwerer denn je auf ihm. Er war noch ein Kind gewesen, als er die Leiche seines Vaters gefunden hatte, und jetzt vermischte sich dieses Bild mit der Erinnerung an Vordans letzte Augenblicke. *Wenn wir noch einmal versagen, werden wir die beiden bald in Hel wiedersehen.*

Dass er überhaupt überlebt hatte, war ein kleines Wunder. Unter einer Felslawine begraben, hatte er in dem Turm gelegen und sich mit Hilfe von Erdgnosis gerade noch befreien können. Jetzt war er hier, mit den anderen Überlebenden an Bord der schwerbeschädigten *Magol*, doch selbst darin lag wenig Trost. Dranid hatte sich ganz in sich selbst zurückgezogen, offensichtlich überfordert von seinem Kommando. Dominic war verschreckt und anhänglicher denn je. Einzig und allein Raines schwelende Wut verlieh ihm etwas Sicherheit. Er wusste, was sie fühlte. Wie Malevorn wünschte sie sich nichts sehnlicher, als jene zu zerquetschen, die ihnen diese schmachvolle Niederlage beigebracht hatten. Die Mittel waren ihm egal, aber Alaron Merser und diese Dunkelhäuterin würden bitter bezahlen für das, was sie getan hatten. *Wir wurden von Seelentrinkern überfallen, und Alaron-Kore-verflucht-Merser ist mit dem wertvollsten Artefakt Urtes entwischt. Der Tag der Abrechnung wird kommen.*

Aus Stoffbahnen hatten sie ein behelfsmäßiges Segel gebastelt und es an einem Maststumpf befestigt. Dominics einziger nennenswerter Beitrag bisher bestand darin, dass er mit Sylvanismus die Masten nachwachsen ließ. Ansonsten war er zu nichts zu gebrauchen. Von ihren zwei Dutzend Soldaten waren nur noch sechs am Leben. Alle Windmeister bis auf einen waren tot, außerdem sämtliche Venatoren. Malevorn konnte seinen Zorn kaum im Zaum halten.

Gesichter tauchten vor seinem inneren Auge auf: Vordan, der sich selbst gerichtet hatte. Die Brüder Alain und Jonas, durch Jeris Muhrens Hand gestorben. Seldon und Filius, von Gnosiszüchtungen geschlachtet. Boron Funt, den sie hinzugeholt hatten, um einen ehemaligen Mitschüler vom Arkanum aufzuspüren, von ebenjenen Kreaturen aufgefressen. Und dann noch die engelsgleiche Virgina, aufgespießt von einem geborstenen Mast. Hatte Merser das getan, oder war es die Dunkelhäuterin gewesen? Sie hatte Malevorn durch die Luft geschleudert wie eine Puppe, so viel wusste er noch, und allein dafür würde er sie bezahlen lassen. Aber wer, bei Hel, *war* dieses Mädchen?

Adamus Crozier gesellte sich zu der Gruppe. Er stellte sich zwischen Malevorn und Dranid und legte ihnen eine Hand auf die Schulter. »Meine Gefährten in Kore, wir wurden bestraft. Nicht durch die Hand des Feindes, sondern durch Kore selbst. Wir waren schwach, weil wir vom Pfad der Reinheit abgewichen sind. Moralische Schwäche führt zu Schwäche im

Kampf. So einfach ist das. Jetzt gibt es nur noch eins: den Dieb und Verräter Alaron Merser zu fassen, der gemeinsame Sache macht mit dem Abschaum dieser Welt. Wir werden ihn finden, und dann wird er bereuen, jemals geboren worden zu sein.«

Kore steh uns bei, dass es auch so kommt.

»Und jetzt hört zu: Ihr alle wisst, dass es um nichts Geringeres geht als die Skytale des Corineus. Ihr wisst, was sie vermag und was das bedeutet: Eine rivalisierende Aszendenten-Dynastie könnte entstehen, und das würde die Vernichtung von allem bedeuten, was uns heilig ist. Uns bleibt keine Wahl. Wir dürfen nicht ruhen, bis wir sie zurückhaben.«

BERG TIGRAT, JAVON, ANTIOPIA
ZULHIJJA (DEKORE) 928
SECHSTER MONAT DER MONDFLUT

Elena setzte das Segel ihres Skiffs und richtete es so aus, dass es den Wind sofort auffangen würde, sobald sie hoch genug waren. Kazim stand am Bug, umgeben von ihren Habseligkeiten – ein paar Kleidungsstücken, ihren Bettrollen, Vorräten, Waffen und Rüstung. Ihre Blicke begegneten sich. *Zeit zum Aufbruch.*

Sie konnten nicht länger bleiben. Das Kloster war entdeckt, und Elena wollte ohnehin nur noch weg. Kore sei Dank kannte sie die Gegend hier gut. Auf den höher gelegenen Hängen, die nur im Sommer passierbar waren, hatten Schäfer ihre Hütten. Während des Winters waren sie verlassen, und Elena wusste von einer, die weniger als einen Tagesflug entfernt war. Die ganze restliche Nacht hatten sie damit verbracht, das Skiff mit allem zu beladen, was sie brauchten. Einzig und allein die

445

ständige Beschäftigung hatte Elena davor bewahrt, in Kazims starke Arme zu sinken und sich dort bis ans Ende aller Zeiten zu verkriechen, so sehr setzte ihr zu, was sie durchgemacht hatte. Doch Kazims unglaubliche körperliche Präsenz verlieh ihr den Mut weiterzumachen. Gleichzeitig spürte Elena, wie sie immer abhängiger von ihm wurde. *Kore steh mir bei, ich will ihn so sehr. Aber nicht jetzt, nicht nach all dem Blutvergießen...*

Was sie davon abgehalten hatte, gleich nach dem Massaker übereinander herzufallen, wusste sie selbst nicht. Vielleicht war es der Gestank des Todes um sie herum gewesen, der sich über die gesamte Anlage gelegt hatte. Dennoch war die Anziehung zwischen ihnen nach wie vor so greifbar wie die Klostermauern um sie herum.

»Wohin fliegen wir?«, fragte Kazim.

»Nach Nordosten, in ein anderes Versteck. Es ist nicht weit.«

»Warum fliegen wir am helllichten Tag?«

Elena hielt zwei Finger hoch. »Erstens: Die Hadischa könnten früher wieder hier auftauchen, als wir ahnen. Zweitens: Wir haben Winter. Niemand außer uns hält sich im Moment in den Bergen auf.«

»Und was tun wir als Nächstes?«

Elenas Gesicht wurde hart. »Krieg führen gegen die Dorobonen. Die Zeit der Vorbereitung ist vorbei. Es ist Zeit, in die Schlacht zu ziehen.«

Kazim nickte.

Er hat mir das Leben gerettet und seinen Blutsbruder für mich getötet. Ich stehe auf ewig in seiner Schuld. Gierig saugte sie seinen Anblick in sich ein, sein wunderschönes Gesicht, den gewaltigen Körper, und rief sich ins Gedächtnis, wie jung er trotz seines imposanten Äußeren noch war. Gerade einmal einundzwanzig. Sie konnte den Mann, der er einmal sein würde, beinahe sehen. Es war ein Mann, dem sie durchaus verfallen könnte. Sie hatten so viel gemeinsam durchgestanden, dass keine Macht der Welt das zwischen ihnen entstandene Band zu durchtrennen vermochte.

Ella, Ella, Ella … dir bleiben vielleicht noch zehn Jahre, in denen du einigermaßen ansehnlich bist, und dann?

Es spielte keine Rolle, sagte sie sich. Wenn man nicht wusste, wie lange man überhaupt noch zu leben hatte, waren zehn Jahre eine verdammt lange Zeit. Die Erkenntnis stimmte sie nicht einmal traurig. Elena hatte sich schon immer dann am lebendigsten gefühlt, wenn alles auf dem Spiel stand, selbst ihr Herz. Vor allem dann.

»Bereit?«, fragte sie.

»Halt dich fest«, erwiderte Kazim und rief die Winde herbei. Der Rumpf löste sich vom Boden, die Segel blähten sich, dann jagten sie davon. Kazim jubelte innerlich. Es war seine Kraft – allein seine! –, die das Skiff in der Luft hielt. Wie Blut aus einer frischen Wunde sprudelte die Gnosis aus ihm heraus. Die Gesichter der Kameraden, die er getötet hatte, verfolgten ihn zwar, als wären sie auf die Innenseiten seiner Lider gemalt, aber der Einzige, um den er wirklich trauerte, war Jamil. Gatoz hätte er noch tausend Male getötet, und Haroun … Haroun war kein Mensch mehr gewesen, sondern nur noch ein Sprachrohr seiner eigenen Verblendung. Die anderen hatte er kaum gekannt, doch sie waren alle Gatoz' Komplizen gewesen und hatten nichts anderes verdient. Sie kämpften nicht den Kampf, dem er sich verschrieben hatte, sondern waren brutale Schlächter, die auf Befehl töteten, ohne Sinn und ohne Gewissen.

Doch Kazim war anders. Er kämpfte für ein Ideal. Seine Fehde war rein.

Es war ein prickelndes Gefühl, endlich weiterzuziehen. Die

Skiffs der Hadischa hatten sie verbrannt. Kazim war erleichtert gewesen, dass Molmar nicht unter den Piloten gewesen war, auch wenn sie einander nur flüchtig gekannt hatten. Jetzt gab es niemanden mehr auf der Welt, der sich etwas darum scherte, was Kazim tat oder nicht tat. Außer Elena. Und alles, was er getan hatte, hatte er für sie getan. Als er sie in den Armen gehalten und ihr geholfen hatte, über das hinwegzukommen, was sie während der letzten Stunden durchgemacht hatte, hatte er sie mehr begehrt als je eine andere Frau. Mehr noch als selbst Ramita. Doch waren sie beide über und über mit Blut besudelt gewesen.

Wir werden einen Gebirgsbach finden, und dort werden wir uns reinwaschen.

Er wusste nicht, wo es sie letztendlich hinverschlagen würde und was sie tun würden, wenn sie erst dort waren. Menschen töten, wahrscheinlich. Soldaten der Dorobonen, das mit Sicherheit. Und Schufte wie Gurvon Gyle und Gatoz, so viele sie nur irgend erwischen konnten.

Gesichter tauchten vor seinem inneren Auge auf: Ramitas, natürlich, das für ihn auf ewig mit Schuld und endlosen Gewissensqualen verbunden sein würde. Jai, sein Bruder, vom selben Blut. *Wo bist du? Wenn ich hellsehen könnte wie Ella, vielleicht könnte ich dich dann finden ...* Und Huriya. *Will ich dich überhaupt jemals wiedersehen, kleine Schwester?* Kazim überlegte, schließlich sagte er sich: *Wenn es für mich einen Weg zurück gibt, dann vielleicht auch für dich, Didi.*

Aber Kazim war noch nie jemand gewesen, der lange über die Vergangenheit grübelte. In dem Jahr, das verstrichen war, war er durch den halben Kontinent gereist, um ein schreckliches Verbrechen zu begehen, schrecklicher, als er es sich je vorgestellt hatte. Es war die finsterste Zeit seines Lebens gewesen, und doch sah er einen Ausweg, einen Pfad, dem er folgen konnte wie einem Stern, der ihn durch die Ödnis führte. Und für den Moment war das mehr als genug.

Sein Blick wanderte zurück zu Elena. Von ihrem Gesicht ging ein Strahlen aus, das er noch nie bei ihr gesehen hatte. Sie war das genaue Gegenteil von dem, was er sich immer unter einer Frau vorgestellt hatte, aber das war jetzt nicht mehr wichtig. In diesem Moment – und in der absehbaren Zukunft – würden sie allen Widrigkeiten der Welt gemeinsam gegenübertreten. Sie würden einen Weg finden, die Dinge wieder ins Lot zu bringen.

Doch fürs Erste rief sie der weite Himmel.

»Wir fliegen!«, hallte Kazims Stimme von weit oben durch die verlassenen Klostergemäuer.

BROCHENA, JAVON, ANTIOPIA
ZULHIJJA (DEKORE) 928
SECHSTER MONAT DER MONDFLUT

Francis Dorobon saß auf seinem Thron und musterte die drei Gestalten, die in Ketten vor ihm knieten: Fenys Rhodium, Terus Grandienne und Eternalus Crozier. *Drei der mächtigsten Männer Urtes, und sie knien von mir.* Er war außer sich vor Stolz und Freude.

»Gnade«, wimmerte Magister Rhodium.

Der Anblick des fetten Magus erinnerte Francis unwillkürlich an seine Mutter. *Sie ist tot, sie ist tot, sie ist tot! Und die Welt dreht sich immer noch!*, jubelte er innerlich.

Als Nächstes betrachtete er seine beiden Königinnen: Portia, die Verkörperung weiblicher Schönheit zu seiner Rechten, und die mürrische Cera zu seiner Linken. Francis beschloss, sie beide noch heute Nacht zu nehmen, gleich nach dem Festbankett, um sie daran zu erinnern, wer ab jetzt ihr unumschränkter Herr und Meister war. *Wenn Gyle das Nesti-Gör will, soll er sie sich verdienen.*

Schließlich wandte er sich seinem obersten Berater zu. Gyle trug wieder den schillernden Purpur des kaiserlichen Bevollmächtigten, der irgendwie nicht recht zu seinem durchtriebenen Gesicht passen wollte. Außerdem bewegte er sich eigenartig – eine Folge der schweren Misshandlungen, die er erlitten hatte.

»Gibt es irgendeinen Grund für Gnade, edler Gyle?«, fragte er, nur um die Antwort noch einmal zu hören.

»Keinen, mein König«, erwiderte Gyle gemessen. »Diese Männer haben sich gegen die Krone verschworen, um Euch zu ihrer Marionette zu machen, wie sie selbst gestanden haben.«

Das hatten sie in der Tat, nachdem Gyle sie unter hohen Verlusten gefangen genommen, mit einer Kettenrune belegt und so lange gefoltert hatte, bis sie alles gestanden hätten, was er verlangte. Keiner von ihnen konnte auch nur noch gehen. Aus den Fingerstümpfen an ihren Händen tropfte immer noch Blut auf die Marmorfliesen des Thronsaals. Er hatte auf Endus Rykjards Dienste zurückgreifen müssen, um die drei zu fassen, was auch der Grund war, weshalb sich im Moment genauso viele Söldner im Palast aufhielten wie Soldaten der Dorobonen. Weitere Söldner waren von Süden in die Hauptstadt unterwegs – um Francis' Thron zu sichern, wie Gyle versicherte.

»Also wird es auch keine Gnade geben!«, bellte Francis. »Holt den Scharfrichter!«

Javon gehört mir und mir allein.

Da fiel ihm Olivia wieder ein. »Du musst das nicht mit ansehen, Schwester.«

Olivia schaute ihn an, als frage sie sich, warum er sie für so zimperlich hielt. »Nein, Bruder. Ich bleibe«, sagte sie, ohne den Blick von Gurvon Gyle abzuwenden. Seit er den Saal betreten hatte, hatte sie ihn nicht mehr aus den Augen gelassen.

Ihrer beider Mutter sterben zu sehen war zweifellos ein schwerer Schock für sie gewesen, doch jetzt zeigte sie eine innere Stärke, die Francis überraschte. Auch die Blicke, mit denen sie Gyle bedachte, waren anders als zuvor.

Wir leben jetzt in einer neuen Welt, sie und ich.

»Gurvon, mein Freund.« Endus Rykjard ließ seine weißen Zähne aufblitzen. »Der kaiserliche Purpur steht dir nicht.«

Gyle zuckte die Achseln. »Man gewöhnt sich an vieles, vor allem ich, wie du mittlerweile wissen solltest, Endus«, erwiderte er und blickte in die Runde. Um ihn herum versammelt war der harte Kern seiner Truppe: Mara und Rutt, beide zu allem entschlossen und ihm treu ergeben. Die hübsche kleine Madeline Parlow, die Timori erfolgreich vor Octas Klauen bewahrt hatte. Münz hatte bereits ihre neue Rolle übernommen. Auch sie schaute ihn ergeben an. Vielleicht brauchten sie alle jemanden, der ihnen ein Ziel im Leben gab. *Es gibt Menschen, die alles für denjenigen tun, der ihnen eine Richtung vorgibt.* Sie waren geboren, um zu folgen, nicht um zu führen, und Gurvon führte sie, also gehörten sie ihm.

Endus goss ihm einen Becher Wein ein. »Und jetzt, mein Freund, bist du der mächtigste Mann in Javon. Meinen Glückwunsch.«

»Dank dir, Endus.«

Der Söldnerhauptmann winkte ab. Gurvon hatte ihn fürstlich für seinen Verrat bezahlt. »Halt dein Versprechen, Gurvon. Mehr will ich gar nicht.«

Gyle lächelte. »Was gibt es Neues aus dem Süden?«

»Adi Paavus hat Korions Heer verlassen und marschiert nach

Krak. Die anderen Söldnerführer desertieren reihenweise und schließen sich ihm an. Und wenn sie erst hier sind, werden wir den kleinen Francis ein bisschen unter Druck setzen.«

Gyle grinste und schüttelte Endus die Hand. »Auf das Königreich der Söldner!«

Endus hob sein Glas. »Darauf trinke ich.«

Gyle blickte wohlwollend in die Runde seiner Untergebenen. »Freunde, Javon ist reif. Zeit für die Ernte!«

SHALIYAH, KESH, ANTIOPIA
ZULHIJJA (DEKORE) 928
SECHSTER MONAT DER MONDFLUT

Ramon Sensini starrte durch die schmalen Fenster der Ruine nach draußen. Die Überlebenden der Pallacios XIII sowie eines halben Dutzends anderer Legionen drängten sich hier zusammen, jeder von ihnen von Kopf bis Fuß verhüllt wie die Keshi, um sich vor dem Sandsturm zu schützen, der durch jede Ritze des halb verfallenen Gemäuers pfiff. Nicht einer mehr hätte hineingepasst, und wer schlafen wollte, tat es im Sitzen.

Ramon schirmte das Fenster, vor dem er stand, mit Luftgnosis ab in der Hoffnung, vielleicht etwas sehen zu können. Obwohl es erst Nachmittag war, herrschte draußen tiefschwarze Nacht, so sehr verdunkelte der Sturm den Himmel. Sand drang in ihre Münder, Augen und Ohren und reizte Ramons vom vielen Schreien wunde Kehle noch mehr. Zumindest würde sie hier fürs Erste keiner mehr angreifen.

»Siehst du irgendwas?«, fragte Severine leise.

Er schüttelte den Kopf.

»Wir sind noch mal davongekommen«, stammelte Renn Bondeau. »Ich kann es immer noch nicht fassen.«

Ramons Blick wanderte von dem blassen Palacier zu dem ebenso sprachlosen Kill. Das Gesicht des Schlessers war feuerrot vom Sand. Wieder schüttelte Ramon den Kopf. *Wir sind noch mal davongekommen – aber für wie lange?*

Er musterte Seth Korion. Der Generalssohn war gerade noch rechtzeitig mit seiner Reiterei eingetroffen, hatte ihre Verfolger in die Flucht geschlagen und es der Dreizehnten ermöglicht, diese vorerst sichere Zuflucht zu erreichen. Duprey war zweifellos tot. Das machte Korion, der jetzt der ranghöchste Offizier war, zu ihrem neuen Legaten. Nicht dass einer der anderen befehlshabenden Offiziere ihn in diesem Rang bestätigt hätte, denn Severine konnte nach wie vor keinen von Echors Magi erreichen. Ob sie sich irgendwo vor dem Sturm in Sicherheit gebracht hatten oder einfach ausradiert worden waren, massakriert von der völlig unerwarteten feindlichen Übermacht, wussten sie nicht. Doch in der Luft lag der unverkennbare Geruch von Tod und Verderben.

»Davongekommen?«, wiederholte Severine tonlos. »Sie haben uns abgeschlachtet wie Lämmer, wir sind über tausend Meilen von der Brücke entfernt, und da draußen wimmelt es von feindlichen Magi. Wir sind noch lange nicht davongekommen.«

»Mein Vater wird uns retten«, warf Korion tapfer ein.

Ramon betrachtete den Generalssohn und verspürte einen überraschenden Anflug von Mitleid. *Dein Vater hat das hier höchstwahrscheinlich eingefädelt, du ahnungsloser Tropf.* Er sprach den Gedanken jedoch nicht aus, nicht jetzt, da sie so wenig hatten, woran sie sich noch klammern konnten.

»Was jetzt?«, fragte Bondeau leise.

Korion wirkte genauso ratlos wie Severine, und selbst Kill zuckte nur die Achseln.

Alle schauten sich fragend um, bis ihre Blicke ausgerechnet auf Ramon zu ruhen kamen. Nicht im Traum hätte er gedacht, dass sich eines Tages alle auf der Suche nach Rat ausgerechnet an ihn wenden würden, an Ramon Sensini, die verschlagene silacische Ratte.

»Was jetzt?«, widerholte er leise. »Jetzt müssen wir irgendwie zurück nach Yuros.«

»Aber wie?«, stöhnte Korion, als glaubte er, Ramon hätte tatsächlich eine Antwort parat.

Ramon verdrehte die Augen. »Geringerer Sohn, du bist jetzt hier der Kommandant.« Aus dem Augenwinkel sah er, wie Bondeau schon widersprechen wollte, es sich dann aber anders überlegte. Bondeaus Auftritt würde zweifellos noch kommen, aber erst, wenn er sich wieder einigermaßen gefangen hatte. Ramon rang sich ein Lächeln ab. »Mach dir keine Sorgen: Das Denken kannst du getrost mir überlassen. Ich habe einen Plan.«

Ramon wartete auf Widerspruch, aber es kam keiner. Es hatte lediglich dieses einen kurzen Satzes bedurft, und schon war er der inoffizielle neue Legat. Alles andere konnte warten, bis er tatsächlich einen Plan hatte.

Danach wurde kaum noch gesprochen. Alle waren vollkommen erschöpft und mussten sich dringend erholen, auch wenn sie nach all den Schrecken kaum Schlaf finden würden. Ramon besorgte eine Decke für sich und Severine und kauerte sich mit ihr in eine freie Ecke. Irgendwann hörte sie sogar auf zu zittern. Er streichelte ihre Wange und fragte sich, wie sie es schaffte, selbst inmitten dieser Katastrophe, mit dreck- und blutverschmiertem Gesicht, so schön auszusehen. »Wie geht es dir, Amora?«, flüsterte er.

Severine umklammerte seine Hand. Als sie aufblickte, standen Tränen in ihren Augen. »Ramon, ich trage dein Kind in mir.«

Kaltus Korion saß auf seinem Pferd und blickte auf die Mauern von Hallikut hinab.

Er mochte diese Momente vor der Schlacht, wenn er sich allein und in sich gekehrt auf den Feind konzentrierte: er, der einsame Held, der die dunklen Horden schon bald mit seinem Zorn überziehen würde. Als er General Rhynus Bergium den Hügel hinauf in seine Richtung kommen sah, seufzte er verärgert. Erst als Bergium schon fast bei ihm war, merkte er, dass der General eine Schriftrolle bei sich trug.

Er überreichte sie seinem Befehlshaber und trat respektvoll zurück.

Korion riss sich vom Anblick der Mauern los und betrachtete das Siegel. Es war Emir Rashids. Die Nachricht war kurz. Nur zehn Wörter.

Echor Borodiums Heer wurde vernichtet. Unsere Abmachung ist hiermit erfüllt.

»Wer hat die Nachricht überbracht?«, fragte er.

»Ein feindlicher Reiter hat sie einem unserer Späher übergeben«, antwortete Bergium und beäugte die Schriftrolle neugierig.

Korion gab sie ihm, Bergium las, blinzelte und las noch einmal. Schließlich lächelte er. »Meinen Glückwunsch, mein oberster General. Das Kommando über den Kriegszug liegt wieder unumschränkt in Eurer Hand.«

Kaltus Korion schloss die Augen und genoss die Wärme der untergehenden Sonne auf seinem Gesicht. »Es war nie anders, Rhynus.« Er lachte leise. »Was für ein ruhmreicher Tag.«

Gut gemacht, Belonius Vult! Euer Plan ist aufgegangen.

Schade nur, dass Ihr zu tot seid, um Euren Triumph auszukosten.

»Bleibt es dabei, dass wir morgen angreifen?«, erkundigte sich Bergium.

Korion öffnete die Augen und schaute hinunter auf die Stadt. »Selbstverständlich. Der eigentliche Krieg hat gerade erst begonnen.«

Anhang

Zeitrechnung auf Urte

Auf Urte wird ein Mondkalender benutzt. Urtes Mond ist extrem groß und hat entsprechenden Einfluss auf die Kulturen beider Kontinente, weshalb Yuros und Antiopia beinahe denselben Kalender verwenden (manche glauben sogar, dass die beiden Kontinente einmal miteinander verbunden waren). Lediglich die Namen der Monate weichen voneinander ab. Jedes Jahr besteht aus zwölf Mondzyklen, jeder davon dauert dreißig Tage, wodurch das Mondjahr eine Gesamtdauer von dreihundertsechzig Tagen hat. Der Sonnenkalender ist ein paar Stunden länger, weshalb der Ordo Costruo dem Kaiser von Yuros und den Herrschern von Kesh empfiehlt, alle paar Jahre einen Extratag einzufügen.

Die Namen der Monate:

Monat	Jahreszeit	In Yuros	In Antiopia
1. Monat	Frühling	Janun	Moharram
2. Monat	Frühling	Februx	Safar
3. Monat	Frühling	Martris	Awwal
4. Monat	Sommer	Aprafor	Thani
5. Monat	Sommer	Maicin	Jumada
6. Monat	Sommer	Juness	Akhira
7. Monat	Herbst	Julsept	Rajab
8. Monat	Herbst	Augeite	Shaban
9. Monat	Herbst	Septnon	Rami
10. Monat	Winter	Okten	Shawwal
11. Monat	Winter	Novelev	Zulqeda
12. Monat	Winter	Dekore	Zulhijja

Der Mondzyklus wird in fünf Phasen unterteilt, jede davon ist sechs Tage lang. Die Namen der Mondphasen sind: Neumond, wachsender Mond, Vollmond, schwindender Mond und Dunkelmond. Der letzte (in manchen Gegenden auch der erste) Tag der Woche gilt als heiliger Festtag, an dem keine gewerbliche Arbeit verrichtet wird. Dieser Tag ist der Ausübung der Religion und der Erholung vorbehalten.

DIE NAMEN DER WOCHENTAGE:

Wochentag	In Yuros	In Kesh	In Lakh
1. Tag	Minasdag	Shambe	Somvaar
2. Tag	Tydag	Doshambe	Mangalvaar
3. Tag	Wotendag	Seshambe	Budhvaar
4. Tag	Torsdag	Chaharshambe	Viirvaar
5. Tag	Freyadag	Panjshambe	Shukravaar
6. Tag	Sabadag	Jome	Shanivaar

Die Zeit wird mithilfe von Sanduhren gemessen und durch Läuten einer Glocke im höchsten Turm einer jeden Stadt und eines jeden Dorfes angezeigt. Die Zahl von Tages- und Nachtstunden variiert übers Jahr. Bei Sonnenaufgang wird die Glocke zum ersten Mal geschlagen, von da dann zu jeder weiteren Stunde bis zum Sonnenuntergang. Bei Anbruch der Dunkelheit wird auf eine tiefer tönende Glocke gewechselt. Abhängig von Jahreszeit und Breitengrad kann ein Tag sechzehn helle Stunden und acht dunkle umfassen oder acht helle Stunden und sechzehn dunkle. Insgesamt sind es jedoch stets vierundzwanzig. Da die Qualität der Sanduhren (und das Pflichtbewusstsein derer, die die Glocke läuten) stark variiert, kann auch die Dauer einer Stunde innerhalb desselben Tages entsprechend variieren. Die verschiedenen Tageszeiten werden wie folgt bezeichnet:

Der Sonnenaufgang entspricht der ersten Stunde, auch erste Tagglocke genannt.

Die Mittagsstunde wird meist als sechste Tagglocke bezeichnet (egal wie viele helle Stunden der jeweilige Tag tatsächlich hat).

Der Sonnenuntergang wird erste Nachtglocke genannt. Bei Tagundnachtgleiche fällt er mit der zwölften Tagglocke zusammen.

Mitternacht wird auch als die sechste Nachtglocke bezeichnet.

DIE HAUPTRELIGIONEN IN YUROS UND ANTIOPIA

Sollan (Yuros): Der Sollan-Glaube war die vorherrschende Religion im Rimonischen Reich. Er entwickelte sich aus den Sonnen- und Mondkulten der Yothic, die vor der Bildung des Reiches von Nordosten nach Rimoni kamen. Sol (die Sonne) ist die männliche Gottheit und Stammvater der Menschheit. Seine eigenwillige Gattin Dara, auch Lune genannt, steht für den Mond. Die Priester des Sollan-Glaubens werden Drui genannt. Ihre Hauptaufgaben sind die Geschichtsschreibung, als moralische Instanz zu fungieren und die jahreszeitlichen Rituale zu leiten. Im Jahr 411 wurde der Sollan-Glaube vom Kaiserreich verboten und Kore als oberste Gottheit eingesetzt. In Sydia, Schlessen, Rimoni und Pontus sowie von Rimoniern in Javon wird der Sollan-Glaube jedoch nach wie vor praktiziert.

Kore (Yuros): Mit der Eroberung Rimonis durch die rondelmarischen Magi wurde die Kirche Kores etabliert. Ihre Lehre besagt, dass Corineus, der Anführer der Gruppe, die das Ambrosia entdeckte und die Gnosis erhielt, der Sohn Kores sei. Diese Kirche stellt Religion und vor allem Menschen mit Magusblut über alles andere. Sie vertritt die Lehre, Kore habe durch den Tod seines Sohnes den Menschen die Gnosis gegeben. Kore ist die Hauptreligion in Yuros, außer in den Gebieten, in denen das rondelmarische Kaisergeschlecht nicht herrscht (Teile Sydias, Schlessens, Rimonis sowie Pontus').

Die Kirche Kores wird von Männern dominiert und verspricht ihren Anhängern ewiges Leben im Himmel. Ein Magus kommt nach dem Tod sofort in den Himmel, gewöhnliche Menschen können sich das Leben dort verdienen. Die Sündigen brennen in Hel, einem unterirdischen Flammenmeer, in dem ein Geist namens Jasid herrscht, dessen Name jedoch nie genannt wird, da es heißt, das bringe Unglück.

Amteh (Antiopia): Der Amteh-Glaube entstand in den Wüstengebieten Nordantiopias und geht auf den Propheten Aluq-Ahmed von Hebb zurück, der in etwa im Jahr A100 auftrat (Y450 v. S.). Seine Lehren sind im heiligen Buch Kalistham zusammengefasst. Der Amteh-Glaube verdrängte die Vorgängerreligionen, die Götter verehrten, die aller Wahrscheinlichkeit nach wiederum auf den Omali-Glauben zurückgingen. Die Religion ist ebenfalls von Männern dominiert und verlangt zeitaufwendige, in der Öffentlichkeit zu zelebrierende Rituale. Ihr Gott heißt Ahm, ist männlichen Geschlechts und herrscht im Paradies, wohin alle Gläubigen nach dem Tod kommen. Die Sündigen werden in eine Eiswüste verbannt, in der Shaitan (»der ewige Feind«) herrscht.

Zentrum des modernen (Y900 und danach) Amteh-Glaubens ist die Stadt Sagostabad in Kesh. Er ist die vorherrschende Religion in ganz Nordantiopia und seit der Invasion der Keshi und Einsetzung der Moguln im Jahr Y834 auch in Teilen von Lakh. Es gibt mehrere Splittergruppen, unter ihnen die Ja'arathi, eine eher liberale Sekte. Die Ja'arathi trennen religiöse strikt von weltlicher Rechtsprechung, Frauen müssen keinen Bekira tragen, und Witwen dürfen wieder heiraten. Den Ja'arathi hängen hauptsächlich Wohlhabende und Intellektuelle an. Ihre Gelehrten nehmen für sich in Anspruch, die genauere Auslegung der ursprünglichen Lehren Aluq-Ahmeds zu vertreten.

Es gibt eine Reihe fanatischer Amteh-Sekten, unter ihnen die berüchtigten Hadischa, die von den Sultanen von Dhassa und Kesh verboten wurden, sich aber in Mirobez und Gatioch immer noch halten und in Nordlakh viele Anhänger haben.

Omali (Antiopia): Die Religion entstand zu vorgeschichtlicher Zeit in Lakh. Ihre Anhänger glauben an ein höchstes Wesen (Aum), das sowohl männlichen als auch weiblichen Geschlechts ist und sich auf verschiedenste Art manifestieren kann, hauptsächlich jedoch als Gott oder Göttin (die sogenannten Omar). Die Omali schreiben den jeweiligen Omar bestimmte Fähigkeiten zu. Es gibt mindestens fünfzehn Hauptgottheiten und Hunderte kleinerer.

Die Omali glauben, Leben und Tod seien ein endloser Kreislauf. Dieser Kreislauf wird Samsa genannt. Jede Seele wird immer wiedergeboren, bis sie sich so weit vervollkommnet hat, dass sie ins sogenannte Moksha eintritt, wo sie eins wird mit Aum. Es gibt drei Hauptgottheiten, die zusammen Murti genannt werden. Sie sind männlichen Geschlechts und stehen für Schöpfung, Erhaltung und Zerstörung.

Obwohl das nördliche Lakh vor einhundert Jahren (etwa Y834) von den Amteh-gläubigen Moguln erobert wurde, ist der Omali-Glaube die Hauptreligion in Lakh.

Zainismus (Antiopia): Der Zainismus soll auf den Omali-Glauben und die Lehren eines Mannes namens Zai von Baranasi zurückgehen, der bei den Omali als eine Inkarnation Vishnarayans, des Erhalters, gilt. Er predigte spirituelle, intellektuelle und physische Vervollkommnung, die erreicht werden soll, indem der Mensch sich allen weltlichen Einflüssen enthebt. Samsa und Moksha spielen zwar auch in den Lehren Zais eine zentrale Rolle, doch wird alles Weltliche strikt zurückgewiesen. Der Zainismus ist eher eine Randreligion, aber aufgrund seiner liberalen Grundhaltung gegenüber den Geschlechtern, der Sexualität und den Künsten, begleitet von der Beschäftigung mit den Kampfkünsten, hat er eine feste Anhängerschaft vor allem unter der intellektuellen Elite.

DIE GNOSTISCHEN KÜNSTE

Grundlagen: Nach der Lehre der Magi verlässt die Seele den Körper, wenn ein Mensch stirbt. Dieser körperlose Geist verweilt für eine gewisse Dauer in der Welt, er kann sich frei bewegen und auch kommunizieren. Die Skytale des Corineus versetzt die Magi in die Lage, sich zu Lebzeiten dieser Fähigkeiten zu bedienen, und verleiht ihnen auf diese Weise »magische« Kräfte.

Magusblut: Der Blutrang eines Magus wird von dem Anteil Magierblut bestimmt, das in seinen Adern fließt. Dieser Anteil entspricht dem Mittelwert des Blutranges der Eltern. Kinder von Vollblutmagi und Nichtmagi zum Beispiel sind Halbblute. Die Gnosis ist bei ihnen nur noch halb so stark wie bei einem Vollblut.

Die Kinder von Aszendenten sind weniger stark als ihre Eltern, da die Einnahme von Ambrosia größere Macht verleiht, als genetisch vererbt werden kann.

Aszendenten: Aszendenten werden jene genannt, die Ambrosia trinken und überleben. Sie sind die stärksten unter den Magi. Die Einnahme von Ambrosia ist jedoch riskant, denn nicht jeder erträgt die mentale und physische Belastung. Die Wahrscheinlichkeit, zu sterben oder den Verstand zu verlieren, ist relativ hoch.

Seelentrinker: Magi, die von den »Zurückgewiesenen« abstammen, können sich nur Zugang zur Gnosis verschaffen, indem sie die Seelen anderer in sich aufsaugen. Sie sind eine Geheimsekte, die unter Kore als durch und durch böse gilt.

ASPEKTE DER GNOSIS:

Die Gnosis umfasst drei Aspekte: Magie, Runen und Studien.

Magie bezeichnet die magischen Grundfähigkeiten: einen Energieblitz (auch Gnosisblitz genannt) auf einen Feind abfeuern, Gegenstände mithilfe der Gnosis bewegen (Kinese), Gedankenkommunikation und Selbstschutz mithilfe der Gnosis (Abwehr).

Runen sind Symbole aus dem alten yothischen Alphabet. Die Runen selbst verfügen über keinerlei magische Kraft, können jedoch benutzt werden, um gnostische Rituale abzukürzen. Es gibt Runen für allgemeine Zwecke (wie die Kettenrune, die zur Abwehr dient) und solche, die für Kräfte stehen, die nur durch die Studien zugänglich gemacht werden können.

Die Studien sind die komplexeste Anwendung der Gnosis. Selbst die begabtesten Magi können normalerweise nur zwei Drittel nutzen, da jeder Magus bestimmte angeborene Affinitäten hat. Es gibt vier Studien, und jede dieser Studien umfasst vier Teilgebiete, was insgesamt sechzehn Teilgebiete ergibt. Welche Kombination von Teilgebieten ein Magus für sich nutzen kann, hängt zum großen Teil von seinen Affinitäten und seiner Persönlichkeit ab.

KLASSENAFFINITÄT:

Die Gnosis umfasst vier Klassen, zu der jeder Magus eine unterschiedlich starke Affinität hat. Ist sie zu einer Klasse besonders ausgeprägt, ist die Affinität zur entgegengesetzten Klasse umso schwächer. Thaumaturgie beispielsweise ist das Gegenteil der Theurgie, Hermetik das Gegenteil der Zauberei.

ELEMENTAFFINITÄT:

Jeder Magus verfügt über eine Affinität zu einem Element, welches darüber bestimmt, wie er agiert. Im Zusammenwirken mit der Klassenaffinität bestimmt die Elementaffinität, was ein Magus besonders gut kann, was er gerade noch kann und die gnostischen Fertigkeiten, die ihm überhaupt nicht zugänglich sind.

Eine absolute Affinität bedeutet, dass ein Magus auf einem bestimmten Teilgebiet außerordentlich begabt ist. Sowohl Klassen- als auch Elementaffinität müssen besonders stark ausgeprägt sein. Eine absolute Affinität entsprechend zu nutzen verlangt vollkommene Hingabe. Meist ist der jeweilige Magus in den anderen Teilgebieten entsprechend schwächer.

Die Klassen der Gnosis:

Thaumaturgie: Manipulation der Hauptelementarkräfte Erde, Wasser, Feuer und Luft. Erde und Luft sind Gegensätze, genauso wie Wasser und Feuer. Die Thaumaturgie ist die einfachste gnostische Disziplin.

Hermetik: Anwendung der Gnosis auf lebende Organismen. Sie wird unterteilt in Heilen, Morphen (Formveränderung), Animismus (Besitz von einem Geschöpf ergreifen und es kontrollieren) und Sylvanismus (Manipulation von pflanzlichen Organismen).

Theurgie: Anwendung der Gnosis auf den menschlichen Geist. Theurgie wird unterteilt in Mesmerismus (Einflussnahme auf andere Geister), Illusionismus (Sinnestäuschung), Mystizismus (geistige Vereinigung) und Spiritismus (den eigenen Geist projizieren).

Zauberei: Umgang mit den Geistern der Toten. Wird unterteilt in Hellsicht (mit den »Augen« eines Toten sehen, auch und vor allem an entfernten Orten), Divination (auf das Wissen der Geister zurückgreifen, um die Zukunft vorherzusagen), Hexerei (Kontrolle über Geister) und Geisterbeschwörung (Vereinigung mit kürzlich Verstorbenen).

Magi und Gesellschaft: Magi rangieren ganz oben in der yurischen Gesellschaft. Aufgrund ihrer Fähigkeiten sind sie oft hoch angesehen und wohlhabend und verfügen über großen gesellschaftlichen Einfluss. Von ihnen wird erwartet, im eigenen Leben als leuchtendes Beispiel voranzugehen und die Lehren Kores vorbildlich und mustergültig umzusetzen.

Die Fruchtbarkeit ist bei beiden Geschlechtern sehr schwach ausgeprägt. Für eine Frau gilt es als schändlich, ein uneheliches Kind oder ein Kind mit einem Mann von geringerem Blutrang zu haben. Bei Männern wird dies eher toleriert. Dennoch ist die Zahl unehelicher oder gemischtblütiger Kinder aufgrund der eingeschränkten Fruchtbarkeit unter den Magi eher gering.

Gnosis und das Gesetz: Die Nutzung der Gnosis wird von der Kirche und den Arkana peinlich genau überwacht, vor allem die Anwendung von Theurgie und Zauberei. Dennoch können alle gnostischen Künste missbraucht werden.

DIE STUDIEN:

THAUMATURGIE

Feuer: Eine Offensivkunst, welche die Fähigkeit verleiht, Flammen zu kontrollieren. Kommt hauptsächlich beim Militär und in der Metallverarbeitung zum Einsatz.

Luft: Eine sehr vielseitige Kunst, die das Fliegen ermöglicht und auch die Manipulation des Wetters. Breite Anwendungsgebiete beim Militär und im Handel.

Wasser: Fähigkeit, Wasser zu formen, zu reinigen, zu atmen und als Waffe zu verwenden. Ein entsprechend geschickter Magus kann einen Gegner mitten in einer Wüste ertränken.

Erde: Die Fähigkeit, Stein zu formen, ist in der Baukunst von großem Wert. Erdgnosis wird außerdem häufig im Bergbau, auf der Jagd (zum Spurenlesen) und im Schmiedehandwerk angewendet. Selbst Erdbeben können mit Erdgnosis kontrolliert werden.

HERMETIK

Mit Heilkunst (dem Element Wasser zugeordnet)
kann Gewebe in seinen unbeschädigten Zustand zurückversetzt werden. Wird auch gegen Krankheiten und Erreger eingesetzt. Sehr geringes Prestige.

Morphismus (dem Element Feuer zugeordnet)
Durch Manipulation der menschlichen Gestalt können Muskeln gestärkt oder geschwächt oder die äußere Erscheinung verändert werden. Wird oft benutzt, um sich für körperliche Aufgaben mit der nötigen Kraft und Ausdauer zu wappnen. Die gefürchtetste Anwendung – die Gestalt eines anderen anzunehmen und sich als dieser auszugeben – ist verboten und kann nur über kurze Zeiträume aufrechterhalten werden.

Animismus (dem Element Luft zugeordnet)
Kann benutzt werden, um die Sinne zu verstärken, andere Wesen und Geschöpfe zu kontrollieren oder Tiergestalt anzunehmen.

Sylvanismus (dem Element Erde zugeordnet)
Kann benutzt werden, um Holz oder Pflanzenmaterial zu verstärken oder zu schwächen. Wird oft beim Bau von Gebäuden sowie zur Herstellung von Werkzeugen und Transportmitteln eingesetzt, außerdem zur Herstellung von Tränken und Salben, die gnostische Wirkung haben.

THEURGIE

Mesmerismus (dem Element Feuer zugeordnet)
Geistige Verbindung oder Einflussnahme, um mit anderen zu kommunizieren, ihnen zu helfen, sie zu beherrschen oder zu täuschen. Kann verwendet werden, um die Entschluss- oder Willenskraft anderer zu stärken, aber auch um sie zu manipulieren oder fehlzuleiten.

Illusionismus (dem Element Luft zugeordnet)
Die Fähigkeit, anderen falsche Bilder, Gerüche, Geschmäcke oder Geräusche vorzutäuschen. Kann auch eingesetzt werden, um sich vor derartigen Angriffen zu schützen oder auch nur zur Unterhaltung.

Mystizismus (dem Element Wasser zugeordnet)
Geistige Vereinigung, die extrem schnelles Lernen oder Gedächtniswiederherstellung ermöglicht. Geisteskrankheit und Angstzustände können geheilt werden. Magi vereinen sich auf diese Weise, um ihre gnostischen Kräfte zu verstärken.

Spiritismus (dem Element Erde zugeordnet)
Die Fähigkeit, den eigenen Körper zu verlassen. Der eigene Geist kann beträchtliche Strecken außerhalb des Körpers zurücklegen und sich – wenn auch in Grenzen – der Gnosis bedienen. Wird zur Kommunikation, zum Kundschaften und Ähnlichem eingesetzt.

ZAUBEREI

Hellsicht (dem Element Wasser zugeordnet)
Die Fähigkeit, an andere Orte zu blicken. Wie weit diese entfernt sein können, hängt von dem Geschick und der Begabung des Magus ab. Kann durch besonders dichte Schichten von Erde oder Wasser oder andere Widrigkeiten beeinträchtigt werden.

Divination (dem Element Luft zugeordnet)
Befragung der Toten. Die Geister der Toten antworten oft in Bildern oder Symbolen, anhand derer der Magus die wahrscheinliche Zukunft voraussagt. Unzuverlässige Methode, deren Ergebnisse oft durch eigene Interpretationen und Wissenslücken zusätzlich verfälscht werden.

Hexerei (dem Element Feuer zugeordnet)
Die Fähigkeit, einen Geist heraufzubeschwören und ihn zu kontrollieren, entweder in seiner normalen immateriellen Form oder in einem Körper, in dem er sich manifestiert. Gefährlich, da Geister oft feindselig sind. Gilt als theologisch fragwürdige Methode. Wird oft angewendet, um über den beschworenen Geist Zugang zu anderen Teilgebieten der Gnosis zu erhalten.

Geisterbeschwörung (dem Element Erde zugeordnet)
Die Fähigkeit, jemanden zu töten, indem man den Geist zwingt, den Körper zu verlassen. Kann auch angewendet werden, um mit kürzlich Verstorbenen zu kommunizieren oder Tote wiederzubeleben. Legale Anwendungen sind, den Geist eines durch ein Verbrechen zu Tode Gekommenen nach den Umständen seiner Tötung zu befragen oder einem Geist dabei zu helfen, Urte zu verlassen (Exorzismus). Andere Anwendungen gelten als ethisch und/oder theologisch fragwürdig, und tatsächliche Wiederbelebung ist strengstens verboten.

ÜBERSICHT DER AFFINITÄTEN

Klasse	Element: Erde	Element: Feuer	Element: Luft	Element: Wasser
Thaumaturgie (Manipulation unbelebter Materie)	Erdgnosis	Feuergnosis	Luftgnosis	Wassergnosis
Hermetik (Manipulation belebter Materie)	Sylvanismus	Morphismus	Animismus	Heilkunst
Zauberei (Manipulation von Geistwesen)	Geisterbeschwörung	Hexerei	Divination	Hellsicht
Theurgie (Manipulation von Menschen und Geistwesen)	Spiritualismus	Mesmerismus	Illusionismus	Mystizismus

Jeder Magus hat eine Hauptaffinität zu einer bestimmten Klasse oder einem Element, die meisten sowohl zu einem Teilgebiet als auch zu einem Element. Auch schwächere Nebenaffinitäten treten häufig auf.

Jede Affinität schließt ihr Gegenteil aus:

Feuer	Erde
Luft	Wasser

Feuer und Wasser sind Gegensätze. Luft und Erde sind Gegensätze.

Thaumaturgie	Theurgie
Hermetik	Zauberei

Thaumaturgie und Zauberei sind Gegensätze; Hermetik und Theurgie sind Gegensätze.

Ein Magus mit Affinität zu Feuer und Zauberei ist somit in der Hexerei am stärksten und am verwundbarsten durch Wassergnosis.

GLOSSAR

RIMONISCH

Alpha Umo: Erster Mann; gemeint ist der Anführer einer Gruppe

Amiki/Amika: Freund/Freundin

Amori/Amora: Geliebter/Geliebte

Arrici: Leb wohl

Buonnotte: Gute Nacht

Castrato: kastrierter Mann; im Rimonischen Reich war es üblich, Sänger-
knaben und männliche Diener zu kastrieren

Condotiori: Söldner

Cunni: die Scheide einer Frau (obszön)

Dio: Gott

Dona: unverheiratete Frau, gleichbedeutend mit der Anrede »Fräulein«

Drui: sollanischer Priester

Familioso: Mitglied eines verbrecherischen Familienklans

Grazi: danke

Pater: Vater

Paterfamilias: männliches Familienoberhaupt

Rukka mio!: obszöner Ausruf, Fluch

Rukker: obszöne Beschimpfung

Safia: lesbische Frau

Si: Ja

Silencio: Stille, Schweigen

KESHI/DHASSANISCH/JHAFISCH

Arrak: Reisschnaps, in Lakh als Rak bekannt
Bekira: weiter schwarzer Überrock der Amteh-Frauen
Dom-al'Ahm: Tempel der Amteh
Eijeed: dreitägiges Fest nach dem heiligen Monat Rami
Fawah: Todesurteil, das über jemanden verhängt werden kann, der Ahm
  gelästert hat
Gottessänger: ruft die Gläubigen zum Gebet
Gottessprecher: Amteh-Priester und Gelehrter
Ifrit: böser Luftgeist aus der Keshi-Mythologie
Suk: Markt
Wadi: ausgetrocknetes Flussbett

LAKHISCH

Achaa: ja, in Ordnung, gut
Babu: »Großer Mann«, lokaler Anführer
Bashish: je nach Kontext Trinkgeld, Geschenk oder Bestechung
Bapa: Vater
Bhai: Bruder
Chai: Tee, meist stark mit Kardamom, Zimt, Minze oder Ähnlichem gewürzt
Chapati: ein Fladenbrot
Chela: Schüler eines Sadhu (Heiliger der Omali)
Chod!: obszöner Fluch
Choda!: obszöne Beschimpfung
Dalit: ein »Unberührbarer«, Angehöriger der untersten Gesellschaftsschicht
  in Lakh
Didi: Schwester
Dodi Manghal: Mahlzeit, die vor einer Hochzeit noch vor dem Sonnenauf-
  gang eingenommen wird
Dupatta: von Frauen meist zusammen mit einem Salwar getragenes Tuch,
  das dazu dient, das Gesicht vor der Sonne zu schützen oder es vor den
  Augen Fremder zu verbergen
Fenni: billiger Weizenschnaps
Ferang: Fremder
Ganja: Marihuana

Garud: Vogelgottheit, Reittier des Gottes Vishnarayan

Ghat: breite Treppen am Ufer des heiligen Flusses Imuna, die in Lakh zum Beten und Waschen dienen

Gopi: Küchenmagd

Guru: Lehrer, Weiser

Havan Kund: Teil des Hochzeitrituals, bei dem Braut und Bräutigam zuerst getrennt voneinander und dann gemeinsam um ein Feuer gehen und dabei rituelle Formeln sprechen

Hawli: Steinhaus mit ummauertem Innenhof, typisch für wohlhabende Lakh

Jadugara: Hexe oder Hexer

Lingam: Penis des Mannes

Mandap: das Allerheiligste eines Schreins (oder auch ein gesegneter Ort in einem anderen Gebäude), in dem der Hochzeitsschwur gesprochen wird

Mandir: Omali-Schrein

Dom-al'Ahm: lakhisches (ursprünglich gatiochisches) Wort für einen Amteh-Tempel

Mata: Mutter

Mata-Choda: Mann oder Junge, der Sex mit seiner Mutter hat; obszöne Beschimpfung

Nehin: nein

Pandit oder Purohit: Omali-Priester

Pooja: Gebet

Pratta: religiöser Bann; die Blut-Pratta verbietet einer menstruierenden Frau, sich in männlicher Gesellschaft aufzuhalten

Rak: Reisschnaps, in Kesh und Dhassa Arrak genannt

Rangoli: farbenprächtiges Bodengemälde oder Muster

Sadhu: omalischer Wanderheiliger

Salwar: einteiliger Kittel, meist mit Sackhose und Dupatta getragen

Siv-lingam: Ikone, die den Penis des Gottes Sivraman und die Scheide seiner Gemahlin darstellt

Tilak: Gebetsmal, das auf die Stirn gemalt wird

Walla: Mensch, Geselle, Freund, normalerweise im Zusammenhang mit einer Aufgabe oder einem Beruf. Ein Chai-Walla ist ein Diener, der Tee serviert

Yoni: Scheide der Frau

Handelnde Personen

Urte im Juness 928

Kontinent Yuros

Kaiserlicher Hof in Pallas
Kaiser Constant Sacrecour: Kaiser von Rondelmar und ganz Yuros
Mater-Imperia Lucia Fasterius: Constants Mutter, lebende Heilige

Achtzehnte Faust der Heiligen Inquisition Kores
Adamus Crozier: Bischof der Kore
Lanfyr Vordan: Inquisitor und Faust-Kommandant
Dranid: Erster Offizier und Stellvertreter
Alain: Zweiter Offizier und Stellvertreter (verstorben)
Raine Caladryn: Akolythin
Filius: Akolyth
Jonas: Akolyth (verstorben)
Virgina: Akolythin
Seldon: Akolyth
Dominic: Akolyth
Malevorn: Akolyth
Boron Funt: Priestermagus

Lamien
Kekropius: Mitglied des Ältestenrats
Kessa: Kekropius' Frau
Mesuda: Weibchen, Mitglied des Ältestenrats
Reku: Weibchen, Mitglied des Ältestenrats
Hypollo: Männchen, Mitglied des Ältestenrats

Naugri: Männchen
Fydro: Männchen
Ildena: Fydros Frau
Nia: Weibchen
Vyressa: Weibchen

Norostein in Noros
Gouverneur Belonius Vult: Kaiserlicher Gouverneur von Noros (verstorben)
Jeris Muhren: ehemaliger Hauptmann der Stadtwache (verstorben)
Vannaton (Vann) Merser: ein Händler
Tesla Anborn-Merser: Magierin und Vannaton Mersers Frau (verstorben)
Alaron Merser: Magus, Sohn von Vann und Tesla
Gina Beler: Jostyns Tochter und Ratsmagus
Gron Koll: Ratsmagus (verstorben)

Silacia
Mercellus di Regia: Oberhaupt einer rimonischen Wandersippe (verstorben)
Cymbellea di Regia: Mercellus' Tochter
Anise: rimonisches Waisenmädchen
Ferdi: Anises Bruder (verstorben)
Pater-Retiari: Klansoberhaupt und Krimineller

Sydia
Gul-Vlk: Stammesoberhaupt der Vlk
Hyr-Vlk: Guls Sohn
Drzkir: Schamane
Myrlla: eine Magi der Vlk
Gilkria: eine Magi der Vlk

Arkanum Zauberturm in Norostein
Lucien Gavius: Vorsteher des Arkanums Zauberturm
Darius Fyrell: Lehrer
Agnes Yune: Lehrerin

Kontinent Antiopia

General Kaltus Korion: Oberbefehlshaber des nördlichen rondelmarischen
   Heeresflügels
Echor Borodium: Herzog von Argundy, Kaiser Constants Onkel und Ober-
   befehlshaber des südlichen rondelmarischen Heeresflügels

Pontus
Giordano: silacischer Händler
Regina: Giordanos Tochter

Gurvon Gyles Graue Füchse
Gurvon Gyle: Anführer einer Söldnertruppe und Spion
Rutt Sordell: Geisterbeschwörer
Mara Secordin
Yvette (Münz): Tochter der Mater-Imperia Lucia
Hesta Mafagliou
Mathieu Fillon
Madeline Parlow

Dreizehnte Legion (Pallacios XIII)
Jonti Duprey: Legat
Rufus Marle: Legat-Secundus
Baltus Prenton: Windmeister
Lanna Jurei: Heilerin
Tyron Frand: Priester
Severine Tiseme: Seherin
Seth Korion: Schlachtmagus
Renn Bondeau: Schlachtmagus
Tomas Coulder: Schlachtmagus
Bevyn Fenn: Schlachtmagus
Hugg Gerant: Schlachtmagus
Evan Hale: Schlachtmagus
Rhys Lewen: Schlachtmagus
Fridryk Killener: Schlachtmagus
Ramon Sensini: Schlachtmagus
Nyvus: Dupreys Adjutant

Storn: Tribun des zehnten Manipels
Coll: Späher des zehnten Manipels

Ordo Costruo (Magusorden in Hebusal)
Antonin Meiros: Erzmagus (verstorben)
Rene Cardien
Rashid Mubar, Emir von Hallikut
Alyssa Dulayn
Stivor Sindon

Hebusal
Tomas Betillon: Kaiserlicher Gouverneur Hebusals

In Javon

Cera Nesti: Prinzessin von Javon
Timori: Kronprinz von Javon
Solinde Nesti: Prinzessin von Javon (verstorben)
Harshal al-Assam: jhafischer Adliger
Francesco Perdonello: Kanzler und oberster Beamter
Acmed al-Istan: Amteh-Gottessprecher
Ilan Tamadhi: jhafischer Emir von Riban
Tarita: Ceras Dienerin
Mustaq al'Madhi: jhafischer Händler und Verbrecherkönig
Ivan Prato: sollanischer Druipriester

Haus Dorobon
Octa Dorobon: verwitwete Matriarchin des Hauses Dorobon (Anwärter auf
    den javonischen Thron)
Francis Dorobon: Octas Sohn und Thronerbe der Dorobonen
Olivia Dorobon: Octas Tochter, Schwester von Francis
Alfredo Gorgio: Rimonier und Graf von Hytel
Fernando Tolidi: Adliger aus Hytel und Mitglied des Hauses Gorgio (ver-
    storben)
Portia Tolidi: Adlige aus Hytel, Fernandos Schwester

Glasinsel
Ramita Ankesharan: Lakhin und Witwe von Antonin Meiros
Justina Meiros: Antonin Meiros' Tochter

IN KESH

Salim I.: Sultan von Kesh
Wimla: Dienerin in Krak di Condotiori (verstorben)

Hadischa
Kazim Makani: Seelentrinker und Attentäter
Jamil: Magus
Molmar: Skiff-Pilot
Gatoz: Magus und Kommandant
Haroun: Amteh-Schriftgelehrter

IN LAKH (INDRANIA)

Teshwallabad
Hanouk: Großwesir

Baranasi
Ispal Ankesharan: Händler
Tanuva Ankesharan: Ispals Frau
Jai Ankesharan: Ispals Sohn
Keita: Jais Geliebte

ANDERE ORTE

Sabele: Seelentrinkerin und Seherin
Huriya Makani: Seelentrinkerin und Schwester von Kazim
Zaqri: Seelentrinker
Ghila: Seelentrinkerin und Zaqris Frau
Perno: Seelentrinker
Hessaz: Seelentrinkerin und Pernos Frau

Wichtige historische Figuren

Johan Corin (Corineus): Messias der Kore

Selene Corin (Corinea): Schwester und Mörderin Johans, Verkörperung des weiblich Bösen

Hiltius Sacrecour: einstiger Kaiser und Constants Großvater

Magnus Sacrecour: Constants Vater

Alitia: Magnus' erste Frau

General Arkimon Robler: norischer General

General Jaes Andevarion: in Ungnade gefallener rondelmarischer General

Olfuss Nesti: verstorbener König von Javon

Jarius Langstrit: norischer General

Fraxis Targon: verstorbener Inquisitor

DANKSAGUNG

Schreiben ist ein Mannschaftssport, und ich habe das Glück, in einem wundervollen Team zu spielen, dessen Mitglieder mir alle sehr geholfen haben.

Zuallererst ein Dank an Paul Linton, der sich durch den ersten Entwurf geackert und mir zahllose wertvolle Ratschläge gegeben hat. Ebenso an meine fabelhafte Agentin Heather Adams und ihren Lebenspartner Mike Bryan, ohne die dies alles niemals entstanden wäre.

Ein weiteres dickes Dankeschön an Jo Fletcher für Expertenwissen, ein Auge fürs Detail, Kontinuität und dafür, ob etwas funktioniert. Meine Dankbarkeit und mein Respekt. Außerdem an

Nicola Budd und alle anderen bei JFB/Quercus, Emily Faccini für die Karten und Paul Young, Jem Butcher sowie Patrick Carpenter für das Cover der Originalausgabe.

Und natürlich an meine geliebte Frau Kerry, die jeden Entwurf mit mir durchgegangen ist, mich mit Rat und Tat unterstützt und dafür gesorgt hat, dass das Buch rechtzeitig fertig wurde.

Meine Liebe auch an meine Kinder Brendan und Melissa, meine Eltern und meine treuen Freunde dafür, dass sie einfach sind, wie sie sind.

Und schließlich: ein herzliches Hallo an Jason Isaacs!